1919년 1월 25일
날이 샐 무렵 나의 곁을 떠난
참된 벗, 보기 드문 인물, 충실하고 용감한 영혼,
프레더리카 캠벨 맥팔레인*의 영전에 바칩니다

---

* 1918~1920년에 전 세계적으로 유행했던 스페인 독감으로 세상을 떠난, 작가 몽고메리의 가장 절친했던 사촌이자 벗.

최순영

연세대학교 영어영문학과·국어국문학과 졸업. 옮긴 책으로 데이비드 그레이버 《가능성들》(공역), 이철수 판화집 《네가 그 봄꽃 소식 해라》, Prime Dharma Master Kyongsan 《The Shore of Freedom》, 《The Path to Awaken to and Cultivate the Mind》, 메리 E. 윌킨스 프리먼 《뉴잉글랜드 수녀》 등이 있다.

앤8
세계대전 시대의 앤

지은이	루시 모드 몽고메리
옮긴이	최순영
디자인	홍동원 김도형
발행일	1판 1쇄 2025. 6. 1
펴낸이	고윤주
펴낸곳	동서문화사
창업	1956. 12. 12. 등록 16-3799
주소	서울 중구 마른내로 144 동서빌딩 3층
홈페이지	www.dongsuhbook.com
전화	546-0331~2 팩스 545-0331
ISBN	978-89-497-1979-5 04840
	978-89-497-1971-9(전8권)

이 책은 저작권법에 의해 보호를 받는 저작물이므로 무단전재와 무단복제를 금합니다.
잘못된 책은 구입하신 서점에서 바꿔 드립니다. 책값은 뒤표지에 있습니다.

앤
ANNE
8
Rilla of Ingleside
세계대전 시대의 앤
루시 모드 몽고메리/최순영 옮김

그토록 찬란하게 자신의 청춘을
바친 그들, 이제 우리에게 영원히
청춘으로 남아 있으니.

—버나 시어드*

---

*캐나다 시인이자 소설가 버지니아 시어드(1862~1943)의 시 〈젊은 기사들〉에서 따옴.

차례

글렌세인트메리 비망록 외…13

아침 이슬…30

달밤의 향연…39

피리 부는 사나이…58

걸음 걷는 소리가 들리거든…77

수전, 릴라, 먼데이의 결심…99

수프 그릇 속의 아기…110

릴라의 다짐…124

부엌 소동…137

릴라의 고충…146

어둠과 밝음…163

랑게마르크의 나날…179

굴욕이라는 파이 한 조각…190
심판의 골짜기…203
새벽이 올 때까지…215
현실과 낭만…226
세월은 간다…244
전쟁과 결혼…264
"놈들은 지나갈 수 없어."…282
노먼 더글러스의 독설…295
지금 서부전선에는…304
먼데이는 알고 있다…312
"그럼 잘 자렴"…323
때맞춰 나타난 메리…332

셜리의 출정…347

청혼…359

기다림…374

검은 일요일…396

행방불명…404

조류의 흐름…410

마틸다 피트먼 부인…418

소식…433

승리다!…444

하이드 씨의 가출과 수전의 신혼여행…449

오, 릴라 마이 릴라!…455

세계대전 시대의 앤

글렌세인트메리 비망록 외

금빛 구름이 두둥실 하늘에 뜬 따뜻하고 사랑스러운 오후였다. 잉글사이드의 넓은 거실에는 수전 베이커가 아슴푸레한 만족감이 그녀를 오라(aura)처럼 감싼 채 앉아 있었다. 시각은 오후 4시였다. 아침 6시부터 줄곧 쉬지 않고 일한 수전은, 한 시간쯤 세상사의 이런저런 소식을 접하면서 쉬어도 될 만큼 일을 다 했다는 흐뭇한 마음이었다. 지금 수전은 더없이 기분 좋았다. 이날은 부엌일이 이상하리만큼 잘되는 그런 날이었다. 고양이 '지킬 박사'가 '하이드 씨'로 돌변하지 않아 신경을 거슬리게 하지도 않았다.

수전이 앉은 곳에서 그녀가 아주 자랑스럽게 여기고 있는 것이 보였다. 수전이 직접 심어 가꾼 작약 꽃밭이었다. 꽃밭 가득한 새빨간 작약, 은빛 도는 핑크빛 작약, 소복이 쌓인 겨울눈을 생각나게 하는 흰 작약 등은 글렌세인트메리 마을의 어느 집 꽃밭에서도 피워본 일 없는, 아니 피울 수 없는 멋진 작약이었다.

수전은 마셜 엘리엇 부인조차도 입어본 적 없을 만큼 정성스럽게 지은 새 검정 비단 블라우스 차림에, 나비가 넉넉잡아 5인치(약 13센티미터) 가까이 되어 보이는 손으로 뜬 정교한 레이스가 가장자리에 둘러져 있고 물론 거기에 어울리는 장식까지 들어간 풀기 빳빳한 하얀 앞치마를 두르고 있었다. 그러므로 수전은 훌륭한 옷차림을 하고 있다는 뿌듯한 마음으로 《데일리엔터프라이즈》를 펼쳐 들고 글렌 마을에 대한 '기사'를 읽을 준비를 하고 있었다. 이 기사는 미스 코닐리아가 지금 막 알려준 대로 신문의 반 페이지를 차지하고 있으며 '잉글사이드(난롯가집)' 사람들 하나하나의 이야기가 모두 실려 있었다.

신문 제1면에는 큼직한 검은 표제로 페르디난트 대공[1]인지 뭔지 하는 사람이 사라예보라는 기묘한 이름의 장소에서 암살당했다는 기사가 실려 있었다. 그러나 수전은 그런 시시하고 하찮은 일을 들여다보고 있을 틈이 없었다. 수전은 정말 중요한 것을 찾고 있었다. 아, 이것이다—'글렌세인트메리 비망록'. 수전은 편안히 자리를 잡고 앉아, 기사 하나하나를 놓치지 않고 충분히 음미하려는 듯 또박또박 소리 내어 읽어나갔다.

블라이드 부인과 손님 미스 코닐리아—또는 마셜 엘리엇 부인—는 베란다로 통하는 문을 열어둔 채 그 옆에서 이야기를 나누고 있었다. 문으로 불어 들어오는 시원하고 상쾌한 산들바람은 뜰로부터 환상적인 꽃내음과 더불어 담쟁이덩굴이 늘어뜨려진 한구석에서 릴라와 미스 올리버와 월터가 즐거운 듯 웃으며 재잘거리고 있는 왁자지껄한 목소리가 깃든 메아리를 실어 왔다. 릴라 블라이드가 있는 곳에는 어디든 웃음이 끊이지 않았다.

또 하나 거실 소파에 웅크려 앉은 이가 있었다. 이 녀석은 결코 못 본 체할 수 없는 존재였다. 우선은 유난히 별난 성질의 소유자였으며, 수전이 이 세상에서 진심으로 미워하는 단 하나의 생명체라는 영예를 지니고 있기 때문이다.

모든 고양이가 그 속내를 알 수 없는 묘한 존재이긴 하지만, '지킬 박사와 하이드 씨'—줄여서 '박사'—라는 이 고양이는 그런 면모가 여느 고양이의 세 배

---

1) 오스트리아 황태자.

나 되었다. '박사'는 이중성격이었던 것이다. 그것이 아니라면 수전이 맹세코 사실이라고 확언한 것처럼 악마가 씐 고양이였다. 아무튼 이 고양이에게는 처음부터 무언가 묘하게 으스스한 기운이 서려 있었다. 이 고양이가 태어난 4년 전, 릴라 블라이드에게는 한 마리 아기 고양이가 있었다. 릴라는 눈처럼 희고 꼬리 끝만 맵시 있게 검은빛을 띤 이 고양이에게 '잭 프로스트(서리의 요정)'라는 이름을 붙여주며 몹시 귀여워했다. 이렇다 할 뚜렷한 까닭은 없었음에도 수전은 잭 프로스트를 몹시 싫어했다.

그리고 불길한 조짐이라도 느낀 듯 입버릇처럼 말하곤 했다.

"두고 보세요, 사모님. 저 고양이는 요물이에요. 언젠가 한번 큰 말썽을 일으키고 말 거예요."

"아니, 왜 그렇게 생각해요?"

블라이드 부인이 물으면 수전은 이렇게 대답하는 것이었다.

"생각하는 게 아니에요…… 그런 줄 아는 거죠."

잉글사이드 다른 사람들도 모두 잭 프로스트를 귀여워했다. 잭 프로스트는 아주 깔끔하고 몸치장을 잘하여 그 아름다운 흰 털에 얼룩 한 점 없었다. 사랑스러운 모습으로 가르랑거리며 사람에게 착 달라붙는 애교스러운 고양이였다. 게다가 무척 솔직했다.

그러다 잉글사이드에 생각지 못한 비극이 일어났다. 수컷이라 철석같이 믿었던 잭 프로스트가 아기 고양이를 여러 마리 낳은 것이다!

보란 듯이 우쭐거리는 수전의 모습은 무어라 말할 수 없을 정도였다. 저 고양이는 요물이라 곧 본색을 드러낼 것이라고 그녀가 전부터 말하지 않았던가? 이제 모두들 알았을 것이다.

릴라는 아기 고양이 가운데 가장 예쁜 것으로 한 마리만 가졌다. 귤색 줄무니가 있는 검누런 털이 유난히 매끄럽게 윤기가 흘렀으며 공단 같은 큰 금빛 귀를 가지고 있었다. 릴라는 이 아기 고양이에게 '골디(금묘(金猫)'라는 이름을 붙였는데, 귀엽게 재롱을 부리는 아기 고양이에게 꼭 어울리는 이름 같았다. 아기 고양이였을 때 골디는 비뚤어진 사악한 성질을 조금도 드러내지 않았기 때문이다. 물론 수전은 불길한 잭 프로스트에게서 난 자손이 멀쩡할 리 없을 거라고 가족들에게 경고했으나, 카산드라[2] 같은 예지력을 발휘해서 거듭거듭 재앙을 예언한 그녀의 말을 귀담아듣는 사람은 아무도 없었다.

블라이드가(家) 사람들은 잭 프로스트를 수고양이라 여기던 습성에서 끝내 벗어나지 못했다. 그래서 끊임없이 남성대명사를 써서 지칭했는데, 그러다 보니 웃지 못할 촌극이 많이 벌어졌다. 릴라가 아무 생각 없이 '잭과 '그'가 낳은 아기 고양이'라고 말하거나, 골디를 향해 엄하게 '얼른 너네 '엄마'한테 가서 '그'에게 털을 핥아 달라고 해.'라고 명령하는 것을 듣고 손님들은 기겁하곤 했다.

수전도 난처해하며 얼굴을 찌푸리고 투덜거렸다.

"사모님, 이것은 온당치 못해요."

수전 자신은 타협하여 잭을 가리켜 '그것'이나 '흰 요물'이라고 불렀다. '그것'이 이듬해 겨울, 우연히 독약을 잘못 먹고 죽었을 때 적어도 잉글사이드에서 한 사람만은 그리 가슴 아파하지 않았다.

1년이 지나자 골디라는 이름이 한때는 귤색 아기 고양이였던 그 고양이에게 그리 어울리지 않게 되자 그즈음에 마침 스티븐슨의 소설을 읽고 있던 월터가 '지킬 박사와 하이드 씨'라는 긴 이름을 새로 붙였다. '지킬 박사' 기분일 때의 이 고양이는 나른하고 애교 많고 잘 길들여진 모습으로 쿠션에 얌전히 누워

---

[2] 그리스 신화에 나오는 트로이의 예언자로, 아폴론으로부터 예언 능력을 부여받아 불길한 일을 정확히 예언했으나, 그 말을 아무도 믿어주지 않는 저주도 함께 받음.

가족들이 안거나 쓰다듬는 대로 가만히 있었다. 특히 벌렁 드러누운 '지킬 박사'의 매끄러운 우윳빛 목을 부드럽게 쓰다듬어주면 몹시 좋아하며 나른한 소리로 가르랑거렸다. '박사'는 무척 잘 가르랑댔다. 잉글사이드에서 키운 고양이 가운데 이처럼 한결같이 무아지경으로 가르랑대는 고양이는 이제껏 없었다.

블라이드 의사 선생이 언젠가 '박사'의 깊이 울리는 멜로디에 귀를 기울이며 이렇게 말한 적이 있었다.

"내가 고양이에게서 단 한 가지 부러워하는 것이 있다면 가르랑거리는 거야. 세상 모든 시름을 잊고 가장 흡족해하는 소리거든."

'박사'는 아주 잘생겼다. 동작 하나하나가 모두 우아하고 아름다웠으며 태도에 위엄이 있었다. 거무스름한 무늬가 있는 긴 꼬리를 발 아래쪽으로 내려놓고 베란다에 앉아 오랫동안 하늘을 물끄러미 쳐다보는 모습은 이집트의 스핑크스라도 사원을 지키는 수호신으로서 이보다 더 걸맞은 모습을 하지 못했을 거라고 블라이드 가족은 생각했다.

그러다 '하이드 씨' 상태로 변하면—비가 내리거나 바람이 불기 전에 그 변신이 반드시 일어나곤 하는데—이 고양이는 눈초리마저 달라져 야생의 짐승이 되었다. 이 변신은 언제나 갑작스럽게 일어났다. 광포한 외침과 함께 상념에서 거칠게 깨어나, 자신을 가로막거나 쓰다듬으려는 손을 사납게 물어뜯었다. 털빛조차 더 짙어진 듯이 보이고 눈에는 흉악한 빛이 떠올랐다. 그 모습에는 실로 이 세상 것이 아닌 아름다움이 깃들어 있기도 했다. 이 변신이 해 질 무렵에 일어날 때면 잉글사이드 사람들은 모두 이 고양이에게 어떤 두려움을 느꼈다. 그런 때 이 무서운 짐승을 감싸주는 사람은 오직 릴라뿐이었다. 릴라는 '박사'가 그냥 어슬렁대기 좋아하는 귀여운 고양이일 뿐이라고 강조했다. 녀석이 어슬렁대는 것만은 확실했다.

지킬 박사는 갓 짠 우유를 좋아하지만 하이드 씨는 우유를 쳐다볼 생각도 않고 고기를 주어도 으르렁댔다. 지킬 박사는 아무도 듣지 못할 만큼 소리 없이 사뿐사뿐 층계를 내려왔으나 하이드 씨는 성인 남자 같은 무거운 발소리를 내며 쿵쾅대고 내려왔다. 저녁나절 수전이 혼자 집에 있을 때 이 소리에 '기절할 뻔했던' 일이 여러 번 있었다.

하이드 씨는 부엌 바닥 한가운데에 앉아 한 시간 동안 눈 한 번 깜박이지 않고 매서운 눈으로 수전을 뚫어지게 노려보았다. 그 때문에 신경이 곤두설 지경이 되면서도 가엾은 수전은 하이드 씨를 두려워하다 못해 경외하였으므로 함부로 쫓아내지도 못했다. 한번은 수전이 용기를 내어 하이드 씨에게 막대기를 집어 던진 일이 있었다. 그러자 하이드 씨가 곧장 수전에게 무서운 기세로 덤벼들어, 수전은 문밖으로 뛰쳐나가 두 번 다시 하이드 씨와 맞서려 하지 않았다. 하지만 하이드 씨가 저지른 악행에 대한 앙갚음은 죄 없는 지킬 박사가 받아야만 했다. 박사가 수전의 주요 활동 영역인 부엌에서 먹고 싶은 간식거리가 있어 코를 들이밀 때마다 음식은 얻어먹지도 못하고 가차 없이 쫓겨나곤 했다.

"미스 페이스 메러디스, 제럴드 메러디스, 제임스 블라이드의 많은 친구들은……."

수전은 마치 그 이름들이 아주 맛있는 한 입의 음식이기라도 한 듯 혀끝에서 굴리며 읽어 내려갔다.

"2, 3주 전 레드먼드 대학에서 고향으로 돌아온 이 세 사람을 반갑게 맞았다. 1913년 문학부를 졸업한 제임스 블라이드는 지금 의과 1학년을 마쳤다."

미스 코닐리아가 코바늘로 모눈뜨기를 하며 말했다.

"페이스 메러디스는 내가 알고 있는 사람들 가운데 가장 당당하고 아름다운 아가씨가 되어서 돌아왔더군요. 로즈메리 웨스트가 목사관에 온 뒤로 아이들이 얼마나 딴판이 되었는지 정말 놀라울 정도예요. 이제는 그 아이들이 철부지 악동이었던 시절을 사람들이 기억도 못할 정도라니까요. 앤, 앤은 그 아이들이 얼마나 심한 장난꾸러기였는지 기억하죠?

　로즈메리는 그 아이들과 정말로 놀랄 만큼 잘 지내요. 새엄마라기보다 친구 같다니까요. 아이들은 모두 로즈메리를 무척 사랑해요. 우나는 거의 그녀를 숭배하고 있고요.

　꼬맹이 브루스에게 우나가 하는 걸 보면 완전히 몸종이 따로 없다 싶을 정도로 잘해요. 물론 귀여운 아이예요. 하지만 어쩌면 엘런을 그토록 닮았을까요. 그 애만큼 이모를 많이 닮은 아이를 본 적 있어요? 이모 못지않게 머리색도 눈썹도 짙고 생김새도 뚜렷해요. 로즈메리를 닮은 데라고는 하나도 없잖아요. 노먼 더글러스는 황새가 브루스를 자기와 엘런에게로 데려오다가 잘못해서 목사관으로 내려놓고 갔다고 언제나 큰 소리로 떠벌린다니까요."

　블라이드 부인이 말했다.

　"브루스는 젬을 숭배해요. 여기에만 오면 충실한 강아지처럼 젬의 뒤를 졸졸 따라다니면서 검은 눈썹 아래 귀여운 눈망울로 젬을 올려다보고 있어요. 젬을 위해서라면 뭐든 할 것처럼 굴어요."

　"젬과 페이스는 결혼하나요?"

　미스 코닐리아가 묻자 블라이드 부인은 미소 지었다. 한때 남자를 싫어하여 늘 독설을 퍼붓던 미스 코닐리아가 나이 들어가면서 요즘은 중매에 아주 재미를 들였다는 것은 모두가 아는 사실이었다.

　"아직은 그냥 좋은 친구 사이예요, 미스 코닐리아."

　미스 코닐리아는 힘주어 말했다.

"'아주아주' 좋은 친구 사이지요, 정말로. 이 집 젊은 친구들의 일거수일투족이 모두 내 귀에 들어오니 나도 다 알고 있어요."

수전이 뼈 있는 말을 했다.

"메리 밴스가 빠짐없이 보고하고 있겠지요, 마셜 엘리엇 부인. 하지만 아이들 일을 놓고 섣불리 결혼 운운하는 것은 부끄럽게 여겨야 할 일이라고 나는 생각해요."

미스 코닐리아가 맞받아쳤다.

"아이들이라고요? 젬은 이제 21살이고 페이스는 19살이에요. 이 세상에서 우리 늙은이들만이 어른이라는 착각을 해서는 안 돼요, 수전."

자기 나이를 들추는 것을 몹시 싫어하는 수전은—그것은 허영심 때문이 아니라, 사람들이 자기를 보고 일하기에 너무 나이가 많다고 생각하지 않을까 하는 걱정 때문이었다—격분하여 다시 신문 기사로 눈길을 돌렸다.

"칼 메러디스와 셜리 블라이드는 지난주 금요일 밤 퀸즈아카데미에서 집으로 돌아왔다. 칼은 내년에 항구 곶 초등학교로 부임한다고 한다. 인기 있는 훌륭한 교사가 될 것이다."

미스 코닐리아가 말했다.

"아무튼 칼은 벌레에 대한 거라면 할 수 있는 데까지 아이들에게 가르치겠죠. 이제 퀸즈아카데미를 졸업했으니까 메러디스 목사님과 로즈메리는 칼이 바로 레드먼드 대학에 들어갔으면 했는데, 칼은 아주 독립심이 강해서 학비를 얼마쯤이나마 자기가 벌어 대학을 마치고 싶다고 했대요. 그편이 그 애에게도 오히려 좋은 경험이 되겠죠."

수전이 읽어 나갔다.

"지난 2년 동안 로브리지에서 교편을 잡았던 월터 블라이드가 사직했다. 올가을 레드먼드에 진학할 예정이라고 한다."

미스 코닐리아가 걱정스러운 듯 물었다.

"월터는 이제 레드먼드에 가도 될 만큼 몸이 건강해졌나요?"

블라이드 부인이 대답했다.

"가을까지는 건강해지길 우리 모두 바라고 있죠. 탁 트인 곳에서 좋은 공기를 마시고 햇볕을 쬐며 한가로이 여름을 보내면 꽤 효과가 있을 거라 생각해요."

미스 코닐리아가 강조하며 말했다.

"장티푸스는 좀처럼 회복되기 힘들어요. 특히 월터처럼 가까스로 목숨을 건진 경우에는 더 그럴 테고요. 나는 대학에 가더라도 1년 더 기다렸다 가는 게 좋지 않을까 생각하지만 월터는 워낙 꿈이 큰 아이니까요. 다이하고 낸도 가나요?"

"네. 둘 다 1년 더 가르치고 싶어했지만, 길버트가 올가을에는 꼭 레드먼드에 가야 한다고 해서요."

"그거 잘됐군요. 월터가 너무 열심히 공부만 하지 않도록 둘이서 지켜봐줄 테니까요."

미스 코닐리아는 수전 쪽을 흘끗 보며 말을 이었다.

"아까 그런 핀잔을 듣고 나서 이런 말을 해도 될지 모르겠는데, 제리 메러디스가 낸에게 눈길을 주고 있다죠?"

수전은 못 들은 척했고 블라이드 부인은 웃음을 쿡 터뜨렸다.

"미스 코닐리아, 나도 어깨가 무거워요. 자식들이 이렇게 커서 연애를 다 하고 있으니 말이에요. 그런데 너무 심각하게 생각하다가는 걱정에 짓눌려버릴 거예요. 그래서 심각하게 생각하지 않아요. 아이들이 그렇게나 다 컸다는 게 아직 실감이 안 나기도 하고요.

 헌칠한 내 아들 둘을 보고 있으면, 이 애들이 내가 전에 껴안고 뽀뽀하고 자장가를 불러 재우던 그 포동포동하고 보조개가 쏙 들어가는 순진한 갓난아기들이 맞나 하고 생각될 때가 있어요. 그게 바로 엊그제 일 같은데 말이에요, 미스 코닐리아. 젬은 '꿈의 집'에서 가장 귀여운 아기였잖아요? 그런데 그 아이가 지금은 대학을 졸업하고, 연애 중이라는 말을 들을 나이가 되었네요."

 미스 코닐리아는 한숨을 내쉬었다.

 "우리는 모두 늙어가고 있네요."

 "내가 나이 들었다는 생각이 들게 하는 유일한 부분은, 그린게이블즈 시절에 조지 파이의 도전을 못 뿌리치고 배리 씨네 집 지붕마루 위를 걷다가 떨어졌을 때 부러졌던 발목뼈예요. 샛바람이 불 때마다 욱신욱신하거든요. 류머티즘이라고 인정하고 싶지는 않지만 아프긴 아파요.

 그리고 우리 집 아이들은 메러디스 씨네 아이들이랑 가을에 학교로 돌아가기 전에 즐거운 여름을 보낼 계획을 세우고 있어요. 정말 어울려 놀기 좋아하는 아이들이에요. 그 덕분에 이 집은 한시도 조용할 날이 없이 늘 떠들썩하다니까요."

 "셜리가 퀸즈아카데미로 돌아갈 때 릴라도 함께 가나요?"

 "아직 결정되지 않았어요. 나는 안 가는 편이 좋다고 생각해요. 한 가지 이유는 그 애 아버지가 그 아이에게는 그만한 체력이 없다고 여기기 때문이에요. 미처 체력이 못 따라갈 정도로 너무 훌쩍 자라버렸어요. 사실 15살도 안 된 여자아이치고는 어이없게 키가 크니까요. 나도 그 아이를 보내는 게 썩 마음 내키지 않고요. 올겨울에 내 곁에 있어줄 내 강아지가 하나도 없다고 생각하면 정말이지 어떻게 될지 모르겠어요. 수전하고 나는 무료함을 떨치려고 맞잡고 싸움이라도 시작할지 몰라요."

이 농담에 수전은 미소 지었다.

'사모님과 맞잡고 싸우다니, 원!'

미스 코닐리아가 물었다.

"그런데 릴라 본인은 가고 싶어하나요?"

"아니요. 솔직히 말해서 우리 집 아이들 가운데 야망이 없는 아이는 릴라뿐이에요. 좀 더 야망을 지녔으면 좋겠는데, 진지한 이상 같은 걸 전혀 갖고 있지 않아요. 그 아이의 유일한 바람은 즐겁게 지내는 일 같다니까요."

수전이 정색하며 소리쳤다.

"즐겁게 지내서 나쁠 건 없잖아요, 사모님."

수전은 비록 집안사람이라 하더라도 잉글사이드의 누군가를 헐뜯는 걸 한 마디도 참고 들을 수 없어 릴라 편을 들었다.

"어린아이는 즐겁게 지내면 됐죠. 이 주장만은 결코 양보할 생각이 없어요. 라틴어나 그리스어에 대해서 생각할 시간은 앞으로도 얼마든지 있잖아요."

"나는 그 아이가 '조금은' 책임감이 있었으면 좋겠다고 생각하는 거예요, 수전. 릴라가 허영심이 심하게 강한 아이라는 건 수전도 알고 있잖아요."

"그야 릴라는 허영을 부려도 될 만큼 매력이 있으니까요. 글렌세인트메리에서 제일 예쁜 여자아이잖아요. 항구 윗마을의 매컬리스터 집안이나 크로퍼드 집안이나 엘리엇 집안에서 4대가 지난들 릴라 같은 피부가 나올 수 있다고 생각하세요? 어림도 없어요. 사모님, 제가 분수를 모르는 짓은 절대 안 하지만, 아무리 사모님이라도 릴라를 나쁘게 말하는 것은 그냥 듣고 있을 수 없어요. 이걸 들어보세요, 마셜 엘리엇 부인."

수전은 아이들 연애사에 끼어들고 싶어하는 미스 코닐리아에게 반격할 건더기를 찾아냈다. 수전은 신바람이 나서 기사를 읽어내려갔다.

"밀러 더글러스는 서부로 가지 않기로 결정했다. 그는 친숙한 프린스에드워드섬에 만족하므로 계속해서 고모인 앨릭 데이비스 부인을 위해 농사를 짓겠다고 말했다."

수전은 날카로운 눈길로 미스 코닐리아를 보면서 말했다.

"마셜 엘리엇 부인, 밀러가 메리 밴스에게 구혼하고 있다고들 하던데요?"

이 화살은 미스 코닐리아의 갑옷을 뚫고 들어가버렸고 그녀의 쾌활한 얼굴이 새빨개졌다.

미스 코닐리아는 딱딱하게 대꾸했다.

"밀러 더글러스가 메리 주변에서 어정거리도록 내버려둘 생각 없어요. 그 남자는 변변찮은 집안 출신이니까요. 아버지는 더글러스 집안에서 사람 취급 못 받았고…… 어머니라는 사람은 항구 곶의 그 지독한 딜런 집안 출신이에요."

"메리 밴스의 부모도 딱히 '귀족'이었다고는 말할 수 없을 것 같은데요, 마셜 엘리엇 부인?"

"메리 밴스는 좋은 환경에서 자란 데다 똑똑하고 재주 있고, 제 앞가림할 줄 아는 여자애예요. 그런 아이가 밀러 더글러스에게 자기를 내던지는 짓을 할 것 같아요? 그럴 리가요! 이 일에 대한 내 의견을 그 아이도 똑똑히 알고 있고, 메리는 이제까지 한 번도 내 뜻을 거스른 일이 없어요."

"뭐, 그렇게 걱정할 필요는 없다고 봐요, 마셜 엘리엇 부인. 앨릭 데이비스 부인도 부인 못지않게 두 사람 사이를 반대하고 있으니까요. 자기 조카가 메리 밴스처럼 근본도 모르는 아가씨와 결혼하는 일은 결코 있을 수 없다고 말한다잖아요."

수전은 이 싸움에서 승자는 자신이라고 느끼며 다시 신문으로 눈길을 돌려

다른 기사 한 꼭지를 읽었다.

"미스 거트루드 올리버가 교사로서 1년 더 재계약했다는 기쁜 소식을 전한다. 올리버 선생은 성실한 1년의 교직 생활을 마친 끝에 로브리지의 자택에서 방학을 보낼 예정이다."

블라이드 부인이 말했다.

"거트루드가 1년 더 이곳에 있게 돼서 기뻐요. 떠났으면 우리는 정말 허전했을 거예요. 게다가 릴라에게도 아주 좋은 영향을 주고 있고요. 릴라는 거트루드를 숭배하고 있거든요. 나이 차이가 많은데도 그 두 사람은 아주 단짝이에요."

"올리버 선생이 결혼한다는 얘기를 어디선가 들은 것 같은데요?"

"그런 이야기가 있었지만, 1년 뒤로 미뤄졌나 봐요."

"그 상대는 누구죠?"

"로버트 그랜트예요. 샬럿타운에 있는 젊은 변호사죠. 나는 거트루드가 행복해지기를 진심으로 바라고 있어요. 거트루드는 여러모로 슬픈 인생을 살아왔거든요. 그리고 모든 일을 무척 예민하게 느끼는 사람이죠. 거트루드의 풋풋한 청춘 시절은 이미 지나갔고, 지금 이 세상에서 사실상 외톨이나 다름없어요.

그리고 자기 삶에 찾아온 이 새로운 사랑이 너무 좋은 것이라 자기 곁에 영원히 머물 거라고 완전히 믿지 못하는 게 아닌가 싶어요. 결혼이 미뤄졌을 때는 몹시 낙담했었죠. 그랜트 씨 탓은 아니었지만요. 아버지의 재산을 상속받는 과정에서 복잡한 일이 생겼고—아버지가 올겨울에 돌아가셨거든요—그 일이 해결될 때까지는 그랜트 씨가 결혼식을 올릴 수 없게 된 거예요. 하지만 거트루드는 그걸 불길한 조짐으로 여기고는 자기의 행복이 또다시 자기에게서 멀리 달아나버린다고 생각했나 봐요."

수전이 굳어진 얼굴로 말했다.

"남자에게 너무 애정을 기울이는 건 좋지 않아요, 사모님."

"그랜트 씨도 거트루드 못지않게 거트루드를 깊이 사랑하고 있어요, 수전. 거트루드가 믿지 못하는 것은 그랜트 씨가 아니에요―운명이죠. 거트루드는 좀 신비론자 같은 데가 있어요. 사람에 따라서는 미신을 믿는다고 말할지도 모르죠. 이상할 만큼 꿈을 많이 믿는 편이에요. 그렇다고 우리도 그런 믿음을 마냥 가볍게 웃어넘길 수만은 없고요. 나도 인정할 수밖에 없지만, 거트루드의 꿈 가운데는…… 아, 하지만 내가 이런 이단 같은 말을 하는 것을 길버트가 듣게 되면 안 돼요.

왜 그래요, 수전? 뭐가 그렇게 재미있어요?"

수전이 소리를 질렀던 것이다.

"들어보세요, 사모님. '소피아 크로퍼드 부인은 로브리지에 있는 집을 처분하고 앞으로 조카며느리 앨버트 크로퍼드 부인에게 의탁하게 되었다.'

아, 이건 내 사촌 소피아예요, 사모님. 우리는 어렸을 때 장미꽃봉오리로 테두리가 장식되고 '신은 사랑입니다'라고 쓰인 주일학교 카드를 누가 받느냐 하는 일로 싸운 뒤 줄곧 서로 말을 안 했거든요. 그런데 이번에 소피아가 우리 집에서 길 하나 건너면 있는 맞은편 집으로 이사를 오게 되었다니 말예요."

"옛날에 싸웠던 일은 이제 화해해야겠군요, 수전. 이웃하고 사이가 나쁜 채로 지낼 수는 없지 않겠어요."

그러나 수전은 도도하게 말했다.

"소피아 쪽에서 싸움을 시작했으니까 화해도 그쪽에서 먼저 해와야겠지요. 그렇게 한다면 나도 선량한 기독교인답게 내치지 않고 받아줄 마음은 있어요. 사실 소피아는 유쾌한 사람은 아니에요. 한평생 우는소리를 하면서 살아왔어요. 요전에 만났을 때는 온갖 걱정 근심을 달고 살더니 주름이 천 개는 생겨서 얼굴이 아주 쭈글쭈글하더군요—그보다 더 많았을 수도 적었을 수도 있지만요. 첫 남편 장례식 때 세상이 무너진 것처럼 울고불고했으면서 1년도 못 되어 재혼을 하더라고요.

다음 기사는 지난 일요일 밤 우리 교회에서 있었던 특별예배에 대해 씌어 있는데, 장식이 썩 아름다웠다고 하는군요."

미스 코닐리아가 말했다.

"그 말을 들으니 생각나는데, 프라이어 씨가 교회에 꽃을 장식하는 일을 무척 반대한답니다. 그 사람이 로브리지에서 이사 왔을 때 무슨 사달이 날 줄 알았어요. 그런 사람에게 섣불리 장로직을 맡기는 게 아니었어요. 그 잘못된 결정을 우리는 두고두고 후회하게 될 거예요, 정말로요! 그 사람은 철없는 여자애들이 '잡초로 설교단을 계속 더럽힌다면' 자기는 교회에 나오지 않겠다고 했다는군요."

수전이 말했다.

"교회는 '구레나룻 달통이 영감'이 글렌 마을로 오기 전에도 잘되어나가고 있었으니까 그 사람이 없어도 잘해나갈 수 있다는 게 내 생각이에요."

블라이드 부인이 물었다.

"그런 우스운 별명은 대체 누가 붙였죠?"

"내가 기억하는 한 로브리지에 있을 때부터 남자아이들이 줄곧 그렇게 불렀어요, 사모님. 얼굴이 둥그렇고 벌건 데다 모랫빛 구레나룻이 빙 둘러 나 있기 때문 아니겠어요. 하지만 그 사람이 듣는 데서 그렇게 부르는 것은 좋지 않은 일이겠죠. 그건 분명해요.

하지만 구레나룻보다 더 골치 아픈 일은, 그 사람이 굉장히 분별없는 사람이고 이상한 사고방식을 가지고 있다는 거예요. 지금은 장로이고, 모두들 매우 신앙심이 깊다고 하죠. 하지만 나는 지금도 기억하는데, 20년 전 그 사람은 자기 집 소를 로브리지의 묘지에서 놓아먹이다 들킨 일이 있었어요. 제가 아주 또렷이 기억하고 있어요. 그래서 그 사람이 기도 모임에서 기도하고 있을 때는 언제나 그 일이 생각난답니다.

기사는 이게 다예요. 신문에는 그것 말고 중요한 일은 실려 있지 않아요. 전 외국 일에 대해서는 그다지 흥미가 없고요. 이 암살된 대공인가 하는 사람은 누구죠?"

"그게 우리와 무슨 상관이겠어요?"

이렇게 되물은 미스 코닐리아는 그때 운명이 이미 소름 끼치는 대답을 준비하고 있는 줄 짐작조차 하지 못했다.

"그 발칸 반도에서는 늘 누군가가 살인을 저지르거나 살인을 당하는걸요. 거기는 그게 일상적인 상태니까 그런 끔찍한 일을 우리 신문에 실을 필요는 없겠다 싶은데 말이죠. 《데일리엔터프라이즈》가 선정적인 머리기사 뽑는 데 너무 맛 들인 것 같아요.

이제 그만 돌아가야겠어요. 아니에요, 앤, 나한테 저녁 먹고 가라고 붙잡아도 소용없어요. 마셜은 식사 시간에 내가 집에 없으면 식사를 할 가치가 없다고 생각해서 내가 가봐야 해요…… 참 남자들다운 생각 아니에요?

어머나, 앤. 저 고양이는 왜 저러죠? 발작이라도 일으킨 거예요?"

박사가 갑자기 미스 코닐리아의 발치에 있는 깔개 위로 달려와서 귀를 젖히고 미스 코닐리아에게 비명 지르듯 울어대더니 순식간에 창밖으로 휙 날아가 자취를 감췄기 때문이다.

"아, 아니에요. 저 고양이는 다만 하이드 씨로 돌변했을 뿐이에요. 그 말은 곧 날이 밝기 전에 비가 오거나 센바람이 분다는 뜻이죠. 아주 기압계가 따로 없어요."

수전이 말했다.

"아무튼 저 고양이가 이번에는 우리 부엌이 아닌 밖에 나가서 날뛰니 한시름 놓았어요. 저도 이만 저녁 하러 가야겠어요. 요즘처럼 잉글사이드에 대가족이 와서 북적거릴 때면 늦지 않게 미리미리 식사 준비를 하는 게 내 의무니까요."

아침 이슬

잉글사이드 잔디밭에는 황금빛 햇살의 웅덩이가 생기고 여기저기에 그림자가 일렁이고 있었다. 릴라 블라이드는 큰 구주소나무 아래 걸어놓은 해먹에 누워 흔들거리고 있었고, 그 나무둥치에는 거트루드 올리버가 기대앉아 있었다. 월터는 풀밭 위에 길게 누워 기사도가 살아 있던 아득한 옛날의 영웅과 미녀가 눈앞에 생생히 그려지는 모험담에 빠져 있었다.

릴라는 블라이드 집안의 '막둥이'로, 아무도 자신이 다 컸다는 사실을 받아들여주지 않아 늘 마음속으로 못마땅하게 여기고 있었다. 릴라는 15살이 되는 날이 코앞이었으므로 이미 15살이라고 말하고 다녔다. 키도 다이나 낸 못지않게 큰 데다 수전 말대로 예뻤다. 꿈꾸는 듯한 커다란 담갈색 눈, 자잘한 금빛 주근깨가 여기저기 흩어져 있는 우윳빛 살결, 우아한 반달 같은 눈썹 등이 합쳐져 차분하고 새초롬하면서도 무언가를 궁금해하는 듯한 표정을 자아내면서 그것을 보는 사람들—특히 10대 소년들—로 하여금 그 궁금증에 답을 해주고 싶은 마음이 들게 했다. 머리는 붉은빛 도는 갈색이고, 윗입술의 옴폭 들어간 곳은 릴라의 세례식 때 어느 요정이 와서 손가락으로 살짝 누르고 간 자국 같았다.

가장 친한 친구들조차도 부정할 수 없는 허영심의 소유자로서 릴라는 얼굴에는 나름 만족했지만 몸매에 대해서만큼은 고민스러웠다. 릴라는 어머니가 좀 더 긴 치마를 입도록 허락해주지 않는 것을 한탄했다. '무지개 골짜기' 시절 토실토실한 아이였던 릴라는 팔다리만 껑충하게 자라는 나이가 된 지금 믿을 수 없을 만큼 가냘퍼졌다. 젬과 셜리는 그런 릴라를 '거미'라고 놀려 자존심이 상하게 했다. 그러나 다행히도 보기 흉하지는 않았다. 릴라의 걸음걸이는 마치 그녀가 언제나 춤을 추는 듯이 보이게 했다. 응석받이로 자라 좀 제멋대로인 점은 있었음에도 대체로들 릴라 블라이드가 낸이나 다이만큼 머리가 좋지는 않으나 귀염성 있는 소녀라고 생각했다.

방학을 맞아 그날 밤 로브리지의 집에 돌아가게 된 올리버 선생은 학기 중에 잉글사이드에서 1년째 하숙하고 있었다. 블라이드 집안에서는 릴라를 기쁘게 해주고 싶은 마음으로 올리버 선생을 하숙인으로 받았다. 릴라는 올리버 선생을 한없이 사랑했으며, 달리 남는 방이 없어서 자기가 먼저 나서서 자기 방을 함께 쓰도록 부탁까지 했다.

거트루드 올리버는 28살로, 지금까지 힘든 삶을 살아왔다. 사람의 눈길을 끄는 외모의 아가씨로, 아몬드 모양의 우수 어린 다갈색 눈을 하고 있었다. 입매는 영리하면서 차가운 미소를 머금고 있었으며, 풍성한 검은 머리는 올려 묶었다. 예쁘다고 할 수는 없었음에도, 남의 관심을 끄는 매력과 신비함이 얼굴에 깃들어 있어 릴라는 그것을 매혹적이라고 생각했다. 때때로 올리버 선생을 덮치는 우울하고 냉소적인 분위기마저 릴라에게는 매력적으로 느껴졌다. 그러나 그런 분위기는 올리버 선생이 피로할 때만 나왔을 뿐이며, 그렇지 않을 때에는 언제나 밝고 활기 있는 이야기를 나눌 수 있는 상대였다. 잉글사이드의 명랑한 아이들은 올리버 선생님이 자신들보다 훨씬 나이가 많다는 사실을 종종 잊었다. 올리버 선생님이 가장 편애한 아이들은 월터와 릴라였으며, 두 아이들에게 선생님은 은밀한 소망과 포부를 털어놓을 둘도 없는 벗이었다.

올리버 선생은 릴라가 '사교계'에 몹시 나가고 싶어하는 것을 알고 있었다. 낸과 다이처럼 아름다운 야회복을 입고, 파티에 다니고 무엇보다 '숭배자들'을 가지고 싶어했다. 그것도 한 명이 아닌 여러 명의 숭배자를! 그런가 하면 월터가 '로자몬드에게'—즉, 페이스 메러디스에게—라는 소네트 연작을 쓴 일이며 어딘가 큰 대학의 영문학 교수가 되고 싶어하는 것도 올리버 선생은 알고 있었다. 그가 아름다움을 열렬히 사랑하고 그만큼이나 추함도 몹시 혐오한다는 사실을 알고 있었으며, 월터의 강점과 약점도 알고 있었다.

월터는 지금도 변함없이 잉글사이드 남자아이들 가운데 가장 잘생겼다. 올리버 선생은 월터의 잘생긴 외모를 감탄하며 바라보았고, 자기에게 아들이 있다면 딱 그렇게 생기면 좋겠다는 생각을 하곤 했다. 윤기 도는 검은 머리, 반짝이는 짙은 잿빛 눈, 나무랄 데 없는 이목구비. 게다가 이미 손색없는 시인이었다! 앞서 말한 소네트 연작은 20살의 젊은이가 쓴 시치고 대단히 훌륭했다. 결코 편파적인 비평가가 아닌 올리버 선생은 월터 블라이드가 뛰어난 재능을 지녔음을 알고 있었다.

릴라는 월터를 진심으로 사랑했다. 월터는 젬이나 셜리처럼 릴라를 놀리는 일이 결코 없었다. 릴라를 단 한번도 '거미'라고 부른 적도 없었다. 월터가 릴라에게 붙여준 애칭은 '릴라 마이 릴라(릴라 나의 릴라)'였다. 릴라의 원래 이름인 마릴라를 조금 변형시킨 일종의 언어유희가 들어간 것이었다. 그녀의 이름은 그린게이블즈의 마릴라 할머니 이름을 따서 지은 이름인데, 마릴라 할머니는 릴라가 아직 어려서 할머니에 대해 잘 알기도 전에 돌아가셨고, 릴라는 그저 자기 이름이 너무 구식이며 고지식해서 싫을 뿐이었다.

'어째서 다들 나를 첫 번째 이름인 버사라고 불러주지 않을까? '릴라'라는

이 우스꽝스러운 이름보다 훨씬 아름답고 품위도 있는데.'

릴라는 월터가 그 애칭을 부르는 것은 상관하지 않았지만, 올리버 선생님이 이따금 부를 때 말고는 아무에게도 그렇게 부르지 못하도록 했다. 월터가 노래하는 듯한 목소리로 말하는 '릴라 마이 릴라'는 릴라에게도 퍽 아름답게 들렸다. 그것은 은빛 윤슬이 반짝이는 시냇물의 경쾌한 잔물결을 떠오르게 했다.

릴라는 자기 목숨을 내놓는 것이 월터에게 혹여 도움이 된다면 월터를 위해서는 얼마든지 죽을 수 있다고 올리버 선생님에게 이야기했다. 릴라도 15살 소녀에게 있음직한, 과장된 표현을 좋아하는 경향이 있었다. 릴라에게 무엇보다도 괴로운 일은 월터 오빠가 자기에게보다 다이 언니에게 마음의 비밀을 더 많이 털어놓는 게 아닌가 하는 의심이었다.

언젠가 릴라는 너무너무 분해서 올리버 선생에게 한탄한 일이 있었다.

"월터는 내가 아직 다 크지 않아서 이해를 못 한다고 여기고 있는 거예요. 하지만 나는 다 컸어요! 게다가 오빠에게 들은 이야기를 '결코' 그 누구에게도 말하지 않을 텐데 말이에요…… 선생님에게도 말하지 않을 거예요, 올리버 선생님. 사실, 선생님에게 내 일은 뭐든지 다 이야기해요. 선생님에게 조금이라도 비밀로 하는 일이 있으면 내 마음이 편치 않은걸요. 하지만 월터 오빠의 비밀이라면 무심코라도 말하지 않을 거예요. 나는 '월터 오빠에게' 뭐든 다 이야기해요. 일기장까지 보여주었는걸요. 그런데 오빠가 '나에게는' 중요한 일을 말해주지 않는다니, '굉장히' 자존심이 상해요. 그래도 월터가 자기가 쓴 시는 모두 보여줘요. '정말 훌륭한' 시예요, 선생님. 아, 언젠가는 나도 오빠에게 워즈워스[1]의 누이 도러시처럼 되고 싶다는 바람으로 오로지 살아가고 있어요. 워즈워스

---

1) 19세기 영국 낭만주의 문학의 초석을 다진 시인 윌리엄 워즈워스(1770~1850).

도 월터와 같은 시는 '결코' 못 썼어요. 테니슨[2]도 마찬가지고요."

"나 같으면 그렇게 단언하지는 않겠어. 그 두 사람도 변변찮은 습작도 꽤 썼거든."

올리버 선생은 메마르게 말했으나, 릴라의 눈에 상처받은 표정이 떠오르는 것을 보고 반성하며 황급히 덧붙였다.

"하지만 월터는 분명히 위대한 시인이 되리라 생각해…… 그리고 릴라가 좀 더 나이가 들면 언젠가 월터가 릴라에게도 자기 속이야기를 털어놓게 될 거야."

릴라는 비극의 여주인공인 양 한숨을 쉬고는 말했다.

"작년에 월터가 장티푸스에 걸려 입원했을 때 나는 미칠 것만 같았어요. 오빠의 병이 얼마나 심각했는지 고비가 지날 때까지 나한테는 아무도 안 가르쳐 줬어요. 아버지가 말 못 하게 했대요. 그런데 모르기를 정말 잘했어요. 알았더라면 견딜 수 없었을 테니까요. 몰랐는데도 밤마다 울면서 잠이 들었는걸요. 하지만 이따금 그런 생각이 드는데……."

릴라는 비통한 목소리로 말했다. 올리버 선생님 흉내를 내서 때때로 릴라는 비통한 목소리로 말하기를 좋아했다.

"월터는 나보다도 먼데이를 더 좋아하는 게 아닌가 여겨질 때가 있어요."

먼데이는 잉글사이드에 사는 반려견이었다. 월터가 마침 《로빈슨 크루소》를 읽고 있을 때 월요일(먼데이)에 잉글사이드에 오게 되어 그런 이름을 붙여주었던 것이다.[3] 사실은 젬의 개였으나 월터도 잘 따랐다. 먼데이는 지금도 월터 옆에 엎드려 그의 팔에 코를 비벼대면서 월터가 건성으로 한 번씩 쓰다듬어줄

---

2) 영국의 빅토리아 시대 계관시인이었던 앨프리드 테니슨 경(1809~1892).
3) 《로빈슨 크루소》에서 주인공 로빈슨 크루소가 한 원주민을 식인종에게서 금요일에 구출했다고 '프라이데이'라고 이름 붙임.

때마다 기뻐서 꼬리로 탁탁 땅바닥을 내리치고 있었다.

먼데이는 콜리도 세터도 사냥개도 뉴펀들랜드종도 아니었다. 젬이 말하듯 그냥 '평범한 개'였다. 몇몇 인정사정없는 사람들은 '아주 흔해빠진 개'라고 가차 없이 덧붙이기도 했다. 확실히 먼데이의 겉모습은 보잘것없었다. 누런 몸에 검은 반점이 얼룩덜룩 있고, 그중 하나는 한쪽 눈 위에 있었다. 심지어 귀는 너덜너덜 찢어져 있었다. 명예를 건 싸움에서 이긴 일이 없었던 증거이다.

그러나 먼데이는 한 가지 불가사의한 힘을 지니고 있었다. 모든 개가 잘생기고 호소력 있고 싸움을 잘할 수는 없지만, 어떤 개라도 애정을 줄 수는 있다는 사실을 알고 있었던 것이다. 그 못난 거죽 속에는 어느 개도 일찍이 지녔던 일이 없을 만큼 깊은 애정과 강한 의리로 가득 차서 힘차게 뛰는 심장이 있었다. 갈색 눈에서는 신학자마저 개에게도 영혼이 있다고 인정할 수밖에 없을 듯한 무언가가 엿보였다. 잉글사이드 사람들은 모두—심지어 수전까지도—먼데이를 귀여워했다. 딱 한 가지 손님용 침실로 몰래 들어가 침대 위에서 자는 나쁜 버릇이 있어서 수전의 애정을 시험할 때가 있었다.

그날 오후 릴라에게는 이렇다 할 아무 괴로움도 없었다.

릴라는 '무지개 골짜기' 위에 한가로이 걸린 작은 은빛 구름을 멀리 꿈꾸듯 바라보며 물었다.

"6월은 즐거운 달이었죠? 무척 즐겁게 보냈고…… 날씨도 좋았어요. 모든 면에서 완벽한 한 달이었어요."

올리버 선생은 한숨을 쉬었다.

"그 사실이 그리 탐탁지 않아. 불길해…… 왠지 모르게. 완벽한 것이란 신께서 주시는 선물이지. 그 뒤에 닥칠 일에 대한 일종의 보상 같은. 나는 그런 일을 너무 자주 보아서, 사람들이 완벽하게 즐거운 한때를 보냈다고 말하는 걸 좋아하지 않아. 하지만 6월은 정말 즐거웠어."

"물론 그다지 짜릿한 일은 없었어요. 요 1년 동안 글렌 마을에 일어났던 짜릿한 일이라면 나이 많은 미스 미드가 교회에서 기절한 것뿐이에요. 가끔은 무언가 극적인 일이 좀 일어났으면 좋겠다는 생각을 해요."

"그런 일을 바라서는 안 돼. 극적인 일은 반드시 누군가에게 고통을 주니까. 너희들은 얼마나 유쾌한 여름을 보낼까! 그동안 나는 로브리지에서 축 처져 있겠지."

"그래도 여기에 자주 오실 거죠? 올여름은 즐거운 일이 많을 것 같아요. 언제나처럼 나는 끼워주지 않겠지만요. 어린아이가 아닌데도 다들 계속 어린아이 취급하는 건 정말 속상한 일이에요."

"어른으로 살아갈 시간은 충분히 길어, 릴라. 어린 시절이 빨리 가버리면 좋겠다는 생각은 하지 마. 정말 눈 깜짝할 사이에 지나가버리거든. 너도 이제 곧 인생을 맛보기 시작할 거야."

릴라는 웃으며 외쳤다.

"인생을 맛본다고요? 저는 인생을 얼른 먹어버리고 싶어요. 나는 모든 걸 누려보고 싶어요…… 아가씨로서 누릴 수 있는 건 몽땅.

앞으로 한 달만 있으면 나도 어엿한 15살이에요. 그러면 이제 아무도 나를 어린아이라고 하지 못하겠죠. 전에 15살부터 19살까지가 여자에게 가장 좋은 때라고 누군가가 말했던 걸 들은 적이 있어요. 난 그 시절을 더없이 멋지게 만들 작정이에요. 신나는 일로 가득 채워서."

"어떻게 하겠다는 작정 같은 걸 해 봐야 헛일이야…… 대개 작정한 대로 되지 않게 마련이니까."

릴라는 외쳤다.

"어머나, 하지만 생각만으로도 아주 신나잖아요."

"너는 신나는 일밖에 생각 안 하는구나, 이 장난꾸러기야."

올리버 선생은 응석을 받아주듯 말하며 릴라의 턱선이 정말 예쁘다고 생각했다.

"그래, 15살에 신나는 일 말고 달리 무슨 생각을 할 필요가 있겠니. 그런데 너는 올가을에 대학 갈 생각은 없니?"

"없어요. 올가을뿐만 아니라 어느 가을에도요. 대학에 가고 싶지 않은걸요. 낸 언니나 다이 언니가 열광하는 그 무슨무슨 '학'이니 무슨무슨 '주의'니 하는 것에 저는 조금도 관심이 없어요. 게다가 우리 집에서 벌써 다섯이나 대학에 갔잖아요. 그러면 충분해요. 어느 집에나 모자란 사람이 한 명은 있는 법 아니겠어요. 예쁘고 인기 있고 유쾌하다면, 나는 기꺼이 우리 집안의 모자란 사람이 될 용의가 있어요. 어차피 공부 쪽으로는 재능이 전혀 없는걸요, 뭐. 그래서 마음이 얼마나 편한데요. 아무도 저한테 기대를 걸지 않으니까 그렇게 돼야 한다고 성가시게 굴고 괴롭히는 사람도 없어요.

그렇다고 집안일이나 요리를 딱히 잘하는 것도 아니에요. 바느질이나 청소는 딱 질색이고, 수전이 비스킷 만드는 법을 가르치지 못할 정도라면 세상 누구도 나한테 요리를 가르칠 수 없어요.

아버지는 나한테 '수고도 아니하고 길쌈도 아니한다'고 하세요. 그러니 나는 '들의 백합'[4]이 틀림없어요."

릴라는 그렇게 결론짓고는 또 까르르 웃었다.

"너는 아직 어리니까 공부를 완전히 손에서 놓으려는 건 좋지 않아, 릴라."

---

[4] 《신약성서》〈마태복음〉 6장 28절. "들의 백합화가 어떻게 자라는가 생각하여 보라. 수고도 아니하고 길쌈도 아니하느니라"

"아, 어머니가 올겨울에 독서 공부를 시켜주기로 했어요. 어머니도 오랜만에 먼지 앉은 문학사 학위를 닦는 일이 되고 좋죠. 다행히 저도 책 읽는 건 좋아하니까요. 그렇게 슬픈 눈으로 나무라듯 보지 말아주세요, 선생님. 나는 진지하고 심각해지는 법을 몰라요. 내게는 모든 게 장밋빛이고 무지갯빛으로 보이는걸요.

다음 달이면 15살이 되고 내년에는 16살, 내후년에는 17살이 되죠. 이보다 멋진 일이 뭐가 또 있겠어요?"

거트루드 올리버는 웃음 반, 진지함 반을 담아 말했다.

"그래, 좋을 때지. 부디 바라는 바를 모두 이루렴, 릴라 마이 릴라."

달밤의 향연

릴라는 잘 때면 눈을 아주 꼭 감는 어릴 때 버릇이 아직도 남아 있어서 자면서 웃고 있는 듯이 보였다. 그녀가 잠에서 깨 하품을 하고 기지개를 켜며 거트루드 올리버에게 방긋 미소 지었다. 어젯밤 로브리지에서 놀러 왔던 거트루드 올리버는 그다음 날 밤 포윈즈 등대에서 열리는 댄스파티까지 참석하라고 릴라가 붙잡는 바람에 잉글사이드에 묵었던 것이다.

"새로운 날이 창문을 두드리고 있네요. 우리에게 어떤 일들을 가져다줄까요."

올리버 선생은 희미하게 몸을 떨었다. 그녀는 릴라처럼 열의에 차서 하루를 맞이했던 일이 결코 없었다. 올리버 선생의 나이쯤 되면 새로운 날이 두려운 일을 가져올 수도 있다는 것을 알고 있기 때문이다.

"다가오는 날이 좋은 건 어떤 일이 일어날지 미리 알 수 없기 때문이라고 생각해요. 금빛 햇살이 내리쬐는 맑은 날 아침 이렇게 잠에서 깬 뒤, 침대에서 일어나기 전에 10분쯤 공상에 잠겨 오늘 하루가 끝날 때까지 일어날지도 모를 갖가지 멋진 일들을 상상해보면 마냥 즐거워요."

올리버 선생은 말했다.

"그러게. 오늘은 뭔가 뜻밖의 일이 일어났으면 좋겠구나. 이를테면, 독일과 프랑스 사이에 전쟁이 일어나지 않게 되었다는 소식 같은 거."

릴라는 건성으로 대답했다.

"아, 그렇죠. 전쟁을 피하지 못하면 큰일이겠죠. 하지만 우리와는 별 상관 없는 일 아닌가요? 전쟁이란 분명 아슬아슬한 긴장감이 있겠죠. 보어 전쟁이 그랬다면서요. 물론 저야 그때 일은 아무것도 모르지만요.

선생님, 저 오늘 밤 흰 드레스를 입을까요, 아니면 새로 맞춘 초록색 드레스를 입을까요? 초록색 옷이 당연히 훨씬 예쁘지만 괜히 바닷가 댄스파티에 입고 갔다가 더럽히기라도 하면 어쩌나 싶어 걱정스러워서요. 머리는 선생님이 그 요즘 유행하는 새로운 스타일로 빗어주실 수 있어요? 글렌 마을에서 그 머리를 한 사람은 아직 아무도 없었으니 굉장한 화제가 될 거예요."

"어머니께 댄스파티에 가도 된다고 어떻게 허락을 받았니?"

"아, 다행히 월터가 어머니를 설득해줬어요. 못 가면 내가 몹시 서운해할 줄 오빠는 알고 있었거든요. 이번 파티는 내가 참된 의미에서 어른이 된 뒤 처음으로 참석하는 파티예요, 선생님.

밤에 그 생각 하느라 1주일 동안 잠을 설쳤어요. 오늘 아침에 해가 빛난 걸 보았을 때 기뻐서 함성을 지르고 싶었다니까요. 오늘 밤 비가 온다면 정말 실망스러웠을 거예요.

모험이긴 하지만 초록색 드레스를 입고 갈래요. 첫 파티니까 가장 예쁘게 하고 가고 싶어요. 그 드레스가 흰 드레스보다 1인치(2.5센티미터)는 더 길기도 하고요. 그리고 신발은 은빛 구두를 신으면 되겠어요. 포드 아주머니가 지난 크리스마스 때 선물로 보내주셨는데 아직까지 신을 기회가 없었거든요. 정말 멋진 구두예요.

아아, 올리버 선생님, 남자아이들 가운데 누가 저한테 춤을 신청해줘야 할 텐데. 아무도 신청을 안 해서 밤새 벽에 붙어 앉아만 있어야 한다면 전 부끄러워서 죽어버릴 거예요. 정말로요. 칼하고 제리가 목사님 아들이라 춤을 출 수 없지만 않다면, 틀림없이 내가 그런 창피를 당하지 않도록 구해줄 텐데 말예요."

"춤출 상대는 얼마든지 있을 거야. 항구 윗마을 남자아이들이 모두 올 테니까. 아마 여자보다 남자가 훨씬 많을걸."

릴라는 웃었다.

"내가 목사님 딸이 아니라 정말 다행이에요. 페이스는 가엾게도 오늘 밤 춤을 출 수 없어서 화가 잔뜩 나 있어요. 물론 우나는 아무렇지도 않지만요. 우나는 춤을 추고 싶어서 안달한 적이 한 번도 없거든요. 춤을 추지 않는 사람들은 부엌에 모여서 태피 사탕을 만들기로 했다고 누군가가 페이스에게 이야기했거든요. 그때 페이스 표정을 보셨어야 해요. 그렇지만 페이스 언니는 어차피 저녁 내내 젬 오빠랑 바위 위에 앉아 있겠죠. 혹시 그거 아세요? 우리는 다 같이 '꿈의 집' 앞에 있는 작은 계곡까지 걸어가서 거기서 배를 타고 등대로 간대요. 더할 나위 없이 황홀하지 않겠어요?"

올리버 선생이 놀리듯 말했다.

"나도 15살 때는 강조법과 최상급을 써서 말하곤 했지. 이 파티는 릴라처럼 어린 사람들에게는 틀림없이 유쾌하겠지만, 나한테는 지루할 거야. 남자아이들이 어디 나 같은 노처녀하고야 춤추려 하겠니. 젬이랑 월터가 인정상 한 번씩은 신청해주겠지만. 그러니 너 같은 청춘의 황홀경으로 이 선생님이 오늘 저녁을 기다릴 거라고 바라면 안 돼."

"하지만 선생님도 첫 파티 때는 즐겁지 않으셨어요?"

"아니, 싫었어. 나는 초라하고 못생겼고, 딱 한 명 빼고는 아무도 나한테 춤을 청해오지 않았거든. 그 한 명도 나보다도 더 못생기고 초라한 남자아이였고. 그의 말이며 행동은 또 어찌나 어색하던지 정말 싫었어. 그런데 그 애조차 나한테 춤을 두 번은 청하지 않았다니까.

나한테는 정말로 풋풋한 처녀 시절은 없었어, 릴라. 돌이킬 수 없는 슬픈 일이지. 그러니 너는 그 꽃다운 시절을 화사하고 행복하게 보냈으면 해. 그리고 네 첫 파티가 일생을 두고 소중하게 꺼내볼 즐거운 추억이 되기를 바라고."

"실은 어젯밤 댄스파티에 간 꿈을 꾸었어요. 그런데 무도회장 한복판에서 내가 침실용 가운 차림에 실내화를 신고 있다는 걸 알아차린 거예요. 진저리를 치며 눈을 번쩍 떴죠."

릴라는 아찔한 기억을 돌이키며 한숨을 내쉬었다.

올리버 선생이 멍하게 말했다.

"꿈 얘기를 하니까 말인데…… 어제 이상한 꿈을 꾸었어. 내가 이따금 꾸는 그런 생생한 꿈 있잖아. 여느 때 꾸는 흐릿하고 모든 게 뒤죽박죽인 그런 꿈이 아니라…… 꼭 현실처럼 또렷했어."

"어떤 꿈이었는데요?"

"나는 여기 잉글사이드 베란다 층계에 서서 글렌 마을의 밭이며 목장을 바라보고 있었어. 그런데 갑자기 멀리서 은빛으로 반짝이는 긴 파도가 밭이며 목장을 향해 일직선으로 밀려오는 게 보였어. 그 파도는 차츰 더 가까이 다가오더니 이따금 모래사장에 밀려와 부서지는 작고 흰 파도가 몰려오고 또 몰려오는 거야. 그러면서 글렌 마을을 삼켜버리고 있었어.

그걸 보면서 나는, 저 성난 파도가 설마 잉글사이드 앞까지는 오지 않겠지, 라는 생각을 했어. 그런데 파도가 자꾸자꾸…… 그것도 너무나 빠르게 다가오더니…… 내가 미처 움직이거나 소리도 지를 새 없이 어느덧 내 발치까지 밀려왔어…… 그러더니 모든 것을 삼켜버렸지. 글렌 마을이 있던 자리에는 미친 듯

출렁이는 큰 물결 말고는 아무것도 없었어.

 나는 뒤로 물러서려고 했어…… 그랬더니 내 치맛자락이 선명한 '붉은 피'에 젖어 있지 않겠니. 그때 나는 잠에서 깼어…… 벌벌 떨면서.

 뭔가 불길하고 의미심장한 뜻이 담겨 있는 정말 기분 나쁜 꿈이었어. 내 경우엔 이런 생생한 꿈은 반드시 '들어맞거든'."

 릴라는 걱정스러운 듯 중얼거렸다.

"그게 동쪽에서 비바람이 불어닥쳐 파티가 엉망이 되어버린다는 뜻이 아니면 좋겠네요."

 올리버는 반어적으로 말했다.

"못 말릴 15살 소녀여! 염려 마, 릴라 마이 릴라. 내가 그토록 무서운 위험을 예언하고 있다고는 생각지 않으니까."

 지난 며칠 동안 잉글사이드에는 나날이 긴장된 분위기가 흐르고 있었다. 다만 이제 막 꽃망울을 맺기 시작한 자기 삶에 열중한 릴라만이 그것을 알아차리지 못했다. 블라이드 박사는 우울하고 심각한 얼굴로 날마다 오는 신문을 보며 거의 아무 말도 하지 않았다. 젬과 월터는 신문이 가져다주는 놀라운 소식에 촉각을 곤두세우고 있었다.

 그날 저녁, 젬은 흥분을 감추지 못하고 월터를 찾았다.

"월터, 독일이 프랑스에 마침내 선전포고를 했어. 그렇다면 영국도 전쟁에 뛰어든다는 뜻일 거야, 아마도…… 만일 영국이 전쟁에 뛰어든다면…… 그래, 너의 공상 속 피리 부는 사나이가 마침내 찾아온 셈이지."

 월터는 천천히 말했다.

"그건 공상이 아니야. 예감이었지…… 미래를 보여주는 환영…… 형, 오래전 그날 밤 나는 한순간 정말로 피리 부는 사나이를 봤어. 그런데 영국이 전쟁에 뛰어들면 어떻게 되는 거야?"

젬은 명랑하게 소리쳤다.

"그러면 우리도 모두 나가서 영국을 도와야지. '북쪽 바다에 사는 백발의 노모'가 혼자 나가서 싸우게 둘 수는 없잖아? 하지만 넌 못 가겠다. 장티푸스를 앓아서 징집 대상에서 제외될 테니까."

월터는 별말을 하지 않았다. 잠자코 글렌 마을과 마을 너머에 쏙 들어가 있는 푸른 항구를 바라보았다.

젬은 명랑하게 말을 이어갔다.

"우리는 아기 사자야. 일족[1]의 싸움이라면 우리도 이빨로 물어뜯든 발톱으로 할퀴든 몸을 사리지 말고 같이 싸워야지."

햇볕에 그을린 강하고 길면서 섬세한 손으로—타고난 외과의사의 손이라고 아버지는 이따금 생각했다—자신의 빨간 곱슬머리를 마구 헝클고는 또 말했다.

"굉장한 모험이 될 텐데! 그렇지만 막바지에 그레이[2]나 다른 걱정 많은 노인네가 끼어들어 어떻게든 싸우지 않고 대충 수습하려 들겠지. 그래도 궁지에 몰린 프랑스를 못 본 척한다면 영국 입장에서도 엄청난 치욕일 거야. 혹시나 그러지 않는다면 우리에게도 얼마쯤 재미있는 일이 되겠지. 아, 등대에서 열릴 파티에 갈 채비를 해야 할 시간이 다 됐네."

젬은 휘파람으로 '백 명의 백파이프 악사와 함께'의 멜로디를 불며 유유히 자리를 떴다. 월터는 한참 동안 그 자리에 우두커니 서 있었다. 그의 이마는 살짝 찌푸려져 있었다. 모든 것이 뇌운이 몰려오듯 시커멓게 갑자기 밀어닥쳤다.

---

1) 캐나다는 영국연방의 한 나라.
2) 에드워드 그레이(1862~1933). 영국 자유당 정치가. 1905~1916년에 외무장관을 지냄.

며칠 전만 해도 아무도 이런 일은 생각지도 못했다. 지금 생각해봐도 어이없는 일이다. 벗어날 수 있는 뭔가 좋은 방법이 찾아지겠지.

전쟁은 지옥같이 무섭고 추악한 것이다. 이 20세기에 문명국들 사이에서 그처럼 진저리 나고 끔찍한 일이 여전히 일어날 리 없다. 인생의 아름다움을 위협하는 그 추악함을 생각하는 것만으로도 월터의 마음은 비참해졌다. 전쟁에 대해서는 더 이상 생각하지 말자. 월터는 단호하게 그 생각을 마음속에서 몰아내려고 했다.

열매들이 익어가는 8월의 정겨운 글렌 마을은 어쩌면 이토록 아름다운가! 나무가 우거진 오래된 농가들, 갈아엎은 목초지, 고즈넉한 뜰…… 서녘 하늘은 마치 한 알의 커다란 금빛 진주 같았다. 멀리 보이는 항구는 떠오른 달빛을 받아 은결이 빛나고 있었다.

사방은 기묘한 소리로 가득 차 있었다. 나른한 지빠귀의 지저귐부터 해 질 녘 나무 사이로 부는 바람의 신비롭고 슬픈 부드러운 속삭임, 우아한 하트 모양 잎사귀가 흔들리며 찰랑찰랑 속살거리는 사시나무의 뒤척임, 그리고 댄스파티에 갈 준비를 하고 있는 방 창문으로 새어 나오는 소녀들의 즐겁고 생기 넘치는 웃음까지. 세계는 아름다운 소리와 갖가지 빛깔에 정신이 혼미할 만큼 잠겨 있었다. 월터는 이런 것들이 어우러진 세상이 그에게 주는 깊고 오묘한 기쁨만을 생각하기로 했다.

'어쨌든 아무도 내가 가기를 기대하지 않을 테니까…… 젬의 말대로 장티푸스 덕분에.'

댄스파티에 갈 옷차림을 한 릴라는 자기 방 창문으로 몸을 쑥 내밀고 있었다. 노란 팬지꽃 한 송이가 그녀의 머리에서 빠져 금빛 별처럼 떨어졌다. 릴라가 손을 뻗어 잡아보려 했으나 헛일이었다. 그러나 그 한 송이가 떨어져도 아직 많이 남아 있었다. 올리버 선생이 이 귀여워하는 아이의 머리를 꾸미기 위해 팬지꽃을 머릿단에 엮어 작은 화관을 만들어주었던 것이다.

"어쩌면 이토록 아름답게 고요할까요…… 멋지지 않아요? 오늘 밤은 더할 나위 없는 밤이 될 거예요. 들어보세요, 선생님…… 저 '무지개 골짜기'의 낡은 방울 소리가 또렷이 들려와요. 10년이 넘도록 저기에 걸려 있던 방울이에요."

올리버 선생이 대답했다.

"바람에 흔들리는 풍경 소리를 들을 때면 나는 아담과 이브가 밀턴[3]의 낙원에서 들었을 영묘한 천상의 음악을 생각한단다."

릴라는 꿈꾸듯 말했다.

"우리는 어렸을 때 '무지개 골짜기'에서 무척 재미있게 놀았어요."

지금은 아무도 '무지개 골짜기'에서 놀지 않았다. 여름날 저녁에도 그곳은 아주 조용했다. 월터는 그곳으로 책을 읽으러 가기를 좋아했다. 젬과 페이스에게는 자주 단둘만의 만남을 가지는 장소였으며, 제리와 낸은 아무 방해도 받지 않고 심원한 문제에 대해 끝없는 논쟁과 토론을 이어가기 위해 그곳으로 갔다. 그것이 그들 나름의 연애 방식인 듯했다. 그리고 릴라에게는 자기만의 조그만 숲속 골짜기가 있어, 그곳에서 몽상에 잠겨 앉아 있기를 즐겼다.

"전 나가기 전에 부엌에 얼른 내려가서 수전에게 내 모습을 보여주고 올게요. 안 그러면 수전이 두고두고 저를 용서하지 않을 거예요."

수전이 단조롭게 양말을 깁고 있는 어두컴컴한 잉글사이드 부엌에 릴라가 달려 들어오면서 그녀의 아름다움으로 그곳이 환히 밝아졌다. 릴라는 조그만 핑크빛 데이지 꽃송이들이 목 둘레에 장식된 초록색 드레스를 입고 실크 스타

---

[3] 《실낙원》을 쓴 영국의 시인 존 밀턴(1608~1674).

킹에 굽 높은 은빛 구두를 신고 있었다. 머리와 우윳빛 목은 금빛 팬지꽃을 달아 꾸몄다. 부엌에는 수전의 사촌 소피아 크로퍼드도 함께 있었다. 그녀는 덧없는 세속의 것에 쉽사리 감탄하지 않는 사람이었다. 그럼에도 아름다움과 젊음으로 빛나는 릴라의 그 모습에는 소피아마저도 감탄해 마지않았다.

사촌간인 소피아와 수전은 소피아가 글렌 마을에 와서 살게 된 뒤로 옛날에 싸웠던 일에 대해 화해했다. (혹은 없었던 일인 양 서로 모른 척했다.) 소피아는 저녁이면 자주 길을 건너 이웃집을 찾아왔다. 그렇다고 수전이 그녀를 늘 반갑게 맞았다는 것은 아니었다. 소피아는 사람에게 활기를 불어넣는 이야기 상대가 못 되었기 때문이다.

수전은 이런 말로 소피아가 찾아오는 일에 대한 그녀의 본심을 넌지시 비춘 적도 있었다.

"어떤 사람이 찾아오느냐에 따라, 반가운 '방문'이 되기도 하고, 달갑잖은 '시찰'이 되기도 해요, 사모님."

사촌 소피아는 길쭉하고 창백하고 쭈글쭈글한 얼굴에 길고 가느다란 코와 기다랗고 얄팍한 입술을 하고, 아주 길고 여위고 핏기 없는 두 손을 언제나 검은 옥양목 옷 위에 맥없이 포개놓고 있었다. 사촌 소피아는 몸의 모든 것이 대체로 길고 얇고 창백했다.

소피아는 음울한 눈길로 릴라 블라이드를 바라보며 슬픈 듯 물었다.

"네 머리는 모두 네 것이니?"

릴라는 분개하여 소리쳤다.

"그럼요!"

소피아는 한숨을 쉬었다.

"아, 그렇구나! 사실 그렇지 않은 편이 너를 위해서는 좋았을 텐데! 그런 숱

많은 머리는 사람의 정력을 앗아가니까. 폐병의 징조라고들 하더라. 너는 그렇지 않으면 다행이고.

　너희 젊은이들은 모두 오늘 밤 춤을 추겠지—목사님 아들들까지도. 딸들이야 그렇게까지는 못 하겠지만 말야. 나는 늘 춤을 탐탁지 않게 여겼어. 한창 춤추던 도중에 픽 쓰러져 죽어버린 아가씨를 알고 있거든. 그런 심판이 내린 뒤에도 어떻게 사람들은 춤출 마음이 생기는지 나는 도저히 모르겠어."

　릴라는 당돌하게 물었다.

　"그 아가씨가 또 춤을 췄나요?"

　"아니, 내가 방금 픽 쓰러져 죽었다고 말을 했잖니. 당연히 두 번 다시 춤추지 못했지, 딱하게도. 그 아가씨는 로브리지의 커크 집안사람이었어. 너 설마 그렇게 맨목에다 아무것도 안 걸치고 나가려는 건 아니겠지?"

　"오늘 밤은 더운걸요. 그래도 배 위에서는 스카프를 두를 생각이에요."

　소피아는 슬픈 얼굴로 힘없이 말했다.

　"40년 전 어느 날 밤…… 아니, 딱 오늘 같은 밤에 저 항구에서 젊은이들을 가득 태운 배가 벌렁 뒤집혀 모두 빠져 죽고 말았어…… 한 사람도 남김없이. 그런 일이 오늘 밤 너희한테 일어나지는 말아야 할 텐데.

　그 주근깨에 무슨 치료를 하고 있지? 나한테는 질경이 즙이 썩 잘 듣던데."

　수전은 릴라를 감싸주려고 나섰다.

　"확실히 소피아는 주근깨에 대해 잘 알겠지. 처녀 시절에 어떤 두꺼비라도 소피아 앞에서는 무색할 만큼 주근깨투성이였으니까. 릴라의 주근깨는 여름에만 보이지만 소피아는 일 년 내내 없어지지도 않았잖아. 게다가 얼굴색도 릴라 같지 않았고.

　정말 멋지구나, 릴라. 그 머리도 참 잘 어울리고. 하지만 그 굽 높은 구두를 신고 항구까지 걸어가려는 건 아니지?"

"네, 아니에요. 다들 항구까지는 헌 구두를 신고 굽 높은 구두는 들고 갈 거예요. 내 드레스 마음에 들어요, 수전?"

수전이 미처 대답할 사이도 없이 소피아가 끼어들면서 한숨을 쉬었다.

"그것을 보니 내가 처녀 시절에 입었던 드레스가 생각나는구나. 그 옷도 작은 핑크빛 꽃다발 무늬의 초록색 옷이었지. 허리에서 밑단까지 풍성한 주름이 잡혀 있었어. 우리는 요즘 아가씨들이 입는 것 같은 짤막한 옷은 입지 않았으니까. 아, 시대가 많이도 달라졌지. 하지만 좋은 쪽으로 달라진 것 같지는 않구나.

그날 밤 내 옷은 찢이져서 커다란 구멍이 나버린 데다 누군가 차까지 엎지르고 말았어. 완전히 못쓰게 되어버렸지. 하지만 네 옷에는 그런 일이 일어나지 않았으면 좋겠구나. 그나저나 치마가 좀 더 길어야 하지 않겠니. 다리가 그렇게 길고 가냘픈데."

"우리 사모님은 어린 여자아이가 어른 같은 옷차림을 하는 데 찬성하지 않아."

수전은 소피아에게 무안을 줄 작정으로 딱딱하게 말했는데, 정작 모욕을 느낀 건 릴라였다. 릴라는 화가 치밀어서 급히 부엌에서 나갔다.

'어린 여자아이라니, 기가 막혀! 내가 아무리 예쁘게 차려입었어도 두 번 다시 수전에게 보여주러 가나 봐! 수전은 60살 먹은 사람이 아니면 어른으로 여기지도 않지! 게다가 그 진저리 나는 소피아 할머니는 남의 주근깨하고 다리나 들춰내서 빈정대고 말이야! 아니, 그렇게 늙고 뼈만 앙상하게 남은 주제에 누구더러 길다느니 가냘프다니 말할 수 있어?'

릴라는 자기 모습과 그날 밤에 대한 기대감으로 흥분해 있었다. 그 설렘이 흐려지고 망가진 기분이었다. 영혼 밑바닥부터 치미는 짜증을 못 이겨 그대로 털썩 주저앉아 엉엉 울고 싶었다. 그러나 포윈즈 등대로 향하는 왁자지껄한 무리 가운데 끼었을 때 비로소 명랑한 기분을 되찾았다.

블라이드 집안 젊은이들은 먼데이가 컹컹 짖어대는 구슬픈 음악에 맞춰 잉글사이드를 떠났다. 먼데이는 초대받지 않은 손님이었으므로 등대에 따라가지 못하도록 헛간에 갇혀 있었다. 그들은 마을에서 메러디스네 아이들을 불러냈고, 옛 항구 큰길을 걸어가는 도중 다른 사람들도 합류했다. 메리 밴스는 파란 크레이프 드레스에 레이스 겉옷을 걸친 화려한 모습으로 미스 코닐리아네 집 대문에서 나타나 함께 걸어가던 릴라와 올리버 선생에게 붙었다. 릴라나 올리버 선생은 메리 밴스를 그리 반기지 않았다. 릴라는 메리 밴스를 썩 좋아하지 않았다. 마른 대구를 든 메리에게 뒤쫓겨 마을 길을 달음박질치던 그 비참한 날의 일을 결코 잊지 못했기 때문이다.

솔직히 말하자면 메리는 친구들 무리 어느 누구로부터도 그리 호감을 얻지 못했다. 그러나 그들은 여전히 메리와 어울리는 것을 재미있어했다. 메리가 신랄한 말을 서슴없이 내뱉을 때면 너무나 짜릿했기 때문이었다.

다이 블라이드가 이렇게 말한 일이 있었다.

"메리 밴스는 우리에게 습관이나 마찬가지야. 그 애에게 아무리 화가 났어도 그 애 없이는 지낼 수 없거든."

이들 일행은 대개 익숙한 대로 두 사람씩 짝을 지어서 갔다. 젬은 물론 페이스 메러디스와 함께 걸었고, 제리 메러디스는 낸 블라이드와 함께였다. 다이와 월터는 함께 걸으면서, 릴라가 부러워해 마지않는 둘만의 마음을 터놓는 대화에 열중하고 있었다.

칼 메러디스는 미란다 프라이어와 나란히 걷고 있었으나, 그것은 미란다가 조 밀그레이브를 애타게 하기 위해서일 뿐 다른 이유는 없었다. 조가 미란다를 깊이 사모하는 것은 널리 알려진 일이었지만, 내성적인 조는 그 마음을 통 드러내지 못했다. 만일 캄캄한 밤이었다면 용기를 내서 미란다 곁으로 슬그머니 다가갔을지 모르겠지만, 아직 달빛이 환한 이 어스름밤에는 도저히 그럴 수 없었다. 그래서 조는 행렬 뒤에서 졸졸 따라가며 칼 메러디스에 대해 차마 입에 담을 수 없는 말을 마음속으로 하고 있었다.

미란다는 '구레나룻 달통이 영감'의 딸이었다. 아버지처럼 평판이 나쁜 것은 아니었지만 그렇다고 남자들이 줄줄 따르는 편도 아니었다. 얼굴빛이 창백하고 중성적이며 몸집이 자그마한 아가씨로 신경질적으로 키득키득 웃는 버릇이 있었다. 머리는 은빛이 도는 금발이었으며, 도자기를 연상케 하는 파란 눈은 어렸을 때 몹시 겁먹은 일이 있었는데 아직도 거기서 벗어나지 못한 듯이 보였다. 사실 미란다는 칼보다 조와 나란히 걷고 싶었다. 칼과 있으면 마음이 조금도 편하지 않았다. 그렇지만 대학생이며 목사의 아들인 그와 나란히 걷는다는 것은 한편으로 명예로운 일이었다.

셜리 블라이드는 우나 메러디스와 함께였다. 둘 사이에는 별로 말이 없었는데 두 사람이 원래 그런 성격이기 때문이었다. 셜리는 16살 소년으로, 진지하고 분별 있고 사려 깊었으며, 은근한 유머 감각을 가지고 있었다. 지금까지도 수전의 '갈색 도련님'인 셜리는 밤색 머리, 갈색 눈, 맑고도 까무잡잡한 피부를 하고 있었다. 셜리가 우나와 함께 걷기를 좋아하는 까닭은, 셜리에게 억지로 말을 시키거나 끊일 줄 모르는 수다로 그를 괴롭히는 일이 없기 때문이었다.

우나는 '무지개 골짜기'에서 노닐던 유년 시절과 다름없이 다정하고 내성적이었다. 짙은 파란색의 커다란 눈 또한 여전히 꿈꾸는 듯한 애련한 빛을 띠고 있었다. 우나가 조심스레 품고 있는 월터 블라이드를 향한 비밀스러운 마음을 릴라 말고는 아무도 알아차리지 못했다. 릴라는 그런 우나를 안쓰럽게 여기며 월터도 그 마음에 응해줬으면 하고 바랐다. 릴라는 페이스보다 우나가 더 좋았다. 페이스는 그 아름다움과 침착하고 대범한 성격으로 다른 소녀들의 존재를 얼마쯤 묻히게 만들었는데, 릴라는 묻히는 존재가 되는 것이 달갑지 않았다.

그러나 지금 릴라는 아주 행복했다. 어슴푸레한 빛이 비치는 어두운 거리를 친구들과 함께 발걸음 가볍게 걸어가는 일이 즐거웠다. 길가에는 여기저기 어린 가문비나무며 전나무가 서 있어 공기 속에 나뭇진 향기가 온통 감돌았다. 서쪽으로 비탈진 언덕 뒤에는 저녁놀에 잠긴 목장이 있었다. 그들 앞에는 반짝이는 항구가 있었다. 항구 윗마을의 조그만 교회의 종이 울리고, 그 꿈같은 여운은 희미한 자수정빛 곳 언저리로 사그라져갔다. 그 앞에 펼쳐진 만은 아직 남은 석양빛을 받아 은청색이었다.

아, 모든 것이 멋지다—바다 내음 머금은 상쾌한 공기, 전나무의 나뭇진 향기, 벗들의 웃음소리. 릴라는 인생을 사랑했다. 인생의 만발한 꽃송이와 찬연한 빛을 특히 사랑했다. 음악의 잔물결, 유쾌한 대화의 웅성거림을 사랑했다. 이 달빛과 그림자에 둘러싸인 길을 릴라는 영원히 계속 걸어가고 싶었다.

오늘 밤은 그녀의 첫 파티였으며, 그녀는 근사하게 보낼 작정이었다. 세상에는 아무런 걱정거리도 없다. 자신의 주근깨며 가냘프고 껑충한 다리조차 마음 쓰이지 않았다. 다만 한 가지 떨쳐버릴 수 없는 두려움이라면 자신에게 춤을 청해오는 사람이 하나도 없지 않을까 하는 것이었다. 오직 살아 있다는 것만으로, 15살이라는 것만으로, 그리고 예쁘다는 것만으로 인생은 아름다웠고 만족스러웠다.

릴라는 황홀한 기쁨에 차 가쁜 숨을 깊이 들이마셨다. 그러나 도중에 갑자기 멈췄다. 젬이 페이스에게 뭔가 이야기를—발칸전쟁[4] 때 일어났던 어떤 일을—들려주고 있었다.

"그 의사는 그만 두 다리를 잃고 말았어. 엉망으로 부서져버렸지. 그래서 전쟁터에서 죽도록 그대로 내버려졌던 거야. 그런데 자신의 체력이 남아 있는 한 자기 둘레의 부상병들한테 차례차례로 기어가 그들의 고통을 없애주려고 온 힘을 다했어. 자기 몸은 생각지도 않고 말이야.

그러다 끝내 다른 병사의 다리에 붕대를 감아주는 동안 그만 숨이 끊어져 버렸어. 발견되었을 때 의사의 죽은 두 손은 아직 붕대를 꼭 쥐고 있었고, 다른 병사는 출혈이 멎어 겨우 목숨을 건졌지. 대단한 영웅 아니니, 페이스? 나는 그걸 읽었을 때……."

젬과 페이스가 앞쪽으로 멀어지면서 목소리가 더는 들리지 않게 되었다. 거트루드 올리버는 갑자기 몸을 와들와들 떨었다. 릴라는 안쓰러운 듯 그녀의 팔을 꽉 잡았다.

"끔찍하죠, 선생님? 이렇듯 유쾌하게 놀러 가는데 젬 오빠는 왜 저런 무시무시한 이야기를 하는지 모르겠어요."

"너는 끔찍하다고 느꼈니, 릴라? 나는 멋지다고…… 아름답다고 느꼈어. 저런 이야기를 들으면 잠시나마 인간성을 의심했던 일이 부끄러워져. 그 사람의 행동은 마치 신과 같았잖아. 인류가 자기희생에 대해 이상적으로 응하는 모습은 참으로 놀라워.

내가 어째서 몸을 떨었는지는 나도 모르겠어. 밤공기가 찬 것도 아닌데 말야.

---

4) 1912년과 1913년 두 차례에 걸쳐, 1차는 발칸 동맹국들(불가리아, 그리스, 세르비아, 몬테네그로)과 튀르키예 사이에, 2차는 동맹국 가운데 하나인 불가리아와 다른 세 나라 사이에 일어났던 전쟁.

아마 별이 반짝이는 어두운 밤하늘 아래 내 무덤이 될 곳을 누군가가 딛고 지나갔기 때문인지도 모르지. 옛 미신이라면 그렇게 설명하겠지. 어쨌든 이토록 좋은 밤에 그런 생각은 그만할게.

있잖아, 릴라, 밤이 되면 나는 언제나 시골에 살기를 잘했다고 생각해. 시골에서는 도시 사람이라면 결코 알 수 없는 밤의 진짜 매력을 알게 되거든. 시골에서는 어떤 밤도 아름다워…… 심한 비바람이 몰아치는 밤조차도. 나는 옛날부터 이 만의 바닷가에 불어닥치는 거센 밤바람이 좋았어. 그런가 하면 오늘 같은 밤은 '지나치게' 아름답다고 할 정도야. 이런 밤은 청춘과 꿈의 세계에 속한 밤이고, 나는 이런 밤에 대해서는 반쯤 두려운 기분을 느끼기도 해."

릴라가 말했다.

"저는 마치 저 자신이 그 일부인 듯한 기분이 들어요."

"아, 그렇고말고. 너는 아직 어려서 완벽한 것을 두려워하는 마음이 없으니까. 자, '꿈의 집'에 도착했다. 이 집도 올여름에는 퍽 쓸쓸해 보이는구나. 포드 씨네 가족들이 올해는 오지 않았니?"

"네, 포드 아저씨, 아주머니, 퍼시스는 오지 않고, 케네스만 왔어요. 하지만 항구 윗마을에 있는 자기 어머니 친척집에 머물고 있어요. 올여름에는 케네스를 자주 못 만났어요. 케네스가 다리를 좀 절거든요. 그래서 잘 돌아다니지 못해요."

"다리를 전다고? 케네스에게 무슨 일이 있었니?"

"지난가을에 미식축구 시합에서 다치는 바람에 발목에 금이 가서 겨울 동안 거의 집 안에만 있었어요. 그 뒤로 조금 절룩거리지만, 차츰 나아지고 있으니 머지않아 완쾌될 거라고 했어요. 그래서 잉글사이드에도 두 번밖에 못 왔어요."

메리 밴스가 끼어들었다.

"에설 리스가 케네스에게 푹 빠졌던걸. 케네스라면 이성이 완전히 마비되어 버리더라니까. 요전번 기도 모임 끝나고 밤에 케네스하고 같이 항구 윗마을 교회에서 집까지 걸어갔다고, 그다음부터 다른 사람들이 지겨워할 만큼 뻐기고 있어. 켄 포드 같은 토론토 남자가 에설 같은 시골 아가씨를 설마 진지하게 생각하기나 할까 봐!"

릴라의 얼굴이 붉어졌다. 케네스 포드가 에설 리스와 집에 열두 번을 같이 걸어가든 말든 신경 쓰이지 않았다. 진짜다! 케네스가 '무엇'을 하든 그녀가 알 바 아니었다. 케네스는 릴라보다 훨씬 나이가 위였다. 낸, 다이 그리고 페이스와 친하게 지내며, 릴라는 어린아이로 여겨 놀릴 때 말고는 있는지도 몰랐다.

더욱이 릴라는 에설 리스를 굉장히 싫어했고, 에설도 릴라를 미워하고 있었다. '무지개 골짜기' 시절 월터가 댄 리스를 심하게 때려눕힌 뒤로 줄곧 미워했다. 그러나 에설이 아무리 시골 아가씨이기로서니 왜 케네스 포드보다 하찮은 취급을 받아야 한단 말인가? 메리 밴스는 순 남에 대한 뜬소문만 이리저리 옮기고 다니느라 누구랑 누가 함께 집에 돌아갔다는 따위의 시시한 일 말고는 관심도 없었다!

'꿈의 집' 아래 항구 기슭에 조그만 선착장이 있고 배가 두 척 매여 있었다. 한 척은 젬 블라이드가 키를 잡고 또 한 척은 조 밀그레이브가 잡았다. 배에 대해서는 모르는 것이 없는 조는 그런 모습을 미란다 프라이어에게 보이게 된 것이 싫지 않았다. 두 척의 배는 항구까지 경주하며 내려갔고 마침내 조의 배가 이겼다.

많은 배가 항구 곶에서 내려오거나 서쪽으로부터 만을 건너왔다. 여기저기서 웃음소리가 들려왔다. 포윈즈 곶의 커다란 흰 등대에는 불빛이 넘쳐흘렀고, 빙빙 도는 등댓불이 머리 위에서 번쩍였다. 샬럿타운에서 등대로 피서를 와 있던 등대지기의 친척들이 파티를 열어 포윈즈와 글렌세인트메리와 항구 윗마을의 모든 젊은이들을 초대한 것이다.

젬의 배가 흔들흔들하면서 등대 아래에서 멎자, 릴라는 신고 온 구두를 다급하게 벗어 던지고 그녀를 가려주는 올리버 선생의 등 뒤에 숨어 굽 높은 은빛 구두로 갈아 신었다. 릴라는 먼 길을 어떻게 굽 높은 구두를 신고 걸어가겠냐면서 어머니가 한사코 권한 바람에 투박한 구두를 신고 오기는 했다. 그렇지만 흘끗 눈길을 던졌을 때 등대까지 올라가는 바위 층계를 따라 종이 초롱이 밝혀져 있고 남자아이들이 늘어서 있는 것을 보자, 결단코 그 구두를 그대로 신고 올라가지 않겠다고 결심했던 것이다. 은빛 구두는 고통스러울 만큼 발을 죄었으나, 부드러운 짙은 눈동자가 호기심 어린 듯 반짝이고, 동그란 우윳빛 볼이 발그레해진 채 얼굴에 미소를 머금고 층계를 올라가는 릴라를 보면서 그 사실을 알아차린 사람은 아무도 없었다.

릴라가 층계 꼭대기에 오르자마자 항구 윗마을 젊은이가 춤을 청했다. 다음 순간 두 사람은 등대에서 바다를 향한 쪽에 춤을 출 수 있도록 지어놓은 큰 정자 안에 들어섰다. 위로는 지붕처럼 내뻗은 전나무 가지에 초롱이 매달려 있는 기분 좋은 곳이었다. 앞쪽에는 은결이 이는 바다가 반짝반짝 빛나고 있었다. 왼편에는 달빛을 받은 모래 언덕의 언덕마루와 골짜기가 보였고, 오른편엔 캄캄한 그림자가 드리우고 수정 같은 작은 후미가 있는 바위 해안이 이어져 있었다.

릴라와 파트너는 춤추는 사람들 사이에 섞여 함께 춤을 추었다. 릴라는 기쁨에 벅찬 숨을 길게 내쉬었다. 윗 글렌의 네드 버는 저 바이올린으로 얼마나 사람을 매혹시키는 음색을 켜는지! 옛날이야기에 나오는, 그 멜로디를 들은 사람은 누구라도 춤을 추지 않고는 견딜 수 없다던 그런 마법의 피리 소리 같았다. 만에서 불어오는 산들바람은 얼마나 상쾌하고 선선한지! 모든 것을 비춰주는 달빛은 또 얼마나 희고 아름다운가!

이것이 인생이었다. 아주 매혹적인 인생이었다. 릴라는 발에도 영혼에도 날개가 돋아난 듯한 기분이었다.

피리 부는 사나이

릴라의 첫 파티는 성공적이었다. 어쨌든 처음에는 그렇게 생각했다. 그녀와 춤을 추고 싶어하는 상대가 너무 많아 릴라는 한 곡을 추면서도 파트너를 바꾸어서 추어야만 할 정도였다. 은빛 구두는 마치 저절로 춤추는 듯 보였고, 발가락이 꽉 죄고 뒤꿈치가 까지기는 했으나 그런 일로 릴라의 즐거움이 깨지지는 않았다.

에셀 리스 때문에 릴라가 10분 정도 당황한 일은 있었다. 에셀은 정자 밖으로 나오라고 은밀히 손짓하더니, 리스 집안 특유의 능글맞은 웃음을 지으면서 릴라의 드레스 뒤가 찢어졌고 드레스의 주름 장식에 얼룩이 묻었다고 속삭였다. 릴라가 비참한 마음으로 숙녀용 임시 탈의실로 정해진 등대의 방 안으로 급하게 들어가 살펴보니 얼룩이란 풀물이 아주 약간 든 자국이었고, 찢어졌다는 것도 고리 하나가 빠져 틈새가 조금 벌어진 데 지나지 않았다.

아이린 하워드가 고리를 끼워주며 선심 쓰듯 과하게 달콤한 칭찬을 했다. 아이린에게서 그런 칭찬의 말을 듣고 릴라는 기분이 다시 좋아졌다. 아이린은 윗(上)글렌에 사는 19살 된 아가씨였는데 자기보다 어린 소녀들과 어울리기를 좋아하는 듯했다. 아이린을 밉살스럽게 보는 친구들은 그 까닭을 경쟁 상대 없이 여왕 노릇을 할 수 있기 때문이라고 말했다.

그러나 릴라는 아이린을 정말 멋지다고 여겼으며, 자기를 아껴주는 언니인 그녀에게 애정을 품었다. 아이린은 예쁘고 옷도 잘 입었다. 더욱이 노래를 황홀할 만큼 잘 불러 해마다 샬럿타운에서 음악수업을 받으며 겨울을 보냈다. 몬트리올에 살면서 멋진 옷을 보내주는 친척 아주머니도 있었다. 아이린에게는 슬픈 연애를 한 적이 있다는 소문이 있었다. 어떤 일인지 누구도 몰랐지만 그 비밀스러운 점마저 릴라에게는 매력으로 다가왔다.

릴라는 아이린이 한 칭찬으로 그날 밤이 완성되었다는 기분이 들었다. 들뜬 마음으로 다시 정자로 뛰어가 잠시 문 앞에서 불빛을 받으며 서서 춤추는 사람들을 바라보았다. 빙글빙글 돌아가는 사람들 사이에 한순간 틈이 생겼을 때 그 사이로 반대쪽에 서 있는 케네스 포드가 언뜻 보였다.

릴라의 심장이 한 번씩 걸러 뛰었다. 그것이 생리학적으로는 불가능하다 할지라도 릴라는 그렇게 느꼈다.

'케네스도 와 있었구나.'

릴라는 케네스가 오지 않으리라 생각하고 있었다. 오든 안 오든 상관한 것도 아니지만.

'케네스는 나를 봤을까? 나를 보고 신경이나 쓸까? 물론 나한테 춤을 추자고 하지는 않겠지…… '그런' 일은 도저히 바랄 수 없어. 케네스는 나를 어린애 취급하니까.'

불과 3주 전 어느 날 밤 잉글사이드에 왔을 때, 케네스는 릴라를 '거미'라고 불렀다. 나중에 릴라는 2층으로 올라가 울면서 케네스를 몹시 미워했다. 그러나 케네스가 정자 둘레를 따라 빙 돌아 릴라 쪽으로 다가오는 것이 보였을 때 릴라의 심장이 다시 한 번씩 걸러뛰었다.

'케네스는 내가 있는 곳으로 오는 걸까? ……내가 있는 곳으로? ……정말 이

리로 오는 걸까?'

그렇다. 케네스는 릴라가 있는 곳으로 왔다! 케네스는 릴라를 찾고 있었다. 케네스는 릴라 곁으로 왔다. 릴라는 자신을 지그시 내려다보는 그의 잿빛 눈에서 여태까지 본 적 없는 어떤 묘한 빛을 보았다. 아, 심장이 터질 것만 같았다! 그런데 그들을 둘러싼 모든 것은 전과 다름없이 움직이고 있다. 춤추는 사람들은 빙글빙글 돌고, 춤 상대를 찾지 못한 남자아이들은 정자 언저리에서 서성거렸으며, 가까워진 연인들은 바깥으로 나가 바위 위에 앉아 있었다. 방금 얼마나 어마어마한 일이 일어났는지 아무도 깨닫지 못했다.

케네스는 키도 헌칠하고 아주 잘생긴 젊은이로, 무심한 듯 행동하는 몸가짐에서 엿보이는 기품이 도리어 다른 모든 젊은이들을 죄다 뻣뻣하고 어색해 보이게 했다. 머리도 엄청 좋다고 하는 데다가, 먼 도시에 살면서 일류대학에 다닌다는 화려한 매력이 그를 감싸고 있었다. 그에게는 여자깨나 울렸다는 소문도 따라다녔다. 한데 그런 소문은 케네스가 어떤 아가씨든 가슴을 두근거리게 할 웃음기 어린 그윽한 목소리를 지녔으며, 여성들이 하는 말을 마치 자신이 평생토록 듣고 싶었던 이야기인 듯 귀를 기울이는 위험한 태도에서 생겨난 것임에 틀림없었다.

케네스는 낮은 목소리로 물었다.

"너 릴라 마이 릴라 맞니?"

"네, 마다요(맞아요)."

대답하는 순간 릴라는 등대의 바위에서 그대로 몸을 내던지든지, 아니면 자신을 비웃는 세상의 눈앞에서 사라져버렸으면 좋겠다고 생각했다.

릴라는 어렸을 때 혀짤배기소리를 했으나, 이제는 그 버릇이 거의 사라졌다. 다만 긴장하거나 부담을 느꼈을 때만 다시 나타나는 것이었다. 요 1년 동안 혀짜래기소리를 한 적이 없었다. 그런데 하필이면 지금 이 순간, 세련된 어른처럼 보였으면 하는 바로 이때 어린아이처럼 혀짤배기소리를 내다니! 너무도 분했다.

눈물이 왈칵 나올 것만 같았다. 이러다 정말이지 울음을 터뜨릴지도 모른다...... 그렇다, 눈물이 펑펑 쏟아질 것 같았다...... 케네스가 저리로 가버렸으면 좋겠다...... 케네스가 오지 않았더라면 좋았을 텐데 하고 생각했다. 파티를 형편없이 망쳤다. 모든 게 엉망이 되어버렸다.

더구나 케네스는 릴라를 '릴라 마이 릴라'라고 불러주었다. 여태까지는 눈에 띄기만 하면 '거미'라든가 '꼬마야'라든가 '야옹아'라고밖에 부르지 않았던 케네스가 말이다. 월터가 릴라에게 붙인 애칭을 케네스가 써도 전혀 싫지 않았다. 케네스가 나지막이 달래는 듯한 목소리로 '마이(나의)'를 살짝 세게 발음하면서 그 애칭을 부르는 것이 아름답게 들렸다. 자기가 바보짓만 하지 않았더라면 정말 멋졌을 텐데.

릴라는 케네스의 눈이 웃고 있으면 어쩌나 하는 생각이 들자 도저히 얼굴을 들 수 없었다. 그래서 뚫어져라 바닥만 내려다보았다. 그러자 릴라의 길고 까만 속눈썹과 하얗고 짙은 쌍꺼풀이 내려오면서 아주 사랑스럽게 마음을 흔드는 효과를 냈다. 케네스는 릴라가 잉글사이드의 자매들 가운데 가장 아름다워질 거라고 생각했었다.

그는 릴라의 고개를 들게 하고 싶었다. 다시 한번 그 차분하면서 호기심 가득한 수줍은 눈길을 받고 싶었다. 이 파티에서 릴라가 가장 아름답다는 것은 의심할 여지가 없었다.

"같이 춤출래?"

릴라는 자기 귀로 듣고도 믿기지 않았다.

'케네스가 무슨 말을 한 거지?'

릴라는 대답했다.

"네."

혀짤배기소리를 내지 않으려고 애쓰다보니 말이 불쑥 튀어나왔다. 그래서 또 마음속으로 괴로웠다. 아주 뻔뻔스럽고…… 몹시 안달이 나서…… 거의 그에게 덤벼드는 듯이 들렸다!

'케네스는 나를 대체 어떻게 생각할까? 어째서 제일 잘 보이고 싶을 때, 꼭 이런 창피한 일이 일어나는 걸까?'

케네스는 춤추는 사람들 사이로 릴라를 이끌었다.

"내 다친 발목으로 적어도 한 바퀴는 돌 수 있을 거야."

릴라는 물었다.

"발목은 좀 어때요?"

아, 어째서 달리 할 말이 생각나지 않는단 말인가? 케네스가 발목에 대해 묻는 것을 지겨워하는 줄 뻔히 알면서. 릴라는 케네스가 잉글사이드에서 그렇게 말하는 것을 들었었다. 아예 가슴에 '발목은 순조로이 회복 중'이라는 플래카드를 달고 다녀야겠다고 다이 언니에게 장난스럽게 말하는 걸 우연히 들었던 것이다. 그런데 지금 그 케케묵은 질문을 또 하다니.

케네스는 '분명' 발목에 대해 묻는 데 진저리가 나 있었다. 그러나 그 질문이 키스하고 싶어지게 윗입술 위쪽이 쏙 들어가 있는 사랑스러운 입에서 나온 일은 좀처럼 없었다. 아마도 그 때문인지, 케네스는 아주 참을성 있는 태도로 발목이 많이 나아서 너무 오래 걷거나 서 있지만 않으면 그리 아프지 않다고 대답했다.

"곧 예전만큼 튼튼해진다는 말을 들었지만, 올가을 축구는 단념해야 되겠지."

두 사람은 함께 춤추었다. 릴라는 그곳에 있는 아가씨들이 하나같이 자기를 부러워하고 있음을 알았다. 춤을 춘 뒤 두 사람이 바위 층계를 내려가보니 거룻배가 놓여 있었다. 케네스가 노를 저어 두 사람은 달밤의 해협을 건너 모래톱에 다다랐다. 모래톱을 걷다가 케네스의 발목이 더는 안 되겠다고 이의를 제기했을 때 두 사람은 모래 언덕에 앉았다.

케네스는 낸과 다이에게 이야기할 때와 똑같은 투로 릴라에게 말을 건넸다. 그런데 릴라는 스스로도 까닭을 알 수 없는 수줍음에 짓눌려 말이 잘 나오지 않았다. 그러면서 케네스가 아마도 자기를 아주 바보스럽게 여길 게 틀림없다고 생각했다.

그럼에도 불구하고 모든 게 다 근사했다. 아름다운 달밤, 은결을 돋우는 바다, 하얀 포말을 일으키며 모래톱으로 찰싹찰싹 밀려오는 잔물결, 언덕마루의 뻣뻣한 풀 사이에서 노래하는 선선하고 변덕스러운 밤바람, 해협 건너편에서 희미하고 달콤하게 울려오는 음악.

케네스는 월터가 창작한 시 한 구절을 조용히 인용했다.

"인어들의 유쾌한 향연을 위해 달빛이 켜는 명랑한 음악 소리."

이 매혹적인 음악과 풍경 속에 릴라는 케네스와 단둘이 있는 것이다! 이 은빛 구두가 이토록 발을 죄지만 않으면 좋으련만! 그리고 올리버 선생님처럼 이야기를 잘할 수 있었으면 좋으련만! 아니, 다른 남자아이들과 이야기할 때처럼만 할 수 있어도 좋으련만!

그러나 말은 쉬이 나오지 않았고, 릴라는 귀만 기울이다가 이따금 흔해빠진 말 몇 마디를 겨우 짤막하게 속삭일 수 있을 뿐이었다. 그러나 릴라의 꿈꾸는 듯한 눈과 윗입술 위쪽 사랑스럽게 옴폭 들어간 자국이 있는 도톰한 입술과 가녀린 목이 말 대신 많은 것을 이야기해주었을 터였다.

어쨌든 케네스는 서둘러 돌아가려는 기색 없이 한참 동안 앉아 있었다. 그러다 돌아갔을 때에는 사람들이 한창 저녁 식사를 하는 중이었다. 케네스는 등대의 부엌 창가에 릴라가 앉을 자리를 찾아주고, 그녀가 아이스크림과 케이크를 먹는 동안 자기는 릴라 옆의 창턱에 걸터앉아 있었다. 릴라는 주위를 둘러보며 첫 파티는 정말 즐거웠다고 생각했다. 언제까지나 잊지 못하리라. 방에는 웃음소리와 우스갯소리가 울려 퍼지고, 청춘으로 빛나는 아름다운 눈들이 반짝였다. 바깥의 정자에서는 경쾌한 바이올린 소리가 흐르고, 리듬에 맞춰 스텝을 밟으며 춤추는 사람들의 발소리가 들려왔다.

그때 문 앞에 몰려 있던 한 무리 젊은이들 사이에 가벼운 웅성거림이 일었다. 한 젊은 남자가 사람들을 헤치고 들어와 문턱에서 걸음을 멈추고 어두운 얼굴로 주위를 둘러보았다. 그는 항구 윗마을에 사는 잭 엘리엇이었다. 맥길 의과대 학생으로 사교적인 모임에는 그리 관심 없는 조용한 젊은이였다. 파티에 초대받았으나 그날 샬럿타운에 갔다가 늦게 돌아오기로 되어 있었으므로 모두들 파티에는 참석하지 않을 줄 알고 있었다. 그런데 지금 이렇게 모습을 나타낸 것이다. 손에는 접힌 신문을 들고 있었다.

구석에 있던 거트루드 올리버는 잭을 보고 다시 몸을 떨었다. 거트루드도 우려와 달리 파티를 즐겼다. 왜냐하면 샬럿타운에 사는 지인인 앨런 데일리를 우연히 만나 재미있게 이야기를 나누었기 때문이다. 그는 그 고장 사람이 아닌 데다 대부분의 손님들보다 나이가 훨씬 위였으므로 소외감을 조금 느끼고 있던 참이었다. 그러다 웬만한 남자보다 나은 열의와 활력을 가지고 세계의 여러 정세에 대해 이야기할 수 있는 이 총명한 여성을 마주쳐 매우 기뻤다. 그와 유쾌하게 보내는 동안 거트루드는 그날 낮에 느낀 불안을 얼마쯤 잊고 있었다. 그러다 지금 그것이 갑자기 되살아났다. 잭 엘리엇은 어떤 소식을 가지고 온 것일까? 뜻밖의 옛 시 한 구절이 느닷없이 떠올랐다―'밤마다 들려오는 떠들썩한 환락의 소리'……'쉿! 들으라! 근엄한 소리가 장례식 종소리처럼 울려오노라.'[1] 왜 지금 하필 이것이 불현듯 생각났을까? 왜 잭 엘리엇은 입을 열지 않는 것일까? 뭔가 할 말이 있는 것 아니었던가? 어째서 저렇게 거만하게 서서 노려보고만 있는가?

거트루드는 열에 들뜬 사람처럼 앨런 데일리에게 말했다.

"물어보세요. 얼른 좀 물어보세요."

그러나 이미 다른 사람이 물었다. 방 안은 갑자기 찬물을 끼얹은 듯 조용해졌다. 밖에서는 바이올린이 잠시 쉬기 위해 연주를 멈춰 그곳도 침묵 속에 가라앉아 있었다. 먼 곳에서 만의 나지막한 신음이 들려왔다. 대서양으로 몰려오고 있는 폭풍의 조짐이었다. 바위 쪽에서 한 소녀의 웃음소리가 들려왔으나 갑작스러운 정적에 겁을 먹은 듯 사라져버렸다.

잭 엘리엇이 천천히 말했다.

"영국은 오늘 독일에 대해 선전포고를 했습니다. 제가 샬럿타운에서 돌아오기 직전에 이 소식이 전보로 들어왔습니다."

거트루드 올리버는 나직한 목소리로 속삭였다.

"아, 신이시여. 꿈이 맞았어…… 내 꿈! 첫 파도가 밀려온 거야."

거트루드는 앨런 데일리 쪽을 보며 애써 미소 지으려 했다.

그리고 물었다.

"이것이 아마겟돈[2]일까요?"

앨런 데일리는 침통한 얼굴로 대답했다.

"그렇지 않을까 생각합니다."

---

1) 두 구절 모두 영국의 낭만주의 시인 조지 고든 바이런(1788~1824)의 시 〈워털루 전야〉에서 따옴.
2) 기독교에서 선과 악의 세력이 싸울 최후의 전쟁터.

두 사람 주위에서 일제히 외침이 일었다. 대부분 사람들은 가벼운 놀라움과 무책임한 흥미를 느낄 뿐이었다. 그 자리에 있던 사람들 가운데 이 소식이 지닌 뜻과 무게를 이해한 사람은 몇 안 되었다. 더욱이 그것이 자신들과 관계가 있다는 것을 깨달은 사람은 극히 드물었다. 이윽고 춤이 다시 시작되고, 즐거운 웅성거림이 아까 못지않게 드높아졌다. 거트루드와 앨런 데일리는 걱정스러운 목소리로 이 소식에 대해 이야기했다.

월터 블라이드는 얼굴에 핏기가 사라져 방을 나갔다. 밖에서 바위 층계를 서둘러 올라오는 젬과 마주쳤다.

"소식 들었어, 젬?"

"응, 들었어. 드디어 피리 부는 사나이가 온 거야. 만세! 영국이 곤경에 빠진 프랑스를 모른 척하지 않을 줄 알았어. 조사이아 선장님에게 국기를 높이 내걸자고 했더니, 해가 뜨기 전에 그렇게 하는 것은 법도에 어긋난다면서 안 된다고 하더라. 잭 말로는 내일부터 의용병을 모집한다나 봐."

젬이 급히 가버리자 메리 밴스가 한심하다는 듯 말했다.

"별것도 아닌 일로 뭘 저렇게 호들갑이야."

메리는 밀러 더글러스와 둘이 바닷가재 통발 위에 앉아 있었는데, 그것은 낭만적이지도 않을뿐더러 앉기 거북했다. 그러나 그 위에 앉은 메리와 밀러는 둘 다 더없이 행복했다.

덩치가 크고 건장한 밀러 더글러스는 말이나 행동거지가 세련되지 않고 투박한 젊은이였다. 그런 그의 눈에 메리 밴스의 말솜씨는 좀처럼 보기 드문 재능이었으며 그녀의 하얀 눈은 일등성(一等星)의 별이나 다름없어 보였다. 두 사람 다 왜 젬 블라이드가 등대에 국기를 높이 내걸고 싶어하는지 조금도 이해하지 못했다.

"유럽에서 전쟁이 일어나든 말든 무슨 상관이라고 저래? 우리하고는 아무 관계도 없을 텐데 말이야."

월터가 메리 밴스를 바라보았을 때, 그는 때때로 자신에게 엄습하는 그 기묘한 예언이 나타나는 것을 느꼈다.

월터는 말했다. 혹은 무엇인가가 월터의 입술을 빌려 말했다.

"이 전쟁이 끝나기 전에 온 캐나다 안의 모든 남자와 여자와 어린이들까지 한 사람도 빠짐없이 이 전쟁을 느끼게 될 거야…… 메리, 너도 느끼게 될 거야…… 뼈저리게 느끼게 될걸. 전쟁 때문에 피눈물을 흘리게 될 거야.

드디어 피리 부는 사나이가 찾아온 거야…… 온 세계의 구석구석까지도 거부할 수 없는 그 두려운 피리 소리가 울려 퍼질 때까지 그는 계속 피리를 불어 대겠지. 이 죽음의 무도는 여러 해가 지나서야 끝날 거야……여러 해가, 메리. 그리고 그 세월 동안 수백만 명의 가슴이 찢어지겠지."

메리는 말했다.

"맙소사!"

달리 할 말이 생각나지 않을 때면 메리는 늘 그 말을 했다. 월터의 말뜻을 이해할 수 없었으나 메리는 어딘지 거북해졌다. 월터 블라이드는 언제나 저렇듯 이상한 말을 한다. 그는 저 '피리 부는 사나이'를 '무지개 골짜기'에 모여서 놀던 시절 이후로 한 번도 말한 적이 없었는데, 그 이야기가 이렇게 다시 물 위로 불쑥 올라왔다. 이러니저러니 해도, 요점은 결국 메리는 그 피리 부는 사나이가 늘 마땅찮았다는 것이다.

마침 그곳으로 온 하비 크로퍼드가 되물었다.

"네 상상이 좀 지나친 거 아니야, 월터? 이 전쟁은 몇 년씩 끌지 않을 거야. 한두 달 안에 끝나버릴걸. 영국은 순식간에 독일을 전멸시켜버릴 거라고."

월터는 고개를 저으며 격렬하게 말했다.

"너는 독일이 20년 동안이나 준비해온 전쟁이 몇 주 만에 끝날 거라고 생각해? 이건 발칸반도 한구석에서 일어난 시시한 싸움과는 차원이 달라, 하비. 이건 생사를 건 격전이야. 독일에게는 지금 승리, 아니면 죽음밖에 없다고. 게다가 만일 독일이 이기면 어떻게 되는지 알아? 캐나다는 독일의 식민지가 되는 거야."

하비는 어깨를 으쓱했다.

"설마 그렇게 쉽게 될 리 없어. 첫째로, 그러자면 독일군이 영국 해군을 쳐부숴야 해. 게다가 여기 있는 밀러하고 내가 그 전에 한차례 난동을 부릴 테니까. 안 그래, 밀러? 독일 사람이 감히 우리 땅에 발을 붙이게 할 순 없잖아. 안 그래?"

하비는 웃으며 층계를 뛰어내려갔다.

메리 밴스가 정나미가 떨어졌다는 듯 말했다.

"너희들 남자아이들은 정말 미치광이 같은 소리만 하는구나."

그녀는 일어서서 밀러를 잡아끌고 바위 해변 쪽으로 갔다. 단둘이 이야기할 기회가 좀처럼 없었으므로, 메리는 이 기회를 월터의 피리 부는 사나이니 독일군의 정복이니 하는 터무니없는 허튼소리로 망칠 수 없다고 생각했다. 두 사람이 사라진 뒤 바위 층계에 혼자 남은 월터의 눈길은 아름다운 포윈즈를 향해 있었으나, 생각에 잠긴 그의 눈은 포윈즈를 보고 있지 않았다.

릴라에게도 그날 밤 가장 멋진 한때는 지나가버렸다. 잭 엘리엇이 뉴스를 전한 뒤 케네스의 생각이 이미 자기를 떠났음을 알아차린 것이다. 릴라는 갑자기 외롭고 슬픈 기분이 들었다. 케네스가 처음부터 릴라에게 전혀 관심을 보이지 않았던 것보다도 더 비참했다. 인생이란 이런 것일까…… 뭔가 기쁜 일이 생겨

기쁨과 행복에 겨워 있으면 그것이 손가락 사이로 슬그머니 빠져나가버리고 마는 것일까?

릴라는 아까 집을 나왔을 때보다 몇 년이나 더 늙어버린 듯한 기분이 든다고 비참하게 생각했다. 아마 그럴지도 모른다. 어쩌면 정말로 몇 년을 훌쩍 늙어버렸을 수도 있다. 그건 모를 일이다. 청춘의 괴로움을 가벼이 웃어넘겨서는 안 된다. 그들은 '이 또한 지나가리라'는 것을 아직 알지 못하기에, 그 괴로움을 더 처절하게 느낀다.

케네스가 상냥하기는 하나 멍하게 물었다.

"피곤해?"

아, 정말 너무나도 건성으로 묻고 있었다. 그녀가 피곤한지 어떤지 조금도 신경 쓰지 않는다고 릴라는 느꼈다.

릴라는 용기를 내어 조심스럽게 물어보았다.

"케네스, 이 전쟁이 우리 캐나다 사람과 중대한 관계가 있다고 생각하는 건 아닐 테죠?"

"중대한 관계라고? 그야 전쟁에 참가할 수 있는 행운을 안은 사람들에게는 당연히 중대한 관계가 있지. 나는 아니지만. 이 망할 발목 덕분에 말이야. 재수도 더럽게 없지."

릴라는 소리쳤다.

"영국의 전쟁에 왜 우리 캐나다인이 싸워야 하는지 도무지 모르겠어요. 영국은 자기네들만으로도 충분히 싸울 수 있을 텐데."

"중요한 점은 그게 아니야. 우리는 대영제국의 일부야. 이번 일은 일족이 얽힌 일이란 말이야. 우리는 어려울 때 서로 도와야만 해. 무엇보다도 최악은, 내가 얼마쯤이라도 도울 수 있게 되기 전에 전쟁이 끝나버리리라는 거지."

"발목을 다치지 않았더라면 정말로 지원했을 거라는 말인가요?"

릴라는 믿어지지 않는 얼굴이었다.

"물론이지. 몇천 명이 자원할걸. 젬은 틀림없이 갈 테고…… 월터는 아직 몸이 건강하지 못하니 안 가겠지만. 그리고 제리 메러디스…… 그 애도 갈 테고! 그런데 나는 올해 축구를 못 하게 됐다고 안달했으니!"

릴라는 너무 놀라서 아무 말도 하지 못했다.

'젬…… 그리고 제리도! 말도 안 돼! 아버지도 메러디스 목사님도 틀림없이 허락하지 않을 거야. 둘 다 아직 대학도 마치지 않았는걸. 아, 잭 엘리엇은 이 무서운 소식을 혼자만 알지 않고 꼭 여기까지 와서 떠벌려야 했단 말이야?'

마크 워런이 다가와 릴라에게 춤을 청했다. 릴라는 자기가 있든 없든 케네스가 조금도 마음 쓰지 않으리라는 것을 알고 있었으므로 마크 워런을 따라갔다. 한 시간 전만 해도 케네스는 릴라만이 이 세상에서 단 하나뿐인 소중한 존재인 듯 모래톱에 나란히 앉아 그녀를 지그시 바라보았다. 그런데 지금 그에게 릴라는 거들떠볼 가치도 없는 존재였다.

케네스의 머릿속은 제국의 명운을 건 피비린내 나는 싸움터에서 벌어질 큰 승부에 대한 일로 가득했다. 그리고 이 승부에 여자들은 낄 자리가 없었다. 여자들이 할 일이라곤 그저 집에 앉아서 우는 것뿐이었다. 그렇게 생각하며 릴라는 비참한 마음이 되었다.

그러나 이 모든 것은 그저 어리석은 짓이다. 케네스는 갈 수 없다…… 자기 입으로 인정했다…… 그리고 월터도 가지 못한다…… 천만다행한 일이다…… 게다가 젬과 제리도 참전 같은 것을 할 만큼 생각이 모자랄 리 없다. 걱정하지 말자…… 이 시간을 즐겁게 보내야지.

그런데 마크 워런은 어쩌면 이토록 서투른가! 스텝이 자꾸만 틀리잖아! 대체 춤의 'ㅊ'도 모르는 데다 발은 군함만큼 큰 사람이 왜 춤은 추려는 것일까? 이번에는 날 다른 사람에게 부딪치게 했잖아! 내가 마크 워런과 다시는 춤을 추나 봐!

릴라는 다른 사람들과도 춤을 추었다. 하지만 흥은 이미 깨졌고 구두 때문에 발이 무척 아파오기 시작했다. 케네스는 돌아가버린 듯했다. 그의 그림자조차도 보이지 않았다. 처음에는 그렇게나 근사하게 느껴지던 릴라의 첫 파티는 엉망이 되어버렸다. 머리가 지끈지끈 아프고 발가락은 타오르는 듯 화끈거렸다.

그런데 더욱 나쁜 일이 기다리고 있었다. 릴라는 위쪽에서 춤이 이어지는 동안 항구 윗마을 친구들 몇몇과 바위 해변으로 내려가 있었다. 모두들 지쳐 있었고 그곳은 시원하고 기분이 좋았다. 릴라는 떠들썩한 대화에 끼지 않고 잠자코 앉아 있었다.

누군가가 항구 윗마을로 돌아갈 배가 떠난다고 외쳐 불렀을 때 릴라는 안도의 숨을 내쉬었다. 다들 웃으며 등대의 바위를 기어 올라갔다. 정자에는 아직 두세 쌍이 춤을 추고 있었으나 사람들이 많이 줄어 있었다. 릴라는 글렌 마을에서 온 무리를 찾았지만 한 사람도 보이지 않았다. 등대 안으로 뛰어가 보았으나 역시 아무도 없었다. 릴라는 당황하여 항구 윗마을 손님들이 서둘러 내려가는 바위 층계 쪽으로 뛰어갔다. 아래쪽에 배가 몇 척 보였다. 젬의 배는 어디 있을까? 조의 배는?

메리 밴스가 말했다.

"어머나, 릴라 블라이드, 너 아까 돌아간 거 아니었어?"

메리는 해협을 미끄러져가는 한 척의 배 쪽으로 스카프를 흔들고 있었다. 그 배는 밀러 더글러스가 키를 잡고 있었다.

릴라는 숨이 턱 막혀 하며 물었다.

"다른 사람들은 어디 있어?"

"어디 있냐니, 모두 돌아갔지…… 젬은 한 시간 전에 돌아갔어. 우나가 두통이 난다고 했거든. 그리고 다른 사람들은 15분쯤 전에 조랑 같이 갔어. 저기 봐. 지금 막 자작나무 곶을 돌아가는 참이네. 나는 파도가 높아져서 뱃멀미를 할 것 같아 안 따라갔어. 여기서 걸어서 돌아가도 별 상관 없거든. 겨우 1마일 반(약 2.4킬로미터)밖에 안 되니까. 나는 네가 벌써 돌아간 줄 알았어. 어디 있었니?"

"젠하고 몰리 크로퍼드랑 같이 아래쪽 바위 해변에 있었어. 아, 다들 어째서 나를 안 찾은 거야?"

"찾았어. 하지만 안 보이길래 네가 다른 배를 타고 돌아갔다고 여긴 거야. 걱정하지 마. 오늘 밤 우리 집에서 자고, 내일 잉글사이드에 전화하면 되니까."

릴라는 다른 방도가 없음을 깨달았다. 입술이 파르르 떨리고 눈물이 왈칵 솟았다. 릴라는 눈을 맹렬히 깜빡거렸다.

'메리 밴스에게 절대로 우는 모습을 보일 수는 없어. 하지만 이렇게 모두가 나를 잊어버리다니! 내가 어디 있는지 어떻게 아무도 끝까지 확인해보려 하지 않을 수가 있어! 심지어 월터마저도.'

그때 릴라가 당황해서 외쳤다.

"내 신발! 갈아 신을 구두를 아까 배 안에 두고 내렸어."

"어머나, 못 말려. 너처럼 생각 없는 아이는 본 적이 없다. 헤이즐 루이슨에게 한 켤레 빌려 신어야겠네."

헤이즐을 싫어하는 릴라는 소리쳤다.

"싫어. 그러느니 맨발로 걸어갈래."

메리는 어깨를 으쓱했다.

"마음대로 해. 자존심을 지키려면 괴로움을 참는 수밖에. 이 일을 겪고 나면 너도 앞으로 좀 더 정신 차리게 되겠지. 자, 출발해볼까."

두 사람은 걷기 시작했다. 그러나 마차 바큇자국이 깊이 파인 자갈투성이 오솔길을 프렌치 힐[3]이 달린 화려한 은빛 구두를 신고 걷는 일은 유쾌한 운동이 못 되었다. 릴라는 항구 큰길로 나올 때까지는 절룩거리고 비틀대며 가까스로 신발을 신고 걸었다. 그러나 거기서부터는 도저히 이 밉살스러운 은빛 구두를 신고 단 한 발자국도 더 나아갈 수 없었다.

릴라는 은빛 구두와 소중한 비단 스타킹을 벗고 맨발로 걷기 시작했다. 그것도 기분 좋은 일은 못 되었다. 릴라의 발은 몹시 보드라웠으므로 길에 깔린 자갈이며 바큇자국에 다치기 일쑤였다. 특히 부르튼 뒤꿈치가 쓰라리고 욱신거렸다.

그러나 육체적인 고통도 찌르는 듯한 굴욕감 앞에서는 거의 잊혔다. 아주 꼴좋게 되었다! 이렇게 돌멩이에 발바닥을 다친 어린애 꼴로 절뚝대며 걸어가는 지금 이 모습을 만일 케네스 포드가 보게 된다면! 나의 멋들어졌던 파티가 어쩌면 이토록 지독하게 끝이 난단 말인가!

릴라는 울음을 참을 수 없었다. 너무 끔찍했다. 아무도 자기를 신경 써주지 않았다. 아무도 자기는 안중에 없었던 것이다. 좋아, 이슬에 젖은 길을 맨발로 걷다가 감기에 걸리고 병세가 심해져서 폐병이 된다면 그때는 모두들 후회하겠지.

릴라는 살그머니 스카프로 눈물을 닦았다. 손수건도 구두와 함께 없어져버렸다. 그런 마당에 코를 훌쩍거릴 수밖에 없었다! 설상가상이었다.

---

[3] 구두 밑면과 자연스러운 곡선을 이루도록 굽위 앞턱 부분만 얄팍한 ㄱ자 모양으로 생긴 5센티미터 내외 높이의 구두 굽으로, 루이 힐이라고도 함.

메리가 말했다.

"너 감기 들었구나. 그렇게 바람을 맞고 바위 같은 데 앉아 있었으니 감기 드는 게 당연하지. 너네 어머니가 너를 한동안은 다시 내보내지 않게 생겼네. 확실히 좋은 파티였어. 루이슨 집안사람들은 뭘 하든 했다 하면 제대로 할 줄 안다니까.

그래도 헤이즐 루이슨은 내 취향은 아니야. 세상에, 네가 켄 포드하고 춤추는 걸 보고 어찌나 험악한 얼굴을 하던지. 그 말괄량이 에설 리스도 그렇고, 켄은 어쩌면 그토록 바람둥이일까!"

릴라는 격렬하게 두 번 코를 훌쩍이고는 덤빌 듯이 말했다.

"내가 보기에 켄은 절대로 바람둥이가 아니야."

메리는 가르치려는 듯한 투로 말했다.

"뭐, 너도 내 나이쯤 되면 남자에 대해 더 잘 알게 되겠지. 잘 들어둬, 남자가 하는 말을 다 믿어서는 안 돼. 켄 포드가 네게 손수건 한 장만 달랑 떨어뜨리면 널 자기 뜻대로 조종할 수 있다고 생각하게 만들지 마. 너 정신 똑바로 차려야 돼."

메리 밴스가 이렇듯 허세를 부리며 어른인 체하는 것은 참을 수 없었다! 부르튼 맨발로 자갈길을 걷는 것도 참을 수 없는 일이었다! 손수건도 없이 비참하게 우는 것도, 또 울음을 그칠 수 없는 것도 견딜 수 없었!

분과 설움이 뒤엉킨 기분을 삭이지 못하고 릴라가 외쳤다.

"나는 케네스……(훌쩍)……포드 따원……(훌쩍)……조금도……(훌쩍)……생각 안 해."

"그렇게 뻣성 낼 일이 아니야. 손윗사람이 충고를 해주면 기꺼이 들어야지. 네가 켄하고 몰래 모래톱에 가서 한참 동안 같이 있다 온 걸 내가 다 봤으니까.

이 일을 너네 어머니가 아신다면 좋아하지 않을걸."

릴라는 훌쩍거림 사이사이에 띄엄띄엄 말했다.

"나는 어머니에게 오늘 있었던 일을 다 말할 거야…… 올리버 선생님이랑…… 월터한테도. 언니도 밀러 더글러스랑 그 바닷가재 통발 위에 몇 시간이나 앉아 있었잖아, 메리 밴스! 언니야말로 엘리엇 부인이 알면 뭐라고 하실까?"

갑자기 메리는 한 발짝 뒤로 물러나 고고한 자세로 나왔다.

"아, 됐어. 나는 너랑 말다툼할 생각은 없어. 내가 하고 싶은 말은 그런 건 네가 좀 더 어른이 된 다음에 하라는 것뿐이야."

릴라는 울음을 감추려는 노력을 포기했다. 모든 것이 엉망이 되었다. 케네스와 모래톱에서 단둘이 보낸 그 아름답고 꿈같았던 달밤의 낭만마저 천하고 품격 없는 일로 전락하고 말았다. 릴라는 메리 밴스가 미웠다.

메리가 어리둥절하여 소리쳤다.

"어머나, 왜 그래? 왜 울어?"

"발이…… 너무 아파……."

흐느끼면서 릴라는 마지막 남은 자존심 한 가닥을 붙들었다. 발이 아파서 운다는 편이 어떤 남자가 나를 가지고 놀아서, 친구들에게 따돌림당해서, 다른 사람이 나한테 윗사람 행세를 하려 들어서 운다는 것보다 그래도 덜 굴욕적이었다.

메리는 너무 매정하지 않게 말했다.

"그럴 거야. 걱정하지 마. 미스 코닐리아의 잘 정돈된 식료품 저장실 어디에 가면 거위기름 항아리가 있는지 내가 알고 있으니까. 그게 웬만한 고급 콜드크림보다도 효과가 있어. 자기 전에 네 발뒤꿈치에 발라줄게."

발뒤꿈치에다 거위기름을! 자, 이것이 그녀의 첫 파티, 첫 연인, 달빛 아래 첫

피리 부는 사나이 75

로맨스의 끝이란 말인가!

 릴라는 울어본들 소용없다는 데 넌더리가 나서 울음을 그치고 절망에 찬 침묵으로 메리 밴스의 침대에서 잠들었다. 바깥에는 폭풍의 날개를 타고 잿빛 새벽이 다가오고 있었다. 조사이아 선장은 약속대로 포윈즈 등대에 유니언 잭을 내걸었다. 깃발은 거센 바람 속에서 그 어느 때보다 잔뜩 찌푸린 하늘을 등지고 꺼지지 않는 봉화처럼 늠름하게 펄럭였다.

걸음 걷는 소리가 들리거든[1]

잉글사이드 뒤쪽 단풍나무숲에는 햇살이 눈부시게 쏟아지고 있었다. 릴라는 그 숲을 달려 내려가 '무지개 골짜기'에서 자신이 가장 좋아하는 아늑한 구석으로 찾아들었다. 풀고사리들 한복판 푸르게 이끼 낀 돌에 걸터앉아, 턱을 괴고 8월 오후의 눈부신 푸른 하늘을 지그시 올려다보았다. 릴라가 기억하는 한 해마다 여름 끝자락의 그윽한 날 오후면, 하늘은 '무지개 골짜기' 위로 이처럼 변함없이 푸르고 평화롭게 펼쳐져 있었다. 그러나 오늘 그녀의 눈에는 아무 것도 들어오지 않았다.

릴라는 혼자 있고 싶었다. 골똘히 한번 생각해보고—할 수만 있다면—갑자기 들이닥치더니 자신이 뿌리째 뽑혀 옮겨진 듯한 이 새로운 세계에 어떻게든 자신을 맞춰보고 싶었다. 감당할 수 없을 만큼 당혹스러운 변화 앞에 릴라는 정체성의 혼란마저 느끼고 있었다.

자기는 엿새 전—겨우 엿새밖에 지나지 않았는데—포윈즈 등대에서 춤추던 그 릴라 블라이드와 똑같을까⋯⋯ 과연 똑같을 수가 있을까. 릴라는 그 엿새 동안 그때까지 살아온 모든 세월을 합친 것보다도 더 많은 일을 겪은 기분이었다. 가슴의 두근거림으로 시간을 헤아릴 수 있다면, 그러고도 남을 만했다.

---

[1] 《구약성서》〈사무엘하〉 5장 24절. 블레셋과의 전투를 앞둔 다윗에게 하나님의 인도하심과 신호를 따라 임하면 승리하리라고 했던 여호와의 명령에 언급된 신호.

희망과 두려움, 승리감과 굴욕이 뒤섞인 그날 밤이 지금은 까마득히 먼 옛날처럼 여겨졌다. 모두가 날 잊은 바람에 메리 밴스와 함께 걸어서 돌아가야 했다고 그토록 울었단 말인가? 아, 그런 일로 울다니, 지금 와서 보니 얼마나 하찮고 우스꽝스러운 이유인가 하고 릴라는 슬픔 속에 돌이켜 보았다.

지금은 울어도 될 정당하고 훌륭한 이유가 있었다. 그러나 울지 않을 것이다. 결코 울어서는 안 된다. 어머니가 지금까지 한 번도 보인 적 없는 피폐한 눈길로 바라보며 핏기가 사라진 입술로 말하지 않았던가.

"'우리 여자들의 용기가 꺾인다면,
어찌 우리의 남자들이 진실로 두려움을 잊을 수 있으리?'[2]"

그렇다, 그 말이 맞다. 나는 용기를 내야만 한다…… 어머니처럼…… 낸처럼…… 페이스처럼. 페이스 언니는 눈에 노기를 띠고 "아! 나도 남자라면 같이 갔을 텐데!" 하고 외치지 않았던가.

다만 이렇게 눈이 아프고 목구멍이 타들어갈 듯할 때에는 '무지개 골짜기'에 몸을 숨기고, 잠시 생각을 정리할 시간이 필요했을 따름이다. 그리고 자신은 이제 어린아이가 아니고, 이미 다 큰 어른이니 성숙한 여성으로서 이를 마주할 수 있어야 한다고 스스로에게 환기시킬 필요가 있었다. 그럼에도 가끔은 이렇게 살짝 빠져나와 아무의 눈에도 띄지 않은 채, 눈물이 조금 흐른다고 해서 겁쟁이라고 놀림받을 걱정 하지 않아도 되는 곳에 와서 혼자 있는 것이 마음이 편했다.

무성한 풀고사리 내음이 이 얼마나 향긋하게 숲속에 가득 맴도는가! 그녀의 머리 위로 커다란 깃털 같은 전나무 가지가 얼마나 부드럽게 흔들리며 소곤

---

[2] 미국의 시인 케이트 터커 구드(1863~1917)가 《구약성서》〈여호수아서〉 15장 15~17절과 〈사사기〉 1장 12~13절을 바탕으로 쓴 시 〈케일럽의 딸〉(1914)에 나오는 구절.

대고 있는가! '연인 나무'에 매달린 종이 산들바람이 불어올 때마다 딸랑딸랑 울리는 소리는 또 어쩜 이리 요정들이 내는 소리처럼 작고 여린가! 언덕 위에 자욱이 낀 안개는 마치 언덕 위의 수많은 제단에서 향이 피어오른 듯 어쩜 그리 손에 잡히지 않는 보랏빛 연기 같은가! 바람에 불려 단풍나무가 햇살 속에 하얗게 빛나는 잎사귀를 드러내니 숲은 어쩜 그리 하얀 은빛 꽃송이로 뒤덮인 듯 보일까!

모든 것이 릴라가 이제까지 수백 번도 더 보아온 모습 그대로였다. 그럼에도 온 세상이 완전히 바뀌어버린 것처럼 보였다.

"뭔가 극적인 일이 일어났으면 좋겠다는 바람을 품었었다니, 나는 얼마나 못되고 어리석었던 것일까! 아, 단조롭고 평온한 날이 다시 돌아올 수만 있다면! 이제 결코 두 번 다시 불평하지 않을 텐데."

릴라의 세계는 첫 파티 다음 날 산산이 부서져버렸다. 잉글사이드의 가족들이 점심 식사를 마친 뒤 식탁에 둘러앉아 전쟁 이야기를 하고 있을 때 전화벨이 울렸다. 샬럿타운에서 젬에게 걸려온 장거리 전화였다. 통화를 끝내자 젬은 수화기를 내려놓고 돌아섰다. 그의 얼굴은 불타오르고 눈은 형형히 빛나고 있었다. 젬이 채 한 마디도 하기 전에 어머니와 낸과 다이의 얼굴이 새하얘졌다. 릴라는 태어나서 처음으로 자기 심장 고동이 틀림없이 모두에게 들리겠다고 생각하며 무언가가 자신의 목을 꽉 움켜잡은 것만 같았다.

젬이 말했다.

"아버지, 샬럿타운에서 의용병을 모집하고 있습니다. 벌써 많이들 입대했어요. 저도 오늘 밤 입대 수속을 하러 가겠습니다."

블라이드 부인은 목이 메어 목소리가 갈라지면서 외쳤다.

"아아…… 꼬마 젬."

몇 해 동안이나 이렇게 부른 일이 없었다. 젬이 그렇게 부르는 걸 싫어한다고 선언한 뒤로 단 한 번도 부른 적 없었다.

"아…… 안 돼, 안 된다…… 꼬마 젬."

젬이 말했다.

"그렇게 해야만 합니다, 어머니. 내 생각이 옳잖아요…… 그렇죠, 아버지?"

블라이드 박사는 일어서 있었다. 그의 얼굴도 아내와 딸들만큼 새하얬고 목소리는 낮게 가라앉아 갈라졌다. 그러나 머뭇거리지 않았다.

"그래, 젬, 그렇고말고…… 네가 그렇게 느낀다면 당연히 그래야지……."

절망에 빠진 블라이드 부인은 얼굴을 감쌌다. 월터는 서글픈 듯 말없이 접시를 내려다보고 있었다. 낸과 다이는 서로의 손을 꽉 마주 잡았다. 셜리는 애써 태연한 척하려고 했다. 수전은 먹고 있던 파이를 접시에 내려놓은 채 마비된 듯 가만히 앉아 있었다. 그녀는 그 파이를 끝내 다 먹지 못했다. 파이는 수전의 마음속 격동을 웅변하듯 증명하고 있었다. 왜냐하면 수전은 음식을 먹다 남긴다는 것은 문명사회에 대한 심각한 죄악이라고 여기고 있었기 때문이다. 남은 음식을 먹게 되는 닭들은 그녀의 의견에 동의하지 않았을지 모르지만, 그녀는 그것이 고의적인 낭비라고 주장해왔다.

젬은 다시 전화기 쪽으로 돌아섰다.

"목사관에 전화해야겠어요. 제리도 가고 싶어할 테니까요."

이 말을 듣자 낸은 칼에 찔린 듯 '아아!' 외마디 비명을 지르며 참다못해 방에서 뛰쳐나갔다. 다이가 뒤쫓아갔다. 릴라는 위안을 받으려고 월터 쪽을 보았으나, 그는 릴라가 끼어들 틈새조차 없는 깊은 생각에 잠겨 있었다.

젬은 마치 소풍 갈 약속이라도 잡는 것처럼 덤덤했다.

"좋아. 너도 그럴 줄 알았어…… 그래, 오늘 밤…… 7시에…… 역에서 만나자.

이따 봐."

 가엾은 수전은 파이를 밀쳐놓았다.

 "사모님, 저를 좀 깨워주시면 안 될까요. 저는 지금 꿈을 꾸고 있는 걸까요…… 제가 정말 깨어 있는 게 맞나요? 젬은 자기가 무슨 말을 하고 있는지 아는 걸까요? 저 아이가 정말 군인으로 입대한다는 말인가요? 설마 정부에서도 저런 아이까지 필요한 건 아니겠지요! 말도 안 되는 소리예요. 설마 사모님께서, 선생님께서 허락하실 생각은 아니죠?"

 블라이드 부인이 목멘 소리로 말했다.

 "우리로서는 저 아이를 말릴 수가 없어요. 아아, 길버트!"

 블라이드 박사는 아내 뒤로 돌아가 살그머니 손을 잡고 아내의 상냥한 잿빛 눈을 내려다보았다. 아내가 전에도 꼭 한 번 지금만큼이나 괴로움을 호소하는 눈빛을 띤 적이 있었다. 둘 다 그때 일을 생각하고 있었다. 여러 해 전 '꿈의 집'에서 갓 태어난 조이스가 세상을 떠났을 때의 일이었다.

 "다른 젊은이들도 가고…… 입대하는 게 자신의 마땅한 의무라고 여기고 있는데…… 당신은 저 아이를 못 가게 잡아두고 싶어? ……저 아이에게 자기 이익만 생각하는 이기적이고 소견 좁은 짓을 하게 할 수 있겠어?"

 "아니…… 그렇지는 않아! 하지만…… 아…… 우리의 맏아들인데…… 저 아이는 아직 어린데…… 길버트…… 나도 시간이 지나면 담담해지도록 해 볼게…… 하지만 지금은 안 돼…… 너무 갑작스러운 일이야. 나한테 시간을 줘."

 의사 선생과 아내는 방에서 나갔다. 젬도 가버렸다. 월터도 나갔다. 셜리도 나가려고 자리에서 일어났다. 릴라와 수전은 모두가 사라진 식탁을 사이에 두고 얼굴을 마주 보고 있었다. 릴라는 아직 울지 않았다. 아연하여 눈물도 나오지 않았다. 그때 비로소 깨닫고 보니 수전이 흐느끼고 있었다. 여태까지 한집에 살아오면서 눈물 한 방울 보인 적 없는 수전이었다.

릴라가 물었다.

"아, 수전, 젬은 정말로 갈까요?"

"이건……이건……이건 어처구니없는 일이야. 그런 일이라고."

수전은 결연히 눈물을 닦고 울음을 억누르며 일어섰다.

"나는 가서 설거지를 해야겠다. 비록 모든 사람이 미쳐버린다 해도 할 일은 해야 하니까. 자, 자, 우리 아가, 착하지, 울지 말렴. 아마도 젬은 가겠지. 하지만 젬이 싸움터 근처에 가기도 전에 전쟁은 끝나버릴 거야. 이미 충분히 힘든 어머니에게 더 걱정거리 얹어드리지 않도록 우리 기운을 내자."

릴라가 미심쩍은 듯 말했다.

"오늘자 《데일리엔터프라이즈》에 난 기사에는 키치너 경[3]이 이 전쟁은 3년 동안 이어질 거라고 말했다고 나와 있었어요."

수전은 침착해져 있었다.

"나는 키치너 경이 누구인지는 모르지만, 그 사람도 다른 사람들처럼 실수하는 일이 가끔 있겠지. 의사 선생님 말씀으로는 전쟁이 두세 달 뒤면 끝날 거래. 나는 무슨무슨 경이라는 사람의 의견 못지않게 의사 선생님 의견을 믿고 있어. 그러니 우리는 마음을 가라앉히고 하느님께 모든 것을 맡기고, 지금은 여기를 치워야지. 나는 더 이상 울지 않겠어. 시간 낭비고, 모두의 기분을 처지게 하니까."

젬과 제리는 그날 밤 샬럿타운으로 갔으며 이틀 뒤 카키색 군복 차림으로 돌아왔다. 이 일로 글렌 마을은 온통 열광하여 들끓었다. 잉글사이드 생활에

---

[3] 제1대 키치너 백작 허레이쇼 허버트 키치너(1850~1916). 제1차 세계대전이 시작되자 육군장관으로 임명된 영국의 군인.

는 갑자기 긴장감과 중압감 속에서 오는 짜릿함이 생겨났다. 블라이드 부인과 낸은 얼굴에 미소를 띠고 의연하게 움직였다. 블라이드 부인과 미스 코닐리아는 이미 여성 적십자회를 조직하기 시작했다. 블라이드 박사와 메러디스 목사는 애국자협회를 만들기 위해 남자들을 동원했다.

릴라는 처음의 충격이 조금 가시자 마음은 여전히 아팠음에도 이 일의 낭만성에 반응하기 시작했다. 군복 차림을 한 젬은 확실히 근사했다. 캐나다 젊은이들이 이처럼 재빨리 이해타산을 버리고 두려움 없이 조국의 부름에 응한 것은 생각만 해도 멋졌다. 릴라는 이처럼 즉각 나라의 부름에 응한 오빠를 두지 않은 소녀들 사이에서 보란 듯이 머리를 꼿꼿이 들고 다녔다.

릴라는 일기에 이렇게 썼다.

"더글러스의 딸이 아들이었다면 내가 틀림없이 했을
그 일을 하러 그는 가는 것이다."[4]

릴라는 진심으로 그렇게 생각하고 있었다. 만일 자기가 남자라면 물론 갔을 것이다! 의문의 여지가 없다.

릴라는 월터가 장티푸스를 앓고 난 뒤 모두가 바라는 대로 빨리 회복되지 않기를 다행이었다고 여기는 자신이 아주 나쁜 사람일까 하고 생각했다.

일기에 이렇게 썼다.

월터가 가게 되면 나는 정말 참을 수 없을 것이다. 젬도 무척 소중하지만,

---

4) 스코틀랜드 작가·시인 월터 스콧 경(1771~1832)의 이야기시 《호수의 여인》에서 따옴.

월터는 내게 이 세상 어느 누구보다도 소중하다. 오빠가 가야 했다면 나는 죽어버렸을지도 모른다. 월터는 요즘 딴사람이 되어 버린 듯하다. 나와 거의 말을 하지 않는다. 오빠도 가고 싶은데, 가지 못해서 괴로워하는 모양이다. 월터는 젬, 제리와 전혀 함께 다니지 않는다.

젬이 카키색 군복을 입고 돌아왔을 때 수전의 얼굴을 나는 언제까지나 잊을 수 없으리라. 수전의 얼굴은 금방이라도 울음을 터뜨릴 것처럼 일그러졌으나, 그녀는 다만 이렇게 말했을 뿐이었다.

"그 옷을 입고 있으니 꼭 어른 같아 보이는구나, 젬."

젬은 환히 웃었다. 수전이 아직 자기를 어린아이로 대해도 젬은 결코 마음 쓰지 않는다.

나 말고는 모두들 바빠 보인다. 나도 할 수 있는 일이 무언가 있으면 좋겠다고 여기지만, 아무것도 없는 듯하다. 어머니도 낸도 다이도 하루 종일 바쁜데, 나는 혼자 외로운 유령처럼 떠돌아다니고 있다.

어머니와 낸의 미소 지은 얼굴이 마치 누군가가 억지로 겉에다 씌운 듯 어색한 것이 못내 마음에 걸린다. 이제 어머니의 눈은 결코 웃지 않는다. 그것을 보면 나도 웃어서는 안 된다는 생각이 든다. 웃고 싶어지는 것이 나쁜 일처럼 느껴진다. 더구나 젬이 전쟁터에 간다고 하는데도 불구하고, 웃음을 참는 일이 내게는 무척 힘이 든다.

하지만 웃고 있어도 전처럼 즐겁지 않다. 웃음 뒤에 줄곧 무언가가 숨어서 나를 계속 괴롭힌다. 특히 밤에 잠이 깼을 때 그렇다. 그러면 하르툼의 키치너[5]가 말한 대로 전쟁이 몇 년이나 이어지는 게 아닌가 걱정되어 울음이 터

---

5) 하르툼은 수단의 수도로, 그즈음 수단은 이집트와 영국의 지배 아래 있었으며, 키치너는 이집트 총독이었음.

져나온다.

그리고 젬이 만일…… 아니, 그런 것은 쓰지 말자. 쓰면 정말로 그런 일이 일어날 것 같으니까.

얼마 전에 낸 언니가 말했다.

"이제 우리에게 그 무엇도 두 번 다시 전과 같지 않을 거야."

그 말을 듣고 나는 반항심이 불쑥 일어났다. 대체 왜 두 번 다시 전과 같을 수 없단 말인가? 모든 것이 끝나고 젬과 제리가 무사히 돌아왔을 때, 우리는 모두 다시 행복하고 명랑해져, 이 시절을 그저 한때의 악몽으로 여기게 될 게 틀림없다.

이제는 우편물이 오는 게 매일매일 가장 가슴이 두근거리는 일이 되었다. 아버지는 신문을 낚아채신다. 나는 여태껏 살면서 아버지가 물건을 낚아채는 것을 본 일이 없었다. 그러면 우리는 모두 아버지를 에워싸고 어깨 너머로 신문 표제를 본다.

수전은 신문에 쓰인 일은 한 마디도 믿지 않고 믿을 마음도 없다고 잘라 말하면서도 늘 부엌문 옆으로 와서 가만히 듣고는 머리를 내저으며 돌아간다. 수전은 내내 분개해 있으면서도 젬이 특별히 좋아하는 음식을 모두 만들고, 어제 먼데이가 손님용 침실의 레이첼 린드 할머니가 만든 사과 잎사귀 무늬 퀼트 침대보 위에서 자는 것을 보고도 전혀 나무라지 않았다.

"머지않아 네 주인이 어떤 곳에서 자게 될지, 그건 하느님밖에 모르시겠지, 이 불쌍하고 아둔한 짐승아."

그러고 나서 수전은 상냥하게 먼데이를 밖으로 내보냈다.

그러나 '박사'에게는 가차 없다. 수전 말로는 이 고양이가 군복 입은 젬의 모습을 보는 순간 하이드 씨로 바뀌었다는 것이다. 이 일이야말로 이 고양이의 본색을 보여주는 것이라고 수전은 말했다. 수전은 가끔 이상한 말을 하지만 좋은 사람이다. 셜리 오빠는 수전이 절반은 천사이고, 절반은 솜씨 좋은 요리사라고 말했다. 하지만 우리들 가운데 수전에게 한 번도 야단맞지 않은 사람은 셜리 오빠뿐이니까.

페이스 메러디스는 훌륭하다. 내 생각에 이제 페이스는 정말로 젬과 약혼을 한 듯하다. 눈에 반짝이는 빛을 띠고 있으나, 그 미소는 우리 어머니처럼 얼마쯤 어색하게 굳어 있다. 만일 내게 연인이 있고 그 사람이 전쟁터에 나간다면, 나는 과연 페이스처럼 용감해질 수 있을지 잘 모르겠다. 오빠인데도 이토록 괴로운데.

브루스 메러디스는 젬과 제리가 간다는 말을 듣고 밤새도록 울었다고 메러디스 부인이 말했다. 그리고 아버지가 말한 'K의 K'[6]란 왕중왕[7]을 말하는 것인지 가르쳐 달라고 했다 한다.

브루스처럼 귀여운 아이는 없다. 나는 아이들을 그다지 좋아하지 않는 편인데도 브루스는 마냥 좋다. 사실 난 갓난아기는 더더욱 좋아하지 않는다. 그렇지만 내가 이런 말을 하면 사람들은 마치 내가 무슨 엄청 어이없는 말이라도 한 듯이 내 얼굴을 빤히 쳐다본다. 하지만 어디까지나 사실이고, 나는 그 사실에 대해 솔직해야만 한다. 다른 사람이 안고 있는 귀엽고 깨끗한 아기라면 '보는 것이' 싫지는 않다. 하지만 무슨 일이 있어도 '만져볼' 마음은 일지 않고 흥미 같은 건 전혀 생기지 않는다.

올리버 선생님도 동감이라고 말했다.(선생님처럼 정직한 사람은 본 일이 없다. 결코 마음에 없는 말을 하지 않는다.) 선생님은 갓난아기는 따분하고, 아이

---

6) Kitchener of Khartoum. 즉, '하르툼의 키치너'의 준말.
7) King of Kings. 그리스도교의 하느님.

가 말을 할 만큼 자라면 비로소 좋아진다고 했다. 하지만 그때도 좀 떨어져 있어야만 한다고 말했다. 어머니도 낸도 다이도 아기라면 사족을 못 쓰기 때문에 그렇지 않은 나를 이상하게 여기는 것 같다.

그 파티 날 밤 이후로 케네스를 만나지 못했다. 젬이 샬럿타운에서 돌아온 뒤 어느 날 저녁에 이곳에 왔었던 모양인데 마침 나는 집에 없었다. 케네스는 내 이야기를 전혀 하지 않았던 것 같다—적어도 케네스가 나에 대해 이야기하더라는 말을 아무도 내게 해주지 않았고, 나 역시 아무에게도 묻지 않겠다고 작정했다—하지만 그런 일은 전혀 신경 쓰이지 않는다. 그때는 심각했던 모든 것이 지금의 나에게는 하나도 중요하지 않으니까. 중요한 일은 오직 하나, 젬이 군대에 지원해 며칠 뒤면 발카르티에[8]로 떠난다는 사실뿐이다. 훌륭한 나의 큰오빠 젬, 아, 나는 젬이 아주 자랑스럽다!

케네스도 발목만 다치지 않았더라면 입대했을 것이다. 이것은 신의 섭리라고 여겨진다. 케네스는 그의 어머니에게 단 하나뿐인 아들이니 만일 가게 된다면 어머니가 얼마나 괴로워하겠는가. 외아들은 가족을 버리고 가려는 생각은 결코 해서는 안 된다!

월터가 뒷짐을 지고 고개를 숙인 채 배회하다가 릴라가 앉아 있는 골짜기 쪽으로 걸어왔다. 릴라를 보자 월터는 갑자기 방향을 바꾸었다. 그러더니 다시 홱 돌아서서 릴라에게 다가왔다.

"릴라 마이 릴라, 무슨 생각을 하고 있니?"

릴라는 서글픈 목소리로 대답했다.

---

8) 제1차 세계대전 당시 캐나다의 1차 파견군이 훈련받던 신병 훈련소가 있던 곳.

"모든 게 너무도 달라져버렸어, 월터. 오빠도…… 오빠까지도 달라져버렸는걸. 1주일 전까지 우리는 모두 마냥 행복했는데…… 그런데…… 그런데…… 지금 나는 나를 찾을 수가 없어. 미아가 되어버렸어."

월터는 가까운 돌에 걸터앉아 호소하는 듯이 내민 릴라의 작은 손을 꼭 잡았다.

"슬프지만 우리들의 옛 세계는 이미 끝났어, 릴라. 우리는 이 사실을 피하지 말고 마주해야만 돼."

"젬을 생각하면 못 견디겠어. 때로는 그 일이 진짜로 뜻하는 것이 뭔지 잠시 잊고서 흥분하거나 자랑스러워 하지만…… 그런 뒤에는 다시 차가운 바람처럼, 그 일이 진짜로 가리키는 의미가 나를 확 덮쳐와."

월터는 침울하게 말했다.

"나는 젬이 부러워!"

"젬이 부럽다고? 어머나, 월터, 설마 오빠도…… 오빠도 가고 싶다는 말은 아니지?"

"응, 그런 뜻이 아니야."

월터는 골짜기 아래로 펼쳐진 짙푸른 나무들의 풍광을 물끄러미 내려다보았다.

"그래, 나는 가고 싶지 않아. 그래서 더 괴로워, 릴라. 나는 전쟁터에 가는 것이 무서워. 나는 겁쟁이야."

릴라는 화가 난 듯이 버럭 소리쳤다.

"그렇지 않아! 누구든 전쟁터에 가는 걸 무서워하는 게 당연하잖아. 갔다가…… 잘못하면 죽을지도 모르는데."

월터의 목소리가 나직하게 이어졌다.

"아프지만 않다면 나는 죽는 건 괜찮아. 나는 죽음 자체를 두려워한다고는 생각지 않아…… 죽음 전에 찾아올 고통을 두려워하고 있는 거야…… 죽어서 그것으로 끝나버리는 거라면 그토록 싫지는 않을지도 몰라…… 그렇지만 죽음에 앞서 괴로움이 기다리고 있다면! 릴라, 나는 원래부터 고통을 몹시 두려워했었어…… 너도 알고 있을 거야.

혹시나 만신창이가 되거나 또는…… 또는 눈이 멀 수도 있다는 생각을 하면 나는 두려워서 온몸이 떨릴 정도야. 릴라, 나는 이 두려움을 도저히 마주할 수가 없어. 혹여 눈이 멀어서…… 그래서 이 세상의 아름다움을 두 번 다시 볼 수 없다고 생각하면…… 포윈즈를 비추는 달빛도…… 전나무 사이로 빛나는 별도…… 만에서 피어오르는 안개도 두 번 다시 볼 수 없다고 생각하면 견딜 수 없어.

사실, 나는 가야 해…… 가고 싶다고 생각해야 맞아…… 그렇지만 나는 가고 싶지 않아…… 생각만 해도 싫어…… 이런 내가 부끄러워…… 수치스러워."

릴라는 안쓰러워하는 목소리로 말했다.

"하지만 오빠는 어쨌든 갈 수 없잖아. 아직 건강하지 않잖아."

릴라는 월터도 마침내 가게 되는 게 아닐까 하는 새로운 두려움으로 떨리면서 속이 메슥거렸다.

"아니, 나는 건강해. 요 한 달 동안 전과 다름없이 건강해졌다고 느끼고 있어. 어떤 검사에도 통과할 거야…… 나는 알고 있어. 모두들 내가 아직 건강해지지 않았다고 여기고 있어. 나는 그 생각 뒤에 비겁하게 웅크리고 숨어 있는 거야. 나는…… 나는 여자로 태어났어야만 했어."

월터는 자기 자신을 향한 격한 경멸감을 내뱉으며 말을 맺었다.

릴라는 흐느낌 사이로 말했다.

"설사 오빠가 건강해졌다 해도 가면 안 돼. 어머니는 어쩌라고? 젬 오빠 일로도 이미 가슴이 무너질 지경일 텐데, 둘 다 가는 걸 보면 어머니는 돌아가시고 말 거야."

"나는 안 가…… 걱정하지 않아도 돼. 알겠니, 나는 가는 게 무서워…… 정말 무서워. 나는 내 자신에게 거짓말은 하지 않아. 그나마 너에게 털어놓을 수 있어 큰 위안이 돼, 릴라. 다른 사람에게는 털어놓지 못하겠어…… 낸이나 다이는 나를 경멸할 거야.

하지만 나는 전쟁의 모든 게 싫어. 그 공포, 고통, 추함 모두. 전쟁은 카키색 군복도 아니고 열병식도 아니야…… 오래된 역사책에서 내가 읽었던 모든 것들이 내 머릿속에서 떠나지 않아. 밤에 잠이 깬 채로 멍하니 있으면 여태까지 일어났던 일들이 뚜렷하게 보여……전쟁터에 낭자한 피며 불결함이며 비참한 일들이.

그리고 총검 돌격! 나는 아까 말한 다른 모든 일을 마주할 수 있더라도 이것만은 도저히 마주할 자신이 없어. 생각만 해도 속이 메슥거려…… 내가 상처를 입는 것보다도 그 상처를 입히는 경우를 생각하면 더욱더 메슥거려…… 총검으로 다른 사람을 찌르는 것을 생각하면 말이야!"

월터는 괴로움에 몸부림치며 몸을 떨었다.

"그런 일을 나는 늘 상상하고 있어…… 젬과 제리는 그런 상상을 해 본 적이 없는 것처럼 보여. 형이랑 제리는 웃으면서 독일군을 닥치는 대로 무찌르겠다는 말을 아무렇지 않게 하고 있어. 하지만 나는 군복 차림의 그 두 사람을 보면 미칠 것만 같아. 그 두 사람은 내가 병이 다 낫지 않아서 갈 수 없는 몸이라 짜증이 난 줄 알고 있지만."

월터는 쓸쓸하게 웃었다.

"자신을 겁쟁이라고 느끼는 건 기분 좋은 일이 못 되거든."

그러나 릴라는 월터에게 팔을 감고 그의 어깨에 머리를 기댔다. 월터가 가고 싶어하지 않는다는 사실만으로 릴라는 매우 기뻤다. 잠깐 동안이지만 겁이 더럭 났던 것이다. 게다가 월터가 그의 괴로움을 그녀에게 털어놓는 일도 기뻤다. 다이가 아닌 그녀에게 털어놓은 것이다. 릴라는 이제 쓸쓸하다는 마음도, 자신이 쓸모없는 사람이라는 기분도 들지 않았다.

월터는 슬픈 듯 물었다.

"내가 경멸스럽지 않니, 릴라 마이 릴라?"

월터는 릴라가 경멸할지도 모른다고 생각하니 왠지 괴로웠다. 다이로부터 경멸당하는 일 못지않게 괴로웠다. 월터는 문득 앳된 얼굴에 근심을 가득 담고 호소하는 듯한 눈을 하고서, 자기를 숭배하는 이 막내 여동생을 자신이 얼마나 아끼는지 깨달았다.

"아니, 전혀. 수백 명의 사람들이 모두 오빠와 같은 마음일 거야, 월터. 옛날에 학교 다닐 때 배운 독본 제5권에 나오는 그 셰익스피어의 시 기억 안 나?—'용감한 자란 두려움을 느끼지 않는 사람이 아니다'[9]라고."

"그렇지. 하지만 결국 그는 '숭고한 영혼이 그 두려움을 억누르는 사람이다'라고 했지. 나는 그렇지 않아. 내 약점을 적당히 눙치고 넘어갈 수는 없어, 릴라. 나는 겁쟁이야."

"그렇지 않아. 오래전에 댄 리스하고 싸웠을 때 일을 생각해봐."

"일생 동안 꼭 한 번 용기가 뿜어져 나온 적이 있었다고 해서, 그걸로 평생을 우려 먹을 수는 없어."

---

9) 그러나 릴라와 월터가 언급한 시구는 셰익스피어가 아닌 스코틀랜드 작가 조애나 베일리(1762~1851)의 시 〈용기의 정의〉에서 따온 것임.

"월터 오빠, 언젠가 아버지가 오빠의 문제는 민감한 본성과 생생한 상상력이라고 말씀하신 적이 있어. 오빠는 무슨 일이 실제로 일어나기도 전에 그것을 온몸으로 이미 느껴버려. 그 무거운 짐을 버텨줄 도구도 없고, 무거운 짐을 오빠에게서 덜어줄 사람도 없이 오롯이 혼자 느끼는 거잖아. 전혀 부끄러워할 일이 아니라고 생각해.

2년 전에 오빠랑 젬 오빠가 모래 언덕의 풀을 태우는 데 갔다가 손을 데었을 때, 아프다고 젬 오빠가 오빠보다 두 배나 더 호들갑을 떨어댔잖아.

더구나 이 끔찍한 전쟁에는 오빠가 나서지 않더라도 얼마든지 갈 사람이 있어. 오래 이어지지도 않을 거야."

"그 말을 믿을 수 있다면 좋겠다. 자, 저녁 시간이야, 릴라. 어서 가봐. 나는 밥 생각이 없어."

"나도 그래. 한 입도 못 먹겠어. 여기 함께 있게 해줘, 오빠. 누구에게든 속내를 털어놓을 수 있으니 후련해. 다른 사람들은 내가 아직 너무 어려서 아무것도 모른다고 여기고 있거든."

두 사람이 긴 세월을 견뎌온 골짜기에 앉아 있는 동안 단풍나무숲 위에 드리워진 엷은 잿빛의 망사 같은 구름을 뚫고 어둠별이 반짝이기 시작했다. 그들이 있는 나무가 우거진 조그만 골짜기로 촉촉한 이슬을 머금은 향긋한 어둠이 찾아들었다.

이 시간은 릴라가 한평생 가슴에 간직할 소중한 추억이 된 밤이었다. 월터가 처음으로 릴라를 어린아이가 아닌 어른으로 대하며 자기 이야기를 해준 밤이었다. 두 사람은 서로에게 위로가 되고 힘을 주었다. 월터는 잠시나마 전쟁의 끔찍한 불행에 대해 두려워하는 것이 그토록 파렴치한 일은 아니라는 기분이 들었고, 릴라는 월터가 괴로움을 털어놓을 상대로 자신을 택해준 것이 기뻤다.

월터의 마음을 헤아리고 그를 격려할 수 있다는 것이 좋았다. 그녀도 누군가에게 의미 있는 사람이었다.

두 사람이 잉글사이드로 돌아가니 때마침 베란다에 손님이 와 있었다. 목사관의 메러디스 목사 부부와 농장의 노먼 더글러스 부부였다. 사촌 소피아도 수전과 함께 어두운 구석 자리에 앉아 있었다. 블라이드 부인과 낸과 다이는 집에 없었지만, 블라이드 의사와 고양이 지킬 박사는 있었다. 박사는 층계 맨 꼭대기에 금빛 찬란하게 위엄을 떨치며 앉아 있었다. 물론 사람들은 모두 전쟁 이야기를 하고 있었다. 박사만은 고양이답게 속내를 감추고 특유의 경멸하는 듯한 표정을 띠고 있었다.

이즈음은 둘만 모여도 전쟁 이야기를 했고, 항구 곶의 하일랜드 샌디 노인은 혼자 있을 때도 전쟁 이야기를 하며 자기 농장 곳곳에서 카이저(독일 황제)를 향한 저주를 퍼부었다. 월터는 사람들을 만나고 싶지도 않고 자기 모습을 보이고 싶지도 않아 살짝 사라져버렸으나, 릴라는 베란다 층계에 앉았다. 층계 언저리에는 이슬이 내린 뜰에서 박하가 알싸한 향기를 짙게 뿜고 있었다. 금빛 노을이 글렌 마을을 물들인 아주 고요한 저녁이었다. 릴라는 두려움에 떨던 이번 일주일 내내 지금만큼 행복하게 느낀 적이 없었다. 이제는 월터가 가지 않을까 하는 걱정에 사로잡혀 끊임없이 두려워하지 않아도 되었다.

노먼 더글러스가 분하다는 듯 소리쳤다.

"내가 스무 살만 젊었더라면 나도 지원하는 건데."

그는 흥분하면 언제나 고함을 질렀다.

"카이저에게 본때를 보여주는 거야! 내가 한 번이라도 지옥은 없다느니 하는 말을 한 적이 있소? 지옥은 당연히 있소······ 수십 개······ 아니, 수백 개나 있지······ 카이저와 그 패거리가 떨어질 지옥 말이오."

더글러스 부인이 우쭐거리며 말했다.

"이 전쟁이 시작될 줄 '나는' 이미 오래전부터 알고 있었어요. 닥칠 것이 '내' 눈에 훤히 보였으니까요. 그 얼빠진 영국인들에게 그들 앞에 무엇이 기다리고 있는지 '내가' 미리 알려줄 수도 있었을 정도였죠.

존 메러디스, 몇 년 전에 독일의 카이저가 어떤 일을 꾸미고 있는지 내가 '제부한테' 말했을 때 제부는 안 믿었죠. 그때 카이저가 세계를 전쟁으로 몰아넣는 일은 결코 없을 거라고 했잖아요. 누구 생각이 옳았나요, 존? 당신…… 아니면 나? 자, 말해보세요."

메러디스 목사가 말했다.

"처형이 옳았어요. 인정합니다."

"이제 와서 인정해 봐야 이미 늦었어요."

더글러스 부인은 머리를 내저었다. 마치 존 메러디스가 그 사실을 좀 더 빨리 인정했더라면 전쟁은 일어나지 않았으리라는 말이라도 하고 싶은 듯했다.

블라이드 의사가 말했다.

"영국 해군이 언제라도 싸울 태세가 되어 있어 그나마 다행이지요."

더글러스 부인이 고개를 끄덕였다.

"동감이에요. 대부분이 눈을 뜨고 있어도 박쥐처럼 눈이 어두운데, 그래도 뭔가 선견지명이 있어 앞을 내다본 사람이 하나는 있었던 모양이죠."

소피아가 처량한 목소리로 말했다.

"아마 영국이 궁지에 몰리지 않고 조용히 끝낼 수 있을지도 모르죠. 그런데도 잘은 모르겠지만, 왠지 겁이 나네요."

"그렇게 말하니까 꼭 영국이 벌써 궁지에 몰려 꼼짝달싹 못 하기라도 하는 듯이 들리네, 소피아 크로퍼드. 하지만 소피아의 사고방식은 예나 지금이나 나는 통 이해가 안 가니까. 내 생각으로는 영국 해군이 눈 깜짝할 사이에 독일을 쳐부숴버려서 우리는 괜히 헛걱정한 게 될 거야."

이 말을 다급히 쏟아내는 수전의 태도는, 마치 다른 사람보다도 자기 자신을 납득시키려는 듯했다. 수전은 인생의 길잡이가 되어주는 소박한 철학을 자기 나름대로 얼마쯤 지니고 있었으나, 지난 일주일 동안 이 마른하늘에 떨어진 날벼락을 막아줄 방비책은 아무것도 가지고 있지 않았다. 몇천 마일이나 떨어진 곳에서 일어나고 있는 전쟁이 글렌세인트메리 마을의 성실하고 근면한 장로교파 노처녀와 대체 무슨 관련이 있을 수 있단 말인가? 수전은 이런 일로 마음을 어지럽히는 것 자체가 꼴사나운 짓이라고 느꼈다.

노먼이 소리쳤다.

"영국 육군이 독일을 밀어붙일 거요. 영국 육군이 모두 전투태세를 갖추면 카이저도 진짜 전쟁이란 콧수염이나 말아 올리고 베를린 거리를 행진하는 것과는 다르다는 걸 알게 될 테지."

더글러스 부인이 힘주어 말했다.

"영국에 육군은 없어요. 나를 쏘아보지 말아요, 노먼. 노려본다고 큰조아재비 풀줄기에서 군대가 저절로 자라 나오는 게 아니니까요. 독일의 몇 백만 병사에 대면 영국군 십만 명은 한입거리밖에 안 돼요."

그러나 노먼은 완강하게 주장했다.

"한입거리라고 해도, 씹으려면 애 좀 먹어야 할 거요. 그러다 독일은 이가 몇 개 나갈걸. 영국인 하나는 외국인 열하고 맞먹는단 말이오."

수전이 말했다.

"프라이어 씨는 이 전쟁에 명분이 없다고 말한다던데요. 영국이 전쟁에 끼어든 것은 독일을 질투했기 때문이고 벨기에에서의 일을 정말로 염려한 건 아니라고 했다더군요."

노먼도 말했다.

"그 얼빠진 노인네라면 그런 헛소리를 했을 테지. 나는 못 들었지만 말이오. 그 '구레나룻 달퉁이 영감'이 내 앞에서 그런 말을 했다간 어떤 꼴을 당할지 나도 장담 못 하지. 나의 '소중한' 친척인 키티 앨릭도 그런 소리를 떠벌리는 모양이지만 내 앞에서는 못 그러죠. 누구든 내 앞에서는 그런 이야기를 하려 들지 않소. 내 앞에서 함부로 그런 소리를 지껄이는 건 본인들 신상에 좋지 못하다는 불길한 예감을 느껴서겠지."

"나는 이 전쟁이 우리들의 죄에 대한 벌로 내려진 게 아닐까 싶어 겁이 나요."

소피아는 무릎 위에 꽉 모아 쥐고 있던 창백한 두 손을 풀어 가슴 언저리에 얹더니 다시 엄숙하게 마주 쥐고 덧붙였다.

"'세상에는 악이 넘치고, 시간은 종말을 향해 가고 있나니.'[10]"

노먼이 껄껄 웃었다.

"여기 계신 목사님도 같은 생각일 겁니다. 그렇잖습니까, 목사님? 그래서 요 전번 밤에 '피 흘림이 없은즉 사함이 없느니라'[11]라는 구절로 설교하셨던 것 아닌가요.

나는 목사님 설교에 찬성하지 않았어요. 자리에서 일어나 목사님 말은 한마디도 말이 안 된다고 소리치고 싶었지만, 여기 있는 엘런이 꽉 붙들어 앉혔죠. 결혼한 뒤로 나는 목사님에게 말대꾸하는 재미를 한 번도 맛보지 못한다니까."

---

10) 12세기 베네딕트회의 수도사인 '클뤼니의 베르나르'가 라틴어로 쓴 풍자시 《속세의 능멸에 대하여》를 1850년대에 영시의 형태로 번역하면서 나온 성가 〈세상에는 악이 넘치도다〉의 가사.
11) 《신약성서》 〈히브리서〉 9장 22절.

"피를 흘리지 않고는 아무것도 이룰 수 없습니다."

메러디스 목사는 부드럽고 꿈꾸는 듯한 목소리로 대답했는데, 그 말투는 듣는 사람을 납득시키는 뜻밖의 힘이 있었다.

"모든 것은 자기희생으로 얻어지는 거라고 생각합니다. 우리 인류는 피로써 고통에 찬 진보를 향한 한 걸음 한 걸음을 내디뎌 왔습니다. 지금 우리는 다시 붉은 피를 쏟아내지 않으면 안 되는 것입니다.

아니요, 크로퍼드 부인, 나는 이 전쟁이 죄에 대한 벌로 내려진 거라고는 생각지 않습니다. 이 전쟁은 인류가 어떤 축복―그 대가를 치를 만한 가치가 있는 위대한 어떤 전진―을 위하여 치러야만 하는 대가라고 생각합니다. 그렇게 해서 얻은 것을 우리가 살아 있는 동안에 볼 수 없을지도 모르지만, 우리 아이들의 아이들이 이어받겠죠."

노먼이 따져 물었다.

"만일 제리가 죽어도 그렇게 멀쩡한 기분일 수 있겠소?"

노먼은 한평생 이런 말을 해왔으며, 어째서 그런 말을 해서는 안 되는지 그에게 납득시키는 일은 아무래도 불가능했다.

"허, 내 정강이를 걷어차지 말아요, 엘런. 나는 목사님이 진심으로 이야기하는 것인지 아니면 설교단에서 허세나 부리는 것인지 알고 싶을 뿐이니까."

메러디스 목사의 얼굴이 심하게 떨렸다. 젬과 제리가 샬럿타운으로 간 날 밤 메러디스 목사는 혼자 서재에 들어앉아 괴로운 한때를 보냈던 것이다.

그러나 그는 조용히 대답했다.

"내 기분이 어떻든, 내 신념…… 아들들이 조국을 지키기 위해 기꺼이 생명을 바친 나라는 그들의 희생으로 보다 새로운 이상을 실현시킬 수 있다는 내 확신은 바꿀 수 없습니다."

"진심이군요, 목사님. 나는 항상 사람이 무슨 말을 할 때 진심인지 어떤지 잘 압니다. 타고난 재능이죠. 그래서 대개 목사들은 나를 두려워했지요! 그런데 나는 아직까지 목사님이 진심으로 말하지 않는 것을 본 적은 없소. 꼭 한 번 보고 싶다고 늘 바라고 있지만 말입니다. 사실 그것 때문에 교회에 가는 거요. 그런 날이 오면 나는 아주 즐거울 거요. 여기 있는 엘런이 나를 교화하려 할 때 꼼짝 못 하게 할 아주 좋은 무기가 될 거거든.

자, 나는 길 건너 애브너 크로퍼드 씨한테 들러야 해서 이만 가보겠소. 여러분에게 신들의 은총이 내리기를."

노먼이 성큼성큼 나가자 수전이 중얼거렸다.

"저 늙은 이교도!"

엘런 더글러스에게 들려도 상관없다고 생각했다. 저토록 목사님을 모욕하는데 왜 하늘에서 노먼 더글러스에게 불벼락을 내리지 않는지 수전은 이해할 수 없었다. 그러나 놀랍게도 메러디스 목사는 이 손윗동서를 진심으로 좋아하고 있는 듯했다.

릴라는 사람들이 전쟁 아닌 뭔가 다른 이야기를 했으면 좋겠다고 생각했다. 1주일 동안 다른 이야기는 하나도 듣지 못했으므로 사실 그녀는 좀 싫증이 나기 시작했다. 월터도 참전하고 싶어하는 게 아닐까 하는 생각이 잠시도 머리에서 떠나지 않던 두려움으로부터 풀려난 지금, 다른 이야기를 좀 듣고 싶어 안달이 났다. 그러나 릴라는 이런 대화가 아직 서너 달은 더 이어질 거라고 생각하며, 한숨을 쉬었다.

수전, 릴라, 먼데이의 결심

잉글사이드의 넓은 거실에는 눈이 날려와 쌓인 듯 흰 무명이 펼쳐져 있었다. 적십자 본부에서 시트와 붕대가 필요하다는 소식이 왔던 것이다. 낸과 다이와 릴라가 열심히 일하고 있었다.

블라이드 부인과 수전은 2층 남자아이들 방에서 좀 더 개인적인 일을 하고 있었다. 눈물을 꾹 참은 채, 괴로움에 찬 눈으로 두 사람은 젬의 짐을 꾸리고 있었다. 젬은 다음 날 아침 퀘벡의 발카르티에로 떠나야만 했다. 이미 예상하고 있었던 소식이었음에도 마침내 그때가 왔을 때 마음의 괴로움은 조금도 덜 하지 않았다.

릴라는 태어나서 처음으로 시트 가장자리에 시침질을 하고 있었다. 젬이 떠나야 한다는 소식이 왔을 때, 릴라는 '무지개 골짜기'의 소나무숲에 가서 울고 싶은 만큼 실컷 운 뒤 어머니에게 갔다.

"엄마, 나 무슨 일이든 하고 싶어요. 나는 어린 여자아이고…… 전쟁에 이기기 위해 내가 할 수 있는 건 아무것도 없어요…… 하지만 뭐든 도움이 될 만한 일을 여기서 하고 싶어요."

"시트 만들 무명이 와 있으니 낸과 다이의 일을 거들면 되겠구나. 그리고 릴라, 너는 또래 여자아이들로 소녀 적십자단을 조직할 수 있지 않겠니? 나이 든 사람들 속에 섞이는 것보다 자기들끼리 하면 너희들도 마음이 더 편할 테고, 그편이 일도 더 잘할 수 있지 않을까 여겨지는데."

"하지만 엄마, 나는 아직 그런 일을 한 번도 해 본 적 없어요."

"우리 모두는 앞으로 몇 달 동안 여태까지 한 번도 해 본 적 없는 많은 일들을 해야 될 거야, 릴라."

릴라는 결심을 했다.

"좋아요. 해 볼게요, 엄마. 어떻게 시작하면 되는지만 가르쳐주세요. 곰곰이 생각해봤는데, 저는 할 수 있는 한 용기와 투지를 내고 이기심을 버리기로 마음먹었어요."

릴라의 과장된 말을 듣고도 블라이드 부인은 웃지 않았다. 웃고 싶은 마음이 들지 않았던 까닭인지도 모르고, 또는 낭만적으로 꾸민 듯한 릴라의 말 뒤에 있는 진지한 마음을 얼마쯤 느꼈기 때문인지도 모른다.

그리하여 릴라는 지금 시트 가장자리를 꿰매며 머릿속으로는 소녀 적십자단 조직에 대해 생각하고 있었다. 게다가 그녀는 그것을 즐기고 있었다―바느질 말고 소녀 적십자단을 조직하는 일 말이다. 즐기고 있을 뿐 아니라 자기가 그 방면에 소질이 있음을 발견하고 릴라는 내심 놀랐다.

'단장은 누가 하면 좋을까? 나는 안 돼. 나보다 나이 많은 언니들이 좋아하지 않을 테니까. 아이린 하워드는? 안 돼, 아이린은 왠지 모르겠지만 생각보다 인기가 없어. 마저리 드루는 어떨까? 안 돼. 마저리는 줏대가 없어. 너무 팔랑귀라 무조건 마지막에 들은 말대로 하고 말 거야. 베티 미드는…… 침착하고 유능하고 요령도 있지…… 딱 단장감이야! 그리고 우나 메러디스가 회계를 하고, 만일 모두들 나한테 꼭 해달라고 부탁한다면 나는 서기를 할 수도 있겠지.'

여러 위원회는 소녀 적십자단을 조직하고 나서 만들어야겠지만, 릴라는 누가 어떤 위원회에 들어가면 좋을지 벌써 알고 있었다. 모임 장소는 각자의 집을 차례로 돌아가며 쓰면 된다. 그리고 먹을 것은 전혀 내놓지 말 것. 이 일로 릴라는 올리브 커크와 격전을 벌이게 될 게 틀림없다고 각오했다. 그리고 모든 것을 아주 사무적이고 조직적으로 해야 한다. 그녀의 의사록에는 적십자 표장이 들어간 흰 표지를 씌울 것이다. 그리고 모금을 위한 음악회에 모두가 똑같이 입을 수 있는 제복 같은 게 있으면 멋지지 않을까…… 수수하면서도 맵시 있는 것으로?

다이가 주의를 주었다.

"릴라, 너 지금 그 시트의 한쪽은 윗단을 다른 쪽은 아랫단을 시쳐 놓았어."

릴라는 잘못 꿰맨 데를 뜯으며 바느질은 딱 질색이라고 생각했다. 소녀 적십자단을 운영하는 편이 훨씬 재미있다.

2층에서는 블라이드 부인이 수전에게 말하고 있었다.

"수전, 젬이 처음으로 내게 조그만 손을 내밀면서 '음마'라고 했던 날 기억나요? 젬이 처음으로 말하려고 했던 단어 말예요."

수전은 쓸쓸하게 대답했다.

"그 귀여운 도련님 일이라면 무엇이든지 죽는 날까지 하나도 잊어버리지 않을 거예요."

"수전, 나는 오늘 젬이 언젠가 울면서 나를 찾던 날 밤의 일이 계속 생각나요. 태어난 지 몇 달밖에 안 되었을 때였죠. 길버트는 나를 젬한테 못 가게 했어요. 젬은 몸 상태도 좋고 이불도 잘 덮어줬으니까 내가 가면 괜히 버릇만 나빠진다고요.

그래도 나는 갔어요. 그리고 그 아이를 안아 올렸죠. 그 조그만 팔로 내 목을 꼭 감쌌을 때의 느낌이 아직도 고스란히 남아 있어요. 수전, 만일 21년 전 그날 밤 그 애가 울면서 엄마를 찾을 때 내가 가서 안아주지 않았더라면 나는 '도저히' 내일 아침을 맞을 수 없었을 거예요."

"그래도 어떻게 내일 아침을 맞아야 할지 모르겠어요, 사모님. 하지만 이게 마지막 이별은 아니겠죠. 외국으로 떠나기 전 휴가를 얻어 돌아오지 않겠어요?"

"그러기를 바라지만 확실히는 알 수 없어요. 나는 돌아오지 않을 것으로 생각하려고 해요. 그래야 실망감을 견디지 않아도 되니까요. 수전, 나는 내일 웃으며 젬을 보내기로 결심했어요. 아들에게는 떠날 용기가 있는데, 그 어머니란 사람은 아이를 보낼 용기도 없을 만큼 약하디약하더라는 기억을 젬이 안고 떠나서는 안 되니까요. 내일 아무도 울지 않으면 좋겠는데."

"나는 울지 않을 거예요, 사모님. 그것만은 장담하지만, 그래도 웃을 수 있을지 없을지는 주님의 뜻과 내 뱃속 깊은 곳의 상태가 어떤지에 따라 정해지겠죠. 이 과일 케이크를 넣을 데가 있을까요? 그리고 이 쇼트브레드와 민스파이도? 그 퀘벡인가 뭔가 하는 곳에 먹을 것이 있는지 어떤지 모르지만, 젬이 굶을 일은 절대로 없을 거예요.

모든 게 한꺼번에 바뀌고 있는 듯해요, 그렇지 않나요? 목사관의 늙은 고양이까지도 죽어버렸어요. 어젯밤에 10시를 15분 남겨두고 숨을 거두었다는데, 브루스가 몹시 슬퍼한다더라고요."

"그 고양이도 좋은 고양이들이 가는 곳으로 갈 때가 되었죠. 적어도 15살은 되었을 테니까요. 마서 이모님이 돌아가신 뒤로 그 고양이는 많이 쓸쓸해 보였어요."

"만일 그 하이드 녀석이 죽는다 해도 나는 슬퍼하지 않을 거예요, 사모님. 젬이 군복을 입고 돌아온 뒤로 그 고양이는 거의 내내 하이드 씨가 되어 있다니까요. 무언가 뜻이 있다고 나는 생각해요. 젬이 가고 나면 먼데이는 어떻게 될까요? 그 개는 꼭 사람 같은 눈을 하고 돌아다니는데 어쩌다 눈이 마주치면 내 가슴이 다 저려요.

엘런 웨스트가 전부터 카이저를 심하게 욕할 때 우리는 다들 엘런이 정신이 나갔다고 여겼었는데, 이제 보니 그 광기 속에도 일리는 있었네요.

자, 이 칸은 다 찼어요, 사모님. 그럼 저는 아래층에 내려가서, 있는 솜씨 없는 솜씨를 다 부려 저녁 준비를 해야겠어요. 언제 또 젬에게 저녁을 차려줄 날이 올지 알 수 있으면 좋겠지만, 그런 일들은 우리 눈에는 보이지 않게 숨겨져 있는 거겠죠."

젬 블라이드와 제리 메러디스는 다음 날 아침 떠났다. 비가 올 듯 잔뜩 찌푸린 날씨로, 하늘에 온통 무거운 잿빛 구름이 끼어 있었다. 그러나 글렌 마을, 포윈즈, 항구 곶, 윗글렌, 항구 윗마을에서 거의 한 사람도 빠짐없이—'구레나룻 달통이 영감'만 빼고—모두 배웅하러 나왔다.

블라이드 집안과 메러디스 집안사람들은 모두 미소를 띠고 있었다. 수전까지도 하느님의 명에 따라 미소를 짓고 있었으나, 그 모습은 눈물을 흘리는 것보다 더 애처로운 느낌을 주었다. 페이스와 낸은 핏기 없는 얼굴이었지만, 꿋꿋한 태도를 보이고 있었다. 릴라는 뭔가 목에 콱 걸린 것 같은 기분만 없으면, 그리고 입술이 발작적으로 떨리지만 않는다면 훌륭하게 견디어낼 수 있을 텐데,라고 생각했다.

잉글사이드의 반려견 먼데이도 와 있었다. 젬은 잉글사이드에서 먼데이에게 이별을 고하려 했으나 너무도 간절한 먼데이의 호소에 못 이겨 역까지 데려왔다. 먼데이는 젬의 발치에서 떠나지 않으며 사랑하는 주인의 일거수일투족을 하나도 놓치지 않고 지켜보았다.

메러디스 목사 부인이 말했다.

"나는 저 개의 눈을 도저히 못 보겠어요."

메리 밴스가 말했다.

"저 개는 웬만한 사람보다도 분별이 있어요. 하지만 이런 날이 올 줄 누가 알았겠어요? 젬과 제리가 떠난다는 생각에 난 어젯밤 한숨도 못자고 큰 소리로 울었답니다. 정말이지 두 사람 다 머리가 단단히 이상해진 거예요.

밀러도 가고 싶다는 뚱딴지같은 생각을 했지만 내가 잘 타일러서 바로 마음을 돌렸어요. 밀러의 고모님도 애처로운 말을 두세 마디 했고요. 살면서 처음으로 키티 앨릭과 내가 의견일치를 본 셈이죠. 이런 기적은 아마 두 번 다시 일어날 것 같지 않아요.

저기 켄이 와 있어, 릴라."

릴라는 케네스가 와 있는 것을 알고 있었다. 케네스가 리오 웨스트의 마차에서 뛰어내릴 때부터 똑똑히 의식하고 있었다. 지금 케네스는 미소를 띠며 릴라 쪽으로 다가왔다.

"웃으면서 보내주는 의연한 여동생 역할을 다하고 있는 중이군, 릴라. 와, 글렌 마을 사람들이 다 모였나 봐! 나도 2, 3일 뒤엔 집으로 돌아갈 작정이야."

젬과의 작별에서조차 느끼지 못했던 묘한 황량함이 릴라의 마음을 바람처럼 스쳐 지나갔다.

"왜요? 아직 휴가가 한 달이나 남았잖아요?"

"응, 그건 그렇지만 세상이 이처럼 어수선한데 나만 포윈즈에 남아서 놀고 있을 순 없으니까. 이런 어설픈 다리로나마 내 고향 토론토에서는 나도 무언가 도울 방법을 찾을 수 있을 거야. 나는 젬과 제리 쪽은 보지 않기로 했어. 부러워서 견딜 수 없어질 테니까. 너희 여자아이들 모두 너무 훌륭하다. 울지도 않고 얼굴을 찌푸리며 억지로 참는 표정도 짓고 있지 않으니까. 젬하고 제리는 씁쓸한 입맛을 남기지 않고 떠나갈 수 있겠어. 내 차례가 왔을 때 퍼시스하고 어머니도 이렇게 꿋꿋하면 좋으련만."

"아, 케네스 차례가 오기 던에 던댕은 끝날 거예요."

맙소사! 또 혀짤배기소리가 나오고 말았다. 일생일대의 소중한 순간을 이렇게 또 망쳐버렸다. 하는 수 없었다. 이것이 그녀의 운명인 것을. 그리고 아무래도 상관없었다. 케네스는 이미 저쪽으로 가버렸다. 에설 리스와 이야기를 나누고 있었다. 에설은 아침 7시인데도 댄스파티 때 입었던 옷차림으로 와서 울고 있었다.

'에설은 대체 왜 울고 있을까? 리스네 집에는 군복 입은 사람도 없는데.'

그 모습을 보니 릴라도 울고 싶었다. 그러나 울지 않을 것이다.

'저 밉상 드루 부인은 어머니에게 무슨 말을 하면서 징징대고 있는 것일까?'

"이걸 어떻게 견뎌내는지 모르겠군요, 블라이드 부인. 만일 내 가엾은 아이가 떠나게 된다면 나는 도저히 못 견뎠을 거예요."

어머니의—아, 어머니는 언제나 든든하다—핼쑥한 얼굴에 그 잿빛 눈이 반짝 불타올랐다.

"제가 억지로 등 떠밀어서 보내야 했다면 더 괴로웠을지도 모르죠, 드루 부인."

드루 부인은 이해하지 못했지만, 릴라는 알아들었다. 릴라는 갑자기 머리를 번쩍 쳐들었다. 그녀의 오빠는 억지로 가라고 떠밀려서 가는 것이 아니었다.

문득 깨닫고 보니 릴라는 가족들로부터 떨어져서 혼자 선 채 그녀의 옆을 스쳐 가는 사람들의 단편적인 이야기에 귀 기울이고 있었다.

파머 버 부인이 말했다.

"나는 마크에게 두 번째 모집이 있을지 좀 기다려 보라고 했어요. 두 번째 모집이 있다면 그 애를 보내주겠지만, 두 번째 모집은 없을 거예요."

베시 클로가 말했다.

"나는 그걸 벨벳 띠를 달아서 만들려고 생각 중이에요."

항구 윗마을에 사는 귀여운 새색시가 이야기하고 있었다.

"남편 얼굴을 마주 보기가 두려워요. 자기도 가고 싶다고 씌어 있을까 봐요."

변덕스러운 짐 하워드 부인이 말했다.

"나는 겁이 나서 계속 벌벌 떨고 있어요. 짐이 입대한다고 할까 봐 무섭고…… 그러다가는 또 입대할 마음이 없을까 봐 겁나기도 해요."

조 비커스가 말했다.

"크리스마스 때까지는 전쟁도 끝날 겁니다."

애브너 리스가 말했다.

"그 유럽 나라들끼리 실컷 싸우라 그래요."

노먼 더글러스가 큰 소리로 샬럿타운의 어느 높은 군인 이야기를 하고 있는 듯했다.

"그 사람이 어렸을 때 내가 몇 번이나 손을 봐줬소. 그래요, 아주 혼쭐이 빠지게 때려줬죠. 그 사람이 지금은 대단한 거물이 되어 있지만 말입니다."

감리교파 목사가 말했다.

"대영제국의 존망이 걸려 있습니다."

아이린 하워드는 한숨을 내쉬었다.

"확실히 군복을 입으면 사람이 달라 보이는 거 있지."

바닷가 호텔에서 온 낯선 사람이 의견을 말했다.

"결국 이것은 이윤을 위한 전쟁이고, 그러니 귀중한 캐나다의 피를 한 방울이라도 흘릴 가치가 없습니다."

케이트 드루가 물었다.

"블라이드 선생님 가족들은 태평해 보이는데요."

네이선 크로퍼드가 으르렁거리듯이 말했다.

"저 젊은 얼간이들은 모험을 하고 싶어서 가는 것뿐이야."

항구 윗마을 의사가 말했다.

"나는 키치너를 절대적으로 믿고 있습니다."

이 10분 동안 릴라는 화가 났다, 웃었다, 경멸했다, 침울해졌다, 감화받았다 하는 일을 차례로 겪었다. 아, 사람들이란 참…… 웃기다. 어쩌면 저토록 아무 것도 모를까! '태평해 보이다니', 어쩜 정말…… 수전까지도 한숨도 못 자고 밤을 꼬박 새웠는데! 케이트 드루는 예전부터 멋모르고 아무 말이나 하는 깍쟁이긴 했어. 릴라는 기이한 악몽이라도 꾸고 있는 기분이었다. 저 사람들이 불과 3주 전까지 작황이며 물가며 동네의 뜬소문에 대한 이야기를 주고받던 그 사람들일까?

이윽고…… 기차가 들어오고 있었다…… 어머니가 젬 오빠의 손을 꼭 잡고 있다…… 먼데이는 그 손을 핥고 있다…… 모두들 입을 모아 잘 다녀오라고 말하고 있다…… 기차가 멈춰 섰다! 젬은 모두가 보는 앞에서 페이스에게 키스했다…… 드루 노부인이 히스테릭하게 소리를 질렀다…… 남자들은 케네스의 선창으로 만세를 외쳤다…… 릴라는 젬이 자신의 손을 꼭 잡는 것이 느껴졌다.

"잘 있어, 거미."

누군가 릴라의 볼에 키스했다…… 제리인 것 같았으나 확실히 알 수 없었다…… 젬과 제리가 기차에 올라탔다…… 기차가 덜커덩 움직이기 시작한다…… 젬과 제리가 모두에게 손을 흔들고 있다…… 떠나는 이들을 향해 사람들도 손을 흔들어 답하고 있다…… 어머니와 낸은 여전히 미소를 짓고 있었다. 그런데 그 미소는 마치 거두는 걸 잊어버려 얼굴에 그대로 남아 있는 것만 같았다…… 먼데이가 컹컹 짖으며 기차 뒤를 따라 달리려는 것을 감리교과 목사가 억지로 끌어당겨 말리고 있었다…… 수전은 가장 소중히 여기는 보닛을 흔들며 남자같이 만세를 외치고 있다…… 혹시 수전이 머리가 좀 어떻게 된 것일까? ……기차는 모퉁이를 돌아갔다. 젬과 제리가 가버렸다.

턱 막혀 있던 숨을 내뱉으며 릴라는 제정신으로 돌아왔다. 갑자기 주위가 조용해졌다. 이제는 집으로 돌아가서…… 기다리는 것 말고는 할 일이 없었다. 블라이드 부부는 함께 걸어서 돌아갔다…… 낸과 페이스도…… 존 메러디스 목사와 로즈메리 부부도 둘씩 짝을 지어 돌아갔다. 월터와 우나와 셜리와 다이와 칼과 릴라는 함께 모여서 걸어갔다. 수전은 모자를—거꾸로—쓰고 시무룩한 얼굴로 혼자 성큼성큼 걸어서 사라졌다.

처음에는 아무도 먼데이가 없어진 것을 알아차리지 못했다. 따라오지 않는 것을 알아차리고 셜리가 되돌아가 보니, 먼데이는 역 가까운 화물창고에 웅크리고 있었다. 달래서 집으로 데려가려 했으나 꼼짝하지 않았다. 꼬리를 흔들어 셜리가 밉거나 그런 것은 아니라는 뜻을 나타내기는 했으나 아무리 달래도 고집스럽게 움직이지 않았다.

"먼데이는 젬이 돌아올 때까지 저기서 기다리기로 마음먹은 모양이야."

친구들이 기다리는 곳으로 돌아와 이렇게 보고하며 셜리는 웃어넘기려 했다. 그런데 먼데이는 정말로 그렇게 했다. 소중한 그의 주인이 떠났다…… 그런데 감리교 목사로 분장한 악마의 고의적인 악의 때문에 주인을 따라갈 수 없게 되어버렸다. 그러므로 이 먼데이는 나의 영웅을 데려간 그 연기를 푹푹 내뿜는 괴물이 다시 주인을 데리고 돌아올 때까지 여기서 기다릴 것이다.

그래, 거기서 기다리려무나, 다정하고 애달프고 당혹스러운 눈을 한 충실한 작은 개여. 그러나 너의 젊은 친구가 네게로 다시 돌아올 때까지는 괴롭고도 기나긴 세월이 걸리리라.

그날 밤 블라이드 선생은 환자가 있어 나가고 없었으므로, 수전은 자기 침실로 가는 도중에 소중한 사모님이 마음은 좀 가라앉고 잠자리는 편안한지 살피려고 블라이드 부인 방으로 들어갔다. 수전은 침대 발치에 엄숙하게 서서 선언했다.

"사모님, 저는 여장부가 되기로 결심했어요."

'사모님'은 웃음이 터져 나올 것 같았다. 분명 불공평한 일이었지만, 릴라가 그와 똑같은 영웅적 결심을 씩씩하게 말했을 때에는 조금도 웃음이 나지 않았다. 그러나 릴라는 가냘픈 몸에 흰옷을 걸치고 꽃다운 얼굴과 별 같은 눈에서는 감성이 흘러넘치는 소녀였다. 한편 수전은 아주 검소한 잿빛 플란넬 잠옷을 입고 신경통을 낫게 한다는 부적 삼아 빨간 털실로 반백의 머리를 동여맨 성인 여성이었다. 그러나 그런 것으로 구별해서는 안 된다. 문제는 정신에 있는 게 아니겠는가! 그럼에도 블라이드 부인은 웃음을 억누르느라 힘이 들었다.

수전은 단호하게 말을 이었다.

"저는 이제 지금까지처럼 한탄하고 우는소리를 내며 하느님의 지혜를 의심하거나 하지 않을 작정이에요. 우는소리를 하고 게으름 피우고 하느님을 원망해봐야 아무 소용 없으니까요. 양파밭의 잡초를 뽑는 일이 됐든 정부를 운영하는 일이 됐든, 각자가 마땅히 해야 할 일을 붙들고 늘어져야만 해요. 저는 무엇이든 제 할 일을 할 거예요. 소중한 아들들이 용감하게 싸움터로 나갔어요. 그러니 '우리 여자들도' 꿋꿋하게 버티면서 힘껏 분발해야 해요, 사모님."

수프 그릇 속의 아기

"리에주에다 나무르…… 그리고 이젠 브뤼셀까지!"

블라이드 의사는 고개를 저었다.

"마음에 안 들어…… 영 마음에 안 들어."

수전이 힘차게 격려했다.

"실망하시면 안 돼요, 선생님. 그런 곳은 다른 나라 군인들이 지키고 있던 곳이니까요. 독일군이 영국군과 맞부딪칠 때까지 기다려보세요. 제가 장담컨대 반드시 얘기가 달라질 테니까요."

의사는 또 고개를 절레절레 저었으나 아까만큼 침통한 얼굴은 아니었다. 아마도 집안사람들 모두가 비록 전투태세를 갖춘 독일군 수백만 명이 몰려온다 해도 '얇은 회색 선'[1]만은 결코 무너지지 않는다는 수전의 신념을 무의식중에 서로 공유하고 있었는지도 몰랐다.

마침내 무서운 날이 닥쳐와—이어질 수많은 무서운 날들 가운데 첫 번째 날이었다—영국군이 격퇴되었다는 소식이 전해졌을 때 모두들 망연히 얼굴을 마주 보았다.

---

1) 원래는 법질서와 혼돈 사이를 가르는 경계를 의미하는 것으로, 제1차 세계대전의 맥락에서는 전선을 마주한 적군들 사이에 존재하는 전장의 미묘하고 상징적인 경계를 가리킴.

낸이 숨이 턱 막혀 말을 제대로 있지 못하며 간신히 뱉었다.

"그럴……그럴 리가 없어요."

잠시나마 그 사실을 믿지 않는 데서 짧은 위안을 구했다.

수전이 말했다.

"오늘은 나쁜 소식이 들어올 것 같은 기분이 들었어요. 저 요물이 정말 아무 까닭도 없이 아침부터 하이드 씨로 바뀌었으니까요. 그건 좋은 조짐이 아니었지요."

의사는 런던 특보를 중얼중얼 읽었다.

"격퇴되고 패했어도 사기는 꺾이지 않은 육군은…… 영국 육군이 이런 말을 듣게 되다니 있을 수 있는 일일까?"

절망한 블라이드 부인이 말했다.

"이렇게 되면 전쟁이 좀처럼 끝나지 않겠어."

한순간 침몰해 있던 수전의 신념이 다시 의기양양하게 나타났다.

"명심하세요, 사모님, 영국 육군은 영국 해군이 아니에요. 그걸 결코 잊으면 안 돼요. 게다가 러시아군도 응원군으로 오고 있는 중이라잖아요. 하기야 러시아 사람이 어떤지 나는 잘 모르니 확실한 건 알 수 없지만요."

월터가 어두운 얼굴로 말했다.

"러시아군도 파리를 구하러 제때 도착하지는 못할 거예요. 파리는 프랑스의 심장이고…… 파리로 가는 길은 무방비 상태이니까요. 아, 내가……."

월터는 말을 갑자기 멈추고 방에서 나갔다.

무력한 하루를 보낸 뒤 잉글사이드 사람들은 잇달아 악화되는 뉴스에도 불구하고 나름대로 '살아갈' 수 있음을 알게 되었다. 수전은 부엌에서 열심히 일하고, 길버트는 왕진을 다니고, 낸과 다이는 적십자 활동으로 돌아갔다. 블라이드 부인은 샬럿타운에서 열리는 적십자 회의에 나갔다.

릴라는 '무지개 골짜기'에서 실컷 울고 일기에 하고 싶은 말을 숨김없이 쏟아놓고 나면 마음이 조금은 후련해졌다. 그러자 용기와 투지를 잃지 않기로 결심했던 기억이 떠올랐다. 그러려면 애브너 크로퍼드의 늙은 잿빛 말을 몰고 하루 동안 글렌 마을과 포윈즈를 돌아다니며 집집마다 내어주기로 약속한 적십자 물자를 모아 와야 한다. 그 일을 자진해서 맡는 것이야말로 영웅적인 일이라고 생각했다. 잉글사이드에 있는 말 가운데 한 필은 절룩거리고, 나머지 한 필은 아버지가 써야 해서 크로퍼드 씨 말을 빌리는 수밖에 없었다. 이 말은 태평하고 서두르지 않는 둔한 동물로, 몇 걸음마다 멈춰 서서 다리에 달라붙은 파리를 다른 쪽 발로 차서 쫓는 점잖은 버릇이 있었다. 독일군이 파리에서 겨우 50마일(약 80킬로미터) 떨어진 곳에 이르렀다는 사실을 떠올리노라면 이렇게 굼뜬 말을 견뎌내기란 답답하기 짝이 없는 노릇이었다. 그러나 릴라는 주어진 사명을 다하기 위해 씩씩하게 길을 나섰고 놀랄 만한 결과가 뒤따랐다.

그날 오후 늦게 릴라는 꾸러미가 산더미처럼 쌓인 마차를 몰아 항구 기슭으로 이어지는 오솔길 어귀에 이르렀다. 바큇자국이 깊이 파이고 풀마저 무성한 그 길을 따라가면 앤더슨 가족이 사는 집이 나오는데, 과연 찾아가도 그 보람이 있을까 고민했다. 앤더슨 가족은 말할 수 없이 가난해서 앤더슨 부인이 뭘 내줄 수 있을 것 같지 않았다. 한편 남편인 앤더슨 씨는 영국 태생으로 킹스포트에서 일하고 있다가, 전쟁이 시작되자 집에 들르지도 않고, 그렇다고 해서 자기가 없는 동안 식구들이 먹고살 만한 돈도 보내지 않은 채 곧장 영국으로 건너가 입대해버렸다. 그러니 만일 빠뜨린다면 앤더슨 부인이 몹시 언짢아할 수도 있었다. 릴라는 들르기로 했다. 가지 않았더라면 좋을 뻔했다는 후회가 나중에 이따금씩 들 때도 있었지만, 그래도 결국 릴라는 들르기를 참 잘했다고 생각했다.

앤더슨네 집은 허물어져가는 작은 집으로 바닷가 가까운 가문비나무 숲속에 웅크리고 있는 모양새가 흡사 자신의 몰골이 부끄러워 어떻게든 사람 눈을 피하고 싶어하는 듯했다. 릴라는 쓰러질 듯한 울짱에 잿빛 말을 매어놓고 문앞으로 갔다. 문은 빼꼼히 열려 있었다. 집 안을 들여다본 릴라는 잠시 동안 입을 열 수도 움직일 수도 없었다.

맞은편에 있는 작은 침실의 열린 문을 통해 지저분한 침대에 드러누운 앤더슨 부인이 보였다. 앤더슨 부인은 죽어 있었다. 그것은 의심할 여지가 없었다. 또한 문 가까이에 앉아 유유히 담배를 뻐끔뻐끔 피우고 있는 몸집이 크고 지나치게 살이 찐, 빨강머리에 얼굴이 붉고 구지레한 여자가 팔팔하게 살아 있는 것도 틀림없었다. 여자는 불결하고 어질러진 방 안에서 흔들의자에 앉아 멍하게 몸을 앞뒤로 흔들며 방 한복판 요람 속에서 들려오는 찢어질 듯한 울음소리에 아무런 관심을 기울이지 않았다.

릴라는 이 여자를 본 적이 있었고, 소문도 익히 들어 알고 있었다. 어촌에 살고 있는 코너버 부인이라는 사람으로 앤더슨 부인의 고모할머니인데 담배도 피우고 술도 마셨다. 릴라는 왔던 길로 달아나고 싶은 충동에 사로잡혔다. 그러나 그러면 안 된다. 아무리 몸서리나는 몰골이더라도 이 여자가 도움을 필요로 할지도 모를 일이었다. 그러나 그 태도로 보아서는 손이 모자라 난처해하고 있는 것 같지는 않았다.

코너버 부인은 입에서 파이프를 떼고 들쥐 같은 작은 눈으로 릴라를 뚫어지게 쳐다보며 말했다.

"들어와."

릴라는 문턱을 넘으며 머뭇머뭇 물었다.

"저…… 앤더슨 부인은 정말 돌아가셨나요?"

코너버 부인은 아무렇지 않게 말했다.

"죽었지. 30분쯤 전에 골로 갔어. 젠 코너버를 보내서 장의사한테 전화 걸고 바닷가에서 도와줄 사람 아무나 좀 데려오라고 했어. 너는 의사 선생님 댁 아가씨지? 의자 갖다가 좀 앉아."

릴라는 사방을 둘러보았으나 뭔가가 얹혀 있지 않은 의자가 하나도 없었으므로 계속 서 있었다.

"저…… 갑자기 이렇게 되었나요?"

"글쎄, 그 변변찮은 짐이 영국으로 내뺀 다음부터 계속 속을 끓이고 있었지. 그렇게 가버리다니 몹쓸 짓이었어. 내가 보기에는 그 소식을 들은 다음부터 죽음이 문턱에 와 있었어. 저기 있는 갓난쟁이는 2주 전에 태어났는데, 저 애를 낳고 나서부터 몸이 비실비실하더니 드디어 오늘 갑자기 죽어버린 거야."

릴라는 입속으로 우물거렸다.

"제가 뭐…… 도와드릴 일이 있을까요?"

"없어…… 애를 볼 줄 안다면 모를까. 나는 못 하겠어. 저 갓난쟁이는 밤낮으로 빽빽 울어대는데, 나는 그냥 관심 끊고 내버려두기로 했어."

릴라는 까치발로 살금살금 요람 옆에 다가가 더러워진 담요를 조심스레 손끝으로 끌어 내려보았다. 갓난아기를 만져볼 생각은 조금도 없었다. '애를 볼 줄'도 전혀 몰랐다.

릴라의 눈에 들어온 것은 꼬질꼬질한 낡은 플란넬에 싸인 작고 일그러진 빨간 얼굴을 한 못생긴 난쟁이였다. 이처럼 못생긴 아기는 본 적이 없었다. 그러면서도 릴라는 '모든 곳에서 나와서는' 미심쩍은 '여기에'[2] 뚝 떨어져, 돌봐줄 사람 하나 없는 고아가 된 그 갓난아기에게 갑자기 불쌍한 마음이 들었다.

릴라가 물었다.

"이 아기는 어떻게 되는 거예요?"

코너버 부인은 거리낌 없이 대답했다.

"알 게 뭐냐. 애 엄마는 죽을 때까지 가슴을 태우더라만. '아, 불쌍한 이 아이는 어떻게 될까.'라는 소리를 하도 계속 지껄여대서 나중에는 귀에 딱지가 앉는 줄 알았다니까. 나는 아이 일 따위로 골치 썩일 생각은 전혀 없어. 내가 여동생이 죽으면서 남기고 간 남자아이를 키웠었는데, 나이 먹고 좀 쓸 만해지니까 그대로 내빼버리더니 늙은 나를 전혀 도와줄 생각도 안 해. 은혜도 모르는 애새끼 같으니.

나는 여기 민이 살아 있을 때 민한테다가 짐이 돌아와서 걔를 돌볼지 어쩔지 알게 될 때까지는 고아원에 보내야만 한다고 했지. 그런데 웃기는 일이지만 민은 그 계획을 좋아하지 않았어. 하지만 별수 있나. 그러는 수밖에."

릴라는 캐물었다.

"하지만 고아원으로 데려가기 전까지는 누가 이 아이를 돌봐요?"

아무래도 이 아기의 운명이 마음에 걸렸다.

"내가 해야 되겠지."

코너버 부인은 불평스럽게 내뱉듯 말하고 옆 선반에서 검은 병을 꺼내 부끄러워하지도 않고 벌컥벌컥 마셨다.

"내가 보기에 걔도 오래 못 살 거야. 애가 약해. 민도 원래 활기라고는 없었고 걔도 그래 보여. 괜히 남의 인생 오래 성가시게 하지 않고, 잘됐지."

릴라는 담요를 조금 더 끌어 내려보았다. 그리고 소스라치게 놀라 소리쳤다.

---

2) 스코틀랜드 시인·목사 조지 맥도널드(1824~1905)의 시 〈아가야, 너는 어디서 왔니?〉에서 따옴.

"어머나, 아기가 옷을 안 입었잖아요!"

코너버 부인은 공격적인 말투로 몰아세웠다.

"누가 입혀줬어야 하는지 말을 좀 해 보든가. 나는 민을 돌보기만도 바쁜데 그럴 시간이 어딨어. 게다가 아까도 말했지만 나는 아기에 대해서는 아무것도 몰라. 빌리 크로퍼드 할멈이 그 애가 태어났을 때 여기 와서 애를 씻기고 그 플란넬에 싸놓은 거야. 그다음엔 젠이 조금 돌봐줬고. 걔는 충분히 따뜻해. 놋쇠 원숭이도 녹아버릴 날씨인데, 뭔 걱정거리라고."

릴라는 울어대는 아기를 잠자코 내려다보고 있었다. 여태까지 한 번도 인생의 비극에 맞닥뜨린 일이 없었다. 그런데 이 모습은 릴라의 심장 한복판을 깊이 찌르고 들어왔다. 가엾은 어머니가 홀로 죽음의 어두운 골짜기로 내려가면서, 곁에 이 밉살스러운 늙은 여자 말고는 아무도 없는 곳에 자기 아이를 남겨두고 떠나야 해서 조바심쳤을 마음을 생각하니 릴라는 몹시 가슴이 아팠다.

'내가 좀 더 빨리 왔더라면 좋았을걸! 하지만 그랬던들 내가 뭘 할 수 있었겠어…… 지금은 무엇을 할 수 있을까?'

릴라는 알 수 없었다. 그러나 뭐라도 해야 했다. 갓난아기는 딱 질색이다…… 그러나 아무래도 이 가엾은 아이를 코너버 부인에게 맡기고 나 몰라라 하고 가버릴 수는 없었다…… 코너버 부인은 또다시 검은 병을 잡고 들이켜고 있으니 누군가가 오기도 전에 몸도 가누지 못할 만큼 취해버릴 것이다.

'내가 여기 있을 수는 없어. 오늘 밤 크로퍼드 씨가 저 말을 쓴다고 저녁때까지 돌아와달라고 했으니까. 아, 어떻게 하면 좋을까?'

릴라는 갑자기 필사적이고 충동적인 결심을 했다.

"제가 이 아기를 집으로 데려갈게요. 그래도 될까요?"

그러자 코너버 부인은 선심 쓰듯 대답했다.

"그렇게 하고 싶다면 그래라. 나는 반대하지 않을 테니까. 데려가."

"저⋯⋯저 아이를 안고 갈 수는 없어요. 말을 몰고 가야 해서 아기를 안고 있다가는 떨어뜨릴지도 몰라요. 어디⋯⋯어딘가에 이 아기를 담아갈 바구니가 없을까요?"

"글쎄다. 이 집구석에 뭐 쓸 만한 게 있어야지. 민은 가난한 데다 먹고살 길을 찾는 데는 짐 못지않게 주변머리가 없었으니까. 저쪽 서랍을 열면 갓난아기에게 입힐 옷이 얼마쯤 들어 있을 거야. 같이 챙겨가는 게 좋을 게다."

릴라는 옷가지를 꺼냈다. 값싸고 초라하지만 가엾은 어머니가 한껏 애를 써 준비한 것이었다. 그러나 아기를 데려갈 도구의 부재라는 절박한 문제가 풀린 것은 아니었다. 릴라는 어찌할 바를 몰라 주위를 둘러보았다. 아, 어머니가 계셨으면 좋으련만⋯⋯ 아니면 수전이라도! 바로 그때 릴라의 눈은 조리대 뒤에 놓인 어마어마하게 큰 수프 그릇에 멎었다.

"저기에⋯⋯ 이 아이를 눕혀서 가도 될까요?"

"글쎄, 내 건 아니지만 가져가도 되겠지. 되도록 깨뜨리지 않게 조심해. 짐이 살아서 돌아오면 이러니저러니 할지도 모르니까⋯⋯ 짐은 반드시 살아서 돌아올 거야, 어차피 전쟁터에 가서도 쓸모가 없어서 말이지. 그 낡은 수프 그릇은 짐이 영국에서 가져왔다고 했어. 그 집안 대대로 내려온 것이라더군. 짐도 민도 그것을 한 번도 쓰지 않았지. 거기에 담을 만큼 수프를 많이 끓인 일이 한 번도 없었으니까. 그런데도 짐은 그 수프 그릇을 엔간히 애지중지했어. 그 인간은 어떤 일에는 엄청 까다롭게 굴면서, 접시에 담을 음식이 없는 일 같은 건 또 전혀 신경 쓰지 않았지."

난생처음으로 릴라는 갓난아기를 만지고⋯⋯ 들어 올려⋯⋯ 담요에 쌌다. 그러는 내내 아이를 떨어뜨리거나⋯⋯ 혹시⋯⋯ 혹시나⋯⋯ 부수지는 않을까 겁이 나서 벌벌 떨었다. 그런 다음 수프 그릇에 넣었다.

릴라는 걱정스럽게 물었다.

"숨 막혀서 죽거나 하지 않을까요?"

"숨 막혀봤자 별 차이도 없을 텐데, 뭐."

코너버 부인의 대답에 겁이 덜컥 난 릴라는 아기 얼굴 언저리의 담요를 조금 헤쳐주었다. 아기는 울음을 그치고 눈을 깜빡이며 릴라를 가만히 보고 있었다. 작고 못생긴 얼굴이지만 눈망울은 크고 짙었다.

코너버 부인이 주의를 주었다.

"얼굴에 바람이 닿지 않도록 하는 게 좋을 거야. 숨을 뺏어 가버리니까."

릴라는 너덜더덜한 작은 퀼트 이불로 수프 그릇을 쌌다.

"제가 마차에 올라타면 이걸 좀 건네주시겠어요?"

"그러지."

코너버 부인은 끙, 앓는 소리를 내며 일어섰다.

이리하여 앤더슨네 집으로 올 때만 해도 아기를 몹시 싫어한다고 자처했던 릴라 블라이드가 이 집에서 나갈 때에는 수프 그릇에 담은 아기를 무릎 위에 얹은 채 말을 몰고 돌아갔다!

릴라는 잉글사이드까지 가는 길이 영겁처럼 느껴졌다. 수프 그릇 속은 기분 나쁠 만큼 조용했다. 아기가 울지 않는 것이 한편으로는 고마우면서도, 간간이 빽 소리라도 질러 살아 있다는 증거를 보여주면 좋겠다고 릴라는 생각했다. 만일 숨이 막혀 죽기라도 했으면 어쩌지! 릴라는 담요를 들춰볼 용기는 나지 않았다. '숨을 뺏긴다'는 것이 정확히 어떤 무서운 일을 의미하는지는 알 수 없었지만, 어느새 바람이 거의 허리케인처럼 불어대고 있어서 자칫 아기가 '숨을 뺏기면' 큰일이라고 생각했기 때문이었다. 마침내 잉글사이드에 무사히 다다랐을 때 릴라는 안도의 숨을 내쉬었다.

 릴라는 수프 그릇을 부엌으로 안고 들어갔다. 그리고 수전이 지켜보는 가운데 식탁 위에 올려놓고 이불을 헤쳤다. 수프 그릇을 들여다본 수전은 태어나서 처음으로 너무나 기가 막혀 무어라 할 말을 잃었다.

 아버지가 부엌으로 들어오면서 물었다.

 "이게 대체 뭐지?"

 릴라는 모든 이야기를 쏟아냈다.

 "이 아이를 데려오지 않을 수 없었어요, 아버지. 거기 내버려두고 올 수가 없었어요."

 아버지는 무심하게 물었다.

 "이 갓난아기를 어떻게 할 생각이지?"

 릴라는 이런 질문을 받으리라고는 생각지 못했었다.

 당혹해서 릴라는 입속으로 우물거렸다.

 "우리…… 우리 집에 얼마 동안 데리고 있어도…… 되지 않아요? 어딘가 갈 곳이 정해질 때까지만이라도?"

 아버지는 잠시 부엌을 서성거리고, 한편 갓난아기는 수프 그릇의 하얀 안쪽 면을 말끄러미 바라보고 있었으며, 수전은 가까스로 정신이 되돌아온 듯 보였다.

 이윽고 아버지는 릴라 쪽으로 돌아섰다.

 "갓난아기 하나를 돌보려면 손이 정말 많이 가고 여러 가지 수고가 들어가야 해, 릴라. 낸과 다이는 다음 주면 레드먼드로 떠나고, 지금 상태로는 엄마나 수전에게 그런 수고까지 더 감당하게 할 수는 없어. 만일 네가 그 아기를 여기 두고 싶다면 스스로 돌봐줘야만 해."

"내가요? 아니…… 아버지…… 난…… 나는 못 해요!"

"너보다 더 나이 어린 여자아이들도 갓난아기를 돌보기도 해. 나와 수전이 아는 일이라면 무엇이든지 가르쳐주마. 네가 할 수 없다면 아기는 메그 코너버에게 돌려보내야 해.

돌려보낸다면 이 아기는 오래 못 살겠지. 분명 이 아기는 아주 허약한 체질이라 특별한 보살핌이 필요할 듯하니까. 만일 고아원으로 보낸다 해도 오래 살 수 있을지 알 수 없는 일이야. 그렇지만 이미 무리하고 있는 네 어머니나 수전에게 이런 일까지 맡길 수는 없어."

블라이드 선생은 엄격하고 단호한 모습으로 부엌에서 나갔다. 마음속으로는 저 큰 수프 그릇 속의 작은 거주자가 잉글사이드에 자리 잡게 되리라는 것을 알고 있었다. 하지만 릴라가 이런 위기에 맞닥뜨려 어떤 식으로 대처할지 두고 볼 생각이었다.

릴라는 멍하니 아기를 바라보며 시무룩하게 앉아 있었다. 자기가 아기를 돌보다니 아무리 생각해도 터무니없는 일이었다. 하지만…… 아기의 앞날을 걱정하다가 죽은 그 가엾고 몸이 약한 어머니…… 그 지독한 메그 코너버 부인.

릴라는 침울한 얼굴로 물었다.

"수전, 갓난아기에게는 어떤 일을 해줘야 해요?"

"몸을 따뜻하고 보송보송하게 해주고, 날마다 목욕을 시켜야지. 그때 물은 너무 뜨거워도 안 되고 너무 차가워도 안 돼. 그리고 두 시간마다 먹을 것을 줘야 해. 또 배앓이를 할 때는 배를 따뜻하게 해주어야 하고."

수전답지 않은 힘없고 심드렁한 말투였다.

갓난아기가 또 울기 시작했다.

릴라가 다급하게 말했다.

"배가 고픈가 봐…… 어쨌든 뭘 좀 먹여야 하는데. 뭘 먹여야 하는지 가르쳐 줘요, 수전. 그러면 내가 준비할게요."

수전이 일러주는 대로 우유와 물을 준비하고 아버지 사무실에서 젖병도 가져왔다. 릴라는 아기를 수프 그릇에서 안아 올려 우유를 먹였다. 지붕 밑 다락방에서 자기가 어렸을 때 썼던 낡은 요람을 가져다 잠든 아기를 그 속에 눕히고 수프 그릇은 식료품 저장실에다 치워두었다. 그런 다음 앉아서 곰곰이 생각해 보았다.

릴라는 아기가 잠을 깼을 즈음 고민을 마치고 수전에게로 다가갔다.

"수전, 나 할 수 있는 일은 최대한 다 해 볼래요. 가엾은 저 아기를 코너버 부인에게 차마 도로 데려갈 수는 없어요. 목욕시키는 법하고 옷 입히는 법을 가르쳐줘요."

수전의 감독하에 릴라는 갓난아기를 목욕시켰다. 수전은 말로만 주의를 줄 뿐 도와주려고는 하지 않았다. 의사 선생님이 거실에 있으므로 어느 때 갑자기 들어올지 알 수 없었기 때문이다. 수전은 블라이드 선생님이 어떤 일을 반드시 해야 한다고 단호하게 말할 때는 그대로 따라야 한다는 것을, 겪어서 알고 있었다. 릴라는 이를 악물고 수전의 지시를 열심히 따랐다.

'도대체 갓난아기란 어쩌면 이렇게 온몸에 접힌 데도 많고 몸이 멋대로 구부러지는 거지? 잡을 데가 없어. 이러다 손이 미끄러져서 물속에 빠뜨리면 어떡해. 왜 이렇게 꼬물꼬물거리는 거야! 제발 빽빽 울지라도 않았으면! 어쩜 이리 작은 몸에서 이렇게 귀청이 떨어질 것 같은 소리가 나오는 건데.'

그 찢어질 듯한 울음소리는 잉글사이드 지하실에서 지붕 밑 다락방까지 들릴 정도였다.

릴라는 안쓰러운 목소리로 물었다.

"수전, 내가 아기를 너무 아프게 하고 있는 걸까요?"

"아니, 그렇지 않아. 갓난아기는 대개 목욕을 끔찍이 싫어해. 처음 하는 것치고는 아주 잘하고 있어, 릴라. 무엇을 하든 손으로 아기 등을 딱 받치고 침착하게 해."

침착하게 하라고? 릴라의 땀구멍 하나하나에서 진땀이 솟아나고 있었다. 아기 몸의 물기를 닦고 옷을 입힌 뒤 우유를 또 한 병 먹여 잠시 조용해졌을 즈음 릴라는 지쳐서 녹초가 되어버리고 말았다.

"오늘 밤에는 어떤 일을 해야 해요, 수전?"

낮에 갓난아기를 보는 일도 큰일이지만, 밤에 아기를 돌보는 일은 상상을 뛰어넘었다.

"이 요람을 네가 자는 침대 옆 의자 위에 놓고 뭘 좀 덮어줘. 밤중에 한두 번쯤 우유를 먹여야 하니 석유난로를 2층에 갖다두는 게 좋을 거야. 잘 못하겠으면 나를 불러. 선생님이 뭐라고 하시든 내가 갈 테니까."

"하지만 수전, 울면 어쩌지?"

그러나 아기는 울지 않았다. 뜻밖에도 얌전했다. 아마 굶주린 작은 위가 제대로 된 음식으로 두둑이 채워졌기 때문이리라. 아기는 거의 밤새도록 푹 잤으나 릴라는 잘 수가 없었다. 아기에게 무슨 일이 일어나면 큰일이라는 걱정 때문에 잠들기가 겁났기 때문이었다. 릴라는 수전을 부르지 않고 해내겠다는 굳은 의지로 새벽 3시에 먹일 우유를 준비해 놓았다. 아, 그녀는 지금 꿈을 꾸고 있는 걸까? 이런 어이없는 곤경에 빠진 이 사람이 정말 릴라 블라이드가 맞단 말인가?

릴라는 독일군이 파리 가까이까지 오든 말든 상관없었다. 이미 파리로 침입해 들어왔다 해도 상관없었다. 다만 아기가 울거나 목메어 숨이 막히거나 경기만 일으키지 않으면 되었다.

'갓난아기는 분명 경기를 일으키기도 하지? 아, 아기가 경기 일으키면 어떻게 하는지 수전에게 물어보는 걸 왜 깜박했지?'

릴라는 아버지가 어머니와 수전의 건강에는 그토록 마음을 쓰면서 자기에 대해서는 이토록 무심한 것에 대해 씁쓸하게 돌이켜 생각했다.

'아버지는 내가 한숨도 안 자고도 살아갈 수 있다고 생각하시는 걸까? 하지만 이제 와서 물러설 생각은 조금도 없어, 누가 뭐래도. 비록 이 못생긴 아기를 돌보다 죽는 한이 있어도 끝까지 해낼 테니까. 유아 위생학 책을 사서 읽고 누구의 신세도 지지 않을 테야.

아버지한테는 아무것도 물어보지 않겠어…… 엄마도 귀찮게 하지 않겠어…… 수전에게는 정말 곤란해서 도저히 어쩔 수 없을 때만 부탁할 거야. 모두들 두고 보라지!'

이틀 뒤 집으로 돌아온 블라이드 부인은 릴라는 어디 있느냐고 물었을 때 돌아온 수전의 침착한 대답에 기절할 만큼 놀랐다.

"2층에서 자기 아기를 재우고 있어요, 사모님."

릴라의 다짐

가족 전체에게도, 한 사람 한 사람에게도 새로운 상태는 곧 익숙해져 별 의문 없이 받아들여졌다. 1주일이 지날 무렵 앤더슨네 아기는 마치 처음부터 잉글사이드에 있었던 것처럼 일상의 한 부분이 되어 있었다.

처음 사흘 밤을 뜬눈으로 새운 릴라는 차츰 평소대로 다시 잠을 잘 수 있게 되었고, 정해진 시간이 되면 저절로 잠이 깨어 아기를 돌보았다. 릴라는 마치 평생을 해왔던 일인 양 능숙하게 아기를 목욕시키고 우유를 먹이고 옷을 입혔다. 그러나 아기를 돌보는 일도 아기도 전혀 더 좋아지지 않았다. 그녀는 여전히 아기를 조심스레 다루었는데, 그 손길은 아기가 마치 조그만 도마뱀—이를테면 부서지기 쉬운 도마뱀—인 양 억지로 만지고 있었다. 그럼에도 릴라는 자신의 일을 철두철미하게 했으므로 글렌세인트메리 마을 안에서 이토록 깨끗하고 이토록 잘 보살핌을 받은 아기는 달리 없었다. 릴라는 날마다 아기 몸무게를 재서 그것을 일기에 적어넣기까지 했다. 그러나 고약한 운명의 손이 왜 하필 그 숙명적인 날에 자기를 앤더슨네 집 오솔길로 이끌었을까 하고 한심스럽게 생각하는 날도 때때로 있었다.

셜리와 낸과 다이는 릴라가 예상했던 만큼 그녀를 놀리지는 않았다. 오히려 릴라가 전쟁고아를 맡았다는 사실에 어리벙벙해했다. 그리고 어쩌면 놀리지 못

하도록 아버지로부터 주의를 받았을 수도 있었다. 월터야 물론 어떤 일로든 릴라를 놀린 적이 한 번도 없었고, 언젠가 하루는 릴라에게 정말 든든한 사람이라며 칭찬까지 했다.

"릴라 마이 릴라, 젬이 끝없이 밀려오는 독일군을 맞아 싸우겠다고 나간 것보다도 네가 저 5파운드(약 2.3킬로그램) 나가는 갓난아기를 보살피겠다고 나선 게 훨씬 용기 있는 일이야. 나에게 네 용기의 절반만 있어도 좋을 텐데."

월터의 말에서 자책의 기운이 느껴졌다. 그래도 월터에게 칭찬을 들은 릴라는 자랑스럽기 이를 데 없었다. 그럼에도 그날 밤 릴라는 일기에 울적하게 썼다.

내가 저 아이를 조금이나마 좋아하게 되었으면 얼마나 좋을까. 그러면 모든 게 편해지련만. 그러나 나는 마음이 가지 않는다. 갓난아기란 돌보다 보면 귀여워하게 되는 법이라고 사람들은 말한다. 그러나 그렇지도 않다. 아무튼 내 경우에는 그렇게 되지 않는다.

게다가 갓난아기는 귀찮은 존재다. 모든 일에 방해가 된다. 나를 완전히 옭아맨다―그것도 하필이면 소녀 적십자단을 발족시키려 하고 있는 이 중대한 때에. 심지어 어젯밤에는 앨리스 클로의 파티에도 가지 못했다. 내가 얼마나 기다려온 파티였는데. 물론 아버지도 정말로 꽉 막히게 구시는 건 아니어서, 언제든 필요하다 싶으면 저녁때 한두 시간 정도는 아기를 다른 사람한테 맡겨도 된다. 하지만 밤중까지 집을 비워 수전이나 어머니에게 아이 뒤치다꺼리를 하게 만드는 일에는 찬성하지 않으리라는 걸 알고 있다.

결국 그렇게 하기를 잘했다. 왜냐하면 아기가 새벽 1시쯤 배앓이―아니면 그 비슷한 무언가―를 했기 때문이다. 발길질을 하고 몸을 뻗대지는 않아서 화가 나서 우는 게 아니라는 것은 모건의 육아 서적을 읽어 알고 있었다. 배가 고파서도 아니고 핀이 불편하게 찔러서 그런 것도 아니었다.

그런데도 소리소리 지르며 울어대서 얼굴이 뻘겋다 못해 거의 시커매질 지경이었다. 그래서 내가 물을 팔팔 끓여 배에 탕파를 갖다 대주었더니 아기는 전보다 더 자지러지게 울어대며 짠할 만큼 가느다란 다리를 옴츠렸다. 화상을 입은 게 아닐까 걱정되었으나 그렇지는 않은 듯했다.

그리고 나서 《모건식 젖먹이 육아법》에는 결코 해서는 안 된다고 씌어 있었지만 나는 아기를 안고 방 안을 걸어 다녔다. 족히 몇 마일은 걸은 것 같았다. 아, 나는 지치고 맥이 빠지고 화가 났다. 그래, 정말로 화가 났다. 저 아기가 좀 더 크다면 그만 좀 그치라고 녀석을 잡고서 마구 흔들어주고 싶었지만, 그럴 수도 없었다.

아버지는 환자가 있어 나가셨고, 어머니는 두통이 있어 쉬고 계셨으며, 수전은 내가 수전의 말과 모건의 책에 적힌 게 다를 때에는 언제나 모건 쪽을 택한다면서 부루퉁했으므로 아주 급할 때 말고는 부르지 않기로 결심했다.

그러다 올리버 선생님이 들어왔다. 선생님은 이제 내 방 대신 낸의 방을 함께 쓴다. 그것도 다 갓난아기 때문이다. 나는 슬퍼서 견딜 수 없다. 잠자리에 들어서 선생님과 오랫동안 이야기를 나누곤 하던 그 시간이 정말 그립다. 내가 선생님을 독차지할 수 있는 것은 그때뿐이었는데.

아기 우는 소리에 선생님이 잠을 깨셨나 생각하니 마음이 언짢았다. 선생님에게는 지금 여러 가지 걱정거리가 있기 때문이다. 약혼자 그랜트 씨도 발카르티에에 가서 선생님은 안타까워하고 있었다. 무척 의연한 태도를 보이고는 있지만 말이다. 선생님은 그랜트 씨가 다시는 돌아오지 않으리라 여기고 있어, 선생님 눈을 보면—눈빛이 너무나 침통해서—가슴이 찢어질 것 같다.

선생님은 아기 때문에 잠에서 깬 것이 아니라 독일군이 파리에 너무 가까이 다가와 있어 잠을 이룰 수 없었다고 말했다. 그러고는 밉살스러운 녀석을 안아 올려 무릎 위에 엎드려 뉘고는 등을 가볍게 두세 번 토닥여주었더니 아기가 빽빽대던 울음을 그치고 잠이 들어 밤새도록 얌전하게 잤다. 그러나 나는 자지 못했다. 너무 피곤해서 오히려 잠이 들 수조차 없었다.

나는 소녀 적십자단을 발족시키고서 심하게 골머리를 앓고 있다. 베티 미드를 단장으로 뽑고 내가 서기가 되는 데는 성공했으나, 모두들 내가 경멸하는 젠 비커스를 회계로 정해버렸다. 젠은 자신이 아는 똑똑하거나, 외모가 출중하거나, 능력이 탁월한 사람들을, '그 사람들이 없는 자리에서', 업신여기듯 성을 빼고 이름으로 부른다. 게다가 교활하며 겉과 속이 다르다.

물론 우나는 회계를 맡지 않았어도 아무렇지 않다. 주어진 일은 무엇이든 닥치는 대로 기꺼이 하고 어떤 직함을 가지게 되건 안 되건 그런 일은 신경 쓰지 않는 사람이기 때문이다. 우나는 정말이지 천사다. 한편 나는 때로는 천사다운 점도 있지만 나머지는 완전히 악마다.

월터가 우나를 좋아하게 되기를 바라지만, 월터는 우나를 그렇게 보지 않는 것 같다. 언젠가 월터가 우나를 월계화 같다고 말하는 것을 들은 적이 있긴 하다. 그런데 우나는 정말 그렇다. 그런데 너무 상냥하고 뭐든지 자진해서 하기 때문에 남에게 이용당하기 쉽다. 하지만 릴라 블라이드는 남에게 호락호락 이용당하지 않는다. 수전의 말버릇을 따라해 보자면 '이 말씀은 믿으셔도 된다.'

예상했던 대로 올리브는 모임 때 식사를 내야 한다고 강하게 주장했다. 그 사안을 두고 우리 소녀 적십자단 안에서 엄청난 격전이 벌어졌다. 그렇지만 다수가 식사에 반대했으므로 그것에 찬성했던 소수파는 지금 뾰로통해 있다. 아이린 하워드는 찬성파라 그 뒤로 내게 몹시 차갑게 대해서 나는 비참한 기분이다.

　어머니와 엘리엇 부인도 여성 적십자회 내에서 여러 가지 문제에 부딪칠까 궁금하다. 틀림없이 그렇겠지만, 두 분 다 아무 일도 아니라는 듯 침착하게 대처하신다. 나도 일에 대처는 하고 있다. 그러나 침착하지는 못하다. 나는 분개하기도 하고 울기도 한다. 하지만 아무도 모르게 하고, 이 일기에 가슴속 울분을 마음껏 터뜨린다. 그리고 나서 마음이 후련해지면, 이제 모두들 두고 보라고 속으로 다짐한다. 나는 결코 삐져서 뚱해 있지는 않는다. 나는 삐지는 사람은 딱 질색이다. 어쨌든 소녀 적십자단은 발족되었고 우리는 1주일에 한 번 모임을 가질 계획이고, 모두들 뜨개질도 배우기로 했다.

　셜리 오빠와 둘이 다시 한번 역으로 가서 먼데이를 집에 데려오려 했으나 헛일이었다. 온 가족이 시도해보았지만 실패였다. 젬이 떠난 지 사흘 뒤 월터가 가서 강제로 먼데이를 마차에 태워 집으로 데려다가 사흘 동안 가두었다. 그러자 먼데이는 단식투쟁에 들어갔고 밤낮으로 밴시[1] 같은 소리로 짖어댔다. 그래서 우리는 먼데이를 밖으로 내보내주지 않을 수 없었다. 안 그랬다가는 먼데이가 굶어 죽을 게 뻔했다.

　그리하여 먼데이가 하고 싶은 대로 내버려두기로 했고, 아버지는 역 근처 푸줏간에다 부탁해서 뼈다귀와 부스러기 고기를 먼데이에게 먹이도록 손을 써두었다. 그리고 우리는 번갈아가며 거의 날마다 먼데이에게 먹을 것을 가져다주고 있다.

　먼데이는 화물창고에 웅크리고 있다가 기차가 들어올 때마다 플랫폼으로 쏜살같이 달려나가 기대에 찬 모습으로 꼬리를 흔들며 기차에서 내리는 사

---

[1] 가족의 죽음을 알려주기 위해 그 집의 창 아래에서 울부짖는다는 아일랜드·스코틀랜드 민담 속 요정.

람들 사이를 누비고 다닌다. 이윽고 기차가 떠나고 젬 오빠가 돌아오지 않았음을 알게 되면 먼데이는 풀이 죽어 무거운 걸음으로 창고에 돌아가 실망한 눈으로 엎드린 채 잠자코 다음 기차를 기다린다. 역장님인 그레이 씨는 그 모습이 너무 애처로워서 눈물이 날 때도 있다고 말씀하셨다.

어느 날 몇몇 남자아이들이 먼데이에게 돌을 던지자 여태까지 모든 일에 무관심하기만 하던 조니 미드 할아버지가 푸줏간에서 고기 자르는 도끼를 움켜쥐고 달려나와 짓궂은 남자아이들을 뒤쫓아 온 마을을 뛰어다녔다. 그 뒤로 아무도 먼데이를 괴롭히지 않았다.

케네스 포드는 토론토로 돌아갔다. 이틀 전 저녁에 인사하러 들렀다. 그때 나는 집에 없었다. 아기에게 입힐 옷을 만들어야 했는데, 메러디스 부인이 도와주겠다고 하여 목사관에 가 있는 바람에 케네스 오빠를 만나지 못했다. 그렇다고 해서 신경이 쓰인다는 말은 아니다.

오빠는 낸 언니에게 이 말을 전해달라고 했다고 한다.

"거미한테 잘 지내라고 나 대신 인사 전해줘. 그리고 엄마로서의 의무에 너무 몰두해 나를 깡그리 잊지는 않았으면 좋겠다고도 전해주고."

그렇게 경박하고 모욕적인 말을 전하고 간 것을 보면, 그 모래톱에서 보낸 아름다운 한때가 케네스에게는 아무 뜻이 없었음이 확실하다. 나는 이제 두 번 다시 케네스도 그때 일도 생각하지 않을 작정이다.

그날 프레드 아널드가 목사관에 와 있어서 나를 집까지 바래다주었다. 프레드는 새로 온 감리교회 목사님의 아들로 아주 착하고 똑똑한 사람이다. 코만 아니었으면 꽤 잘생겼을 얼굴이다. 정말 끔찍한 코를 가지고 있다. 일상적인 이야기를 할 때는 그리 상관없지만 시라든가 이상에 대해 이야기하면, 그 코와 이야기하는 내용 사이의 너무도 괴리감이 커서 나는 큰 소리로 웃고 싶어진다.
 사실 정말 불공평한 일이다. 프레드가 하는 말은 모두 훌륭하고, 만일 케네스 같은 사람이 그렇게 이야기했다면 나는 황홀해졌을 게 틀림없기 때문이다. 눈을 내리뜨고 프레드의 이야기를 듣노라면 나는 완전히 매혹되어 버린다. 그러나 올려다보고 프레드의 코를 보기가 무섭게 마법은 깨지고 만다. 프레드도 입대하고 싶어하지만 아직 17살이어서 안 된다고 했다.
 우리는 마을 길을 걸어가다가 엘리엇 부인을 만났다. 부인은 내가 독일의 카이저와 함께 걸어가는 것을 보았다 해도 그토록 질겁하지는 않으리라 여겨질 만큼 질색하는 눈치였다. 엘리엇 부인은 감리교파 교인들과 감리교파에서 하는 일은 덮어놓고 모두 싫어한다. 아버지는 그것이 엘리엇 부인의 강박증이라고 말씀하신다.

 9월 첫날에 즈음해서 잉글사이드와 목사관에서 여러 사람이 일제히 떠나갔다. 페이스와 낸과 다이와 월터는 레드먼드로 가고, 칼은 항구 곶의 초등학교 선생으로 부임했으며, 셜리는 퀸즈아카데미에 갔다.
 잉글사이드에 홀로 남은 릴라는 정신없이 바쁘지 않았다면 쓸쓸해졌을 것이다. 월터의 빈자리는 무척 절실하게 느꼈다. 무지개 골짜기에서 이야기한 그날 이후로 둘은 사이가 아주 가까워져 릴라는 다른 사람에게는 말하지 않는 일을 월터에게는 의논하게 되었다.
 그러나 소녀 적십자단과 갓난아기 일에 쫓겨 릴라는 쓸쓸해할 겨를조차 없었다. 때로는 잠자리에 들어 얼마 동안 월터의 빈자리, 발카르티에 가 있는 젬, 케네스의 조금도 낭만적이지 않은 작별 인사 등을 생각하고 우는 적도 있었지만, 대개 눈물이 나오기도 전에 잠들고 말았다.

아기가 잉글사이드에서 지낸 지 2주가 되어가던 어느 날 아버지가 물었다.
"아기를 호프타운에 있는 고아원으로 보낼 수속을 밟으련?"
한순간 릴라는 "네." 하고 대답할까 생각했다.
'아기는 호프타운으로 보내도 된다. 가면 적절하게 보살핌을 받을 테고, 나는 낮에 자유로이 지낼 수 있게 될 것이고, 밤에도 아기에게 얽매이지 않아도 된다. 하지만…… 하지만…… 그 가엾은 어머니는 아기를 절대로 고아원에 보내고 싶어하지 않았는데!'
릴라는 그 생각이 머릿속에서 떠나지 않았다. 게다가 그날 아침, 아기가 잉글사이드에 온 뒤 몸무게가 8온스(약 230그램)나 늘었다는 것을 알게 되었다. 릴라는 이 사실이 너무나 뿌듯해서 온몸이 짜릿해질 정도였다.
릴라가 말했다.
"아버지는…… 아버지는 아기가 호프타운에 가면 살지 못할지도 모른다고 했잖아요."
"그래, 그럴지도 몰라. 어쨌든 그런 시설에서 보살핀다는 건 아무리 잘해준다 해도 허약한 갓난아기에게는 부족할 수 있으니까. 하지만 여기에 계속 둔다는 게 어떤 뜻인지 너는 잘 알고 있겠지, 릴라."
릴라는 외쳤다.
"전 2주 동안 아기를 보살펴왔어요. 그 사이 몸무게가 0.5파운드나 늘었어요. 어쨌든 아기 아빠로부터 무슨 소식이 있을 때까지 기다리는 게 좋을 것 같아요. 아기 아빠도 자기가 나라를 위해 싸우고 있는 사이에 자기 아이가 고아원에 보내지는 것을 원하지 않을지도 모르잖아요."
아버지와 어머니는 릴라 몰래 대견한 듯 흡족한 미소를 주고받았다. 그리고 호프타운 이야기는 그 뒤로 다시 나오지 않았다.

그러다 아버지의 얼굴에서 미소가 사라졌다. 독일군은 파리에서 20마일(약 32킬로미터) 떨어진 지점에 와 있었다. 박해당하는 벨기에에서 일어난 무서운 일들이 신문에 실리기 시작했다. 잉글사이드의 나이 든 사람들은 긴장 속에서 생활하고 있었다.

"우리는 전쟁 뉴스에 너무 목을 매고 있네요."

거트루드 올리버는 메러디스 부인에게 이 말을 하고는 애써 웃으려 했으나 잘 되지 않았다.

"여기서 우리가 지도를 철저히 연구해 두어 가지 수만 써서 독일군 전체를 간단히 꺾어버릴 전략을 잘 세웠건만, 유감스럽게도 파파 조프르[2]에게 전할 방법이 없네요…… 그러니 파리는…… 함락될 게…… 틀림없어요."

존 메러디스 목사가 중얼거렸다.

"독일군이 설마 파리에 입성할까요? ……어떤 전능한 손이 그 전에 개입하지 않을까요?"

거트루드는 말을 이었다.

"나는 학교에서는 꿈속에 있는 듯한 기분으로 가르치고, 집에 돌아오면 내 방에 틀어박혀 서성거려요. 이러다 낸의 카펫이 닳아서 길이 날 지경이에요. 이 전쟁은 우리 모두에게 무서울 만큼 깊은 영향을 미치고 있어요."

소피아가 한탄했다.

"독일 사람들은 샹리스까지 왔어요. 이제는 그 무엇도, 그 누구도 파리를 구할 수 없어요."

소피아는 신문 읽기에 아주 열중하여, 71살의 나이에 북 프랑스 지리에 대

---

[2] 조제프 조프르(1852~1931). 제1차 세계대전에서 프랑스군 총사령관.

해—아니면 적어도 프랑스 지명을 발음하는 방법이라도—초등학교 시절에 배운 것보다도 훨씬 많이 익히게 되었다.

수전이 고집스럽게 주장했다.

"나는 전능하신 하느님에 대해서도 키치너에 대해서도 그렇게 빈약한 믿음을 가지고 있지 않아. 미국에서 베른스토르프[3]인가 하는 사람이 전쟁은 끝났고 독일이 승리했다고 말하고 있다지. 그리고 '구레나룻 달퉁이 영감'도 그와 똑같은 말을 하며 기뻐하고 있고. 하지만 나라면 그 두 사람에게 똑똑히 가르쳐주겠어. 알을 깨고 나오기도 전에 닭이 몇 마리가 생길지 세는 건 섣부른 짓이라고. 또 곰은 가죽을 벗겨 판 뒤에도 살아 있을 때가 종종 있다는 말이 있으니, 곰을 죽이지도 않았으면서 마음 놓지 말라고 말이야."

소피아가 계속 추궁했다.

"어째서 영국 해군은 좀 더 활약하지 않는 걸까?"

"아무리 영국 해군이라도 배를 육지로 몰고 갈 수는 없으니까, 소피아 크로퍼드. 나는 희망을 버리지 않았고 앞으로도 포기하지 않을 거야. 토마스카우인지, 마조비[4] 어쩌구인지 하는 해괴망측한 이름들에도 불구하고 말이지.

그건 그렇고, 사모님, Rheims는 어떻게 읽나요? 라임스인가요, 림스인가요, 레임스인가요, 아니면 렘스인가요?"

"랭스[5]에 가까운 것 같아요, 수전."

수전은 신음 소리를 냈다.

"아으, 프랑스 지명이란 정말 하나같이……."

---

[3] 요한 하인리히 폰 베른스토르프(1862~1939). 제1차 세계대전 중 주미 독일 대사.
[4] 토마슈프마조비에츠키. 폴란드의 옛 도시로 제1차 세계대전 초기에 독일에 점령된 지역.
[5] 프랑스 북부 샹파뉴 지방의 상공업도시.

소피아가 한숨을 쉬었다.

"독일군이 그곳의 성당을 거의 폐허로 만들었다지 뭐예요. 나는 독일군이 크리스천이라고 여겼는데 말이에요."

수전이 무서운 얼굴을 지었다.

"성당 일도 너무했지만, 벨기에에서의 독일군 소행은 더 심했어요. 의사 선생님께서 그들이 갓난아기를 총검으로 찔렀다는 기사를 읽어주시는 걸 들으며, '아, 그게 우리 집의 젬 도련님이었다면 어쩌나!' 했답니다.

그 끔찍한 생각이 떠올랐을 때…… 그래요, 저는 수프를 휘젓고 있었는데 그 부글부글 끓는 수프를 냄비째 들어서 카이저에게 확 엎어버린다면 나도 헛산 건 아닐 텐데 하고 생각했어요."

거트루드 올리버가 입매가 잔뜩 굳어진 채 말했다.

"내일은…… 내일은…… 독일군이 파리로 진군하며 주둔했다는 뉴스가 들어오겠지요."

그녀는 영혼이 화형대에 묶인 채, 자신을 둘러싼 세계의 고통이 불길이 되어 영혼을 태우는 부류의 사람이었다. 전쟁에 대한 자기 개인의 이해관계는 제쳐두고라도 거트루드는 루뱅을 불태우고 랭스의 웅장한 성당을 파괴한 무자비한 이리 떼의 손에 파리가 함락될 것을 생각하니 온몸이 찢기는 듯한 심정이었다.

그러나 다음 날 아침과 그다음 날 아침에 '마른의 기적'[6]을 알리는 뉴스가 들어왔다. 릴라는 커다란 붉은 표제가 인쇄된 《데일리엔터프라이즈》를 마구 흔들어대며 우체국에서 집까지 정신없이 뛰어 돌아왔다. 수전은 문으로 달려

---

[6] 조프르가 지휘하는 프랑스군이 프랑스 북부 샹파뉴 지방을 흐르는 마른강에서 독일군을 무찌른 일.

나가 떨리는 손으로 국기를 내걸었다. 길버트는 "하느님 감사합니다."라고 중얼거리며 서성거리고, 블라이드 부인은 울다가 웃다가 또 울었다.

그날 밤 메러디스 목사는 말했다.

"하느님께서 손길을 뻗으시어 그들에게 닿았던 것입니다…… '여기까지는 괜찮다…… 이 너머는 안 된다.'라고요."

릴라는 2층에서 자장가를 부르며 아기를 재우고 있었다. 파리는 구원되었다…… 전쟁은 끝났다…… 독일은 패배한 것이다…… 머지않아 끝이 날 것이다…… 젬도 제리도 돌아오리라. 먹구름은 사라졌다.

릴라는 아기를 타일렀다.

"이런 기쁜 밤에 배앓이하면 안 돼. 배앓이를 했다가는 너를 저 수프 그릇에 도로 집어 던져 호프타운으로 휙 보내버릴 테야. 화물편으로 아침 첫차에 실어서. 알겠지?

눈이 예쁘네…… 그리고 살결도 전처럼 빨갛지 않고 쭈글쭈글하지도 않아…… 하지만 머리칼이 어떻게 한 올도 없니? 게다가 손은 꼭 동물 앞발 같고. 나는 네가 전보다 조금도 좋아지지 않았어. 그래도 네가 늙은 메그 코너버 손에서 서서히 굶어 죽게 되는 대신, 보드라운 요람에 누워 모건이 허락하는 한까지 진한 우유를 먹고 있는 것을 네 가엾은 어머니가 안다면 좋겠어.

하지만 처음으로 수전이 없었던 그날 아침 너를 씻기다가 내 손에서 놓쳐 물속에 빠뜨려 하마터면 익사시킬 뻔했던 일은 네 어머니가 몰랐으면 해. 너는 왜 그렇게 미끌미끌해서 잘 미끄러지니?

그래, 나는 너를 좋아하지 않아. 언제까지나 그럴 거야. 그래도 너를 어엿하고 훌륭한 아이로 키울 거야. 그러려면 우선 자존심 있는 다른 아이들처럼 포동포동 살이 쩌야 해. 어제 여성 적십자회 모임에서 드루 부인이 말한 것 같은,

'릴라 블라이드의 저 아기는 어쩌면 저토록 비썩 말랐냐.'는 말을 두 번 다시 듣지 않도록 하겠어. 너를 좋아하게 되지는 않더라도 적어도 자랑스러워할 수 있게는 만들 생각이야."

부엌 소동

"이렇게 되면 전쟁이 내년 봄까지 끝나지 않겠는데."

엔강[1]의 장기전이 교착상태에 빠진 것이 뚜렷해지자 블라이드 박사는 걱정했다.

릴라는 "겉뜨기 네 코, 안뜨기 한 코."라고 중얼거리며 한쪽 발로 아이의 요람을 흔들고 있었다. 아기를 요람에 재우는 데 모건은 반대했으나 수전은 그렇지 않았다. 그리고 중요한 일이 아닌 한 원칙을 약간 굽히더라도 수전을 기분 좋게 해주는 것은 그만한 가치가 있었다.

릴라는 뜨갯감을 잠깐 내려놓고 말했다.

"아, 우리가 그 오랜 시간을 대체 어떻게 견딜 수 있을까."

그런 다음 다시 양말을 집어 들고 뜨기 시작했다. 두 달 전 릴라였다면 무지개 골짜기로 달려가 어깨를 들먹이며 울었을 것이다.

올리버 선생은 한숨을 쉬고, 블라이드 부인은 잠시 동안 손을 맞잡았다.

이윽고 수전이 씩씩하게 말했다.

"자, 우리 모두 채비를 단단히 하고 열심히 일을 해나가야죠. 평상시와 다름

---

[1] 프랑스 북부를 흐르는 강.

없이 살아가라는 게 영국의 신조라고 하니까요, 사모님. 저도 그걸 제 신조로 삼았어요. 그만한 말을 찾기도 좀처럼 어려울 것 같아서요.

저는 오늘 토요일마다 내놓던 똑같은 푸딩을 만들 거예요. 손이 제법 가지만 그래서 더 좋아요. 거기에 정신을 쏟아야 해서 잡생각이 사라지니까요. 저는 키치너가 키를 잡고 있고 조프르도 프랑스 사람치고는 잘하고 있다는 것을 잊지 않아요.

우선 젬한테 저 케이크 한 상자를 보내고, 오늘 안에 양말도 한 켤레 완성하기로 했어요. 저로서는 하루에 양말 한 켤레가 최선이에요. 항구 곶의 앨버트 미드 노부인은 하루에 한 켤레 반을 뜬다지만, 그분이야 달리 할 일이 없으니까요. 사모님도 알다시피 미드 부인은 오랫동안 자리보전하고 누워서 아무에게도 도움이 안 되고 폐만 끼치면서 죽지도 못한다고 그간 아주 괴로워했어요. 그런데 지금은 자기 같은 사람도 할 일이 있으니 살아갈 기운이 난다면서 새벽부터 저녁까지 군인을 위해 뜨개질을 하고 있대요.

제 사촌 소피아까지도 뜨개질에 열중하고 있답니다, 사모님. 참 다행스러운 일이에요. 손을 포개어 배 위에 가만히 얹고 있는 대신 부지런히 뜨개바늘이라도 움직이고 있으면 그만큼 우울한 불평거리도 생각이 덜 날 테니까요. 소피아는 내년 이맘때쯤에는 우리가 모두 독일 사람이 되어 있을 거라더군요. 하지만 나를 독일 사람으로 만들려면 1년 이상 걸릴 거라고 말해 줬어요.

릭 매컬리스터도 입대한 거 알고 계신가요, 사모님? 그리고 조 밀그레이브도 입대하고 싶어하지만, 그랬다가 '구레나룻 달퉁이 영감'이 미란다를 주지 않을까 봐 걱정이라 망설이고 있대요. '구레나룻 달퉁이 영감'은 독일군의 잔인한 모습을 자기 눈으로 직접 보기 전까지는 전해지는 말을 믿을 수 없고, 독일군이 랭스 대성당을 때려 부순 것은 잘한 일이다, 그것은 로마 가톨릭 교회니까

이렇게 말하고 있대요.

　사모님, 저는 가톨릭 신자도 아니고, 어엿한 장로교도로 태어나 자랐고 그렇게 일생을 마칠 작정이지만, 그래도 가톨릭 신자들도 우리와 마찬가지로 자기들 교회에 대한 권리가 있다고 생각해요. 그리고 독일군에게 그것을 파괴할 권리는 전혀 없고요. 한번 생각해보세요, 사모님."

　수전은 비통한 얼굴로 말을 이었다.

　"만일 독일군의 포탄이 글렌 마을의 우리 교회 뾰족탑을 무너뜨렸다고 생각해보세요. 랭스 대성당이 파괴된 일 못지않게 견딜 수 없는 일 아니겠어요."

　이 이야기가 오가는 동안에도 세계 곳곳의 젊은이들이, 부유하든 가난하든, 신분이 낮든 높든, 피부색이 희든 어둡든, 모두 피리 부는 사나이의 부름에 따라 망설임 없이 나아갔다.

　블라이드 부인이 말했다.

　"빌리 앤드루스네 아들까지도 입대한대요…… 제인의 외아들도…… 다이애나의 아들 잭도. 프리실라의 아들은 일본에서 갔고, 스텔라의 아들은 밴쿠버에서…… 조 목사의 아들은 둘 다 갔어요. 필리파의 편지에는 아들들이 주저하는 어머니를 보며 힘들어지기 전에 곧바로 가버렸다고 씌어 있어요."

　블라이드 선생은 아내에게 편지를 건네주며 말했다.

　"젬한테서 온 편지야. 이제 곧 떠날 거라고 생각하는데 통고가 내린 뒤 몇 시간 안에 떠나야 해서 떠나기 전에 집까지 다녀올 만한 휴가는 얻을 수 없을 것 같다고 하네."

　수전은 분개했다.

　"그건 너무하군요. 샘 휴즈 경[2]은 우리의 마음은 헤아리지도 않는 걸까요? 그 소중한 아이를 우리가 마지막으로 볼 기회도 없이 유럽으로 휙 데려가다니! 제가 선생님이라면 이 일에 대해 신문사에 편지라도 보내겠어요."

실망한 어머니는 체념한 듯 말했다.

"아마 그편이 나을지도 몰라요. 다시 한번 젬과 헤어지는 일을 내가 견뎌낼 수 있을 것 같지 않아요…… 젬이 떠날 때 생각했던 것만큼 전쟁이 빨리 끝나지 않으리라는 걸 알게 된 이 마당에. 아, 적어도…… 아, 아니에요, 이런 말은 하지 않을래요. 나도 수전이나 릴라처럼 여장부가 되기로 결심했어요."

블라이드 부인은 가까스로 웃음을 지었다.

블라이드 선생이 덧붙였다.

"모두들 훌륭해요. 나는 우리 집 여자들이 자랑스러워요. 여기 있는 내 '들의 백합'인 릴라까지도 적십자단을 활발하게 이끌어나가고, 캐나다를 위해 어린 생명을 하나 구원해주고 있으니. 훌륭한 일이에요.

앤의 딸 릴라여, 네 전쟁고아에게 어떤 이름을 붙일 생각이니?"

"나는 짐 앤더슨 씨의 편지를 기다리고 있어요. 자기 아기니 직접 이름을 붙이고 싶어할 것 같아서요."

그러나 가을이 깊어가도 짐 앤더슨으로부터는 아무 소식도 없었다. 그는 핼리팩스에서 배를 타고 떠난 뒤 아무 소식도 전하지 않았으며, 아내와 아기의 운명이 어찌 되든 상관없는 모양이었다.

마침내 릴라는 아기에게 제임스라는 이름을 붙여주기로 결정했고, 수전은 거기에 키치너를 덧붙여야 한다고 주장했다. 그리하여 제임스 키치너 앤더슨은 존재에 비해 지나치게 위엄 있는 이름을 갖게 되었다. 잉글사이드 사람들은 곧 그 이름을 '짐스'로 줄여 부르기 시작했으나 수전만은 완강히 '꼬마 키치너'라

---

2) 제1차 세계대전 당시 캐나다의 국방장관.

고 부르며 결코 다른 이름으로 부르지 않았다.

수전은 반대하고 나섰다.

"짐스는 기독교인 아이에게 붙일 만한 이름이 아니에요, 사모님. 사촌 소피아도 그 이름은 너무 경박하다고 했는데, 처음으로 소피아가 분별 있는 말을 했다고 여겼어요. 물론 소피아가 듣는 앞에서 대놓고 찬성해서 소피아가 으쓱해지게 하지는 않았지만요.

어쨌든 그 애도 그럭저럭 아기다워졌어요. 릴라의 아기 돌보는 솜씨가 상당히 훌륭해요. 공연히 우쭐대면 안 되니까 릴라에게는 이런 말 하지 않지만요.

사모님, 그 갓난아기가 더러운 플란넬에 싸여 그 큰 수프 그릇 속에 누워 있는 걸 처음 보았을 때 일을 일생 동안, 아, 정말이지, 평생 동안 잊어버릴 수 없을 거예요. 수전 베이커가 어안이 벙벙한 일은 그리 많지 않지만, 그때는 정말 어안이 벙벙했답니다. 이 말씀은 믿으셔도 돼요. 잠시 동안 저는 제 머리가 어떻게 돼서 헛것이 보이는 줄 알았다니까요.

그리고 생각했어요. 아니, 아무리 헛것이라도 수프 그릇을 보았다는 사람의 이야기를 들은 적은 없으니 적어도 진짜임에 틀림없다고요. 그래서 제정신이 돌아온 거예요.

그랬는데 선생님께서 릴라가 아기를 자기 손으로 돌보아야만 한다고 하셨을 때 농담인 줄 알았어요. 왜냐하면 릴라에게 그렇게 할 의지도, 그렇게 해나갈 능력도 없다고 생각했으까요.

그런데 보시다시피 릴라가 그 일을 해내고 있고, 아주 어엿이 제구실을 하는 어른이 되어가고 있지 않겠어요? 꼭 해야 한다고 마음만 먹으면 우리는 뭐든 할 수 있군요, 사모님."

이 마지막 명제를 10월 어느 날 수전은 다시 증명하게 되었다. 의사 부부는 외출했고 릴라는 2층에서 쌔근쌔근 낮잠을 자는 짐스 옆에 앉아 겉뜨기 네 코, 안뜨기 한 코를 반복하며 부지런히 뜨개질을 하고 있었다. 수전은 뒤쪽 베란다에 앉아 콩깍지를 까고, 사촌 소피아가 그 일을 거들고 있었다. 글렌 마을은 평화로운 고요 속에 잠겨 있었다. 하늘은 은빛으로 반짝이는 구름으로 덮여 있었다. '무지개 골짜기'는 부드러운 보랏빛 가을 안개에 싸여 있었다. 환상적인 단풍나무숲은 불타오르는 듯 보였고, 부엌 뒤뜰의 들장미 산울타리의 은은한 빛깔은 매혹적이었다.

그것을 보고 있노라면 이 세상에 전쟁이 벌어지고 있다고 여겨지지 않아 수전의 소박한 마음은 잠시나마 망각 속에서 평안을 누릴 수 있었다. 비록 캐나다 제1군을 이끌고 가는 대함대를 타고 먼 대서양을 건너고 있을 젬을 생각하며 수전은 지난밤 거의 잠을 이루지 못했지만 말이다. 심지어 비관주의자 소피아까지도 여느 때보다 덜 음울해서는, 오늘 같은 날씨에는 그리 불평불만이 없음을 인정했다. 그러나 이것은 분명 폭풍 전의 잔잔한 날씨로 틀림없이 무서운 폭풍이 곧 몰아닥칠 조짐이라고 했다.

소피아는 말했다.

"너무 조용해. 이 고요가 오래갈 리가 없어."

이 말을 그대로 증명하듯 갑자기 두 사람 뒤에서 기이한 소음이 들렸다. 부엌에서 울려오는 쾅 부딪치는 소리와 와장창하는 소리, 숨 죽인 듯한 비명과 신음 소리, 그리고 이따금 반주처럼 들려오는 쨍그랑하는 요란한 소리가 뒤섞인 그 혼란스러운 소음은 말로 표현할 수 없는 것이었다.

수전과 소피아는 놀라 얼굴을 마주 보았다.

눈이 동그래진 소피아가 먼저 헉하고 말했다.

"대체 저 안에서 무슨 일이 일어난 거지?"

수전이 투덜투덜했다.

"하이드 고양이 녀석이 드디어 정신을 완전히 놓은 모양이군. 내 언젠가 저럴 줄 알았다니까."

거실 옆문으로 릴라가 뛰어나와 다급하게 물었다.

"이게 무슨 소리예요?"

"나도 잘 모르겠지만 너의 그 악령 씐 고양이 짓이 분명해. 어쨌든 가까이 가지 마. 내가 문을 열고 한번 들여다볼 테니까. 아이고, 또 그릇이 깨지는군. 내가 전부터 말하지 않았니, 저 고양이에게는 악마가 들렸다고."

소피아가 진지하게 말했다.

"내 생각엔 저 고양이는 광견병에 걸렸어. 언젠가 들은 이야기인데, 미친 고양이가 덤벼들어 세 사람을 물어뜯었는데 셋 다 새까맣게 되어 끔찍스럽게 죽어갔대."

이 말을 듣고도 수전은 겁내지 않고 부엌문을 열고 안을 들여다보았다. 바닥에는 깨진 접시 조각이 흩어져 있었는데, 그것은 이 처절한 비극이 수전이 반짝반짝 닦아놓은 사발들이 즐비하게 놓인 찬장 선반 위에서 일어났기 때문인 듯했다. 빈 연어 통조림 깡통 속에 머리가 푹 처박힌 고양이는 미친 듯이 날뛰며 온 부엌 안을 빙빙 돌고 있었다. 비명과 고함을 번갈아 지르며 고양이는 무턱대고 날뛰며 깡통을 닥치는 대로 여기저기 부딪치는가 하면 앞발로 헛되이 잡아 뽑으려 하고 있었다.

그 모양이 너무 우스워 릴라는 배를 잡고 자지러지게 웃어댔다. 수전은 나무라는 눈으로 릴라를 보았다.

"웃을 일이 아니야. 저 요물이 너희 어머니가 시집올 때 그린게이블즈에서 가져온 커다란 파란색 사발도 깨버렸잖아. 이건 사소한 재앙이 아니야. 그렇지만 당장 생각해야 할 것은 어떻게 하이드의 머리에서 저 깡통을 뽑아내느냐 하는 일이지."

소피아가 외쳤다.

"고양이에게 손대면 안 돼. 그랬다가는 둘 다 죽을지도 모르니까. 부엌문을 꼭 닫아놓고 앨버트를 불러."

수전은 도도하게 말했다.

"나는 집안의 소란스러운 일로 앨버트를 부르는 버릇은 배어 있지 않아. 저 고양이는 괴로워하고 있어. 비록 내가 저 고양이를 못마땅하게 여기고 있다 해도 괴로워하는 것을 보고만 있을 수는 없어. 하지만 릴라, 너는 저리 비켜 있어, 꼬마 키치너를 생각해서라도. 내가 할 수 있는 데까지 해 볼 테니까."

수전은 용감하게 부엌으로 들어가 블라이드 의사의 낡은 비옷을 집어 들고 미친 듯이 고양이를 뒤쫓았다. 고양이에게 몇 번이나 달려들었다가 여러 차례 실패를 되풀이한 끝에 마침내 비옷을 고양이와 깡통 위에 덮어씌울 수 있었다. 그리고 수전은 깡통을 고양이의 머리에서 벗겨내기 위해 깡통따개로 자르기 시작했으며, 릴라는 비옷에 싸여 몸부림치는 고양이의 몸뚱이를 꽉 붙잡고 있었다. 이때 '박사'가 지른 비명은 잉글사이드에서는 들려온 적이 없는 소리로, 수전은 앨버트 크로퍼드가 이 소리를 듣고 수전이 고양이를 학대하여 죽이고 있다고 오해하지나 않을까 몹시 걱정했다.

몸이 겨우 자유로워진 '박사'는 매우 씩씩거리며 분개했다. 이번 일은 분명 자기에게 창피를 주기 위해 꾸며진 음모라고 여겼던 것이다. 박사는 고마워하기는커녕 수전을 원망스러운 눈으로 노려보고 부엌에서 후다닥 달아나 들장미 산울타리 속으로 몸을 피한 뒤 하루 종일 부루퉁해 있었다.

수전은 침통한 얼굴로 깨진 접시 파편들을 쓸어 모으며 씁쓰레하게 말했다.

"독일군도 이 정도로 아수라장을 만들어놓지는 않을걸. 하지만 아무리 주의를 주었는데도 듣지 않고 저런 악마 같은 짐승을 키우는 한, 결혼할 때 가져온 그릇이 깨져도 불평은 못 하지. 사람이 잠깐 자리를 비웠기로서니 고양이 탈을 쓴 악마가 머리를 연어 통조림에 처박고 부엌을 날뛰며 돌아다닌대서야 정말 말세가 온 거 아니겠어."

릴라의 고충

　10월이 가고 11월과 12월의 칙칙한 나날이 발을 끌듯 느릿느릿 지나갔다. 세계는 서로 무참하게 싸우는 전쟁의 우렛소리로 요란하게 진동했다. 안트베르펜이 함락되었다…… 터키가 선전포고를 했다…… 작지만 용감한 나라 세르비아가 들고일어나 압제자에게 치명적인 타격을 주었다. 전쟁터에서 몇 천 마일이나 떨어진, 언덕에 둘러싸인 조용한 글렌세인트메리 마을 사람들은 나날이 변화무쌍한 바깥소식에 희망과 공포로 가슴이 마구 두근거렸다.
　올리버 선생이 말했다.
　"두세 달 전까지만 해도 우리는 글렌세인트메리에 관해서 생각하거나 이야기했는데, 지금은 군사적 전략이니 외교적 음모니 하는 것에 대해 생각하고 이야기하고 있네요."
　날마다 벌어지는 큰 사건이 꼭 한 가지 있었다. 바로 우편배달이었다. 수전까지도 우편 마차가 역과 마을 사이의 작은 다리를 덜커덩거리며 건널 때부터 신문이 집에 와 닿아 읽게 되기 전까지는 일이 손에 잡히지 않는다고 말했다.
　"그럴 때면 저는 뜨갯거리를 꺼내 신문이 올 때까지 정신없이 손을 움직여요, 사모님. 아무리 심장이 마구 방망이질하고 가슴이 철렁 내려앉고 머릿속이 엉망진창일 때도 뜨개질만은 할 수 있으니까요.

그런데 표제를 보고 나면—그것이 좋든 나쁘든—마음이 어느 정도는 가라앉아 다시 내 할 일을 할 수 있게 되죠. 그런데 우편이 꼭 점심 준비하느라 한창 바쁠 때 온다는 게 문제예요. 정부에서도 좀 더 형편을 고려해서 우편배달 시간을 배치함직한데 말이에요.

그건 그렇고, 칼레 침공은 제가 생각하고 있었던 대로 실패로 돌아갔으니 카이저가 올해 런던에서 크리스마스 만찬을 들 일은 없겠군요. 저, 사모님······."

수전이 목소리를 낮추는 것은 무언가 어이없는 정보를 이야기할 조짐이었다.

"이건 확실한 소식통으로부터 들은 건데요—그렇지 않다면 목사님에 대한 일을 제가 함부로 옮기지 않죠—아널드 목사가 류머티즘에 잘 듣는다면서 매주 샬럿타운의 터키탕에 간다는군요. 아니, 우리가 터키와 전쟁을 하고 있는 이 마당에 목사씩이나 된 사람이 그런 생각 없는 짓을 하다니요! 아널드 목사의 교회 집사가 그 사람의 신학은 건전하지 못하다고 했는데, 그럴 만한 근거가 있다고 믿게 되었어요.

자, 오늘 오후에는 힘을 내서 우리 젬 도련님에게 보낼 케이크를 싸야 해요. 맛있게 먹겠죠. 그때까지 진흙탕 속에 빠져 죽지 않고 살아 있다면 말이에요."

젬은 솔즈베리평원의 막사에 있으면서 진흙탕 속임에도 불구하고 명랑한 편지를 보내왔다. 그러나 레드먼드에 있는 월터가 릴라에게 보내는 편지는 명랑하지 못했다. 릴라는 월터가 입대했다고 씌어 있지 않을까 하는 불안함에 가슴 졸이는 일 없이 편지를 편 적이 한 번도 없었다. 월터의 비참한 마음은 릴라도 고통스럽게 했다. 릴라는 그날 '무지개 골짜기'에서 한 것처럼 월터를 감싸안으며 위로해주고 싶었다. 릴라는 월터를 힘들게 하는 모든 사람이 미웠다.

어느 날 오후 '무지개 골짜기'에 혼자 앉아 월터로부터 온 편지를 읽으며 릴라는 슬픈 듯 중얼거렸다.

"월터 오빠도 결국 갈 거야. 결국 갈 건데…… 그러면 나는 못 견딜 거야."

월터의 편지에는 누군가가 겁쟁이의 상징인 흰 깃털[1]이 든 봉투를 보냈다고 씌어 있었다.

나는 그런 일을 당해도 싸, 릴라. 나는 그 깃털을 달고 다녀야 한다고 생각했어…… 그래서 레드먼드의 모든 사람들에게—나는 이미 알고 있는—내가 겁쟁이라는 사실을 알려야 한다고 말이야. 우리 학년에서도 입대하는 사람이 나오고 있어…… 계속해서. 날마다 두세 사람씩 입대해.

나도 그렇게 하려고 거의 결심하는 날도 있어. 그러다 내가 다른 남자를…… 어딘가에 사는 여자의 남편인지, 연인인지, 아들인지…… 아니면 작은 아이들의 아버지인지도 모르는 사람을…… 총검으로 찌르는 장면이 눈앞에 떠올라. 또 내가 온통 칼에 찔린 채 타는 듯한 목마름에 괴로워하며 춥고 축축한 싸움터에서, 이미 죽은 사람과 죽어가는 사람들에게 둘러싸여 홀로 누워 있는 장면이 눈앞에 또렷이 떠오르는 거야. 그러면 나는 내가 도저히 군인이 될 수 없다는 것을 알게 되지. 생각만 해도 견딜 수 없는데 어떻게 현실을 마주할 수 있겠니?

차라리 태어나지 않았으면 좋았을 거라는 생각을 할 때가 있어. 지금까지 나에게 인생은 아름다운 것이었어…… 그런데 지금은 흉측한 게 되어버렸어. 릴라 마이 릴라, 네 편지가…… 귀엽고 밝고 명랑하며 익살맞고 믿음으로 가득한 그 편지가 없었다면…… 나는 단념해버렸을 거야.

---

1) 제1차 세계대전 중 영국에서는 1914년에 '흰 깃털단'이라는 단체까지 만들어져, 청년들에게 입대에 대한 압력을 행사하기 위해 여성들이 군복을 입지 않은 젊은 남성들에게 길거리에서 흰 깃털을 주며 겁쟁이라고 수치심을 주었음.

그리고 우나의 편지도! 우나는 정말 든든한 친구야. 그녀는 수줍고 우수에 젖은 소녀 같은 모습 아래에 정말 놀랄 만한 숭고함과 굳건함을 지니고 있어. 우나는 너처럼 웃음을 자아내는 편지를 쓰는 재주는 없지만 그녀의 편지에는 어떤 힘이―그것이 무엇인지는 몰라도―있어. 적어도 우나의 편지를 읽고 있는 동안만은 당장 전선으로 갈 수도 있겠다는 마음마저 들어. 우나가 나에게 가라고 한다는 뜻은 아니야. 그런 말은 한 마디도 쓰지 않아. 가야 한다고 권유하지도 않아. 그녀는 그런 성품이 아니니까. 편지에 담긴 것은 그 정신, 그녀의 인격이란다.

어쨌든 나는 갈 수 없어. 네게는 겁쟁이 오빠가 있고 우나에게는 겁쟁이 친구가 있는 거야.

릴라는 한숨을 쉬었다.

"아, 오빠가 이런 걸 쓰지 않으면 좋으련만. 마음이 아파. 오빠는 겁쟁이가 아닌데…… 겁쟁이가 아니야…… 겁쟁이가 아니라고!"

릴라는 슬프게 주위를 둘러보았다. 작은 숲속 골짜기며 그 맞은편에 겨울이 되어 놀리고 있는 잿빛으로 펼쳐진 빈 땅을…… 어디를 보나 월터가 생각났다! 시냇물이 돌아서 흐르는 곳에 있는 들장미 덤불에는 아직 붉은 잎사귀가 달려 있었다. 줄기에는 조금 전에 내린 보슬비가 진주처럼 방울방울 맺혀 있었다. 이 광경을 언젠가 월터가 시로 쓴 적이 있었다.

서리를 맞아 시들어 갈색이 된 풀고사리 사이에서 바람은 한숨을 쉬고 뒤척이다 잦아들어 슬픈 듯 시냇물 쪽으로 사라져 갔다. 월터는 언젠가 11월 소슬바람의 구슬픔이 좋다고 말한 일이 있었다. 긴 세월 함께한 '연인 나무'는 여전히 서로에게 충실한 채 맞잡은 손을 놓지 않고 있고, 이제 커다란 흰 가지들이

뻗은 나무가 된 '흰옷 입은 숙녀'는 잿빛 벨벳 같은 하늘을 등지고 아름답게 우뚝 서 있다. 이런 이름들도 모두 월터가 오래전에 붙여준 것들이다. 지난해 11월 월터는 릴라와 올리버 선생과 함께 무지개 골짜기를 거닐다가 낙엽 진 '흰옷 입은 숙녀' 우듬지에 은빛 초승달이 걸려 있는 것을 보고 말했다.

"흰 자작나무는 벌거벗어도 부끄러워하지 않는다는 에덴의 비밀을 여전히 간직하고 있는 아름다운 이교도 아가씨야."

그것을 시에 써보라는 올리버 선생의 말을 듣고 월터는 시를 써서 다음 날 두 사람에게 들려주었다. 행마다 장난꾸러기 도깨비 같은 상상력이 넘치는 아주 짧은 시였다. 아, 그즈음에 그들은 얼마나 행복했던가!

릴라는 서둘러 일어섰다. 벌써 가야 할 시간이었다. 짐스가 곧 잠에서 깰 때가 되었다. 짐스의 점심을 만들어야만 한다. 짐스의 조그만 턱받이도 다려야 한다. 소녀 적십자단 회의도 그날 저녁에 있다. 새로운 뜨개 가방을 완성해야 한다. 소녀 적십자단의 어느 누구도 그토록 예쁜 가방은 갖고 있지 못하리라. 아이린 하워드의 가방보다도 더 예쁠 것이다. 얼른 집으로 돌아가 이 일을 모두 해야 한다.

그즈음 릴라는 아침부터 밤까지 바빴다. 장난꾸러기 짐스 덕분에 꽤 많은 시간을 빼앗겼다. 그러나 짐스는 점점 자라나고 있었다. 확실히 부쩍 컸다. 그리고 릴라는 짐스의 외모가 눈에 띄게 보기 좋아졌다는 것이 경건한 희망사항이 아니라 절대적인 사실이라고 느껴질 때도 있었다. 때로는 짐스가 자랑스럽게 여겨질 때도 있고 또 때로는 궁둥이를 찰싹 때려주고 싶을 때도 있었지만, 짐스에게 뽀뽀를 한 일은 한 번도 없었고 해주고 싶다는 생각도 들지 않았다.

12월 어느 날 밤, 아늑한 거실에서 블라이드 부인과 수전과 올리버 선생은 바쁘게 바느질하며 뜨개질을 하고 있었다.

올리버 선생이 말했다.

"독일군이 오늘 루지[2]를 점령했어요. 이 전쟁은 적어도 내 지리 지식을 넓혀 주고 있네요. 학교 선생이라지만 석 달 전까지는 세계에 루지라는 곳이 있는 줄도 몰랐으니까요. 루지라는 지명을 들어도 아무것도 몰랐을 테고 알려고도 하지 않았을 거예요. 그런데 지금은 뭐든 다 알아요—면적부터 위치, 군사상 의미에 이르기까지 모르는 게 없죠. 어제 독일군이 바르샤바로 두 번째 진격하면서 루지를 점령했다는 뉴스를 들었을 때 심장이 바닥까지 철렁 내려앉았어요. 한밤중에 잠이 깨어서도 루지의 일이 염려돼 견딜 수 없었어요. 아기들이 밤중에 자다 깨서 우는 심정이 이해가 되더군요. 밤중에는 모든 것들이 마음을 짓누르고 구름 뒤에 가려진 한 줄기 햇살 같은 건 생각도 안 나거든요."

뜨개질하며 동시에 신문을 읽고 있던 수전이 말했다.

"나는 밤중에 깨어나 잠을 이루지 못할 때에는 카이저를 고문해서 죽이는 상상으로 그 시간을 넘겨요. 어젯밤에는 펄펄 끓는 기름 속에 넣고 튀겨버렸는데, 부모 잃고 죽어가는 벨기에의 아기들을 생각하며 그렇게 했더니 기분이 좀 나아지더라고요."

"만일 카이저가 여기 있어 어깨가 아프다는 말이라도 한다면 수전이 누구보다도 먼저 달려가 연고를 가져다 발라줬을걸요."

올리버 선생은 이 말을 하고 웃었다.

수전이 분개하여 소리쳤다.

"제가요? 제가 그 작자에게요, 올리버 선생님? 그런 일이 있다면 나는 석유를 갖다 발라줄 거예요, 올리버 선생님. 그리고 물집이 생기든 말든 내버려둘

---

[2] 폴란드 중앙부의 도시.

거라고요. 나는 분명 그렇게 할 테니 이 말씀은 믿어도 좋아요. 어깨가 아프다고요? 내 참! 자기가 저지른 일이 다 끝나기도 전에 그 작자는 온몸이 아파올 거예요."

블라이드 박사가 진지하게 타일렀다.

"신께선 우리에게 '네 원수를 사랑하라'고 가르치셨잖아요, 수전."

그러자 수전이 야무지게 받아쳤다.

"그렇고말고요, '내' 원수지, 조지 왕[3]의 원수를 사랑하라고는 하지 않았어요, 선생님."

블라이드 선생님의 코가 납작해질 만큼 잘 받아친 일이 너무 기뻐 수전은 안경을 닦으며 미소마저 띠었다. 이제까지 수전은 안경을 거부해 왔지만, 신문에 실린 전쟁 뉴스를 읽기 위해 드디어 굴복했다. 그러므로 그 어떤 뉴스 하나도 대충 넘어가는 일이 없었다.

"올리버 선생님, Mlawa와 Bzura와 Przemysl은 어떻게 발음하면 되지요?[4]"

"그 맨 마지막 지명은 아직 아무도 풀지 못한 난제예요, 수전. 그 나머지도 어렴풋이 짐작하는 정도지요."

수전이 투덜거렸다.

"이 외국 지명들은 하나같이 온당치 못하다고 생각해요."

"오스트리아인이나 러시아인도 서스캐처원이며 머스쿼도보이트 같은 캐나다 지명의 철자를 보면 그 못지않게 희한하게 생각할 거예요, 수전. 요즘 세르비아군의 활약이 눈부시더군요. 베오그라드를 점령했대요."

"그리고 오스트리아인들을 따끔하게 혼을 내서 다뉴브강 건너편으로 쫓아

---

3) 제1차 세계대전 당시 영국 국왕 조지 5세(1895~1952).
4) 각각 므와바, 브주라, 프셰미실로 폴란드의 도시.

보냈죠."

수전은 유쾌한 듯 맞장구치고 동유럽 지도를 요기조기 살펴보며 뜨개바늘로 지명을 하나하나 찔러 기억에 새겨넣었다.

"요전에 소피아가 세르비아는 이제 끝장났다고 말했지만, 나는 비록 의심하는 사람들이 있을지라도, 모든 것을 주재하시는 신께서는 아직 계시다고 말해주었죠. 거기서는 많은 사람이 학살된 모양이더군요. 외국인이라도 그토록 많은 남자가 죽임을 당했다고 생각하면 두렵지 뭐예요, 사모님. 그렇지 않더라도 남자가 모자라니까요."

2층에서는 릴라가 일기장에다 걷잡을 수 없는 마음을 토해내고 있었다.

이번 주는 수전이 입버릇처럼 말하는 것처럼 '엉망진창이 되어버렸다'. 절반은 내 잘못이었지만, 절반은 내 탓이 아니었다. 그런데도 나는 양쪽 부분 모두에 대해 똑같이 비참한 기분을 느낀다.

얼마 전 겨울 모자를 사러 샬럿타운에 갔다. 태어나서 처음으로 아무도 나에게 함께 가서 모자 고르는 일을 도와주겠다고 말하는 사람이 없었다. 마침내 나는 어머니도 나를 어린아이로 여기지 않게 되었구나 하는 생각이 들었다.

나는 더없이 멋진 모자를 발견했다. 참으로 황홀한 모자였다. 벨벳으로 만들었으며, 마치 내게 맞춘 것 같은 짙은 초록빛이었다. 내 머리와 피부에 썩 잘 어울려 적갈색 머리칼과, 올리버 선생님이 곧잘 말하는 내 '우윳빛' 피부를 매우 돋보이게 했다. 이런 초록빛을 만난 것은 여태까지 한 번밖에 없다. 12살 때 이 색깔의 비버 모자를 가지고 있었는데 학교 안 모든 여자애들이 무척 부러워했다.

그래서 이 모자를 보는 순간 아무래도 사지 않고는 견딜 수 없었다. 그리고 결국 사버렸다. 가격은 터무니없었다. 굳이 값은 여기 쓰지 않기로 하겠다. 왜냐하면 나의 자손에게 내가 모자 하나에—더구나 사람들이 모두 절약하고 있으며 또한 절약하지 않으면 안 되는 전쟁 시기에—그렇게 많은 돈을 냈음을 알리고 싶지 않기 때문이다.

집으로 돌아와 내 방에서 다시 한 번 모자를 써보았을 때 갑작스레 불안감이 몰려왔다. 물론 썩 잘 어울렸지만 교회나 글렌 마을의 검소한 모임에 쓰고 가기에는 어쩐지 너무 치장하고 요란한 느낌이었다. 즉, 너무 눈에 띄었다. 모자 가게에서는 분명 그렇게 느껴지지 않았는데, 내 작고 하얀 방에서 보니 그런 마음이 들었다. 더욱이 그 어마어마한 값이 찍힌 가격표! 그리고 굶주리고 있는 벨기에 사람들! 어머니는 모자와 가격표를 보더니, 아무 말 없이 나를 지그시 바라보았다. 어머니는 바라보는 일에 아주 숙련되어 있다.

아버지 말로는, 옛날 애번리 초등학교 시절 어머니가 바라보는 눈길 한 번에 바로 어머니를 사랑하게 되었다고 한다. 그 말이 나는 충분히 이해가 간다. 그런데 두 분이 처음 알게 되었을 무렵 어머니가 석판으로 아버지의 머리를 내리쳤다는 희한한 이야기도 들었다. 어머니는 어렸을 때 꽤나 말괄량이였다고 한다. 그래서인가, 젬이 출정할 때조차도 꿋꿋했다.

그러나 이제 원래 이야기—즉, 나의 초록빛 새 벨벳 모자 이야기—로 되돌아가겠다.

이윽고 어머니는 조용히 말을 꺼냈다. (좀 너무 조용했다.)

"어떻게 생각하니, 릴라? 모자에 그토록 많은 돈을 들이는 게 옳은 일일까? 특히 세상이 이렇게 궁핍한 때에."

나는 소리쳤다.

"내 용돈으로 샀어요, 어머니."

"그런 걸 말하는 게 아니야. 네 용돈은 네게 필요한 물건 하나하나의 합당한 가격을 생각해서 정한 금액이야. 한 가지에 너무 많은 돈을 쓰면 어떤 것이든 다른 데 아껴야 할 테고, 그렇게 되면 균형이 어그러지잖니. 하지만 릴라, 네가 올바르다고 생각한다면 나는 더 말하지 않으마. 네 양심에 맡길게."

나는 엄마가 이런 일을 제발 내 양심에 맡기지 않았으면 좋겠다! 그리고 이제 와서 어쩌란 말인가? 모자를 돌려줄 수도 없다. 이미 샬럿타운 음악회에 쓰고 갔었으니까. 그냥 둘 수밖에 없단 말이다! 나는 이런 모든 상황에 짜증이 치밀고 말았다. 차갑고 가라앉은 무서운 짜증이었다.

나는 의연한 척 말했다.

"어머니, 모자가 어머니 마음에 들지 않다니 죄송해요."

"내 마음에 들지 않는 건 모자가 아니야. 하긴 너 같은 어린 아가씨가 쓰기엔 좀 어떨까 여겨지긴 하지만…… 아무튼 내가 말하는 건 네가 치른 값에 대해서야."

도중에 말허리를 잘렸으므로 나는 짜증이 진정되기기는커녕 아까보다도 더 차갑고 가라앉은 무서운 말투로 마치 어머니의 충고는 개의치 않는다는 듯 말을 이었다.

"하지만 이 모자는 이제 가질 수밖에 없어요. 그렇지만 앞으로 3년 동안…… 또는 전쟁이 더 이상 오래 끌 경우에는 전쟁이 끝날 때까지, 다른 모자를 사지 않겠다고 약속할게요. 어머니도……."

아, 그 '어머니도'라고 했을 때 나의 비꼬인 말투라니!

"적어도 3년을 쓴다면 제가 이 모자에 돈을 너무 많이 들였다고는 말할 수 없겠죠."

"3년이 되기 전에 너는 이 모자에 싫증 나버릴 텐데, 릴라."

어머니는 못마땅한 듯 쓴웃음을 지었다. 내가 보기에는, 내가 그 말을 지킬 수 있을 리 없다는 뜻이 담긴 웃음이었다.

"싫증이 나건 안 나건 그때까지 쓸 거예요."

나는 이렇게 말하고 2층으로 올라가 어머니에게 비꼬는 태도를 취했던 일을 생각하며 울었다.

나는 그 모자가 벌써 싫어졌다. 그러나 3년 동안 또는 전쟁이 끝날 때까지라고 했으니, 3년 동안 또는 전쟁이 끝날 때까지 쓰기로 하겠다. 맹세한 이상 어떤 희생을 치르더라도 내가 맹세한 바를 지키겠다.

이것이 '엉망진창이 된' 일 가운데 하나다. 또 하나는 아이린 하워드와 싸운 일이다. 아니, 아이린 쪽에서 내게 싸움을 걸어왔다. 그렇지 않다, 우리 둘이 서로 싸웠다.

어제 집에서 소녀 적십자단 모임이 있었다. 모임 시간은 2시 반이었는데, 아이린은 윗글렌에서 오는 마차편이 있어 일찍 왔다면서 1시 반에 왔다. 아이린은 그 식사 문제 이후로 내게 줄곧 데면데면하게 굴었다. 게다가 단장이 되지 못한 일도 섭섭하게 여기는 듯했다. 그러나 나는 모든 일을 말썽 없이 진행시키겠다 결심했기 때문에 그간 일부러 눈치 못 챈 척했다. 어제 아이린이 왔을 때는 나를 다시 상냥하게 대하길래 어쩌면 날 못마땅해하던 마음이 없어졌나 보다, 라고 생각하면서 우리가 다시 전처럼 사이좋게 지내면 좋겠다는 마음이었다.

그런데 자리에 앉기가 무섭게 아이린은 내 화를 슬슬 돋우기 시작했다. 아이린이 내 새 뜨개질 가방을 흘끗 쳐다보는 것을 나는 보았다. 그동안 다른 여자아이들이 아이린을 보고 질투가 심하다고 말해왔지만, 나는 믿지 않았었다. 그러나 지금은 어쩌면 정말로 그럴지도 모른다는 생각이 든다.

아이린이 맨 먼저 한 일은 짐스에게 와락 덤벼든 것이었다. 아이린은 아기를 무척 좋아하는 듯한 시늉을 했다. 짐스를 요람에서 안아 올려 온 얼굴에 뽀뽀했다. 짐스에게 그렇게 뽀뽀하는 것을 내가 싫어하는 줄 뻔히 알고 있으면서 말이다. 위생상 좋지 않은 일이다.

마침내 짐스가 칭얼거리기 시작할 때까지 짐스를 성가시게 하더니, 아이린은 내 쪽을 바라보고 심술궂게 웃으면서, 입으로는 아주 상냥하게 말했다.

"어머나, 릴라, 마치 내가 이 아기를 독살이라도 할 것처럼 생각하는 표정을 짓고 있잖아."

나도 똑같이 상냥하게 대꾸했다.

"아니야, 그런 생각 전혀 안 했어. 하지만 아이린도 알겠지만 모건은 아기에게 뽀뽀해도 좋은 곳은 이마뿐이라고 했어. 세균을 옮기면 안 되니까. 그래서 나도 짐스에게는 그 원칙을 따르고 있어."

아이린은 가련한 목소리로 물었다.

"어머나, 내가 그토록 세균투성이라는 말이니?"

아이린이 나를 놀리고 있다는 것을 알았으므로, 나는 속으로는 부글부글 끓었지만 겉으로는 조금도 그런 티를 내지 않았다. 아이린과 싸우지 않겠다고 마음을 단단히 먹고 있었다.

그러자 아이린은 짐스를 안고 위아래로 마구 까부르기 시작했다. 모건은 아기를 들까부는 것만큼 나쁜 일은 없다고 말하고 있다. 그래서 나는 누구도 짐스를 까부르지 못하게 한다. 그런데도 아이린은 짐스를 흔들어댔고, 밉살스럽게도 짐스는 그것을 좋아했다. 짐스는 싱글벙글 웃었다. 처음으로 환히 웃는 것이었다. 지난 넉 달 동안 짐스는 한 번도 웃은 일이 없었다. 어머나 수전이 아무리 웃게 하려 해도 할 수가 없었다. 그런데 지금 아이린이 들까불어줬다고 해서 웃은 것이다! 이 배은망덕한 녀석 같으니!

그 웃음은 짐스의 얼굴에 큰 변화를 주었다. 세상 귀여운 보조개가 두 볼에 옴폭 들어갔고, 커다란 갈색 눈에 웃음이 넘쳐흐르고 있는 것처럼 보였다. 그 보조개를 보고 아이린이 호들갑 떠는 모습은 어이없을 정도였다. 마치 자기가 그 보조개를 만들어냈다고 여기기라도 하는가 싶을 정도였다.

그러나 내가 부지런히 바느질만 하면서 별 반응을 보이지 않았으므로 아이린도 곧 들까불어대는 일에 싫증 나 짐스를 요람에 다시 눕혔다. 짐스는 한동안 데리고 놀아준 다음 그렇게 내려놓자 울음을 터뜨리고 오후 내내 보챘다. 아이린이 가만히 내버려두었더라면 그렇게 보챌 일도 없었을 텐데.

아이린은 짐스를 보며 물었다.

"얘는 맨날 이렇게 우니?"

마치 지금까지 한 번도 아기 울음소리를 들어본 적 없다는 듯한 말투였다.

나는 꾹 참고 아기는 폐의 발육을 촉진하기 위해 하루에 꽤 오랜 시간을 울어야 한다고 설명했다. 모건의 책에 그렇게 씌어 있다.

"만일 짐스가 전혀 울지 않을 때는 적어도 20분 동안은 울려야 해."

"어머나, 그렇구나!"

아이린은 내 말을 믿지 않는 듯 웃었다. 《모건식 젖먹이 육아법》 책을 2층에 놓아두지 않았더라면 곧 아이린을 납득시킬 수 있었을 텐데. 아이린은 이번에는 짐스는 머리카락이 정말 적다고, 생후 4개월이나 되었는데 이렇게 머리칼이 나지 않은 아기는 본 적 없다고 말했다.

물론 나도 짐스에게—아직—머리칼이 그리 많이 나지 않았다는 것을 알고 있다. 그러나 아이린은 그것이 마치 내 탓이라는 듯한 말투였다.

나는 대꾸했다.
"짐스처럼 머리가 별로 없는 아기를 나는 10명도 넘게 봤어."
"어머나, 그러니? 뭐, 너를 화나게 하려고 한 말은 아니야."

나는 화를 내지도 않았는데. 그 뒤로도 그런 식이었다. 아이린은 내 신경을 긁는 말만 계속 했다. 아이린이 뭔가 앙심을 품으면 이처럼 치졸하게 앙갚음을 한다는 말을 다른 여자아이들에게서 전부터 들었지만 나는 결코 믿지 않았다. 아이린은 완벽한 사람이라고만 생각해왔으므로, 이 정도로 비열해질 수 있다는 것을 알자 몹시 괴로웠다. 그러나 나는 감정을 억누르고 온 힘을 다해 벨기에 어린이에게 보낼 잠옷을 계속 꿰맸다.

그러자 아이린은 누군가로부터 들었다면서 월터에 대해 무어라 말할 수 없을 만큼 심술궂고 모욕적인 말을 했다. 여기에는 쓰지 않겠다. 도저히 쓸 수 없다. 물론 아이린은 그것을 들었을 때 몹시 화가 났느니 어쩌니 하고 말했다. 그러나 그런 이야기를 들었다 해도 내게 굳이 옮길 필요는 없다. 아이린은 내 기분을 상하게 하려고 말한 것뿐이다.

나는 폭발하고 말았다.
"어떻게 여기 와서 감히 우리 오빠에 대한 그런 말을 옮길 수가 있어, 아이린 하워드? 결코 용서하지 않겠어. 용서할 수 없어. 너희 오빠는 입대하지 않았잖아. 입대하려는 마음조차도 없잖아."
"어머나, 릴라, 내가 한 말이 아니야. 조지 버 부인의 말이라고 했잖아. 그래서 내가 부인한테 그랬지······."
"네가 뭐라고 했는지 그런 건 듣고 싶지도 않아. 두 번 다시 나한테 말 걸지마, 아이린 하워드."

물론 그런 말은 하지 말았어야 했다. 그러나 그 말은 저도 모르게 툭 튀어

나와버렸다.

그때 소녀 적십자단의 다른 아이들이 우르르 들어와서 나는 마음을 진정시키고 열심히 여주인 역할을 해야만 했다. 아이린은 오후 내내 올리브 커크와 짝이 되어 내 쪽을 쳐다보지도 않고 있다가 돌아갔다. 아마도 내 말을 곧이곧대로 받아들인 듯하지만, 나는 상관없다. 월터에 대해 그런 거짓말을 지껄이는 사람과는 친구가 되고 싶지 않으니까.

하지만 그렇게 생각은 했어도 마음은 비참했다. 우리는 여태까지 둘도 없는 단짝이었고, 아이린은 얼마 전까지 내게 정말 친절히 대해주었다. 지금 또 하나의 환상이 내 눈에서 벗겨졌고, 나는 세상에 진정한 우정이란 없는 게 아닌가 하는 마음이 든다.

오늘 아버지는 조 미드 할아버지에게 부탁하여 화물창고 구석에 먼데이의 작은 개집을 만들게 했다. 날씨가 추워지면 먼데이가 집으로 돌아오지 않을까 싶었지만 돌아오려 하지 않았다. 아무리 어르고 달래도 단 몇 분 동안도 먼데이를 그 화물창고에서 데려나올 수 없었다. 먼데이는 그곳에서 기차를 하나하나 맞는다. 그래서 우리는 먼데이가 편히 지낼 수 있도록 어떻게든 해줘야만 했다. 조 할아버지는 먼데이가 그 안에 누워서도 플랫폼이 보이도록 개집을 만들어주었으므로, 우리는 먼데이가 그 안에 들어가줬으면 좋겠다고 생각하고 있다.

먼데이는 아주 유명해졌다. 샬럿타운에서 《데일리엔터프라이즈》의 신문기자가 취재를 나와 먼데이의 사진도 찍어가고, 주인을 기다리며 충실히 불침번을 서고 있는 이야기를 모두 기사로 썼다. 이 기사는 《데일리엔터프라이즈》에 실려 온 캐나다 안에 전해졌다. 그러나 그런 건 작고 가련한 먼데이에게는 관심 밖의 일이었다. 젬은 가버렸다. 그리고 젬이 어디로 왜 갔는지 먼데이는 모른다. 그래도 젬이 돌아올 때까지 기다릴 것이다. 이 일은 어쩐지 내 마음에 작은 위안이 된다. 어리석은 일인지 모르지만, 젬은 틀림없이 돌아올 것이고, 그렇지 않으면 먼데이가 저렇게 계속 젬을 기다릴 리 없다는 느낌이 들기 때문이다.

짐스는 내 곁의 요람 속에서 코를 골고 있다. 코를 고는 것은 감기 때문이다. 아데노이드[5]에 걸린 것은 아니다. 아이린이 어제 감기에 걸려 있었는데, 뽀뽀를 해서 짐스에게 옮긴 게 틀림없다. 짐스는 이제 전처럼 성가시지 않다. 등뼈가 제법 꼿꼿해져서 꽤 잘 앉아 있을 수 있다. 이제는 목욕도 좋아하여 목욕시킨다고 몸을 뒤틀며 울어대는 대신 무표정하게 물을 찰방찰방 하며 논다.

아, 그 처음 두 달 동안을 잊을 수 있을까! 무슨 수로 버텼는지 모르겠다. 그러나 나도 짐스도 이렇게 살아남아서 여기까지 왔다. 그리고 우리 둘은 지금처럼 이렇게 살아갈 생각이다.

오늘 밤 옷을 갈아입힐 때 짐스를 조금 간지럽혀 보았다. 나는 짐스를 들까부러줄 생각은 없지만, 모건이 간지럼 태우지 말라고는 쓰지 않았다. 짐스가 아이린에게 웃어 보였듯이 내게도 웃는지 어떤지 한번 보고 싶었다. 그랬더니 짐스가 까르르 웃었다. 그리고 어제처럼 보조개가 쏙 들어갔다. 짐스의 어머니가 이 보조개를 볼 수 없다니 얼마나 안타까운 일인가!

오늘 여섯 켤레째 양말을 완성했다. 처음 세 켤레는 수전에게 뒤꿈치를 떠 달라고 맡겼지만, 그러니까 요령을 피우고 있는 기분이 들어서 내가 배워서 하게 되었다. 뒤꿈치를 뜨는 것은 싫은 일이다. 그러나 8월 4일 이후로 하기

---

[5] 편도가 증식하여 커지는 병으로, 어린아이에게 많음.

싫은 일을 하도 많이 해서 하나쯤 더 늘든 줄든 상관없다. 젬이 솔즈베리평원의 진흙탕에 대해 농담을 할 수 있는 것을 생각하며 나도 양말 뒤꿈치 뜨는 일에 달려든다.

어둠과 밝음

크리스마스가 되자 대학에 가 있던 아이들이 돌아와 잉글사이드가 한동안 다시 떠들썩해졌다. 그러나 다 모인 것은 아니었다. 크리스마스 식탁에 둘러앉은 자리에 처음으로 빈자리가 하나 생겼다. 야무지게 다문 입매, 두려움 모르는 눈을 한 젬은 머나먼 곳에 있다. 릴라는 젬의 빈자리를 차마 바라볼 수가 없었다.

수전이 전과 다름없이 젬의 자리도 마련해야 한다고 우겨, 젬이 어렸을 때부터 써온 비틀어진 작은 냅킨 고리와 마릴라 할머니에게서 받은 뒤로 젬이 그 잔으로 마시겠다고 고집부리곤 했던, 그린게이블즈에서 온 길고 특이한 고블릿 잔을 그의 자리에 놓았다.

수전은 딱 잘라 말했다.

"그 귀한 아이 자리도 당연히 마련해야죠, 사모님. 복잡하게 생각할 것 없어요. 젬의 마음은 틀림없이 이곳에 와 있을 테고, 내년 크리스마스에는 몸도 돌아올 테니까요. 봄의 대공세가 시작됐다 하면 눈 깜짝할 사이에 전쟁은 끝나버릴 테니까요."

모두들 그렇게 생각하려고 애썼다. 그러나 아무리 즐겁게 행동하려 애를 써도 그림자가 늘 따라다니고 있었다. 휴가 내내 월터도 조용하고 기운이 없었다.

월터는 레드먼드에서 받은, 잔혹한 익명의 편지를 릴라에게 보여주었다. 애국심에서 나온 정의로운 분노가 아니라 그저 악의에 차서 쓴 게 뚜렷한 편지였다.

"그래도 여기 적힌 말은 모두 사실이야, 릴라."

릴라는 월터에게서 편지를 빼앗아 불 속에 던져넣었다.

그러고는 화가 머리끝까지 나서 단언했다.

"저 편지에 사실이라고는 단 한 글자도 씌어 있지 않아. 오빠 요즘 부쩍 음울해졌어. 올리버 선생님도 너무 한 가지 일만 지나치게 생각하면 자기도 그렇게 된다고 말했어."

"레드먼드에서는 그 생각에서 도저히 달아날 수가 없어, 릴라. 온 학교가 전쟁에 얽힌 일로 들끓고 있으니까. 징병 적령기에 있는 신체 건강한 남자가 입대를 하지 않았으면 병역을 기피하는 사람으로 보아서, 그에 합당한 취급을 받는 거야. 전부터 나를 특별히 아끼시던 영문학과의 밀른 교수님도 아들 둘이 군대에 간 뒤로, 나를 대하는 태도가 달라진 걸 느낄 수 있어."

"그건 너무해…… 오빠는 몸이 아직 건강해지지 않았는데."

"몸은 건강해. 아주 건강해. 건강하지 못한 건 마음이야. 그러니까 불명예스럽고 부끄러운 일이지. 자, 울지 마, 릴라. 내가 입대할까 봐 걱정하는 거라면, 나는 가지 않을 거니까. 피리 부는 사나이의 피리 소리는 밤낮으로 귓전을 울려대지만…… 그래도 나는 따라갈 수 없어."

"오빠마저 가면 어머니도 나도 가슴이 갈가리 찢길 거야. 아, 오빠, 어느 집이든 하나를 보내는 걸로 충분해."

릴라는 흐느꼈다. 이번 휴가가 그녀에게는 너무나 버거웠다. 그래도 낸과 다이와 월터와 셜리가 집에 돌아와 있어 좀 더 수월하게 견딜 수 있었다. 케네스 포드로부터 릴라 앞으로 책과 편지가 도착했다. 편지 속 어느 부분은 릴라의 볼을 발갛게 달아오르게 하고 가슴이 두근거리게 했다. 그런데 마지막 문단이 찬물을 끼얹은 듯 릴라의 마음을 싸늘하게 식어버리게 했다.

내 발목은 이제 거의 다 나았어. 앞으로 두 달 뒤면 입대할 수 있는 몸이 될 거야, 릴라 마이 릴라. 떳떳하게 군복을 입을 수 있다는 건 기분 좋은 일이야. 그렇게 되면 나도 고개를 똑바로 들고 온 세상을 마주할 수 있고, 누구에게도 빚진 기분 따위 느낄 필요가 없어. 요즘 다리를 절지 않고 걷게 된 뒤로, 몹시 고역이었어. 사정을 모르는 사람들은 '저 비겁한 병역 기피자!'라고 말하는 듯한 눈으로 날 바라보았으니까. 자, 이제 알지도 못하는 사람들이 그런 눈초리로 날 쏘아볼 기회도 곧 없어지는 셈이지.

릴라는 겨울 저녁놀에 젖어 붉은빛으로 빛나고 있는 단풍나무숲을 바라보며 울분에 차 내뱉었다.
"이 전쟁이 정말 싫어."
새해 첫날에 블라이드 의사가 말했다.
"1914년이 갔구나. 밝게 솟아올랐던 태양은 핏속으로 저물었다. 1915년에는 무슨 일이 일어날까?"
수전이 처음으로 간결하게 말했다.
"승리지요!"
올리버 선생이 쓸쓸하게 물었다.
"정말 우리가 이번 전쟁에서 이길 거라고 믿나요, 수전?"
올리버 선생은 월터와 다이와 낸이 레드먼드로 돌아가기 전에 한번 만나려고 이날 로브리지에서 와 있었다. 그녀는 얼마쯤 우울하고 냉소적인 마음에 빠진 상태라 모든 일을 어둡게 보고 있었다.

수전이 소리쳤다.

"전쟁에 이길 거라고 믿냐고요? 아니요, 올리버 선생님. 나는 '믿고' 있는 게 아니에요, '알고' 있는 거지요. 저는 그런 걱정은 안 해요. 내가 걱정하는 건 그것을 위해 치러야 하는 수고와 희생이에요. 하지만 달걀을 깨지 않고는 오믈렛을 만들 수 없으니까. 우리는 그저 하느님을 믿고 대포를 만드는 수밖에요."

그러자 올리버 선생이 도전하듯 말했다.

"때때로 나는 하느님을 믿기보다 대포를 믿는 편이 훨씬 낫겠다고 생각해요."

"그래서는 안 돼요. 독일군이 마른강 전투[1] 때 대포를 가지고 있지 않았나요? 하지만 그 전투는 하느님이 나서서 해결하셨어요. 그걸 잊어서는 안 돼요. 마음속에 의심이 일면 이 사실을 잊지 말고 꽉 붙들고 있어야 해요. 의자 양쪽 팔걸이를 꽉 움켜쥐고 똑바로 앉아서 이 말을 계속 되뇌는 거예요. '대포도 좋지만 하느님은 더 좋다. 카이저가 뭐라든 하느님은 우리 편이시다.'라고.

올리버 선생님, 나도 요즘에는 그렇게 똑바로 앉아 이 말을 되뇌지 않았다면 미칠 것 같던 날이 얼마나 많았는데요. 제 사촌 소피아도 올리버 선생님처럼 쉽사리 낙담하는 성격이에요. 어제도 '아아, 독일군이 여기까지 오면 어떡하지?' 하고 떠들어대는 거예요. 나는 '묻어버려.' 하고 아무렇지도 않게 말했어요. '묘지 만들 땅은 얼마든지 있으니까.'라고 말예요.

소피아는 나더러 경솔하다고 말하지만 나는 경솔한 게 아니에요, 올리버 선생님. 다만 침착하게 영국 해군과 우리 캐나다군을 믿고 있을 뿐이지요. 나는

---

1) 제1차 세계대전 초반인 1914년 9월 5일~12일에 파리 근처 마른강 유역에서 벌어진 전투로, 연합국이 승리하면서 프랑스를 빠르게 제압하려던 독일의 슐리펜 계획에 제동을 걸었고, 프랑스에서는 '마른강의 기적'이라고 불렀음.

항구 쪽의 윌리엄 폴록 영감님하고 마찬가지예요. 그 영감님은 나이가 꽤 많은 데다 오랫동안 자리보전하고 누워 있었는데, 지난주 어느 날 밤 너무 쇠약해진 모습을 보고 며느리가 누군가에게 영감님이 돌아가신 것 같다고 소곤거렸대요. 그랬더니 영감님이 곧 '제기랄, 나 안 죽었어.'라고 소리를 빽 지르더래요. 다만, 올리버 선생님, 영감님은 '제기랄'이라는 말 정도로 그치지 않았어요. 어쨌든 '제기랄, 나 안 죽었어. 카이저가 호되게 당해서 꽁무니 빼는 꼴 보기 전에는 죽을 생각 없으니까.'라고 했대요. 올리버 선생님, 제가 우러러보는 정신은 바로 그런 정신이에요."

거투르드는 한숨을 쉬었다.

"나도 그런 정신을 우러러는 보지만, 흉내 낼 수는 없어요. 예전에는 괴로운 일이 있으면 잠시 꿈나라로 달아났다가 기운을 차려서 거인처럼 돌아왔었는데, 이 일로부터는 달아날 수가 없어요."

블라이드 부인도 맞장구쳤다.

"나도 그래요. 요즘은 잠자리에 드는 게 싫어요. 이제까지는 잠자리에 드는 일이 좋았죠. 잠들기 전에 30분 동안 쾌활하고 말도 안 되는 멋진 상상에 잠기는 게 즐거웠으니까요. 여전히 공상은 해요. 그렇지만 지금까지와는 다른 상상이에요."

올리버 선생이 말했다.

"나는 잘 시간이 되면 차라리 기뻐요. 그 속에서는 나 자신으로 되돌아갈 수 있기 때문에 나는 어둠이 좋거든요. 미소를 띨 필요도, 용감한 말을 할 필요도 없으니까요. 하지만 때로는 내 상상력도 내 손을 벗어날 때가 있어요. 그러면 지금 말씀하신 것들…… 두려운 일들이며…… 앞으로 닥칠 끔찍한 세월이 제 눈에도 보여요."

수전이 말했다.

"나는 애초부터 상상력을 지니고 있지 않은 일을 고맙게 생각해요. 그런 고통만은 겪지 않아도 되니까요. 신문에 황태자가 또 살해되었다고 실려 있네요. 이번에는 죽은 채로 있어줄까요?

그리고 우드로 윌슨[2]이 또 각서를 발표할 모양이에요. 대체 이 양반의 학교 선생님은 아직 살아 있을까 궁금하네요."

수전은 요즘 이 불쌍한 대통령 이야기를 할 때면 쓰기 시작한 신랄하게 비꼬는 투로 말을 맺었다.

1월에 짐스는 5개월이 되었고 릴라는 유아복을 입히고 축하했다.

릴라는 득의만면해서 말했다.

"몸무게가 14파운드(6.3킬로그램)예요. 모건의 책에 의하면, 5개월 된 아이가 딱 되어야 할만큼의 몸무게죠."

짐스가 눈에 띄게 귀여워지는 것은 이제 누가 보아도 의심할 여지가 없었다. 통통해진 볼은 연한 핑크빛이고 눈은 크고 반짝였으며 작은 손은 손가락 마디와 손등이 만나는 곳마다 보조개처럼 옴폭 들어가 있었다. 머리칼도 나기 시작했으므로 릴라는 비록 겉으로 말은 안 했지만 비로소 마음이 놓였다. 머리 전체에 연한 금빛 솜털이 보송하게 덮여 빛을 받는 데 따라 뚜렷이 보였다.

짐스는 대체로 모건이 정한 대로 자고 음식을 잘 소화시키는 착한 아기였다. 가끔 미소는 방긋방긋 지었지만, 아무리 웃기려 해도 소리 내어 웃은 일은 아직 없었다. 이것 또한 릴라의 은근한 걱정거리였다. 모건의 책에는 대개 아기는 3개월에서 5개월째부터 소리 내어 웃는다고 씌어 있기 때문이었다. 짐스는 5개

---

[2] 1856~1924. 제1차 세계대전 즈음의 미국 대통령으로, 독일이 무제한 잠수함 작전으로 나서자 미국의 참전을 결의함.

월이 되었는데도 소리 내어 웃으려는 기미가 없었다. 어째서일까? 정상이 아닌 것일까?

어느 날 밤 릴라는 신병모집 모임에서 애국적인 시 암송을 하고 늦게 돌아왔다. 이제까지 릴라는 사람들 앞에서 암송하려고 한 일이 한 번도 없었다. 긴장하면 혀짤배기소리가 불쑥 나오는 버릇이 걱정스러웠기 때문이었다. 처음으로 윗글렌의 모임에서 시 낭송을 부탁받았을 때 릴라는 거절했다. 하지만 그러고 났더니 거절한 일이 계속 마음에 걸렸다. 비겁한 일이 아닐까? 젬이 알면 어떻게 생각할까? 이틀 동안 고심하며 괴로워하다가 마침내 릴라는 애국협회 회장에게 전화를 걸어 암송하겠다고 했다. 그래서 암송했는데, 몇 군데에서 혀짤배기소리가 나왔다. 그 실수를 되새김하느라 그날 밤 거의 잠을 이루지 못했다.

그 이틀 뒤 밤, 항구 곶에서 다시 암송했다. 그 뒤로 로브리지며 항구 윗마을에도 가서 암송하면서, 때로 혀짜래기소리가 나와도 받아들이게 되었다. 릴라 말고는 아무도 그런 부분에 마음 쓰는 사람이 없는 것 같았다. 더욱이 릴라는 아주 진지했고, 호소력이 있었으며, 눈은 별처럼 빛나고 있었다! 릴라가 암송할 때마다 적어도 한 사람은 지원자가 나왔다. 남자로서 '그의 선조들의 유해와 신들의 신전을 지키기 위하여 싸우다 죽는 것보다 더 나은 죽음이 있겠는가'[3]라고 열정을 담아 호소하고, 또 '이름도 없는 일생을 헛되이 보내느니 영광에 찬 한순간을 얻는 편이 더 보람 있는 일'[4]이라고, 릴라가 마음을 흔드는 격렬한 목소리로 단언할 때, 그들은 릴라의 눈이 똑바로 자신을 보고 있는 듯 느꼈던 것이다.

---

3) 영국의 정치가·역사가인 토머스 배빙턴 매콜리(1800~1859)의 시집 《고대 로마의 노래》에 실린 〈호라티우스〉에서 따옴.
4) 영국의 장교·시인인 토머스 오스버트 모돈트(1730~1809)의 〈부름〉이라는 시에서 따옴.

둔감한 밀러 더글러스까지도 어느 날 밤 몹시 열정에 타오른 탓에 메리 밴스는 그를 평소대로 되돌려놓기 위해 꼬박 한 시간을 설득하지 않으면 안 되었다. 메리는 릴라가 만일 겉으로 그런 척하는 것만큼이나 진심으로 젬이 전선에 간 것을 마음 아파하고 있다면, 다른 아가씨들의 형제며 친구들까지 전쟁터로 나가도록 부추길 리 없다며 분개했다.

그날 밤, 추위와 피로감에 지친 릴라는 자신의 따뜻한 잠자리에 들어가 이불 속으로 파고들었을 때 감사함을 느꼈다. 그러면서도 한편으로는 늘 그렇듯 젬과 제리는 어떻게 지내고 있을지를 생각하자 슬퍼졌다. 몸이 따뜻해지고 잠이 사르르 들 무렵 갑자기 짐스가 칭얼칭얼 울기 시작했다. 그러고는 계속해서 그치지 않았다.

릴라는 침대 속에 몸을 옹크리고 우는 대로 내버려두겠다고 생각했다. 그녀에게는 모건이라는 든든한 전문가의 소견이 있다. 짐스는 춥지도 않고, 몸도 편안하다. 저 울음소리는 어디가 아파서 내는 울음소리가 아니다. 조그만 배는 든든히 채워져 있다. 이런 경우에 얼러주면 짐스를 응석받이로 만들 뿐이다. 그렇게는 하지 않을 작정이다. 실컷 울다가 지치면 저절로 다시 잠이 들 것이다.

그러는 동안 릴라의 상상력이 그녀를 괴롭히기 시작했다.

'만일 내가 겨우 5개월밖에 안 된 불안한 상태의 갓난아이고 아빠는 프랑스 어딘가에 가 있으며 나를 그토록 염려해주던 가엾은 엄마는 무덤에 묻혔다면 어떻겠는가. 만일 내가 불도 켜져 있지 않고 아무도 없는 캄캄하고 넓은 방 안의 요람 속에 누워 있다면 어떤 마음이 들까. 만일 나를 사랑해주는 사람이 세상 어디에도 없다면 어떨까. 왜냐하면 아빠는 한 번도 나를 본 적이 없으니 나에게 거의 애정을 가질 수 없다. 더욱이 나에 대해 묻는 편지를 써 보내기는커녕 소식 한 마디 보내지 않을 정도다.

그렇다면 나였어도 울지 않을까? 외롭고 버려진 기분이 들고 무서워서 울지 않을 수 있을까?'

릴라는 침대에서 벌떡 일어났다. 요람에서 짐스를 안아 올려 자기 침대로 데려갔다. 가엾게도 조그만 손이 싸늘했다. 그러나 짐스는 곧 울음을 그쳤다. 그리고 릴라가 어둠 속에서 짐스를 꼭 끌어안자 갑자기 소리 내어 웃었다. 기뻐서 까르륵대고 키득대는, 귀여운 진짜 웃음소리였다.

릴라는 소리쳤다.

"어머, 요 귀염둥이! 그렇게 기쁘니, 캄캄하고 커다란 방에 혼자 있지 않다는 걸 알아서?"

이때 릴라는 짐스에게 뽀뽀를 해주고 싶은 생각이 들어 뽀뽀했다. 좋은 냄새가 나는 짐스의 비단결 같은 작은 머리며 통통하게 살찐 조그만 볼과 앙증맞고 싸늘한 손에 뽀뽀했다. 아기 고양이에게 해주던 대로 짐스를 꼭 끌어안아—몸이 부서져라 꽉 끌어안아—보고 싶었다. 뭔지 모를 기쁘고 그립고 간절한 마음이 릴라를 사로잡았다. 이런 마음을 느껴본 것은 처음이었다.

채 몇 분도 되지 않아 짐스는 깊이 잠들었다. 고르게 내쉬는 그 부드러운 숨소리에 귀를 기울이며, 그 조그만 몸이 따뜻이 만족스러운 듯 릴라에게 기대고 있는 것을 느꼈을 때, 릴라는—마침내—이 전쟁고아에게 애정을 품고 있음을 깨달았다.

'짐스는 정말…… 귀여워……졌어.'

졸음이 쏟아진 릴라는 이런 생각을 하며 짐스와 함께 슬그머니 잠의 나라로 떠났다.

2월이 되어 젬과 제리와 로버트 그랜트가 참호에 들어가게 되면서 잉글사이드에서의 나날은 전보다도 긴장과 걱정이 한층 더해졌다. 3월에는 수전의 이른

바 '이프레즈'5)가 중대한 의미를 지니게 되었다. 신문에는 거의 날마다 사상자 명단이 실리기 시작했고, 잉글사이드에서는 모두들 전화벨이 울릴 때마다 멈칫하고 수화기를 들었다. 해외에서 전보가 왔다고 역장이 전화한 것일지도 모르기 때문이었다. 잉글사이드에서는 아침에 일어날 때마다 오늘은 어떤 일이 벌어질까 하는 갑작스러운 불안이 가슴을 파고들지 않는 이가 없었다.

릴라는 생각했다.

'나는 아침을 늘 그토록 반겼었는데.'

그래도 매일의 일과와 의무는 꾸준히 이루어졌고, 거의 매주꼴로 바로 얼마 전까지 장난꾸러기 초등학생이었던 글렌 마을 젊은이들 가운데 누군가가 입대를 해서 떠나갔다.

캐나다 겨울의 상쾌한 싸늘함이 느껴지는 어느 맑은 저녁, 별이 뜨기 시작할 무렵에 밖에서 돌아온 수전이 말했다.

"오늘 저녁은 밖이 몹시 추워요, 사모님. 참호에 있는 아이들은 따뜻할까요."

거트루드 올리버가 소리쳤다.

"모든 게 다 전쟁으로 귀결되는군요. 우리는 거기서 벗어날 수 없네요. 날씨 이야기를 할 때조차도요. 나도 요즘 같은 어둡고 추운 밤에 나갈 때는 아무래도 참호 안의 사람들을 생각지 않을 수 없어요. 우리하고 가까운 사람들뿐만 아니라 모든 이들의 친지들까지도요. 아는 사람이 전선에 하나도 가 있지 않다 하더라도 똑같은 마음이었을 거예요. 편안하고 따뜻한 잠자리에 쏙 들어갈 때면 편히 있는 게 부끄러워져요. 많은 사람들이 그렇지 못한데 나만 편히 지내다 보면 내가 나쁜 사람이 된 기분이에요."

---

5) 이프르(Ypres)를 수전이 자기식대로 잘못 읽은 것. 이프르는 벨기에 북서부의 도시로 제1차 세계대전 때의 격전지. 독일군이 처음으로 독가스를 사용한 곳.

수전이 말했다.

"가게에서 메러디스 부인을 만났는데, 브루스가 모든 걸 너무 예민하게 느껴 큰일이라고 하더군요. 굶주린 벨기에 사람들을 걱정하느라 1주일 동안이나 울면서 잠들었대요.

'엄마, 아기들은 굶거나 하지 않겠지. 아, 조그만 아기들은 그렇지 않지, 엄마? 제발 아니라고 해줘, 엄마.' 하고 애원하다시피 묻는다는 거예요. 아니라고 대답하면 거짓말을 하는 거라 그럴 수도 없어 어찌해야 좋을지 난처하다더군요. 가족들은 브루스가 그런 일을 모르도록 애를 쓰고 있지만, 그래도 어찌어찌 알아버리면 달랠 말이 도무지 없다는 거예요.

그런 기사를 읽었을 때마다 제 가슴도 찢어지는 것 같으니 어린 브루스는 어떻겠어요, 사모님. 이 이야기는 사실이 아니라고 하면서 위안받을 수도 없어요. 소설을 읽다가 울고 싶어지면 '이봐, 수전 베이커, 이거 다 순 거짓말이라는 거 알고 있잖아.' 하고 스스로를 엄하게 타이르면 됐지만요. 어쨌든 우리는 계속 헤쳐나가야만 해요.

잭 크로퍼드는 밭일이 지겨워 전쟁에 나간다더군요. 가서 제대로 기분 전환하길 바라네요. 항구 윗마을의 리처드 엘리엇 부인은 남편이 담배를 피워 응접실 커튼을 그을리게 한 것 때문에 남편에게 늘 잔소리했던 일을 아주 마음 아파하고 있어요. 지금 남편이 입대하는 상황이 되자 아무 소리하지 말걸 그랬다고 후회한다는군요.

조사이아 쿠퍼와 윌리엄 데일리를 아시죠, 사모님? 그 두 사람은 원래 친한 친구였다가 20년 전에 싸운 뒤로 아예 말도 섞지 않았어요. 그런데 최근에 조사이아가 윌리엄네 집으로 찾아가 '우리 화해하세나. 서로 원망하거나 할 때가 아니잖은가.' 하고 불쑥 말했다더군요. 윌리엄도 진심으로 기뻐하며 손을 내밀어 두 사람은 오랜만에 터놓고 이야기라도 하자며 자리에 앉았대요.

그런데 채 30분도 안 되어 두 사람은 또다시 싸웠다는 거예요. 전쟁을 어떻게 해나가야 하는가를 두고 말이죠. 조사이아는 다르다넬스 원정은 말도 안 될 만큼 어리석다고 말하고, 윌리엄은 연합군이 한 일 가운데 제대로 된 일은 그것뿐이라고 주장해서, 지금 두 사람은 전보다 더 틀어졌대요. 윌리엄은 조사이아를 가리켜 '구레나룻 달통이 영감' 못지않게 친독파라고 말하고 있지요.

'구레나룻 달통이 영감'은 자기는 친독파가 아니라 평화주의자라고 말한대요, 사모님. 그게 무슨 소리인지 원. 어쨌거나 변변치 못한 것이 틀림없어요. '구레나룻 달통이 영감'이 자처하는 건데 오죽하겠어요. 누브샤펠[6]에서 거둔 영국군의 대승리는 그 가치에 비해 희생이 더 컸다는 둥 그런 말을 하고 있다니까요. 그리고 이 소식을 듣고 조 밀그레이브가 자기 아버지의 국기를 집 앞에 내걸었다고 해서 '구레나룻 달통이 영감'이 조를 제 집 근처에도 오지 말라고 했대요.

그런데, 사모님, 알아차리셨어요? 러시아 차르(황제)가 독일이 부르던 그 도시 이름을 프셰미실[7]로 바꾸었잖아요. 이것만 봐도 러시아인이라도 그 황제는 분별 있는 사람이란 걸 알 수 있어요.

가게에서 조 비커스한테 들었는데, 오늘 밤 로브리지 상공에서 이상하게 생긴 것을 보았다고 했어요. 혹시나 체펠린[8]이었을까요, 사모님?"

"그럴 가능성은 굉장히 낮다고 생각해요, 수전."

"그래요. 나로서도 '구레나룻 달통이 영감'이 글렌에 살고 있지 않다면 좀 더

---

6) 프랑스 북부에 자리한, 벨기에와의 국경에 가까운 도시.
7) 폴란드 남동부에 자리한, 러시아와의 국경에 가까운 도시. 제1차 세계대전 중 때때로 러시아에 지배되었음.
8) 독일의 체펠린(1838~1917) 백작이 만들어 제1차 세계대전 중 공습에 주로 쓰인 비행선.

마음을 놓겠는데요. 얼마 전 밤에 '구레나룻 달퉁이 영감'이 자기네 집 뒤뜰에서 전등을 들고 묘한 짓을 하고 있었대요. 신호를 보냈다고 여기는 사람도 있어요."

"누구에게…… 무슨 일로요?"

"아, 그게 수수께끼지요, 사모님. 제가 생각하기에는, 우리가 어느 날 밤 잠든 채 몰살당하는 일이 없으려면 정부가 그 사람에게서 눈을 떼지 말아야 해요.

자, 잠깐 신문을 본 뒤 젬 도련님에게 편지를 써야겠어요. 내가 여태까지 한 번도 한 적 없는 일이 꼭 두 가지 있어요, 사모님. 편지 쓰는 일과 신문 읽는 일이지요. 그런데 지금은 그 두 가지를 정기적으로 하고 있네요.

그런데 보다 보니까 정치란 게 꽤 재미가 있더라고요. 우드로 윌슨의 속은 도무지 잘 모르겠지만, 언젠가 알아내길 바라고 있어요."

윌슨과 정치를 눈으로 좇던 수전은 얼마 뒤 평정심을 흔드는 기사에 맞닥뜨려 실망하여 큰 소리를 질렀다.

"저 카이저 악마 녀석한테 겨우 종기가 났을 뿐이었다는군요."

"그런 저주를 내뱉으면 안 되오, 수전."

블라이드 선생이 실망한 듯한 표정을 지어 보였다.

"악마라고 말하는 건 저주가 아니죠, 선생님. 저주란 신의 이름을 올바르지 못하게 쓰는 일을 가리키는 거 아니던가요?"

의사는 올리버 선생에게 눈을 찡긋해 보이고 말했다.

"음. 그리…… 그리 고상하지 못한 말이었어요."

"맞아요, 선생님. 그런데 악마도 카이저도—그 둘이 정말 서로 다른지도 모르겠지만요—둘 다 고상하지 않아요. 그러니까 이 둘에 대해 이야기할 때는 고상한 말을 쓸 수 없는 거예요. 따라서 나는 내가 한 말을 고수하겠어요. 눈

여겨보셨다면 아시겠지만, 그래도 어린 릴라 앞에서는 이런 말을 쓰지 않도록 조심하고 있어요.

또 신문으로 말하자면, 카이저가 폐렴에 걸렸다는 기사를 써서 사람들에게 혹시나 하는 희망을 품게 하고서는 겨우 종기였다고 해서는 안 된다고 생각해요. 종기라니요, 정말이지! 이왕 날 거면 아주 온몸이 종기투성이가 되었으면 좋겠네요."

그리고 나서 수전은 부엌으로 가서 젬에게 편지를 쓰기 시작했다. 그날 온 젬의 편지 가운데 어떤 부분을 보고 가정적인 위안이 필요하리라 여겼기 때문이었다.

젬의 편지에는 다음과 같이 씌어 있었다.

오늘 밤 우리는 낡은 지하 와인 저장고에 있는데, 무릎까지 물에 잠겨 있습니다, 아버지. 곳곳에 쥐가 있고 불은 없고 비는 부슬부슬 내리고 있으며 좀 음울합니다. 그러나 더 지독한 곳도 있으니까요.

오늘 수전이 보내준 소포를 받았습니다. 모든 것이 최상의 상태여서 우리는 큰 잔치를 벌였어요. 제리는 전선에 나가 있는데, 마서 할머니가 주던 '디토'보다 더 형편없는 음식이 나온답니다. 그러나 여기는 나쁘지 않습니다. 다만 변화가 없을 뿐이지요. 수전의 '원숭이 얼굴' 쿠키 한 상자만 손에 넣을 수 있다면 1년 치 봉급을 다 줘도 좋을 것 같다고 수전에게 전해주세요. 그렇지만 보내지는 말라고도 말씀해주세요. 오는 길에 상할 테니까요.

우리는 2월 마지막 주부터 포화 세례를 받고 있습니다. 어제 한 사람—노바스코샤 출신의 어린 병사—이 바로 내 곁에서 죽었습니다. 우리 가까이에서 포탄이 터졌는데, 혼란이 수습되고 보니 그 병사는 죽어 있었습니다. 몸은 전혀 상하지 않은 모습으로 그냥 놀란 듯한 표정을 짓고 있었습니다. 그런 일이 가까이에서 일어난 것은 처음이라 욕지기가 나기도 했지만, 여기서는 모두들 무섭고 끔찍한 일에 곧 익숙해집니다. 우리는 완전히 다른 세계에 와 있습니다. 달라지지 않은 것은 별뿐입니다. 그런데 때로는 그 별마저 있어야 할 자리에 없는 것 같은 기분이 듭니다.

어머니에게 걱정하지 마시라고 말씀해주십시오. 저는 잘 있으니까요. 아주 건강합니다. 그리고 여전히 오기를 잘했다고 생각하고 있습니다. 지금 우리가 있는 곳 맞은편에는 이 세상에서 없애버려야만 할 자들이 있을 뿐입니다. 그렇게 하지 않으면 그들이 내뿜는 악이 영원히 삶을 망가뜨릴 것입니다. 이 일은 비록 아무리 오래 걸리더라도, 또 어떤 희생을 치르더라도 해내야 합니다.

이 사실을 저 대신 글렌 마을사람들에게 말씀해주십시오. 마을 사람들은 사슬을 끊고 날뛰기 시작한 자의 정체를 아직 모르고 있을 것입니다. 저도 갓 입대했을 무렵에는 몰랐습니다. 저는 유쾌한 일이라고 생각했습니다. 그런데 그게 아니었습니다! 그러나 나는 있어야 할 곳에 있습니다. 여기 온 것을 후회하는 것은 결코 아닙니다. 여기서 집들이며 뜰이며 사람들에게 어떤 일이 자행되고 있는지를 보았을 때 나는 한 무리의 독일군이 '무지개 골짜기'와 글렌 마을을 지나 잉글사이드로 밀고 들어가는 것을 보는 듯한 기분이 들었습니다. 여기에도 아름다운 뜰―수 세기의 고풍스러움이 축적된 아름다운 뜰―이 있었습니다. 그런데 지금은 어떻게 되었는지 아십니까? 여기저기 무참하게 파괴되고 짓밟혔습니다. 우리가 싸우고 있는 것은, 우리가 어렸을 때 놀던 그 그리운 장소를 다른 남자아이며 여자아이들이 뛰놀 수 있는 안전한 곳으로 만들어주기 위해, 모든 아름답고 건전한 것을 보존하기 위해서입니다.

우리 가족 중 누군가가 역에 갈 때는 반드시 제 몫까지 먼데이를 두 번씩 토닥여주십시오. 그 충실한 작은 녀석이 거기서 나를 그렇게 기다려주고 있다니! 아버지, 솔직히 말해서 요즘처럼 어둡고 추운 밤 참호에 들어가 있을 때면, 수천 마일이나 떨어진 그 글렌역에서 작은 점박이 개가 나와 함께 불침번을 서고 있다는 생각 덕에 한없이 마음이 따뜻해지고 힘이 납니다.

릴라가 키우는 전쟁고아가 잘 자라고 있다는 말을 듣고 기뻐하고 있다고 릴라에게 꼭 전해주십시오. 그리고 수전에게는 내가 독일군과 '흡혈충' 양쪽 모두와 잘 싸우고 있다고 말씀해주십시오.

수전이 진지한 얼굴로 물었다.
"사모님, 흡혈충이 뭐죠?"
블라이드 부인이 몸에 생기는 이라고 귓속말로 살짝 일러주자 수전은 질겁해서 소리를 질렀다.
"참호 속에서는 늘 있는 일이에요, 수전."
수전은 머리를 세차게 흔들며 입을 굳게 다문 채 말없이 방에서 나가 젬에게 보내려고 꿰매둔 소포를 다시 풀어 참빗을 집어넣었다.

랑게마르크의 나날

릴라가 일기를 썼다.

이토록 끔찍한 시절에도 어떻게 봄은 어김없이 아름다운 모습으로 찾아올 수 있을까. 해가 빛나고 시냇가 버드나무에 하늘하늘한 노랑꽃이 피며 뜰이 아름다워지기 시작하고 있는 때면, 플랑드르[1]에서 그처럼 무서운 일이 일어나고 있다는 실감이 나지 않는다. 그렇지만 실제로 일어나고 있다!

지난주는 우리 모두에게 괴로운 1주일이었다. 이프르 언저리에서의 전투와 랑게마르크와 생쥘리앵[2]의 전투 상황을 알리는 뉴스가 들어왔기 때문이다. 우리 캐나다군은 훌륭한 공훈을 세우고 있다. 프렌치 장군[3]은 우리 전선이 독일군에게 바야흐로 돌파당할 뻔했던 때에 캐나다군 덕분에 '시국을 수습'할 수 있었다고 말하고 있다.

그러나 나는 젬과 제리와 그랜트 씨에 대한 걱정이 나를 갉아먹어 자랑스러움이나 기쁨을 느낄 수조차 없다. 신문에 날마다 사상자 명단이 실린다……

---

1) 벨기에와 프랑스 북해에 걸쳐 있는 저지대.
2) 둘 다 프랑스와의 국경에 가까운 벨기에 남부의 도시.
3) 존 프렌치(1852~1925). 제1차 세계대전 때 영국의 육군 원수로, 영국 원정군 총사령관.

아, 어쩌면 그토록 많을까. 젬의 이름이 있으면 어쩌나 하는 생각을 하면 무서워서 읽을 수가 없다. 공식적인 전보가 들어오기 전에 신문의 사상자 명단에서 아들이나 형제, 남편이나 애인의 이름을 발견하는 경우가 실제로 있기 때문이다.

하루이틀 동안 나는 전화를 받기 싫다며 받지 않았다. '여보세요.' 한 다음, 대답을 들을 때까지의 괴로운 침묵의 순간을 견딜 수 없었기 때문이다. 그 짧은 순간이 백 년은 되는 양 느껴졌고, '블라이드 선생께 전보가 와 있습니다.'라는 대답이 들려올까 봐 몹시 두려웠기 때문이다. 그래서 한동안 피했으나, 어머니와 수전에게만 떠맡기는 게 부끄러워져 이제는 억지로라도 받으려 하고 있다. 그러나 조금도 편해지지 않는다.

올리버 선생님은 여태까지와 다름없이 학교에서 수업을 하고 작문을 읽고 시험지를 나눠준다. 그러나 나는 선생님의 마음은 늘 플랑드르로 달려가 있음을 안다. 선생님의 눈에 서린 슬픔이 내 뇌리에서 떠나지 않는다.

케네스도 지금은 입대해 있다. 중위로 임명되어 한여름에는 유럽으로 떠나게 될 거라고 편지에 씌어 있었다. 편지에는 다른 일에 대해서는 씌어 있지 않았다. 해외로 떠나는 일밖에 염두에 없는 듯하다.

케네스가 떠나기 전에 다시 만나게 될 수는 없을 것이다. 어쩌면 우리는 두 번 다시 못 만날지도 모른다. 가끔 포윈즈에서의 그날 밤 일이 죄다 꿈이었던가 하고 여겨질 때가 있다. 여러 해 전 다른 생에서 일어난 일처럼 아득하다. 나 말고는 기억하고 있는 이조차 아무도 없는 듯하다.

어젯밤 월터와 낸과 다이가 레드먼드에서 돌아왔다. 월터가 기차에서 내렸을 때 먼데이는 미친 듯이 기뻐하면서 꼬리를 살랑살랑 흔들며 월터를 맞으려 달려나갔다. 젬도 함께 있는 줄 안 것임에 틀림없다. 처음 한순간이 지나자 먼데이는 월터도, 쓰다듬어주는 월터의 손도 거들떠보지 않고 꼬리를 불안스럽게 흔들며 가만히 선 채 월터의 뒤로 기차에서 내리는 다른 사람들을 보고 있었다. 그 눈을 보았을 때 나는 울컥했다. 먼데이는 살아생전에 다시는 젬이 기차에서 내리는 것을 볼 수 없을지도 모른다는 생각이 들었기 때문이다.

이윽고 승객들이 다 내리자 먼데이는 월터를 올려다보고 '젬이 오지 않는 것이 당신 탓이 아닌 줄 알아요. 실망해서 미안합니다.'라고 말하는 듯 월터의 손을 한 번 핥더니 몸을 이상하게 옆으로 흔들며 터덜터덜 자신의 작은 집으로 돌아갔다. 그 걸음걸이는 마치 뒷다리와 앞다리가 서로 뒤쪽대며 걷는 듯이 보였다.

우리는 먼데이를 함께 데려오려 했다. 다이는 앉아서 먼데이의 두 눈 사이에 뽀뽀하며 부탁했다.

"먼데이, 착하지. 오늘 밤만이라도 우리와 함께 가주지 않겠니?"

그러자 먼데이가 말했다. (정말로 말했다!)

"정말 미안하지만 갈 수 없습니다. 알다시피 여기서 젬을 마중하겠다고 약속했고, 8시에 지나가는 기차가 있으니까요."

아무튼 월터가 다시 돌아와 기쁘다. 크리스마스 때와 마찬가지로 조용하고 슬퍼 보일지라도. 그러나 나는 오빠를 열심히 사랑해주고 기운을 북돋아주고 전처럼 웃게 만들 작정이다. 월터는 날이 갈수록 나에게 더 소중해진다.

며칠 전 밤 우연히 수전이 '무지개 골짜기'에 메이플라워가 하나둘 피기 시작했다고 말했다. 수전이 그렇게 말할 때 나는 마침 어머니 쪽을 보고 있었다. 어머니는 얼굴빛이 달라지더니 목멘 듯한 외마디 비명을 뱉었다. 거의 언제나 열의에 차서 명랑하게 행동하는 어머니였기에, 마음속으로 어떤 생각을 하고 있는지 짐작도 할 수 없다. 그러나 가끔 아주 작은 일이 견디지 못할 만큼 버거워서 꼭꼭 감춰두었던 속마음을 우리에게 언뜻 드러내기도 한다.
"아, 벌써 메이플라워가! 젬이 작년에 나한테 꺾어다 줬는데!"
어머니는 이렇게 말하고 일어나 방에서 나가버렸다.
나는 당장 '무지개 골짜기'로 달려가 어머니에게 메이플라워를 한 아름 꺾어다 갖다드릴 수도 있었지만, 어머니가 바라는 것이 그저 꽃이 아님을 알고 있었다.
그런데 어젯밤 집에 돌아온 월터는 살짝 골짜기로 가서 눈에 띄는 대로 메이플라워를 꺾어다 어머니에게 갖다드렸다. 아무도 그 말을 오빠에게 하지 않았는데, 월터는 다만 여태까지 젬이 해마다 봄이면 가장 먼저 핀 메이플라워를 어머니에게 꺾어다드렸던 일을 기억하고 젬 대신 그렇게 했던 것이다. 이 일만 보아도 월터가 얼마나 섬세하고 사려 깊은지 알 수 있다. 그런데도 그에게 잔혹한 편지를 보내는 사람들이 있다니!
바다 건너에서는 우리와도 관계된 중대한 일이 일어나고 있어 언제 무서운 소식이 날아들지 모르는데, 마치 그런 일은 일어나지 않을 것처럼 우리가 나날의 생활을 이어나갈 수 있다니 참으로 이상한 기분이 든다. 그렇지만 계속해나갈 수 있고 지금도 이어가고 있다. 수전은 뜰을 가꾸고, 어머니와 둘이 대청소를 하기도 한다.
우리 소녀 적십자단은 벨기에 돕기 자선 음악회를 열려고 한다. 이미 한 달 동안 연습해왔는데, 괴팍한 사람들 때문에 적잖게 애를 먹고 있다. 미란다 프라이어는 대화극에 나와주기로 약속하고 자신이 할 대사까지 몽땅 외웠는데, 그 애 아빠가 절대로 도와줘서는 안 된다고 단호히 반대하고 나섰다. 꼭 미란다가 나쁘다는 건 아니지만, 때로는 좀 더 강단이 있어도 좋지 않을까 생각한다. 가끔은 굳센 의지로 딱 버틴다면 아버지도 어쩔 수 없이 항복할 텐데. 집안살림을 도맡아 하는 것이 미란다인데, 만일 미란다가 '파업'을 해버린다면 아버지인들 어쩌겠는가? 내가 미란다 입장이라면 '구레나룻 달통이 영감'을 다룰 방법을 어떻게든 찾아냈을 텐데. 다른 수단이 안 통할 경우에는 채찍으로 때리거나 이로 물어뜯기라도 했을 것이다. 그러나 미란다는 제 부모를 공경하는 딸로 땅에서의 생명이 길 것이다.[4] 달리 미란다의 역을 대신 해줄 사람을 찾을 수도 없었다. 아무도 그 역을 좋아하지 않기 때문이다. 그래서 결국 내가 맡을 수밖에 없었다.

올리브 커크도 음악회 준비위원인데, 내 의견에 사사건건 반대한다. 그러나 나는 내 뜻을 밀고 나가 샬럿타운에서 채닝 부인을 초청하여 노래를 부탁하기로 결정했다. 채닝 부인은 훌륭한 가수이므로 많은 관객을 끌어들여, 그분께 드릴 사례금을 웃도는 기금을 모금할 수 있을 것이다. 올리브는 이 '고장 인재'만으로도 충분하다고 하고, 미니 클로는 채닝 부인 앞에서는 긴장해 굳어버려 합창단에서 노래 부르지 않겠다고 말했다. 심지어 우리 가운데 괜찮은 알토는 미니뿐인데! 때로는 너무 화가 치밀어 모든 일에서 손을 떼버릴까 생각하는 일도 있지만, 내 방에서 실컷 서성대며 펄펄 뛰고 나면 마음이 가라앉아 다시 돌진해나간다.

요즘 아이작 리스네 아이들이 백일해에 걸리면 어쩌나 하는 걱정으로 안절부절못하고 있다. 온 가족이 심한 감기에 걸려 있는데, 이 집안의 다섯 아이들이 프로그램에서 중요한 역할을 맡고 있어 만일 감기가 악화되어 백일해가 되어 버리기라도 한다면 어떻게 해야 할지 모르겠다. 딕 리스의 바이올린

---

4) 모세의 십계명 가운데 제5계명으로, 《구약성서》〈출애굽기〉 20장 12절 참조. "네 부모를 공경하라. 그리하면 네 하나님 여호와가 네게 준 땅에서 네 생명이 길리라."

독주도 인기 있는 프로그램 가운데 하나고, 킷 리스는 모든 활인화(活人畫)에 등장하며, 어린 세 여자아이들은 깜찍한 수기(手旗) 신호 훈련에 참여한다. 내가 몇 주일이나 걸려 연습을 시켰는데 그 수고가 모두 아무 쓸모 없게 되어 버릴 수도 있겠다.

짐스에게 오늘 첫 이가 났다. 무척 기쁘다. 짐스가 아홉 달이 다 되어가는데도 이가 나지 않았더니, 메리 밴스에게서 이가 되게 늦게 난다는 식으로 은근히 짐스를 무시하는 듯한 말을 들었기 때문이다. 짐스는 기어다니기 시작했는데, 여느 아이들처럼 배밀이는 하지 않았다. 두 팔과 두 다리로 기면서 강아지처럼 입으로 물건을 물고 돌아다닌다. 어쨌든 기는 것은 어느 누구도 짐스가 예정보다 늦다고 말할 수 없다. 늦기는커녕 빠를 정도다. 모건의 책에는 기어다니는 평균 나이가 열 달로 되어 있으니까.

짐스는 참 귀엽다. 이 애 아버지가 이 아이를 못 본다면 정말 애석한 일이 될 것이다. 머리도 알맞게 나고 있고, 어쩌면 곱슬머리가 되지 않을까 하는 희망도 있다.

짐스와 음악회 일에 대해 쓰고 있는 잠시 동안, 나는 이프르며 독가스며 사상자 명단 등을 까맣게 잊고 있었다. 그런데 지금 갑자기 아까보다도 더 심하게 그 걱정이 몰려온다. 아, 젬이 무사하다는 것을 알 수만 있다면! 전에는 젬이 '거미'라고 부르면 몹시 화를 냈지만, 이제는 만일 젬이 휘파람을 불면서 거실로 들어서며 여느 때처럼 '여, 거미.' 하고 불러준다면 나는 그야말로 세계에서 가장 아름다운 이름이라고 생각할 것이다.

릴라는 일기장을 덮고 뜰로 나갔다. 봄날 저녁은 아름다웠다. 바다와 잇닿은 길고 푸르른 골짜기에는 저녁 어스름이 깔렸고, 그 맞은편에는 저녁놀에 잠긴 목초지가 펼쳐져 있었다. 항구는 이쪽은 보랏빛, 저쪽은 푸른빛, 그 밖에는 모두 우윳빛으로 빛나고 있었다. 단풍나무숲은 연둣빛을 띠기 시작하고 있다. 릴라는 아련한 눈으로 주위를 둘러보았다. 봄은 1년의 기쁨이라고 누가 말했던가? 이토록 마음이 아프고 서글픈 계절인데. 연보랏빛으로 밝아오는 아침 하늘도, 별 같은 수선화도, 늙은 소나무에 불어오는 바람도 가슴속에 저마다 다른 아픔을 준다. 이제 우리의 삶은 두 번 다시 불안감에서 벗어나지 못하는 것일까?

월터도 릴라가 있는 곳으로 다가와 말을 걸었다.

"프린스에드워드섬의 저녁놀을 다시 바라볼 수 있다니 기쁜 일이야. 바다가 이처럼 푸르고, 길이 이토록 붉고, 숲의 한구석이 이처럼 우거져 요정이 출몰한다는 것을 여태 잊고 살았나 봐. 그래, 여기에는 아직 요정이 살고 있어. '무지개 골짜기'의 제비꽃을 들춰 보면 몇십 명 넘게 숨어 있다고 맹세할 수 있어."

한순간 릴라는 기뻤다. 월터는 옛날의 월터처럼 말을 하고 있었다. 그의 마음을 괴롭히는 어떤 일들을 월터가 좀 잊어버렸으면 좋겠다고 릴라는 생각했다.

릴라도 월터의 기분에 맞춰 대답했다.

"'무지개 골짜기' 위 하늘도 정말 푸르지 않아? 푸르다…… 푸르다…… 푸르다 하고 백 번은 되뇌어야 얼마나 푸른지 겨우 표현할 수 있을 정도야."

숄로 머리를 묶은 수전이 두 손에 뜰일 하는 연장을 잔뜩 안고 지나갔다. 광포한 눈을 한 '박사'가 조팝나무 덤불에서 발소리를 죽이며 수전의 뒤를 밟고 있었다.

수전이 말했다.

"하늘은 푸른지 모르지만, 고양이가 하루 종일 하이드 씨였으니 오늘 밤에는 틀림없이 비가 올 거야. 내 어깨의 류머티즘이 도지기 시작한 걸 봐도 그래."

월터는 명랑하게 말했다.

"비가 올지 모르지만…… 류머티즘 같은 건 생각하지 말아요, 수전…… 그런 거 말고 제비꽃을 생각해봐요."

릴라는 월터가 좀 지나치게 명랑하다고 생각했다.

수전은 그런 월터가 동정심이 모자란다고 생각하며 무뚝뚝하게 말했다.

"정말이지 월터, 제비꽃을 생각하라니 무슨 뜻인지 모르겠구나. 류머티즘은 결코 농담거리가 아니야. 월터도 언젠가 알게 될 때가 오겠지만. 나도 여기가 아프다 저기가 쑤신다 하고 늘 불평만 하는 사람들 축에 끼고 싶지는 않아. 특히 요즘같이 나쁜 뉴스가 들어오는 때에는. 류머티즘도 괴롭지만, 독일군에게 가스 공격을 당하는 데 비할 바는 못 되니까."

"아, 하느님 맙소사, 그럴 리가요!"

월터는 큰 소리로 부르짖더니 홱 돌아서서 집으로 들어가 버렸다.

수전은 머리를 내저었다. 그리고 그런 비명은 도무지 탐탁지 않다고 괭이며 갈퀴를 치우며 생각했다.

'하느님을 저렇게 함부로 입에 올리는 걸 어머니가 듣는 일은 없어야 할 텐데.'

릴라는 눈물이 글썽해져 봉오리가 맺힌 수선화 가운데 서 있었다. 모처럼의 저녁이 엉망이 되었다. 수전이 미웠다. 수전은 월터의 기분을 언짢게 했다. 그리고 젬은…… 젬은 가스 공격을 받았을까? 젬은 괴로워 몸부림치다가 죽었을까?'

릴라는 절박한 기분이 되어 뱉었다.

"이런 조마조마한 상태를 더는 못 견디겠어."

그러나 릴라는 다른 사람들과 마찬가지로 다시 1주일을 참고 견뎠다. 그리고 젬에게서 반가운 편지가 왔다. 그는 무사했다.

아버지, 저는 긁힌 상처 하나 없이 멀쩡합니다. 저도 다른 사람들도 모두 어떻게 무사했는지 모르겠습니다. 그 일은 신문에서 모두 읽으셨겠지요. 여기에는 쓸 수 없습니다. 그러나 독일군은 목적을 이루지 못했습니다. 앞으로도 마찬가지일 것입니다. 제리가 포격으로 인해 한동안 기절해 있었지만, 충격을 받은 것이었고, 2, 3일 지나자 기운을 되찾았습니다. 그랜트 씨도 아무 탈 없습니다.

제리 메러디스가 낸에게 보낸 편지도 왔다.

나는 새벽녘에 의식을 되찾았어. 내게 어떤 일이 있었는지 몰랐지만 끝이구나, 생각을 했어. 혼자만 남은 채 무서웠어…… 엄청 무서웠어. 죽은 사람들에게 둘러싸여, 온통 끈적끈적한 기분 나쁜 잿빛 싸움터에 누워 있었지.
나는 입술이 바짝바짝 타고 목이 말라 견딜 수 없었어. 다윗과 베들레헴의 물이 생각나더군. 그리고 단풍나무 밑에 있는 그 '무지개 골짜기'의 샘물도. 그 샘물이 바로 내 눈앞에 있는 듯했어. 그 맞은편에는 낸이 웃으며 서 있고. 나는 이제 틀렸구나 하고 생각했지. 그래도 상관없었어. 정말이지 아무래도 상관없었어.
다만 혼자라는 것과 죽어 있는 사람들에게 둘러싸여 있는 것에 대해 어린아이처럼 심한 두려움이 느껴졌어. 그리고 내가 어쩌다 이렇게 되었을까, 라는 생각을 했을 뿐이야.

그러다가 나는 다른 이들 눈에 띄어 수레에 실려갔고, 사실은 아무 이상이 없음을 곧 알게 되었지. 내일 참호로 돌아갈 거야. 참호에는 한 사람이라도 더 필요하니까.

페이스 메러디스가 한탄했다.
"웃음이 이 세상에서 없어져버렸어."
페이스는 자기에게 온 편지를 보고하러 와 있었다.
"오래전에 테일러 노부인에게 내가 이 세상은 웃음으로 가득 찬 곳이라고 말했던 일이 지금도 기억나. 하지만 이제 세상은 그렇지 않아."
거트루드 올리버가 말했다.
"괴로움에 몸부림치는 비명으로 가득 찬 곳이지."
블라이드 부인이 조그만 목소리로 덧붙였다.
"웃음을 얼마쯤이나마 지켜나가야 해요, 아가씨들. 마음속에서 우러난 웃음이 가끔은 기도 못지않게 좋으니까…… 아주 가끔이지만."
가까스로 버텨온 지난 3주일 동안 블라이드 부인은 웃는 일이 얼마나 어려운지를 뼈저리게 맛보았다. 웃음이 언제나 어렵지 않게 샘솟던 앤 블라이드였는데. 무엇보다도 괴로운 것은 릴라가 좀처럼 웃지 않게 된 일이었다. 전에는 웃음이 너무 헤프다고 여겼던 릴라인데…… 이 아이의 꽃다운 시절은 내내 먹구름에 가려진 채 지나갈 것인가? 그러나 이 아이는 얼마나 꿋꿋하고 총명하고 성숙한 여성으로 자라고 있는가! 끈기 있게 뜨개질과 바느질을 하고, 우유부단한 소녀 적십자단을 잘 이끌어가고 있다! 게다가 짐스는 또 얼마나 잘 키우고 있는가.
수전은 진지한 목소리로 말했다.

"비록 아기를 열셋이나 키운 여자라 해도 그보다 더 잘할 수는 없을 만큼, 릴라는 그 아이에게 정성을 다하고 있어요, 사모님. 릴라가 그 수프 그릇을 들고 왔던 그날에는 설마 이렇게까지 잘해내리라고 생각도 못 했지만요."

굴욕이라는 파이 한 조각

"뭔가 두려운 일이 일어난 게 아닌가 싶어 걱정돼 못 견디겠어요, 사모님. 샬럿타운에서 도착한 기차에서 '구레나룻 달통이 영감'이 기쁜 얼굴로 내렸어요. 내 기억으로는 '구레나룻 달통이 영감'이 사람들 보는 앞에서 웃는 것을 여태까지 본 적이 없으니까요.

물론 소를 팔 때 누구를 등쳐먹어서인지도 모르지만, 제 생각에는 어쩐지 독일군들이 어딘가를 돌파한 게 아닌가 하는 기분 나쁜 예감이 들어요."

먼데이에게 좋은 뼈다귀를 갖다주러 역까지 다녀온 수전의 말이었다.

수전이 프라이어 씨의 웃음과 루시타니아호의 침몰[1]을 연관시켜 생각한 것은 좀 지나친 일일지도 모르지만, 그 뉴스는 한 시간 뒤 우편물이 배달된 다음부터 퍼지기 시작했다. 그날 밤 글렌 마을 젊은이들이 무리를 지어 나타나, 카이저의 행위에 분노한 나머지 프라이어 씨네 집 창문을 모두 와장창 깨놓았다.

이 이야기를 들은 수전은 말했다.

"그들이 잘했다고도 잘못했다고도 말하지 않겠어요. 그렇지만 나도 거기 있었다면 돌 몇 개쯤 던지는 걸 꺼리지는 않았겠다는 마음은 드네요. 한 가지는

---

[1] 대서양 항로를 오간 영국의 호화 여객선으로, 1915년 5월 7일 아일랜드 남쪽 해상에서 독일 잠수함에 경고 없이 격침당해 승객과 선원이 1200명 가까이 죽었음.

분명해요. 그 뉴스가 나오던 날 '구레나룻 달퉁이 영감'이 우체국에서 '독일의 경고가 내려졌는데도 집에 틀어박혀 있지 않은 자는 그런 꼴을 당해도 싸.'[2]라고 말했다더군요. 증인도 있는 데서요.

이 일로 노먼 더글러스는 입에 거품을 물고 펄펄 뛰고 있어요. '루시타니아호를 가라앉힌 녀석들을 악마가 잡아가지 않는다면 악마 따윈 있으나 마나야.'라고 어젯밤 카터네 가게에서 고함쳤죠. 노먼 더글러스는 자기에게 반대하는 사람은 악마와 한편이라고 믿는 사람인데, 그런 사람도 어쩌다 한번은 맞는 법이죠.

브루스 메러디스는 물에 빠져 죽은 어린아이들 일로 마음 아파하고 있어요. 지난 금요일 뭔가 특별한 소원을 하느님께 빌었다가 이뤄지지 않아 몹시 불만스러워하고 있었다더군요. 그런데 루시타니아호 이야기를 듣더니 어머니에게 '하느님이 왜 내 소원을 들어주시지 않았는지 이제 알겠어요. 하느님은 루시타니아호에서 빠져 죽은 많은 사람들의 영혼을 보살피느라고 바빴던 거예요.'라고 말했대요. 그 아이의 영혼은 몸에 비해 백 살은 더 먹은 게 틀림없어요, 사모님.

루시타니아호에 일어난 일은 어느 모로 보나 끔찍한 사건이에요. 하지만 우드로 윌슨이 이 일로 또 성명을 낼 테니 뭐가 걱정이겠어요. 참으로 훌륭한 대통령이에요!"

수전은 분노를 못 이겨 냄비를 덜그럭거렸다. 수전의 부엌에서 우드로 윌슨은 급격히 저주받을 사람이 되어갔다.

어느 날 밤 메리 밴스가 잉글사이드에 들러, 밀러 더글러스의 입대에 반대해

---

2) 1915년 4월 22일에 독일 대사관에서 50개 미국 신문을 통해 여행자들에게 대서양 횡단 여행을 재고하라는 경고 기사를 게재했음.

오던 자신의 입장을 철회하기로 했다고 말했다.

메리는 퉁명스럽게 말했다.

"루시타니아호 사건은 선을 넘었어요. 카이저가 죄 없는 어린아이들까지 물에 빠뜨려 죽이는 그런 짓을 하기 시작한 이상 누군가가 그만두라고 단단히 일러줄 때가 온 셈이에요. 이건 한쪽이 쓰러질 때까지 싸워야 할 일이에요. 이 생각이 조금씩 내 머릿속에 배어들고 있었는데, 이제는 완전히 눈을 떴어요.

그래서 나는 곧장 밀러에게 가서 '가려면 가, 나는 반대하지 않으니까.' 하고 말했어요. 그래도 키티 앨릭은 결심을 바꿀 생각이 없어요. 비록 온 세계의 배가 하나도 남김없이 잠수함에게 격침되고, 온 세계의 어린이들이 모조리 다 빠져 죽는다 해도 그 키티만은 눈 하나 깜짝하지 않을 거예요. 나는 밀러를 여태까지 줄곧 잡아두었던 건 대단하신 키티 앨릭이 아니라 나였다고 자부하고 있었는데, 내가 잘못 생각한 것인지 아닌지는 모두들 이제 곧 알게 되겠죠."

사람들은 확실히 알았다. 다음 일요일 밀러 더글러스는 군복 차림으로 메리 밴스와 나란히 글렌 마을 교회에 들어섰다. 메리는 밀러를 자랑스럽게 생각한 나머지 그 하얀 눈이 불타오르듯 반짝이고 있었다.

뒤쪽에 있던 조 밀그레이브는 밀러와 메리를 바라보더니 미란다 프라이어 쪽을 보고 크게 한숨을 쉬었다. 이에 조 가까이에 앉은 사람들은 그의 괴로움을 알아챘다. 월터 블라이드는 한숨을 쉬지 않았지만, 걱정스러운 듯 월터를 지켜보고 있던 릴라는 그의 얼굴에서 자신의 가슴을 파고드는 어떤 표정을 읽었다. 그 표정은 1주일 동안이나 릴라를 따라다니며 가슴 밑바닥에서 어떤 쓰라림을 느끼게 했다. 게다가 릴라는 바깥에서는 다가올 적십자 음악회와 거기에 따르는 걱정으로 더욱 시달리고 있었다.

리스 집안의 감기는 백일해로 발전하지는 않았으므로 그 문제는 해결되었다.

그러나 달리 해결되지 않는 일들이 있었다. 설상가상으로 음악회 전날 채닝 부인으로부터 안타깝지만 노래 부르러 갈 수 없다는 사과 편지가 날아왔다. 소속된 연대와 더불어 킹스포트에서 훈련을 받는 중이던 아들이 현재 폐렴에 걸려 중태이므로 아들에게 가봐야 한다는 것이었다.

음악회 준비위원들은 어찌해야 좋을지 몰라 서로 얼굴을 마주 보았다. 뭘 할 수 있을까?

올리브 커크가 일부러 기분 나쁘게 말했다.

"이게 다 외부의 도움에 너무 기댄 결과야."

릴라는 너무도 간절한 나머지 올리브의 태도에 마음 쓸 겨를이 없었다.

"어떻게든 해야 돼. 사방에 음악회 광고를 냈으니 많은 사람들이 올 거야. 샬럿타운에서도 큰 무리가 올걸…… 그렇잖아도 음악 프로그램이 모자라는데. 채닝 부인 대신 노래할 누군가를 찾아야만 해."

올리브가 말했다.

"이토록 임박해서 누구를 찾는다는 거니? 아이린 하워드가 한다면 모르지만, 우리 소녀 적십자단에게 모욕을 당했으니 해주지 않겠지."

"우리 소녀 적십자단이 언제 아이린을 모욕했다는 거니?"

릴라 자신이 이름 붙인 '쌀쌀맞게 파리한 투'로 물었으나 올리브는 그런 말투에 눈도 깜짝하지 않고 날카롭게 대답했다.

"네가 모욕했잖아. 아이린이 나한테 다 이야기해줬는걸. 그 애가 얼마나 가슴 아파했는 줄 아니? 네가 그 애에게 두 번 다시 말 걸지 말라고 했다면서. 아이린은 그런 취급받을 만한 말을 한 적 없고, 그런 행동을 한 일도 없어서 정말 영문을 몰라 하더라.

그래서 아이린은 우리 모임에 오지 않고 로브리지의 적십자단으로 간 거야.

나는 그 애를 탓할 수 없다고 생각해. 그러니까 우리가 자초한 곤경 때문에 그 애에게 자존심을 꺾고 우리를 도와달라고 부탁할 수는 없어."

또 다른 준비위원인 에이미 매컬리스터가 키득대고 웃으며 말했다.

"설마 나더러 부탁하라는 말은 아니겠지? 난 아이린과 말하지 않은 지 백 년은 됐단 말야. 아이린은 끊임없이 누구로부터 '모욕'당했다고 하지. 그 애가 분명 노래는 잘해. 그건 나도 인정해. 그 애의 노래라면 채닝 부인의 노래 대신으로 다들 듣고 싶어할 거야."

올리브는 의미심장하게 말했다.

"네가 부탁한다 해도 헛일일 거야. 우리가 이 음악회 계획을 세우기 시작한 지 얼마 안 된 4월에 샬럿타운에서 아이린을 우연히 만나서 우리를 도와줄 수 없겠느냐고 내가 이미 부탁했었어. 아이린은 도와주고 싶은 생각은 간절하지만, 자기한테 그렇게 이상하게 군 릴라 블라이드가 프로그램을 운영하고 있는 이상 도저히 도와줄 수 없을 것 같다고 했는걸. 그런데 이런 일이 일어났으니 우리 음악회는 실패라고 봐야지."

릴라는 집에 돌아와 방문을 걸어 잠그고 방 안에 틀어박혔다. 마음이 몹시 시끄러웠다. 아이린 하워드에게 사과하는 그런 비굴한 행동은 하지 않을 테다! 아이린도 나 못지않게 잘못했다. 그랬으면서 아이린은 두 사람 사이의 싸움을 비겁하게 뒤틀어서 릴라만 잘못한 것처럼 여기저기 떠벌리며, 자기는 영문도 모른 채 마음에 상처를 받은 순교자인 척하고 있다.

릴라는 자기 입장을 해명할 수도 없었다. 월터에 대한 비방이 얽혀 있었으므로 함부로 말을 꺼내고 싶지 않았다. 그래서 전부터 아이린을 싫어해 릴라 편을 드는 몇몇 여자아이들을 빼고는, 대부분은 아이린이 심한 취급을 받았다는 그 이야기를 곧이곧대로 믿었다.

그러나 정말 문제는 그녀가 그토록 애써 준비해온 음악회가 실패로 끝나게 생겼다는 사실이었다. 채닝 부인의 독창 네 곡이 음악회 전체에서 주요 프로그램이었던 것이다.

릴라는 어찌해야 좋을지 몰라 선생님에게 상담해 보았다.

"올리버 선생님, 어떻게 생각하세요?"

"나는 아이린이야말로 사과해야 한다고 생각해. 그렇지만 난처하게도 내 의견이 네 프로그램의 빈 곳을 메울 수는 없을 듯싶구나."

릴라는 깊은 한숨을 내쉬었다.

"내가 아이린을 찾아가 순순히 사과하면 아이린은 틀림없이 노래를 할 거예요. 그 아이는 남 앞에서 노래하는 걸 정말 좋아하거든요. 하지만 두고두고 의기양양하게 굴겠죠. 다른 어떤 일을 할지언정 사과만은 하고 싶지 않지만, 가지 않으면 안 될 것 같아요…… 젬과 제리가 독일군과 맞서고 있는데, 나도 자존심을 버리고 아이린을 마주하고, 벨기에 사람들을 위해 부탁해야겠죠.

지금으로서는 도저히 그렇게 못 할 것 같은 기분이지만 저녁을 먹은 뒤 내가 순순히 '무지개 골짜기'를 지나 윗글렌 거리를 향해 걸어가는 모습을 선생님이 틀림없이 보게 될 거라는 불길한 예감이 드네요."

릴라의 예감은 들어맞았다. 저녁 식사 뒤 릴라는 비즈 장식이 달린 파란 크레이프 원피스를 입고 정성껏 몸치장을 했다. 자존심보다도 더 꺾기 어려운 것이 허영심인 데다가 아이린은 언제나 다른 소녀의 차림새에 흠을 잡았기 때문이었다. 게다가 릴라가 9살 때 어머니에게 말했듯, 좋은 옷을 입었을 때 예의를 지키기가 더 쉬워서이기도 했다.

릴라는 머리도 옷차림에 잘 어울리게 하고, 소나기를 만날 것에 대비하여 긴 우비를 입었다. 그러는 동안에도 눈앞에 기다리고 있는 불쾌한 만남에 대한 생각이 머리를 떠나지 않아, 머릿속으로 자기가 할 말을 계속 연습하고 있었다. 릴라는 이 모든 게 빨리 끝나버렸으면 좋겠다고 생각했다. 벨기에 돕기 자선 음악회를 열지 말걸, 이라고 후회도 했다. 아이린과 싸운 일까지도 후회했다. 월터에 대한 비방에는 차라리 무시하는 듯한 침묵이 더 효과가 좋았을 것이다. 그렇게 발끈한 것은 어리석고 어린애 같은 짓이었다. 좋아, 앞으로는 좀 더 현명해질 터이다. 그러나 지금은 굴욕이라는 크고 입맛에 맞지 않는 파이 한 조각을 삼키지 않으면 안 된다. 그러나 아무리 몸에 좋다 해도 그런 파이를 조금도 좋아하지 않기는 릴라도 다른 사람들이나 매한가지였다.

해 질 무렵, 릴라는 하워드네 집 현관에 닿았다. 처마 둘레에 흰 소용돌이무늬 장식이 있고, 사방으로 내닫이창이 튀어나와 있는 과장되게 꾸며진 집이었다. 뚱뚱하고 입심 좋은 하워드 부인은 릴라를 호들갑스럽게 맞아들여 응접실에서 기다리라고 한 다음 아이린을 부르러 갔다.

릴라는 우비를 벗고 벽난로 위에 걸린 거울로 자신의 모습을 날카로운 눈으로 살폈다. 머리도 모자도 옷도 더없이 흡족했다. 아이린이 트집 잡을 만한 점은 하나도 없었다. 릴라는 아이린이 다른 소녀들을 보며 던지던 통렬한 비평을 전에는 재미있어하면서 아이린을 정말 영리하다고 생각했던 일이 떠올랐다. 지금 그 일이 뼈아프도록 가슴에 사무쳤다.

조금 뒤 아이린이 미끄러지는 듯한 발걸음으로 내려왔다. 우아하고 아름다운 옷을 입고 옅은 금발은 최신 유행하는 스타일로 손질했으며 짙은 향수 냄새를 풍기고 있었다.

아이린은 상냥한 투로 말했다.

"어머나, 어쩐 일이니, 릴라 블라이드. 네가 이렇게 찾아주다니 뜻밖의 영광이구나."

자리에서 일어나 아이린의 차가운 손가락을 잡고 다시 앉는 순간, 문득 무언가가 눈에 들어오면서 릴라는 한순간 멍해졌다. 의자에 앉으려던 아이린도 그것을 놓치지 않았다. 그러고는 재미있어하는 무례한 웃음이 입가에 감돌더니 릴라가 돌아갈 때까지 사라지지 않았다.

릴라의 한쪽 발은 쇠 버클이 달린 날렵한 구두와 파란색의 얇은 실크 스타킹을 신고 있었다. 반면 다른 한쪽에는 낡고 투박한 부츠와 검은 무명 양말을 신고 있었던 것이다!

가엾은 릴라! 릴라는 옷을 먼저 입고 나서 구두와 양말을 갈아 신었다…… 아니, 갈아 신기 '시작했던' 것이다. 이게 다 손으로는 한 가지 일을 하면서 머리로는 딴짓을 한 결과였다. 아, 이 얼마나 바보스러운 꼴이란 말인가. 더욱이 하필이면 여태까지 발이라는 것을 본 적 없는 사람처럼 릴라의 발을 뚫어져라 바라보고 있는 아이린 하워드 앞에서! 릴라는 준비해온 말을 몽땅 잊어버리고 머릿속이 하얘졌다. 창피한 발을 의자 밑으로 밀어넣으려고 헛된 시도를 하며 릴라는 툭 뱉었다.

"부탁하고 싶은 일이 있떠서 찾아왔떠, 아이린."

맙소사, 혀짤배기소리까지! 아, 굴욕을 각오하고 오기는 했지만 설마 이 정도가 될 줄은 몰랐다. 굴욕에도 한도라는 게 있다!

"어머나, 그러니?"

아이린은 쌀쌀맞게 되묻고, 내리떴던 눈을 잠깐 들어 무례한 빛을 띠며 릴라의 빨개진 얼굴을 쳐다보았으나, 마치 초라한 부츠와 멋진 구두의 놀라운 조합에서 도저히 눈을 뗄 수가 없다는 듯 곧 다시 눈을 내리깔았다.

릴라는 마음을 다잡았다. 혀짤배기소리는 내지 말자. 침착해지자.

"실은 채닝 부인의 아드님이 킹스포트에서 갑자기 병이 나서 부인이 오지 못하게 됐어. 나는 소녀 적십자단의 음악회 준비위원회를 대표해 네가 부인 대신 노래를 불러주면 좋겠다고 부탁하러 온 거야."

릴라가 한 마디 한 마디 또렷하고 주의 깊게 발음했으므로 교과서를 외는 것처럼 딱딱하게 들렸다.

아이린은 예의 그 기분 나쁜 웃음을 떠올리며 말했다.

"너무 갑작스러운 부탁 아니니?"

릴라가 말했다.

"처음에 우리가 음악회를 하기로 했을 때, 올리브 커크가 네게 부탁했지만 네가 거절했잖니."

아이린은 하소연하듯 말했다.

"그야 수락할 수 없는 일이었으니까, 그때는. 안 그러니? 네가 다시는 말 걸지 말라고 내게 명령한 뒤였는걸. 부탁을 받아들이게 되면 우리 둘 다 거북했을 거야. 그렇지 않니?"

자, 지금이 바로 굴욕이라는 파이를 삼킬 때다.

릴라는 또렷하게 말했다.

"그런 말을 한 걸 사과하고 싶어. 그런 말을 해서는 안 됐고, 그 뒤로 줄곧 내가 잘못했다고 생각했어. 날 용서해주겠니?"

아이린은 상냥하게 그리고 모욕적으로 말했다.

"그리고 너희 음악회에서 노래하란 말이지?"

릴라는 비참한 심정으로 말했다.

"음악회 일이 없었다면 내가 사과하지 않았을 게 아니냐는 뜻이라면, 그게 사실일지도 몰라. 하지만 그런 말을 한 뒤로 그러지 말걸 그랬다고 겨우내 후회했던 것도 사실이야. 내가 할 말은 그것뿐이야. 네가 나를 용서할 수 없다고 생각한다면 더 이상 아무 할 말이 없어.”

아이린이 변호하는 투로 말했다.

“어머나, 릴라, 그렇게 딱딱거리지 마. 물론 용서해줄 거야. 그렇긴 하지만 무척 괴로웠어. 얼마나 괴로웠는지 네게 말로 다 할 수 없을 정도였지. 그 일이 있고 나는 몇 주일 동안이나 울었어. 더구나 내가 뭘 잘못 말하거나 잘못했던 것도 아닌데 말야!”

릴라는 대꾸하고 싶은 말을 꿀꺽 삼켰다. 결국 아이린과 말다툼해봐야 헛일이며 벨기에 사람들은 굶주리고 있으니까.

릴라는 내키지 않는 마음을 억누르며 부탁했다.

“음악회를 도와주지 않겠니?”

아, 아이린이 부츠를 그만 좀 쳐다보았으면! 아이린이 올리브에게 이 일을 조목조목 이야기하고 있는 목소리가 귓가에 들리는 것 같았다.

“이렇게 임박해서 갑작스럽게 부탁하니 무슨 수로 도와줄 수 있을지 모르겠어. 새로운 노래를 익힐 시간은 없고.”

겨울 내내 아이린이 샬럿타운으로 노래 레슨 받으러 다닌 일을 아는 릴라는 그것이 핑계에 지나지 않음을 알고 있었다.

“어머나, 너는 글렌 마을에서는 아직 아무도 들은 적 없는 아름다운 노래를 많이 알고 있잖니. 뭘 부르든 이곳에서는 새로울 거야.”

“하지만 반주할 사람이 없잖아.”

“우나 메러디스가 반주할 수 있어.”

아이린은 한숨을 쉬었다.

“어머나, 그 아이에게는 부탁할 수 없어. 지난해 가을부터 우리는 서로 말을 안 하는걸. 주일학교 음악회에서 우나가 나를 아주 미워하는 듯이 행동을 해서 나는 그 애와 절교할 수밖에 없었어."

정말이지 아이린은 사이가 틀어지지 않은 사람이 아무도 없는 것인가? 우나 메러디스가 누군가를 미워하는 듯이 행동하다니 생각만 해도 웃음이 났다. 릴라는 아이린 면전에다 대고 웃지 않으려고 애를 써야 했다.

그러고는 필사적으로 말했다.

"올리버 선생님이 피아노를 잘 치시니 어떤 곡이든 악보를 한 번만 보면 반주해주실 수 있을 거야. 내가 부탁하면 선생님이 네 반주를 해주실 테니 내일 저녁 음악회가 열리기 전에 잉글사이드에 와서 부를 곡을 한 번씩 연습해보면 돼."

"하지만 입고 나갈 옷이 없어. 새로 만든 이브닝드레스는 아직 샬럿타운에서 오지 않았고, 그런 큰 행사에 헌 옷을 입고 갈 수는 없잖아. 너무 초라하고 유행이 지났는걸."

릴라는 무거운 목소리로 말했다.

"우리 음악회는 굶주려 죽어가는 벨기에 아이들을 돕기 위한 거야. 그 아이들을 위해 이번 한 번만 초라한 옷을 입을 수는 없겠니, 아이린?"

"어머나, 우리에게 들려오는 벨기에 사람들의 정보는 일부러 과장해서 쓰는 거라고 생각지 않니? 20세기에 굶주리는 사람이 있을 리 있겠어? 신문이란 원래 부풀려 쓰는 법이잖아."

릴라는 이 이상 굴욕을 참을 필요는 없다고 생각했다. 최소한의 자존심이라는 게 있다. 음악회를 위한 일이든 아니든 더 이상 비위를 맞추는 것은 무리였다. 릴라는 비참한 구두도 아랑곳하지 않고 벌떡 일어섰다.

"우리를 도와줄 수 없다니 아쉽구나, 아이린. 하지만 네가 도와주지 못하는 이상 우리끼리 최선을 다해보는 수밖에 없지."

그런데 이것은 아이린이 바라는 바가 아니었다. 아이린은 음악회에서 노래하고 싶은 마음이 누구보다 간절했다. 이렇게 머뭇거린 것은 마지막에 부탁을 들어주면서 자신이 베푸는 은혜를 보다 커 보이게 하기 위한 수단이었다. 게다가 사실은 릴라와 화해하고 싶기도 했다. 가슴에서 우러나온 릴라의 진심 어린 숭배를 아낌없이 받는 것은 참으로 달콤하고 도취되는 일이었다. 그리고 잉글사이드를 방문하는 일은 매력적이다. 특히 월터같이 잘생긴 대학생이 돌아와 있을 때는 더더욱.

아이린은 릴라의 발에서 눈을 뗐다.

"릴라, 그렇게 무뚝뚝하게 말하지 마. 할 수만 있다면 나도 정말 돕고 싶어. 자, 우리 자리에 앉아서 차분히 의논해보기로 해."

"미안하지만 그럴 시간이 없어. 곧 집에 돌아가야 해. 짐스를 재워야 하니까."

"아, 네가 책대로 키우고 있는 아기 말이지. 아기를 그렇게나 싫어하는 너인데 정말 대단해. 내가 그 아기에게 뽀뽀 좀 했다고 나한테 그렇게 화를 내고! 그렇지만 그 일은 다 잊고 다시 사이좋게 지내자.

그럼, 음악회 일인데…… 내가 아침 기차로 서둘러 샬럿타운에 옷을 가지러 갔다가 오후 기차로 돌아오면 음악회 시간에 맞춰 충분히 돌아올 수 있을 거야. 네가 올리버 선생님에게 반주만 부탁해준다면 내가 노래를 해줄 수 있어. 나는 그런 부탁은 못 하겠어. 올리버 선생님은 도도하고 사람을 얕봐서 나처럼 마음 약한 사람은 그 선생님 앞에서 아예 얼어버려."

릴라는 올리버 선생님을 변호하는 헛된 일에 굳이 시간이나 노력을 들이지 않고, 갑자기 붙임성 있게 떠들어대는 아이린에게 차갑게 고맙다는 인사만 하고는 자리를 떴다. 릴라는 아이린과의 만남이 마침내 끝나서 안도의 숨을 쉬었다.

그러나 이제는 아이린과 예전 같은 친구가 될 수 없음을 깨달았다. 친구처럼 보일 수는 있어도, 친구가 될 수는 없었다. 친구가 되고 싶은 생각도 없었다. 겨우내 더 중대한 다른 걱정거리로 바쁘면서도 잃어버린 친구를 아쉬워하는 마음이 조금은 남아 있었다. 그러나 지금 그것은 갑자기 흔적도 없이 사라져버렸다. 아이린은 엘리엇 부인이 말하는, 요셉을 아는 사람이 아니었다.

릴라는 자기가 아이린보다 어른이 되었다고는 말하지 않았고 그렇게 생각하지도 않았다. 릴라는 아직 17살도 되지 않은 데다, 아이린은 20살이었으므로 그런 생각이 들었다면 스스로 터무니없는 일이라고 치부했을 것이다. 그럼에도 그것은 엄연한 사실이었다. 아이린은 1년 전의 아이린과 똑같았으며, 앞으로도 달라지지 않을 것이다. 릴라 블라이드는 지난 1년 동안 많이 달라지고 성숙해졌으며 깊이가 생겼다. 릴라는 스스로 당황스러울 만큼 아이린의 본성을 꿰뚫어 보았다. 겉으로 마냥 상냥하게 구는 그 속내에 옹졸함, 앙심, 가식, 근원적인 천박함이 숨겨져 있음을 알게 되었다. 아이린은 충실한 숭배자를 영원히 잃은 것이다.

릴라는 윗글렌 거리를 지나 달이 얼룩진 그림자를 떨구는, 인기척 없는 '무지개 골짜기'에 이르러서야 비로소 평정심을 되찾았다. 릴라는 유령처럼 희고 아름다운 꽃이 안개인 양 보얗게 피어 있는 키 큰 서양 자두나무 밑에 걸음을 멈추고 웃었다.

"지금 중요한 일은 한 가지밖에 없어. 그건 바로 연합군이 전쟁에 이기는 일이야. 내가 구두와 양말을 짝짝이로 신고 아이린 하워드를 만나러 갔던 것은 하나도 중요하지 않아. 그렇지만 나 버사 마릴라 블라이드는……."

릴라는 극적인 몸짓으로 달을 향해 한 손을 높이 쳐들었다.

"자신의 두 발을 주의 깊게 살펴보기 전에 방을 나서는 일은 다시는 없을 것임을 저 달을 증인으로 하여 굳게 맹세하노라."

심판의 골짜기[1]

다음 날 수전은 이탈리아가 선전포고한 일을 축하하여 하루 종일 잉글사이드에 국기를 높이 달았다.

"마침 좋은 때예요. 러시아 전선 상태를 봐도 말예요, 사모님. 뭐니 뭐니 해도 러시아 사람이란 다루기 힘든 무리니까요. 니콜라이 대공[2]은 찬성하지 않을지 몰라도요.

이탈리아가 올바른 쪽에 가담한 것은 다행스러운 일이지만, 연합군에게 잘된 일인지 어떤지는 이탈리아 사람에 대해 좀 더 잘 알게 될 때까지 저는 섣불리 뭐라고 말할 수 없어요. 그렇지만 이탈리아 덕분에 저 무뢰한 같은 프란츠 요제프[3]라는 자도 조금은 생각이라는 것을 하게 되겠죠. 참 어지간한 황제님이에요, 정말. 한 발은 무덤 속에 걸친 채 대규모 살인을 계획하고 있다니."

수전은 만약 프란츠 요제프가 운 나쁘게 수전의 손아귀에 잡힐 경우 그를 두드려 패는 데 썼을 만큼 맹렬한 힘으로 빵 반죽을 두드리고 치댔다.

월터는 아침 일찍 기차로 샬럿타운에 나갔고, 낸이 오늘 하루 짐스를 돌봐

---

1) 《구약성서》〈요엘서〉 3장 14절.
2) 제1차 세계대전 때 러시아군 총사령관. 1856~1929.
3) 오스트리아 황제. 1830~1916. 제1차 세계대전의 도화선이 된 사라예보 사건에서 조카였던 오스트리아 황태자가 암살되자 그것을 평계로 군사를 일으켰음.

주겠다고 하여 릴라는 자유로운 몸이 되었다. 릴라는 종일 글렌 마을 공회당을 꾸미는 일을 도우랴, 여러 가지 일들을 마무리 지으랴 정신없이 바빴다. 프라이어 씨가 비가 억수로 쏟아졌으면 좋겠다는 말을 하면서 미란다의 개를 아무 까닭도 없이 걷어찼다는 소문이 있었음에도 그날 저녁은 맑게 개었다.

릴라는 공회당에서 집으로 급히 돌아가자마자 서둘러 옷을 갈아입었다. 막바지에 이르러 모든 일이 놀랄 만큼 순조롭게 진행되었다. 지금도 아래층에서는 아이린이 올리버 선생과 노래 연습을 하고 있었다. 릴라는 즐거움에 마음이 들떠 한순간 서부전선의 일마저 잊어버렸다. 몇 주일에 걸친 노력이 이처럼 훌륭하게 결실을 맺는구나 생각하니 릴라는 성취감과 승리감에 취해버렸다.

릴라 블라이드에게는 음악회의 프로그램을 기획할 재주도 인내력도 없다고 생각하거나 그런 뜻을 내비치는 사람이 꽤 있었음을 본인도 알고 있었다. 그러나 그 사람들도 이제는 똑똑히 보게 될 것이다! 옷매무시를 가다듬으면서 노래가 절로 흘러나왔다. 릴라는 자기 모습이 꽤 흡족했다. 흥분되어 동그스름한 우윳빛 볼이 발그레 물들어 조금 있는 주근깨마저 아예 안 보였고, 머리는 붉은 갈색으로 반짝이고 있었다.

머리에는 능금꽃을 꽂는 게 좋을까, 아니면 조그만 진주 장식을 할까? 한동안 망설이다가 릴라는 고심 끝에 능금꽃을 꽂기로 결정하고, 흰 밀랍 같은 꽃송이 한 무더기를 왼쪽 귀 뒤에 꽂았다. 자, 마지막으로 발을 봐야지. 염려 없다. 양쪽 다 구두를 제대로 신고 있었다.

릴라는 잠들어 있는 짐스에게 뽀뽀하고—참으로 귀엽고 따스하며 보들보들한 장밋빛 얼굴이다—서둘러 언덕을 내려가 공회당으로 갔다. 그곳에는 이미 사람들이 모여들고 있었다. 공회당은 곧 가득 찼다. 릴라의 음악회는 눈부신 성공을 거둘 참이었다.

처음 세 프로그램은 성공적으로 끝났다. 릴라는 무대 뒤 작은 분장실에서 달빛을 받은 항구를 바라보며 자기가 낭독할 작품을 연습하고 있었다. 릴라는 혼자였다. 다른 출연자들은 모두 맞은편 더 큰 방에 있었다. 그 순간 갑자기 두 개의 부드러운 맨팔이 다가와 릴라의 허리를 감더니, 아이린이 릴라의 볼에 가볍게 입을 맞추었다.

"릴라, 정말 멋져. 오늘 밤 너는 꼭 천사 같아. 너는 참 깡이 대단하구나. 월터의 입대로 낙심하여 괴로워하고 있는 게 아닌가 했는데, 이토록 침착하니 말이야. 나도 네 담력의 반만이라도 있었으면 좋겠다."

릴라는 꼼짝도 않고 서 있었다. 아무 감정도 솟지 않았다. 아무것도 느껴지지 않았다. 감정의 세계가 완전히 공백이 되어버렸다.

"월터의…… 입대……라니?"

릴라는 그렇게 묻는 자신의 낯선 목소리를 들었다. 이어서 일부러 꾸민 듯한 아이린의 가식적인 웃음소리가 들려왔다.

"어머나, 몰랐니? 너는 당연히 알고 있는 줄 알았어. 그렇지 않았다면 나도 말을 안 꺼냈지. 나는 늘 실수만 한다니까.

그래, 그것 때문에 오늘 월터가 샬럿타운에 갔던 거야. 오늘 밤 기차에서 내렸을 때 월터가 내게 그렇게 말했어. 월터가 그 말을 맨 먼저 해준 사람이 바로 나였어. 아직 군복은 입고 있지 않았더라. 군복이 모자란대. 그렇지만 하루이틀 뒤면 입게 되겠지. 나는 월터도 다른 남자들 못지않게 용기가 있다고 전부터 말해 왔었어. 월터가 무슨 일을 하고 왔는지 말해주었을 때 나는 정말 월터가 너무나 자랑스러웠어, 릴라.

어머나, 릭 매컬리스터의 낭독이 끝났네. 빨리 가봐야겠다. 다음 합창에 나가기로 약속했거든. 앨리스 클로가 두통이 심하다고 해서."

아이린은 가버렸다. 아, 고맙게도 아이린은 드디어 갔다! 다시 혼자 있게 된 릴라는 여전히 달빛 아래 꿈같은 아름다움을 간직한 채 가로놓인 포윈즈를 물끄러미 바라보았다. 감정이 되돌아왔다. 흡사 육체적인 아픔과도 같은 격렬한 정신적 고통이 온몸을 날카로운 무언가로 찢는 듯했다.

"도저히 견딜 수 없어."

이렇게 말한 순간, 그래도 자기는 견딜 수 있을지 모른다는 것과, 자기 앞에는 이 고통스러운 슬픈 세월이 몇 년이나 이어질지도 모른다는 무서운 생각이 떠올랐다.

빠져나가야만 한다…… 집으로 달려가야 한다…… 그녀는 혼자 있고 싶다. 저기 나가서 교련에 반주를 해주거나 낭독을 하거나 대화극에 낄 수는 없다. 음악회의 절반을 망쳐버릴지 모르지만 상관없다…… 무슨 일이 벌어지든 상관없다. 이 사람이…… 이처럼 괴로워 몸부림치는 이 사람이 바로 몇 분 전까지 그토록 행복했던 릴라 블라이드가 맞던가? 분장실 밖에서는 사중창으로 '우리의 낡은 국기가 쓰러지지 않게 하리'를 부르고 있었다. 그 목소리는 멀리 떨어진 곳에서 들려오는 듯했다. 어째서 지금은 젬이 입대하겠다고 모두에게 이야기했을 때처럼 눈물이 나지 않는 것일까? 속 시원하게 울고 나면 내 목숨을 틀어쥐고 있는 듯이 여겨지는 이 두려움이 그 손아귀를 풀어줄지도 모르는데. 그러나 눈물은 나오지 않았다. 내 목도리와 외투는 어디 있을까? 당장 이곳을 빠져나가 치명상을 입은 동물처럼 어딘가에 몸을 숨겨야만 한다.

이처럼 달아나는 것은 비겁한 자의 몫일까? 이 의문이 마치 다른 누군가로부터 던져진 질문인 듯 갑자기 릴라의 머리에 떠올랐다. 릴라는 지금도 격전이 벌어져 아수라장이 되어 있을 플랑드르 전선을 생각했다. 포화로 황폐해진 참호 수비에 온 힘을 기울이고 있는 오빠와 소꿉친구를 생각했다. 내가 여기서의 작은 의무를—소녀 적십자단을 위해 프로그램을 끝까지 마치는 작은 의무를—저버린다면 오빠들은 어떻게 생각할까? 그러나 여기에 머물러 있을 수 없다. 도저히 할 수 없다. 하지만 젬이 입대할 때 어머니가 뭐라고 말했던가?

"우리 여자들의 용기가 꺾인다면, 어찌 우리의 남자들이 진실로 두려움을 잊을 수 있으리?"

하지만 이것은…… 이것은 견딜 수 없다.

그런데 릴라는 문 쪽으로 가다가 도중에 멈춰 서서 창가로 되돌아갔다. 지금 아이린이 노래를 부르고 있다. 그 아름다운 목소리—아이린에게 있어 진정한 것 단 한 가지—가 맑고 감미롭게 건물 안에 울려 퍼지고 있었다.

어린 여학생들의 '요정 교련'이 다음 순서였다. 릴라는 무대에 나가 반주를 할 수 있을까? 머리가 지끈지끈 아팠다. 목은 따끔따끔 타는 듯했다. 아, 아이린은 왜 이런 때 알려줬을까? 지금 알려줘 봐야 아무 도움도 안 되는데. 아이린은 너무나 잔인했다. 문득 릴라는 오늘 하루 어머니가 자신을 보던 묘한 눈길을 여러 차례 눈치챘던 일이 떠올랐다. 너무 바쁜 나머지 어떤 눈초리인지 깊이 생각하지 못했는데, 이제 알았다. 어머니는 월터가 왜 샬럿타운에 갔는지 알고 있었지만 음악회가 끝날 때까지 릴라에게 알리지 않으려 했던 것이다. 어머니는 얼마나 강한 정신력과 인내력을 지닌 분일까!

"나도 여기 남아서 이 일을 끝까지 해내야 해."

릴라는 차가워진 두 손을 꼭 마주 잡았다.

그날 밤 나머지 부분은 릴라의 기억 속에서 언제나 열에 들뜬 꿈과 같았다. 몸은 여러 사람에게 둘러싸여 있었으나 영혼은 고문실에 덩그러니 혼자 있었다. 그러나 교련의 반주를 꿋꿋이 해냈고, 머뭇거리는 부분도 없이 무사히 낭독을 끝냈다. 기괴한 아일랜드 노파 옷을 입고 미란다 프라이어가 나오지 못하게 된 대화극에도 출연했다. 그러나 연습 때 했던 것 같은 그럴듯한 아일랜드 사투리는 쓰지 않았고, 낭독도 여느 때의 열의와 호소력이 빠져 있었다.

관객 앞에 선 릴라에게는 단 하나의 얼굴밖에 눈에 들어오지 않았다. 어머니 옆에 앉아 있는 짙은 머리에 수려하게 생긴 젊은이의 얼굴이었다. 그러다 그 얼굴이 참호에 들어가 있는 게 보였다. 별하늘 아래 차가운 주검이 되어 누워 있는 것이 보였다. 포로수용소에서 여위어 있는 것이 보였다. 그 눈에서 빛이 사라지는 것이 보였다. 헤아릴 수 없이 많은 무서운 광경이 눈앞에 떠오르며 깃발로 꾸며진 글렌 마을 공회당 무대에 선 릴라의 낯빛은 머리에 꽂은 우윳빛 능금꽃보다도 더 파리해져 있었다. 프로그램 사이사이에는 작은 분장실에서 초조하게 서성거리며 시간을 보냈다. 이 음악회는 도무지 끝이 없는 것일까!

드디어 끝이 났다. 올리브 커크가 뛰어 들어와 기뻐하며 모금액이 백 달러나 되었다고 보고했다.

"그거 참 잘됐구나."

릴라는 기계적으로 답하고 나서 사람들로부터 벗어나 조용히 나갔다. 아, 다행이다, 이 모든 사람들로부터 벗어날 수 있어서…… 월터가 문 앞에서 릴라를 기다리고 있었다. 월터는 말없이 릴라에게 팔짱을 끼고, 두 사람은 달빛 내리는 길을 나란히 걸어갔다. 늪에서는 개구리가 노래 부르고, 몽롱하게 은빛으로 빛나는 고향의 들판이 주위를 둘러싸고 있었다. 봄밤에는 아련하게 마음에 호소하는 무언가가 있었다. 릴라에게는 그 아름다움이 자신의 괴로움에 대한 모욕으로 느껴졌다. 달빛마저 영원히 싫어할 것이다.

월터가 나직이 물었다.

"알고 있니?"

"응, 아이린이 말했어."

이렇게 대답하는 릴라의 목이 메었다.

"오늘 밤 음악회가 끝날 때까지 우리는 네게 알리고 싶지 않았어. 네가 교련 반주를 하러 무대에 나왔을 때, 벌써 들었구나 했지. 릴라, 나는 그럴 수밖에 없었어. 루시타니아호가 침몰했다는 말을 들은 뒤부터 나는 지금과 같은 상태로 더는 살아갈 수 없게 됐어. 그 죽은 여자며 아이들이 얼음처럼 차가운 무정한 물 위에 떠다니고 있는 것을 떠올렸을 때…… 그래, 처음에 나는 인생에 대해 일종의 메스꺼움을 느꼈어. 이런 일이 일어나는 세계로부터 빠져나가고 싶다는 생각이 들었지…… 이 저주받은 땅의 흙을 영원히 내 발에서 떨어버리고 싶었어. 그다음에 나는 가야 한다는 것을 깨달았어."

"다른 사람들도…… 얼마든지 있어…… 오빠가 아니더라도."

"그게 문제가 아니야, 릴라 마이 릴라. 나는 나 자신을 위해…… 내 영혼을 살리기 위해 가는 거야. 만일 가지 않으면 내 영혼은 작고 하찮고 생기 없이 쪼그라들고 말 거야. 그렇게 되는 게 앞을 못 보게 되거나 팔다리를 잃거나 또는 그밖에 내가 두려워하는 여러 가지 일을 당하는 것보다 더 괴로운 일이야."

"오빠는…… 죽을지도…… 몰라."

릴라는 그런 말을 입에 올리는 자신이 미웠다. 그런 말을 하는 것은 나약하고 비겁한 일임을 알고 있었다. 그러나 그날 밤 견뎌냈던 긴장을 또다시 겪을 바에는 차라리 온몸이 부서져버리는 편이 나았었다.

월터는 시구를 인용했다.

"'늦게 오든 빨리 오든,

마지막으로 오는 것은 죽음이다.'[4]"

---

4) 월터 스콧의 장편 서사시 《마미언》에서 따옴.

"내가 두려워하는 것은 죽음이 아니야. 그건 내가 오래전에 이미 네게 이야기 했지. 사람은 오로지 생명만을 지키기 위해 너무 비싼 대가를 치르는 일도 있어, 사랑하는 내 동생아. 이 전쟁에는 흉측한 것이 너무도 많아. 나는 그걸 세계에서 깨끗이 없애는 일을 돕기 위해 가야 해. 나는 삶의 아름다움을 위해 싸울 작정이야, 릴라 마이 릴라…… 그게 내 의무야. 아마 좀 더 고귀한 소명을 좇는 사람들도 있을지도 모르지만…… 어쨌든 내게 주어진 의무는 그거야. 나는 인생과 캐나다에 그만큼 은혜를 입었으니 그걸 갚아야 해. 릴라, 나는 젬이 출정한 뒤 오늘 밤에야 처음으로 내 자존심을 되찾았어. 시도 쓸 수 있겠어."

 월터는 활짝 웃었다.

 "작년 8월 이후로 나는 시를 단 한 줄도 쓰지 못했어. 오늘 밤 내 안에는 시가 넘쳐흘러. 릴라, 용감한 모습으로 내 곁에 있어줘…… 젬이 입대했을 때는 그토록 꿋꿋했잖아."

 "이번은…… 다르단…… 말이야."

 왈칵 터질 것 같은 울음을 꾹 눌러 참느라 릴라는 말을 한 마디 한 마디 끊어서 해야만 했다.

 "물론…… 젬도 아주 소중해…… 하지만 젬이…… 갈 때는…… 우리는…… 전쟁이…… 곧…… 끝날 줄…… 알았어…… 게다가…… 오빠는…… 나에게…… 누구보다도 소중한걸, 월터."

 "나를 도와주기 위해 부디 꿋꿋이 있어줘, 릴라 마이 릴라. 오늘 밤 나는 기분이 들떠 있어. 나 자신을 마침내 이기고 얻은 승리의 기쁨에 취해 있어. 하지만 늘 이렇지는 못할 거야. 그럴 때면 너의 도움이 필요해질 거야."

 "입영은…… 언제지?"

 최악의 일은 얼른 알아버려야만 한다.

"아직 1주일 남았어. 그런 다음 킹스포트에 가서 훈련받을 거야. 배를 타고 떠나는 건 7월 중순쯤이겠다 싶지만 잘 모르겠어."

1주일…… 월터와 함께 있을 수 있는 시간도 앞으로 1주일밖에 남지 않았다! 어린 릴라로서는 앞으로 어떻게 살아가야 할지 미래가 보이지 않았다.

월터는 잉글사이드 대문을 들어서자 늙은 소나무 밑에서 걸음을 멈추고 릴라를 끌어안았다.

"릴라 마이 릴라, 벨기에나 플랑드르에도 너처럼 상냥하고 순수한 소녀들이 있었어. 너는…… 너도…… 그 사람들이 어떤 운명에 놓였는지 알고 있잖아. 우리는 이 세계가 이어지는 한 그와 같은 일이 다시는 일어나지 않도록 해야 해. 나를 도와줄 거지, 그렇지?"

"해 볼게, 오빠. 아, 최선을 다해볼게."

월터의 어깨에 머리를 기대고 팔은 목을 감싼 채 릴라는 그렇게 하지 않으면 안 된다는 것을 깨달았다. 그 자리에서 릴라는 거부할 수 없는 현실을 받아들였다. 월터―아름다운 영혼과 꿈과 이상을 지닌 나의 아름다운 오빠 월터―는 가야만 한다. 릴라는 이 일이 늦든 이르든 끝내 닥쳐오리라는 것을 어렴풋이 알고 있었다. 햇살 눈부신 들판 위에 드리워진 구름의 그림자가 피할 수 없게, 빠른 속도로 다가오는 모습을 보듯 릴라는 이날이 자기 쪽으로 시시각각 다가오는 걸 보고 있었던 것이다.

고통에도 불구하고 릴라는 마음속 은밀한 곳에 묘한 안도감을 느꼈다. 마음 밑바닥에 희미하고 둔중한 무의식적 쓰라림이 겨우내 웅크리고 숨어 있었던 것이다. 더는 아무도…… 그 누구도 월터를 병역 기피자라고 비난할 수 없다.

그날 밤 릴라는 잠들지 못했다. 아마도 짐스 말고는 잉글사이드의 어느 누구도 잠들지 못했을 게 틀림없다. 몸은 서서히 꾸준하게 성장해가지만 정신은 빨리 비약적으로 성장한다. 겨우 한 시간 안에도 그 능력의 모든 성장을 이룬 상태에 이를 수도 있다. 그날 밤부터 릴라 블라이드는 고통을 이겨내는 능력, 강인함, 인내력을 지닌 어엿한 여성으로서의 정신을 갖게 되었다.

괴로운 새벽녘이 다가오자 릴라는 일어나 창가로 갔다. 창문 밑에는 장밋빛 꽃이 흐드러지게 피어 커다란 원뿔꼴이 된 큰 사과나무가 있었다. 여러 해 전 월터가 어렸을 때 심은 것이었다. '무지개 골짜기' 맞은편에는 동트는 아침 햇빛을 머금은 물결이 밀려와서 부서지는 구름 낀 바닷가가 있었다. 그 위 아득한 곳에 아직 사라지지 않은 오직 하나의 별이 차가운 아름다움을 빛내고 있었다. 어째서 봄날의 사랑스러움이 넘치는 이 세상에서 사람들은 슬픔에 잠겨야만 하는 것일까?

릴라는 누군가가 사랑과 보호의 손길로 자기를 끌어안는 것을 느꼈다. 어머니였다. 얼굴이 파리하고 눈이 퀭한 어머니였다.

릴라는 격렬하게 소리쳤다.

"아, 어머니, 어머니는 어떻게 견딜 수 있어요?"

"릴라, 나는 며칠 전부터 월터가 갈 마음을 먹고 있는 것을 알고 있었단다. 그래서 격렬히 부정했다가 서서히 타협할 시간을 가질 수 있었지. 우리는 월터를 보내줘야 해. 우리들의 애정보다 더 크고 끈질긴 소명이 부르고 있는걸. 월터는 그 소리에 귀를 기울인 거야. 우리는 월터의 힘겨운 희생에 괴로움을 더 보태서는 안 돼."

릴라는 숨김없이 감정을 털어놓았다.

"우리의 희생이 월터가 겪어야 할 희생보다 더 커요. 우리 오빠들은 자기 자신만을 바치지만 우리는 그들을 바치는걸요."

블라이드 부인이 미처 대답하기 전에, 노크니 하는 쓸데없는 예절은 생략한 수전이 문으로 머리를 들이밀었다.

눈이 수상쩍을 만큼 빨갰으나 이렇게 물을 뿐이었다.

"사모님, 아침 식사를 이리로 가져올까요?"

"아니에요, 우리 곧 아래층으로 내려가요. 저, 알고 있어요…… 월터가 지원한 걸?"

"네, 사모님, 어젯밤에 선생님이 말씀해주셨어요. 그런 일을 허락하시다니, 하느님께서도 그만한 까닭이 있으시겠지요. 우리는 그 뜻에 따르면서 밝은 면을 보려고 노력하는 수밖에요. 적어도 이 일로 월터의 시인 병이 나을지 모르죠."

수전은 지금도 시인과 부랑자를 매한가지로 여기고 있었다.

"그렇다면 엄청난 일이 되겠지요. 게다가 고맙게도…… 셜리는 아직 나이가 어리니 가지 않아도 돼요."

의사가 문지방에서 걸음을 멈추고 물었다.

"그것은 다른 여인의 아들이 셜리 대신 가야 하는 일을 하느님께 고마워하는 것과 마찬가지지 않겠소?"

수전은 짐스를 안아 올리며 딱 잘라 말했다.

"아니에요, 그렇지 않아요, 선생님."

짐스는 커다란 검은 눈을 뜨고 마디마다 보조개처럼 살이 옴폭 들어간 오동보동한 손을 옴질거리며 뻗는 참이었다.

"꿈에도 생각한 적 없는 말을 내가 했다고 하지 마세요. 저는 못 배운 여자라 선생님하고 논쟁은 할 수 없지만, 누가 됐든 군대에 가야만 하는 일을 하느님께 감사하거나 하지는 않아요. 내가 아는 건 우리가 모두 카이저에게 정복되고 싶지 않으면 어쩔 수 없이 군대에 가야 한다는 것뿐이에요. 왜냐하면 먼로 주의⁵⁾라는 게 무엇이든 그 뒤에 우드로 윌슨이 버티고 있는 한 결코 영 미덥지가 않으니까요. 독일군을 고작 성명서로 혼내줄 수는 없잖아요, 선생님."

수전은 야윈 팔로 짐스를 안고 씩씩하게 아래층으로 내려가며 덧붙였다.

"자, 울 만큼 울고 할 말을 했으니 이제 기운을 차려야죠. 명랑하게는 보이지 않더라도 적어도 겉으로나마 명랑한 척이라도 해야 돼요."

---

5) 1823년 미국 먼로 대통령이 처음 제창하여, 미국은 유럽의 간섭이나 재식민화를 허용하지 않는 대신 유럽에 대해 간섭도 하지 않겠다는 외교상의 불간섭주의로, 미국의 전통적 정책이 된 외교 방침.

새벽이 올 때까지

수전은 신문에서 얼굴을 들고 실망하여 말했다.

"독일군이 또 프셰미실을 점령했어요. 이렇게 되면 우리는 그곳을 또다시 그들의 야만스러운 이름으로 불러야겠군요. 우편이 왔을 때 사촌 소피아가 마침 와 있었는데, 땅이 꺼져라 크게 한숨을 내쉬더라고요, 사모님. 그러더니 이번에는 페트로그라드[1] 차례가 틀림없다는 거예요.

내가 말해줬죠.

'내 지리 지식은 그리 넓지 않지만 프셰미실에서 페트로그라드까지는 거리로 보아 꽤 많이 걸어야 한다고 보는데.'라고요.

소피아는 또다시 땅이 꺼질 듯 한숨을 내쉬며 말했어요.

'니콜라이 대공이 그런 사람인 줄은 몰랐어.'

'네가 지금 한 말이 니콜라이 대공의 귀에는 들어가지 않게 해. 기분이 상할지도 모르니까. 그렇잖아도 그 사람에게는 걱정거리가 많은데.'라고 내가 대꾸했어요.

하지만 아무리 빈정거려도 소피아의 마음을 북돋울 수는 없었어요, 사모님.

---

1) 1919~1924년 사이의 러시아 상트페테르부르크의 옛 이름.

소피아는 세 번째로 한숨을 쉬며 말하더군요.

'하지만 러시아군은 자꾸만 후퇴하고 있잖아.'

그러고는 신음하길래 내가 말했어요.

'그게 뭐? 물러날 땅이 얼마든지 있잖아.'

그런데 소피아 앞에서는 결코 그렇게 말하지 않았지만, 저도 동부전선의 전황을 탐탁하게 볼 수는 없어요."

탐탁스럽게 보는 사람은 아무도 없었다. 그러나 러시아군의 후퇴는 여름 내내 이어졌다. 그럴 때마다 지켜보는 사람들의 괴로움도 늘어났다.

거트루드 올리버가 말했다.

"예사로운 마음으로 우편이 도착하기를 기다릴 날이 다시 올지 모르겠어요…… 즐겁게 기다리는 것은 당치도 않고요. 밤낮으로 내 머릿속에서는 독일군이 러시아를 무찌르고, 승리의 여세를 몰아 동부전선의 병력을 서부전선에 보내지 않을까 하는 걱정이 떠나지 않아요."

수전이 예언자 역할을 하고 나섰다.

"그렇지는 않을 거예요, 올리버 선생님. 우선 하느님이 그런 일을 그냥 두고 보지 않을 것이고, 두 번째로는 얼마쯤 실망시킨 면이 있다 해도 니콜라이 대공은 적절히 달아나는 법을 알고 있으니, 그것은 독일군에게 쫓기고 있을 때 꽤 도움이 될 거예요.

노먼 더글러스는 니콜라이 대공이 독일군을 꾀어내어 아군 한 명을 잃으면 적군 열 명의 비율로 죽이려는 거라지만, 나는 니콜라이 대공이 자기도 어쩔 수 없는데 현 상태에서 최선이라고 여기는 일을 하고 있을 뿐이라고 생각해요. 그러니 먼 뒷날의 걱정까지 미리 끌어다 하지 말자고요, 올리버 선생님. 이미 우리 집 문턱까지 와서 쌓여 있는 걱정거리도 많으니까요."

월터는 6월 1일에 킹스포트로 갔다. 낸과 다이와 페이스도 여름 방학 동안 적십자 일을 하러 떠났다. 7월 중순 무렵, 월터는 해외로 가기 전 1주일 동안의 휴가를 얻어 집에 돌아왔다. 월터가 없는 동안 오로지 그 1주일만을 애타게 기다렸던 릴라는 마침내 그 시간이 다가오자 1분, 1초를 마치 목이 타는 사람처럼 들이켰고, 소중한 시간을 헛되이 보내는 듯해 잠자는 시간마저도 아까울 지경이었다.

슬프지만 사무치게 아름답고 잊을 수 없는 순간으로 채워진 1주일이었다. 릴라와 월터는 긴 산책과 대화와 침묵을 함께했다. 월터는 오롯이 릴라만의 것이었고, 릴라가 줄 수 있는 사랑과 이해로부터 월터가 얼마만큼 위안과 힘을 얻고 있는지 릴라는 알았다. 월터에게 자기가 그만큼 소중한 사람임을 알고 릴라는 말할 수 없이 기뻤다. 그 생각으로 견딜 수 없다고 여겨진 순간도 그런대로 참아내고, 미소를 띨 힘마저 솟았다. 때로는 조금이나마 소리 내어 웃을 수도 있었다. 월터가 떠난 뒤에는 눈물에서 위로를 구할지도 모르지만, 월터가 있는 동안은 울지 않겠다고 마음먹었다. 릴라는 밤에도 울지 않으려 했다. 혹시라도 그녀의 부은 눈을 보고 아침에 월터가 눈치채는 일이 있어선 안 되기 때문이었다.

월터가 집에서 지내는 마지막 날 저녁때, 둘은 '무지개 골짜기'로 가서 '흰옷 입은 숙녀' 아래 시냇가에 앉았다. 그곳에는 그늘 없이 지냈던 지난 세월의 활기차고 명랑한 유희의 기억이 간직되어 있었다. 그날 저녁 '무지개 골짜기'에는 유달리 멋진 저녁놀이 지붕처럼 덮여 있었다. 그러다 기분 좋은 잿빛 어스름이 내려앉은 속에 희미하게 별이 빛나기 시작하더니 이윽고 달이 모습을 나타냈다. 달은 월터와 릴라가 앉은 쪽을 구석구석 비추며 크고 작은 골짜기를 때로는 감추기도, 은근히 드러내기도, 완전히 보여주기도 하면서, 그 너머의 풍경에는 새카만 벨벳 같은 그림자를 드리웠다.

월터는 진심으로 사랑해 마지않는 주위의 아름다운 것을 그의 영혼에 하나하나 새기려는 듯 뚫어지게 바라보며 말했다.

"내가 '프랑스 어딘가에' 가 있을 때, 이슬과 달빛에 젖은 이 고즈넉한 경치가 생각날 거야. 전나무 향기, 흰 웅덩이처럼 고인 달그림자, '산들의 힘'[2]…… 이것은 참 아름답고 오래된 성서 구절 아니니?

릴라! 우리 주변에 있는 산들을 봐. 어렸을 때 저 산들을 올려다보며 저 너머 넓은 세계에는 무엇이 우리를 기다리고 있을까 궁금했었지. 저 산들이 얼마나 차분하고 강인해 보이니. 또 얼마나 참을성 있고 변함없고…… 마치 선량하고 단단한 여인의 마음 같아.

릴라 마이 릴라, 지난 1년간 네가 나에게 어떤 존재였는지 아니? 나는 떠나기 전에 너에게 꼭 말하고 싶어. 애정과 믿음으로 가득한 네가 없었다면 나는 그 시간을 살아내지 못했을 거야."

릴라는 말할 용기가 나지 않았다. 그저 자신의 손을 살그머니 월터의 손 안에 밀어넣고 그의 손을 꼭 쥔 채, 그의 말에 귀 기울였다.

"하느님께서 이 세상을 만드셨다는 사실을 잊어버린 사람들이 이 땅에 만들어낸 지옥에 내가 가 있는 동안, 너를 생각하면 제일 힘이 날 거야. 네가 지난 1년 동안 그랬듯 앞으로도 씩씩하고 참을성 있게 살아가리라는 걸 나는 잘 알아. 너에 대해서는 걱정하지 않아. 어떤 일이 일어나든 네가 릴라 마이 릴라일 줄 나는 알아…… 그 어떤 일이 일어난다 해도."

릴라는 눈물과 한숨은 참을 수 있었으나 몸이 희미하게 떨리는 것까지 멈

---

2) 《구약성서》 〈시편〉 95편 4절.

추게 할 수는 없었다. 월터는 이쯤에서 이야기를 그만해야겠다는 것을 알았다. 말로는 할 수 없는 약속을 서로 주고받는 짧은 침묵의 순간이 흐른 뒤 월터가 말했다.

"자, 이제 어두운 이야기는 그만두자. 더 세월이 흐른 뒤에 일어날 일을 떠올리자. 전쟁이 끝나고 젬과 제리와 내가 건강하게 집으로 돌아와 다시금 행복해질 수 있을 때의 일을."

릴라는 말했다.

"우리는…… 전과 똑같은 방식으로…… 행복하지는 못할 거야."

"그래, 전과 똑같을 수는 없겠지. 이 전쟁이 삶을 스쳐 간 사람은 누구라도 전과 같은 행복을 다시 얻지 못할 거야. 하지만 그보다 더 나은 행복일 거라고 생각해, 릴라…… 그 행복은 우리 손으로 얻어낸 행복일 테니까.

전쟁 전 우리는 아주 행복했지? 잉글사이드 같은 집이 있고 우리 아버지와 어머니 같은 부모님이 계시다면 행복하지 않을 수 없잖아? 그렇지만 그 행복은 인생과 사랑이 선물로 준 것이지, 참다운 우리의 것은 아니었어. 인생이 언제든 마음대로 거두어 갈 수 있는 행복이었어. 그런데 우리가 자기 의무를 다해 자신의 힘으로 얻어낸 행복은 인생이 빼앗아 갈 수 없어. 그 사실을 입대한 뒤 깨달았어. 쓸데없는 걱정에 빠져 지레 겁먹고 달아나고 싶은 날도 가끔 있기는 하지만 나는 5월의 그날 밤부터 행복해.

릴라, 내가 없는 동안 네가 최선을 다해 어머니를 잘 보살펴드려 줘. 이 전쟁을 겪는 동안 어머니로 살아가는 일은 견딜 수 없이 괴로울 테니까…… 어머니, 누이, 아내, 연인들이 가장 힘겨운 시간을 보낼 거야. 릴라, 아름다운 내 누이야, 너는 혹시 누군가의 연인이니? 그렇다면 가기 전에 나에게 말해줘."

"아니."

그렇게 대답한 뒤 이것이 두 사람이 나누는 마지막 대화가 될지도 모르는 지금, 월터에게 아무것도 감추고 싶지 않다는 마음으로 릴라는 달빛 속에서 얼굴을 붉히며 덧붙였다.

"하지만 만일…… 케네스 포드가 내가 연인이 되어주면 좋겠다고 생각해준다면……."

"그렇구나. 그런데 켄도 입대를 했으니 어디를 보나 네게는 괴로운 일뿐이구나. 그래, 나는 나 때문에 슬픔에 잠길 여인을 남겨두고 떠나지 않아도 되니까…… 그건 다행스러운 일이야."

릴라는 언덕 위 목사관을 흘끗 올려다보았다. 우나의 방 불빛이 보였다. 릴라는 어떤 말을 하고 싶은 충동을 느꼈다. 그러나 말해서는 안 된다는 것을 깨달았다. 그것은 자신의 비밀도 아닐뿐더러, 어쨌든 확실한 것도 아니었다. 다만 추측에 지나지 않았다.

월터는 애정 어린 눈으로 아쉬운 듯 주위를 바라보았다. 이곳은 월터에게는 늘 정겨운 곳이었다. 그 옛날 모두들 여기서 얼마나 즐겁게 지냈는지 모른다. 기억의 환영들이 달빛과 그림자가 빚은 무늬로 얼룩덜룩해진 오솔길을 서성대기도 하고 흔들리는 나뭇가지 사이로 빼꼼히 내다보기도 했다.

볕에 그을린 맨발의 초등학생인 젬과 제리가 시냇물에서 송어를 낚아 모닥불에서 구워 먹고, 보조개가 쏙 들어간 어린아이다운 아름다움을 지닌 낸과 다이와 페이스가 있고, 수줍음 많고 상냥한 우나, 개미며 벌레에 열중하는 칼, 입은 좀 걸지만 좋은 마음을 지닌 메리 밴스가 보이고, 풀밭 위에 누워 시를 읽거나 공상의 궁전을 헤매고 있는 월터 자신도 있다.

그들이 그를 에워싸고 있었다. 월터는 지금 눈앞에 있는 릴라가 보이듯 이 유년기의 환영들이 똑똑히 보였다. 오래전 희미해져가는 저녁 어스름 속에 피리를 불면서 골짜기를 내려가는 피리 부는 사나이를 보았을 때와 마찬가지로 또렷이 보였다. 그 지난날의 명랑한 작은 유령들이 월터에게 말했다.

"우리는 과거의 아이들이야, 월터. 현재의 아이들과 미래의 아이들을 위해 열심히 싸워줘."

릴라가 가볍게 웃으며 소리쳤다.

"어디 있어, 월터? 그만 돌아와, 어서."

월터는 긴 한숨을 쉬며 현실 세계로 돌아왔다. 그는 일어서서 달빛을 받은 골짜기의 아름다움을 하나도 남김없이 머리와 가슴에 새겨두려는 듯 주위를 찬찬히 둘러보았다. 은빛 하늘을 향해 우뚝 솟은 크고 검은 깃털 같은 전나무, 우아한 '흰옷 입은 숙녀', 옛날 그대로 마법을 부리는 춤추는 시냇물, 신의가 두터운 '연인 나무', 손짓해 부르는 장난꾸러기 오솔길.

월터가 돌아서며 말했다.

"나는 꿈속에서 이곳을 이 모습 그대로 볼 거야."

두 사람은 잉글사이드로 돌아갔다. 때마침 메러디스 목사 부부가 와 있었으며 거트루드 올리버도 송별하러 로브리지에서 와 있었다. 모두가 밝고 명랑했으나 젬이 출정했을 때와 같이 전쟁이 곧 끝날 것이라는 희망의 말을 하는 사람은 아무도 없었다. 그들은 전쟁 이야기는 전혀 하지 않았다. 그러면서도 머릿속은 그 생각만으로 꽉 차 있었다. 마지막으로 모두들 피아노 둘레에 모여 엄숙한 찬송가를 불렀다.

예부터 도움 되시고 내 소망 되신 주
이 세상 풍파 중에도 늘 보호하시리

거트루드가 존 메러디스 목사에게 말했다.

"영혼을 낱낱이 들여다보는 이런 시대에 우리는 모두 하느님에게로 돌아가요. 저는 이제까지 오랫동안 하느님을 믿지 않았던 때가 있었어요. 하느님을 하느님으로서가 아니라, 과학자가 말하는 비인격적인 위대한 제1원인으로서만 생각했었거든요. 이제는 하느님을 믿어요…… 믿지 않을 수 없는걸요…… 하느님 말고는 의지할 것이 없으니까요…… 그러니 겸허하게, 철저히, 무조건적으로 그분께 의지해요."

목사가 다정하게 말했다.

"'예부터 도움 되시고'……'어제나 오늘이나 영원토록 동일하시지요.'[3] 우리가 하느님을 잊을지라도 하느님께선 우리를 기억하십니다."

다음 날 아침 글렌역으로 월터를 배웅하러 온 사람은 그리 많지 않았다. 마지막 휴가를 보낸 뒤 이른 아침 기차로 떠나는 군복 차림의 젊은이를 보는 것은 이제 평범한 일이 되어버렸다. 가족들 말고는 목사관 사람들과 메리 밴스만 왔을 뿐이었다. 지난주에 웃으면서 그녀의 밀러를 떠나보낸 메리는 이제 이런 이별에 대해 전문가적 소견을 말할 자격이 있다고 자처하며 잉글사이드 사람들에게 이렇게 말했다.

"중요한 것은 활짝 웃으면서 아무 일도 아닌 듯 행동하는 거예요. 남자들이란 훌쩍거리고 우는 걸 제일 싫어하니까요.

밀러가 나더러 울고불고할 거면 역 근처에도 오지 말라고 해서 나는 미리 울 만큼 다 울고 나서 역에 나갔어요. 그리고 마지막에 밀러에게 말했어요.

'다녀와, 밀러. 네가 돌아오면 내 마음은 조금도 변하지 않은 걸 알게 될 거

---

3) 《신약성서》〈히브리서〉13장 8절.

야. 만일 네가 돌아오지 않을 때는, 나는 언제까지나 너를 자랑스럽게 여길 거고. 그리고 무슨 일이 있어도 프랑스 아가씨와 사랑에 빠지면 안 돼.'

밀러는 그런 일은 없다고 맹세했지만, 사람 홀리는 외국 여자들이 무슨 짓을 할지는 모를 일이에요. 아무튼 밀러가 마지막으로 본 내 모습은 한껏 웃고 있는 나였어요. 하도 웃어서 밀러가 가고 나서도, 얼굴에 풀을 먹이고 다리미로 다려 웃는 얼굴을 만들어놓은 것처럼 하루 종일 얼굴이 잘 펴지지가 않더라니까."

블라이드 부인은 메리가 충고하고 본보기까지 보였음에도 젬이 갈 때는 웃어보였으나 월터에게는 웃는 낯을 보여줄 수가 없었다. 그러나 적어도 아무도 울지는 않았다. 먼데이는 창고의 자기 집에서 나와 월터에게 바싹 붙어 앉았다. 그리고 월터가 자기에게 말을 걸 때마다 플랫폼 바닥을 꼬리로 탁탁 치며 '당신이 젬을 찾아 내게 데려다 주리라는 것을 알고 있습니다.'라고 말하는 듯 굳은 믿음이 담긴 눈으로 월터를 올려다보았다.

이윽고 헤어질 때가 되자 칼 메러디스가 쾌활하게 말했다.

"몸조심해, 형. 거기 가 있는 사람들에게 모두 사기 잃지 말라고 전해줘. 나도 곧 갈 테니까."

"나도."

셜리는 짧게 말하고 볕에 그을린 손을 쑥 내밀었다. 이 말을 들은 수전의 얼굴이 흙빛이 되었다.

우나는 애틋함과 슬픔에 젖은 듯한 짙푸른 눈으로 물끄러미 월터를 바라보면서 조용히 악수했다. 그러나 우나의 눈은 항상 애틋함에 젖어 있었다. 월터는 카키색 군모를 쓴 아름다운 검은 머리를 숙이고 남매 사이에 나눌 법한, 친밀하고 따뜻한 입맞춤을 우나에게 했다. 월터가 우나에게 입을 맞춘 것은 이

때가 처음이었고, 우나의 속마음이 찰나 동안 얼굴에 드러났으나 그것을 알아차린 사람은 아무도 없었다.

차장이 기차에 오르라고 소리치고 있었다. 사람들은 모두 명랑한 얼굴을 하려고 몹시 애쓰고 있었다. 월터는 릴라 쪽으로 돌아섰다. 릴라는 월터의 손을 꼭 잡으며 올려다보았다. 날이 밝고 어둠이 걷힐 때까지 다시는 만날 수 없는 것이다. 그 밝아오는 새벽도 이 세상에서 맞게 될지 저세상에서 맞게 될지 알 수 없었다.

"잘 다녀와."

릴라의 입술에서 흘러나온 이 말에는 오랜 세월 동안 이별의 순간이면 새어 나오던 괴로움은 조금도 담겨 있지 않았다. 그 대신 예로부터 사랑하는 이를 위해 사랑과 기도를 바쳐온 모든 여성의 달콤한 애정만이 담겨 있었다.

월터는 쾌활하게 말했다.

"자주 편지 보내줘. 그리고 지금처럼 짐스를 잘 키워줘...... 모건의 가르침에 따라서."

중요한 말은 어젯밤 '무지개 골짜기'에서 다 했다. 그러나 마지막 순간 월터는 릴라의 얼굴을 두 손으로 감싸고 그 꿋꿋한 눈을 지그시 들여다보며 부드러운 목소리로 나직이 말했다.

"하느님의 보살핌이 있기를, 릴라 마이 릴라."

'이런 딸들을 낳은 나라를 위해 싸우는 것은 결국 힘든 일이 아니다.'

기차가 움직이기 시작하자 월터는 맨 뒤 층계에 서서 손을 흔들었다. 혼자서 있던 릴라 곁으로 우나가 다가섰다. 그리고 월터를 누구보다도 깊이 사랑하는 두 소녀가 서로의 차가운 손을 맞잡고 함께 배웅하고 있는 동안 기차는 나무가 울창한 언덕 모퉁이를 돌아서 가버렸다.

릴라는 그날 아침, '무지개 골짜기'에서 한 시간을 보냈다. 그 시간 동안의 일은 아무에게도 이야기하지 않았다. 일기에도 쓰지 않았다. 그 뒤 집에 돌아오자 하루 종일 짐스의 놀이 옷을 만들었으며, 저녁때는 소녀 적십자단 위원회 모임에 나갔다. 모임에서 그녀는 극도로 사무적인 태도를 보였다.

아이린 하워드가 나중에 올리브 커크에게 말했다.

"아까 그 애 모습을 보면 월터가 바로 오늘 아침 전선에 나갔다고는 믿을 수 없지 않니? 하지만 세상에는 깊은 감정 같은 걸 지니고 있지 않은 사람도 있으니까. 나도 릴라 블라이드처럼 모든 일을 가볍게 받아들일 수 있으면 좋겠다는 생각을 곧잘 해."

현실과 낭만

"바르샤바가 함락됐어."

8월 어느 더운 날, 우편물을 들고 온 블라이드 의사가 단념한 투로 보고했다.

거트루드와 블라이드 부인은 낙담한 얼굴로 서로 마주 보았다. 공들여 소독한 숟가락으로 모건의 지침에 따라 만든 이유식을 짐스에게 떠먹이던 릴라는 세균도 아랑곳하지 않고 그 숟가락을 쟁반에 내려놓으며 말했다.

"어떡해요."

그 비극적인 말투로 보면 마치 그 뉴스가 지난주에 전해진 외신 전보를 통해 예견하고 있던 결과가 아니라 벼락처럼 내리친 듯했다. 그들은 바르샤바 함락을 일어날 일로 이미 받아들였다고 여겼었으나 막상 닥쳐 보니 여태까지와 마찬가지로 실낱같은 희망을 버리지 않고 있었음을 깨달았다.

수전이 격려했다.

"자, 우리 기운 내요. 생각했던 것만큼 나쁘지는 않으니까요. 어제 《몬트리올헤럴드》에 3단에 걸쳐서 실린 외신 전보를 읽었는데, 바르샤바는 군사적 관점으로 보면 조금도 중요하지 않다더군요. 그러니 우리도 군사적 관점에서 생각하기로 해요, 사모님."

거트루드가 말했다.

"나도 그걸 읽고 정말 기운이 났어요. 그게 처음부터 끝까지 거짓말이라는 걸 읽는 순간 알았고 지금도 알지만요. 어쨌든 내 심리상태는 거짓말이라도 기운을 북돋아주는 거짓말이라면 위로가 되는 상태예요."

수전이 빈정거렸다.

"그렇다면 선생님에게 필요한 건 독일군의 공식발표뿐일지도 모르겠군요, 올리버 선생님. 나는 요즘 그런 건 하나도 안 읽어요. 읽고 나면 너무 화가 나서 도무지 일이 손에 잡히지 않으니까요.

이 바르샤바 함락 소식도 내가 오후에 하려고 계획했던 일들에 지장을 주게 생겼어요. 그런데 불행이란 결코 하나만 오지 않는 법이죠. 오늘 나는 빵을 태웠고…… 바르샤바는 함락되었고…… 여기 꼬마 키치너는 제 손으로 제 목구멍을 막을 셈인가 보네요."

짐스는 세균 묻은 숟가락을 먹으려고 낑낑대고 있었다. 릴라는 기계적으로 짐스 손에 들린 숟가락을 빼서 이유식을 먹이는 동작을 계속하려다가 아버지가 무심코 한 말에 소스라치게 놀라는 바람에 그 운 나쁜 숟가락을 또다시 떨어뜨리고 말았다.

블라이드 의사가 말했다.

"케네스 포드가 항구 윗마을 마틴 웨스트네 집에 와 있대. 케네스의 연대는 전선으로 가는 길이었는데, 무슨 일이 생겨서 킹스포트에 머무르게 된 모양이야. 그래서 케네스가 프린스에드워드섬에 오려고 휴가를 얻었다더군."

블라이드 부인이 소리쳤다.

"여기에도 들르면 좋을 텐데."

의사는 멍하니 대답했다.

"하루이틀밖에 시간이 없는 모양이라 어찌 될지 모르지."

릴라의 발그레해진 얼굴과 바들바들 떨리는 손을 알아차린 사람은 아무도 없었다. 누구보다도 사려 깊고 주의 깊은 부모라도 바로 눈앞에서 벌어지는 자식의 일을 하나도 놓치지 않는 것은 아니었다. 릴라는 아까부터 다음 한술을 기다리느라 애를 태우고 있는 짐스에게 점심을 먹이려고 세 번째 시도를 했으나, 머릿속에는 온통 한 가지 질문밖에 없었다. 켄은 떠나기 전에 그녀를 만나러 와줄까?

'오랫동안 켄에게서 소식이 없었어. 나를 완전히 잊어버린 것일까? 만일 오지 않는다면, 틀림없이 잊었다는 걸 알 수 있겠지. 심지어 어쩌면…… 토론토에 누군가 다른 아가씨가 있는지도 몰라. 아니, 당연히 있겠지.

켄을 생각하고 있다니 내가 어리석은 거지. 이제 켄에 대해서는 조금도 생각하지 않을 테야. 오게 되면 좋지. 자주 놀러 왔던 잉글사이드에 예의상 인사하러 오는 거겠지. 오지 않는대도 괜찮아. 별일 아니야. 안 온다고 조바심 낼 사람이 있는 것도 아니니까. 이로써 다 잘 정리됐어…… 나는 전혀 관심 없는 일이니까.'

그러나 그러는 동안 짐스의 입에는 모건을 기겁하게 할 만큼 마구잡이로 이유식이 쉴 새 없이 들어가고 있었다. 짐스 자신도 이런 방법이 못마땅했다. 짐스는 여태까지 체계적으로 키워져 적당한 간격을 두고 한 숟가락 먹은 다음 한숨 돌리고 다음 숟가락을 받아먹는 데 익숙해져 있었기 때문이다. 짐스가 항의했으나 헛수고였다. 릴라는 오늘 짐스를 돌보고 밥 먹이는 일에 완전히 나사가 빠져 있었다.

이때 느닷없이 전화벨이 울렸다. 사실 벨이 울린 것은 그리 이상한 일도 아니었다. 잉글사이드에는 평균 10분에 한 번꼴로 전화가 걸려오기 때문이다. 그러나 릴라는 또다시 짐스의 숟가락을—이번엔 카펫에다—떨어뜨리고, 마치 생사가 걸린 일인 양 다른 사람보다 먼저 전화를 받기 위해 무서운 기세로 전화기로 달려갔다. 마침내 인내심이 바닥난 짐스는 큰 소리로 울음을 터뜨렸다.

"여보세요, 거기 잉글사이드입니까?"

"네."

"너 혹시 릴라니?"

"네, 맞아요."

아니, 왜 짐스는 잠시 울음을 그치지 못할까? 왜 누가 가서 짐스의 입이라도 좀 틀어막지 않는 걸까!

"내가 누군지 알겠어?"

아, 누군지 알겠냐고? 이 목소리라면 언제, 어디서라도 알아들을 수 있었다!

"켄……아닌가요?"

"맞아. 잠깐 이곳에 들렀어. 오늘 밤 잉글사이드로 만나러 가도 될까?"

"그럼요."

만나러 간다는 것은 그녀를 두고 하는 말일까, 아니면 가족 모두를 말하는 것일까? 지금 당장 가서 짐스의 목을 비틀고 싶었다…… 아, 켄은 무슨 말을 하는 것인가?

"저기, 릴라. 이따 주위에 사람들이 우글우글 몰리는 일은 없도록 좀 해줘. 알겠지? 이놈의 시원찮은 시골 전화로는 이 이상 통화를 못 하겠다. 수화기가 적어도 열 개는 통화 중인가 봐."

알겠느냐고? 물론 아다마다.

릴라는 떨리는 목소리로 말했다.

"그렇게 해 볼게요."

"그럼 8시쯤 갈게. 이따 봐."

릴라는 수화기를 내려놓자마자 짐스에게로 달려갔다. 그러나 릴라는 악을 쓰며 울어대는 짐스의 목을 비트는 대신, 의자에서 번쩍 들어 올려 그 얼굴을 자기 얼굴에 찰싹 붙이고 우유로 범벅이 된 입에 정신없이 뽀뽀를 하고 아이를 안은 채 미친 듯이 춤추며 방 안을 빙그르르 돌아다녔다. 그런 뒤 릴라가 제정신으로 돌아와 남은 점심을 제대로 천천히 먹여주고 나서 짐스가 가장 좋아하는 자장가를 불러 오후의 낮잠을 재워주자 짐스는 비로소 마음이 놓였다. 릴라는 오후 내내 적십자 활동을 위해 셔츠를 꿰매면서 머릿속으로는 무지개가 온통 여기저기 걸린 꿈의 수정궁을 짓고 있었다.

'켄은 나를 만나고 싶어한다…… 단둘이서만. 별로 어렵지 않은 일이다. 셜리는 방해하지 않을 테고, 아버지와 어머니는 목사관에 가기로 되어 있다. 올리버 선생님은 절대 두 남녀 사이에 곁다리로 끼는 사람이 아니고, 짐스는 저녁 7시부터 아침 7시까지 늘 통잠을 자니까.

켄을 베란다에서 접대하면 되겠다…… 오늘 밤은 달이 환하게 뜰 테니까. 나는 흰 조젯[1] 드레스를 입고, 머리는 묶어 올려야지…… 그래, 그렇게 하자…… 적어도 목덜미 쪽에 낮게 틀어 올리자. 그쯤이라면 아마 어머니도 반대하시지 않을 것이다. 아, 얼마나 멋지고 낭만적인 밤이 될까!

켄은 무슨 할 말이 있는 걸까? 무엇인가 있는 게 틀림없어. 그렇지 않으면 나와 단둘이 만나고 싶다고 굳이 그렇게까지 신경 쓰지 않았을 테니까. 그런데 비가 오면 어쩌지…… 오늘 아침 수전이 하이드 씨 때문에 투덜대고 있었는데! 만일 눈치 없이 소녀 적십자단 회원이 벨기에 사람들 문제며 셔츠 일로 의논하

---

1) 날실은 왼쪽으로, 씨실은 오른쪽으로 되게 번갈아 꼬아서 짠 얇은 견포나 면포로, 여름철에 입는 여성 의류에 많이 쓰임.

러 오면 어쩌지? 무엇보다도 프레드 아널드가 지나다가 불쑥 들르면 제일 난처한데…… 가끔 그러기도 하니까.'

마침내 밤이 되었고, 더할 나위 없이 아름다운 밤이었다. 의사 부부는 목사관에 가고 셜리와 올리버 선생은 어디론지 나갔으며 수전은 일용품을 사러 가게에 갔고 짐스는 꿈나라로 갔다. 릴라는 조젯 드레스로 갈아입고 머리를 틀어 올려 그 둘레에 작은 진주를 두 줄로 감았다. 그리고 작고 연한 핑크빛 장미꽃 한 다발을 허리띠에 장식했다. 켄이 혹시 마음의 증표로 이 장미꽃 한 송이를 달라고 할까? 젬이 플랑드르의 참호로 빛바랜 장미를 한 송이 가져간 것을 릴라는 알고 있었다. 젬이 떠나기 전날 밤 페이스가 입맞춤하고 준 꽃이었다.

덩굴 그림자와 달빛이 뒤얽힌 넓은 베란다에서 켄을 맞이한 릴라는 너무나 아름다웠다. 켄에게 내민 손은 차가웠고, 혀짤배기소리를 내지 않으려 필사적으로 신경을 쓴 나머지 릴라의 인사는 새침하고 딱딱해지고 말았다. 중위 제복을 입은 켄은 참으로 멋지고 헌칠해 보였다! 나이보다 더 어른스러워 보였다. 너무 성숙해 보여 릴라는 어쩐지 자신이 괜한 어리석은 기대에 달떴다는 생각에 기가 죽어버렸다.

'이 근사한 젊은 장교가 글렌세인트메리 마을에 사는 애송이 릴라 블라이드에게 뭔가 특별히 할 말이 있다고 생각하다니, 터무니없는 착각이야. 내가 아마도 켄의 말을 잘못 알아들은 게지. 켄은 아마도 항구 윗마을에서도 틀림없이 그랬겠지만, 사람들이 잔뜩 몰려들어 자기를 명사처럼 대우하려는 게 싫다는 뜻으로 한 말이었던 거야.

그래, 당연히 그런 뜻이지. 그런데 내가 바보같이 켄이 나 말고 다른 사람은 아무도 만나고 싶어하지 않는다고 쓸데없이 상상한 거야. 켄은 내가 켄과 단둘

이 되려고 일부러 사람들을 쫓아냈을 거라고 생각하며 속으로 나를 비웃겠지.'

"이 정도로 운이 좋을 줄은 몰랐어."

켄은 의자에 기대앉고서 감정이 풍부한 눈으로 릴라를 향한 찬탄을 그대로 드러내 보이며 그윽하게 바라보았다.

"틀림없이 누군가가 곁에 있을 줄 알았어. 더구나 내가 만나고 싶었던 사람은 오직 릴라뿐인데 말이야, 릴라 마이 릴라."

릴라의 수정궁이 다시 모습을 드러냈다. 이것은 확실하다. 켄이 한 말에 착각의 여지는 거의 없다.

릴라는 조용히 말했다.

"서성댈 가족들이 전처럼 많지 않으니까요."

켄은 상냥하게 말했다.

"그렇겠구나. 젬도 월터도 언니들도 없으니까…… 빈자리가 크게 느껴지겠네. 그렇지만……."

켄은 까만 곱슬머리가 릴라의 머리칼에 닿을 만큼 몸을 가까이 내밀며 말을 이었다.

"가끔 프레드 아널드가 그 빈자리를 채우러 오는 거 아니야? 그런 말을 들었는데."

이때 릴라가 미처 대답하기도 전에 두 사람 바로 위의 창문이 열린 방에서 짐스가 한껏 크게 울어대기 시작했다. 밤에는 거의 우는 일이 없는 짐스였다. 게다가 악을 쓰고 우는 것으로 보아 이미 한참 전부터 칭얼거렸는데도 아무도 들어주지 않자 그만 화가 단단히 난 것임을 릴라는 경험으로 알았다.

이렇게 울기 시작하면 짐스는 끝장을 보아야 했다. 릴라는 가만히 앉아 모른 척하려 해도 소용없다는 것을 깨달았다. 짐스는 그치지 않을 것이며, 머리

위에서 저런 비명과 울음소리가 들리면 아무 이야기도 할 수 없을 것이다. 게다가 아기를 저렇듯 울게 내버려두고 가만히 앉아 있으면 켄이 릴라를 피도 눈물도 없다고 여기지 않을까 하는 생각이 들었다. 모건의 귀중한 육아 지침서 같은 것을 켄은 아마 알지 못할 테니까.

릴라는 일어섰다.

"짐스가 무서운 꿈을 꿨나 봐요. 가끔 그러는데, 그럴 때마다 겁을 잔뜩 먹거든요. 잠깐 실례할게요."

릴라는 2층으로 성큼성큼 뛰어 올라가며 수프 그릇 같은 게 발명되지 않았더라면 좋았을걸 하고 원망했다. 그러나 릴라의 모습을 본 짐스가 애원하듯 작은 팔을 내밀고 눈물을 뚝뚝 흘리며 몇 번이나 흐느낌을 삼키는 모습에 릴라의 화는 눈 녹듯 풀렸다. 이 가엾은 아이는 무서웠던 것이다. 릴라가 다정하게 짐스를 안아 조용히 어르는 동안 흐느낌은 가라앉고 짐스는 눈을 감았다. 그래서 릴라가 짐스를 침대에 눕히려 하자 짐스는 다시 눈을 뜨고 마구 소리를 지르며 울었다. 이것이 두 번 되풀이되었다.

릴라는 마음이 절박해졌다. 더 이상 켄을 아래층에 혼자 있게 할 수는 없었다. 벌써 30분 가까운 시간이 지났다. 릴라는 체념하고 하는 수 없이 짐스를 안은 채 아래층으로 내려가 베란다에 앉았다. 자기에게 가장 소중한 젊은이가 작별 인사를 하러 온 마당에, 떼쟁이 전쟁고아를 안고 앉아 있다는 것은 우스꽝스러운 상황이었지만 달리 방법이 없었다.

짐스는 더없이 기분이 좋았다. 흰 잠옷 밑으로 분홍빛 발바닥을 기쁜 듯이 차대며 좀처럼 없는 일이건만 소리 내어 웃기까지 했다. 짐스는 퍽 귀여운 아기가 되어 있었다. 작고 동그란 머리 전체에 비단결 같은 금빛 곱슬머리가 소용돌이쳤으며 눈도 퍽 아름다웠다.

켄이 말했다.

"꽤나 좋은 장식이 되는 아이구나."

"외모는 괜찮은 편이죠."

릴라는 짐스의 최고의 자질은 그것뿐이라는 듯 씁쓸한 표정을 지었다. 짐스는 눈치가 빠른 아이였으므로 분위기가 야릇해진 것을 느끼고 그것을 없애는 게 자신의 책임이라고 깨달았다. 그리고 릴라 쪽으로 얼굴을 돌리고 방긋 웃으며 또렷이 붙임성 있게 말했다.

"윌······윌."

짐스가 말을 하거나 하려고 한 것은 이번이 처음이었다. 릴라는 너무 기쁜 나머지 원망스러움도 잊고 짐스를 꼭 끌어안고 뽀뽀했다. 짐스는 릴라의 기분이 나아졌다는 것을 알자 릴라의 품으로 파고들었다. 마침 거실의 램프 불빛 한 줄기가 짐스의 머리에 떨어져 흡사 릴라의 품을 배경 삼아 금빛 후광이 내비치는 듯이 보였다.

케네스는 말없이 꼼짝 않고 앉은 채 릴라를—여리고 소녀다운 자태, 긴 속눈썹, 윗입술 위쪽이 쏙 들어간 입, 사랑스러운 턱을—지그시 지켜보고 있었다. 어슴푸레한 달빛 속에서 릴라는 짐스 위로 고개를 조금 숙이고 앉아 있었다. 램프 불빛에 머리를 장식한 진주는 가느다란 빛의 고리를 그려내고 있다.

켄은 릴라가 자기 어머니 책상 위에 걸려 있는 성모 마리아와 똑같다고 생각했다. 릴라의 이 모습을 가슴속 깊이 간직하고 켄은 공포스러운 프랑스의 싸움터로 향했다. 포윈즈 댄스파티의 밤 이후로 켄은 릴라에게 강하게 끌리고 있었으나, 릴라를 사랑한다는 사실을 깨달은 것은 릴라가 짐스를 안고 앉아 있는 모습을 보았던 바로 이때였다.

그런데 가엾은 릴라는 켄과의 마지막 밤이 엉망이 되었다고 여겼다. 어째서 현실의 일들은 언제나 책 속의 이야기와는 다르게 마음먹은 대로 되지 않을까 실망하며 무안한 마음으로 다소곳이 앉아 있었다. 말을 건네기도 꺼려졌다. 저렇게 돌처럼 말없이 앉아 있는 것을 보면 켄은 자기에게 완전히 정나미가 떨어진 게 틀림없다고 생각했다.

짐스가 잠이 푹 들어서 거실 소파에 뉘어도 되겠다는 생각이 들었을 때 한순간 희망이 되살아났다. 그러나 돌아와보니 수전이 베란다에 앉아 모자끈을 푸는 중이었다. 그리고 한동안 그대로 있을 작정인 듯했다.

수전이 상냥하게 물었다.

"네 아기는 잠들었니?"

'네 아기라니! 수전도 좀 눈치 있게 굴면 좋으련만.'

릴라는 쌀쌀맞게 대답했다.

"네."

수전은 의무를 다하려는 사람처럼 라탄 탁자 위에 사 갖고 온 물건 꾸러미를 내려놓았다. 수전은 몹시 피곤했으나 릴라를 도와주어야 한다고 생각했다.

'이렇게 케네스 포드가 찾아왔는데, 공교롭게도 집에 사람이 아무도 없어서 이 아이가 '딱하게도' 혼자 상대하고 있었네. 하지만 걱정 말려무나, 얘야. 아무리 피곤해도 내 소임을 다해 너를 구해줄 테니.'

"세상에, 언제 이렇게 어른이 다 되었을까."

수전은 키가 6피트(약 183센티미터)가 넘는 켄의 당당한 군복 차림을 아무 감흥 없이 바라보았다. 이제는 수전도 카키색 군복에 익숙해져 있었고 예순네 해쯤 살고 보면 중위 제복도 여느 옷에 지나지 않았다.

"아이들이란 어쩌면 이렇듯 빨리 자라는지 놀라울 따름이야. 여기 있는 릴라도 머지않아 15살이니."

릴라는 다급히 외쳤다.

"17살이 돼요, 수전."

'16살이 된 지 만 한 달이나 지났는데. 수전은 정말 참아줄 수가 없어.'

수전은 릴라의 항의에는 귀 기울이려고도 하지 않고 말했다.

"너희들이 모두 갓난아기였던 게 바로 엊그제 같은데. 정말 너처럼 예쁜 아기는 본 일이 없었지, 켄. 하긴 엄지손가락을 빠는 버릇을 고치느라 네 어머니는 몹시 애를 먹었지만. 넌 나한테 엉덩이 맞았던 일을 기억하니?"

"아뇨."

"그렇겠지. 아주 어렸을 때니까. 4살쯤 되었을 때였지. 어머니를 따라 여기 왔을 때 네가 낸한테 너무 못살게 굴어 결국 낸을 울려버렸어. 내가 몇 번이나 못 하게 말렸지만 헛일이었어. 그래서 때리는 수밖에 없다고 생각하고 너를 잡아다 무릎 위에 엎어놓고 마구 때려줬지. 넌 큰 소리로 울어댔지만 그 뒤로는 낸을 괴롭히지 않았어."

릴라는 민망함에 몸부림치고 있었다.

'수전은 지금 캐나다 육군 장교한테 말하고 있는 줄 모르는 걸까? 분명 모르는 모양이야. 아, 켄이 어떻게 생각할까?'

"그럼 네 어머니한테 엉덩이 맞은 일도 기억나지 않겠네."

오늘 밤 수전은 정겨운 추억을 죄다 끄집어낼 모양이었다.

"나는 절대로, 정말 절대로 못 잊어. 네가 3살 때였는데, 어느 날 밤 어머니를 따라와 월터하고 같이 뒤뜰에 나가 아기 고양이와 놀고 있었지. 나는 비누 만드는 데 쓰려고 물받이 홈통 옆에 빗물을 받아놓은 큰 나무통을 놓아두었어. 그러다가 고양이 때문에 네가 월터와 싸움이 벌어졌는데, 월터는 물통 한쪽 편 의자 위에 서서 아기 고양이를 안고 있었고 넌 물통 반대편 의자에 올라서 있었지. 그런데 네가 물통 위로 몸을 내밀고 고양이를 잡아당기기 시작한 거야. 넌 원래 갖고 싶은 게 있으면 예의고 뭐고 없이 빼앗아버리는 데 명수였으니까. 월터도 단단히 쥐고 놓지 않아서 가엾게도 고양이는 야옹야옹 비명을 질렀어. 네가 월터와 고양이를 가운데쯤까지 잡아당겼는데, 그러다가 둘 다 균형을 잃고 고양이와 함께 물통 속에 빠져버렸지 뭐니.

만일 내가 그 자리에 없었더라면 둘 다 그 물에 빠져 죽어버렸을걸. 내가 달려가 셋 다 건져내서 큰일이 벌어지지 않고 끝났지만, 2층 창문으로 그걸 모두 지켜보고 계셨던 어머니는 아래층으로 내려오시더니, 물이 뚝뚝 떨어지는 널 붙잡고 엉덩이를 제대로 때리셨어."

수전은 한숨을 쉬고 넋두리했다.

"아, 그 시절 잉글사이드는 행복했지."

켄이 말했다.

"그렇고말고요."

켄의 목소리는 묘하게 서먹서먹하게 들렸다. 릴라는 켄이 화를 억누르고 있다고 생각했다. 그러나 켄은 사실 웃음이 터져 나올 것 같았지만 예의에 어긋날까 봐 꾹 누르고 있었던 것이다.

"우리 릴라는……"

수전은 자비로운 눈길로 비참한 아가씨를 흐뭇하게 보았다.

"엉덩이도 별로 안 맞았어. 아주 얌전한 아이였으니까. 그래도 딱 한 번 아버지한테 맞은 일이 있었어. 아버지 진찰실에서 알약이 든 병을 두 개 꺼내와 누가 그 알약을 먼저 다 먹는지 내기하자고 앨리스 클로를 꾀었거든.

만일 때마침 아버지가 돌아오시지 않으면 밤이 되기도 전에 둘 다 송장이 될 뻔했지. 그 정도까지는 안 갔어도 둘 다 곧 한참을 앓았지만. 하지만 선생님은 그 자리에서 릴라를 가차 없이 때려서 그 뒤 릴라는 진찰실 물건을 아무것도 건드리지 않게 되었단다. 요즘은 애들을 말로 타일러야 한다느니 어쩌느니 하는 말을 많이 하지만, 내가 보기에는 제대로 때리고 나중에 잔소리하지 않는 편이 훨씬 나아."

릴라는 적의에 차서 생각했다.

'수전은 우리 집 아이들이 엉덩이 맞은 이야기를 차례차례 다 늘어놓을 생각일까.'

그러나 수전은 그 화제는 거기서 끝내고 또 다른 명랑한 화제로 옮아갔다.

"지금도 기억하지만 항구 윗마을 토드 매컬리스터가 딱 그런 일로 어려서 죽었어. 당의정 진통제를 사탕인 줄 알고 한 통을 다 먹어버렸거든. 참 슬픈 일이었지. 그 아이만큼 귀여운 시신은 그전에도 그다음에도 본 일이 없어. 아이의 손이 닿을 곳에 위험한 약을 내버려두다니 그 애 어머니도 이만저만 부주의한 게 아니었지. 하긴 그 어머니란 사람은 그전부터도 덜렁대기로 유명했어.

어느 날은 새로 지은 파란색 비단 원피스를 입고 목장을 가로질러 교회로 가는 길에 알이 다섯 개 들어 있는 새 둥지를 발견했지 뭐겠어. 그래서 새알을 페티코트 주머니에 쑥 집어넣고는 교회에 다다라서는 까맣게 잊어버리고 그대로 털썩 앉아버린 거야. 페티코트는 말할 것도 없고 옷까지 엉망이 됐지.

그나저나, 토드는 네 친척이지? 네 증조할머니 웨스트 부인은 매컬리스터 집안이었으니까. 그 부인의 남동생 애머스가 맥도널드교파의 신도였는데 소문으로는 부흥회 때 때때로 끔찍스러운 경련을 일으켰다더구나. 그렇지만 넌 매컬리스터 집안보다 증조부인 웨스트 씨를 닮았어. 그 증조부님은 젊었을 때 중풍으로 돌아가셨지만."

릴라는 수전의 이야기를 좀 더 유쾌한 쪽으로 돌려야겠다는 실낱같은 희망을 갖고 필사적으로 물었다.

"카터네 가게에서 누구를 만났어요?"

"메리 밴스 말고는 아무도 만나지 못했어. 메리는 아일랜드 벼룩처럼 톡톡 튀며 걸어가더구나."

'어쩌면 비유를 해도 꼭 저렇게 심한 표현을 쓸까. 우리 가족한테서 배웠다고 케네스가 생각하면 어떡하지.'

수전이 이야기를 계속했다.

"메리 이야기를 듣고 있으면 글렌 마을에서 입대한 사람은 밀러 더글러스밖에 없는 줄 알겠더라니까. 하지만 물론 그 애는 전부터 자랑하는 버릇이 있었지. 그래도 나름대로 좋은 점도 있는 애지만, 예전에 마른 대구를 들고 릴라 뒤를 쫓아 온 글렌 마을을 뛰어다녀서 릴라가 가엾게도 카터 플래그네 가게 앞 물웅덩이에 거꾸로 굴러버렸을 때는 그렇게 생각지 않았지."

릴라는 노여움과 부끄러움으로 온몸이 싸늘해졌다.

'아아, 수전이 들춰내고 싶은 내 굴욕적인 과거 사건이 더 있을까?'

켄은 수전의 이야기에 큰 소리로 웃고 싶었으나 그렇게 하면 자기의 소중한 아가씨를 보살피는 여성에게 실례된다고 여겨 거의 초자연적인 힘을 발휘해서 참았다. 그러나 정색한 얼굴로 잠자코 앉아 있는 그의 얼굴이 가엾은 릴라가 보기에는 기분이 언짢아서 오만하게 앉아 있는 듯 여겨졌다.

수전이 불평을 늘어놓았다.

"오늘 저녁엔 잉크 한 병에 11센트나 주었어. 지난해 두 배야. 이게 다 우드로 윌슨이 너무 많은 각서를 쓰기 때문일 거야. 그 양반도 잉크 값으로 꽤나 많은 돈이 들겠어. 내 사촌 소피아는 우드로 윌슨이 그런 사람인 줄 몰랐다고 하지만...... 그건 어떤 남자라도 마찬가지 아니겠어. 나는 독신녀라 남자에 대해 잘 알지도 못하고 아는 체하지도 않지만, 소피아는 남자들을 무섭게 헐뜯는다니까. 그러면서도 결혼은 두 번이나 했었지. 둘씩이나 남편을 가졌다면 남자가 부족했다고 할 수는 없을 것 같은데 말이야.

지난주에 몰아친 폭풍에 앨버트 크로퍼드네 굴뚝이 날아가면서 벽돌이 와르르 지붕 위로 허물어지는 소리를 듣고 소피아는 체펠린의 공습인 줄 알고 히스테리 발작을 일으켰어. 그런데 크로퍼드 부인은 둘 중에 차라리 체펠린의 공습이 낫겠다고 했다는구나."

릴라는 최면에 걸린 사람처럼 온몸에 힘이 빠져 의자에 기대앉았다. 수전이 스스로 그만둬야겠다고 생각하기 전에는 무슨 짓을 해도 수전의 이야기를 빨리 끝내게 할 수 없음을 릴라는 알고 있었다. 대체로 릴라는 수전을 무척 좋아했지만, 지금은 뼛속까지 사무치도록 원망스러웠다.

'벌써 10시야. 이제 곧 켄은 돌아가야만 해…… 다른 식구들도 금방 돌아올 테지. 그런데도 나한테는 프레드 아널드가 내 삶의 빈자리를 채우고 있지 않고 앞으로도 그럴 일은 없을 거라는 말을 켄에게 설명할 기회조차 없잖아.'

릴라의 무지개 성은 폐허가 된 채 덩그러니 놓여 있었다.

마침내 케네스는 일어섰다. 자기가 여기 있는 한 수전도 있을 작정임을 깨달았으며, 항구 윗마을 마틴 웨스트네 집까지는 3마일(약 4.8킬로미터)이나 걸어야 했기 때문이다. 케네스는 릴라가 혹시 프레드 아널드의 연인으로서 케네스로부터 듣고 싶지 않은 말을 듣게 되지 않을까 걱정하여 그와 단둘이 있는 자리를 피하기 위해 수전에게 이렇게 시킨 게 아닌가 의심했다.

릴라도 일어나 말없이 베란다 끝까지 케네스와 함께 걸어갔다. 거기서 두 사람은 한순간 멈춰 섰다. 켄은 한 단 낮은 층계에 서 있었다. 층계는 반쯤 흙에 파묻히고 그 둘레에 박하가 우거져 가장자리까지 넘어와 있었다. 오가는 사람들의 발에 끊임없이 밟혀 그 진액이 아낌없이 흘러나와 알싸한 향기는 보이지도 들리지도 않는 축복처럼 두 사람을 감쌌다.

켄은 릴라를 올려다보았다. 달빛에 릴라의 머리가 반짝거리고 눈에는 그의 마음을 사로잡는 매력이 넘치고 있었다. 불현듯 켄은 프레드 아널드에 얽힌 소문이 터무니없는 것임을 깨달았다.

그는 갑자기 진지하게 속삭였다.

"릴라, 릴라처럼 아름다운 사람은 없어."

릴라는 볼이 빨개져 수전 쪽을 보았다. 켄도 보았다. 그리고 수전이 그들에게 등을 돌리고 있음을 알았다. 켄은 릴라를 안고 키스했다. 릴라로서는 처음으로 하는 키스였다. 어쩌면 화를 내야 마땅하다고 생각했으나 화내지 않았다. 그 대신 케네스의 구애하는 듯한 눈을 수줍은 듯 조용한 눈길로 바라보았다. 그 눈길 또한 키스였다.

켄이 말했다.

"릴라 마이 릴라, 내가 돌아올 때까지 다른 누구에게도 키스를 허락하지 않겠다고 약속해줄래?"

"네."

릴라는 가슴이 두근거리고 몸이 떨렸다.

수전이 이쪽을 돌아보려 했으므로 켄은 릴라를 얼른 놓아주고 오솔길로 걸음을 옮겼다.

켄은 아무렇지 않은 듯 말했다.

"안녕."

릴라는 역시나 아무렇지 않은 듯한 투로 똑같은 인사를 건네는 자기 목소리를 들었다. 그대로 서서 케네스가 오솔길을 따라 대문 밖으로 나가 큰길로 걸어가는 모습을 눈으로 좇고 있었다. 그러다 전나무숲에 가려 켄의 모습이 보이지 않게 되었을 때 릴라는 갑자기 목이 멘 듯 "아." 하는 소리를 뱉고 대문까지 뛰어갔다. 그녀의 치맛자락에 아름다운 꽃잎들이 스쳤다. 대문으로 몸을 내밀자 큰길을 성큼성큼 걸어가는 켄의 모습이 보였다. 나무 그림자와 달빛이 줄무늬를 이룬 것 같은 풍경 속을 걸어가는 그의 헌칠하고 꼿꼿한 윤곽은 하얀 바탕에서 회색빛으로 보였다.

길모퉁이에 다다라 걸음을 멈추고 뒤돌아보았을 때 켄은 릴라가 대문가에 핀 키 큰 백합들 가운데 서 있는 모습을 보았다. 켄은 손을 흔들었다. 릴라도 흔들었다. 켄이 모퉁이를 돌자 마침내 보이지 않게 되었다.

릴라는 그래도 한동안 그곳에 선 채 안개와 은빛에 잠긴 들판을 가만히 바라보고 있었다. 릴라는 길모퉁이를 사랑한다는 어머니의 말을 들은 일이 있었다. 모퉁이 뒤에 무언가를 감춘 채 사람의 마음을 끌어당긴다고. 하지만 릴라는 길모퉁이가 싫다고 생각했다. 젬과 제리가 길모퉁이를 돌아서 가버리는 것을 보았다…… 그다음에는 월터가…… 그리고 이번에는 켄. 오빠들도, 어린 날 함께 놀던 친구도, 연인도 모두 모퉁이를 돌아 떠나가버렸다. 어쩌면 다시는 돌아오지 못할 수도 있는 길이었다. 그럼에도 여전히 피리 부는 사나이는 피리를 불었고 죽음의 춤은 이어졌다.

릴라가 무거운 발걸음을 옮겨 집에 돌아와보니 수전은 아직 베란다 탁자 옆에 앉아 있었다. 수상쩍게 코를 훌쩍이고 있었다.

"나는 말이야, 릴라, '꿈의 집' 시절을 생각하고 있었어. 케네스 어머니에게 그 애의 아버지가 구혼하던 시절을. 젬은 갓난아기였고, 릴라는 아직 세상에 태어나지 않았고 태어날 줄도 몰랐던 시절이었지. 아주 낭만적인 사건이었고 켄의 어머니와 릴라 어머니는 아주 친한 단짝이었지.

설마 내가 이 나이까지 살아서 그 아들이 싸움터에 나가는 것을 보게 될 줄이야. 이런 일까지 겪지 않더라도, 저 아이 어머니는 젊었을 때 온갖 고생을 다 했는데! 그래도 모두들 또 용기를 내서 끝까지 버텨야지."

수전에 대한 릴라의 노여움은 이미 깨끗이 사라졌다. 입술에는 아직 켄의 키스가 타는 듯이 남아 있고, 켄이 약속해달라고 했던 말에 담긴 의미심장함을 생각하니 머리도 가슴도 온통 설레는 지금, 릴라는 아무에게도 화낼 마음이 없었다. 릴라는 가냘픈 흰 손으로 수전의 볕에 그을리고 마디 굵은 손을 꼭 쥐었다. 수전은 충실하고 오랜 벗이다. 우리 가족을 위해서는 목숨도 내던질 사람이었다.

수전은 릴라의 사랑스러운 손을 쓰다듬으며 말했다.

"릴라, 아가, 피곤할 테니 이제 그만 들어가 쉬는 게 좋겠다. 아까 보니까 오늘 밤 너무 지쳐 이야기할 기운도 없더구나. 내가 마침맞게 돌아와 도와줄 수 있어 다행이었다고 생각했지. 젊은 남자를 상대하는 것은 익숙하지 않으면 참 힘든 일이니까."

릴라는 짐스를 안고 2층으로 올라가 잠자리에 들었으나, 그 전에 오랫동안 창가에 앉아 무지개 성을 다시 쌓아 올리며 반구형 지붕과 작은 성탑도 몇 개 덧붙였다.

릴라는 혼잣말을 했다.

"그나저나, 나는 케네스 포드와 약혼한 걸까, 안 한 걸까?"

세월은 간다

릴라는 처음으로 받은 연애편지를 '무지개 골짜기'의 전나무 그늘 아래 아늑한 장소에서 읽었다. 이미 사는 데 심드렁해진 나이 든 사람들에게야 어떨지 모르지만 첫 번째 연애편지란 10대로선 중대한 사건이다.

릴라는 케네스의 연대가 킹스포트를 떠난 뒤 보름 동안은 둔중하게 마음을 내리누르는 불안함에 시달렸다. 일요일 저녁이면 어김없이 신자들은 교회에서 이 노래를 불렀다.

　　오, 하느님, 우리의 기도를 들으소서
　　바다에서 위험에 빠진 사람들을 위해 간구하오니[1]

그럴 때면 릴라는 목소리가 전혀 나오지 않았다. 왜냐하면 그 가사와 함께, 격침된 배가 무정한 파도 밑으로 가라앉는 가운데 물에 빠진 남자들이 허우적거리고 몸부림치며 소리 질러대는 무서운 광경이 또렷이 눈앞에 떠올랐기 때

---

1) 《구약성서》〈시편〉 107편에 영감을 받아서 1860년에 영국의 찬송가 작사가 윌리엄 화이팅이 그 가사를 썼다고 알려진 찬송가 "영원하신 아버지, 강하신 구원자"로, 미 해군에서 찬가로 사용하며 더욱 대중화됨.

문이었다.

그러다 케네스의 연대가 아무 탈 없이 영국에 도착했다는 소식이 전해졌고, 마침내 케네스가 보낸 편지가 지금 그녀에게 온 것이다. 편지 첫머리는 릴라를 더없이 행복하게 하는 글로 시작되었고, 마지막 부분은 놀라움과 흥분과 기쁨으로 릴라의 볼을 새빨갛게 물들이는 말로 끝맺었다.

처음과 끝 사이의 중간 부분은 켄이 누구에게라도 쓸 법한 여러 가지 소식이 가득 씌어 있는 쾌활한 서한이었다. 그러나 그 첫머리와 마지막 부분 때문에 릴라는 몇 주일 동안이나 편지를 베개 밑에 몰래 넣어 놓고 자면서, 가끔 한밤중에 잠이 깨면 베개 밑에 손을 넣어 편지를 만져보았다. 그리고 이 편지의 절반만큼도 멋진 편지를 쓰지 못하는 연인을 가진 아가씨들을 은근히 동정하는 눈으로 바라보았다.

케네스는 괜히 유명한 소설가의 아들이 아니었다. 그는 몇 마디의 사무치고 의미심장한 단어만으로도 충분히 마음을 담아낼 수 있는 '요령'을 알고 있었다. 그 단어들은 쓰인 말 이상의 뜻을 머금고 있어 몇십 번을 읽어도 전혀 진부하거나 김빠지거나 바보스럽게 느껴지지 않았다. 릴라는 두 발로 땅을 디뎌서가 아니라 마치 구름을 밟고 떠오르는 듯한 기분으로 '무지개 골짜기'에서 집으로 돌아왔다.

그러나 그 가을에는 이같이 희망에 넘치는 순간이 아주 드물었다. 물론 9월 어느 날 연합군이 서부전선에서 대승리를 거두었다는 굉장한 뉴스가 전해져 수전이 밖으로 뛰쳐나가 국기를 건 일은 있었다. 수전이 국기를 건 것은 러시아 전선이 무너진 뒤 처음이었으며, 또 이때를 마지막으로 음울한 몇 달이 기다리고 있었다.

수전이 외쳤다.

"대공격이 마침내 시작되었나 봐요, 사모님. 독일의 최후도 얼마 남지 않았겠죠. 우리 집 도련님들도 크리스마스까지는 돌아오겠군요. 만세!"

'만세'가 입 밖으로 나온 순간 수전은 그 말을 후회하며 그런 철없는 행동에 대해 얌전히 사과했다.

"그렇지만 사모님, 러시아군이 힘을 떨치지 못하거나 갈리폴리[2] 철수가 있었던 끔찍스러운 여름이 지나간 뒤라, 오랜만에 전해진 좋은 뉴스에 저도 모르게 흥분해 말실수가 나왔어요."

올리버 선생이 얼굴을 찡그렸다.

"좋은 뉴스라고요? 이 공격에서 남편이며 연인을 잃어버린 여자들도 그걸 좋은 뉴스라고 여길까요? 자기 연인이나 아들이 그 전선에 있지 않다고 해서 이 승리에는 사람 목숨이 희생되지 않은 양 기뻐해도 되나요."

수전은 강력히 반발했다.

"올리버 선생님, 그렇게 봐선 안 돼요. 요즘 우리에겐 기뻐할 만한 일이 거의 없었고, 그때도 병사들이 자꾸 죽어나가던 건 마찬가지였어요. 선생님은 내 사촌 소피아처럼 우울의 수렁에 빠지지 마세요.

이 뉴스를 들었을 때 소피아는 '그냥 구름이 잠깐 벌어져 틈이 생긴 거지. 이번 주는 좋았다가도 다음 주는 나빠질걸.'이라고 하지 않겠어요.

그래서 난 이렇게 말했죠. 왜냐하면 소피아에게 절대로 져줄 생각이 없으니까요, 사모님. '하느님께서도 두 개의 언덕을 만드시려면 그 사이에 움푹 들어간 골짜기를 만들지 않을 수 없다는 말이 있는데, 그렇다고 해서 우리가 언덕 위에 올라갔을 때 그 언덕을 마음껏 즐기지 말아야 할 이유는 없지.'라고요.

---

[2] 다르다넬스해협과 에게해 사이에 낀 터키반도에 있는 항만도시. 제1차 세계대전에서 영국과 프랑스의 연합군이 상륙작전에 실패한 곳.

그렇지만 소피아는 신음하며 말했답니다.

'갈리폴리 전투는 실패하고, 니콜라이 대공은 항복하고, '루시아(러시아)'의 차르가 독일 쪽으로 기울어 있다는 건 모르는 사람이 없고, 연합군은 탄약도 떨어지고, 불가리아는 독일 측에 가담하려 하고 있잖아. 어디 그뿐이야? 영국과 프랑스는 '베옷을 입고, 재에 앉아 회개할'[3] 때까지 벌을 받아야 할 텐데.'

그래서 전 '영국도 프랑스도 군복을 입고 참호의 진흙바닥에 앉아서 회개하면 될 테고, 독일군인들 회개해야 할 죄가 얼마쯤 없을까?'라고 말했답니다.

그랬더니 소피아는 '독일군들은 타작마당을 정하게 해서 알곡을 곳간에 들이기[4] 위해 하느님께서 쓰시는 도구겠지' 하잖겠어요.

그 말을 듣고는 화를 참을 수가 없었답니다, 사모님. 그래서 '어떤 목적을 위해서라도 하느님이 그런 더러운 도구를 쓰시다니 도저히 믿어지지 않고 앞으로도 믿을 생각 없어. 게다가 목사님은커녕 장로도 아니면서 성경 말씀을 이런 일상 대화 속에서 납신납신 쓴다는 것은 온당치 않아.'라고 일침을 줘서 그 순간은 더 입도 뻥긋 못 하게 했죠.

소피아에게는 도무지 기개라는 게 없어요. 항구 윗마을에 사는 소피아의 조카며느리 딘 크로퍼드 부인과는 딴판이죠. 딘 크로퍼드네는 아들만 다섯 있는데, 이번에도 또 아들이 태어났다는 건 아시죠? 친척들도 그렇지만 특히 딘 크로퍼드는 실망이 컸답니다. 무슨 일이 있어도 딸을 갖고 싶어했으니까요.

그래도 아내는 그냥 웃더니 '올여름은 어디를 가나 〈남자 구함〉이라는 표찰이 떡하니 붙어 있는데, 그런 상황에서 내가 딸을 낳을 수 있겠어요?' 하더라지 뭐예요. 엄청난 기개가 아니겠어요, 사모님? 그렇지만 소피아는 '그 아이도 총

---

3) 《신약성서》〈마태복음〉 11장 21절.
4) 《신약성서》〈마태복음〉 3장 12절.

알받이밖에 더 되겠어.' 하는 거예요."

암울했던 그해 가을에는 사촌 소피아가 자신의 특기인 비관주의를 맘껏 펼칠 거리가 워낙 넘쳐나서, 뼛속까지 낙관주의자인 수전조차 밝은 면을 찾아내기가 쉽지 않았다.

불가리아가 독일 측에 가담했을 때 수전은 겨우 경멸하듯 말했을 뿐이었다.
"된통 혼쭐나고 싶어하는 나라가 하나 더 늘었네요."

그럼에도 그리스의 분쟁에는 너무너무 걱정되어서 수전은 자기 인생철학의 힘으로도 침착하게 견뎌낼 수 없었다.

"그리스 국왕 콘스탄티노스의 아내는 독일 사람이죠, 사모님. 그 사실만으로도 벌써 희망이 꺾여버리는 거예요. 내가 설마 그리스 왕의 아내가 어떤 사람인지까지 신경 써야 할 줄은 생각도 못 했네요! 그 한심한 사내는 아내에게 쥐여 꼼짝도 못 한답니다. 어떤 남자든 그건 좋은 일이 아니에요.

나는 독신녀이고, 독신녀란 독립심을 가져야만 해요. 그렇지 않으면 이리 치이고 저리 치이니까요. 그렇지만 만약 내가 결혼했다면 나는 순종하면서 얌전하게 살았을 거예요. 내 생각에 이 그리스의 소피아 왕비는 너무 건방져요."

그러다 그리스 수상 베니젤로스가 패했다는 소식을 들었을 때 수전은 격노해서 소리쳤다.

"그 못난 콘스탄티노스를 엉덩이부터 먼저 흠씬 두들겨준 다음 산 채로 가죽을 벗기고 싶네요."

블라이드 의사는 아주 진지한 얼굴로 말했다.

"아니, 수전, 놀라운데요. 예법이라는 것은 전혀 생각지 않기로 한 거요? 산 채로 가죽은 벗기더라도 엉덩이를 두들겨주는 벌은 빼는 게 좋겠소."

"콘스탄티노스가 어렸을 때 충분히 엉덩이를 맞았더라면 좀 더 분별이 생겼을 거예요. 하기야 왕자들이란 매 같은 건 맞지 않겠죠. 그러니 문제예요. 연합군은 콘스탄티노스에게 최후통첩을 보냈더군요. 뱀 같은 콘스탄티노스의 가죽을 산 채로 벗기려면 최후통첩 정도로는 어림도 없다고 가르쳐주고 싶네요. 그래도 연합군의 봉쇄로 조금은 분별이 생길지도요. 하지만 그러려고 해도 시간이 얼마쯤 걸릴 텐데, 그 사이에 불쌍한 세르비아는 어떻게 될까요?"

세르비아가 어떻게 되었는지는 곧 알게 되었다. 그동안 수전은 함께 살기 무척 힘든 동거인이 되어갔다. 분을 참지 못한 수전은 꼬마 키치너 말고는 모든 사람이나 물건에 닥치는 대로 분풀이를 했다. 특히 가엾은 윌슨 대통령에게는 인정사정을 봐주지 않았다.

수전은 당당히 공언했다.

"윌슨이 자기 의무를 소홀히 하지 않고 진작에 참전을 했다면 세르비아에서 이 난리가 나는 꼴은 보지 않았겠죠."

블라이드 선생이 말했다.

"온갖 민족이 섞여 사는 미합중국같이 큰 나라가 전쟁에 돌입한다는 것은 쉽지 않은 일이오, 수전."

의사 선생은 이따금 대통령을 변호하며 나섰으나 그것이 윌슨에게 딱히 필요하다고 생각해서가 아니라, 수전을 살살 약올려 화를 돋우는 것이 그의 짓궂은 취미였기 때문이었다.

그러자 수전은 말했다.

"그야 그렇겠지요, 선생님. 당연히 그럴 테지요! 그렇지만 그 말씀을 들으니 옛날이야기가 하나 생각나는데요, 어떤 아가씨가 할머니에게 결혼하겠다고 말했더니, 할머니가 '결혼이란 중대한 일이다.'라고 했어요. 그랬더니 아가씨는 '그래요. 하지만 결혼하지 않는 일은 더 중대해요.'라고 대답했다는 거예요. 이건 내 경험으로 증명할 수 있어요, 선생님. 그러니까 양키들이 참전한 사실보다도 참전하지 않고 버텨왔다는 일이 더 중대하다고 생각해요.

양키들 생각을 제가 잘 알지는 못하지만, 우드로 윌슨이 나서건 나서지 않건 간에, 일단 이 전쟁이 편지나 주고받는 통신교육 학교가 아니란 걸 안 이상 그들도 무엇이든 하려고 팔 걷어붙이고 나설 거라고 봐요."

그러더니 마지막에는 한 손에 든 편수 냄비와 다른 손에 든 수프 국자를 열정적으로 흔들며 덧붙였다.

"그들도 점잔 빼고 앉아서 강 건너 불구경만 할 때가 아니라는 걸 이제는 알겠죠!"

거친 바람이 불며 누렇게 저물어가던 10월 어느 날 저녁, 칼 메러디스가 출정했다. 칼은 18살 되는 생일에 지원했다. 존 메러디스는 굳은 표정으로 칼을 보냈다. 아들이 둘이나 떠나갔다. 이제 남은 아들은 브루스뿐이었다.

존 메러디스는 브루스도 브루스의 엄마도 진심으로 사랑하고 있었다. 그러나 제리와 칼은 젊은 날의 첫사랑이 낳은 아들들이고, 아이들 가운데 세상을 떠난 아내 시실리어의 눈을 지닌 아이는 칼뿐이었다. 군복 위쪽에서 애정을 담아 자기를 보고 있는 그 두 눈과 마주쳤을 때, 존 메러디스는 문득 처음이자 마지막으로 딱 한 번 칼을 회초리로 때리려 했었던 그날 일이 생각났다. 그때에야 비로소 칼의 눈이 시실리어를 닮았음을 알아차렸었다. 그 사실을 이제 와서 새삼스레 다시 느꼈다.

'날 바라보는 아들의 얼굴에서 세상을 떠난 아내의 눈을 다시 볼 수 있는 날이 올까? 참으로 건강하고 멀끔하고 잘생긴 아이로구나!'

이 아들을…… 보내기가…… 괴로웠다. 갈라지고 움푹 파인 들판 여기저기에 '18세 이상 45세 이하의 신체 건강한 남자들'의 시신이 쓰러져 있는 것이 존 메러디스의 눈에 선했다. 바로 얼마 전까지만 해도 칼은 '무지개 골짜기'를 쏘다니며 곤충을 찾고 도마뱀을 잠자리로 가지고 들어가고 주일학교에 개구리를 가져가 글렌 마을 사람들을 질겁하게 만든 작은 남자아이에 지나지 않았는데. 그 칼이 군복을 입은 '신체 건강한 남자'가 된다는 것은…… 어쩐지…… 잘못된 일처럼 여겨졌다. 그러나 칼이 자기도 입대하겠다고 했을 때 존 메러디스는 반대하는 말은 한마디도 하지 않았다.

릴라에게는 칼의 입대가 큰 충격으로 다가왔다. 둘은 원래 단짝이었고 소꿉친구였다. 칼은 릴라와 나이 차이가 많이 나지 않았으므로 함께 '무지개 골짜기'에서 어린 시절을 보냈던 것이다. 둘이 했던 장난이며 짓궂은 일들을 하나하나 떠올리면서 릴라는 무거운 걸음으로 혼자 집으로 돌아왔다.

휙휙 지나가는 구름 사이로 보름달이 얼굴을 내밀자 기묘한 빛이 갑자기 쏟아졌다. 바람에 떨려대는 전화선이 새된 비명을 지르고 있었다. 울타리 구석에서 잿빛으로 시든 가을 미역취의 키 큰 꽃대가 바람에 건들거리며 미친 듯이 릴라를 손짓해 부르는 모습이 흡사 사악한 저주를 걸고 있는 늙은 마녀 무리를 연상케 했다.

오래전 칼은 이런 밤이면 잉글사이드로 와서 휙 휘파람을 불어 릴라를 대문까지 불러냈다.

"릴라, 우리 '달 놀이' 가자."

그리고 나서 둘은 잽싸게 '무지개 골짜기'로 달려갔던 것이었다. 릴라는 칼의 딱정벌레며 곤충류는 조금도 무서워하지 않았으나 뱀만큼은 절대로 보여주지 말라고 일찌감치 선을 단단히 그어 두었다. 둘은 서로에게 감추는 것 없이 거의 모든 일들을 다 이야기했으며 학교에서는 그런 둘을 몹시 놀려댔다. 그러나 10살 무렵 어느 날 저녁 둘은 '무지개 골짜기'의 오래된 샘가에서 서로하고는 절대로 결혼하지 않겠다는 엄숙한 맹세를 했다. 그날 학교에서 앨리스 클로가 석판에 두 사람의 이름을 '짝지어' 썼기 때문이며, 그것은 '둘이 결혼한다'는 것을 뜻했다. 둘은 그것이 마음에 들지 않아 '무지개 골짜기'에서 서로 맹세했던 것이다. 둘의 결심을 막을 방해 요소는 아무것도 없었다.

이 오래된 추억에 릴라는 풋 하고 웃음을 터뜨렸다가 이내 한숨을 내쉬었다. 마침 그날, 런던발 외신으로 '전쟁이 시작된 뒤로 현재 가장 암울한 상황에 처해 있다'는 퍽도 낙관적인 소식이 들어왔던 것이다. 거의 날마다 마을에서 알고 지내던 젊은이가 출정하는 모습을 보는 것만으로도 이미 충분히 암담했다. 릴라는 집에서 마냥 기다리거나 봉사하는 일 말고 뭔가 다른 일을 하고 싶은 마음이 간절했다.

'내가 남자여서 군복을 입고 칼과 함께 서부전선으로 서둘러 갈 수 있다면 얼마나 좋을까!'

젬이 출정했을 때도 그렇게 바랐으나 그때는 어떤 낭만적인 기분에 젖어서 불쑥 나온 생각이었고 진심이라고 할 수는 없었을지도 모른다. 그러나 지금은 진심이었다. 집에서 안전하고 안락하게 지내고 있는 것이 때로는 견딜 수 없을 만큼 힘들었다.

달이 유난히 검은 구름 뒤에서 의기양양하게 얼굴을 내밀자, 그림자와 은색 빛이 물결처럼 넘실거리며 글렌 마을 위에서 서로 술래잡기를 했다. 릴라는 어린 시절 어느 달밤에 달님 얼굴이 너무너무 슬퍼 보인다고 어머니에게 말한 일이 있었다. 지금도 그렇게 보였다. 마치 무서운 광경을 내려다보며 고민과 걱정으로 초췌해진 얼굴 같았다. 달은 서부전선에서 무엇을 보았을까? 무너진 세르비아에서는? 폭격된 갈리폴리에서는?

그날 올리버 선생은 보기 드물게 짜증을 터뜨렸다.

"이렇게 긴장된 감정 상태로 계속 견뎌야 하는 것도 이제 진저리가 날 만큼 질려버렸어요. 날마다 들려오는 소식이라곤 새로운 참상이라든가 앞으로 닥칠 참상에 대한 두려움뿐인걸요.

아니, 저를 그렇게 나무라듯 쳐다보지 마세요, 블라이드 부인. 오늘 난 씩씩한 구석이라곤 하나도 없어요. 절망의 구렁텅이에 빠져 있어요. 벨기에가 어떤 운명에 처하든 영국이 내버려두었더라면 좋았을걸 그랬어요…… 캐나다에서 한 사람의 병사도 보내지 말았더라면…… 남자아이들을 우리 여자들의 치맛자락에 폭 싸서 한 사람도 보내지 말았더라면 좋았을걸 그랬어요. 아, 30분만 지나면 이런 말을 한 나 자신이 부끄러워지겠지만 지금은 한 마디 한 마디가 진심이에요. 연합군은 절대로 공격에 나서지 않으려는 걸까요?"

수전이 깨우쳐주었다.

"인내란 아무리 지쳐도 계속 앞으로 나아가는 암말이지요."

"아마겟돈에서는 적의 군마가 질주하며 우리들의 가슴을 짓밟고 있는데도 말이죠…… 수전, 말해봐요…… 괴로움이 더 이상 견딜 수 없는 데까지 이르러서 소리를 지른다든가…… 하느님 욕을 하든가…… 무엇을 부수고만 싶은…… 그런 한바탕 발작을 일으킨 일이 없나요?"

"나는 하느님을 욕한 적도, 그렇게 하고 싶다고 생각해본 적도 없어요, 올리버 선생님. 하지만……"

수전은 모든 것을 속 시원히 털어놓으려고 결심한 듯 말을 이었다.

"문을 쾅 하고 닫고 나면 기분이 후련해지는 경우는 있었어요."

"그것도 욕을 하는 것과 비슷하다고 생각지 않아요, 수전? 어떤 차이가 있나요, 문을 쾅 닫는 일과 입 밖에 내어 젠……"

"올리버 선생님."

수전은 사람의 힘으로 가능한 선에서 거트루드가 후회할 말을 하지 않게 해 보려는 절박함으로 올리버 선생의 말을 가로막았다.
"너무 지쳐서 마음이 흔들린 거예요. 무리도 아니죠. 하루 종일 그 천방지축 날뛰는 개구쟁이들을 가르치고 집에 돌아오면 또 나쁜 전쟁 뉴스가 기다리고 있으니까요. 이제 2층에 올라가 좀 누워요. 내가 뜨거운 차하고 토스트를 갖다줄게요. 그러면 곧 문을 마구 쾅 닫거나 욕을 퍼붓고 싶다는 마음도 사라질 거예요."
"수전은 역시 좋은 사람이에요…… 온 세상의 수전들 가운데서도 으뜸인 수전이 분명해요! 하지만 수전, 시원하게 욕을 하고 나면 얼마나 기분이 좋겠어요…… 딱 한 번만 낮은 목소리로 젠……."
수전은 단호히 가로막았다.
"발바닥을 따뜻하게 데울 수 있도록 탕파도 갖다줄게요. 그리고 지금 하려는 그런 말을 해 봐야 조금도 속이 시원해지지 않아요, 올리버 선생님. 이 말씀은 믿어도 좋아요."
"그러면 탕파부터 먼저 시험해볼게요."
수전을 짓궂게 놀린 일을 후회하며 올리버 선생이 2층으로 사라진 뒤 수전은 안도의 한숨을 내쉬었다. 탕파에 뜨거운 물을 넣으며 수전은 불길한 듯 머리를 내저었다. 전쟁은 분명 지독할 만큼 모든 사람의 행동 기준을 해이해지게 만들고 있다. 올리버 선생님도 방금 하느님을 모독할 뻔하지 않았는가.
"저 사람의 머리로 피가 쏠리지 않게 해야만 해. 만일 이 탕파가 듣지 않는다면 겨자씨 고약으로 찜질을 한번 해줘 봐야지."
다행히 거트루드는 기운을 되찾고 평소 상태로 돌아갔다.
키치너 경이 그리스에 갔으므로 수전은 콘스탄티노스왕도 이제 곧 생각을 바꾸게 될 거라고 예언했다. 영국의 로이드 조지 수상이 병기와 대포 문제로 연합군을 힐문하기 시작한 것을 보고 수전은 로이드 조지가 뉴스에 더 자주 오르내릴 거라고 했다. 용감한 앤잭 군단[5]이 갈리폴리에서 철수했을 때, 수전은 조건부로 이 조치에 찬성했다. 오스만 제국군에 의해 쿠트 알 아마라의 영국군에 대한 포위가 시작되자 수전은 열심히 메소포타미아 지도를 들여다보며 터키[6]에 대해 험담했다. 유럽으로 떠난 헨리 포드에게 수전은 지독한 조롱의 말을 퍼부었다. 존 프렌치 경이 영국군 서부전선 최고사령관직에서 해임되고, 대신 더글러스 헤이그 경이 취임한 데 대해 수전은 강을 건너가는 도중에 말을 바꾸어 타는 것은 서투른 방책이라고 평했다.

그런 다음 덧붙였다.

"하기야 헤이그가 더 좋은 이름이고 프렌치는 외국 이름 같기는 히지만 말예요."

수전의 눈은 전쟁터라는 거대한 체스판 위의 킹이며 비숍이며 폰의 움직임을 어느 것 하나도 놓치지 않았다. 전에는 글렌세인트메리 소식밖에 읽지 않았던 그 수전이 말이다.

"한때 저는 프린스에드워드섬 아닌 곳에서는 무슨 일이 일어나든 신경 쓰지 않았죠. 그런데 지금은 러시아나 중국에서 왕이 치통이 있다는 것만으로도 걱정을 하는 형편이 되었네요. 블라이드 선생님 말씀대로 제 지식은 넓어질지 모르지만 감정적으로는 몹시 버거워요."

크리스마스가 다시 찾아오자 수전은 집에 없는 사람의 자리를 마련하려 하지 않았다. 빈자리가 둘이나 되고 보니 수전도 견디기 힘들었다. 9월 무렵에만

---

5) 오스트레일리아와 뉴질랜드의 연합군.
6) 튀르키예의 옛 이름.

해도 올해 크리스마스면 빈자리가 하나도 없으리라고 생각했었기 때문이다. 그날 밤, 릴라는 일기에 이렇게 썼다.

월터가 없는 크리스마스는 이번이 처음이다. 젬은 애번리에 크리스마스를 지내러 가서 없을 때도 있었지만, 월터가 크리스마스 때 집에 없는 일은 한 번도 없었다. 오늘 켄과 월터에게서 편지가 왔다. 둘 다 아직은 영국에 있으나 머지않아 참호로 들어갈 듯하다. 그러고 나면…… 하지만 우리는 또 그런대로 견딜 것이다.

내게 1914년 이후로 가장 이상한 일은, 꿈에도 받아들이지 못할 줄 알았던 일들을 우리가 받아들이게 되고…… 당연한 듯 계속 살아간다는 사실이다. 나는 젬과 제리가 참호에 들어가 있고, 켄과 월터도 머지않아 들어갈 것이며, 그 가운데 어느 한 사람이라도 돌아오지 않는다면 내 가슴은 찢어지리라는 것을 알고 있다. 그럼에도 나는 계속 일도 하고 끊임없이 계획을 세운다. 때로는 인생이 즐겁다고 느끼는 때조차 있다. 잠깐 동안 '그곳'의 일이 생각나지 않을 때는 아주 짧지만 진심으로 유쾌한 순간도 있다. 그러다 불현듯 기억이 난다. 그런데 잊혔다가 기억이 나는 것은 줄곧 머리를 떠나지 않았던 것보다 더 못 견딜 일이다.

오늘은 끄느름한 날이었고 밤이 되자 날씨가 점점 사나워져, 올리버 선생님 말씀을 빌리자면, 살인이나 사랑의 도피행에 적당한 소재를 찾는 소설가라면 기뻐할 그런 날이다. 창문 유리를 폭포수처럼 흐르는 빗방울은 뺨을 타고 흘러내리는 눈물처럼 보이고, 바람은 쇳소리를 내며 단풍나무숲을 빠져나가고 있다.

어쨌든 올해는 그리 좋은 크리스마스가 아니었다. 낸은 이가 아팠고, 수전은 토끼처럼 눈이 뻘게져 있으면서도 안 그런 척하려고 거북할 정도로 들뜨게 행동했으며, 짐스는 심한 감기에 걸렸다. 나는 짐스가 크루프[7]에 걸리지 않을까 걱정하고 있다. 짐스는 10월부터 두 번이나 크루프에 걸렸기 때문이다.

처음 걸렸을 때는 나는 죽을 만큼 무서웠다. 아버지도 어머니도 집에 안 계셨기 때문이다. 아버지는 우리 집에 아픈 사람이 있을 때면 늘 집을 비우는 것 같다. 그러나 수전은 전혀 당황하지 않고, 뭘 해야 될지 잘 알고 있어 아침이 되자 짐스의 병세는 완전히 가라앉았다.

짐스는 귀염둥이와 말썽쟁이가 뒤섞여 있다. 16개월인데 여기저기 아장아장 걸어다니며 말도 몇 마디 할 수 있게 되었다. 나를 보고 세상 귀여운 말투로 '윌라-윌'이라고 부른다. 그 말을 들을 때마다 켄이 작별 인사를 하러 와 내가 분노와 행복을 오갔던 그 애달프고도 어처구니없고 그러면서도 기뻤던 밤이 생각난다.

짐스는 흰 살결에 볼은 핑크빛이고 큰 눈에 곱슬머리에다 이따금 새로운 보조개가 보인다. 내가 수프 그릇에 담아 집으로 데려온 그 여위고 노르스름한 못난이 아기라고는 믿을 수 없을 정도다. 짐 앤더슨의 소식을 들은 사람은 아무도 없다. 만일 짐 앤더슨이 돌아오지 않을 때는 짐스를 언제까지나 내 곁에 둘 생각이다. 집안 식구들은 모두 짐스를 너무 귀여워해서 응석받이로 만든다…… 아니, 그렇다기보다도 모건과 내가 가차 없이 가로막지 않았다면 형편없는 응석받이로 키울 뻔했다.

수전은 짐스처럼 영리한 아이는 본 일이 없으며, 악마를 보면 알아볼 줄 안다고 칭찬했다. 수전이 이런 말을 한 이유는 언젠가 짐스가 박사를 2층 창

---

[7] 후두 가장자리에 섬유소성의 가막이 생기는 급성 후두염.

밖으로 집어 던졌기 때문이다. 박사는 떨어지는 도중 하이드 씨로 변해 까치밥나무 덤불에 내리자 침을 뱉고 욕을 했다. 나는 접시에 우유를 담아서 주면서 박사의 기분을 맞추어주려고 했으나 하이드 씨는 거들떠보지도 않고 그날 하루 종일 사나운 하이드 씨인 채로 있었다.

짐스가 최근에 한 저지레는 선룸의 큰 팔걸이의자 방석에 당밀을 잔뜩 발라놓은 일이다. 그리고 아무도 그 사실을 못 알아차린 사이 적십자 일로 찾아온 프레드 클로 부인이 그 위에 앉아버렸다. 새로 만든 비단옷이 엉망이 되어버렸으므로 부인이 짜증을 낸 것도 무리가 아니었다. 그렇지만 클로 부인이 울화통이 터진 나머지 나에게 짐스의 '응석'을 너무 받아준다며 심한 말을 해서 나도 하마터면 폭발할 뻔했다. 하지만 클로 부인이 뒤뚱뒤뚱 걸어서 돌아가버릴 때까지 꾹꾹 눌러 참았다가 터뜨렸다.

"뒤룩뒤룩 살찌고 성질 고약한 지긋지긋한 할망구!"

아, 이렇게 말한 순간 얼마나 통쾌했는지.

그러나 내 말을 들은 어머니가 나무라듯 말했다.

"그분의 아들은 셋이나 전선에 나갔단다."

나는 야무지게 대꾸했다.

"그걸로 어떤 무례한 행동도 다 덮어버리는군요."

그러나 나는 이내 부끄러워졌다. 클로 부인의 아들은 정말로 모두 전선에 나가 있고, 클로 부인은 그 사실을 매우 의연하게 받아들이는 애국자다. 적십자에서도 아주 든든한 사람이다. 요즘처럼 여장부가 많은 세상에서 모든 여장부를 기억하기란 좀 어렵다. 아무리 그래도 그 옷은 모두가 '절약과 봉사'에 집중하고 있는—또는 집중해야 하는—시기에 클로 부인이 1년 사이에 두 번째로 새로 맞춘 비단 드레스였다.

나는 얼마 전부터 또 그 초록색 벨벳 모자를 다시 꺼내 써야만 했다. 파란 밀짚 선원 모자를 더는 쓸 수 없을 때까지 버티면서 계속 썼다. 아, 그 초록색 벨벳 모자는 정말 싫다! 너무 장식도 많고 눈에 띈다. 어째서 이런 것이 마음에 들었는지 나도 모를 일이다. 그러나 쓴다고 맹세했고, 맹세한 이상 쓸 작정이다.

오늘 아침, 셜리와 둘이서 먼데이에게 크리스마스 특식을 주려고 역에 갔다. 먼데이는 지금도 시들지 않은 희망과 신념을 가지고 꿋꿋이 역에서 보초를 서며 기다리고 있다. 때로는 역 근처를 서성거리며 사람들에게 말을 거는 일도 있지만, 나머지 시간은 자기의 작은 개집 문 앞에 앉아 눈도 깜박이지 않고 뚫어지게 기찻길을 바라보고 있다.

우리도 이제는 먼데이를 집으로 데려올 생각을 하지 않는다. 어차피 소용없다는 것을 알기 때문이다. 젬이 돌아오면 먼데이도 함께 집에 돌아올 것이고, 만일 젬이…… 돌아오지 않는다면…… 먼데이는 심장이 뛰는 마지막 날까지 그곳에서 젬을 기다릴 것이다.

어젯밤 프레드 아널드가 왔다. 프레드는 11월에 만 18살이 되었다. 그래서 어머니가 꼭 받아야만 하는 수술이 끝나는 대로 입대한다고 말했다. 요즈음 프레드가 가끔 찾아온다. 나는 프레드를 좋아하지만 내가 프레드에 대해 무언가 특별한 마음을 지니고 있다고 여기는 게 아닐까 생각하면 불안해진다.

프레드에게 켄의 이야기는 할 수 없다. 왜냐하면…… 결국 생각해 보면 이야기할 수 있는 것이 없기 때문이다. 더구나 곧 출정할 사람한테 쌀쌀맞고 서먹서먹하게 구는 것도 싫다. 아주 난처한 상황이다. 전에는 애인이 10명쯤 되면 얼마나 재미있을까 하고 생각했던 때가 있었는데, 지금은 둘도 너무 많아서 주체하지 못하고 있다니.

나는 요리를 배우기 시작했다. 수전이 가르쳐주고 있다. 오래전에 한번 배우려 한 일이 있었다. 아니, 정확히 말하자면 수전이 가르쳐주려고 했던 일이 있었다. 그 두 가지는 완전히 다르다. 그때는 뭘 만들어도 잘되지 않아 요리하고 싶은 마음이 사라져버렸다.

그러나 오빠들이 출정한 뒤로 나는 내 손으로 케이크며 이런저런 먹을거리를 만들어 보내고 싶어 다시 시작했는데, 이번에는 놀라울 만큼 잘되고 있다. 수전은 내가 쓸데없는 말을 하지 않기 때문이라고 하고, 아버지는 이번에는 나에게 진심으로 배우려는 잠재의식이 있기 때문이라고 한다. 내 생각에는 둘 다 맞는 말이다. 어쨌든 나는 멋진 쇼트브레드와 과일 케이크를 만들 줄 알게 되었다.

지난주에는 조금 의욕이 앞서서 슈크림을 만들려 했으나 보기 좋게 실패했다. 오븐에서 넘치처럼 납작해져서 나왔다. 크림을 넣으면 다시 통통하게 부풀어 오를지도 모른다고 생각했지만 부풀지 않았다. 아마 수전은 내심 기뻐하지 않았을까 싶다. 수전은 슈크림 만들기의 명인이어서 집안의 다른 누군가가 자기 못지않게 잘 만든다면 가슴이 찢어질지도 모른다. 수전이 일부러 잘 안 되게 손을 쓴 것은 아닐까? 아니, 이런 의심은 하지 말자.

며칠 전 오후 미란다 프라이어가 '해충 셔츠'라는 퍽이나 매력적인 이름으로 불리는 적십자 옷을 재단하는 일을 도와주러 왔었다. 수전이 그 이름은 고상하지 못하다고 하길래 나는 '흡혈충 샤쓰'라고 하면 어떻겠냐고 했다. 그것은 하일랜드 샌디 할아버지가 부르는 방식이다. 그러자 수전은 고개를 내저었으며 그녀가 나중에 어머니에게 하는 말을 들었다. 수전은 못마땅한 얼굴로 '흡혈충'이니 '샤쓰'니 하는 건 젊은 아가씨들이 입에 담을 만한 말이 아니라고 생각한다고 했다. 지난번 젬이 어머니에게 보낸 편지를 보고 수전은 기겁해서 얼굴이 새파래졌다.

오늘 아침 내가 멋지게 흡혈충 사냥을 해서 53마리나 잡았다는 말을 수전에게 전해주세요!

"사모님, 제가 젊었을 때는 예의범절을 아는 사람이라면 만일 운 나쁘게도 그…… 그 벌레가…… 옮았을 경우, 그것을 되도록 감추었어요. 나도 속좁게 굴고 싶지는 않지만, 그래도 그런 일은 웬만하면 입 밖에 내지 않는 게 좋다고 생각해요."

해충 셔츠 만드는 동안 미란다는 나에게 마음속 괴로움을 모두 털어놓았다. 미란다는 절망의 구렁텅이에 빠져 있었다. 그녀는 조 밀그레이브와 약혼했으며 조는 10월에 입대한 뒤 샬럿타운에서 훈련받고 있다. 미란다의 아버지는 조가 입대했을 때 펄펄 뛰며 미란다에게 다시는 조와 사귀거나 연락을 주고받으면 안 된다고 말했다.

가엾게도 조는 오늘이라도 외국으로 가게 될지 모르므로 가기 전에 미란다와 결혼하고 싶어했다. 이런 말이 오갔다는 것은 즉 '구레나룻 달통이 영감'이 못 하게 해도 둘이 연락을 주고받아 왔다는 이야기가 된다. 미란다는 조와 결혼하고 싶어도 그렇게 할 수 없으므로 가슴이 미어질 것만 같다고 말했다.

"조와 사랑의 도피를 해서 결혼하면 되잖니?"

그런 충고를 하며 나는 조금도 양심의 가책을 느끼지 않았다. 조 밀그레이브는 훌륭한 사람이고, 프라이어 씨도 전쟁이 시작되기 전에는 조를 마음에 들어 했다. 그러니 딸이 자기 가정부 노릇을 계속 해주기를 바라는 이상 곧 미란다를 용서할 것이다. 그러나 미란다는 은빛 머리를 슬프게 내저었다.

"조도 내가 그렇게 해주기를 바라지만 그렇게 할 수는 없어. 어머니가 임종하실 때 내게 '결코 사랑의 도피를 하면 안 된다, 미란다.'라고 하셔서 약속해 버렸는걸."

미란다의 어머니는 2년 전에 돌아가셨는데, 미란다의 말에 의하면 미란다의 아버지와 어머니는 부모의 반대 때문에 사랑의 도피를 해서 결혼했다고 한다. '구레나룻 달통이 영감'이 그랬으리라고는 도저히 상상할 수도 없는 일이다. 하지만 그것이 사실이고 적어도 프라이어 부인은 일생 동안 후회하며 살았던 모양이다. 프라이어 씨와 살아가는 일은 몹시 힘들었고 그것이 부모를 등지고 달아난 데 대한 벌이라 생각하여, 미란다에게는 무슨 일이 있어도 사랑의 도피를 하지 않겠다고 약속하게 한 것이다.

물론 돌아가신 어머니와 한 약속을 깨라고 할 수는 없었으므로, 나는 프라이어 씨가 집에 없을 때 조가 미란다의 집에 와서 결혼할 수밖에 달리 도리가 없다고 생각했다.

그러나 미란다는 말했다.

"그렇게 할 수는 없어. 아버지는 내가 그런 일을 계획하지나 않을까 의심하는지 절대로 집을 오래 비우시는 일이 없어. 조 역시 한 시간쯤 전에 요청해서는 휴가가 허락되지 않고.

그래, 조를 이대로 출정시킬 수밖에 어쩔 도리가 없어. 그는 죽을 거야…… 죽으리라는 걸 난 알 수 있어…… 그리고 나는 가슴이 갈갈이 찢어지겠지."

미란다가 눈물을 뚝뚝 흘려 해충 셔츠를 흠뻑 적셨다! 내가 이런 식으로 쓰는 것은 가엾은 미란다를 동정하지 않기 때문이 아니다. 젬과 월터와 켄에게 편지 쓸 때 재미있게 해주기 위해 무엇이건 되도록 우스꽝스럽게 비꼬아

쓰는 버릇이 붙었기 때문이다.

나는 정말 미란다가 너무너무 가엾다. 미란다는 마음이 여려 아버지를 거역하지 못하지만 그녀 나름대로 진심으로 조를 사랑하고, 아버지의 친독 성향을 몹시 부끄럽게 생각하고 있다. 미란다도 내 마음을 알아차린 듯 말했다.

"나는 전부터 네게 내 고민을 다 털어놓고 싶었어. 지난 1년 동안 너는 정말로 공감을 많이 해주는 사람이 되었으니까."

정말 그런가? 나 스스로도 내가 그전에 자기중심적이었고 생각 없이 굴어왔다는 것은 알고 있다. 얼마나 제멋대로이며 생각이 모자랐던지 지금 다시 생각해도 부끄러워질 정도다. 그러니 나도 그전만큼 나쁘지는 않은 모양이다.

미란다에게 도움이 되고 싶다. 전쟁 중에 결혼식을 성사시키면 정말 낭만적인 일이 될 테고, 게다가 '구레나룻 달퉁이 영감'을 꺾어버리고 싶은 마음도 간절하다. 그러나 계시는 아직 내리지 않았다.

전쟁과 결혼

"사모님, 정말 독일은 점점 더 어처구니없는 짓을 하고 있네요."

수전은 너무 화가 나서 얼굴에 핏기가 없었다.

모두들 잉글사이드 부엌에 모여 있었다. 수전은 저녁거리로 구울 비스킷 재료를 섞고, 블라이드 부인은 젬에게 보낼 쇼트브레드를 만들고, 릴라는 켄과 월터에게 보낼 사탕을 만들고 있었다. (전에는 릴라의 머릿속에 '월터와 켄'이라는 순서였는데 저도 모르는 새 켄의 이름이 먼저 떠오르게 되었다.) 소피아도 뜨개질을 하며 그 자리에 함께 있었다. 남자아이들이 모두 머지않아 죽고 말 것은 확실하다고 여겼지만, 죽더라도 시린 발로 죽기보다는 따뜻한 발로 죽는 편이 낫겠지, 라고 생각하며 소피아는 우울한 얼굴로 부지런히 손을 움직였다.

이 평화로운 장면에 블라이드 의사가 불쑥 뛰어 들어왔다. 오타와의 의사당이 불타버렸다면서 화가 머리끝까지 나서 흥분해 있었다.

수전도 그 말을 듣기가 무섭게 성을 내며 흥분했다.

"그 독일 놈들이 다음에는 무슨 짓을 할 작정일까요? 여기까지 건너와 우리 의사당을 불태우다니! 이런 어이없는 일이 또 어디 있겠어요?"

블라이드 의사는 분을 조금 누그러뜨리며 말했다.

"독일군이 이 일에 책임 있는지는 아직 모르는 일이오."

그러나 그렇다고 굳게 믿고 있었다.

"화재란 때로 어디서 불이 났는지 모르는 일도 있으니까. 지난주 마크 매컬리스터 아저씨네 헛간도 불에 타버렸잖소. 설마 그것도 독일군 탓이라고는 할 수 없겠지요, 수전?"

수전은 불길하게 천천히 고개를 끄덕였다.

"글쎄요, 선생님. 그것도 모르겠군요. 그날 '구레나룻 달퉁이 영감'이 그곳에 있었다고 하더라고요. '구레나룻 달퉁이 영감'이 돌아가고 30분 뒤에 불이 났거든요. 그것만은 사실이에요. 하지만 저도 우리 장로교파의 장로가 남의 집 헛간에 고의적으로 불을 질렀다는 그런 말은 증거가 없는 한 섣불리 하지 않겠어요.

그렇다곤 해도 마크 아저씨 아들이 둘 다 입대한 일이며 마크 아저씨가 지원병 모집 모임이 있으면 반드시 연설을 하는 등의 일을 모르는 사람은 없으니까요, 선생님. 그러니까 독일군이 그분에게 앙갚음하려고 하지 않았겠어요."

소피아가 진지하게 말했다.

"나라면 도저히 지원병 모집 모임에서 연설할 수 없어요. 다른 여성의 아들에게 출정을 해서 살인을 하거나 살인을 당하라고 권한다는 것은 도저히 내 양심이 허락지 않아요."

수전이 말했다.

"그래? 소피아 크로퍼드, 나는 어젯밤 폴란드에서 8살 이하의 어린이 가운데 살아남은 아이가 하나도 없다는 기사를 읽었을 때 어떤 사람에게든 출정하라는 말을 할 마음이 생기던데. 생각 좀 해 봐, 소피아 크로퍼드."

수전은 밀가루투성이 손가락을 소피아에게 흔들어 보이며 말을 이었다.

"8살…… 이하…… 어린이는…… 하나도…… 살아남지…… 않았다고!"

소피아는 한숨을 쉬었다.

"독일군이 모조리 먹어버렸나 보지."

수전으로서는 독일군 탓으로 돌릴 수 없는 죄악이 있는 것 자체가 정말 분한 듯 마지못해 말했다.

"글……쎄. 그건 아니겠지. 독일군이 아직 식인종이 되지는 않은 모양이니까. 뭐, 내가 아는 한에서는. 가엾게도 그 아이들은 굶주리고 버려져서 죽은 거야. 그것도 살인이나 다름없어, 소피아 크로퍼드. 이런 생각을 하면 마음 편히 먹거나 마실 수가 없어."

지역 신문을 읽고 있던 블라이드 의사가 말했다.

"로브리지의 프레드 카슨이 수훈장(殊勳章)을 받았다는군."

수전이 말했다.

"그건 지난주에 들었어요. 프레드는 보병대대 전령으로 무언가 특별히 용감하고 대담한 일을 한 모양이에요. 가족들에게 그 일에 대해 써 보낸 편지가 마침 프레드의 할머니인 카슨 노부인이 죽게 되었을 때 도착했다더군요. 할머니의 숨이 몇 분밖에 안 남아 있던 때였고, 거기에 있던 감독교회 목사가 기도를 해줘도 되겠냐고 물었더니, '네, 네, 기도하고 싶으면 하세요.' 하고 참을 수 없다는 듯이 말하더라지 뭐예요—그 노부인은 딘 집안사람인데, 그 집안사람들은 원래 위세가 당당하거든요—'기도는 해도 좋지만 부탁이니 내게 방해되지 않도록 작은 목소리로 해요. 나는 이 기막히게 좋은 소식에 대해 곱씹고 싶은데, 그럴 겨를이 이제 그리 많지 않으니까요.'라고 말했답니다. 정말 앨미라 카슨답죠. 프레드가 원체 눈에 넣어도 아프지 않을 손자였으니까요. 75살인데도 흰머리 한 가닥 없었다더군요."

블라이드 부인이 말했다.

"그 말을 들으니 생각났는데, 나는 오늘 아침에 흰머리를 하나 찾았어요. 내 첫 흰머리예요."

"실은 얼마 전부터 그 흰머리를 눈치채고 있었어요, 사모님. 그렇지만 입 밖에 내지 않았어요. 지금도 사모님께서 감당할 게 너무 많다고 생각했거든요. 하지만 이미 발견하셨으니 말씀드리는데, 흰머리는 아주 위엄 있다고 생각해요."

블라이드 부인은 좀 슬픈 듯 쓸쓸히 웃으며 말했다.

"나도 나이가 든 모양이야, 길버트. 사람들이 나더러 젊어 보인다고 말하더라. 젊을 때는 사람들이 그런 말 안 하잖아. 그렇지만 은발 한 가닥으로 우울해하진 않을래. 난 어차피 빨강머리를 좋아한 적 없으니까. 길버트, 오래전 그린게이블즈에서 내가 머리를 물들였던 때 일을 이야기했었나? 마릴라랑 나 말고는 아무도 모르는 일이거든."

"그래서 언젠가 갑자기 머리를 싹둑 자르고 학교에 나타났었던 거야?"

"맞아. 독일계 유대인 행상한테서 염색약을 한 병 샀어. 나는 그걸로 머리가 까매질 줄 알았지. 그런데 초록색이 되고 말았어. 그래서 머리를 잘라야만 했던 거야."

수전이 소리쳤다.

"하마터면 위험할 뻔했어요, 사모님. 물론 사모님은 아직 어려서 독일 사람이 어떤지 알지 못했겠지만, 그게 독이 아니라 초록색 염색약이었던 건 하느님의 특별하신 보살핌 덕분이에요."

블라이드 부인은 한숨을 쉬며 말했다.

"그 그린게이블즈 시절이 꼭 몇 백 년 전 일 같아요. 그 시절은 전혀 다른 세계에 속해 있어요. 전쟁이라는 깊은 골이 삶을 둘로 갈라놓은 셈이죠. 앞으로 어떤 일이 기다리고 있을지 모르지만 지나간 과거와는 전혀 다를 거예요. 우리처럼 반평생을 예전 세상에서 살아온 사람이 새로운 세상에 익숙해질 수 있을까 싶어요."

올리버 선생은 읽고 읽던 책에서 얼굴을 들었다.

"느끼셨는지 모르겠는데, 전쟁 전에 쓴 글은 지금 읽으면 너무 아득하게 느껴지지 않나요? 마치 《일리아스》만큼이나 고대의 일을 읽는 것 같아요.

이 워즈워스의 시만 해도 말이죠―상급반 아이들의 입학시험에 나왔던 건데요―제가 대충 훑어봤는데, 한 행 한 행에 어린 고전적인 고요함과 한가로움과 아름다움이 마치 다른 행성에 속한 것 같아요. 오늘날 이 어지러운 세계하고는 저녁샛별만큼이나 동떨어진 것처럼 보여요."

수전은 비스킷을 오븐에 넣으며 말했다.

"요즈음 읽으며 크게 위안받는 것은 성경뿐이에요. 마치 독일군들을 말하는 게 아닐까 싶은 구절이 정말 많아요. 하일랜드 샌디 영감님은 카이저가 바로 〈요한 계시록〉에 나오는 적그리스도가 틀림없다고 단언하지만 나는 그렇게까지는 생각하지 않아요. 제 변변찮은 생각으로는 그건 그에게 너무 과분해요."

그로부터 며칠 뒤인 어느 날 아침 일찍 미란다 프라이어가 잉글사이드로 살짝 찾아왔다. 겉으로는 적십자 옷을 짓기 위해서라는 구실이었지만, 사실은 혼자서 감당할 수 없는 고민을, 공감 잘해주는 릴라에게 의논하러 온 것이었다.

미란다는 개도 데리고 왔다. 그녀가 너무 잘 먹인 데다 안짱다리인 작은 개였는데, 강아지 때 조 밀그레이브가 그녀에게 준 녀석이라 아주 소중히 여겼다. 프라이어 씨는 모든 개를 마음에 들어 하지 않았으나 그 무렵은 딸의 구혼자로서 조에게 호의를 갖고 있었으므로 이 개를 기르도록 허락해주었다. 너무 감사하여 미란다는 아버지를 기쁘게 해주려고 아버지가 끔찍이도 숭배해 마지않는 정치가인 자유당 당수 윌프리드 로리에 경의 이름을 따서 개에게 붙여주었다. (물론 이 칭호는 곧 윌피로 줄었다.) 윌프리드 경은 건강하게 잘 자라서 토실토실해졌다. 그러나 미란다가 지나치게 응석을 받아주어 미란다 말고는 아무도 이 개를 좋아하지 않았다. 릴라는 특히 싫어했는데, 그것은 이 개가 발랑 누워 네 발을 버둥거리며 번드러운 배를 간질여 달라고 잔꾀를 부리는 것이 정말 얄미웠기 때문이었다. 릴라는 미란다의 핼쑥한 얼굴을 보고는 밤새도록 울며 잠을 설쳤다는 것을 알고 2층 자기 방으로 가자고 했다. 긴 넋두리가 이어지리라 생각했기 때문이다. 그러나 윌프리드 경에게는 아래층에서 기다리고 있으라고 명령했다.

미란다는 슬픈 얼굴로 부탁했다.

"오, 윌피도 함께 가면 안 돼? 윌피는 귀찮게 하지 않을 거야. 집 안으로 들어오기 전에 발도 깨끗이 닦아주었어. 낯선 곳에서 나 없이 혼자 있으면 윌피는 정말 쓸쓸해해. 게다가 이제 곧…… 내가 조를 추억할 거리라고는…… 윌피밖에 남지 않을 테니까."

릴라가 별수 없이 뜻을 굽히자 윌프리드 경은 얼룩덜룩한 등 위로 꼬리를 건방진 각도로 들고 의기양양하게 둘을 앞서서 층계를 총총 올라갔다.

방에 들어서자마자 미란다는 울음을 터뜨렸다.

"아, 릴라, 나 너무 괴로워. 얼마나 괴로운지 이루 다 말할 수가 없어. 정말 가슴이 찢어질 것만 같아."

릴라는 미란다 옆 안락의자에 앉았다. 윌프리드 경은 두 사람 앞에 웅크리고 앉아 건방진 핑크빛 혀를 내밀고 듣고 있었다.

"무슨 일이야, 미란다?"

"조가 오늘 밤 마지막 휴가를 받아 돌아온대. 토요일에 편지가 왔어…… 아버지 때문에 조는 나한테 쓴 편지를 밥 크로퍼드 앞으로 보내거든…… 아, 릴라, 조는 나흘밖에 있을 수 없어…… 금요일 아침에는 가야만 한대…… 그러면 조를 다시는 못 만날지도 몰라."

릴라가 물었다.

"조는 지금도 네가 결혼해 주기를 바라니?"

"응, 그래. 몰래 달아나서 결혼하자고 편지에다 애원했어. 그렇지만 릴라, 아무리 조를 위해서라 해도 그렇게는 할 수 없어. 내게 조금이나마 위로가 되는 일은 내일 오후 잠깐 조와 만날 수 있다는 것뿐이야. 아버지가 볼일이 있어 샬럿타운에 가셔야 하거든. 적어도 우리는 제대로 작별 인사를 할 시간은 있는 거야.

하지만 아…… 그다음은…… 릴라, 아버지는 조를 배웅하러 금요일 아침에 역에 나가는 것마저도 허락하시지 않을 게 뻔해."

릴라가 말했다.

"내일 오후 집에서 조와 결혼식을 올리면 되잖니?"

미란다는 너무 놀라 눈물을 삼키다 울컥했다.

"하지만…… 하지만…… 그건 무리야, 릴라."

소녀 적십자단 조직자이며 수프 그릇에 아기를 담아서 데려온 릴라가 망설임 없이 되물었다.

"왜?"

"그게…… 그러니까…… 나는 그런 일은 생각해 본 적도 없고…… 조는 결혼 허가증도 없고…… 게다가 나는 옷도 없어…… 검은 드레스를 입고 결혼할 수는 없잖아. 나는…… 나는…… 우린…… 너는…… 너는……."

미란다는 아예 이성을 잃었다. 미란다가 몹시 괴로워하는 모습을 본 윌프리드 경이 머리를 번쩍 들고 슬픈 소리로 짖어댔다.

릴라는 잠시 동안 골똘히 이리저리 궁리하더니 이윽고 입을 열었다.

"미란다, 만일 내게 맡긴다면 내일 오후 4시 전에 너를 조와 결혼시켜줄게."

"설마, 네가 그런 일을 무슨 수로 할 수 있는데?"

"할 수 있고 또 그렇게 할 생각이야. 하지만 넌 내가 하라는 그대로 따라야 해."

"아…… 나는…… 도저히…… 아, 아버지가 나를 죽이려 할 거야……."

"바보 같은 소리 하지 마. 그야 물론 아버지는 몹시 화를 내시겠지. 그런데 너는 조가 다시는 네게로 돌아오지 않는 것보다 아버지가 화낼 일이 더 무섭다는 거니?"

"아니야, 그렇지는 않아."

갑자기 미란다의 태도가 확고해졌다.

"그럼, 내가 하라는 대로 할래?"

"응, 할게."

"그럼, 조한테 당장 장거리 전화를 걸어서 오늘 밤 결혼허가증과 반지를 구해놓으라고 말해."

"어머나, 그런 말은 할 수 없어."

미란다는 아연실색했다.

"그런…… 그런…… 점잖지 못한 짓은 못 해."

릴라는 이를 악물고 목소리를 낮춰 이렇게 혼잣말을 했다.

"하느님, 부디 저에게 인내심을 주시옵소서."

그런 다음 딱 부러지게 말했다.

"그럼, 전화는 내가 할 테니 그동안 너는 집에 가서 할 수 있는 준비를 최대한 해. 그리고 내가 바느질 좀 도와달라고 전화하거든 곧바로 와."

겁먹고 파랗게 질렸으면서도 필사적인 결의를 굳히고 미란다가 돌아가자 릴라는 전화기로 달려가 샬럿타운으로 장거리 전화를 요청했다. 전화가 놀라울 만큼 빨리 연결되었으므로 하느님께서도 자신의 행위에 찬성해 준 것이라고 릴라는 확신을 더욱 굳혔다. 그러나 병영에 있는 조 밀그레이브와 연락되기까지는 꼬박 한 시간이나 걸렸다. 그동안 릴라는 초조하게 서성대며, 조와 통화가 연락되었을 때 이 전화를 누가 듣고 있다가 '구레나룻 달통이 영감'에게 알리거나 하지 않도록 해달라고 빌었다.

"조예요? 나는 릴라 블라이드예요. 릴라라고요, 릴라…… 아니, 아무래도 좋아요. 잘 들으세요. 오늘 밤 집에 돌아오기 전에 결혼허가증을 받아 와요…… 결혼허가증…… 네, 그래요…… 결혼허가증이요…… 그리고 결혼반지도 준비해요. 알아들었어요? 그러면 그렇게 할 거죠? 좋아요, 반드시 그렇게 해주세요…… 조와 미란다에게 단 한 번의 기회니까요."

대성공을 거두고 상기된 릴라는—릴라의 유일한 걱정은 조에게 연락하는 데 시간이 너무 걸리지나 않을까 하는 것이었으므로—프라이어 부녀의 집으로 전화를 걸었다. 이번에는 그리 운이 좋지 않아 '구레나룻 달통이 영감'이 전화를 받았다.

"미란다니? 어머나, 프라이어 씨군요. 저, 프라이어 씨, 죄송하지만 미란다에게 오늘 오후에 우리 집에 들러서 바느질 좀 도와달라고 말씀 전해주시겠어요? 아주아주 중요한 일이거든요. 그렇지 않으면 미란다를 성가시게 하지 않았을 거예요. 어머나…… 고맙습니다."

프라이어 씨는 얼마쯤 마뜩잖은 목소리였으나 승낙했다. 블라이드 의사를 불쾌하게 할 일은 하고 싶지는 않았으며, 게다가 미란다에게 적십자 일을 아예 못 하게 한다면 사람들이 이러쿵저러쿵 떠들어댈 것이고 글렌 마을에서 편히 지내기는 글렀기 때문이다.

릴라가 부엌으로 가서 의중을 쉬이 알 수 없는 묘한 표정으로 문이란 문은 모두 닫자 수전은 무슨 일인가 싶어 짐짓 놀랐다.

릴라는 엄숙하게 말했다.

"수전, 오늘 오후에 웨딩 케이크를 만들어줄 수 있겠어요?"

"웨딩 케이크라고?"

수전은 눈을 둥그렇게 떴다.

'릴라는 전에 아무 예고도 없이 전쟁고아를 데려온 일이 있는데, 이번에도 그 못지않게 갑작스럽게 어디서 남편이라도 데려온다는 말일까?'

"네, 웨딩 케이크요. 근사한 웨딩 케이크 말예요. 건포도와 달걀, 레몬 필도 듬뿍 넣은 훌륭한 웨딩 케이크로요. 그리고 다른 것도 만들어야 해요. 내일 아침에는 나도 돕겠지만, 오늘 오후에는 도울 수가 없어요. 웨딩드레스를 만들어야 하는데 시간에 쫓기고 있으니까요."

수전은 이런 충격을 감당하기엔 자기는 너무 늙었다고 느꼈다.

수전은 힘없이 물었다.

"누구하고 결혼할 생각이니, 릴라?"

"수전, 그 행복한 신부는 내가 아니에요. 미란다 프라이어가 내일 오후 아버지가 샬럿타운에 가고 없는 동안 조 밀그레이브하고 결혼하기로 했어요. 전쟁통의 결혼식이에요, 수전. 너무 낭만적이고 가슴이 막 두근거리지 않아요? 이토록 흥분되는 일은 난생처음이에요."

이 흥분은 곧 잉글사이드 가득히 퍼져 블라이드 부인과 수전에게까지 옮았다.

"바로 그 케이크를 만들어야겠어요."

수전은 흘끔 시계를 보며 말을 이었다.

"사모님, 사모님은 과일을 준비하고 달걀 거품을 내주시겠어요? 그러면 저녁 때까지는 케이크를 오븐에 넣을 수 있을 거예요. 샐러드며 다른 음식은 내일 아침에 만들면 되니까요. '구레나룻 달통이 영감'의 코를 납작하게 해주기 위한 일이라면 밤새도록이라도 일할 수 있어요."

미란다는 울먹이며 정신없이 헐레벌떡 달려왔다.

릴라가 말했다.

"내 흰 드레스를 네가 입을 수 있도록 고쳐야 해. 조금만 손질하면 네게 꼭 맞을 거야."

잘라내고 입어보고 가봉하고 꿰매면서 두 아가씨는 목숨이 걸린 일인 양 힘껏 옷을 만들었다. 쉴 새 없이 노력한 덕에 7시쯤에는 드레스가 완성되어 미란다는 릴라의 방에서 입어보았다.

미란다는 한숨을 쉬었다.

"정말 예쁘다…… 아, 하지만 베일이 있으면 얼마나 좋을까. 나는 전부터 아름다운 하얀 베일을 쓰고 결혼하는 게 꿈이었는데……."

어느 마음씨 착한 요정이 안타까운 신부의 소원을 이루어주려고 준비하고 있었음에 틀림없었다. 문이 열리고 블라이드 부인이 안개 같은 천을 한 아름 안고 들어왔다.

"미란다, 내일 내 베일을 네가 써주었으면 해. 내가 그리운 그린게이블즈에서 신부가 된 지 벌써 24년이 되는구나. 더없이 행복한 신부였었지. 행복한 신부의 베일은 행운을 가져다준다고 하잖니."

"어머나, 친절하시게도. 고맙습니다, 블라이드 부인."

미란다는 어느덧 눈물이 그렁그렁 맺혀 있었다.

미란다는 베일을 써보았다. 수전은 잠깐 들여다보고 칭찬은 했으나 오래 있지는 않았다.

"케이크를 오븐에 넣었거든요. 그래서 잘 지켜보면서 기다리는 중이에요. 저녁 뉴스는 니콜라이 대공이 에르주룸을 공략했다는 것이었어요. 터키가 정신이 번쩍 들 일이죠. 니콜라이 대공의 말을 안 들은 것은 잘못된 일이었다고 러시아 차르에게 제가 직접 말해줄 수 없어 유감이네요."

수전이 아래층 부엌으로 모습을 감췄는가 싶더니 쿵 하는 큰 소리가 나고 이어서 귀가 찢어질 듯한 비명이 울려 퍼졌다. 모두들 부엌으로 쏜살같이 달려갔다. 블라이드 의사와 올리버 선생, 블라이드 부인, 릴라, 베일을 쓴 미란다까지.

수전은 부엌 바닥 한가운데에 멍한 얼굴로 털썩 주저앉아 있었다. 조리대에는 하이드 씨로 둔갑했음을 한눈에 알 수 있는 '박사'가 등을 둥그렇게 웅크리고 눈빛을 번뜩이며 꼬리를 여느 때의 세 배나 부풀리고 서 있었다.

블라이드 부인이 놀라 소리쳤다.

"수전, 왜 그래요? 굴렀어요? 다치기라도 했어요?"

수전은 일어서며 험상궂은 표정으로 말했다.

"아니에요, 다치지는 않았어요. 부딪치긴 했지만요. 놀라실 것 없어요. 어떻게 된 거냐 하면…… 제가 두 발로 저 '젠장맞을' 고양이 녀석을 걷어차려다가 이렇게 된 거예요."

모두들 배를 쥐고 웃었다. 블라이드 의사는 도무지 웃음을 멈추지 못했다.

"오, 수전, 수전. 내가 살면서 수전이 욕하는 걸 들을 날이 올 줄은 꿈에도 생각지 못했소."

"죄송해요."

수전은 진심으로 후회했다.

"젊은 아가씨가 둘이나 있는데 그 앞에서 이런 나쁜 말을 쓰다니 미안해요. 하지만 저는 저 고양이가 분명 젠장맞을 녀석이라고 말했고, 틀림없이 젠장맞을 녀석이에요. 악마하고 한통속이라니까요."

"머지않아 저 고양이가 펑 하는 소리와 함께 유황 냄새를 풍기며 사라져버릴 거라는 거요, 수전?"

"때가 되면 제자리로 돌아갈 거예요. 이 말씀은 믿어도 좋아요."

수전은 뚱하게 말하고 몸을 문지르며 오븐 쪽으로 갔다.

"내가 쾅 하고 떨어진 진동으로 케이크가 풀썩 내려앉았을지도 모르겠군요."

그러나 케이크는 내려앉지 않았다. 웨딩 케이크로 더없이 멋지게 구워졌으며 수전은 그 케이크에 아름답게 아이싱을 입혔다. 다음 날 오전 내내 릴라와 수전은 열심히 결혼식 음식을 만들었고, 미란다에게서 아버지가 무사히 외출했다는 전화가 걸려오자마자 곧 모든 것을 뚜껑 달린 큰 바구니 속에 담아 프라이어 부녀의 집으로 가져갔다.

이윽고 군복 차림의 조가 몹시 흥분한 모습으로 들러리인 맬컴 크로퍼드 중사와 함께 도착했다. 하객은 꽤 많았다. 목사관과 잉글사이드 사람들 모두에다가 조의 친척들이 어머니까지 포함해서 열 명 넘게 와 있었기 때문이다. 조의 어머니 '죽은 앵거스 밀그레이브 부인'은 같은 이름을 가진 살아 있는 앵거스의 부인과 헷갈리지 않기 위해 그처럼 명랑한 이름을 얻었다. '죽은 앵거스 부인'은 '구레나룻 달퉁이 영감' 집안과 결혼하는 일이 마냥 기쁘지는 않아 탐탁지 않은 얼굴을 하고 있었다.

마침내 미란다 프라이어는 휴가를 얻어 돌아온 조 밀그레이브 병사와 결혼했다. 마땅히 낭만적인 결혼식이어야 했을 텐데도 그렇지 못했다. 낭만과는 거리가 먼 요인이 너무나 많았던 점을 릴라도 인정하지 않을 수 없었다.

우선 웨딩드레스를 입고 베일을 썼는데도 미란다는 아주 납작한 얼굴의 평범하고 보잘것없는 신부였다. 둘째로 조가 결혼식이 거행되는 동안 내내 울어서 미란다는 그 일로 걷잡을 수 없이 짜증이 났다. 시간이 오래 지난 뒤에 미란다는 릴라에게 이야기했다.

"그때, 그 자리에서 조에게 나와 결혼하는 게 그토록 싫으면 하지 않아도 좋다고 말해주고 싶을 정도였어. 하지만 조는 이제 곧 나를 두고 떠나야 한다는 생각만 자꾸 들었기 때문에 그렇게 서럽게 울었다지 뭐니."

셋째로 여느 때는 사람들 앞에서 얌전했던 짐스가 낯가림에다 고집까지 합쳐져 생떼를 쓰면서 목청껏 '월라'를 찾으며 울기 시작했다. 짐스를 밖으로 데리고 나가주는 사람은 아무도 없었다. 모두들 결혼식이 보고 싶었기 때문이다. 그래서 신부 들러리인 릴라가 짐스를 받아 결혼식이 거행되는 동안 줄곧 안고 있어야만 했다.

넷째로 윌프리드 로리에 경이 경련을 일으켰다. 윌프리드 경은 한구석에 놓인 미란다의 피아노 뒤에 단단히 자리를 잡고서, 발작하는 내내 야릇하기 이를 데 없는 기분 나쁜 소리를 냈다. 맨 처음엔 흥분해서 뒤틀린 소리를 계속 내더니 소름 끼칠 듯한 꺽꺽거리는 소리로 바뀌었다가 마지막에는 목이 졸린 듯한 비명으로 공포스럽게 마무리 지었다.

메러디스 목사의 주례사는 이따금 윌프리드 경이 숨을 쉬기 위해 울부짖음을 그칠 때 말고는 한 마디도 알아들을 수 없었다. 신부 쪽을 보는 사람도 수전 말고는 아무도 없었다. 수전만은 홀린 듯이 미란다의 얼굴에서 눈을 떼지 못했다. 다른 사람들은 모두 개 쪽을 보고 있었다.

미란다는 긴장해서 와들와들 떨고 있었는데, 윌프리드 경이 경련을 시작하자마자 긴장조차 까맣게 잊었다. 머릿속에는 소중한 개가 죽어가는데 곁에 가 줄 수 없다는 생각뿐이었다. 결혼식 주례사는 하나도 미란다의 기억에 하나도 남지 않았다.

릴라는 짐스를 안은 채 어떻게든 신부의 들러리에 어울리는 황홀하고 낭만적인 모습을 보이려고 열심히 애썼지만, 그 노력도 헛수고임을 깨달았다. 그러고는 때와 장소에 어울리지 않는 웃음을 터뜨리지 않으려 웃음을 참는 데 온 힘을 쏟았다. 방 안에 있는 어느 누구도—특히 '죽은 앵거스 부인'을—보지 않으려 애썼다. 자칫 잘못해서 이를 악물고 참아왔던 웃음이 갑자기 터져 나와 젊은 숙녀답지 않은 웃음소리를 냈다가는 큰일이기 때문이었다.

그래도 우여곡절 끝에 두 사람의 결혼식이 무사히 끝나고 그 뒤 사람들은 모두 식당에서 축하 음식을 먹었다. 그 음식은 한 달은 걸려 마련했다고 여겨질 만큼 호화롭고 푸짐했다. 사람들은 모두 무언가를 싸왔다. '죽은 앵거스 부인'은 큼직한 애플파이를 갖고 왔는데, 그것을 식당 의자 위에 올려놓고 까맣게 잊어버린 채 본인이 깔고 앉아버렸다. 그 덕분에 '죽은 앵거스 부인'의 기분도 검정 비단 예복도 엉망이 되어버렸지만, 파이는 없어도 떠들썩한 잔치에 전혀 지장이 없었다. 결국 '죽은 앵거스 부인'은 파이를 도로 집으로 가지고 돌아갔다. 누가 뭐래도 반전주의자인 '구레나룻 달통이 영감'네 돼지에게 먹일 수는 없었기 때문이다.

그날 저녁 조 밀그레이브 부부는 기운을 되찾은 월프리드 경을 데리고 포윈즈 등대로 떠났다. 조의 삼촌이 지키고 있는 이 등대에서 두 사람은 짧은 신혼여행을 보낼 작정이었다. 우나와 릴라와 수전은 설거지와 뒷정리를 하고, 프라이어 씨를 위해 싸늘하게 식은 저녁 식사와 미란다가 써놓고 간 짧고 애절한 편지를 식탁에 올려놓고 집으로 돌아갔다. 신비로운 꿈결 같은 겨울의 저녁놀이 베일처럼 글렌 마을을 감싸고 있었다.
 모처럼 수전이 감상적인 말을 했다.
 "나도 전쟁 신부가 되어도 나쁘지는 않았을 텐데."
 그러나 릴라는 얼마쯤 맥이 빠졌다. 어쩌면 지난 36시간 동안의 걷잡을 수 없는 흥분과 바쁨에 대한 반동일 수도 있었다. 웬일인지 실망스러움을 느꼈다. 전체적으로 우스꽝스러웠고, 미란다와 조는 눈물범벅에다 평범하기 그지없었다.
 릴라는 볼멘소리로 말했다.
 "미란다가 밉살스러운 그 개에게 먹을 것을 그토록 터무니없이 많이 주지 않았더라면 경련은 일으키지 않았을 텐데. 내가 단단히 주의를 주었거든요. 하지만 미란다는 불쌍한 개를 굶주리게 할 수 없다는 거예요. '이제 내게 남은 건 이 아이뿐일 테니까.'라느니 어쩌니 하면서요. 난 정신 차리라고 마구 흔들어주고 싶더라니까요."
 수전이 다시 말했다.
 "신랑 들러리는 신랑인 조 이상으로 흥분했더라. 미란다에게 연신 '행복을 빌어요.'라고 말하던걸. 미란다는 그리 행복해 보이지 않았지만, 이런 상황에서는 어쩔 수 없는 일이었는지도 모르지."
 릴라는 생각했다.
 '아무튼 이 일로 젬을 비롯한 모두에게 포복절도할 편지를 쓸 수 있겠다. 월프리드 경의 일로 젬은 죽어라고 웃을 테지.'
 그러나 전쟁 통에 치러진 결혼식은 릴라에게 실망스러웠을지 모르지만, 금요일 아침 글렌역에서 미란다가 신랑을 배웅하는 장면은 더 바랄 나위가 없을 만큼 뭉클했다. 그날 새벽은 진주처럼 뽀얗고 다이아몬드처럼 투명했다. 역

뒤의 향기로운 전나무숲은 서리가 내려 안개에 싸인 듯했다. 차디찬 달이 새벽의 눈 덮인 들판 위에 걸려 있고, 황금빛 솜털 같은 아침 햇살은 잉글사이드 단풍나무숲 위에서 빛나고 있었다.

조는 얼굴이 핼쑥한 작은 신부를 꼭 끌어안고, 미란다는 살며시 얼굴을 들어 조를 쳐다보았다. 갑자기 릴라는 울컥했다. 미란다가 보잘것없고 흔해빠졌다든가 얼굴이 납작하다든가 하는 것은 문제가 되지 않았다. '구레나룻 달통이 영감'의 딸이라는 것도 문제가 아니었다. 중요한 것은 미란다의 눈에 어린 황홀하고 자기희생적인 눈빛—헌신과 충실과 용기의 성화(聖火)를 결코 꺼뜨리지 않은 채 기다리겠다는 무언의 약속—이었다. 그 성스러운 불꽃은 미란다를 비롯한 수많은 여인들이 남편이 서부전선을 지키고 있는 동안 그들의 집에서 계속 타오르는 것이었다.

이런 순간을 훔쳐보아선 안 된다고 여긴 릴라는 좀 떨어진 곳으로 갔다. 플랫폼 끄트머리까지 가보니 거기엔 월프리드 경과 먼데이가 마주 앉아 있었다.

월프리드 경은 얕보는 태도로 물었다.

"잉글사이드에서 배불리 먹고 난롯가 카펫 위에서 뒹굴뒹굴할 수 있는데 너는 어째서 이런 헐어빠진 창고에서 어정거리고 있는 거지? 충직한 척 폼 잡는 거냐, 아니면 그렇게 해야만 한다는 고정관념 때문이야?"

이에 대한 먼데이의 대답은 간단했다.

"여기서 만나기로 약속한 사람이 있어서 그래."

기차가 떠난 뒤 릴라는 떨고 있는 미란다 곁으로 다가갔다.

미란다가 말했다.

"이제 가버렸어. 그리고 영영 돌아오지 않을지도 몰라…… 하지만 나는 그의 아내니까 그에게 걸맞은 사람이 될 작정이야. 집으로 돌아가겠어."

릴라가 걱정스러운 듯 물었다.

"지금은 우리 집으로 가는 게 낫지 않을까?"

미란다와 조의 결혼을 프라이어 씨가 어떻게 받아들였는지 아직 아무도 알지 못했다.

"아니, 조가 독일군과 맞설 수 있다면 나도 아버지에게 맞설 수 있어. 군인의 아내는 겁쟁이여서는 안 돼. 이리 와, 윌피. 곧장 집으로 돌아가 최악의 상황에 부딪쳐볼 거야."

그러나 우려했던 무서운 상황은 없었다. 어쩌면 프라이어 씨가 가정부를 구하기란 좀처럼 쉽지 않다는 것과 미란다를 반겨줄 밀그레이브 집안이 여러 채 생겼다는 것, 게다가 부재자 수당이라는 것도 나온다는 점 등을 고려한 결과인지도 모른다.

어쨌든 프라이어 씨는 미란다에게 퉁명스러운 말투로 이렇게 말했을 뿐이었다.

"그런 바보짓을 하다니. 평생 후회할 게다."

그러나 그 이상의 심한 말은 하지 않았으므로 조 밀그레이브 부인은 앞치마를 두르고 늘 하던 집안일을 하기 시작했다. 한편 등대가 겨울의 거주지로 탐탁지 않다고 여겼던 윌프리드 로리에 경은 장작통 뒤에 있는 자기의 아늑한 구석 자리에 들어앉아 전쟁 통의 결혼식이 마침내 끝나 마음이 놓인 듯 스르르 잠들었다.

"놈들은 지나갈 수 없어."

 잿빛으로 찌푸린 2월의 어느 쌀쌀한 아침, 진저리 치며 눈을 뜬 거트루드 올리버는 살그머니 릴라 방에 가서 릴라 곁으로 파고들었다.

 "릴라, 나 무서워 죽겠어…… 꼭 갓난아기처럼 겁이 나…… 또 그 이상한 꿈을 꾸었어. 뭔가 무서운 일이 일어날 거야…… 나는 알아."

 릴라가 물었다.

 "무슨 꿈이었는데요?"

 "나는 또 베란다 층계에 서 있었어. 등대에서 댄스파티가 열리기 전날 밤에 꾸었던 꿈에서처럼. 하늘에는 시커멓고 커다란 뇌운이 위협하듯 동쪽 하늘에서부터 몰려왔어. 내 눈에는 구름보다 먼저 구름의 그림자가 달려오는 게 보였고, 내가 그 구름에 완전히 싸여버렸을 때 얼음장 같은 추위에 몸이 부르르 떨렸어…… 그러더니 폭풍우가 몰아쳤어…… 무시무시한 폭풍우였지…… 눈을 뜰 수 없을 만큼 눈이 부신 번개가 쉴 새 없이 번쩍이고 귀가 먹먹해지는 천둥소리가 요란하게 울리고 비는 폭포가 쏟아지듯 퍼부었어.

 나는 무서워 어쩔 줄 몰라 안전한 곳으로 달아났는데, 한 남자—프랑스 육군 장교 제복을 입은 병사—가 베란다 층계를 뛰어올라와 나랑 나란히 문턱에 섰어. 그의 제복은 가슴의 상처에서 흐르는 피로 흠뻑 젖었고, 그는 진이다 빠져 있었어. 그렇지만 양 볼이 푹 꺼진 파리한 얼굴에 표정만은 결연했고 눈은 형형히 빛나고 있었어.

'놈들은 지나갈 수 없어.' 하고 그 병사가 나직하나 격정적인 투로 말하는 목소리가 미친 듯한 비바람 속에서도 내 귀에 또렷이 들렸어.

그 순간 눈을 번쩍 떴지. 릴라, 나 무서워…… 봄이 와도 우리 모두가 기다려 온 대공격은 이루어지지 않을 거야…… 그뿐 아니라 오히려 프랑스가 무시무시한 대공격을 받을 거야. 틀림없어. 독일군은 어딘가를 격파하려 할 거야."

릴라는 진지하게 물었다.

"하지만 그 사람이 '놈들은 지나갈 수 없어.'라고 했다면서요?"

블라이드 의사는 거트루드의 꿈 이야기에 웃곤 했지만, 릴라는 결코 웃는 일이 없었다.

"그것이 예언인지 아니면 절박한 마음에서 뱉은 말인지는 몰라, 릴라. 그렇지만 그 꿈의 무서움이 지금도 나를 얼음장처럼 얼어붙게 해. 머지않아 우리는 모든 용기를 끌어모아야 하게 될 거야."

블라이드 의사는 아침 식탁에서는 웃었다. 그러나 그 이후로 두 번 다시 올리버 선생의 꿈 이야기에 웃지 않게 되었다. 왜냐하면 그날 베르됭[1] 공격이 시작되었다는 뉴스가 들어오고, 그 뒤로 이어진 아름다운 봄의 몇 주일을 잉글사이드 사람들은 모두 걱정에 휩싸여 무거운 마음으로 지냈기 때문이다. 필사적으로 지키는 프랑스 방어선에 독일군이 한 발 한 발 다가오는 동안, 절망 속에서 끔찍한 패전 소식을 기다리는 나날도 있었다.

수전의 몸은 먼지 하나 없는 잉글사이드 부엌에서 부지런히 일을 하고 있었

---

[1] 프랑스 북부 뫼즈 강변에 있는 룩셈부르크 국경에 가까운 도시.

으나, 생각은 베르됭 언저리에 있는 언덕으로 달려가 있었다. 밤이 되면 맨 마지막으로 반드시 블라이드 부인 방에 머리를 들이밀고 말했다.

"사모님, 오늘도 프랑스군이 '까마귀숲'을 빼앗기지 않았으면 좋겠네요."

날이 샐 무렵 눈이 번쩍 뜨이면―분명 어떤 예언자가 이름을 붙인 것이 틀림없을―'죽은 자의 언덕'이 아직 프랑스 병사들에 의해 지켜지고 있을까 생각했다. 수전은 마음만 먹으면 연합군 참모총장조차도 만족할 게 틀림없을 만큼 상세한 베르됭 언저리의 지도를 그릴 수 있을 정도였다.

올리버 선생은 비통한 목소리로 말했다.

"만일 독일군이 베르됭을 손에 넣는다면 프랑스군의 사기가 꺾여버릴 거예요."

"하지만 결코 손에 넣지 못할 거예요."

수전은 말은 굳세게 했지만, 그런 일이 벌어질까 봐 너무 걱정이 된 나머지 그날 점심조차 먹는 둥 마는 둥 했다.

"우선 올리버 선생님이 그렇게 되지 않는다는 꿈을 꾸었잖아요. 프랑스군이 마침 하려던 말을 선생님이 먼저 꿈으로 꾼 셈이에요. '놈들은 지나갈 수 없어.'라는 말을 똑똑히 들었다고 말씀하셨잖아요. 신문에서 그것을 읽었을 때 선생님의 꿈 이야기가 생각나서 경외감에 온몸이 싸늘해졌는걸요. 사람들이 그런 꿈을 자주 꾸었던 성서시대처럼 느껴져서요."

거투르드 올리버는 초조하게 서성거렸다.

"알아요…… 알아요. 나도 내 꿈을 믿으려고 끈질기게 매달리고 있어요…… 그런데 나쁜 소식을 들을 때마다 그 믿음이 흔들려요. 그럴 때면 나 자신에게 그저 '단순한 우연', '잠재의식 속의 기억' 따위일 뿐이야라고 말해요."

"어떤 기억이 됐든 아직 아무도 말한 적 없는 것을 기억할 리가 있나요. 그야 저는 올리버 선생님이나 우리 의사 선생님처럼 많이 배우지는 못했지만요. 하지만 만일 그처럼 간단한 것도 의심해야 한다면 차라리 못 배운 편이 나아요. 어쨌든 만일 독일군이 베르됭을 공략했다 하더라도 걱정할 필요는 없어요, 군사상 중요하지 않다고 조프르가 말했으니까요."

거트루드가 대꾸했다.

"그 뻔한 위로의 말은 질 것 같을 때마다 들어서 신물이 나네요. 이젠 그 주문도 효력을 잃었어요."

4월 중순의 어느 저녁때, 메러디스 목사가 말했다.

"여태까지 이 세상에 이런 전쟁이 일어났던 적이 있었을까요?"

의사가 절망적으로 말했다.

"너무 어마어마한 규모여서 우리가 파악할 수 있는 한계를 넘어섰어요. 호메로스 서사시에 나오는 다툼 정도는 이에 비할 바도 못 되죠. 트로이 전쟁의 모든 일이 베르됭 요새 주변에서 벌어졌다 한들 신문 특파원이 기껏해야 한 줄 이상 할애했을까요. 나는 초자연적인 힘을 믿지는 않지만……."

의사는 거트루드에게 눈을 찡긋했다.

"이 전쟁 전체의 운명은 베르됭이 어떻게 되는가에 달려 있는 것 같다는 예감이 드네요. 수전이나 조프르가 말하듯 군사상의 중요성은 그리 없지요. 하지만 이상(理想)으로서는 헤아릴 수 없는 어떤 중요성을 갖고 있어요. 독일군이 만일 거기서 이기면 전쟁 전체에서 승리할 겁니다. 만일 진다면 전세가 뒤집힐 거고요."

메러디스 목사가 딱 잘라 말했다.

"독일군은 질 수밖에 없습니다. 이상을 정복할 수는 없으니까요. 프랑스는 확실히 대단해요. 프랑스에서 문명의 눈부시게 흰 형상이 야만의 검은 힘에 단호하게 맞서는 모습을 봅니다. 전 세계 사람들이 이것을 깨달았기 때문에 모두들 이 전쟁의 결과를 숨죽이고 지켜보고 있는 겁니다.

이것은 단순히 몇몇 요새의 주인이 바뀌었다거나 피로 물든 땅을 몇 마일 더 뺏거나 빼앗기는 그런 단순한 문제가 아니에요."

거트루드가 꿈꾸듯 물었다.

"우리가 겪은 이 모든 괴로움에 대해 그 희생 못지않은 큰 축복이 보상으로 주어질까요? 세계가 이토록 고통에 몸부림치는 것은 어떤 놀라운 신기원을 낳기 위한 산통일까요? 아니면 헛되이 '1조 개의 태양의 빛 속에서 싸우는 개미들의 소란'[2]에 지나지 않는 것일까요? 메러디스 목사님, 우리는 개밋둑을 무너뜨리거나 개밋둑에 사는 개미의 절반을 절멸시키는 재해를 아주 대수롭지 않게 생각하지요. 온 우주를 다스리는 하느님께서 우리 인간을 과연 우리가 개미를 생각하는 것 이상으로 소중하게 생각할까요?"

메러디스 목사의 검은 눈이 날카롭게 번쩍 빛났다.

"선생님은 하느님의 무한한 힘은 무한히 큼과 동시에 한없이 작아질 수도 있다는 것을 잊고 계십니다. 따라서 하느님께서는 그 어느 쪽도 아닌 우리 인간이 감히 이해하기엔 너무 큰 것도, 또한 너무 작은 것도 있는 것입니다. 한없이 작은 것으로는 개미가 곧 마스토돈[3]만큼이나 큰 중요성을 갖습니다.

우리는 신기원을 낳는 고통을 목격하고 있는 것입니다. 하지만 그 신기원도 다른 모든 새로운 것과 마찬가지로 약하디약한 몸을 지닌 울부짖는 생명으로 태어날 것입니다. 나는 이 전쟁의 직접적인 결과로써 새로운 천국이나 새로운 세계를 기대하는 사람 가운데 하나는 아닙니다. 그것은 하느님께서 일하시는

---

2) 앨프리드 테니슨의 시 〈광막함〉에서 따옴.
3) 제3기 중기에 지구상에 번성하다가 멸종한 거대한 코끼리.

방식이 아니니까요. 그러나 올리버 선생님, 하느님께서는 일을 하고 계시고, 마침내는 그분의 목적을 이루실 것입니다."

부엌에서 수전은 감탄하며 중얼거리고 있었다.

"건전하고 정통적인 교리야…… 건전하고 정통적인 교리."

수전은 이따금 토론에서 올리버 선생이 목사님에게 깔아뭉개지는 것을 보면 기분이 좋았다. 올리버 선생을 아주 좋아하지만 목사님께 이교도적인 말을 너무 자주 하고 싶어하므로, 신학의 문제는 올리버 선생의 직분을 넘어서 있음을 이따금 깨닫게 해줄 필요가 있다고 생각했다.

5월에 월터로부터 수훈장을 받았다는 소식이 왔다. 무엇으로 받았는지 월터는 쓰지 않았지만 다른 사람들이 월터가 한 용감한 행위를 글렌 마을이 알아야 한다고 생각해 그 궁금증을 풀어주었다.

제리 메러디스가 보낸 편지에 이렇게 씌어 있었다.

이 전쟁이 아닌 다른 전쟁에서였다면 빅토리아 십자훈장[4]감이었겠지만, 여기서는 용감한 행위가 날마다 일어나는 터라 당국에서는 그 정도 용기에 대해 빅토리아 십자훈장을 수여할 수 없기 때문입니다.

수전이 크게 분개했다.

"빅토리아 십자훈장을 주었어야 해요."

월터가 이 훈장을 받지 못한 것이 누구 탓인지 수전으로서는 알 수 없었지만, 만일 헤이그 장군이라고 한다면 수전은 처음으로 그가 총사령관으로서 적

---

4) 영국에서 적에 맞서서 이룬 무공에 대해 주는 최고 수훈장.

합한지에 대해 깊은 의문을 갖게 되었다.

릴라는 너무너무 기뻐서 거의 제정신이 아니었다. 다른 누구도 아닌 바로 그녀의 소중한 월터가 용감한 일을 해냈다. 레드먼드에 있었을 때 누군가로부터 흰 깃털을 받는 수모를 겪었던 월터가 안전한 참호를 벗어나 무인지대에 쓰러져 있는 부상한 전우를 데리고 돌아온 것이다. 아, 그 순간의 희고 아름다운 월터의 얼굴과 반짝이는 눈이 릴라의 눈앞에 보이는 듯했다. 그런 영웅의 여동생이라니 얼마나 자랑스러운 일인가! 더구나 월터는 그런 일 정도는 편지에 쓸 만한 거리도 못 된다고 여겼기에 월터의 편지는 다른 이야기들로 가득 차 있었다. 지난 세기의 구름 한 점 없던 그리운 옛날에 그들이 알았고 소중히 여겼던 소소하고 사적인 이야기를 가득 담고 있었다.

나는 요즘 종종 잉글사이드 뜰의 수선화를 생각했어. 이 편지가 닿을 무렵이면 활짝 피어 아름다운 장밋빛 하늘 아래서 바람을 따라 춤추고 있겠지. 수선화는 지금도 정말 전과 다름없이 화사한 금빛을 띠고 있니, 릴라? 나로선 수선화조차 피로 빨갛게 물들어 있을 것만 같은 생각이 들어, 이곳의 양귀비꽃처럼. 그리고 봄의 온갖 속삭임이 '무지개 골짜기'에 제비꽃처럼 내려앉겠지.

오늘 밤은 초승달이 떴어. 가늘고 아름다운 은빛 달이 이 고통의 수렁 위에 걸려 있어. 오늘 밤 너는 단풍나무숲 위에 뜬 이 달을 볼까?

릴라, 짧은 시 하나를 동봉해. 이것은 어느 날 밤, 참호의 대피호 안에서 한 자루 촛불의 빛에 의지하여 쓴 시야. 아니, 내가 시를 썼다기보다 시가 나에게 왔다고 하는 편이 맞을 듯해. 내가 이 시를 쓰고 있다는 기분이 들지 않았어. 무엇인가가 나를 도구로 쓰고 있는 듯이 느껴졌거든.

전에도 어쩌다 한두 번, 아주 드물게 그런 기분이 들었던 일은 있었지만, 그 기분이 이번처럼 강했던 적은 없었어. 그래서 이 시를 런던의 《스펙테이터》지에 보냈더니 게재해서 나에게도 한 부 보내줬어. 네 마음에 들었으면 좋겠다. 내가 바다를 건너와서 쓴 시는 이것뿐이야.

그 시는 짧지만 사무치도록 아름다운 작품이었다. 한 달이 지나자 이 시는 온 세계 구석구석까지 월터의 이름을 떨치게 해주었다. 곳곳에 이 시가 인쇄되었다. 대도시의 일간지부터 작은 마을의 주간지, 심원한 비평란이며 신문의 고민 상담란, 적십자의 호소문이며 정부의 지원병 모집광고 할 것 없이 온갖 곳에 등장했다. 그것을 읽고 어머니며 누이들은 울었고, 젊은이들은 피가 끓어올랐다. 그리고 온 인류의 거대한 마음 전체가 이 대전쟁의 모든 고통과 희망과 안타까움과 목적의 축소판을 세 개의 연 안에 결정화된 이 짧은 불멸의 시 속에서 읽었다. 캐나다의 한 젊은이가 플랑드르의 참호 속에서 전쟁에 대한 위대한 시를 썼다. 월터 블라이드 일병이 지은 〈피리 부는 사나이〉는 처음 인쇄될 때부터 이미 고전이 되어 있었다.

릴라는 힘겨웠던 지난 1주일 동안의 일을 써넣은 일기 첫머리에 이 시를 옮겨 적었다.

비참한 1주일이었다. 이미 지나간 일이고 모두 실수에 지나지 않았음을 알게 된 지금도 여전히 그 일이 남긴 멍 자국은 아물지 않았다. 그러나 어떤 의미에서는 굉장한 1주일이었다고도 할 수 있다. 내가 여태까지 깨닫지 못했던 일—사람은 무서운 고통 가운데에서도 얼마나 훌륭하고 용감해질 수 있는가 하는 사실—을 조금이나마 엿보게 되었다. 나라면 도저히 올리버 선생님처럼 의연할 수 없었을 것이다.

오늘로부터 꼭 1주일 전 샬럿타운에 사는 그랜트 씨 어머니에게서 올리버 선생님 앞으로 편지가 왔다. 거기에는 며칠 전 로버트 그랜트 육군 소령이 전사했다는 외신 전보를 받았다고 씌어 있었다.

아, 가엾은 선생님! 처음에 선생님은 절망에 빠져버렸다. 그러나 단 하루 만에 털고 일어나 학교에 나갔다. 선생님은 울지 않았다. 나는 선생님이 눈물 한 방울 흘리는 것을 보지 못했다. 아아, 하지만 그 얼굴과 눈이란!

선생님은 말했다.

"나는 내 일을 계속 해가야 해. 그것이 지금의 내 의무니까."

나라면 도저히 그런 높은 경지에 이를 수 없을 것이다.

선생님은 결코 자기 괴로움을 겉으로 드러내는 말은 하지 않았다. 딱 한 번 수전이 드디어 이곳에도 봄이 왔다는 말을 했을 때, 씁쓸하게 한마디 했을 뿐이었다.

"정말 올해도 봄이 올까요?"

그러고는 웃었다. 차마 똑바로 쳐다볼 수가 없을 만큼 괴로운 웃음이었다. 사람이 죽음을 마주했을 때 지을 법한 그런 웃음이었다는 생각이 든다.

"나도 참, 이렇게 자기중심적으로 생각하는 것 좀 봐요. 나 거트루드 올리버가 친구를 잃었다고 해서 봄이 여느 때처럼 찾아올 리 없다는 생각을 하다니. 다른 몇 백만 명의 사람들이 괴로워한다 해도 봄은 반드시 찾아올 것이건만…… 내 괴로움은 예외라는 듯…… 아, 우주는 정말 이대로 계속 이어질까요?"

어머니가 다정하게 위로했다.

"그렇게 자신을 나무라지 말아요, 거트루드. 뭔가 큰 타격이 우리의 세계를 바꿔놓았을 때, 모든 일이 전처럼 이어질 리 없다는 기분이 드는 건 아주 당연해요. 우리는 누구나 그렇게 느껴요."

그러자 수전의 그 진절머리 나는 사촌 소피아가 물색없이 끼어들었다. 소피아는 뜨개질을 하면서, 월터가 붙였던 별명 그대로 '흉조와 비탄을 전하는 큰 까마귀'답게 깍깍대며 기분 나쁜 말을 잘도 지껄였다.

"그래도 선생님은 어떤 사람들보다야 나은 편이죠, 올리버 선생님. 그러니 그렇게 힘들어하지 말아요. 남편을 잃은 사람도 있잖아요. 그거야말로 엄청난 재난이지요. 또 아들을 잃은 사람도 있어요. 그렇지만 선생님은 남편을 잃은 것도 아들을 잃은 것도 아니니까요."

선생님은 더 씁쓸하게 말했다.

"그래요. 분명히 나는 남편을 잃은 것은 아니에요. 다만 남편이 되었을 사람을 잃었을 뿐이죠. 아들을 잃은 것도 아니에요. 다만 내게서 태어났을지도 모르지만, 이제는 결코 태어날 수 없을 아들과 딸들을 잃었을 뿐이고요."

사촌 소피아가 기겁하며 나무랐다.

"그런 말을 하다니 숙녀답지 않아요."

그러자 선생님이 미친 듯이 웃기 시작했으므로 사촌 소피아는 겁을 먹었다. 더 이상 견딜 수 없었던 선생님이 급히 방에서 나가자, 사촌 소피아는 어머니에게 올리버 선생이 이번 일의 충격으로 정신이 좀 이상해진 게 아니냐고 물었다.

그러고는 이렇게 말했다.

"나는 친절하고 좋은 반려자를 둘씩이나 잃는 일을 당했지만 저렇게 되지는 않았어요."

그랬겠지! 그 불쌍한 남편들은 죽을 때 '아이고, 감사합니다!'라고 생각했을 테니까.

그날 선생님이 거의 밤새도록 방 안을 초조하게 걸어다니는 소리가 들렸다. 밤마다 그렇게 서성댔지만 그날 밤처럼 오래도록 서성거리기는 처음이었다. 한 번은 마치 날카로운 칼에 푹 찔리기라도 한 것처럼 갑자기 괴롭게 지르는 외마디 비명도 들렸다. 선생님과 함께 괴로워하느라 나는 잠을 이룰 수 없었다. 그렇다고 선생님을 도와줄 수도 없다. 밤이 언제까지나 끝나지 않는 게 아닐까 여겨졌다.

그러나 끝이 났다. 그리고 성경에서 말하듯 '아침에는 기쁨이 찾아왔다.'[5] 다만 엄밀히 말하자면 이날은 아침이 아니라 오후가 꽤 지나서 찾아왔다. 전화벨이 울려 내가 받았다. 샬럿타운의 그랜트 씨 어머니가 건 전화였는데 모든 게 착오였다고 말씀하셨다. 로버트는 죽은 게 아니라 팔에 가벼운 부상을 입었을 뿐이며, 일단 얼마 동안 안전한 병원에 입원해 있게 되었다는 소식이었다. 어쩌다 그런 착오가 생겼는지는 모르지만, 아마도 로버트 그랜트라는 똑같은 이름을 가진 이가 또 한 사람 있었던 모양이라고 했다.

나는 수화기를 내려놓자 '무지개 골짜기'로 날아갔다. 틀림없이 날아갔을 것이다. 발이 땅에 닿은 기억이 없으니까. 나는 다 함께 놀던 가문비나무 숲속 작은 빈터에서 학교에서 돌아오는 올리버 선생님을 만나 조금 전에 들은 소식을 단숨에 쏟아냈다.

물론 나는 좀 더 분별 있게 행동해야 했다. 그러나 너무 기쁘고 흥분한 나머지 차분히 생각하지 못했다. 선생님은 무엇에 얻어맞은 듯 어린 금빛 고사리 속에 푹 쓰러져버렸다. 이때의 놀라움을 생각하면…… 덕분에 나는— 적어도 이런 일에서는—남은 일생 동안 잃지 않을 분별력을 얻은 셈이다.

---

5) 《구약성서》〈시편〉 30편 5절.

나는 선생님을 돌아가시게 했다고 생각했다. 선생님의 어머니가 심장이 약해서 젊을 때 갑자기 돌아가셨다던 일이 문득 떠올랐다. 내게는 꼭 몇 년처럼 느껴지던 순간이 지난 뒤에야 가까스로 선생님의 심장이 아직 뛰고 있음을 확인했다. 얼마나 식겁했던지! 난 여태까지 기절한 사람을 한 번도 본 적이 없었고, 내가 집에 가도 도와줄 사람이 아무도 없었다. 다이와 낸이 레드먼드에서 돌아온다고 모두 역으로 마중 나갔던 것이다.

그러나 나는 기절한 사람에 대한 처치법을—이론적으로는—알고 있었다. 그리고 지금은 실제로 알게 되었다. 다행히도 바로 옆에 시냇물이 있었던 덕분에, 한동안 미친 사람처럼 물을 선생님에게 끼얹었더니 선생님은 가까스로 의식을 되찾았다.

선생님은 내가 전한 소식에 대해서는 더 이상 한 마디도 하지 않았고, 나도 그 일을 감히 다시 입에 올릴 생각이 들지 않았다. 나는 선생님을 부축해 단풍나무숲을 지나 선생님 방으로 조심스럽게 모셔갔다. 그러자 선생님은 마치 그 말 한 마디 한 마디가 몸에서 뜯겨 나오기라도 하듯 "롭이…… 살아…… 있어."라고 말하더니 침대에 몸을 던지고 울고 울고 또 울었다. 나는 사람이 그렇게 처절하게 우는 모습을 본 적이 없다. 1주일 동안 흘리지 않았던 눈물이 이때 모두 터져 나온 것이다. 그렇게 어제는 밤새 울었던 듯한데, 오늘 아침 선생님의 얼굴은 마치 무슨 환상이라도 본 듯한 표정이라 우리는 너무 기쁘면서도 어쩐지 무서운 생각이 들었다.

다이와 낸은 2주일쯤 집에 있다가 킹스포트 훈련소로 가서 또 다시 적십자 일을 한다. 나는 그들이 부럽다. 아버지는 내가 여기서 짐스를 돌보거나 소녀 적십자단 일을 하는 것도 그 못지않게 훌륭한 일이라고 하신다. 그렇지만 다이와 낸의 일처럼 낭만적인 구석이 없다.

쿠트가 함락되었다. 함락되니 오히려 마음이 후련하다. 너무 오래전부터 가슴을 졸였기 때문이다. 그 때문에 하루는 온종일 우울에 빠져 있었으나 그 뒤 다시 털고 일어나 그 일은 과거에 묻어버렸다.

사촌 소피아는 또다시 우리 집에 건너와서는 언제나처럼 음울해하며 영국군은 가는 곳마다 지고 있다고 불평했다.

수전이 엄숙하게 대꾸했다.

"졌어도 아주 멋진 패자지. 한번 뺏기면 계속 노리고 있다가 도로 빼앗아버리니까! 아무튼 국왕 폐하와 우리 나라가 지금 나에게 바라는 건 뒤뜰 텃밭에 심을 씨감자의 눈을 자르는 거니까 칼 가지고 와서 나를 도와줘, 소피아. 그러면 너도 생각을 다른 데로 돌려서, 너한테 맡긴 적도 없는 아군의 군사작전 때문에 안절부절못하지 않아도 될 테니까."

역시 수전은 든든한 친구이다. 딱한 사촌 소피아의 말문을 막어버리는 솜씨는 보기만 해도 기분 좋다.

베르됭에서는 전투가 끝없이 이어지면서 우리는 시소에 올라탄 듯 희망과 절망 사이를 오가고 있다. 그러나 올리버 선생님이 꾼 기묘한 꿈이 프랑스의 승리를 예언했음을 나는 확신한다.

"놈들은 지나갈 수 없어."

노먼 더글러스의 독설

"어디를 헤매고 다니는 거지, 나의 앤?"

블라이드 선생이 물었다. 그는 결혼한 지 24년이 되었는데도 주위에 아무도 없을 때면 지금도 이따금씩 아내를 '나의 앤'이라고 다정하게 부르곤 했다.

앤은 베란다 층계에 앉아 봄꽃이 활짝 핀 싱그러운 경치를 멍하니 바라보고 있었다. 하얀 과수원 너머엔 거뭇거뭇한 어린 전나무와 우윳빛 산벚나무가 숲을 이루고 있었다. 숲에서는 지빠귀가 요란하게 지저귀고 있었다. 저녁 어스름이 밀려오고 단풍나무숲 위에는 어느새 초저녁 별들의 불꽃이 타오르고 있었기 때문이었다.

앤은 작은 한숨과 더불어 제정신으로 돌아왔다.

"버거운 현실에서 잠시 꿈속으로 도피해 있었어, 길버트…… 우리 아이들이 모두 집으로 돌아와…… 모두들 어린아이가 되어…… '무지개 골짜기'에서 놀고 있는 꿈이었어. '무지개 골짜기'는 이제는 늘 조용하기만 해…… 그렇지만 잠시나마 또랑또랑한 목소리와 아이들다운 떠들썩한 소란스러움이 옛날처럼 들려오는 것을 상상하고 있었어. 젬의 휘파람 소리, 월터의 요들송, 쌍둥이의 웃음소리가 귓전에 울려서 아주 짧은 순간이지만 나는 서부전선의 총포 소리를 잊어버리고 자그마한 가짜 행복을 맛보고 있었어."

블라이드 선생은 아무런 대답도 하지 않았다. 때로는 일에 몰두해서 잠깐씩 서부전선에 대해 잊을 수 있었지만 그런 순간은 아주 드물었다. 지금도 숱이 풍성한 그의 곱슬머리에는 2년 전에는 없었던 흰머리가 꽤 많이 섞여 있었다. 블라이드 선생은 사랑하는 아내의 별 같은 눈을 미소를 머금고 내려다보았다. 한때 그 눈에는 언제나 웃음이 넘쳤는데, 지금은 흘리지 못한 눈물이 늘 가득 고여 있는 듯했다.

손에 괭이를 들고 머리에는 제일 좋은 보닛 모자를 쓴 수전이 지나갔다.

그녀는 걱정스러운 듯한 얼굴로 물었다.

"방금 《데일리엔터프라이즈》를 읽다가 비행기에서 결혼식을 올렸다는 부부 이야기를 봤는데요, 합법적이라고 할 수 있을까요, 선생님?"

블라이드 선생은 진지하게 대답했다.

"괜찮다고 봐요."

수전은 미심쩍어하며 말했다.

"내가 보기에 결혼식처럼 엄숙해야 하는 것을 비행기같이 흔들거리는 곳에서 한다는 것은 아무래도 적절하지 않다는 생각이 들어요. 하지만 모든 게 옛날과는 달라졌으니까요. 자, 기도회에 가기 전기까지 아직 30분이나 남았으니 힘내서 텃밭의 잡초에 한바탕 저녁 포격을 하러 갈까 해요. 하지만 잡초에 맹폭격을 가하면서도 머릿속은 온통 트렌티노[1]에서 생긴 새로운 걱정거리 생각뿐이겠지요. 오스트리아가 하는 짓거리는 정말 탐탁지 않네요, 사모님."

앤도 슬픈 듯 말했다.

"나도 그래요. 오전 내내 손으로는 루바브잼을 만들면서, 마음은 전쟁 뉴스

---

1) 이탈리아 북동부에 있는 주. 원래는 오스트리아령의 일부로 제1차 세계대전의 격전지.

를 애타게 기다리고 있었어요. 그러다 막상 뉴스가 왔을 때는 움츠러들었고요. 자, 이제 나도 기도회에 갈 준비를 해야겠어요."

어느 마을에나 글로는 기록되지 않은 채, 입에서 입으로만 전해 내려오는 비극적이고, 희극적이고, 극적인 사건들로 이루어진 그 나름의 소소한 역사가 있다. 그것들은 결혼식이나 장례식에서 이야기되고, 겨울 난롯가에서 되풀이된다. 글렌세인트메리 마을의 이런 구전의 연대기에 그날 밤 감리교회에서 열린 합동기도회 이야기는 불멸의 자리를 차지하게 되었다.

합동기도회는 아널드 목사가 생각해낸 것이었다. 겨울 동안 줄곧 샬럿타운에서 훈련받은 군(郡) 소속 육군 보병대대가 머지않아 해외로 떠날 예정이었다. 그 대대에 소속된 글렌 마을, 항구 윗마을, 항구 곶, 윗글렌 마을 출신 포윈즈 항구의 부대원들이 마지막 휴가를 보내기 위해 집에 돌아와 있었으므로 아널드 목사는 떠나기 전에 합동기도회를 여는 게 좋지 않겠느냐고 제법 쓸 만한 생각을 해냈다. 메러디스 목사도 찬성해서 기도회는 감리교회에서 열리기로 공지가 나갔다.

글렌 마을에서 열리는 여느 기도 모임은 출석률이 그리 좋지 않은데, 이날 밤 감리교회는 만원이었다. 갈 수 있는 사람은 모조리 갔다. 심지어 미스 코닐리아까지 왔다. 미스 코닐리아가 인생을 통틀어 감리교회 안에 발을 들여놓은 것은 그때가 처음이었다. 세계대전 정도가 터져야 그녀를 거기로 데려올 수 있었던 것이다.

기도회에 간다는 말에 남편이 놀라자 미스 코닐리아는 차분하게 말했다.

"전에는 감리교파를 아주 싫어했지만, 지금은 그렇게까지 싫지 않아요. 이 세상에 카이저니 힌덴부르크[2]니 하는 사람들이 있는 마당에 감리교파를 싫어해 봐야 무슨 소용이겠어요."

그리하여 미스 코닐리아도 갔다. 노먼 더글러스 부부도 왔다. '구레나룻 달통이 영감'은 자기가 그 건물에 왕림해준 것이 그곳에 얼마나 대단한 영예가 될지 잘 안다는 양 거들먹거리며 통로를 걸어가 맨 앞줄에 앉았다. '구레나룻 달통이 영감'이 온 것을 보고 사람들은 저마다 얼마쯤 놀랐다. 여느 때라면 전쟁과 어떤 식으로라도 관계있는 모임은 아예 피하는 인사였기 때문이다. 그러나 메러디스 목사가 장로들이 많이들 참석해주면 좋겠다고 했고, 프라이어 씨는 이 부탁을 진심으로 받아들인 듯했다. 제일 좋은 검은색 정장에 흰 넥타이 차림으로 숱 많은 빳빳한 회색 곱슬머리를 단정하게 빗어 넘겼다. 그의 둥그렇고 붉은 얼굴은 여느 때보다 더 '독실한 체'하고 있다고 수전은 몰인정하게 생각했다.

나중에 수전은 말했다.

"그 남자가 그런 모습으로 교회에 들어오는 것을 본 순간, 뭔가 사달이 나겠구나 생각했어요, 사모님. 어떤 형태로 일어날는지는 몰랐지만, 그 남자의 얼굴을 보고 뭔가 몹쓸 목적으로 왔다는 것만은 알았어요."

기도회는 관례대로 시작되어 조용히 진행되었다. 먼저 메러디스 목사가 여느 때처럼 유창하고도 열띤 설교를 하고, 이어서 아널드 목사가 품격으로나 주제로나 조금도 나무랄 데 없다고 미스 코닐리아마저 감탄해 마지않았던 설교를 했다.

이윽고 아널드 목사는 프라이어 씨에게 기도를 이끌어달라고 부탁했다.

미스 코닐리아는 전부터 아널드 목사를 수완이 없다고 단언했었다. 감리교파 목사를 판단하는 데 미스 코닐리아가 너무 야박하다 싶은 경우가 많았지

---

2) 파울 폰 힌덴부르크(1847~1934). 제1차 세계대전 중 독일의 참모총장이었던 육군 장군·정치가.

만, 이 경우만큼은 그 판단이 빗나가지 않았다. 확실히 아널드 목사는, 바람직하나 정의하기는 어려운, 그 '수완'이라는 자질을 별로 갖추고 있지 못했다. 그랬다면 병사들을 위한 기도회에서 프라이어 씨에게 기도를 이끌어달라는 부탁은 하지 않았으리라. 아널드 목사로서는 메러디스 목사가 자신의 설교를 마친 뒤 감리교회 집사에게 기도를 이끌어달라고 부탁한 데 대한 일종의 답례라 여겼던 것이다.

몇몇 사람들은 프라이어 씨가 무뚝뚝하게 거절하리라 여겼다. 그것만으로도 충분히 스캔들감이었다. 그런데 프라이어 씨는 벌떡 일어나 선뜻 기도하기 시작했다.

"자, 기도합시다."

사람이 가득 찬 건물 구석구석까지 다 들리는 우렁찬 목소리로 프라이어 씨는 번드르르한 말을 막힘없이 줄줄 쏟아냈다. 멍해져 있던 청중들이, 반전론 가운데서도 가장 어처구니없는 류의 주장을 펴는 프라이어 씨의 호소에 자기들이 귀를 기울이고 있음을 뒤늦게 깨닫고 소스라치게 놀랐을 때 그 기도는 이미 상당히 진행되었다. 프라이어 씨는 적어도 자기 소신을 밝힐 용기는 있었다. 그게 아니면—나중에 사람들이 이야기한 것처럼—교회 안이라면 자기도 안전했으며, 다른 곳에서는 사람들이 떼를 지어 공격할까 봐 저어하여 감히 입 밖에 낼 수 없었던 의견을 늘어놓기에 더없이 좋은 기회라고 여겼는지도 모른다.

프라이어 씨의 기도는 계속되었다.

"이 사악한 전쟁이 부디 끝나기를…… 속임수에 빠져 서부전선에서 살육을 강요당하고 있는 군대가 자신들의 도리에 어긋난 행위에 눈떠 더 늦기 전에 회개하기를…… 살인과 군국주의의 길로 끌려들어 가기 위해 이 자리에 참석한 가련한 젊은 용사들이 구원받을 수 있기를…….”

프라이어 씨는 여기까지 아무 방해나 제지도 받지 않고 기도를 계속했다. 듣는 사람들이 너무도 어이가 없어 말문이 일단 막힌 데다, 교회 안에서는 비록 어떤 도발적인 발언이나 행위가 있을지라도 소란을 일으켜서는 안 된다는 신념을 나고 자라면서 줄곧 강하게 주입받은 탓에, 프라이어 씨는 끝까지 아무에게도 제지받지 않고 그 기도를 마칠 수 있을 듯 보였다.

그러나 청중 가운데 적어도 한 명, 그들이 자리한 성스러운 장소에 대한 그 어떤 선천적 또는 후천적 경의에도 얽매이지 않은 남자가 있었다. 노먼 더글러스는 수전이 언제나 차갑게 단언했듯 '이교도'와 다를 바 없었으나, 이교도일지언정 열광적인 애국적 이교도였다. 프라이어 씨가 하는 말의 의미가 그에게 똑똑히 들어왔을 때 노먼 더글러스는 별안간 미쳐 날뛰는 전사로 바뀌었다.

버럭 포효를 하더니 측면의 신도석에서 벌떡 일어나 청중 쪽을 향해 우레 같은 목소리로 고함쳤다.

"그만해! 그만해! 그만하라고! 그 역겨운 기도를 당장 그만하란 말야! 정말 역겹기 짝이 없으니까!"

교회 안에 있는 모든 사람들이 한꺼번에 머리를 번쩍 들었다. 뒤쪽에 있던 군복 차림의 한 젊은이가 조그맣게 갈채를 보냈다. 메러디스 목사가 삼가달라는 듯 손을 들었으나 노먼은 이미 그런 것에 아랑곳할 단계는 지나버렸다. 그는 말리는 아내의 손도 뿌리치고 단숨에 앞자리까지 껑충 뛰어나가 걸려도 아주 단단히 잘못 걸린 '구레나룻 달통이 영감'의 웃옷 깃을 움켜잡았다.

프라이어 씨는 그만두라는 외침에도 그만두지 않더니 이제는 별수 없이 그만두었다. 무서운 분노로 긴 빨간 수염이 말 그대로 빳빳이 곤두선 노먼이 프라이어 씨의 뼈가 덜거덕거릴 만큼 그를 뒤흔들어대며 그 사이사이에 무시무시한 독설을 퍼부었기 때문이다.

"이 뻔뻔한 짐승 자식!"······(힘껏 흔들며)······"이 고약한 썩은 고깃덩어리!"······(흔들고)······"이 성질 비뚤어진 버러지!"······(흔들고)······"이 역병이나 일으키는 기생충!"······(흔들고)······"이 독일군 쓰레기!"······(흔들고)······"이 비열한 뱀 같은 녀석!······이······ 이······."

노먼은 한순간 말이 막혔다. 다음으로는 교회 안이고 뭐고 전혀 아랑곳없이 차마 입에 담을 수 없을 만큼 나쁜 말을 퍼부을 것이라고 모두가 생각했으나, 그 순간 아내와 눈이 마주친 노먼은 꾹 참고 성서의 말씀을 빌려 고함쳤다.

"이 회칠한 무덤3) 같은 자식!"

마지막으로 한 차례 더 힘껏 흔들고 난 뒤 온 힘을 다해 '구레나룻 달퉁이 영감'을 냅다 떠밀쳤으므로, 딱한 반전론자는 성가대 출입구 언저리까지 날아가 버렸다. 평소에 불그레한 프라이어 씨 얼굴이 흙빛이 되어 있었다.

그러나 궁지에 몰린 프라이어 씨가 덤벼들었다.

"고소할 줄 알아."

"해 봐, 해 봐!"

노먼은 소리치더니 또다시 돌진했다. 그러나 프라이어 씨는 이미 꽁무니를 빼고 없었다. 복수에 눈이 먼 군국주의자에게 두 번 다시 걸려들고 싶지 않았기 때문이다. 노먼은 한순간 무례하고 의기양양하게 설교단 쪽을 쳐다보았다.

"그렇게 어안이 벙벙한 얼굴 하지 마시오, 목사 양반들. 당신들은 그렇게 할 수 없었을 게 아니오. 목사가 그런 일을 해야 한다고는 아무도 생각지 않으니까. 그러나 누군가가 해야만 할 일이었소."

---

3) 《신약성서》〈마태복음〉 23장 27절에 나온 표현으로, '위선자'를 가리키는 말로 쓰임.

내가 그 녀석을 내쫓아서 당신들도 기뻐하고 있잖소. 그따위 헛소리를 신바람이 나서 지껄이고 주절대고 나불대게 하다니 당치도 않은 일이오. 어디서 감히 그딴 선동에다 반역의 말을 입에 담아…… 그러니 누군가가 결판을 내야만 했어요.

나는 이런 때를 위해 태어난 거나 다름없소. 마침내 나도 교회에서 한몫을 한 셈입니다. 이것으로 또 60년은 얌전히 앉아 있을 수 있겠소! 자, 모임을 계속하시오, 목사 양반들. 이제 반전론자의 기도로 골치 앓을 일은 없을 테니까."

그러나 헌신과 경배의 분위기는 싹 사라져버렸다. 그 사실을 두 목사 모두 느꼈으므로 조용히 기도회를 끝내고 흥분한 사람들을 돌려보내는 수밖에 없다고 생각했다.

메러디스 목사는 군복 차림의 젊은이들을 향해 짤막하지만 진심 어린 몇 마디 말을 했다. 아마 그 덕분에 프라이어 씨네 집 유리창은 두 번째 습격을 당하지 않았을 것이다. 그리고 기도회를 끝내며 아널드 목사는 분위기에 맞지 않는 축복 기도를 했다. 적어도 자기로서는 분위기에 맞지 않는다고 느꼈다. 왜냐하면 크고 사나운 마스티프종의 개가 지나치게 살찐 강아지를 물고 흔들듯 거인 같은 노먼 더글러스가 뒤룩뒤룩 살찌고 젠체하는 작달막한 체구의 '구레나룻 달퉁이 영감'을 흔들어대던 모습이 뇌리에서 도통 지워지지 않았기 때문이다. 또 그 모습이 모두의 머릿속에도 남아 있음을 알고 있었다.

아무튼 합동기도회는 완전무결한 성공이었다고는 할 수 없었다. 그러나 아무 방해도 받지 않은 정통적인 기도 모임이 숱하게 많이 있었어도 고스란히 잊히고 만 데 비해, 이 기도회는 글렌세인트메리 사람들의 기억 속에 오래오래 남았다.

수전은 집에 돌아오자 이렇게 말했다.

"사모님, 나는 이제 결코, 결단코 노먼 더글러스를 이교도라고 부르지 않을 거예요. 엘런 더글러스가 잘난 체하는 여자가 아니라 해도 오늘 밤은 틀림없이 자랑스러울 거예요."

블라이드 의사가 말했다.

"노먼 더글러스는 전혀 변명할 여지가 없는 일을 하고 말았소. 기도회가 끝날 때까지는 프라이어가 뭐라고 하든 그 사람을 내버려둬야만 했어요. 그리고 나중에 프라이어가 소속된 교회의 목사와 장로회에서 벌주도록 해야 했소. 그것이 가장 적절한 조치지요. 노먼의 행위는 전적으로 부적절하고 망신스럽고 어처구니없는 짓이었소. 하지만 정말이지……."

블라이드 의사는 머리를 젖히고 껄껄 웃었다.

"앤 아가씨, 참으로 속이 '후련했어'"

지금 서부전선에는

잉글사이드에서
1916년 6월 20일

너무 바쁜 데다 좋든 나쁘든 가슴 죄는 소식이 날마다 날아들어 몇 주일 동안이나 일기를 쓸 겨를도 마음의 여유도 없었다. 나는 일기를 규칙적으로 써나가고 싶다. 왜냐하면 전쟁이 벌어지는 세월 동안 쓴 일기는 자손에게 전해진다면 매우 흥미로운 기록이 될 것이라고 아버지가 말씀하셨기 때문이다.

다만 이 소중한 일기에 미래의 내 아이들이 읽지 않았으면 하는 개인적인 일들도 몇 가지 쓰고 싶다는 것이 문제라 하겠다. 아이들에게 나는 나 스스로에 대해서보다 예절이나 법도에서 훨씬 더 까다로운 잣대를 들이대는 사람이 될 것 같기 때문이다!

6월 첫 주도 괴로운 나날이었다. 오스트리아군은 금방이라도 이탈리아를 꺾을 듯이 보였다. 그러던 가운데 유틀란트해전의 무서운 첫 번째 뉴스가 들어왔다. 유틀란트에서 독일 해군이 영국 해군에게 대승리를 거두었다는 것이었다. 좌절하지 않는 사람은 수전뿐이었다.

수전은 경멸하듯 콧방귀를 뀌며 말했다.

"카이저가 영국 해군을 패배시켰다는 말은 저한테 하지도 마세요. 틀림없이 독일의 거짓말일 게 뻔하니까요. 이 말씀은 믿으셔도 돼요."

이틀쯤 지난 뒤, 그 말대로 영국의 패배가 아니라 승리였음이 밝혀졌을 때 우리는 '제가 뭐랬어요.'라는 수전의 말을 귀가 따갑도록 들어야 했으나 모두들 기꺼이 참았다.

수전에게 최후의 일격은 키치너 경의 죽음[1]이었다. 수전이 실망해서 무너지는 것을 이때 처음으로 보았다. 우리도 모두 타격을 입었지만, 수전은 절망의 나락으로 떨어졌다. 이 소식은 밤에 전화로 알려졌으나 수전은 이튿날《데일리엔터프라이즈》지 표제로 보기 전까지 믿으려 하지 않았다. 수전은 울지도 않고 기절하지도 않고 히스테리도 일으키지 않았으나 수프에 소금 넣는 것을 깜빡 잊어버렸다. 그런 일은 여태까지 내 기억에 없다. 어머니도 올리버 선생님도 나도 울었다.

그러나 수전은 돌처럼 차갑고 빈정거리는 표정으로 우리를 보며 말했다.

"카이저와 카이저의 여섯 아들은 모두 살아서 팔팔해요. 그러니 이 세상이 아주 쓸쓸해진 것은 아닌데 왜 우세요, 사모님?"

이처럼 희망을 잃고 돌처럼 차가워진 수전의 상태는 24시간 동안 이어졌다. 그러다 사촌 소피아가 나타나 수전과 함께 한탄하기 시작했다.

"무서운 소식이야, 수전. 안 그래? 이제 때가 되었으니 우리는 최악의 경우를 각오하는 편이 낫지 않겠어? 넌 언젠가 말했었지―나는 똑똑히 기억하고 있어, 수전 베이커―하느님과 키치너를 절대적으로 믿는다고 말이야. 아, 수전, 이제 하느님밖에 남지 않았어."

사촌 소피아는 마치 세계가 끔찍한 곤경에 처하기라도 한 듯 비통한 얼굴

---

[1] 군사회담을 위해 러시아로 가던 도중 타고 있던 배가 영국 북쪽의 오크니제도 서쪽 해상에서 격침되어 죽음.

로 손수건을 눈에 갖다 댔다. 수전에게는 사촌 소피아가 구원이 되었다. 수전은 갑자기 제정신으로 돌아왔다.

그녀는 사촌 소피아를 호되게 나무랐다.

"소피아 크로퍼드, 조용히 해! 언니는 멍청이일지도 모르지만, 불경한 멍청이가 될 필요까지는 없어. 이제 연합군의 유일한 버팀목이 하느님밖에 없다고 해서 울고불고하는 것은 온당치 못해.

키치너가 죽은 건 우리에게 있어서 큰 손실이 맞으니까, 그 일을 두고 왈가왈부하지는 않겠어. 그렇지만 이 전쟁의 결과는 한 사람의 목숨에 달린 게 아니야. 게다가 러시아도 다시 공격을 시작하려 하고 있으니 곧 잘될 거야."

수전은 매우 힘차게 말하면서 곧 자신도 납득시키며 활기를 되찾았다. 그러나 사촌 소피아는 고개를 저었다.

"앨버트의 아내가 브루실로프의 이름을 따서 갓난아기에게 붙이고 싶다고 했지만, 나는 우선 브루실로프가 어떻게 될지 조금 더 지켜보고 나서 하라고 했어. 러시아 사람들은 슬그머니 꽁무니 빼는 버릇이 있으니까."

그러나 러시아군은 훌륭하게 활약하고 있었고 이탈리아를 구한 것도 러시아였다. 그렇지만 러시아군이 파죽지세로 진격한다는 뉴스가 거의 날마다 들어와도 전처럼 바로 뛰어가서 국기를 내걸 마음은 들지 않았다. 올리버 선생님이 말했듯 베르됭이 우리의 기쁨을 모두 말살시켜버렸다. 승리가 서부전선 측에서 이루어졌다면 우리도 좀 더 기뻐할 마음이 되었을 텐데.

올리버 선생님은 오늘 아침에도 한숨을 쉬며 말했다.

"영국은 언제쯤 공격할까? 우린 너무너무 오래 기다렸잖아."

지난 몇 주 동안 이 근처에서 일어난 가장 큰 사건은 해외로 떠나기 전에 각 지역 보병대대가 소속 지역을 행군한 일이었다. 부대는 샬럿타운에서 로브리지로 행진한 뒤 항구 곶을 돌아 윗글렌을 지나 글렌세인트메리역까지 행군했다. 모든 사람들이 이 행군을 보러 왔다. 나오지 않은 사람은 몸져누워 있는 패니 클로 할머니와 프라이어 씨뿐으로, 프라이어 씨는 지난주 합동기도회가 있던 그날 밤 이후 교회에도 모습을 보이지 않았다.

보병대대가 지나가는 것을 보는 일은 멋지기도 했지만 못내 가슴 아프기도 했다. 젊은 사람도 있고 중년인 사람도 있었다. 아직 16살인데 입대하고 싶은 마음에서 18살이라고 맹세한 항구 윗마을의 로리 매컬리스터도 있었다. 55살인 줄을 모두가 다 아는데도 44살이라고 맹세한 윗글렌의 앵거스 매킨지 씨도 있었다. 로브리지 출신으로 남아프리카에 간 적 있는 퇴역 군인 두 사람도 있었고, 항구 곶의 18살 되는 백스터네 세 쌍둥이도 있었다.

행진해 가는 병사들을 향하여 모두들 진심 어린 성원을 보내주었다. 20살 된 아들 찰리와 어깨를 나란히 하고 가는 40살의 포스터 부스에게도 격려를 보냈다. 찰리의 어머니는 그가 태어났을 때 죽었다. 그리고 찰리가 입대했을 때 포스터는 이제까지 자기가 두려워서 갈 수 없는 곳에 찰리를 보낸 일이 없으며 플랑드르의 참호가 그 첫 번째 장소가 되게 할 생각은 없다고 말했다.

역에서는 먼데이가 미친 듯이 뛰어다니며 이 사람 저 사람에게 젬에게 전할 말을 부탁했다. 메러디스 목사님이 인사말을 읽고 레타 크로퍼드가 월터의 시 〈피리 부는 사나이〉를 암송했다. 병사들은 미친 듯이 레타에게 갈채를 보내며 소리쳤다.

"우리도 뒤따르리! 우리도 뒤따르리! 우리는 신의를 저버리지 않으리!"

나는 이토록 사람의 마음을 분발케 하는 훌륭한 시를 쓴 사람이 내 오빠라고 생각하니 자랑스러워 견딜 수 없었다. 그런 다음 카키색 대열을 보았을 때 군복으로 무장한 저 키 큰 남자들이 내가 어렸을 적부터 함께 웃고 놀고 춤추며 놀려댔던 그 남자아이들이 맞는가 싶어 이상한 기분이 들었다. 무엇인가가 그들의 마음을 움직여 우리와 달라지도록 떼어놓은 듯이 보였다. 그들은 피리 부는 사나이가 부르는 소리를 들었던 것이다.

보병대에는 프레드 아널드도 끼어 있었는데 나는 프레드를 보니 견딜 수 없이 괴로웠다. 프레드가 저토록 슬픈 얼굴로 출정하는 것은 내 탓이기 때문이다. 내가 어찌할 수 없는 일이었지만, 그래도 마음이 아팠다.

프레드는 휴가 마지막날 밤 잉글사이드로 찾아와서 나를 사랑하며, 자기가 돌아오면 언젠가 자기와 결혼하겠다고 약속해주지 않겠느냐고 물었다. 프레드가 정말 절실하게 진심이어서 나는 그토록 비참한 기분은 태어나서 처음 느꼈다. 그 약속만은 할 수 없었기 때문이다. 비록 켄과의 일이 없었더라도 나는 프레드를 그런 식으로 좋아하지 않았고 도저히 그런 마음을 가질 수 없었다. 그러나 아무 희망도 위안도 주지 않은 채 전선으로 보낸다는 것은 참으로 잔혹하고 무정한 일로 여겨졌다.

나는 어린애처럼 엉엉 소리 내어 울었다. 그런데도—아, 내 마음속에는 구제하기 힘들 만큼 천박한 구석이 틀림없이 있는데—나는 울다가 프레드의 미칠 것처럼 비통한 얼굴을 보고는 문득 평생토록 아침 식사 때마다 저 코를 식탁 너머로 본다는 건 정말 참을 수 없는 일일 거라는 생각이 머릿속에 떠올랐다.

이것이 내 자손들이 읽지 않았으면 하는 일기의 내용 가운데 하나다. 그러나 부끄럽지만 이것은 부인할 수 없는 사실이다. 그럼에도 이런 생각이 떠오른 것은 어쩌면 다행인지도 모른다. 왜냐하면 안 그랬다면 동정심과 가책에 사로잡혀 성급하게 승낙했을지도 모를 일이었기 때문이다. 만일 프레드의 코가 프레드의 눈이나 입만큼 훌륭하게 생겼다면 그런 일이 일어났을지도 모른다. 그렇게 되었다면 내가 얼마나 난처한 지경에 빠졌을지 생각할 수조차 없다!

가엾게도 프레드는 내가 약속할 수 없음을 확실히 알게 되자 훌륭한 태도를 취했다. 그 때문에 내 마음은 더욱 괴로워졌지만. 만일 프레드가 나에게 옹졸하게 굴었다면 나는 이처럼 마음이 아프거나 가책을 받지는 않을 것이다. 하기야 왜 마음에 가책을 받는지 나 자신도 알 수 없었다. 왜냐하면 프레드에게 내가 그를 좋아한다는 여지를 줄 만한 행동을 한 적이 '한 번도' 없었으니까. 그런데 마음에 걸려 견딜 수 없었다. 지금도 그렇다. 만일 프레드가 영영 돌아오지 않게 되기라도 한다면, 이 일은 일생 동안 내 뇌리에서 떠나지 않을 것이다.

그러자 프레드는 내 사랑을 간직하고 참호에 갈 수 없다면 하다못해 우정만이라도 받았다고 느끼고 싶으니 자기가 떠나가기 전에—어쩌면 영영 떠나가기 전에—꼭 한 번만 이별의 키스를 해주지 않겠느냐고 부탁했다.

나는 어째서 한때 얽히고설킨 연애가 즐겁고 재미있을 것이라 상상했었는지 스스로도 알 수 없다. 그런 연애란 실로 끔찍한 것이다. 이미 한번 가슴이 무너졌을 가엾은 프레드에게, 나는 켄과의 약속 때문에 가벼운 키스조차도 할 수 없었고, 그 일이 잔혹하게 여겨졌다. 나는 프레드에게 물론 우정은 주겠지만 다른 사람과의 약속 때문에 키스는 할 수 없다고 말하는 도리밖에 없었다.

"그…… 그 사람은…… 켄 포드야?"

프레드가 묻기에 나는 고개를 끄덕였다. 그 사실을 알려야 한다는 것은 더없이 괴로운 일이었다. 그것은 나와 켄만의 신성한 비밀이었기 때문이다.

프레드가 돌아간 뒤 내가 2층 내 방으로 올라와 너무 오랫동안 심하게 울었으므로 어머니가 오셔서 까닭을 알고 싶어했다. 나는 어머니에게 이야기했다. 어머니는 내 이야기를 말없이 듣고 있었는데, 얼굴에는 '이런 어린애와 결혼하고 싶어하는 사람이 정말로 있단 말인가?'하는 표정이 또렷이 떠올라 있었다. 그러나 어머니가 아주 다정하게 나를 잘 이해해주고 충분히 헤아려주었기에 '아, 참으로 요셉을 아는 사람이구나.'라는 느낌이 들어 뭐라 말할 수 없을 만큼 위안을 받았다. 어머니들이란 참으로 소중한 사람들이다.

나는 울면서 말했다.

"하지만 어머니, 프레드는 이별의 키스를 해달라고 했어요…… 하지만 나로서는 도저히 할 수가 없었어요…… 그게 무엇보다도 마음 아파요."

어머니는 침착하게 말했다.

"어머나, 왜 키스해주지 않았니? 그런 때에는 키스해줘도 괜찮았을 텐데."

"하지만 그렇게 할 수 없었어요, 어머니…… 켄이 출정할 때 그가 돌아올 때까지 누구와도 키스하지 않겠다고 약속했거든요."

이것 또한 가엾은 어머니에게는 강력한 폭탄이었다.

어머니는 목소리가 갈라져 소리쳤다.

"릴라, 너는 케네스 포드와 결혼을 약속했니?"

"저……저도…… 모르겠어요."

나는 흐느꼈다.

"너도…… 모르겠다고?"

어머니가 되물었으므로 나는 그 이야기도 모조리 하지 않을 수 없었다. 이야기하다 보니 켄이 진심이었다고 생각한 것이 점점 어리석게 느껴졌다. 이야기를 끝낼 무렵에는 내가 바보처럼 느껴져 부끄러운 생각마저 들었다.

어머니는 한동안 잠자코 있더니 이윽고 내 옆으로 다가와서 앉으시고는 나를 꼭 끌어안았다.

"울지 마라, 릴라 마이 릴라. 프레드에 대해 조금도 자신을 나무랄 만한 일은 하지 않았으니까. 레슬리 웨스트의 아들이 자기 이외의 사람과는 키스하지 말라고 했다면, 너는 켄과 결혼을 약속한 것으로 생각해도 될 것 같구나. 하지만…… 아, 내 아기…… 내 막내 아가…… 나는 너마저 잃고 말았구나…… 전쟁이 너를 너무 일찍 어른이 되게 만들었구나."

아직도 어머니 품에 안겨서 위안을 받을 정도니 나는 결코 대단한 어른이 되었다고는 할 수 없을 것이다. 그런데도 이틀 뒤 프레드가 행진하는 것을 보았을 때 내 가슴은 견딜 수 없이 아팠다.

그러나 내가 켄과 정말로 결혼을 약속한 것으로 어머니가 생각해주어 기쁘다!

먼데이는 알고 있다

"오늘로써 잭 엘리엇이 전쟁 소식을 가져왔던, 그 등대의 댄스파티가 열렸던 날 밤으로부터 꼭 2년이 되었어요. 기억나세요, 올리버 선생님?"

올리버 선생 대신 사촌 소피아가 대답했다.

"물론 알고 있지, 릴라. 네가 그 예쁜 옷을 자랑하려고 이리로 뛰어 내려왔던 일을 또렷이 기억하고 있으니까. 사람이란 한 치 앞을 못 내다본다고 내가 주의를 주었던 그대로 되었잖니? 네 앞에 닥칠 일을 그날 밤 너는 조금도 생각지 못했을 테지."

그러자 수전이 날카로운 말로 끼어들었다.

"그런 일이 일어날지 그날 생각한 사람은 아무도 없어. 아무도 예지력을 가지고 있지는 못하니까. 앞을 내다보는 능력이 없어도, 어떤 사람에게 죽기 전에 무슨 힘든 일이 일어나겠다는 말쯤은 누가 못 해, 소피아 크로퍼드. 그런 말이라면 나도 할 수 있어."

릴라가 슬픈 목소리로 말했다.

"그때 우리는 다들 두세 달만 지나면 전쟁이 끝날 것으로 생각했죠. 돌이켜보면 그런 생각을 했다니 우스운 일이에요."

올리버 선생이 어두운 표정을 지으며 말했다.

"그런데 2년이 지난 여태까지도 전혀 끝날 기미가 보이지 않으니 말야."

그러자 수전이 뜨개바늘을 딱 소리 나게 맞부딪치면서 말을 이었다.

"자, 자, 올리버 선생님, 지금 한 말은 이치에 맞지 않는 걸 잘 아시죠? 언제가 됐든 우리는 전쟁이 끝날 날에 2년 더 가까워진 셈인 거예요."

그러자 소피아가 또 사람 기운 빠지게 하는 말을 꺼냈다.

"앨버트가 오늘 몬트리올 신문을 보니, 어떤 군사전문가가 이 전쟁은 앞으로 5년 더 이어지리라 생각한다는 전망이 씌어 있다더라."

"그럴 리 없어요."

릴라가 소리쳤으나 그렇게 말한 다음 희미하게 한숨을 쉬었다.

"2년 전이었다면 우리는 이 전쟁이 2년이나 이어질 리 없다고 했겠죠. 하지만 아무리 그래도 전쟁이 앞으로 5년이나 더 이어진다니요!"

수전이 말했다.

"이제 곧 그럴 거라는 강한 예감이 느껴지는데, 만일 루마니아가 참전하면 5년 대신 5개월로 끝낼 수 있을 거야."

소피아가 한숨을 쉬며 말했다.

"나는 외국인 말은 믿을 수 없어."

그러자 수전이 반박했다.

"프랑스인도 외국인이잖아. 베르됭을 좀 봐. 게다가 올여름 솜[1]에서의 대승리를 생각해봐. 대공격은 시작되었고, 러시아군은 아직 우세하니 말이야. 헤이그 장군이 사로잡은 독일군 장교들 말로 이 전쟁은 자기네가 졌다고 하더라잖아."

---

1) 프랑스 중북부에 있는 지방.

"독일 사람의 말은 한 마디도 믿을 수 없어. 믿고 싶은 마음이 앞서서 믿는 것은 분별없는 짓이야, 수전 베이커. 솜에서 영국군은 병사를 수백만이나 잃고 얼마나 앞으로 나아갔지? 현실을 봐, 수전 베이커. 현실을 보라니까."

"그렇게 해서 독일군의 진을 빼고 있지. 그런 이상 2, 3마일 동쪽이거나 서쪽이거나 그런 건 문제가 아니야. 물론 나는 군사전문가는 아니지만……"

수전은 겸손하게 인정하며 말을 이어갔다.

"소피아 크로퍼드, 나조차도 그걸 알 정도니 소피아도 뭐든지 나쁜 쪽으로만 생각하려 하지 않는다면 알 수 있을걸. 세상에서 꾀가 있는 것은 독일병뿐만은 아니니까.

앨리스터 매컬럼의 아들인, 윗글렌 출신 로더릭 이야기를 들었어? 지금 독일에 포로로 잡혀 있는데 지난주에 어머니한테 편지가 왔었다나 봐. 편지에 대우는 아주 친절하고, 포로에게 먹을 것도 충분히 준다는 등 좋게만 썼더래.

그런데 이름을 쓸 때 로더릭과 매컬럼 사이에 게일어[2]로 '죄다 거짓말'이라는 뜻의 단어를 두 개 써넣었더래. 게일어를 모르는 독일인 검열관은 그것도 로더릭의 이름의 일부인 줄 알고 통과시켜버린 거야. 바보같이 속은 줄은 꿈에도 모르고.

자, 남은 하루 동안 전쟁은 헤이그에게 맡겨두고 나는 초콜릿 케이크에 아이싱을 입혀야겠어. 다 만들면 맨 위 선반에 올려놓을 거야. 요전번에는 케이크를 만들어서 아래쪽 선반에 놓아두었더니 꼬마 키치너가 들어와 아이싱을 손으로 긁어 몽땅 먹어버렸어. 그날 밤 차 마시러 온 손님이 있어서 내가 케이크를 가지러 가보니 차마 눈 뜨고 볼 수가 없을 지경이었지!"

---

[2] 스코틀랜드 고지대 및 아일랜드에 사는 켈트인의 언어.

소피아가 물었다.

"그 불쌍한 버려진 아이의 아버지한테서는 아직도 소식이 없어?"

릴라가 대답했다.

"아뇨, 7월에 편지가 왔어요. 부인이 죽은 것하며 아기를 내가 맡아 돌보고 있다는 소식을 듣고—메러디스 목사님이 편지를 보내셨거든요—곧 편지를 썼대요. 하지만 아무리 기다려도 답장이 오지 않아 틀림없이 자기 편지가 분실된 모양이라고 생각하던 참이었대요."

수전이 비웃었다.

"그 생각을 2년이나 지나서야 겨우 하기 시작했다니…… 생각하는 데 어지간히 오래도 걸리는 사람도 다 있구나. 짐 앤더슨은 2년이나 참호에 있으면서 상처 하나 입지 않았다니까 바보는 운이 좋다는 옛말이 틀리지 않나 봐."

"짐스에 대해 몹시 애틋하게 쓰고, 짐스를 보고 싶다고 했어요. 그래서 내가 아이 일을 편지에 자세히 쓰고 스냅 사진도 몇 장 보냈어요. 짐스는 다음 주면 두 돌이 돼요. 정말 귀염둥이예요."

소피아가 말했다.

"릴라는 전에는 아기를 그리 좋아하지 않았었잖니."

릴라는 솔직히 말했다.

"대체적으로 볼 때는 지금도 아기가 전보다 조금도 더 좋아지지 않았어요. 하지만 짐스는 귀여워요. 그래서 짐 앤더슨이 무사하다는 걸 편지를 통해 알게 되었을 때 생각만큼 기쁘지 않았을 정도예요."

소피아가 놀란 듯 힘주어 말했다.

"설마 그 남자가 죽었으면 좋겠다고 생각한 건 아니겠지!"

"설마! 그럴 리가요! 다만 짐스를 계속 찾지 않고 살아줬으면 하고 바랐을 뿐이에요, 크로퍼드 부인."

소피아가 나무라듯 말했다.

"그렇게 되면 릴라 아버지가 그 아이의 양육비를 대야 하잖니. 요즘 젊은 사람들은 이렇게나 생각이 없다니까."

때마침 짐스가 곱슬머리를 팔랑이며 발그레한 볼에 뽀뽀를 해주지 않고는 못 배길 모습으로 달려왔으므로 소피아마저 조건부로나마 칭찬 한 마디를 하지 않을 수 없었다.

"애가 정말 튼튼해 보이는구나. 하긴 혈색이 좀 지나치게 좋은 건지도 모르겠지만. 흔히 말하는 폐병 앓는 사람의 얼굴빛 같달까.

네가 이 아이를 데려온 다음 날 봤을 때 나는 설마 네가 이 아이를 키우기로 할 줄은 생각도 못 했다. 그런 일을 할 수 있을 것 같지 않았으니까. 그래서 집에 돌아가자마자 앨버트의 아내에게도 그렇게 말했지. 그랬더니 앨버트의 아내가 '릴라 블라이드는 아주머니께서 생각하시는 것보다 훨씬 꿋꿋한 데가 있어요.'라고 말하지 뭐니. 앨버트의 아내는 전부터 너에 대해 좋게 생각하고 있었어."

이 점에서는 앨버트의 아내 한 사람만이 세상에서 외로운 싸움을 하고 있다는 듯이 소피아는 한숨을 크게 내쉬었다. 그러나 정말로 그렇게 생각하는 것은 아니었다. 소피아는 그녀 나름의 우울한 방식으로 릴라를 매우 마음에 들어했다. 다만 젊은 사람은 기를 너무 살려주면 안 된다는 사고방식이 있었다. 그렇지 않으면 사회의 기강이 해이해진다고 생각한 것이다.

올리버 선생은 반쯤 놀리듯이 릴라에게 속삭였다.

"2년 전 오늘 밤, 등대에서 걸어서 돌아왔던 일 기억해?"

"그럼요, 기억하고말고요."

릴라는 웃었다. 그러나 그 웃음은 이내 꿈꾸는 듯한 멍한 상태로 바뀌었다. 릴라는 다른 일—케네스와 모래톱에서 보냈던 한때—을 떠올렸던 것이다.

'켄은 오늘 밤 어디 있을까? 그리고 젬과 월터와 다른 남자아이들은? 즐거운 웃음이 넘쳐흐르던 그날 밤—그 어떤 불행의 그늘도 드리우지 않았던 기쁨으로 가득 찼던 마지막 밤에 달빛 아래 빛나던 오래된 포윈즈 등대에서 춤추던 그 아이들은 모두 어떻게 지내고 있을까.'

그들은 솜 전선의 더러운 참호에서 네드 버의 바이올린 소리 대신 총포 소리와 부상병의 신음 소리를 들으며 푸른 만의 반짝이는 은결 대신 조명탄의 번쩍이는 불빛을 바라보고 있을 것이다. 그 젊은이들 가운데 두 사람이 플랑드르의 양귀비꽃 밑에 잠들어 있다. 윗글렌의 에릭 버와 로브리지의 클라크 맨리였다. 부상을 입고 병원에 들어가 있는 이들도 있었다.

그러나 이제까지 목사관과 잉글사이드 아이들은 무사했다. 그들은 불사신처럼 여겨졌다. 그렇지만 전쟁이 한 주 한 주, 또 한 달 한 달 이어지면서, 그렇다고 불안이 조금이라도 줄어든 것은 아니었다.

릴라는 한숨을 쉬었다.

"전쟁은 열병하고는 달라서 2년 동안 걸리지 않았으니 면역이 생겼다고 안심할 수가 없어요. 위험은 그들이 처음으로 참호에 들어간 날이나 지금이나 똑같이 크고 실재하니까요. 그걸 아니까 날마다 괴로워요. 하지만 여태까지 다치지도 않고 버텨왔으니 끝까지 이대로 가줬으면 하는 희망을 버릴 수가 없어요.

아, 올리버 선생님, 오늘은 어떤 뉴스가 들어올까 하고 걱정하지 않으면서 아침에 눈을 뜨는 건 어떤 기분일까요? 이젠 왠지 그런 생활은 그려지지도 않아요. 2년 전 오늘 아침, 잠이 깨었을 때 나는 오늘이라는 새로운 날이 내게 어떤 기쁨의 선물을 가져다줄까, 라며 기대했었는데 말이죠. 유쾌한 일로 가득하리라고 여겼던 2년이 이렇게 흘렀네요."

"지금 너는 지나간 2년을 재미있는 일로 가득 찬 2년과 바꾸고 싶은 마음이 있니?"

릴라는 천천히 대답했다.

"아니요, 바꾸고 싶지 않아요. 이상하죠…… 틀림없이 괴로운 2년이었는데도…… 이상하게 고맙다는 생각이 들어요…… 힘들기는 했지만 그 시간이 무언가 엄청나게 귀중한 것을 내게 준 듯한 기분이에요. 그래서 설혹 그렇게 할 수 있다 하더라도, 2년 전으로 되돌아가 예전의 내가 되고 싶지 않아요.

그렇다고 내가 굉장한 진보를 했다고 여기는 건 아니에요. 하지만 지금은 그 무렵처럼 이기적이고 제멋대로인 바보는 아니니까요. 그때에도 내게는 영혼이 있었다고 생각해요, 선생님…… 다만 그걸 몰랐다 뿐이죠. 지금은 분명히 알고 있어요…… 그 정도만으로도 대단한 일이죠…… 2년 동안 괴로운 일을 겪으며 아파할 만큼의 가치가 있었어요. 그렇기는 하지만……."

릴라는 변명하듯 웃고 말을 이었다.

"더 이상은 아프고 싶지 않아요…… 비록 영혼을 더욱 성숙시키기 위해 필요한 일이라 해도요. 어쩌면 2년이 더 지난 뒤 되돌아보며 그 2년이 나를 향상시켜 준 것에 또 감사할지 모르지만, 지금은 싫어요."

"누구나 그래. 그래서 우리는 자신의 정신적 성장을 위한 수단이나 방법을 우리 마음대로 선택할 수 없게 되어 있는 거겠지. 자기가 얻은 교훈을 아무리 귀중한 것으로 여긴다 해도, 그 고통스러운 가르침의 과정을 계속 겪고 싶다는 생각은 아무도 안 하는 법이니까.

자, 수전의 말처럼 그래도 희망을 갖기로 하자. 사실 지금은 전쟁도 좋은 쪽으로 흘러가고 있는 데다, 여기서 루마니아가 참전하면 우리가 모두 깜짝 놀랄 만큼 순식간에 전쟁이 끝날지도 모르지."

루마니아는 참전했다. 수전은 사진으로 본 황실 부부 가운데 루마니아의 국왕과 왕비만큼 훌륭한 부부는 본 일이 없다고 칭찬했다. 여름은 그렇게 지나갔다. 9월 초에 캐나다군이 솜 전선으로 이동했다는 소식이 전해지며 걱정이 한층 더 깊어져갔다. 처음으로 블라이드 부인이 얼마쯤 활기를 잃었다. 불안한 나날이 거듭되는 동안 블라이드 의사는 근심스러운 눈으로 아내를 바라보면서 힘이 많이 들 만한 적십자 활동은 이것도 안 되고 저것도 안 된다며 반대하기 일쑤였다.

블라이드 부인은 열심히 간청했다.

"아, 제발 일을 하게 해줘. 일이라도 하게 해줘, 길버트. 일하는 동안은 그래도 생각을 덜하게 돼. 한가하게 있으면 온갖 상상이 떠올라 버려…… 나한테 휴식은 고문이야. 두 아들은 무서운 솜 전선에 가 있고…… 셜리는 밤낮으로 비행 관련 책을 읽느라 열중해서 한마디도 안 해. 하지만 그 눈에 목적의식이 점점 뚜렷해지고 있는 게 보여. 안 돼, 나는 쉬고 있을 수 없어…… 그런 말은 하지 말아줘, 길버트."

그러나 블라이드 의사는 물러서지 않았다.

"당신이 목숨을 단축하는 자살행위를 하도록 내버려둘 수는 없어, 앤 아가씨. 아들들이 돌아왔을 때 맞아줄 어머니가 있어야지. 아니, 요즘 당신은 창백하다 못해 아주 속이 비칠 정도라고. 이래서는 안 돼. 이래도 되는지 수전에게 물어봐."

앤은 어찌할 도리가 없다는 듯 말했다.

"아, 수전과 둘이 힘을 합쳐 덤벼드는 데는 못 당하지."

어느 날, 찬란한 소식이 들어왔다. 캐나다군이 많은 포로며 총과 함께 쿠르슬레트와 마르탱피슈³⁾를 점령했다는 것이었다. 수전은 국기를 걸고, 어려운 일을 맡길 때 어떤 병사를 뽑아야 할지를 헤이그가 잘 알고 있는 것이 분명하다고 말했다. 다른 사람들은 덮어놓고 기뻐할 마음이 들지는 않았다. 어떤 희생을 치렀는지 알 수 없는 일 아닌가?

그날 새벽이 움틀 무렵 눈을 뜬 릴라는 창가로 다가가 밖을 내다보았다. 잠이 덜 깬 탓에 뽀얗고 도톰한 눈꺼풀이 무거웠다. 새벽녘의 세계는 다른 시각일 때와는 전혀 다른 모습을 하고 있다. 이슬을 머금은 공기는 차갑고, 과수원이며 숲이며 '무지개 골짜기'는 신비로움과 불가사의함으로 가득 차 있었다. 동쪽 언덕 너머로 금빛이 도는 깊은 바닷물과 은빛이 어린 핑크빛의 얕은 물이 보였다. 바람 한 점 없었다. 그때 역 쪽에서 구슬피 짖는 개 울음소리가 또렷이 들렸다.

'먼데이일까? 먼데이라면 왜 저렇게 우는 걸까?'

릴라는 몸을 떨었다. 그 목소리에는 뭔가 불길하고도 슬픈 울림이 담겨 있었다. 언젠가 밤에 올리버 선생님과 어둠 속을 걸어 집으로 돌아올 때 개가 길게 짖는 소리를 듣고 선생님이 했던 말이 생각났다.

"개가 저렇게 짖을 때는 죽음의 천사가 지나가고 있는 거야."

릴라는 그 울음소리를 들으면서 무서움에 오싹 소름이 끼쳤다. 먼데이다. 먼데이가 틀림없다고 릴라는 느꼈다. 누구의 죽음을 애도하여 먼데이는 저리 울고 있는 것일까? 누구의 영혼에 먼데이는 저토록 슬픈 작별 인사를 보내고 있는 것일까?'

릴라는 잠자리로 돌아갔으나 잠을 이룰 수 없었다. 하루 종일 릴라는 아무

---

3) 둘 다 프랑스 북부의 도시.

에게도 말할 수 없는 두려움에 벌벌 떨며 지켜보고 기다렸다.

먼데이를 보러 역에 갔더니 역장이 말했다.

"그 댁 개가 밤중부터 해 뜰 때까지 기분 나쁜 소리로 울었어. 뭐에 씌어서 그러는지 모르겠더라고. 한번은 내가 나가서 어이 하고 소리를 질러 봤지만 아랑곳하지도 않았어. 달밤에 저기 플랫폼 끄트머리에 멍하니 앉아 몇 분에 한 번씩 코를 위로 쳐들고 마치 가슴이 찢어지기라도 한 듯 짖어대는 거야. 그런 일은 한 번도 없었는데. 언제나 자기 집에서 얌전히 자고, 다음 기차가 올 때까지 조용히 있었는데 말이지. 그런데 어젯밤에는 분명히 뭔가 마음에 걸리는 일이 있었던 모양이야."

먼데이는 자기 집에 엎드려 있었다. 릴라를 보자 꼬리를 흔들며 손을 핥았으나 가져간 음식은 건드리려고도 하지 않았다.

"어디가 아픈지도 몰라."

릴라는 걱정이 되어 먼데이를 혼자 두고 돌아오고 싶지 않았다. 그러나 그날은 나쁜 뉴스가 들어오지 않았다. 다음 날도 그다음 날도 마찬가지였다. 릴라의 두려움은 차츰 사라졌다. 먼데이는 다시 길게 울부짖지 않았고, 여느 때와 마찬가지로 기차를 맞아들이고 보내는 일과를 이어갔다.

닷새가 지나자, 잉글사이드 사람들은 다시 명랑해져도 될 듯한 기분이 들었다. 릴라는 수전을 도와 아침 식사 준비를 하느라 부엌 안을 힘차게 뛰어다니며 즐거운 듯 맑은 목소리로 노래를 불렀다. 길 건너편의 소피아가 그 소리를 듣고 앨버트 부인에게 쉰 목소리로 말했다.

"옛말에 밥술도 뜨기 전에 노래하면 잠자리 들기 전에 꼭 울 일이 생긴다고 그랬는데."

그러나 릴라는 해가 저물기 전에 울지는 않았다. 그날 오후 아버지가 낯빛이 흙빛이 되어 부쩍 여위고 늙어 보이는 얼굴로 돌아와 월터가 쿠르슬레트에서 전사했다는 말을 전했을 때, 릴라는 정신을 잃고 아버지 품속에 맥없이 쓰러졌다. 그러고는 괴로움조차 느끼지 못할 만큼 몇 시간 동안 깨어나지 못했다.

"그럼 잘 자렴"

괴로움의 격렬한 불꽃이 다 타버리고 회색 재가 온 세상을 뒤덮었다. 릴라의 젊은 목숨은 육체적으로 어머니보다 빨리 회복되었다. 슬픔과 충격으로 블라이드 부인은 몇 주 동안 몸져누워 있었다. 릴라는 그 상황에서도 아직 생존이라는 것은 이어갈 수 있음을 알게 되었다. 생존을 내팽개칠 수는 없었다. 해야 할 일이 있었고, 수전 혼자서는 다 해낼 수 없었기 때문이다. 릴라는 낮에는 어머니를 위해 차분함과 참을성을 옷처럼 걸치고 있었으나 밤이면 잠자리에서 청춘이 운명에 대해 느끼는 쓰라린 반항의 눈물을 흘렸다. 마침내 눈물도 말라버렸을 때 끈질긴 작은 아픔이 가슴속 그 자리에 들어찼으며, 그 아픔은 릴라가 죽을 때까지 사라지지 않았다.

릴라는 올리버 선생에게 매달렸다. 올리버 선생은 해야 할 말과 해서는 안 될 말을 분별할 줄 알았다. 그런 사람은 흔치 않았다. 애도의 말을 하러 좋은 뜻으로 찾아온 친절하고 선량한 손님과 조문객들은 이따금 릴라에게 참을 수 없이 괴로운 시간을 안겨주었다.

윌리엄 리스 부인이 명랑하게 말했다.

"시간이 지나면 잊힐 거예요."

리스 부인에게는 건장한 아들이 셋이나 있는데 한 사람도 전선에 나가지 않았다.
 미스 세라 클로가 말했다.
 "죽은 사람이 젬이 아니라 월터여서 그나마 다행이에요. 월터는 교회 성도지만, 젬은 아니니까요. 나는 메러디스 목사님한테 여러 차례 말했어요. 젬이 출정하기 전에 그 문제에 대해 진지하게 이야기했어야 한다고요."
 리스 부인은 한숨을 쉬며 말했다.
 "월터가 죽기 전에 너무 괴롭지는 않았어야 할 텐데. 불쌍한 월터."
 수전이 분개하며 부엌문으로 나타나 리스 부인에게 한마디 해주어서 릴라는 안도의 숨을 쉬었다. 마침 더 이상 참을 수 없다는 생각이 들던 참이었기 때문이었다.
 "여기 와서 월터에 대해 불쌍하다느니 어쩌느니 말하지 말아요. 월터는 조금도 불쌍하지 않아요. 당신들 누구보다도 풍요롭게 살다 갔어요. 아들을 싸움터에 보내지 않은 당신이야말로 불쌍한 사람이죠. 불쌍하고 헐벗고 인색하고 소견머리 좁고…… 너무너무 불쌍해요. 당신 아들들도 마찬가지예요. 번창하는 농장과 살찐 가축을 가지고 있으면서 영혼은 벼룩만치도 안 되죠…… 그것도 크게 봐줘서요."
 "나는 여기에 슬퍼하는 사람을 위로하러 온 거지 모욕당하러 온 게 아니에요."
 그 말을 하고 리스 부인은 돌아가버렸지만 아무도 아쉬워하지 않았다. 타오르던 분노도 이내 꺼져버려 충직한 수전은 부엌으로 물러나 식탁 앞에 털썩 앉아 나이 든 머리를 식탁에 얹은 채 한참 동안 어깨가 들썩이도록 흐느꼈다. 그런 뒤 다시 일하기 시작하여 짐스의 놀이 옷을 다림질했다. 자기가 하려고 부엌에 들어온 릴라는 그것을 보고 상냥하게 나무랐다.

그러나 수전은 완강하게 고집부렸다.

"릴라가 전쟁고아를 위해 뼈가 녹도록 일만 하다 죽게 할 수는 없어."

가여운 릴라는 소리쳤다.

"아, 수전, 나는 잠시도 쉬지 않고 일하고 싶어요. 그리고 잠들지 않았으면 좋겠어요. 자는 동안만 잠시 잊었다가 아침에 잠에서 깨면 한꺼번에 몰아치듯 기억이 되살아나는 걸 견딜 수가 없어요. 사람이 이런 일에 익숙해질 수가 있을까요, 수전?

게다가 아, 수전, 리스 부인이 한 말이 머릿속에서 떠나지 않아요. 월터는 몹시 고통스러웠을까요? 월터는 예전부터 고통을 아주 예민하게 느꼈어요. 아, 수전, 만일 월터가 오랫동안 고통에 시달리지 않았다는 걸 알 수만 있다면 나도 얼마쯤은 기운이 날 것 같아요."

하늘이 자비를 베풀었는지 이 소망은 이루어졌다. 월터의 부대장이 편지에 월터가 쿠르슬레트 전투에서 돌격 도중 총알에 맞아 즉사했다고 적어 보냈다. 바로 그날 월터 자신이 릴라에게 보낸 편지도 같이 도착했다.

릴라는 겉봉을 뜯지 않은 채 그 편지를 '무지개 골짜기'로 가져가 월터와 마지막으로 이야기 나누었던 곳에서 읽었다. 세상을 떠난 사람의 편지를 읽는다는 것은 참으로 묘한 일이었다. 아픔과 위안이 묘하게 뒤섞인 달콤씁쓸한 느낌이었다.

월터의 전사 소식으로 충격을 받은 뒤 처음으로 릴라는 흔들리는 막연한 희망이나 믿음과는 다른 어떤 기분을 '느꼈다'. 바로 빛나는 재능을 타고나 찬란한 이상을 품었던 월터가 지금도 '여전히 살아 있다'는 감각이었다. 그것만은 소멸될 수 없었다. 그런 재능과 이상이 빛을 잃게 만들 수는 없었다. 쿠르슬레트 진격 전날 밤에 쓴 그 마지막 편지에 저절로 배어나는 그의 인간성은 독일군의 총알로도 파괴될 수 없었다. 지상과의 현세적인 인연은 끊어졌다 할지라도, 그것은 틀림없이 계속 살아 있을 것이다.

월터는 이렇게 썼다.

　우리는 내일 돌격에 나서기로 되어 있어, 릴라 마이 릴라. 어머니와 다이에게는 어제 편지를 썼는데 웬일인지 네게는 오늘 밤에 써야 할 것 같은 기분이 들었어. 사실 오늘 밤은 편지 쓸 생각이 없었거든. 그러나 쓰지 않을 수 없구나. 항구 윗마을의 톰 크로퍼드 노부인을 기억하니? 그 노부인은 늘 하지 않으면 안 될 이런저런 일이 '마음에 얹혀 있다'고 말했었지. 지금의 내가 꼭 그런 기분이야. 내 동생이며 단짝인 너에게 오늘 밤 편지를 쓰지 않으면 안 되겠다는 생각이 '마음에 얹혀 있어'. 내게 만일의 일이 언젠가 일어나기…… 아니, 내일이 되기 전에 너에게 이야기해두고 싶은 일이 좀 있어.

　너와 잉글사이드가 오늘 밤에는 이상하리만치 가깝게 느껴져. 여기 온 뒤 그런 느낌이 든 것은 처음이야. 언제나 집은 '한없이' 아득하게, 이 더러움과 피로 뒤엉킨 절망으로부터 아주 멀리 떨어져 있는 듯 여겨졌거든. 그런데 오늘 밤에는 몹시 가깝게 느껴져서 네 모습이 보이고, 네가 말하는 목소리가 똑똑히 들릴 듯해. 그리운 고향의 옛 동산을 고요하게 비추는 하얀 달빛이 보이는 것 같아.

　이곳에 온 뒤로는 이 세상 어딘가에 편안하고 조용한 밤과, 산산조각 나지 않은 달빛이 있으리라 생각되지 않았어. 그러나 웬일인지 오늘 밤에는 내가 전부터 사랑했던 아름다운 것이 모두 다시 가능하게 여겨지네. 이것은 기쁜 일이야. 나는 깊고 확실하고 예민하게 행복감을 느껴.

　지금 집에는 가을이 찾아왔겠지. 항구는 꿈을 꾸고, 글렌의 언덕들에는 파르란 이내가 앉아 있겠지. 그리고 '무지개 골짜기'에는 과꽃이 흐드러지게 피어 있겠구나. 우리들의 '여름이여 안녕' 말이야. (나는 항상 이 이름이 '과꽃'보다 좋았어. 그 자체로 하나의 시 같잖아.)

릴라, 너도 알다시피 나는 전부터 불길한 일에 대한 예감을 느끼곤 했었어. 피리 부는 사나이의 일을 기억하지? 아니다, 당연히 기억 못 하겠구나. 너는 아직 많이 어렸으니까. 오래전 어느 날 저녁 무렵, 낸과 다이와 젬과 메러디스네 집 아이들과 함께 '무지개 골짜기'에 있었을 때 나는 이상한 환상이랄지, 전조랄지—뭐라고 불러도 좋아—그런 것을 봤어. 릴라, 나는 피리 부는 사나이가 그림자 같은 무리를 거느리고 골짜기를 내려가는 모습을 보았어. 다른 아이들은 내가 보이는 체한다고 생각했지. 그러나 그 순간 나는 분명히 피리 부는 사나이를 봤어.

그런데 릴라, 나는 어젯밤 피리 부는 사나이를 또다시 보았단다. 내가 보초 근무를 서고 있는데, 피리 부는 사나이가 우리의 참호에서 무인지대를 가로질러 독일군 진지 쪽으로 가는 것을 보았어. 여전히 키가 큰 그림자 같은 모습으로 기묘한 소리를 내며 피리를 불고 있었지. 그 뒤를 카키색 군복을 입은 병사들이 따라갔어.

릴라, 나는 정말로 피리 부는 사나이를 보았어. 그는 공상이 아니고, 환영도 아니야. 그 피리 소리도 똑똑히 들었어. 그러고 나서 피리 부는 사나이는 사라져버렸어. 그렇지만 나는 틀림없이 피리 부는 사나이를 보았어…… 그리고 그것이 무엇을 뜻하는지 나는 알아. 나도 그를 따라간 사람들 속에 들어가게 되는 거야.

릴라, 피리 부는 사나이는 내일 피리를 불어 나를 '서쪽'으로 데려갈 거야. 나는 알 수 있어. 그런데 릴라, 나는 두렵지 않아. 내 소식을 듣게 되거든 이 사실을 기억해줘. 여기서 나는 내 힘으로 나만의 자유를 얻어냈어—모든 두려움에서 풀려날 자유를. 이제 내가 또다시 무언가를 두려워할 일은 결코 없을 거야…… 죽음도…… 삶도. 만일, 결국 살아가게 된다면 말이야. 그런데 그 두 가지 가운데 삶을 마주하는 것이 더 어렵게 여겨질 듯해. 왜냐하면 내게 삶은 두 번 다시 아름다울 수가 없을 테니까. 언제나 끔찍한 기억이 따라다닐 테고…… 그래서 나에게 인생은 언제까지나 추하고 고통에 찬 것이 될 거야. 나로선 이곳에서의 기억을 도저히 잊을 수 없을 테니까.

그러나 삶이건 죽음이건 나는 두렵지 않아, 릴라 마이 릴라. 그리고 나는 이곳에 오기로 한 나의 선택도 후회하지 않아. 나는 '만족해'. 한때 내가 쓰리라 꿈꾸었던 그런 시를 쓰는 일은 이제 없겠지…… 그러나 나는 미래의 시인들을 위해 캐나다를 안전한 나라로 만드는 일을 도왔어…… 그리고 미래에 일할 사람들과…… 또한 꿈을 꿀 사람들을 위해서도. 왜냐하면 미래에 꿈꾸는 사람이 없다면 일하는 사람이 이룰 것 또한 아무것도 없을 테니까. 캐나다뿐 아니라 온 세상에 랑게마르크며 베르됭의 '붉은 비'가 황금빛 수확을 가져다줄 그날에…… 그날은 일부 사람들이 어리석게도 생각하는 것처럼 1년이나 2년 안에 걷힐 수확이 아니라, 한 세대 후가 될 거야. 지금 뿌린 씨앗이 싹터서 자라려면 그만큼의 시간이 걸릴 테니까.

그래, 나는 오기를 잘했다고 생각해, 릴라. 지금 위험에 처해 있는 것은 바다 한가운데 떠 있는 내가 사랑하는 작은 섬의 운명만이 아니야. 그렇다고 캐나다나 영국의 운명만도 아니야. 바로 인류의 운명이지. 그래서 우리는 싸우고 있는 거야. 그리고 우리는 반드시 이길 거야. 이 사실만큼은 한순간도 의심하지 마, 릴라. 왜냐하면 싸우고 있는 것은 '살아 있는' 사람만이 아니니까. '죽은' 사람들도 함께 싸우고 있어. 그런 군대가 질 리 없어.

릴라, 네 얼굴에는 아직도 웃음이 어려 있을까? 그러길 바라. 앞으로 다가올 세월엔 이제까지보다 더 많은 웃음과 용기가 이 세상에 필요할 거야. 나는 지루하게 설교를 하고 싶지는 않아. 지금은 그럴 때도 아니고. 그렇지만 내가 '서쪽으로 갔다'는 소식이 전해졌을 때, 네가 괴로움을 조금이라도 쉽게 견딜 수 있을 만한 말을 무언가 해주고 싶어.

나 자신에 관한 것뿐만 아니라 릴라, 너에 대해서도 내게는 어떤 예감이 있어. 켄은 네게 살아서 돌아가리라 생각해…… 그리고 너희에게는 길고 행복한 세월이 기다리고 있을 거야. 너의 아이들에게, 우리가 목숨까지 바쳐가며 싸웠던 '이상'이 무엇인지 말해주고, 그 이상은 목숨을 바쳐 지켜야 했던 것인 동시에 그 이상을 위해 '살아가야 한다'는 것도 가르쳐줘. 그렇지 않으면 그것을 위해 치른 희생이 모두 허사가 될 테니까.

이것은 '네가' 해야 할 일들 가운데 일부야, 릴라. 만일 네가—고향의 여인들 모두가—그렇게 해준다면, 돌아가지 못하는 우리는 너희들이 우리에 대한 '신의를 저버리지' 않았음을 알게 될 거야.

오늘 밤 우나에게도 편지를 쓰려고 했지만 이제 시간이 없네. 이 편지를 우나에게 읽어주고, 사실 이 편지는 너희들 둘에게—소중하고 훌륭하고 신의가 두터운 너희 둘에게—보낸 것이라고 이야기해줘. 내일 돌격할 때 나는 너희 둘을 생각할 거야. 릴라 마이 릴라, 너의 웃음, 그리고 우나의 파란 눈에 담긴 변함없는 굳건함을…… 웬일인지 오늘 밤은 우나의 눈도 똑똑히 보여. 그래, 너희는 둘 다 신의를 지키겠지…… 나는 알 수 있어, 너도 우나도 그러리라는 것을. 그럼…… 잘 자렴. 새벽이 오면 우리는 돌격에 나설 거야.

릴라는 편지를 몇 번이나 읽었다. 마침내 일어섰을 때는 릴라의 파리한 젊은 얼굴에 새로운 빛이 나타나 있었다. 주위에는 가을 햇살이 내리쬐고, 월터가 사랑했던 과꽃이 피어 있었다. 적어도 그 순간만큼은 릴라도 고통과 외로움을 뛰어넘었다.

릴라는 확고하게 말했다.

"신의를 지킬게, 월터 오빠. 난 일하고…… 가르치고…… 배우고…… '웃을' 거야. 그래, 무슨 일이 있어도 웃을게…… 일생 동안, 오빠를 위해, 그리고 부름을 따르면서 오빠가 남겨준 것을 위해."

릴라는 월터의 편지를 신성한 보물로 간직해둘 작정이었다. 그러나 우나가 편지를 읽고 돌려주어야 할 때 주저하는 그 표정을 보았을 때 어떤 생각이 떠올랐다. 그렇게 할 수 있을까? 아, 할 수 없었다. 월터의 편지를…… 월터의 마지막 편지를 내주다니 도저히 할 수 없다. 그녀가 간직한대도 이기적이라고는 할 수 없는 일이었다. 내용만 옮겨 쓴 편지에는 넋이 담겨 있지 않으니까. 그러나 우나는…… 우나는 아무것도 가지고 있지 않았다. 게다가 그 눈은 가슴이 갈가리 찢겼음에도, 우는 것도 동정을 구하는 것도 허락되지 않는 여인의 눈이었다.

릴라는 천천히 물었다.

"우나, 이 편지를 갖고 싶니…… 유품으로?"

우나는 힘없이 대답했다.

"응…… 네가 줘도 괜찮다면."

릴라는 서둘러 대답했다.

"그러면…… 네가 가져."

"고마워."

우나는 이 한마디밖에 하지 않았지만, 그 목소리를 듣고 릴라는 자기의 조그만 희생이 보답받았음을 느꼈다.

  우나는 편지를 받아들고, 릴라가 가고 난 뒤 외로운 입술로 편지에 살며시 입을 맞추었다. 우나는 자신의 일생에 이제 두 번 다시 사랑은 찾아오지 않으리라는 것을 알았다. 그것은 '프랑스 어딘가'에 있는 피로 물든 흙 속에 영원히 묻혀버렸다. 그녀 말고는 아무도—아마 릴라는 알지도 모르지만—이 사실을 모를 것이다. 그녀에게는 남들 앞에서 애도할 권리가 없다. 언제까지나 이어질 아픔을 되도록 잘 감추고 견뎌나가야 한다…… 오롯이 홀로. 그러나 그녀 또한 신의를 지키리라.

때맞춰 나타난 메리

1916년 가을은 잉글사이드에 쓰라린 계절이었다. 블라이드 부인은 좀처럼 건강을 되찾지 못했고 모두의 가슴속에는 슬픔과 쓸쓸함이 들어앉아 있었다. 그 슬픔과 쓸쓸함을 다른 사람 눈에는 숨기려고 모두가 명랑한 척 행동하며 살아갔다. 릴라는 열심히 웃었다. 잉글사이드 사람은 아무도 그 웃음에 속지 않았다. 가슴에서 우러나오는 웃음이 아니라 입으로만 내는 웃음소리임을 알았기 때문이었다.

그러나 외부 사람들 가운데는, 어떤 사람은 슬픔을 너무 쉽게 잊어버린다고 말하는 이도 있었다. 아이린 하워드는 릴라 블라이드가 그렇게 얄팍한 아이임을 알고 몹시 놀랐다고 한마디 했다.

"아니, 그토록 월터가 소중한 척하더니 월터가 죽었는데도 도무지 마음 쓰는 것 같지 않잖아. 릴라가 눈물 흘리는 걸 보거나 월터에 대한 말을 하는 걸 들은 사람이 아무도 없다니까. 릴라는 월터를 잊은 게 틀림없어. 가엾은 월터…… 가족이라면 그의 죽음을 좀 더 뼈아프게 받아들일 줄 알았지.

지난번 소녀 적십자단 모임에서 내가 릴라에게 월터는 참으로 훌륭하고 용감하고 멋졌다고 말했거든. 월터가 죽어버린 지금 내게 인생은 다시는 전과 같지 않을 거라고 말야. 우린 아주 가까운 사이였거든…… 왜, 월터가 입대한 사실을 가장 먼저 이야기한 사람도 바로 나였잖아.

그랬더니 릴라는 마치 남의 이야기라도 하는 것처럼 냉정하고 무심하게 대답하더라.

'월터는 조국을 위해 모든 것을 바친 수많은 훌륭한 젊은이들 가운데 한 사람일 뿐이야.'

정말이지 나도 그렇게 태연하게 받아들일 수 있었으면 좋겠어. 하지만 나는 그렇게 못 해. 난 정말 민감하거든. 작은 일에도 너무너무 마음 아파하는 성격이라…… 그런 상처는 언제까지고 아물지 않아.

그리고 릴라에게 어째서 월터를 위해 상복을 입지 않느냐고도 대놓고 물었어. 그랬더니 어머니가 그러지 않았으면 좋겠다고 말씀하셔서 그런다는 거야. 하지만 그걸 두고 다들 말이 많잖아."

그러자 베티 미드가 반론을 제기했다.

"릴라는 색깔 있는 옷은 입지 않아. 하얀 옷만 입는다고."

아이린은 의미심장하게 말했다.

"릴라한테는 원래부터 흰색이 다른 어떤 색깔보다도 잘 어울리잖아. 게다가 그 아이 얼굴색에는 검정이 전혀 맞지 않는다는 건 우리 모두 잘 알고. 그렇다고 물론 '그런' 이유 때문에 릴라가 검정 옷을 입지 않는다고 말하는 건 아니야. 그냥 이상하다는 거지. 만일 '우리' 오빠가 죽었다면 나는 검정 옷만 입었을 거야. 다른 옷을 입을 마음이 어떻게 들겠니? 솔직히 말해서 나는 릴라 블라이드에게 정말 실망했어."

충직한 베티 미드가 릴라의 편을 들며 소리쳤다.

"그렇다면 '나는' 실망하지 않았어. 난 릴라가 훌륭하다고 생각해. 2, 3년 전만 해도 릴라가 허영심도 좀 강하고 웃음도 너무 헤프다는 생각을 했어. 그렇지만 지금은 그런 구석이 조금도 없어. 글렌 마을에서 릴라만큼 자신을 돌보지 않고 강단 있는 여자애도, 그만큼 철저하고 참을성 있게 자기 의무를 다하는 여자애도 결코 없다고 생각해. 우리 소녀 적십자단만 해도 릴라의 기지와 인내력과 열정이 없었다면 몇 번이나 파탄이 났을지 몰라. 그건 너도 잘 알잖아, 아이린."

아이린이 눈을 동그랗게 뜨고 변명했다.

"어머나, 나는 릴라를 헐뜯으려는 게 아니야. 그저 그 애가 인정이 없는 점을 비난할 뿐이지. 그건 타고난 거라 자기도 어쩌지 못하는 거겠지만. 물론 그 애는 천성적으로 관리, 감독을 잘하지…… 그건 다들 알지. 그리고 자기도 그런 일을 아주 좋아해. 그런 사람도 필요하다는 걸 나도 인정해.

그러니까 제발 부탁인데, 마치 내가 무슨 굉장히 심한 말이라도 한 것처럼 그런 얼굴로 나를 노려보지 마, 베티. 정 그렇다면 릴라 블라이드야말로 '온갖' 미덕의 표본이라고 기꺼이 인정할게. 게다가 대부분 사람들이라면 충격으로 '완전히 무너졌을 만한' 일에도 끄떡없다는 것도 미덕이라면 미덕임에는 틀림없으니까."

아이린이 한 말의 일부를 릴라도 전해 들었지만 예전처럼 언짢지 않았다. 그런 사람의 말이나 생각은 중요하지 않았다. 그뿐이었다. 그런 하찮은 일에 마음 쓰고 살기에는 삶은 너무도 거대했다. 자기에게는 지켜야 할 약속과 해야 할 일이 있다. 비참한 그 가을의 길고 힘겨운 나날을 릴라는 자신이 해나가야 할 일에 몰두하며 충실하게 지냈다.

전쟁 소식은 끊임없이 끔찍했다. 독일군이 가엾은 루마니아를 상대로 차례차례 승리를 거두며 계속 앞으로 나아갔기 때문이다.

수전은 근심스럽게 중얼거렸다.

"외국인이란…… 외국인이란. 러시아 사람이고 루마니아 사람이고 간에 죄 외국인이니까 통 미덥지가 않아요. 하지만 베르됭 이후로 희망을 버리지 않기로 했어요. 저, 사모님, 도브로제아[1]란 강인가요, 산맥인가요? 아니면 대기 상태를 말하는 것인가요?"

11월에 미합중국 대통령 선거가 있었으며 수전은 매우 열중했다. 그리고 자신의 열의에 대해 변명했다.

"내가 살다 살다 설마 양키들 선거에 관심을 갖는 날이 올 줄은 생각지도 못했어요, 사모님. 이것만 보아도 살면서 우리가 어떻게 될지 알 수 없다니까요. 그러니 함부로 장담 같은 건 하는 게 아니에요."

7일 밤 수전은 명목상으로는 양말 한 켤레를 다 떠야 한다는 이유로 늦게까지 자지 않고 있었다. 그러나 간간이 카터 플래그네 가게에 전화를 걸어 휴즈가 당선되었다는 첫 소식을 전해 듣자, 자못 엄숙한 태도로 성큼성큼 2층 블라이드 부인 방으로 올라가 침대 발치께에서 흥분 섞인 낮은 목소리로 선거 결과를 보고했다.

"사모님께서 잠이 안 드셨다면 틀림없이 결과를 궁금해하실 거라 생각해서요. 잘된 일 같아요. 아마 휴즈도 성명서를 내겠지만, 그래도 좀 더 좋은 일을 위해 내주었으면 싶어요. 저는 구레나룻을 그리 좋아하지는 않지만 모든 일이 다 제 마음에 들 수는 없으니까요."

아침이 되어 결국은 윌슨이 재선되었다는 뉴스가 들어오자 수전은 다른 낙관론의 바람을 타기 위해 침로를 바꾸었다.

수전은 기운차게 말했다.

---

[1] 루마니아 남동부에서 불가리아 북동부에 걸친 지역.

"옛말에 같은 바보라도 모르는 바보보다 아는 바보가 낫다고 했으니까요. 그렇다고 우드로가 바보라고 생각한다는 건 아니에요. 하기야 타고난 분별이 모자란 게 아닐까 여겨지는 일이 때때로 있지만 말예요. 하지만 윌슨은 적어도 성명서는 썩 잘 쓸 줄 알고, 휴즈인가 뭔가 하는 남자는 그런 거라도 잘하는지조차 알 수 없으니까요. 여러모로 볼 때 양키를 칭찬하고 싶군요. 양키들이 꽤 분별력이 있음을 보여줬고 나도 그것을 기꺼이 인정해요.

소피아는 그들이 루스벨트를 뽑았으면 해서 루스벨트에게 기회를 주지 않았다면서 투덜거리고 있답니다. 나도 루스벨트가 좀 당기긴 했지만 이런 일은 하느님께서 정하시는 것이라 믿고 우리는 어떤 결과에든 만족해야죠. 하기야 루마니아에 대해서는 하느님이 어떤 생각이신지 나로선 알 수 없지만 말예요…… 전혀 불경한 뜻은 없이 하는 말이에요."

애스퀴스 내각이 사퇴하고 로이드 조지가 영국 총리가 되었을 때 수전은 하느님께서 의도하시는 바를 알았다─혹은 안다고 여겼다.

"사모님, 드디어 로이드 조지가 나섰군요. 나는 전부터 이렇게 되기를 기도했어요. 이제 곧 사정이 나아질 거예요. 이렇게 되려고 루마니아의 재난이 일어났다는 걸 지금에야 알았어요. 더 이상 뭉그적뭉그적하지는 않겠죠. 이제 이 전쟁은 이긴 거나 다름없어요. 부쿠레슈티[2]가 함락되건 말건 말예요. 이 말씀은 믿으셔도 돼요."

부쿠레슈티가 함락되었다. 그리고 독일이 평화협상을 제의했다. 이에 대해 수전은 경멸스럽다는 듯 들어보려고도 하지 않고 그와 같은 제의를 받아들이는 일에 결사반대하였다. 윌슨 대통령이 그 유명한 12월 평화성명을 냈을 때

---

[2] 루마니아의 수도.

수전은 맹렬하게 비꼬았다.

"우드로 윌슨이 강화를 맺는다지요? 먼저 헨리 포드가 해 보고 이번에는 윌슨인가요?"

수전은 미국 쪽으로 난 부엌 창문으로 딱한 대통령에게 소리쳐 말했다.

"하지만 우드로, 평화란 잉크로 끼적여서 이루어지는 게 아니에요. 이 말만은 확실히 믿어도 좋아요.

로이드 조지의 연설이 카이저에게 사태를 깨우쳐줄 테니 당신은 그 별 재미도 없이 길기만 한 평화 성명서는 집에 잘 보관하고 우표값이나 아껴요."

릴라가 짓궂게 말했다.

"그 말을 윌슨 대통령이 못 듣다니 정말 안타깝네요, 수전."

"정말이야, 릴라. 도움이 되는 충고를 해주는 사람이 곁에 아무도 없다니 안됐지. 숱하게 많은 민주당원과 공화당원 중에 그런 충고를 해줄 사람이 아무도 없는 것은 분명하니까. 나야 그 둘이 뭐가 다른지도 모르겠지만 말이야. 양키들의 정치는 아무리 연구해도 나로서는 도무지 풀 수 없는 수수께끼야. 하지만 내가 대충 보기에는, 유감스럽게도……."

수전은 미심쩍다는 듯 고개를 설레설레 저으며 말을 이었다.

"어차피 오십보백보야."

험악한 날씨가 이어진 12월 마지막 주 일기에 릴라는 다음과 같이 썼다.

크리스마스가 끝나 한시름 놓았다. 우리는 내심 크리스마스가 오는 것이 두려웠다. 쿠르슬레트 이후 처음 맞는 크리스마스이기 때문이다. 그러나 우리는 메러디스 집안사람들을 모두 크리스마스 만찬에 초대했고, 아무도 억지로 명랑하게 행동하려고 하지 않았다. 다들 다만 서로를 다정히 대하면서도 조용히 그날을 보냈고, 그 덕분에 마음이 편했다.

그리고 짐스의 병이 나은 것도 매우 고마운 일이다. 너무 감사해서 모처럼 기쁨과도 비슷한 심정을 느꼈다. 그러나 비슷할 뿐, 똑같지는 않다. '진심으로' 기쁨을 느끼게 되는 일이 다시 있을까? 내 마음속 기쁨이 모두 죽어버린 것 같다. 월터의 심장을 꿰뚫은 그 총알에 함께 사살된 것 같다. 언젠가 새로운 종류의 기쁨이 내 마음속에 태어날지도 모른다. 그러나 옛날에 느꼈던 종류의 기쁨은 되살아나지 않을 것이다.

올해는 겨울이 무척 빨리 왔다. 크리스마스 열흘 전에 큰 눈보라가 몰아쳤다. 적어도 그때는 큰 눈보라인 줄 알았다. 그런데 그것은 본 공연이 시작되기 전의 서곡에 지나지 않았다. 바로 다음 날은 날씨가 개면서 잉글사이드도 '무지개 골짜기'도 근사해졌다. 나무에는 모두 눈꽃이 피고 곳곳에 생긴 큼직한 눈더미는 북동풍의 '끌'로 다듬어져 더없이 휀싱직인 모양으로 조각되었다.

아버지, 어머니는 애번리에 가셨다. 기분 전환이 어머니에게 도움이 되리라고 아버지가 생각한 까닭도 있었고, 두 분 다 가엾은 다이애나 아주머니를 만나고 싶었기 때문이기도 하다. 아주머니의 아들인 잭이 바로 얼마 전 중상을 입었던 것이다.

두 분은 수전과 나에게 집을 맡기고 갔으며, 아버지는 그다음 날 돌아올 예정이었다. 그러나 아버지는 1주일 동안이나 돌아오지 못했다. 그날 밤부터 다시 휘몰아친 거센 눈보라가 나흘 동안이나 쉴 새 없이 몰아쳤기 때문이다. 프린스에드워드섬에서도 이토록 심한 눈보라가 이만큼 오래 이어진 적은 지난 몇 년간 없었다. 모든 것이 다 혼란에 빠졌다. 도로는 막혀 오도 가도 못하게 되고, 기차도 운행이 중단되었으며 전화도 완전히 먹통이 되어버렸다.

그런데 엎친 데 덮친 격으로 짐스가 병이 났다. 아버지와 어머니가 집을 떠날 때 짐스는 가벼운 감기에 걸려 한 이틀쯤 심해지는 것 같았으나, 나는 아주 심각해질 위험이 있다고는 전혀 생각지 않았다. 그래서 열을 재보지도 않았다. 순전히 내 부주의여서 나는 그런 나 자신을 용서할 수가 없다.

사실 이때 나는 슬럼프에 빠져 있었다. 어머니가 집에 안 계시자 긴장이 풀어졌던 것이다. 계속 씩씩하고 명랑한 척 행동하는 데 지쳐 2, 3일 동안 침대에 엎드려 울기만 했다. 그래서 짐스를 내팽개쳐두었으며, 인정하기 싫어도 그것이 끔찍한 사실이다. 비겁하게도 월터와의 약속에 충실하지 못했던 셈이다. 혹여 짐스가 죽기라도 했다면 나는 결코 나 자신을 용서할 수 없었을 것이다.

아버지와 어머니가 떠난 지 사흘째 되던 날 밤 짐스의 병세가 갑자기 나빠졌다. 정말로 심각하게 나빠졌다. 그때는 수전과 나 둘밖에 없었다. 올리버 선생님은 눈보라가 시작되던 날 로브리지에 가서 돌아오지 못했다.

처음에 우리는 그리 놀라지 않았다. 짐스는 이미 크루프를 몇 차례나 앓았으며, 언제나 수전과 모건과 나 셋이서 그다지 힘들이지 않고 짐스가 병을 이겨내게 해왔기 때문이다. 그러나 얼마 되지 않아 우리는 몹시 걱정스러워졌다.

수전이 어두운 얼굴로 말했다.

"이런 크루프는 이제까지 본 적이 없어."

나는 이미 때가 늦어버린 뒤에야 그것이 어떤 종류의 크루프인지 겨우 깨달았다. 여느 크루프—의사들이 흔히 '가성(假性) 크루프'라고 말하는 것—가 아니라 '진성(眞性) 크루프'였다. 그것이 치명적이고 무서운 병이란 것을 나는 알고 있었다. 더구나 아버지는 안 계시고 의사가 있는 곳은 가장 가까운 곳이라고 해 봐야 로브리지였다. 그러나 전화는 먹통이었고 말이고 사람이고 그날 밤 눈더미 속을 헤치고 어디로도 갈 수 없었다.

기특하게도 어린 짐스는 살기 위해 필사적으로 싸웠다. 수전과 나는 우리가 생각해낼 수 있고 아버지의 책에서 찾아낼 수 있는 최선의 치료법을 다 시도해보았지만 짐스는 점점 더 나빠질 뿐이었다. 짐스의 모습을 보거나 목소리를 듣는 것만으로도 가슴이 미어졌다. 짐스는 숨쉬기조차 버거워 헐떡거렸다. 가엾은 이 어린 생명의 낯빛은 무섭도록 시퍼런 빛으로 바뀌었고, 고통으로 표정은 일그러졌다. 그리고 제발 살려달라고 우리에게 호소하는 듯 작은 손을 계속 허우적거렸다.

전선에서 가스 공세를 받은 병사들도 틀림없이 이런 모습이었을 거라는 생각이 불현듯 든 나는 짐스를 걱정하고 안타까워하면서도 그 생각이 머리에서 떠나지 않았다. 그러는 동안에도 내내 그 아이의 가느다란 목구멍 속의 막(膜)은 점점 더 두꺼워져 짐스가 이겨낼 도리가 없었다.

아, 나는 미칠 것만 같았다! 짐스가 내게 얼마나 소중한 존재인지를 그때서야 깨달았던 것이다. 그런데 나는 속수무책이었다.

이윽고 수전이 먼저 항복하고 말았다.

"우린 이 아이를 도저히 살릴 수 없어…… 아, 선생님이 계셨더라면…… 이 녀석 좀 봐, 가엾어라! 뭘 어찌해야 좋을지 모르겠구나!"

짐스의 모습을 보고 나는 그 아이가 죽어가고 있다고 생각했다. 수전은 짐스가 조금이라도 숨을 편하게 쉴 수 있도록 침대에 누워 있는 짐스의 몸을 들어 떠받쳐주었다. 그러나 전혀 숨 쉬고 있는 것으로 보이지 않았다. 온갖 재롱을 떠는 귀염둥이와 말썽쟁이의 얼굴을 한, 사랑하는 나의 전쟁고아가 내 눈앞에서 숨이 막혀 죽어가는데도 나는 아무 도움도 줄 수 없었다.

절망한 나머지 나는 더운 찜질을 하려고 준비했던 수건을 팽개쳤다. 이런 것이 다 무슨 소용인가? 짐스는 죽어가고 있다. 그것은 내 탓이다. 내가 주의를 기울여 잘 돌보지 않았기 때문이다!

마침 그때―밤 11시에―초인종이 울렸다. 그 소리는 무섭게 울부짖는 폭풍 소리를 뚫고 온 집 안에 울려퍼졌다. 수전은 나갈 수 없었다. 짐스를 잠시라도 눕혔다가 무슨 일이 날까 두려웠기 때문이다. 그래서 내가 아래층으로 정신없이 뛰어 내려갔다.

현관홀에서 나는 잠깐 멈춰 섰다. 갑자기 터무니없는 두려움에 사로잡혔던 것이다. 언젠가 올리버 선생님에게서 들은 기분 나쁜 이야기가 불현듯 생각났기 때문이다.

어느 날 밤, 선생님의 친척 아주머니가 병든 남편과 단둘이 집에 있었다. 현관문을 두드리는 소리가 나기에 가서 열어보니 아무도 없었다. 적어도 눈에 보이는 것은 아무것도 없었다. 그런데 문을 열었을 때―분명히 바람 한 점 없는 따뜻한 여름밤이었는데도―소름이 돋을 만큼 차디찬 바람이 불어 들어와 아주머니 곁을 휙 스쳐 지나가더니 곧장 2층으로 올라간 것처럼 느껴졌다. 그러자 곧 외마디 비명이 들렸다. 2층으로 뛰어 올라가 보니 아주머니의 남편은 이미 싸늘하게 죽어 있었다. 그래서 그 아주머니는 자신이 문을 열었을 때 '죽음'을 불러들인 게 틀림없다고 믿고 있다고 올리버 선생님은 말했었다.

그런 생각에 겁이 더럭 나다니 어이없는 일이었다. 그러나 나는 심란했고 몹시 지쳐 있었다. 그래서 그 순간 도저히 문을 열 마음이 들지 않았다. 문밖에는 죽음이 기다리고 있을 것 같았다. 그러다가 나는 꾸물거릴 겨를이 없음을 깨달았다. 이런 어리석은 생각을 하고 있을 틈이 없다. 나는 앞으로 달려 나가 문을 힘껏 열었다.

분명 집 안으로 차디찬 바람이 불어 들고 눈이 소용돌이치며 들어왔다. 그러나 입구에는 피와 살로 이루어진 사람의 형상이 서 있었다. 바로 머리끝에서 발끝까지 눈을 푹 뒤집어쓴 메리 밴스였다. 그리고 메리는 죽음 대신 삶을 가져다주었다. 물론 그때는 그런 줄 몰랐다. 나는 그저 메리를 물끄러미 쳐다보았다.

메리는 안으로 성큼 들어와 문을 닫더니 이를 드러내 보이며 환히 웃었다.

"나 집에서 쫓겨나서 온 거 아니야. 이틀 전에 카터 플래그 씨네 가게에 갔다가 눈이 쌓여 오도 가도 못하고 갇혀버린 거야. 그런데 애비 플래그 할멈이 어찌나 내 신경을 긁던지 오늘 밤에는 무슨 수를 써서라도 여기까지 오려고 결심했지. 여기까지는 어떻게든 눈 속을 헤치고 올 수 있겠다 싶었는데, 그것도 만만치는 않더라. 한번은 눈 속에 갇혀서 이대로 죽는가 보다 그랬다니까. 정말 지독한 밤이지 않아?"

나는 얼른 제정신으로 돌아와 빨리 2층으로 되돌아가야 한다는 것을 깨달았다. 나는 급하게 사정을 설명하고 눈을 털어내는 메리를 혼자 남겨둔 채 2층으로 잽싸게 올라갔다. 2층으로 돌아와보니 짐스는 조금 전의 발작은 가라앉았으나 내가 방에 들어가기 무섭게 또 발작이 시작되었다. 나는 짐스를 들여다보며 어쩔 줄 몰랐다. 신음하고 우는 일 말고는 아무것도 할 수 없었다. 아, 그 생각을 하면 부끄럽기 짝이 없다! 그렇다고 내가 무엇을 할 수 있단 말인가? 우리는 알고 있는 한 모든 일을 다 해 보았는데.

그때 갑자기 뒤에서 메리의 큰 목소리가 들렸다.

"어머나, 걔 죽어가고 있잖아!"

나는 홱 돌아섰다. 짐스가…… 내 귀여운 아기가 죽어가고 있는 걸 내가 모르기라도 할까 봐! 그 순간 메리를 문밖이든 창밖이든 아무 데로나 집어 던지고 싶었다. 메리는 마치 숨이 막혀 컥컥대는 아기 고양이라도 바라보듯 그 기분 나쁜 하얀 눈으로 내 아기를 침착하고 냉정하게 내려다보며 서 있었다. 원래도 나는 메리 밴스를 좋아하지 않았지만, 그때는 정말이지 죽도록 미웠다.

수전이 멍하니 말했다.

"우리가 할 수 있는 건 다 해 봤지만, 이건 여느 크루프가 아니야."

"그래요, 이것은 디프테리아성 크루프예요."

메리는 씩씩하게 말하고 앞치마를 와락 잡아챘다.

"꾸물거리고 있을 시간이 없어요. 어떻게 해야 하는지 내가 알아요. 몇 해 전 내가 항구 윗마을 와일리 부인 집에서 지낼 때 윌 크로퍼드 씨 아이가 의사 두 사람한테 치료를 받았는데도, 디프테리아성 크루프로 죽어버렸어요. 크리스티나 매컬리스터 할머니가 이 말을 듣더니…… 아, 그 할머니는 바로 내가 폐렴으로 죽게 되었을 때 살려준 사람인데 정말 훌륭한 사람이에요. 어떤 의사도 할머니한테는 비할 바가 안 된다니까요. 요즘 의사들은 그 할머니 발바닥도 못 쫓아갈걸요…… 아무튼 그분이 '내가 있었더라면 우리 할머니한테 배운 치료법으로 그 아이를 거뜬히 살렸을 텐데.' 하면서 와일리 부인에게 얘기해준 치료법을 나는 줄곧 잊어버리지 않았어요. 내가 또 기억력 하나는 기똥차거든요. 머릿속 깊숙이 들어 있다가 필요할 때가 되면 척 나오니까요. 이 집에 유황이 있나요, 수전?"

다행히 유황은 있었다. 수전과 메리가 그것을 가지러 아래층에 가 있을 때 나는 짐스를 안고 있었다. 나는 아무 희망도 갖지 않았다…… 터럭만큼도. 메리 밴스가 아무리 멋대로 허풍을 떨어 본들—전부터도 허풍쟁이였으니까—어떤 할머니의 치료법으로도 지금의 짐스를 구할 수 없다고 생각했다. 이윽고 메리가 돌아왔다. 두꺼운 플란넬 헝겊으로 입과 코를 싸매고, 불타는 석탄을 반쯤 채워넣은 수전의 낡고 일그러진 양은냄비를 손에 들고 있었다.

메리는 자신만만하게 말했다.

"두고 봐. 아직 해 본 적은 없지만, 어쨌든 이 아이의 병은 악화돼가고 있으니 죽든 살든 해 보는 거야."

메리는 석탄에 유황 한 숟가락을 뿌렸다. 그리고 짐스를 안아 올려 거꾸로 들더니, 숨이 막히고 눈도 뜰 수 없을 것 같은 매캐한 연기 위에 짐스의 얼굴을 들이댔다. 내가 왜 그 즉시 뛰어가서 짐스를 낚아채 오지 않았는지 스스로도 알 수 없다. 운명적으로 그렇게 정해져 있었기 때문이라고 수전은 말하는데, 그 말이 맞는 것 같다. 나는 정말 몸을 옴짝달싹조차 할 수 없는 것 같았으니까. 수전도 그 자리에 못 박힌 듯 문가에서 메리가 하는 일을 그저 지켜보고 있었을 뿐이다.

짐스는 무엇이든 해내는 메리의 크고 굳센 손—그렇다, 메리는 분명 무엇이든 해낼 수 있다—에 붙잡힌 채 몸부림쳤다. 그리고 숨이 막혀 컥컥대다가는 쌕쌕대고…… 숨이 막혀 컥컥거리다가는 쌕쌕거렸다. 짐스는 고문당하다 죽고 말 거라고 생각했다. 그러다 사실은 긴 시간이 아니었지만 내게는 한 시간도 더 지난 듯 느껴졌을 때, 짐스가 갑자기 자기 숨통을 막고 있던 목구멍 속의 막을 기침과 함께 뱉어냈다.

메리는 거꾸로 들고 있던 짐스의 몸을 똑바로 세워서는 침대에 눕혔다. 짐스의 낯빛은 대리석처럼 창백하고, 갈색 눈에서는 눈물이 줄줄 흐르고 있었다. 그러나 아까의 무섭도록 시퍼런 빛이 얼굴에서 사라지고 호흡이 완전히 편안해져 있었다.

메리가 밝은 목소리로 말했다.

"제법 쓸만한 비법 아니었어? 어떤 작용을 할지는 전혀 몰랐지만, 되든 안 되든 하늘에 운을 맡기고 한번 해 본 거야. 날이 샐 때까지 한두 번 더 이 아이의 목구멍에 연기를 쐬어줄게. 균을 다 죽이기 위해서 말이야. 하지만 애는 이제 괜찮아질 거야."

짐스는 곧 쌔근쌔근 잠들었다. 처음에 두려워한 그런 혼수상태가 아니라 진짜로 잠이 든 것이었다. 밤 동안 메리는 두 번 더 짐스의 목구멍에 '연기를 쐬었다'. 새벽이 되자 짐스는 목구멍이 말끔해지고 체온도 거의 정상으로 돌아왔다.

그 사실을 확실하게 확인한 다음 나는 뒤돌아서서 메리 쪽을 바라보았다. 메리는 안락의자에 털썩 앉아, 수전이 메리보다 40배는 더 잘 알고 있을 주제에 대해 아는 체하며 종알대고 있었다. 그러나 나는 메리가 아무리 아는 체하거나 허풍 떨어도 거슬리지 않았다. 메리는 잘난 체할 만한 권리가 있었다. 나로서는 도저히 할 수 없었던 일을 과감하게 해내어 짐스를 끔찍한 죽음에서 구해준 것이다.

어릴 때 말린 대구를 들고 나를 뒤쫓아 온 글렌 마을을 돌아다녔던 일도 이제는 상관없었고, 등대에서 춤추던 날 밤 내 낭만적인 꿈에 거위기름을 온통 발라버린 일도 아무렇지 않았다. 메리가 자기 자신을 누구보다도 아는 게 많은 척척박사로 여기고 언제나 그것을 다른 사람에게 자랑해야 직성이 풀린대도 괜찮았다. 나는 다시는 메리를 싫어하지 않을 것이다. 나는 메리에게 다가가 볼에 입을 맞추었다.

메리가 물었다.

"또 무슨 일이 났니?"

"아니…… 그냥 언니한테 너무 고마워서 그래, 메리."

메리는 의기양양해서 싱글벙글 웃으며 말했다.

"그럴 거야. 그래야 마땅하다고 생각해, 정말이지. 내가 우연히 그때 찾아왔으니 망정이지 수전과 너 둘이서 하마터면 아이를 죽어버릴 뻔했으니 말이야."

메리는 수전과 내게 최고로 훌륭한 아침 식사를 만들어서 먹이고 이틀 동안 우리를—수전의 말을 빌리자면—'혼이 쏙 빠질 때까지 손아귀에 쥐고 흔들다가' 길이 뚫리자 집으로 돌아갔다.

그 무렵 짐스는 거의 다 나았으며 그때서야 아버지도 돌아오셨다. 아버지는 잠자코 우리 이야기를 들었다. 대체로 아버지는 이른바 '할머니들의 민간요법'을 경멸했다.

아버지는 조금 웃으시더니 말했다.

"앞으로 메리 밴스는 중환자가 생길 때마다 내가 자기한테 자문을 구하러 가야 한다고 생각하게 생겼구나."

이리하여 크리스마스는 생각했던 것만큼 괴롭지 않았다. 그리고 이제 새해가 다가오고 있다. 우리는 아직도 이 전쟁에 마침표를 찍어줄 '대공격'을 기대하고 있다. 먼데이는 추위 속에서 날마다 불침번을 서는 동안 류머티즘에 걸렸으나 여전히 분투하고 있으며, 셜리는 하늘의 용사들이 세운 무훈 이야기를 계속 읽고 있다.

오, 1917년이여, 너는 무엇을 가져다줄 셈이니?

셜리의 출정

"아니에요, 우드로, 승리 없이는 결코 평화가 있을 수 없어요. 우리 캐나다 사람은 평화와 승리를 모두 얻을 생각이에요. 이봐요, 우드로, 승리 없는 평화가 좋으면 당신이나 실컷 가져요."

수전은 신문에 실려 있는 윌슨 대통령의 이름에다 밉살스러운 듯 뜨개바늘로 마구 찔러서 구멍을 내며 이렇게 말했다. 대통령에게 속 시원하게 한바탕 해주고 논쟁에서 이겼다는 만족감으로 수전은 의기양양해서 잠자리에 들었다. 그러나 며칠 뒤 몹시 흥분해서 블라이드 부인 방으로 뛰어들어 왔다.

"사모님, 이게 웬일이에요. 방금 샬럿타운에서 전화로 뉴스가 전해졌는데 우드로 윌슨이 드디어 독일 대사라는 남자를 쫓아버렸답니다. 그것은 다시 말해 선전포고라더군요. 그래서 저는 우드로의 머리는 어떤지 몰라도 마음만은 제대로 된 사람일 거라고 생각하게 되었어요. 그래서 식량청(食糧廳)에서 뭐라고 소리를 질러대건 오늘만큼은 설탕을 조금 징발해다가 초콜릿 캐러멜을 만들어 축하하기로 했어요. 나는 그 잠수함 사건[1]이 운명의 갈림길이 될 거라 여겼었거든요. 소피아가 그것을 시작으로 연합군의 최후가 온다기에 내가 그렇게

---

[1] 독일의 무제한 잠수함 작전.

말해줬죠."

앤은 미소 지으며 말했다.

"선생님에게는 초콜릿 캐러멜 이야기를 하면 안 돼요. 선생님은 우리 집도 정부가 요구하는 절약 정책에 철저히 따르도록 엄격한 규칙을 정했으니까요."

"암요, 여부가 있나요, 사모님. 남자란 한 집안의 가장이니 집안의 여자들은 그 명령에 따르는 게 마땅하지요. 제 생각에 저도 이제 꽤 '효율적으로' 절약할 줄 알게 된 것 같아요."

요새 수전은 독일군을 설명하는 용어들을 적재적소에 써서 비아냥거리는 데 부쩍 재미를 들이고 있었다.

"하지만 가끔은 융통성을 살짝 좀 발휘해도 되지 않겠어요. 얼마 전에도 셜리가 제 초콜릿 캐러멜을 먹고 싶어했거든요. 셜리는 '수전표' 초콜릿 캐러멜이라고 하지요. 아무튼 그래서 저는 축하할 만한 승리가 있으면 만들어주겠다고 했어요. 이 뉴스는 승리와 맞먹는 일이라고 생각해요. 그리고 선생님도 당신이 알지도 못하는 일 때문에 걱정하실 일이야 없을 테니까요. 어쨌든 제가 모든 책임을 질 테니 사모님은 그 어떤 양심의 가책도 느낄 필요 없어요."

그해 겨울, 수전은 창피한 줄도 모른다 싶을 만큼 셜리를 응석받이로 만들었다. 주말마다 퀸즈아카데미에서 셜리가 돌아오면 수전은 블라이드 의사의 눈을 피하거나 그를 구슬릴 수 있는 한 셜리가 좋아하는 요리를 한껏 만들어 놓고 지극정성으로 셜리의 시중을 들었다. 수전은 다른 모든 사람에게는 쉴 새 없이 전쟁 이야기를 하면서도 셜리에게는, 또는 셜리 앞에서는 결코 전쟁 이야기를 꺼내지 않았다. 그녀는 쥐를 지켜보는 고양이처럼 오로지 셜리를 바라보고 있었다. 그리하여 바폼에 있는 연합군 참호선의 돌출부에서 독일군의 퇴각이 시작된 이후 계속 이어진다는 소식을 들었을 때, 수전의 기쁨은 그간 말로 표현해온 그 어떤 것보다 깊은 감정으로 이어졌다. 분명히 끝날 날이 가까워졌다…… 이제 이렇게 되면 또다시 '누군가가' 출정하기 전에 전쟁은 곧 끝날 것이다.

수전이 호언장담했다.

"마침내 우리 쪽 뜻대로 되어가기 시작했어요. 미국이 드디어 선전포고를 했어요. 우드로가 성명서 쓰는 데 계속 쓸데없이 재능을 썼지만, 나는 줄곧 미국이 선전포고를 할 줄 믿었다니까요. 이렇게 된 이상 미국도 정력적으로 전쟁에 뛰어들 거예요. 왜냐하면 일단 시작하면 그러는 것이 그들의 습관이라고들 하니까요. 게다가 독일군도 달아나기 시작했고요."

사촌 소피아가 구시렁댔다.

"미국이 좋은 뜻으로 나서고는 있지만 이 세상의 정력을 모두 끌어온대도 그들을 올봄에 전선에 세울 수는 없고, 연합군은 그 전에 최후를 맞을 거야. 독일군의 퇴각도 다만 연합군을 꾀어내려는 수일 뿐이야. 그 사이먼즈라는 남자의 말로는, 독일군의 퇴각이 연합군을 궁지에 몰아넣었다던걸."

수전은 힘주어 말했다.

"그 사이먼즈라는 남자는 자기가 감당할 수도 없는 쓸데없는 말을 지껄인 거야. 로이드 조지가 영국 총리로 있는 한 나는 그런 의견 따위로 속 끓이지 않아. 로이드 조지는 결코 독일군의 꾐에 속지 않을 거고, 이 말만은 확실하게 믿어도 좋아. 나한테는 일이 잘돼가는 게 보이는걸. 미국이 참전했고 우리는 쿠트와 바그다드도 되찾았잖아. 두고 봐, 6월에는 연합군이 베를린에 들어가 있을 테니까…… 그리고 러시아군도. 차르라는 훼방꾼을 치워버렸으니까. 그건 아주 잘한 일이라고 생각해."

소피아가 말했다.

"잘한 일인지 어떤지는 시간이 지나면 알게 되겠지."

만일 누군가가 소피아를 보고 당신은 전제정권의 전복이나 운터덴린덴 거리로 진주하는 연합군을 보는 것보다도 수전이 창피당하는 꼴을 보고 싶어하는 모양이라고 말한다면, 소피아는 성을 버럭 냈을 것이다. 그러나 소피아에게는 러시아 국민의 눈물과 한탄은 그야말로 남의 나라 일이지만, 이 밉살스러운 낙천가 수전은 아무리 해도 빠지지 않은 제 손톱 밑의 가시였다.

마침 그때 셜리는 거실 식탁 끝에 앉아 다리를 건들거리며—머리끝에서부터 발끝까지 햇볕에 그을리고 혈색도 좋은 건강한 젊은이였다—태연하게 말했다.

"어머니, 그리고 아빠, 난 지난 월요일로 18살이 되었어요. 이제는 나도 입대할 때가 되었다고 생각지 않으세요?"

창백해진 어머니는 셜리를 지그시 보았다.

"내 아들이 둘이나 출정해 하나는 영원히 돌아오지 못할 곳으로 떠났어. 그런데 너까지 바쳐야 한단 말이니, 셜리?"

고대로부터의 외침이다. '요셉도 잃고 스므온도 잃었다. 그런데 이제 너희는 베냐민마저 빼앗아 가겠다는 거냐!'[2] 이 수 세기 전 늙은 족장의 부르짖음을 세계대전 동안 수많은 어머니들이 어쩌면 이토록 똑같이 되풀이하고 있단 말인가?

"나더러 비겁한 병역 기피자가 되라는 말씀은 아니죠, 어머니? 나는 항공대에 들어가려고 해요. 아빠 생각은 어때요?"

애비 플래그에게 줄 류머티즘 가루약을 조제하여 종이에 싸고 있던 의사의

---

2) 《구약성서》〈창세기〉 42장 36절. 아버지 야곱의 말.

손이 떨리고 있었다. 그는 이때가 오리라는 것을 알고는 있었지만, 거기에 대한 각오가 되어 있는 것은 아니었다.

그는 느릿느릿 대답했다.

"네가 의무라고 믿는 일을 나는 말릴 생각은 없다. 하지만 어머니 허락 없이는 가면 안 된다."

셜리는 더 이상 아무 말도 하지 않았다. 원래도 말이 많은 젊은이는 아니었다. 앤도 그때는 더 이상 다른 말을 하지 않았다.

앤은 항구 윗마을 오래된 묘지에 있는 작은 조이스의 무덤을 생각하고 있었다…… 조이스도 살아 있다면 지금은 어엿한 여인이 되어 있을 터이다…… 앤은 또 프랑스에 있는 흰 십자가와 앤의 슬하에서 처음으로 의무와 충실에 대한 가르침을 받았던 반짝이는 회색 눈의 남자아이를 생각하고 있었다…… 끔찍한 참호에 있는 젬을 생각하고…… 또한 기다리고…… 기다리고…… '또 기다리는' 사이, 낸과 다이와 릴라의 꽃다운 청춘의 황금기가 지나가버리는 일을 생각했다…… 그러면서 앤은 이 이상 견딜 수 있을까 생각했다. 견딜 수 있을 것 같지 않았다. 이만하면 바칠 만큼 다 바치지 않았는가.

그런데도 그날 밤, 앤은 셜리에게 가도 좋다고 허락했다.

집안사람들은 수전에게 당일에 이야기하지 않았다. 수전이 안 것은 2, 3일 지나 셜리가 항공대 제복 차림으로 부엌에 나타났을 때였다. 수전은 젬과 월터 때의 절반만큼도 법석을 떨지 않았다.

그녀는 다만 돌처럼 딱딱하게 말했을 뿐이었다.

"기어이 너까지 끌고 가는구나."

"끌고 가다니요? 천만에요, 내가 자진해서 가는 거예요, 수전…… 아무래도 가야겠어요."

수전은 식탁 옆에 앉아 잉글사이드 아이들을 위해 일하면서 여기저기 휘고 굳은살이 박이고 마디가 굵어진 늙은 손을 꼭 맞잡아 벌벌 떨리는 것을 진정시키려 했다.

"그래, 가야지. 전에는 어째서 그런 마음이 드는지 몰랐지만 이제는 알아."

셜리가 말했다.

"수전은 항상 든든해요."

그는 수전이 냉정하게 사태를 받아들였으므로 한시름 놓았다. '큰 법석'을 부리지나 않을까 해서 내심 걱정했던 것이다. 셜리는 신나게 휘파람 불며 부엌에서 나갔다. 그러나 30분쯤 지나 얼굴이 핼쑥한 앤이 들어가 보니 수전은 아직도 그 자리에 우두커니 앉아 있었다.

그전의 수전이라면 그 사실을 인정하느니 차라리 죽는 편이 낫다고 생각했을 말을 수전이 나직이 뱉었다.

"사모님, 저도 이제 늙었네요. 젬과 월터는 사모님의 아이였지만, 셜리는 '내 아이'예요. 저 아이가 비행기로 날아다니다…… 비행기가 곤두박질쳐서…… 부서져버린 몸속에서 저 애의 생명이 빠져나가는 건…… 생각만 해도 못 견디겠어요. 어린 갓난아기였을 때부터 내가 돌보고 안아주던 그 작고 소중한 몸이……"

앤이 소리쳤다.

"수전…… 그만해요."

"아, 사모님, 죄송합니다. 이런 말을 입 밖으로 내는 게 아닌데. 가끔 나는 여장부가 되기로 한 결심을 잊어버려요. 이번…… 이번 일로 정신이 좀 흔들렸어요. 그렇지만 다시는 정신을 놓아버리는 짓은 하지 않을게요. 다만 며칠 동안 부엌일이 여느 때처럼 순조롭게 이루어지지 않더라도 조금 눈감아주세요. 어쨌거나……."

수전은 실추된 여장부로서의 명예를 회복하기 위해 억지 미소를 지어 보이며 말을 이었다.

"적어도 비행기를 타는 건 '깨끗한' 일이겠죠. 참호에서처럼 더럽게 흙투성이가 되지는 않을 테니까요. 잘됐어요. 저 아이는 항상 깔끔한 것을 좋아했으니까요."

그리하여 셜리도 출정했다. 젬처럼 유쾌한 모험에라도 나가는 듯한 밝은 태도도 아니었고 월터처럼 희생의 하얀 불꽃을 태우지도 않았으며, 다만 더럽고 불쾌하더라도 해야 할 일이므로 한다는 냉정하고 사무적인 분위기로 떠났다.

셜리는 5살 이후 처음으로 수전에게 입맞춤을 하고 말했다.

"다녀올게요, 수전…… 수전 '어머니'."

수전은 감격스러워 울면서 말했다.

"내 갈색 도련님…… 내 귀한 갈색 도련님."

블라이드 의사의 슬퍼하는 얼굴을 보고 수전은 가차 없이 생각했다.

'선생님은 이 아이가 어렸을 때 언젠가 이 아이의 엉덩이를 때린 일을 기억할까요. 다행히 나는 한 번도 그런 적이 없으니까 양심에 걸리는 것은 없어요.'

블라이드 의사는 그런 벌을 준 일은 기억하지 못했다. 그러나 모자를 쓰고 왕진을 나가려다 한순간 적막하고 휑뎅그렁한 거실에 우뚝 멈춰 섰다. 한때는 이 거실이 아이들의 웃음으로 가득 차 있었다.

그는 소리 내어 말했다.

"우리 막내아들…… 마지막 남은 우리 아들…… 착하고 다부지고 총명한 아이지. 언제나 우리 아버지를 생각나게 하는 아이야. 그 아이가 출정하고 싶어 한 것을 자랑으로 알아야겠지…… 젬이 출정할 때는 자랑스러웠어…… 심지어 월터가 떠날 때도 그랬었지…… 그렇지만 이제 우리 집은 '황폐하여 버려진 바 되'³⁾었군."

그날 오후, 윗글렌의 샌디 노인이 블라이드 의사에게 말했다.

"나는 그런 생각이 들었소, 선생. 오늘 선생 댁은 아주 넓어 보이겠구나 하는."

하일랜드 샌디 노인의 말은 이상하게도 블라이드 의사의 뇌리에 박혀버렸다. 그날 밤 잉글사이드는 유난히 넓고 텅 비어 보였다. 사실 셜리는 겨우내 주말에밖에 돌아오지 않았으며 워낙 말수가 적어 집에 있어도 늘 조용했다. 그렇다면 그의 빈자리가 이토록 큰 공백을 남긴 듯 여겨지는 것은 셜리가 유일하게 남아 있는 아들이었기 때문일까? 모든 방이 텅 비어 버려진 것만 같고…… 잔디밭의 나무들이 이제 막 움을 틔우기 시작한 가지로 서로를 보듬으며 위로하고 있는 듯이 보이는 것도 그 나무 아래에서 뛰놀던 마지막 남자아이마저 떠났음을 알아서일까?

수전은 밤늦도록 하루 종일 쓸고 닦고 열심히 일했다. 부엌의 시계태엽을 감아놓고 지킬 박사를 사납게 밖으로 내쫓아버린 뒤 한동안 문간에 서서 글렌 마을을 내려다보았다. 저물어가는 초승달의 희미한 은빛 속에서 마을은 꿈결의 세상처럼 떠 있었다. 그러나 수전은 눈에 익은 언덕도 항구도 보고 있지 않았다. 그날 밤 셜리가 있을 킹스포트의 항공대 주둔소 쪽을 바라보고 있었다.

"그 아이는 나를 '수전 어머니'라고 불렀어. 이제 우리 집 남자들은 다 가버린 셈이구나…… 젬, 월터, 셜리, 그리고 목사관의 제리와 칼까지. 더욱이 마지못해 간 사람은 아무도 없어. 그러니까 우리는 자랑스럽게 생각할 권리가 있는 거야. 그렇지만……."

---

3) 《신약성서》〈마태복음〉 23장 38절 참조.

수전은 괴로운 듯 한숨을 쉬고서 덧붙였다.

"자랑이란 곁에 있어도 쌀쌀맞은 친구야. 그건 누구도 부정 못할걸."

달은 더욱 저물어 서쪽의 먹구름 속으로 숨어버렸다. 글렌 마을은 일순간 어두운 그림자 속에 자취를 감추었다. 그리고 그곳에서 몇천 마일 떨어진 땅에서는 카키색 군복을 입은 캐나다군 병사들이—살아 있는 이나 죽은 이나—비미[4] 능선을 함락시키고 있었다.

비미 능선이라는 지명은 세계대전을 다룬 캐나다사(史)에 진홍색과 황금색으로 씌어 있다.

이곳에서 붙잡힌 어느 독일군 포로가 적에게 말했다.

"여기는 영국군도 공략 못 했고 프랑스군도 못 했어. 그런데 바보 같은 당신네 캐나다군은 손에 넣을 수 없는 곳도 분별 못 해 덤벼든 거야."

그리하여 그 '바보들'이 비미를 손에 넣은 것이다. 그리고 그 대가를 치렀다.

제리 메러디스는 비미에서 중상을 입었다. 등에 총상을 입었다는 전보가 왔다.

소식을 들었을 때 블라이드 부인은 말했다.

"우리 낸이 안돼서 어쩌지."

그리고 그리운 그린게이블즈에서 지냈던 자신의 행복했던 소녀 시절을 떠올렸다. 그 무렵에는 이런 비극은 하나도 없었다. 오늘날의 아가씨들은 얼마나 큰 비극을 겪어야 하는 것인가! 2주 뒤 레드먼드에서 돌아온 낸의 얼굴은 지난 2주일 동안이 낸에게 어떠했는지 여실히 말해주고 있었다.

존 메러디스 목사 또한 요 2주일 사이에 부쩍 늙어버린 것 같았다. 페이스는

---

4) 프랑스 북부의 도시. 제1차 세계대전에서 독일군에 점령되었으나 1917년 10월 9일 캐나다군이 공략했음.

집으로 돌아오지 않았다. 구급간호 봉사대로서 대서양을 건너간 것이다. 다이는 아버지에게서 어떻게든 자기도 가겠다는 허락을 받으려 했다. 그러나 아버지는 어머니를 생각해서 그것만은 도저히 허락할 수 없다고 말했다. 그래서 다이는 집에 잠시 들렀다가는 적십자 활동을 위해 곧 서둘러 킹스포트로 되돌아갔다.

메이플라워가 사람들 눈에 띄지 않는 '무지개 골짜기' 구석진 곳에 피기 시작했다. 릴라는 메이플라워가 어디서 먼저 필지 지켜보고 있었다.

'전에는 젬이 어머니에게 맨 먼저 핀 메이플라워를 꺾어다 드렸어. 젬이 출정하고 나서는 월터가 어머니에게 꺾어 드렸지. 지난해 봄에는 셜리가 찾아서 꺾어다 드렸고. 이번에는 내가 오빠들을 대신해야 해.'

그러나 릴라가 미처 발견하기 전 어느 날 저녁때, 브루스 메러디스가 화사한 분홍색의 작은 메이플라워를 한 아름 안고 잉글사이드를 찾아왔다. 브루스는 베란다 층계를 성큼성큼 뛰어 올라와 메이플라워 무더기를 블라이드 부인의 무릎 위에 올려놓았다.

브루스는 수줍어하며 무뚝뚝하게 말했다.

"셜리 형이 있었으면 꺾어 왔을 텐데, 형은 여기 없으니까요."

두 손을 제 주머니 속에 찔러 넣은 채 자기 앞에 서 있는 다부지고 눈썹이 까만 소년을 바라보며, 떨리는 입술로 앤이 말했다.

"그래서 이렇게 해야겠다고 생각했구나, 아가."

"오늘 젬 형한테 보내는 편지에다 어머니에게 메이플라워를 꺾어다 드리지 못할까 봐 걱정하지 않아도 된다고 썼어요. 내가 잘 알아서 하겠다고요. 그리고 나도 이제 얼마 안 있으면 10살이니까 금방 18살이 될 테고, 그러면 전쟁에 나가 젬 형이 싸우는 일을 거들어주고, 내가 대신 근무해주는 동안 형은 휴가를 얻어 돌아올 수도 있을 거라고도 썼어요. 제리 형에게도 편지를 썼어요. 형은 많이 좋아졌대요."

"정말이니? 무슨 좋은 소식이 있었니?"

"네, 오늘 엄마한테 편지가 왔는데 위험한 고비는 넘겼대요."

블라이드 부인은 속삭이듯 중얼거렸다.

"오, 하느님, 고맙습니다."

브루스는 묘한 얼굴로 블라이드 부인을 바라보았다.

"엄마가 이 이야기를 했더니 아빠도 똑같이 말했어요. 하지만 저번에 미드 씨네 개가 우리 집 아기 고양이를 죽이는 게 아닌가 싶을 만큼 무섭게 물고 휘둘렀는데 아무렇지도 않은 일이 있었을 때 내가 그 말을 했더니 아빠가 무서운 얼굴로 고양이에 대해서 다시는 그런 말을 하면 안 된다고 그랬어요.

하지만 왜 그러면 안 되는지 나는 도저히 모르겠어요, 블라이드 아줌마. 나는 정말로 너무너무 고맙게 생각했거든요. 게다가 고양이 얼룩이를 살려준 것은 하느님이 틀림없으니까요. 그 미드 씨네 집 개는 턱이 엄청 큰 데다가 얼룩이를 물고 흔들 때 정말 무지막지했거든요. 그런데 왜 하느님한테 고맙다고 하면 안 된다는 걸까요?"

브루스는 무언가 생각난 듯 말을 이었다.

"아 참, 그리고 보니까 어쩌면 내가 '너무 큰 소리로' 말해서인지도 모르겠어요…… 얼룩이가 아무렇지 않다는 것을 알게 돼서 너무 좋아서 팔짝팔짝 뛰며 고함치듯 말해버렸거든요, 아줌마. 아줌마나 아빠처럼 비밀 이야기같이 소곤소곤 말했더라면 괜찮았을지도 모르는데. 그렇죠, 아줌마?"

그러다 브루스는 '소곤소곤'하듯 목소리를 낮추어 앤 곁으로 다가섰다.

"내가 할 수만 있다면 카이저한테 어떻게 하고 싶은지 아세요?"

"어떻게 하고 싶지, 아가?"

브루스는 심각한 얼굴로 말했다.

"오늘 학교에서 노먼 리스가 말했는데, 자기는 카이저를 나무에 묶어놓고 성난 개를 풀어놔서 겁을 줄 거래요. 그리고 에밀리 플래그는 카이저를 우리 안에 넣고 뾰족한 것으로 마구 찔러주겠대요. 다들 그런 말을 했어요. 하지만 아줌마……."

브루스는 주머니에서 작고 네모진 주먹을 꺼내 진지한 표정으로 앤의 무릎에 올려놓고는 말을 이었다.

"나는 카이저를 좋은 사람으로…… 아주아주 착한 사람으로 바꾸고 싶어요. 할 수만 있다면 단번에요. '내가' 하고 싶은 일이란 바로 그거예요. '그게' 제일 무서운 벌이라고 생각하지 않아요, 아줌마?"

수전이 물었다.

"아이고, 착하기도 해라. 하지만 그 성질 고약한 악당한테 그게 무슨 벌이 되겠니?"

브루스는 검게 보일 만큼 짙푸른 눈으로 수전을 뚫어지게 보며 말했다.

"왜냐하면요, 만일 카이저가 착한 사람이 되면 자기가 한 짓이 얼마나 무서운 일인지 알게 될 거고, 그러면 몹시 괴로울 테니까 다른 어떤 방법으로 벌받는 것보다도 슬프고 언짢은 마음이 될 게 아니에요? 그 사람은 아주 끔찍한 마음이 들 거예요. 그리고 그런 마음을 영원히 느껴야 할 테고요.

응, 나라면 카이저를 착한 사람으로 만들 거예요. 그게 그 사람한테 딱 맞는 벌이 될 거예요."

브루스는 주먹을 불끈 쥐고 확고하게 고개를 끄덕였다.

청혼

서녘 하늘에 떠 있는 커다란 새처럼 비행기 한 대가 글렌세인트메리 마을 위를 날고 있었다. 은빛이 어린 연노란색의 맑게 갠 하늘은 바람이 깨끗이 쓸어낸 광대한 자유천지처럼 느껴졌다.

잉글사이드 잔디밭에 모여 있는 한 무리의 사람들은 매혹된 듯 그것을 올려다보고 있었다. 그해 여름, 하늘을 맴도는 비행기를 가끔 보는 것은 신기한 일도 아니었다. 수전은 매번 몹시 흥분했다. 저 높은 구름 속을 날고 있는 것이 킹스포트에서 이 섬까지 날아온 셜리일 수도 있지 않은가?

그러나 지금 셜리는 캐나다를 떠났으므로 수전은 그 비행기와 조종사에게는 그리 관심을 갖지 않았다. 그럼에도 경이롭다는 눈길로 그것을 바라보았다.

"제가 생각을 해 보았는데요, 사모님, 만약에 묘지에 묻혀 있는 노인들이 잠깐 동안만 무덤에서 일어나 나와 저 광경을 보면 어떻게 생각할까요? 우리 아버지는 보나 마나 탐탁잖아 하실 거예요. 새롭고 색다른 것이라면 뭐가 됐든 도무지 마음에 들어하는 법이 없었으니까요. 농작물을 거둬들이는 것도 돌아가시는 날까지 낫을 쓰셨다니까요. 풀 베는 기계를 절대로 용납하지 않았어요. 할아버지가 써서 좋았던 것이면 당신에게도 충분하다고 늘 말씀하셨거든요.

불효인지는 몰라도 그 점에 대해서는 전 아버지의 생각이 잘못되었었다고 생각해요. 그렇지만 저도 비행기는 좀 탐탁지 않아요. 군사적으로는 필요한지 모르겠지만요. 만일 하느님이 인간을 날게 할 생각이었다면 태어났을 때부터 날개를 주시지 않았겠어요. 그런데 주시지 않은 걸 보면 안전한 땅바닥에 딱 붙어 있으라는 생각이셨던 게 분명하죠.

어쨌든 사모님은 내가 비행기를 타고 신이 나서 하늘을 돌아다니는 것은 절대로 보실 일이 없을 거예요."

그러자 릴라가 놀렸다.

"하지만 아버지의 새 자동차가 오면 그걸 타고 조금 돌아다녀보는 건 싫지 않죠, 수전?"

수전이 말을 받았다.

"자동차에도 이 늙은 몸뚱이를 맡길 수는 없지. 하지만 나는 일부 소견 좁은 사람들 같은 생각은 하지 않아. '구레나룻 달통이 영감'은 섬에 자동차를 달리게 했다고 내각을 사퇴시켜야 한다고 외치고 있다더군요, 사모님. 자동차를 보기만 해도 입에 거품을 문대요.

얼마 전에는 자기네 밀밭 옆 좁은 길로 자동차가 들어오는 것을 보더니, '구레나룻 달통이 영감'이 울타리를 뛰어넘어 길 한복판에 갈퀴를 들고 막아섰다잖아요. 자동차에 탔던 남자는 어떤 중개상이었다는데, '구레나룻 달통이 영감'은 자동차만큼이나 중개상을 싫어하거든요. 아무튼 그는 기어코 자동차를 세우게 만들었대요. '구레나룻 달통이 영감' 옆으로는 양쪽 다 지나갈 만한 틈이 없고 그 중개상도 '구레나룻 달통이 영감'이 아무리 막무가내여도 사람을 치고 지나갈 수는 없는 노릇이었으니까요.

그랬더니 구레나룻 달통이 영감'은 갈퀴를 치켜들고 '여기서 그 귀신 씐 기계를 끌고 썩 나가! 안 나가면 이 갈퀴로 너를 푹 찔러버릴 거야'라고 고함을 치더래요.

그래서 어떻게 됐는지 아세요, 사모님? 가엾게도 그 중개상은 로브리지 가도까지 1마일 가까이나 자동차를 뒷걸음쳐 몰고 가야 했고, 그 뒤를 '구레나룻 달통이 영감'이 한 발자국 한 발자국 따라가며 갈퀴를 휘둘러대고 욕설을 퍼부었다지 뭐예요.

물론 그런 것을 분별 있는 행동이라고 볼 수는 없어요, 사모님. 그렇기는 하지만 비행기니 자동차니 뭐니 해서 섬이 그전 같지 않기는 해요."

비행기는 높이 솟구쳤다가 곤두박질치고 빙빙 돌다가 다시 솟구치더니 마지막에는 저녁놀 진 언덕 너머 아득히 먼 곳의 작은 점이 되었다.

앤은 시의 한 구절을 읊었다.

저 테베의 독수리처럼
위엄 있는 날개를 펼치고
최고의 권위로써
드높은 창공을 날도다.[1]

올리버 선생이 말했다.

"비행기 덕분에 인류는 지금보다 더 행복해질까요? 인류의 행복은 그 분포에는 변화가 있을지라도 그 총량은 시대마다 그리 변하지 않고, '수많은 발명품들'로 인해 그 행복이 늘어나지도 줄어들지도 않는 것 같아요."

메러디스 목사는 아득한 옛날부터 분투해온 인간의 최근의 승리를 상징하

---

[1] 영국 시인 토머스 그레이(1716~1771)의 〈시가의 진보 : 핀다로스풍의 송시〉에서 일부를 따오고 변형함.

는, 사라져가는 점을 눈으로 좇으며 말했다.

"결국 하느님의 나라는 우리 안에 있으니까요.[2] 행복은 물질적 성취나 위업에 의존하지 않는 법이죠."

블라이드 의사가 말했다.

"그렇기는 해도 비행기는 매력적인 물건이에요. 저건 인류가 오래전부터 동경해온 꿈 가운데 하나였으니까. 하늘을 나는 거요. 차례차례로 꿈이 현실이 되어가는 거죠…… 아니면 끈질긴 노력에 의해 마침내 실현시켰달까요. 나도 비행기는 한번 타보고 싶어요."

릴라가 말했다.

"셜리 오빠가 나한테 보낸 편지에서 처음 비행기에 탔을 때 몹시 실망했다고 했어요. 새가 대지에서 날아오르는 것 같은 기분을 맛보리라고 기대했었는데, 막상 타보니 자기는 조금도 움직이는 것 같지 않은데 지구가 갑자기 자기 밑으로 떨어져버리는 느낌이더래요.

그리고 처음으로 혼자 날았을 때는 갑자기 심한 향수병에 사로잡혔대요. 그런 마음이 든 일은 이제까지 단 한 번도 없었는데 아무튼 갑자기 허공을 방황하는 것 같으면서 지구하고 거기 있는 인간 동료들에게로 무턱대고 돌아가고 싶어지더래요. 그런 마음은 곧 극복했지만, 그 기분 나쁜 고독감 때문에 첫 단독 비행은 악몽처럼 남아 있다고 썼어요."

비행기는 사라졌다. 블라이드 의사는 머리를 젖히고 한숨을 쉬었다.

그리고 아내 쪽을 바라보고는 말했다.

"저 인간 새들을 보고 나면 나는 내가 꼭 땅바닥을 기어다니는 벌레 같은 기

---

2) 《신약성서》〈누가복음〉 17장 21절 참조.

분으로 이 땅 위에 돌아온다니까. 앤, 내가 처음으로 당신을 마차에 태우고 애번리를 달렸던 때 일 기억나? 당신이 애번리 초등학교에서 가르치게 된 뒤 처음 맞은 가을에, 카모디 음악회에 가던 날 밤이었는데. 나는 이마에 흰 별 무늬가 있는 검은 암망아지에다 번쩍거리는 새 마차를 준비해서 가면서, 이 세상에 견줄 사람이 없을 만큼 우쭐해 있었어. 그런데 우리 손자 녀석은 연인을 비행기에 태워서 가볍게 한 바퀴 돌고 오게 되지 않을까."

"그래도 비행기는 당신이 그날 몰았던 작은 '실버스폿'만큼 멋있지 않을 거야. 기계는 어디까지나 그저 기계에 지나지 않으니까. 하지만 실버스폿은 개성이 있었잖아, 길버트. 그 말 뒤에 앉아서 드라이브하는 건 저녁놀에 불타는 구름 사이를 날아가는 것 이상의 무언가가 있었는걸. 아니, 나는 아무래도 내 손자의 연인을 부러워할 일은 없을 것 같아. 메러디스 목사님 말씀이 맞아. '하느님 나라'…… 그리고 사랑과…… 행복의 나라는…… 외적인 것에 달려 있지 않으니까."

블라이드 의사는 진지하게 말했다.

"게다가 우리의 그 손자는 비행기에만 정신을 집중해야 하겠지…… 고삐를 말등에 놓은 채 지그시 연인의 눈을 바로 볼 수는 없을걸. 또 한 손으로는 비행기를 조종하기 어렵지 않겠어?"

그러고는 고개를 끄덕이고서 덧붙였다.

"그래, 나는 역시 아직은 '실버스폿'이 더 좋은 것 같네."

그해 여름 러시아 전선이 또다시 허물어지면서 수전은 케렌스키가 결혼한 뒤로 틀림없이 이렇게 될 줄 알았다고 신랄한 말을 했다.

"신성한 결혼을 깎아내릴 생각은 없지만 말이죠, 사모님, 아무리 그래도 남자가 혁명을 하고 있을 때는 그것만으로도 벅찬데 결혼은 좀 더 적당한 시기로

미루는 것이 옳다고 생각해요. 이번에는 러시아군도 정말 끝장이 났고, 그 사실을 못 본 체 하는 건 지각 없는 짓이죠.

그런데 로마 교황의 화평 제안에 대해 우드로 윌슨이 보낸 회답을 보셨나요? 엄청나더군요. 나라면 도저히 일의 진상을 그토록 잘 표현할 수는 없었을 거예요. 그 편지 하나만으로 윌슨이 그간 했던 다른 모든 일을 용서해주고 싶은 기분이 들 정도예요. 윌슨이 낱말의 뜻을 잘 알고 있는 것만은 확실해요.

낱말의 뜻 이야기가 나와서 말인데요, '구레나룻 달통이 영감'이 최근에 했던 일에 대해 들으셨나요, 사모님? 요전에 '구레나룻 달통이 영감'이 로브리지가도 초등학교에 가서 4학년 학생들에게 받아쓰기 시험을 보게 하겠다는 생각을 한 모양이더군요. 거기는 시대에 여전히 뒤떨어진 사람들이 좀 많아서 봄, 가을에 방학이 있고, 아직 여름 학기가 있거든요. 그 학교에 내 조카딸 엘라 베이커가 다니고 있어서 이 '구레나룻 달통이 영감' 이야기를 들은 거예요.

담임 선생님이 두통도 너무 심하고 속이 안 좋아서 프라이어 씨가 시험 감독을 하는 동안 맑은 공기를 마시러 잠시 자리를 비웠대요. 아이들은 받아쓰기는 곧잘 했는데, '구레나룻 달통이 영감'이 단어 뜻을 묻기 시작하면서 다들 난처해했어요. 아직 공부하지 않은 부분이었으니까요.

엘라며 다른 고학년 학생들은 어쩌나 하고 애를 태웠대요. 학생들은 자기네 선생님을 무척 좋아하는데, 프라이어 씨의 형이면서 그 학교의 이사로 있는 에이블 프라이어가 그 선생님을 마땅치 않아 하면서 다른 이사들까지도 자기편으로 끌어들이려고 하는 중이거든요. 그래서 엘라를 비롯한 다른 아이들 모두가 만일 4학년 아이들이 '구레나룻 달통이 영감'에게 단어 뜻을 대답하지 못하면 '구레나룻 달통이 영감'이 에이블에게 가서 자기네 선생님이 시원치 않다고 말할 것이고, 그렇게 되면 에이블에게 좋은 구실을 주게 된다고 걱정한 거죠.

그런데 샌디 로건 덕분에 위기를 모면했다지 뭐예요. 이 아이는 고아원 출신 아이인데, 영리해서 '구레나룻 달퉁이 영감'이 어떤 사람인지 단박에 알아채고는 그 남자가 '해부'가 무슨 뜻이냐고 묻자 '위가 아픈 것입니다.'라고 눈도 깜짝 않고 번개같이 대답한 거예요. '구레나룻 달퉁이 영감'은 원래 무식한 사람이잖아요, 사모님. 사실 자기도 그 단어의 뜻을 몰랐던 거예요. 그래서 '썩 잘했어. 썩 잘했어.' 했답니다.

그 반 아이들은 곧 알아차리고—적어도 머리 좋은 아이들 서넛은—이 우스갯짓을 이어갔지요. 진 블레인은 '청각'의 뜻을 묻자 '종교적인 말다툼'이라고 했고, 뮤리얼 베이커는 '불가지론자'란 '소화불량을 일으킨 사람'을 말한다고 했고, 짐 카터는 '신랄함'이란 '채소만 먹는 것'을 가리킨다는 식으로 모든 낱말을 깨끗이 처리해버렸답니다. '구레나룻 달퉁이 영감'은 그 대답을 몽땅 곧이곧대로 받아들이고 '썩 잘했어, 아주 좋아.'라고 연신 말하는데, 엘라는 민망해서 웃음을 참기가 힘들어 죽을 뻔했다더군요.

선생님이 교실로 돌아오자 '구레나룻 달퉁이 영감'은 학생들이 학과에 대한 이해가 대단하다고 칭찬하면서, 선생님이야말로 이 학교의 보배라는 것을 이사들에게 이야기하겠다고 그랬대요. 그리고 4학년 학생이 낱말의 뜻을 그토록 분명하고 재빨리 대답할 수 있다는 건 정말 흔치 않은 일이라면서 싱글벙글거리며 돌아갔답니다.

그렇지만 사모님, 이 일은 꼭 비밀로 해줘야 한다고 엘라가 말했으니 로브리지 가도 초등학교 선생님을 위해 비밀을 지켜줘야 해요. 만일 아이들에게 속았다는 것을 '구레나룻 달퉁이 영감'이 알게 되면 그 선생님은 파면되고 말 테니까요."

그날 오후 메리 밴스가 잉글사이드로 찾아와 캐나다군이 70고지를 점령했을 때 부상당한 밀러 더글러스가 한쪽 다리를 잘라내야만 했다고 보고했다. 잉글사이드 사람들은 메리에게 안쓰러운 마음을 전했다. 메리의 열의와 애국심은 불붙기까지는 시간이 걸렸지만 일단 불이 붙자 누구에게도 뒤지지 않게 밝은 빛을 내뿜으며 흔들림 없이 타오르고 있었다.

메리는 고결한 태도를 취했다.

"나보고 다리가 한쪽밖에 없는 남편을 갖게 되었다고 비웃는 사람도 있지만, 나는 다리가 열 개 있는 세상 어느 누구보다도 한쪽 다리밖에 없는 밀러가 더 좋아요. 딱 한 사람…… 로이드 조지라면 얘기가 다르지만요.

그만 돌아가야겠어요. 다들 밀러 소식을 궁금해할 것 같아 가게에서 돌아가는 길에 잠깐 들른 거예요. 그렇지만 빨리 돌아가야 해요. 저녁때 낟가리 쌓는 일을 도와주겠다고 루크 매컬리스트에게 약속했거든요. 남자가 모자라 수확을 거두어들이는 일도 우리 여자 손에 달려 있는 셈이에요.

나는 작업복으로 입으려고 오버올(overall)을 만들었는데, 나한테 정말로 잘 어울려요. 앨릭 더글러스 부인은 그런 점잖지 못한 옷을 입는 건 아예 금지해야 한다고 말하고 엘리엇 부인마저 못마땅하게 가자미눈을 뜨고 보긴 해요. 하지만 세상은 달라지고 있고, 아무튼 그런 걸 다 떠나서도, 키티 앨릭을 충격에 빠뜨리는 것만큼 재미있는 일은 없거든요."

릴라가 말을 꺼냈다.

"아버지, 잭 플래그 대신 제가 한 달만 잭네 아버지 가게에서 일을 좀 할까 해요. 아버지만 반대하시지 않으면 그렇게 하겠다고 오늘 약속했어요. 그러면 잭은 농부들의 수확을 도와줄 수 있을 거예요. 저는 밭에서는 그리 도움이 되지 못할 거라서—도움이 되는 여자아이들도 많지만요. 하지만 제가 잭의 일을 대신 해주면 잭한테 시간이 생기는 셈이에요. 요즘은 짐스도 낮에는 그다지 손이 많이 안 가고 또 제가 저녁이면 집에 올 테니까요."

블라이드 의사는 눈을 반짝이며 물었다.

"설탕이며 콩 무게를 달거나 버터며 달걀을 흥정하는 일을 네가 좋아하게 될까?"

"아마 좋아하게 되지는 않겠지만 그런 건 문제가 아니에요. 다만 이것도 제가 할 의무를 다하는 방법의 하나일뿐이에요."

그리하여 릴라는 한 달 동안 카터 플래그네 가게 점원이 되었고, 수전은 앨버트 크로퍼드의 귀리밭 일을 도와주러 갔다.

수전은 자랑했다.

"나는 아직 누구에게도 뒤지지 않아요. 낟가리를 쌓는 일에서는 아무리 남자라도 나를 당해낼 사람은 누구 하나 없으니까요. 내가 거들어준다고 했더니 앨버트는 처음에 미심쩍어하는 눈치더라고요. 그 일이 나한테는 너무 힘에 부칠 거라길래 내가 하루만 시험 삼아 시켜보라고 했죠. 내 '젠장칠' 뚝심을 보여 주겠다고요."

한순간 잉글사이드 사람들은 말이 없어졌다. 잠자코 있었던 것은 '근로봉사'를 하려는 수전의 뜻이 너무 가상해서 감탄했기 때문이었다.

그러나 수전은 그 뜻을 잘못 알고 햇볕에 그을린 얼굴을 붉히며 변명했다.

"안 좋은 말을 쓰는 게 아예 버릇이 된 모양이에요, 사모님. 이 나이에 그런 버릇이 붙다니, 원! 젊은 아가씨들에게 아주 나쁜 본보기예요. 틀림없이 신문을 너무 읽은 탓인 것 같아요. 비속한 말이 정말 많이 나오는데, 그렇다고 내가 젊었을 때처럼 별표를 써서 가리지도 않으니까요. 이 전쟁이 모든 사람을 타락시키고 있어요."

흰머리가 바람에 흩날리며 안전과 편의를 위해 치맛자락을 무릎 높이까지 걷어올리고—수전은 여자로서 오버올 차림만은 용납할 수 없었다—낟가리 위에 선 수전의 모습은 아름답지도 로맨틱하게 보이지도 않았지만, 그 여윈 팔에 활력을 불어넣은 정신은 비미 능선을 함락하고 독일군 부대를 베르됭에서 물리친 정신과 같은 것이었다.

어느 날 오후 마차를 타고 지나가다가 수전이 밀단을 힘껏 집어 던지는 것을 본 프라이어 씨는 감탄했다. 다만 '구레나룻 달통이 영감'이 감탄한 까닭은 좀 달랐다.

'저 여자는 일하는 솜씨가 대단하군. 젊은 여자 두 사람 몫은 거뜬히 해내겠어. 마음먹고 찾아봐도 저만도 못한 여자도 많을걸, 분명 그럴 거야. 만일 조 밀 그레이브가 살아서 돌아오면 나는 미란다를 잃게 될 테고, 가정부를 두면 마누라 이상으로 돈이 더 들 거란 말이지. 그뿐인가, 언제 살림을 내팽개치고 달아날지 알 게 뭐야. 한번 잘 생각해 봐야겠는걸.'

1주일 뒤, 오후 늦게 마을에서 돌아온 블라이드 부인은 잉글사이드 대문 앞에 다다라서 너무나도 놀란 나머지 그대로 얼어붙어 버렸다. 이상한 광경이 눈에 들어온 것이다. 집 모퉁이에 있는 부엌문에서 숱한 세월 동안 뛰어본 적이 없을 것이 분명한, 뚱뚱하고 거들먹거리는 프라이어 씨가 무서운 기세로 뛰쳐나온 것이다. 그 얼굴에는 구석구석까지 공포가 새겨져 있었다. 무리도 아니었다. 왜냐하면 그 뒤에서 수전이 복수의 여신처럼 손에 김이 무럭무럭 나는 큰 무쇠 냄비를 들고, 행여 그 손에 잡혔다가는 상대방의 운명이 어떻게 될지 뻔히 보일 만큼 험상궂은 얼굴을 하고서 나타났기 때문이다. 쫓는 사람이나 쫓기는 사람이나 잔디밭을 무서운 속력으로 가로질러 왔다. 수전보다 두세 걸음 먼저 대문까지 온 프라이어 씨는 문을 열자마자 우뚝 서 있는 잉글사이드 여주인에게는 눈길도 주지 않은 채 쏜살같이 달아났다.

화들짝 놀란 앤은 턱 막혔던 숨을 토해내듯이 불렀다.

"수전!"

정신없이 달려온 수전은 냄비를 내려놓고 프라이어 씨 뒤에다 대고 주먹을 마구 휘둘렀다. 프라이어 씨는 아직도 수전이 뒤쫓아온다고 생각했는지 걸음아 날 살려라 계속 뛰어가고 있었다.

앤은 얼마쯤 엄한 목소리로 물었다.

"수전, 이게 어찌 된 일이에요?"

수전이 분이 삭지 않아 씩씩거리며 대답했다.

"충분히 그렇게 물으실 만한 상황인 줄 알아요, 사모님. 내가 이토록 이성을 잃은 것은 요 몇 년 동안에 없었던 일이니까요. 저, 저, 저 반전론자가 뻔뻔스럽게도 이곳에, 더구나 내 부엌에까지 와서는 나더러 결혼해달라는 거예요, 저 인간이!"

앤은 터지려는 웃음을 얼른 삼켰다.

"하지만 수전! 뭐랄까, 좀 더…… 점잖게 거절하는 방법은 없었을까요? 만일 누가 지나가다가 방금 그 장면을 보았다면 어떤 소문이 났을지 생각해봐요."

"정말 사모님 말씀이 백 번 옳아요. 아까는 이성적으로 생각을 할 수 없는 상태라 그런 것까지는 생각지 못했어요. 너무 화가 나서 정신이 없었거든요. 어쨌든 안으로 들어오세요. 죄다 이야기해드릴 테니까요."

수전은 냄비를 집어 들고 아직도 분한 나머지 부들부들 떨면서 서둘러 부엌으로 들어갔다. 그리고는 냄비를 스토브 위에 쾅 하고 내려놓았다.

"잠깐 기다리세요. 창문을 활짝 열어 환기를 좀 시켜야겠어요, 사모님. 자, 이제 좀 나아진 것 같군요. 그리고 손부터 씻어야 돼요. '구레나룻 달통이 영감'이 들어왔을 때 악수를 했거든요. 뭐, 하고 싶어서 한 건 아니지만요. 그자가 그 퉁퉁하고 기름진 손을 내밀었을 때 달리 어찌해야 할지 몰랐거든요.

마침 오후 청소를 다 끝냈을 때였어요. 모든 것이 깨끗하고 반짝반짝 빛났죠. 나는 이제 염색 물감도 끓이고 있으니 깔개를 만들 누더기를 물들여 저녁 식사 전에 얼른 해치워야겠다고 생각하고 있었어요.

그때 바닥에 그림자가 하나 불쑥 나타나길래 얼굴을 들어서 보니 '구레나룻 달퉁이 영감'이 문 앞에 서 있지 뭐예요. 풀을 먹여 다림질이라도 한 것처럼 말쑥하게 차려입고서요. 아까 말했다시피 나는 악수를 하고, 사모님과 선생님 두 분 다 집에 안 계시다고 말했지요. 그랬더니 '구레나룻 달퉁이 영감'이 '당신을 만나러 온 거요, 미스 베이커.'라는 거예요.

영문을 모르는 나는 아무튼 앉으라고 했지요. 예의는 지켜야 했으니까요. 그러고는 부엌 한복판에 버티고 서서 되도록 멸시하는 표정으로 '구레나룻 달퉁이 영감'을 노려봤어요. 낯짝 두껍기로 소문난 '구레나룻 달퉁이 영감'도 제가 그러는 데는 좀 쩔쩔매는 눈치였어요.

그러다 그 돼지 눈 같은 작은 눈으로 나를 감상적으로 바라보기 시작하는데 끔찍한 생각이 더럭 들지 뭐겠어요. 왜인지는 몰라도, 태어나서 처음으로 청혼을 받겠구나 하는 생각이 드는 거예요, 사모님. 나는 전부터 한 번만이라도 좋으니 청혼을 받고 거절해봤으면 좋겠다, 그렇게 하면 다른 여자들의 얼굴을 당당히 마주 볼 수 있겠다고 생각했거든요. 그런데 이 일은 어디 가서도 자랑하지 않을 거예요. 이건 자랑거리도 못 되고 모욕이죠. 할 수만 있었다면 어떻게든 막아낼 방법을 미리 생각해냈을 거예요.

어쨌든 완전히 무방비 상태에서 내가 불리한 입장에 있었어요, 사모님. 사람에 따라서는 청혼하기 전에 청혼에 대한 예고 격으로 먼저 구애도 조금 하는 편이 경우에 맞다고 여기는 이도 있다고 들었어요. 자기의 의도를 상대에게 넌

지시 알리기 위해서라도 말이지요.

 하지만 '구레나룻 달퉁이 영감'은 내가 찬밥 더운밥 가릴 처지가 아니라 자기가 물어보기만 하면 냉큼 덤벼들 거라고 생각했던가 봐요. 이제 그 남자도 똑똑히 알겠죠. 여부가 있나요. 똑똑히 알고말고요, 사모님. 그 작자 아직도 뛰고 있는 거 아닌지 모르겠군요."

 "수전이 기뻐하지 않는 심정은 잘 알겠어요. 하지만 그런 꼴로 이 집에서 쫓아내지 않더라도 좀 더 점잖게 거절하는 방법은 없었나요?"

 "네, 그렇게 할 수도 있었고 또 그렇게 할 작정이었지만 '구레나룻 달퉁이 영감'이 한 말 한 마디 때문에 제 인내심이 완전히 폭발하고 말았어요. 그렇지 않았다면 저도 물감 냄비를 들고 쫓아가거나 하지는 않았을 거예요.

 아무튼 그자가 찾아왔을 때 있었던 일을 모조리 말씀드리죠. 아까도 말했듯 '구레나룻 달퉁이 영감'이 의자에 앉았는데, 그 바로 옆 의자에 박사가 엎드려 있었어요. 자는 척하고 있었지만, 그 고양이는 자고 있지 않았다는 걸 나는 잘 알죠. 왜냐하면 하루 종일 하이드가 되어 있었고, 하이드는 결코 자지 않으니까요.

 그러고 보니 사모님, 요즘 저 고양이가 전보다 더 자주 지킬보다 하이드가 되는 걸 알아차리셨나요? 독일이 이기면 이길수록 저 고양이는 점점 더 하이드가 돼요. 저는 거기까지만 말씀드리고 나머지는 사모님 판단에 맡길게요.

 내가 저 고양이를 어떻게 생각하는지 꿈에도 모르고 '구레나룻 달퉁이 영감'은 내 비위를 맞추려고 저 고양이를 칭찬해야겠다고 생각한 모양이에요. 우둥퉁하게 살찐 손을 내밀어 하이드 씨의 등을 쓰다듬으며 '정말 귀여운 고양이군요.' 하고 말했어요. 그러자 그 귀여운 고양이가 '구레나룻 달퉁이 영감'에게 덤벼들어 콱 물더니 무서운 기세로 그르렁거리며 문밖으로 뛰어나가 버렸죠. '구레나룻 달통이 영감'은 어이없어하며 뛰어나가는 뒷모습을 보고 있더니 '정말 괴상한 말썽꾼이군' 하더군요. 그 말에는 나도 동의했지만, 그런 것을 '구레나룻 달통이 영감'에게 알려줄 생각은 없었죠. 아니, 게다가 자기가 뭔데 우리 고양이를 말썽꾼이라고 해요? 그래서 똑똑히 말해줬죠. '말썽꾼이든 아니든, 적어도 저 고양이는 캐나다 사람과 독일 사람은 구분할 줄 알아요.'라고요.

사모님, 그런 빈정대는 말을 들었다면 웬만한 사람은 눈치를 채지 않았겠어요? 그런데 '구레나룻 달통이 영감'은 눈 하나 깜짝하지 않는 거예요. 아예 뒤로 벌렁 기대앉아 천천히 이야기를 할 속셈 같더라고요. 그래서 나는 뭔가 할 이야기가 있으면 얼른 끝내는 게 좋다, 이 누더기를 저녁 식사 전에 모조리 물들여야 하니 더 꾸물댈 시간이 없다고 생각하고 얼른 이야기를 꺼냈지요.

'프라이어 씨, 뭔가 나한테 따로 할 말이 있어서 온 거면 빨리 해줬으면 좋겠는데요. 내가 오늘 오후는 엄청 바쁘니까요.'

그랬더니 '구레나룻 달통이 영감'은 그 빙 둘러 난 구레나룻 속 벌건 얼굴로 싱글거리며 나한테 이러는 거예요, 사모님.

'당신은 사무적인 사람이군요, 나도 그 의견에 찬성이오. 구태여 돌려서 말하거나 하면서 쓸데없이 시간을 낭비할 필요는 없죠. 내가 오늘 여기 온 것은 당신이 나와 결혼해 줬으면 해서요.'

그렇게 된 거예요, 사모님. 64년이나 기다려 가까스로 나도 청혼을 받은 셈이죠.

나는 그 주제도 모르는 자를 노려보며 말해줬어요.

'비록 당신이 이 세상에 남은 단 한 명의 남자라 해도 나는 당신하고는 절대로 결혼 안 해요, 조사이아 프라이어. 자, 이것이 내 대답이니 이제 그만 썩 돌아가요.'

나는 사람이 그처럼 놀라는 것을 본 일이 없어요. '구레나룻 달통이 영감'은 너무 놀란 나머지 저도 모르게 진심이 불쑥 튀어나와 버린 거예요. '아니, 결혼할 기회를 주면 댁이 얼씨구나 할 줄 알았는데.' 하고요.

사모님, 이 말을 듣고 나는 바로 뚜껑이 열려버렸어요. 독일인 반전론자에게 그런 모욕을 당했다면 그럴 만하다고 생각지 않으세요?

나는 '나가!' 하고 고함치고 저 무쇠 냄비를 집어 들었죠. '구레나룻 달통이 영감'은 내가 갑자기 머리가 돈 줄 알았던지, 펄펄 끓는 물감이 잔뜩 든 무쇠 냄비가 실성한 사람 손에 있으면 위험한 무기가 된다고 여긴 모양이에요. 어쨌든 나가기는 했지만 사모님께서 보신 대로 제대로 체면은 다 구기고 나갔죠.

다시 이곳에 찾아와 내게 청혼할 걱정은 안 해도 될 것 같아요. 이 글렌세인트메리 마을에 '구레나룻 달통이 영감' 부인이 되고 싶어 목매지 않는 여자가 적어도 한 명은 있다는 사실을 이제는 그 남자도 똑똑히 알았겠죠."

기다림

잉글사이드에서
1917년 11월 1일

11월이다. 글렌 마을은 온통 회색과 갈색이나, 여기저기 양버들만이 침울한 풍경 속에 큰 금빛 횃불을 밝힌 듯 서 있다. 다른 나무들은 모두 잎을 떨구었다.

요즘은 용기의 불꽃을 꺼뜨리지 않는 것이 무척 힘이 든다. 카포레토[1]의 참극은 너무 무시무시해서 수전조차도 위로되는 말을 섣불리 꺼내지 못한다. 나머지 사람들은 아예 시도조차 하지 않는다.

"베니스를 빼앗기면 안 돼…… 절대로 베니스는 빼앗기면 안 돼."

올리버 선생님은 마치 여러 번 말하면 정말 이루어질 것처럼 이 말을 필사적으로 되풀이하고 있다. 어떻게 하면 베니스를 빼앗기지 않을 수 있을지 나로선 모르겠다. 그렇지만 수전은 1914년에 파리를 아무래도 빼앗기고 말 것 같았음에도 빼앗기지 않았으므로 베니스도 지킬 수 있으리라고 단언한다.

아, 베니스를—아드리아해의 아름다운 여왕인 베니스를 빼앗기지 않도록

---

1) 슬로베니아 코바리드의 옛 이탈리아어 지명. 제1차 세계대전에서 이탈리아군이 크게 패한 곳.

나는 간절히 바라고 기도하고 있다. 아직 본 일은 없지만 나는 베니스에 대해 바이런과 같은 마음을 품고 있다. 전부터 베니스를 좋아했다. 전부터 내게 베니스는 '마음속 요정 도시'였다. 베니스에 대한 나의 동경은 틀림없이 월터에게서 옮은 것이다. 월터는 베니스를 무척 예찬했었으니까. 베니스를 보는 것이 월터의 꿈 가운데 하나였다. 지금도 기억하는데 한번은—전쟁이 시작되기 바로 전인 어느 날 저녁 '무지개 골짜기'에서—언젠가 둘이 베니스로 가서 달밤의 거리 사이를 곤돌라를 타고 누빌 계획을 세운 일이 있었다.

전쟁이 시작된 뒤로 가을마다 웬일인지 우리 편 군대는 큰 타격을 입었다. 1914년에는 안트베르펜, 1915년에는 세르비아, 지난해 가을에는 루마니아, 이번에는 이탈리아로, 그 피해가 가장 심하다.

만일 월터의 그 소중한 마지막 편지에 "싸우고 있는 것은 '살아 있는' 사람만이 아니니까. '죽은' 사람들도 함께 싸우고 있어. 그런 군대가 질 리 없어."라는 말이 없었다면 나는 너무 절망한 나머지 체념해 버렸을지도 모른다. 그렇다, 질 리가 없다. 최후에는 이길 것이다. 비록 한순간이라도 의심하지 않을 테다. 의심하는 일은 '신의를 저버리는' 것이 된다.

얼마 전부터 우리는 새로 발행된 '승리 국채'를 팔기 위해 모두들 맹렬히 운동을 해왔다. 우리 소녀 적십자단 단원들은 부지런히 집집마다 돌면서 국채를 사도록 권하고 다녔다. 처음에는 절대로 사지 않겠다고 거절하는 꽤 까다로운 고객도 몇 사람인가 만났다.

나는—나까지도—'구레나룻 달통이 영감'과 맞붙었다. 나는 거절당하고 언짢은 마음만 안고 돌아올 거라고 예상했었다. 그런데 놀랍게도 '구레나룻 달통이 영감'은 꽤나 선뜻 그 자리에서 천 달러어치 채권을 맡아주었다. 반전론자인지는 모르지만, 유리한 투자 상품을 눈앞에 내놓았을 때 그것을 알아보는 눈은 있었다. 비록 군국주의 정부의 주머니에서 나오기는 하지만 돈은 어디까지나 돈이니까.

아버지는 수전을 놀리고 싶어서, 프라이어 씨가 수전에 대한 마음을 고쳐먹은 것은 승리 국채구입 장려대회에서 한 수전의 연설 덕분이라며 말했다. 나는 그럴 리 없다고 생각한다. 프라이어 씨가 연인의 태도로 접근을 한 데 대해 수전이 명백히 거절하는 뜻을 밝힌 뒤로 프라이어 씨는 대놓고 수전을 비난하고 있었기 때문이다.

그러나 수전이 연설한 것은 사실이다. 더구나 그 대회에서 단연 가장 훌륭한 연설이었다. 수전은 자신이 그런 일을 하는 것은 이번이 처음이자 마지막이라고 딱 잘라 말했다. 이 대회에는 글렌 마을 사람들이 하나도 빠지지 않고 모두 참석하여 꽤 많은 연설을 했는데, 어딘지 모르게 분위기가 축 처져서 특별히 열의를 북돋우지 못했다. 프린스에드워드섬이 국채 판매 할당에서 으뜸이 되기를 바라 애태우던 수전은 열성이 없는 데 실망하여, 연설에 '전혀 패기가 없다고' 찌푸린 얼굴로 올리버 선생님과 내게 소곤거렸다.

그리고 모임 끝에 아무도 앞으로 나와 국채를 사려 하는 사람이 없는 것을 보자 마침내 수전은 '뚜껑이 열려' 버렸다. 적어도 나중에 수전이 표현한 말에 따르면 그랬다. 수전은 보닛 아래로 무서운 표정을 지으며 벌떡 일어나—글렌세인트메리에서 아직도 보닛을 쓰는 사람은 수전뿐이다—큰 소리로 한껏 비꼬며 말했다.

"돈을 내는 것보다 입으로 애국을 부르짖는 편이 분명 싸게 먹히지요. 게다가 우리는 동정을 구하고 있는 것이니까요. 공짜로 당신네들의 돈을 빌려달라고 하고 있으니까요! 이 대회에 대한 이야기를 듣는다면 카이저가 꽤나 낙담하겠네요!"

수전은 카이저의 간첩이—아마도 프라이어 씨 같은 사람의 모습으로—
글렌 마을에서 벌어지는 일을 하나도 남김없이 곧장 카이저에게 보고한다고
굳게 믿고 있었다.

노먼 더글러스는 "옳소, 옳소!" 하고 소리치고 뒤쪽에서는 한 젊은이가 "로
이드 조지는 어떻고요?" 하며 수전이 좋아하지 않을 투로 물었다. 키치너가
없어진 뒤로 로이드 조지가 수전의 총애를 받는 영웅이 되었다.

수전이 받아쳤다.

"나는 언제나 로이드 조지를 떠받칠 거예요."

워런 미드가 예의 그 기분 나쁜 웃음소리를 크게 내며 말했다.

"그 말을 들으면 아마 로이드 조지가 든든해하겠네요."

워런의 말은 화약에 불을 붙인 것과 같았다. 수전은 '지체 없이' 하고 싶은
말을 다 해버렸다. 더구나 아주 멋지게 해냈다. 어쨌든 수전의 연설에는 '패기'
가 부족하지 않았다. 일단 불이 붙자 수전의 연설 솜씨에는 모자람이 없었으
며 남자들을 사정없이 깎아내리는 말 한 마디 한 마디가 우습기도 하고 멋지
기도 하고 효과적이기도 했다.

수전은 몇 백만이나 되는 자기 같은 사람이 로이드 조지를 든든하게 떠받
치고 있다고 말했다. 그것이 수전이 한 연설의 주된 골자였다. 갸륵한 수전!
수전이 애국심과 충절에다 온갖 종류의 기피자에 대한 경멸로 불타올라서
바로 이때라는 듯 그것을 내뿜었을 때 청중들은 격동했다. 자신은 여성 참정
권론자가 아니라고 수전은 늘 이야기했지만, 그날 저녁 수전은 여성의 가치
를 올바로 인식케 하였으며 그야말로 남자들을 움찔하게 했다.

연설이 끝났을 때 사람들은 자진해서 수전의 명령에 따를 준비가 되어 있
었다. 마지막으로 수전은 사람들에게 당장 연단으로 나와 국채를 신청하라

고 명령하는 것으로—그렇다, 실제로 명령했다—연설을 마무리했다. 요란한 박수갈채가 이어진 뒤 사람들은 거의 그 말에 따랐다. 워런 미드까지도 망설이지 않았다.

다음 날 샬럿타운의 일간지에 실린 신청 금액의 총계는 글렌세인트메리가 섬 전체의 모든 지역을 앞질렀다. 이것은 어디까지나 수전 덕분이다. 정작 수전 자신은 그날 밤 집에 돌아오자 매우 창피해하며 여자에게 알맞지 않은 행동이 아니었을까 하고 걱정했다. 어머니에게도 본인이 '여자답지 못했다'고 고백했다.

오늘 밤 우리는 다 함께—수전은 빼놓고—아버지의 새 자동차를 시승했다. 매우 즐거운 드라이브였다. 마지막에 어느 까다로운 할머니—바로 윗글렌의 미스 엘리자베스 카—덕분에 도랑에 빠져 흉한 꼴을 보이기는 했지만. 미스 엘리자베스는 우리가 아무리 경적을 울려도 말을 옆으로 비켜 세워 우리를 지나가게 해주지 않았다. 아버지는 몹시 화를 냈으나, 나는 미스 엘리자베스의 심정도 이해가 갔다. 만일 내가 나이 든 독신 여성으로 나의 늙은 말을 몰면서 나만의 공상을 마음껏 하며 달리고 있었다면, 시끄러운 자동차가 뒤에서 아무리 요란하게 경적을 울려도 나 역시 말고삐를 건드리지 않고 이렇게 말해줬을 것이다.

"꼭 지나가려거든 도랑으로 한번 가보시든가요."

우리는 도랑으로 지나갔다. 그리고 자동차는 차축까지 모래에 빠져버렸다. 그리고 미스 엘리자베스가 마차를 덜커덩거리며 의기양양하게 우리를 지나쳐 멀어져 가는 것을 얼빠진 얼굴로 바라보고 있었다.

이 일을 편지에 쓴다면 젬은 웃을 것이다. 젬은 미스 엘리자베스가 어떤 사람인지 알고 있으니까.

그런데…… 베니스를…… 구할 수…… 있을까?

1917년 11월 19일

안타깝게도 베니스는 아직 구원받지 못했다. 여전히 매우 위험한 처지에 놓여 있다. 그러나 드디어 이탈리아군은 피아베강 전선에서 저항하기 시작했다. 확실히 군사평론가들은 이탈리아군이 전선을 끝까지 지키지 못하고 아디제강으로 물러날 게 틀림없다고 말하고 있다. 그러나 수전과 올리버 선생님과 나는 어떻게 해서든지 그 전선을 지켜야 한다고 말한다. 왜냐하면 베니스를 구해야만 하기 때문이다. 그러니 군사평론가가 뭐라든 무슨 상관인가.

아! 베니스를 끝까지 지켜내리라고 믿을 수 있으면 좋으련만!

우리 캐나다군은 또 큰 승리를 거두었다. 파스샹달을 습격하여 온갖 반격을 받으면서도 지키고 있다. 우리와 관계된 사람들은 아무도 이 싸움에 끼어 있지 않다. 그러나 얼마나 많은 다른 가족의 아들들이 전사상자 명단에 실려 있는가! 조 밀그레이브도 그 속에 들어갔지만 다행히 생명에는 아무 지장이 없다.

미란다는 조에게서 소식이 올 때까지 며칠이나 힘든 나날을 보냈다. 그러나 결혼한 뒤로 미란다의 변화는 눈부실 정도여서 그녀는 마치 딴사람 같다. 눈까지도 짙어지고 깊이를 더해갔다. 하기야 그건 미란다의 감정이 전보다 강하게 빛나게 되었기 때문이라고 여겨진다.

자기 아버지를 꼼짝달싹 못 하게 하는 모습은 눈이 휘둥그레질 정도이다. 서부전선에서 비록 1야드(약 91센티미터)의 참호라도 더 확보할 때마다 국기를 높이 달았다. 소녀 적십자단 모임에도 빠짐없이 출석했다. 그러면서 자못 의기양양하게 '유부녀'티를 낼 때면 매우 우습다. 그렇지만 미란다는 글렌 마을의 유일한 전쟁 신부임에 틀림없으므로 유부녀티를 내며 흡족해하는 것은 아무도 이러쿵저러쿵할 일이 못 된다.

러시아의 소식도 좋지 않다. 카렌스키 정부가 무너지고 레닌이 러시아의 독재자가 되었다. 이즈음같이 불안과 불길한 뉴스 속에서 잿빛 가을날을 절망적인 기분으로 보내고 있을 때 용기를 잃지 않는다는 것은 결코 쉬운 일이 아니다. 그렇지만 선거가 가까워지고 있었고 하일랜드 샌디 영감님 말을 빌리자면, 우리는 '기분이 축 처져갔다.' 주요 쟁점은 징병제도이므로 이제까지 없었던 격렬한 선거가 될 것이다. 조 포아리에의 말을 빌리자면 '나이가 된' 여자로 남편이나 아들, 오빠나 남동생을 전선에 내보낸 사람은 모두 투표할 수 있다. 아, 나도 21살이라면 좋을 텐데! 올리버 선생님과 수전은 투표권이 없다며 몹시 분개하고 있다.

올리버 선생님은 무서운 기세로 말했다.

"이런 불공평한 일은 없어요. 애그니스 카 같은 사람은 남편이 출정했다는 이유로 투표할 수 있는데! 그 사람은 남편을 못 가게 하려고 필사적으로 말려놓고, 이제 와서 연방정부에 반대하는 투표를 할 수 있게 되었어요. 반면 나한테는 선거권이 없어요. 출정한 사람이 내 남편이 아니라 연인이라는 이유로 말이죠!"

수전은 프라이어 씨 같은 괘씸한 반전론자도 버젓이 투표를 할 수 있고, 게다가 '분명히' 할 텐데 자기는 할 수 없게 되자 말투에 부글부글 끓는 분노가 그대로 드러났다.

나는 항구 윗마을의 엘리엇 집안, 크로퍼드 집안, 매컬리스터 집안사람들이 정말 딱하게 여겨진다. 그 사람들은 이제까지 자유당과 보수당 진영으로 뚜렷이 나뉘어 있었는데, 지금은 계류장에서 떠내려가—어설픈 비유라는 건 알지만—정처 없이 떠돌고 있으니까.

로버트 보든 경[2] 쪽에 투표해야만 한다면 죽고 싶은 심정인 자유당 사람도 있을 것이다. 그렇지만 드디어 징병제가 필요한 때가 왔다고 생각한다면 그렇게 하지 않을 수 없다. 그런가 하면 징병제에 반대하는 보수당 가운데에는 이제까지 극도로 혐오했던 로리에게 투표해야 할 사람들도 있다. 이것을 몹시 괴로워하는 사람들도 있으나 다른 사람들은 대체로 교회 연합에 대한 마셜 엘리엇 아주머니와 같은 태도로 임하고 있다.

엘리엇 아주머니가 어젯밤에 오셨다. 아주머니는 전처럼 자주 오지 않는다. 나이가 들어 이토록 멀리까지 걸어올 수 없는 것이다. 그리운 '미스 코닐리아' 아주머니가 늙어버렸다고 생각하는 것만으로도 싫다. 우리는 항상 아주머니를 좋아했고 아주머니도 우리 잉글사이드 아이들을 몹시 사랑해주셨다.

아주머니는 교회 연합에 크게 반대했지만, 어젯밤 아버지가 연합이 사실상 결정되었다고 이야기하자 단념하는 듯했다.

"모든 게 갈라지고 찢어진 세상에서 한 가지쯤 더 찢기고 흐트러졌다고 해서 어떻게 될 것도 없죠. 아무튼 독일인에 비하면 감리교도들조차도 나에겐 매력적으로 여겨지는걸요."

우리 소녀 적십자단은 아이린 하워드가 다시 들어왔는데도 잘 굴러가고 있다. 보아하니 아이린은 로브리지의 적십자단 단원들과 사이가 틀어진 모양이다. 지난번 모임에서 아이린은 자못 다정한 척하며 빈정거렸다. 내가 샬럿타운 광장을 가로질러가는 것을 '나의 초록색 벨벳 모자'로 알아보았다는 것이었다. 사람들이 모두 그 밉살스럽고 괘씸한 모자로 나를 단박에 알아본다.

---

[2] 캐나다 보수당 정치가. 1854~1937. 제1차 세계대전 때 캐나다 수상을 지냄.

그 모자를 쓰게 된 지 이것으로 네 해째이다. 어머니까지도 이번 가을에는 새 모자를 사라고 하셨지만 나는 고집스레 안 사겠다고 버텼다. 전쟁이 이어지는 한 겨울엔 그 벨벳 모자를 쓸 생각이다.

1917년 11월 23일

피아베강 전선은 아직도 버텨내고 있다. 캉브레에서 빙 장군[3]이 대승리를 거두었다. 나는 그 승리를 축하하여 국기를 내걸었다.

그러나 수전은 말했다.

"오늘 밤에는 부엌 아궁이에 주전자를 올려 끓는 물을 준비해 놓아야겠어. 내가 가만히 보니까 영국이 이길 때마다 꼬마 키치너가 크루프에 걸리곤 하더라고. 저 아이의 핏속에 친독파(親獨派) 피가 흐르지 않아야 할 텐데. 저 아이 아버지 쪽 혈통은 아무도 잘 모르니 말이야."

올가을 짐스는 두세 번 크루프에 걸렸다. 지난해 같은 그런 무서운 것은 아닌 여느 크루프였다. 그러나 저 작은 혈관에 어떤 피가 흐르든 좋고 건강한 피다. 짐스는 장밋빛으로 통통하게 살찌고 머리는 물결치듯 곱슬곱슬하여 몹시 귀엽다. 그리고 이상한 말을 하기도 하고 우스운 것을 묻기도 한다.

짐스는 부엌에서 특별히 마음에 들어 하는 의자가 있다. 그러나 그것은 수전도 제일 좋아하는 의자여서 수전이 앉으려 하면 짐스는 비켜야만 했다.

지난번 수전이 그 의자에서 짐스를 내려놓았을 때 짐스는 홱 돌아서더니 정색하며 물었다.

"수전이 죽으면 내가 그 의자에 앉아도 돼?"

---

[3] 줄리언 빙(1862~1935). 영국 장군으로 캐나다 총독을 지냈으며, 비미의 빙 자작이라고도 불렸음.

수전은 어쩌면 그런 무서운 소리를 할까 하면서 이때부터 짐스의 조상에 대해 걱정하기 시작한 듯하다.

얼마 전 밤, 나는 짐스를 데리고 가게까지 걸어갔다. 그토록 늦은 밤에 밖으로 데려 나간 것은 처음이었다.

짐스는 별을 보자 소리쳤다.

"오, 윌라, 저기 봐. 큰 달님 옆에 작은 달님이 저렇게 많아!"

지난주 수요일 아침은 짐스가 눈을 떠 보니 내가 전날 밤 잊고 태엽을 감아놓지 않았던 작은 자명종 시계가 멎어 있었다. 짐스는 자기의 작은 침대에서 폴짝 뛰어내려 조그만 파란색 플란넬 잠옷 차림으로 놀란 얼굴을 하고 내가 있는 곳으로 쪼르르 달려왔다.

그리고 금방이라도 숨이 넘어갈 듯이 말했다.

"시계가 죽었어. 오, 윌라, 시계가 죽었어."

어느 날 밤 짐스는 수전과 내게 몹시 화를 냈다. 짐스가 매우 갖고 싶어하는 것을 우리가 끝내 주지 않았기 때문이다. 자기 전에 기도할 때까지도 짐스는 부루퉁하게 부어 있었다.

그러다 '나를 착한 아이가 되게 해주세요.' 하고 말하는 대목에 이르자 짐스는 힘차게 덧붙였다.

"그리고 윌라와 수전도 착한 아이가 되게 해주세요. 둘 다 착한 아이가 아니니까요."

나는 만나는 사람마다 짐스가 한 말을 줄줄 읊어대지는 않는다. 다른 사람들이 그럴 때면 나도 언제나 지겨운 생각이 드는 걸 아니까! 나는 다만 이 뒤죽박죽 일기장에 소중하게 써서 간직할 뿐이다!

오늘 밤에도 짐스를 재울 때 짐스는 날 올려다보며 진지한 얼굴로 물었다.

"왜 어제는 돌아오지 않아, 윌라?"

아, 왜 돌아올 수 없을까, 짐스? 꿈과 웃음이 있던 아름다운 '어제'…… 오빠들이 집에 있고…… 월터와 나란히 앉아 단둘이 책을 읽고 산책하며 '무지개 골짜기'에서 초승달과 저녁놀을 바라보던 '어제'가 돌아온다면 얼마나 좋을까!

그러나 '어제'는 결코 돌아오지 않는단다, 짐스…… '오늘'은 어두운 구름에 싸여 있고…… 우리는 '내일'의 일은 감히 생각해보려고 하지도 않는단다.

1917년 12월 11일

오늘은 기막히게 좋은 뉴스가 들어왔다. 어제 드디어 영국군이 예루살렘을 공략한 것이다. 우리는 가슴 뿌듯해하며 국기를 걸었다. 올리버 선생님도 잠시나마 기운을 좀 되찾았다.

"십자군의 목표였던 곳에 다다르게 된 날까지 살아 있기를 역시 잘했어. 어젯밤에는 틀림없이 옛 십자군의 망령들이 모두 예루살렘 성벽으로 몰려왔을 거야. 사자심왕(獅子心王)[4]이 앞장을 서서."

수전이 만족한 데에는 그 나름의 이유가 더 있었다.

"예루살렘도 헤브론도 제대로 발음할 수 있는 이름들이라 정말 고마운 일이에요. 프셰미실이니 브레스트–리토프스크니 하는 이름을 발음해야 했던 걸 생각하면! 이제 아무튼 튀르크인은 쫓아냈고 베니스는 무사하고 랜즈다운 경[5] 따위는 진지하게 여기지 않아도 되니, 낙담할 까닭은 하나도 없잖

---

[4] 영국왕 리처드 1세. 아이유브 왕조의 시조이자 '이슬람의 옹호자'라 알려진 살라흐 앗 딘(살라딘)에 의해 정복된 기독교 성지, 예루살렘을 탈환하기 위한 제3차 십자군(1189~1192)에 가담했음.
[5] 헨리 페티피츠모리스(1854~1927). 캐나다 총독을 지낸 영국의 정치인. 1917년 11월 29일자 《데일리텔레그래프》지에 독일과의 평화 협상을 제안하는 서신을 실어 공분을 샀음.

아요."

예루살렘! 영국의 유니언 잭이 그대 위에서 펄럭이고…… 오스만제국의 초승달 깃발은 사라졌도다. 월터가 들으면 얼마나 설레어 했을까!

1917년 12월 18일

어제 선거가 있었다. 저녁때가 되자 어머니와 수전과 올리버 선생님과 나는 거실에 모여 숨도 쉴 수 없을 만큼 조마조마하게 결과를 기다렸다. 아버지는 마을에 나가고 안 계셨다. 우리는 선거 결과를 들을 방법이 없었다. 카터 플래그네 가게는 우리 집 전화와 선이 달랐으며, 그리로 연결하려 할 때마다 교환국에서 '통화 중입니다.'라는 말만 들려왔다. 그도 그럴 것이 사방 몇 마일 안에 있는 모든 집들이 우리와 같은 목적으로 카터 플래그네 가게로 전화를 하고 있을 터였기 때문이다.

10시 무렵, 올리버 선생님이 수화기를 들었을 때 항구 윗마을 누군가가 카터 플래그 씨와 이야기하는 소리가 우연히 들렸다. 올리버 선생님은 부끄러움도 잊고 통화를 엿들었는데 그 결과 속담에도 있듯이 남의 말을 엿들은 벌을 받았다. 다시 말해서 언짢은 말을 들은 것이다. 연합당[6] 정부가 서부에서 '영 신통치 않다'는 것이었다.

우리는 낙심한 채 얼굴만 마주 보았다. 정부가 서부의 지지를 얻을 수 없다면 지고 말 것이다.

올리버 선생님이 분한 듯 말했다.

---

[6] 기본적으로 캐나다의 보수당을 가리키는데, 제1차 세계대전 당시 자유당 당수 로리에게 반대하는 자유당 내 연합주의자가 보수당에 합류하면서 '연합당'을 구성하였음. 1922년에는 해체되어 캐나다는 다시 보수당-자유당의 양당체제로 돌아감.

"캐나다는 전 세계 사람들 앞에서 창피한 꼴을 보이게 되는 거야."

수전이 신음하듯 말했다.

"만일 사람들이 모두 항구 윗마을 마크 크로퍼드 집안사람만 같다면 이렇게 되지는 않았을 텐데. 그 집 사람들은 오늘 아침 큰아버지를 헛간에 가두고 연합당 정부에 표를 던지겠다고 약속할 때까지 꺼내주지 않았다지 뭐예요. 그거야말로 효과 만점 논쟁법이라고 할 수 있죠."

그 뒤 올리버 선생님과 나는 마음이 통 가라앉지 않았다. 방 안을 하도 서성이다 다리가 지쳐 주저앉지 않을 수 없는 지경까지 되었다. 어머니는 태엽을 감아놓은 시계처럼 쉬지 않고 뜨개질을 이어가며 차분하고 의연한 모습이었다. 하도 차분해 보여서 우리는 모두 깜빡 속아서 어머니가 진짜 아무렇지 않은 줄 알고 감탄했다. 하지만 다음 날 나는 어머니가 양말을 4인치(약 10센티미터)나 풀고 있는 것을 보았다. 뒤꿈치를 떠야 할 곳을 그냥 지나쳐버린 것이다!

12시 무렵, 아버지가 돌아오셨다. 아버지는 문 앞에서 걸음을 멈추고 우리를 바라보았다. 우리도 아버지를 물끄러미 보았다. 어떤 소식인지 아버지에게 물을 용기가 나지 않았다.

그러자 아버지는 서부에서 '영 신통치 않았던' 것은 로리에이며, 연합당 정부는 압도적인 표를 얻어 마침내 이겼다고 하셨다. 올리버 선생님은 손뼉을 치며 기뻐했고, 나는 웃고 싶기도 울고 싶기도 했다. 어머니의 눈은 옛날처럼 빛났다.

수전은 헐떡임인지 외침인지 가려낼 수 없는 괴상한 소리로 말했다.

"이 소식을 들으면 카이저가 그리 편치는 못하겠군요."

그런 뒤 모두 자러 갔으나 너무 흥분한 나머지 잠을 제대로 이룰 수 없었다. 정말이지 오늘 아침에 수전이 정색하고 말했던 대로다.

"사모님, 여자에게 정치는 버겁군요."

1917년 12월 31일

전쟁이 일어난 뒤로 맞은 네 번째 크리스마스도 지나갔다. 우리는 전쟁을 또 한 해 견뎌낼 용기를 더 그러모으려 하고 있다. 여름 내내 독일이 대부분 승리를 거두었다. 봄에 '대공격'을 하기 위해 지금 러시아 전선에서 군대를 모으고 있는 모양이다. 닥쳐올 대공격을 기다리며 겨울을 살아내기란 도저히 못 해낼 일처럼 여겨질 때가 가끔 있다.

이번 주는 바다 건너에서 많은 편지가 왔다. 이제는 셜리 오빠도 전선에 나가 있는데, 오빠의 편지는 마치 전선이 아닌 퀸즈아카데미에서 축구 이야기를 써 보낼 때처럼 덤덤하고 사무적이다.

칼의 편지에는 몇 주째 비가 온다면서, 참호 속에서 밤을 보낼 때면 언제나 오래전 헨리 워런의 유령에게서 달아난 벌로 묘지에서 지냈던 밤이 생각난다고 씌어 있었다. 칼의 편지는 늘 우스갯소리와 재미있는 일로 가득하다. 이 편지를 쓰기 전날 밤에는 대대적인 쥐잡기가 있었는데—저마다 총검으로 쥐를 찔러 잡았는데—칼이 가장 많이 잡아서 상품을 탔다고 한다. 칼이 길들인 쥐 한 마리가 있어 밤에는 칼의 주머니 속에서 잔다고 한다. 칼에게 쥐들은 다른 사람들에게만큼 걱정거리가 아니다. 칼은 예전부터 작은 짐승들과 사이가 좋았다. 지금은 참호 안 쥐의 습성을 연구 중인데, 언젠가 그는 쥐에 관한 논문을 써서 유명해질 작정이라고 적었다.

켄에게서는 짤막한 편지가 왔다. 요즘 켄의 편지는 모두 짧다. 그리고 내가 정말 좋아하는, 생각지 못한 말을 슬쩍 끼워 넣는 일도 그리 자주 있지 않다. 때때로 켄이 혹시 출정 전에 작별 인사를 하러 이곳에 왔던 그날 밤 일을 모두 잊어버린 게 아닌가 생각되는 날도 있다. 그랬다가 또 어느 날은 켄이 줄곧 기억하고 있으며 언제까지나 잊지 않고 있음을 알게 해주는 글귀 한 줄 또는 단어 하나가 들어 있을 때도 있었다.

이를테면 오늘 편지에는 내가 아닌 다른 아가씨에게 보냈어도 전혀 이상하지 않을 말만 씌어 있었으나, 자기 이름을 쓰는 곳에 여느 때처럼 '케네스로부터(Yours, Kenneth)'라고 쓰는 대신 '너의 케네스로부터(Your Kenneth)'라고 적었다. 케네스는 과연 's'를 일부러 빼버린 것일까, 아니면 깜빡하고 빠뜨린 것일까? 이 생각을 하느라 오늘 밤은 한밤중까지 잠을 이룰 수 없을 것 같다.

케네스는 지금 대위다. 나는 기쁘고 자랑스럽다. 그러나 '포드 대위'라고 하면 소름 끼칠 만큼 멀고 높은 곳에 있는 사람으로 들린다. '켄'과 '포드 대위'는 아예 다른 사람처럼 느껴진다. 나는 켄의 실질적인 약혼자일 수는 있겠으나—이 점에 대해서는 어머니의 의견이 나를 버티게 해주는 마음속 기둥이자 보루다—'포드 대위'의 약혼자라는 것은 도무지 상상이 안 된다!

젬도 지금은 중위가 되었다. 전장에서 진급을 얻어냈다고 한다. 새 군복을 입은 스냅 사진을 한 장 보내왔다. 사진 속 젬은 여위고 어른스러웠다. 소년 같았던 나의 오빠가 어른스러워졌다니. 그 사진을 보았을 때의 어머니 얼굴을 잊을 수 없다.

"이것이 나의 젬이 맞니? 꿈의 집에서 태어난 나의 아기였던 그 젬이라고?"

페이스한테서도 편지가 왔다. 영국에서 구급간호 봉사대 일을 하고 있는데 희망에 넘치게 쓴 밝은 편지였다. 거의 행복마저 느끼는 생활인 듯했다. 젬의 지난 휴가 때 그를 만났고, 그의 부대와 가까이 있어 만일 젬이 다칠 경우 곁으로 달려갈 수 있었다. 그것만으로도 페이스에게는 아주 고마운 일이었다.

아, 나도 페이스와 함께 있으면 좋으련만! 그러나 내가 할 일은 이곳, 고향에 있다. 내가 어머니를 두고 가는 것을 월터가 좋아할 리 없다는 것을 너무도 잘 알고, 나는 나날의 생활 가운데 아주 자잘한 일에 이르기까지 모든 면에서 월터와의 '신의'를 지키려 노력한다. 월터는 캐나다를 위해 죽었다. 그러므로 나는 캐나다를 위해 살아야만 한다. 그것이 월터의 소망이었다.

1918년 1월 28일

오늘 수전이 사촌 소피아에게 말했다.

"나는 폭풍이 휩쓸고 간 마음은 영국 함대에 맡기고 호밀 겨 비스킷이나 만들어야겠어."

소피아는 독일이 새롭고 강력한 잠수함을 처음으로 물에 띄웠다는 달갑지 않은 이야기를 하러 와 있었다. 그러나 수전은 요리 방면에 대한 여러 규제로 인해 기분이 몹시 나쁜 상태였다. 연합당 정부에 대한 수전의 충성심은 심각하게 시험받는 중이었다. 첫 번째 압박에는 용감하게 잘 견뎌냈다.

밀가루에 대한 규제가 발표되었을 때 수전은 명랑하게 말했다.

"늙은 개에게 뒤늦게 새로운 재주를 익히라는 듯한 기분은 들지만 독일 놈들을 쓰러뜨리는 데 도움이 된다면 전시 빵 만드는 방법쯤은 얼마든지 배우죠."

그러나 그 뒤에 이어진 제안들은 수전의 성미에 거슬렸다. 아버지가 정해둔 우리 집안 규율이 없었다면 틀림없이 로버트 보든 경을 무시했을 것이다.

"이거야 원, 짚도 없이 벽돌을 만들라는 거 아닌가요, 사모님! 버터랑 설탕

없이 무슨 수로 케이크를 만드나요? 아무리 해 본들 케이크는 못 만들죠. 두꺼운 널빤지 같은 빵이라면 모를까. 더구나 거기에 아이싱을 입혀 가리지조차 못하다니요! 살다 살다 오타와에 있는 정부가 내 부엌까지 쳐들어와 내 부엌살림을 좌지우지하는 날이 올 줄이야!"

수전은 '국왕 폐하와 나라'를 위해서라면 자신의 마지막 피 한 방울까지도 바치겠지만, 자신의 사랑이자 자랑인 요리법을 포기하는 일은 별개의 문제이며 더 중대한 사안이기도 했다.

낸과 다이한테서도 편지를 받았다. 편지라기보다 쪽지에 가깝긴 하지만 둘 다 바빠서 편지 쓸 틈도 없어서였다. 시험이 눈앞에 닥쳤기 때문이다. 언니들은 둘 다 올봄에 문학부를 졸업한다.

어느 집안에나 모자란 애는 하나씩 있기 마련이고, 우리 집안에서는 나다. 그러나 웬일인지 나는 한 번도 대학 생활을 동경한 일이 없었고 지금도 매력을 느끼지 않는다. 나는 포부라는 것이 없는 사람이 아닌가 싶다. 단 한 가지 내가 되고 싶다고 생각하는 것이 있는데…… 그렇게 될 수 있을지 어떨지는 아직 모르겠다. 그렇게 될 수 없다면…… 나는 아무것도 되고 싶지 않다. 그러나 여기에는 쓰지 않겠다. 생각하는 것은 상관없지만, 사촌 소피아의 말처럼, 글로 남기는 것은 왠지 남사스러운 일 같다.

아니, 쓰겠다. 인습과 사촌 소피아에게 굴복하지 않겠다! 나는 케네스 포드의 아내가 되고 싶다! 자, 썼다!

쓰고 나서 바로 거울을 보았지만 얼굴이 붉어진 기색은 전혀 없다. 나는 참한 아가씨는 못 되나 보다.

오늘 먼데이를 만나러 갔다. 먼데이는 류머티즘에도 걸리고 몸놀림이 굼떠졌으나 여전히 같은 자리에 앉아 기차를 기다리고 있다. 꼬리를 탁탁 치며 애원하듯 내 눈을 보았다. 그 눈은 묻고 있는 듯했다.

"젬은 언제 돌아와요?"

아, 먼데이, 그 물음에는 선뜻 대답할 수 없단다. 또 우리 모두가 끊임없이 묻고 있는 이 물음에도 대답할 수가 없단다.

"독일군이 다시 서부전선을 공격하면…… 승리를 위한 마지막 대공격을 시도한다면 어떤 일이 일어날까?"

1918년 3월 1일

오늘 올리버 선생님이 말씀하셨다.

"봄이 과연 무엇을 가져다줄까? 이토록 봄을 두려워하기는 처음이야. 공포에서 벗어난 삶이 다시 찾아올 거라고 생각해? 거의 4년 동안이나 우리는 겁먹은 채 잠들고 겁먹은 채 일어나곤 했어. 공포는 불청객처럼, 부르지도 않는데 식사 때마다 슬그머니 나타나고 아무도 환영하지 않았는데 모임마다 얼굴을 불쑥 내밀었지."

소피아가 한숨을 쉬었다.

"힌덴부르크는 4월 1일에 파리를 점령한다고 말하던데요."

"힌덴부르크가?"

그 이름을 말할 때 수전의 마음에 끓어오르는 경멸은 내 펜과 잉크로는 표현할 도리가 없다.

"그자는 4월 1일이 무슨 날인지 잊은 모양이지?"

올리버 선생님은 소피아 못지않게 침울하게 말했다.

"이제까지 힌덴부르크는 말한 대로 해왔는걸요."

수전이 맞받아쳤다.

"그렇겠죠. 하지만 그건 어디까지나 러시아나 루마니아 군대를 상대로 싸웠을 때죠. 영국군과 프랑스군을 만날 때까지 기다려봐요. 양키는 말할 것도 없고요. 양키들이 전속력으로 그리로 가는 중이니 틀림없이 이길 거예요."

나는 일부러 물었다.

"몽스[7] 전투 전에도 수전은 지금 같은 말을 했잖아요?"

그러자 올리버 선생님이 말했다.

"힌덴부르크는 백만 명의 목숨을 내놔서라도 연합군 전선을 돌파하겠다고 말하고 있어요. 그만한 대가를 치르면 얼마쯤 성공은 틀림없이 거둘 테고, 그렇게 되면 마지막에야 힌덴부르크를 꺾는다 해도 그때까지 우리가 무슨 수로 견딜 수 있을까요? 몸을 웅크리고 타격이 가해지기를 기다린 지난 두 달은 그전까지의 모든 전쟁 기간을 다 합친 것보다도 길게 느껴져요. 나는 온종일 정신없이 일하고도 새벽 3시면 눈이 뜨여 과연 독일의 철의 군단이 드디어 공격을 시작했을지 어떨지를 생각해요. 그러고는 힌덴부르크가 파리에 입성한 모습이며 독일의 승리가 눈앞에 또렷이 떠올라요. 그 저주받은 시간 말고는 떠오르지 않지만."

어머니는 조바심에 전전긍긍하며 말했다.

"무슨 마법의 약이라도 한 모금 먹고 석 달 동안 잠들었다가 깨어보니 어느새 아마겟돈이 끝나 있을 수는 없을까."

어머니가 이런 바람을 가지는 것은, 적어도 입 밖에 내는 것은 좀처럼 없는 일이었다. 월터가 돌아오지 못한다는 것을 알게 된 9월의 그 비통한 날 이후로 어머니는 많이 변했다. 그래도 언제나 씩씩하고 참을성 있게 견뎌냈다. 그

---

[7] 벨기에 남서부의 도시.

런 어머니마저도 더 이상 참을 수 없는 극한상황에 이른 것 같다.

수전은 어머니 곁으로 가서 어깨에 손을 얹고 다정하게 말했다.

"무서워하거나 낙심하지 말아요, 사모님. 나도 어젯밤 그런 생각에 자꾸만 빠지길래 잠자리에서 일어나 불을 켜고 성경을 펼쳤답니다. 그랬더니 맨 처음 눈에 들어온 구절이 뭐였는 줄 아세요?

'그들이 너를 치나 너를 이기지 못하리니 이는 내가 너와 함께하여 너를 구원할 것임이니라 여호와의 말이니라'[8]였어요.

나는 올리버 선생님처럼 예지몽을 꾸는 능력은 갖고 있지 않지만, 이것이야말로 분명 하느님의 이끌어주심이며 힌덴부르크는 결코 파리로 들어갈 수 없음을 바로 그때 알았어요, 사모님. 그래서 그다음은 더 읽지 않고 잠자리로 돌아가 3시든 몇 시든 깨지 않고 아침이 될 때까지 푹 잤어요."

나는 수전이 읽은 성서의 말씀을 혼자 여러 번 되풀이했다. '여호와가 너와 함께하여 너를 구원할 것임이니라'…… 그리고 '온전하게 된 의인의 영들'[9]도…… 그러므로 서부전선으로 몰려들고 있는 독일 군단과 총포도 그와 같은 장벽에 부딪치면 틀림없이 꺾이리라. 이렇게 생각하는 것은 마음이 고양되었을 때다. 그러나 그렇지 않을 때는 올리버 선생님처럼 이 무시무시하고 불쾌한, 폭풍 전의 고요를 단 한순간도 더 견딜 수 없을 것만 같다.

1918년 3월 23일

'아마겟돈이 시작되었다!' '최후의 총결전!'

과연 그럴까? 어제 나는 우편물을 가지러 우체국에 갔다. 음산하고 추운

---

8) 《구약성서》〈예레미야서〉 1장 19절.
9) 《신약성서》〈히브리서〉 12장 23절.

날이었다. 눈은 녹았지만 움이 트지 않은 잿빛 대지는 꽁꽁 얼어붙었고 살을 에는 듯한 바람이 불고 있었다. 글렌 마을의 풍경은 어디를 보나 추하고 절망적이었다.

이윽고 나는 커다란 검은 표제가 실린 신문을 받았다. 독일이 21일에 공격을 가했다. 독일은 병기와 포로를 대량으로 확보했다고 허풍스럽게 주장하고 있다. '격전이 계속되고 있다.'고 헤이그 장군이 말했다. 이 말이 왠지 싫다.

우리는 모두 생각에 주의를 집중해야 하는 일은 아무것도 할 수 없음을 깨달았다. 그래서 모두 맹렬한 기세로 뜨개질을 하고 있다. 뜨개질은 기계적으로 손만 움직이면 할 수 있기 때문이다. 적어도 마냥 기다리고 있어야 할 때의 그 견딜 수 없는 괴로움, 타격이 언제 어디에 가해질 것인가 하는 무서운 불안은 끝났다. 타격은 가해졌다. 그러나 우리를 꺾을 수는 없을 것이다!

내가 이렇게 일기장을 앞에 놓고 내 방에 앉아 일기를 쓰고 있는 오늘 밤, 서부전선에서는 어떤 일이 일어나고 있을까? 짐스는 작은 침대에 잠들어 있고 바람이 창문 언저리를 돌며 서글프게 불고 있다. 내 책상 위에는 월터의 사진이 걸려 있다. 그는 아름다운 깊은 눈으로 나를 바라보고 있다. 그 한쪽에는 월터가 집에서 지낸 마지막 크리스마스에 내게 준 모나리자 그림이, 또 한쪽에는 액자에 넣은 시〈피리 부는 사나이〉가 걸려 있다. 이 시를 읽으면 그것을 읊는 월터의 목소리가 들려오는 것 같다. 이 짧은 시에 월터는 자기의 영혼을 쏟아넣었기에, 이 시는 영원히 살아서 이 땅의 미래에까지 월터의 이름을 전하리라.

내 주위 모든 것이 조용하고 편안하며 '우리 집'의 따뜻함에 감싸여 있다. 월터가 아주 가까이 있는 듯 느껴진다. 우리 사이에 걸린 채 흔들리는 얇은 베일만 걷으면 월터가 보일 것 같다. 마치 월터가 쿠르슬레트 전투가 있기 전날 밤 피리 부는 사나이를 본 것처럼.

오늘 밤 멀리 프랑스에서는…… 전선을 계속 유지하고 있을까?

검은 일요일

서기 1918년 3월의 어느 1주일 동안 속이 새카맣게 타들어갈 지경으로 겪은 인간의 괴로움과 번민은 인류 역사가 시작된 이래, 그 어떤 1주일 동안에도 아직껏 볼 수 없던 것이었다. 그리고 그 1주일 가운데에는 마치 온 인류가 십자가에 못 박힌 것과 같은 하루가 있었다. 그날은 지구 전체가 천지를 뒤흔드는 진동에 신음했을 것이다. 곳곳마다 사람들의 마음은 두려움에 떨었다.

그날도 으스스한 잿빛 새벽이 차갑고 소리 없이 잉글사이드를 찾아왔다. 블라이드 부인과 릴라와 올리버 선생은 불안한 가운데에도 희망과 확신을 가지고 교회에 갈 준비를 하고 있었다. 블라이드 의사는 집에 없었다. 윗글렌의 마우드 집안으로 왕진을 가 있었다. 마우드 집안에는 가련한 전쟁 신부가 이 세상에 죽음이 아니라 삶을 내놓기 위해 자기 나름의 용감한 전투를 벌이고 있었다.

수전은 그날 아침에는 집에 있기로 했다고 말했다. 수전으로서는 드문 결정이었다.

"오늘 아침에는 교회에 가지 않는 게 낫겠어요, 사모님. 만일 '구레나룻 달통이 영감'이 신심 두텁고 만족스러운 얼굴로 와 앉아 있는 것을 보면—'구레나룻 달통이 영감'은 독일이 이기고 있다고 생각될 때면 늘 그런 얼굴을 하고 있으니까요—나는 참을성이고 예의범절이고 깡그리 잊어버리고 그 남자에게 성경이나 찬송가책을 집어 던지고 말 거예요. 그런 짓을 하면 나도 신성한 교회도 모욕하는 셈이 될 테니 가지 않겠어요, 사모님. 정세가 바뀔 때까지는 교회에 가지 않고 집에서 열심히 기도를 드리겠어요."

올리버 선생은 꽝꽝 언 황톳길을 걸어 교회로 향하면서 릴라에게 말했다.

"오늘 교회에 가는 일이 얼마나 도움이 될지 몰라도, 나도 집에 있을걸 그랬나 봐. 머릿속에 온통 전선이 아직 버티고 있을까 하는 생각밖에 없거든."

릴라가 말했다.

"다음 주 일요일은 부활절이에요. 그날 우리의 대의에 대해 예고될 것은 죽음일까요, 아니면 삶일까요?"

그날 아침 메러디스 목사는 '그러나 끝까지 견디는 자는 구원을 얻으리라'[1] 라는 구절을 설교했는데, 사기를 고무하는 그 말로부터 희망과 확신이 울려 나오고 있었다. 릴라는 블라이드 가족석 위쪽 벽에 장식된 '월터 커스버트 블라이드의 영전에 바치노라'라고 쓰인 위패를 올려다보자 두려움에서 벗어나 새로운 용기가 솟는 것을 느꼈다. 월터가 헛되이 목숨을 버렸을 리 없다. 월터에게는 예언적인 환상을 보는 힘이 있었다. 그런 월터가 승리를 이미 예고했다. 그러니 그녀도 그 신념을—아군이 전선을 끝까지 지켜나가리라는—단단히 붙들고 있으리라.

그 덕에 되살아난 듯한 기분이 되어 릴라는 교회에서 집으로 돌아올 때는 거의 들떠 보일 정도였다. 다른 사람들도 희망을 안고 모두 웃는 얼굴로 잉글사이드로 들어갔다.

---

[1] 《신약성서》〈마태복음〉 24장 13절.

거실에는 소파에 곤히 잠든 짐스와, 하이드 씨스러운 모습으로 난로 옆 깔개 위에 '숨죽인 채 음침하게 쉬고 있는'[2] 박사 말고는 아무도 없었다. 식당에도 아무도 없었다. 더 이상한 것은 식탁 위에 식사도 차려져 있지 않은 일이었다. 수전은 어디 간 것일까?

블라이드 부인은 걱정되어 소리쳤다.

"갑자기 어디가 아픈 걸까? 안 그래도 오늘 아침에 교회에 가고 싶지 않다고 해서 이상하다고 생각했는데."

부엌문이 열리고 수전이 산송장 같은 얼굴로 문 앞에 나타나서 블라이드 부인은 소스라치게 놀랐다.

"수전, 왜 그래요?"

수전이 힘없이 대답했다.

"영국군 전선이 무너져 독일군의 포탄이 파리에 떨어지고 있답니다."

세 사람은 충격으로 서로 얼굴을 마주 보았다.

릴라가 숨이 턱 막힌 듯이 말했다.

"설마…… 설마, 그럴 리 없어요."

"무슨 그런…… 말도 안 되는 일이."

거트루드 올리버는 이렇게 말한 뒤 기분 나쁜 소리로 웃었다.

블라이드 부인이 물었다.

"수전, 누구한테 들었어요? ……언제 들어온 소식인데요?"

"30분쯤 전에 샬럿타운에서 장거리전화가 걸려왔어요. 어젯밤 늦게 샬럿타운에 이 소식이 들어왔다나 봐요. 전화로 알려준 분은 홀랜드 의사 선생님인

---

2) 토머스 그레이의 시 〈음유 시인 : 핀다로스풍의 송시〉에서 따옴.

데, 사실이라고 말했어요. 그 말을 듣고 나서 나는 아무것도 하지 못했어요, 사모님. 점심 준비도 안 해놔서 죄송해요. 일이 이렇게 손에 잡히지 않은 적은 처음이에요. 조금만 기다려 주시면 곧 뭐든지 만들게요. 그렇지만 감자는 그만 태워버렸어요."

블라이드 부인은 격하게 말했다.

"점심이라고요? 지금 누가 점심 생각이 있겠어요, 수전. 아, 이런 일이 일어났을 리 없어…… 틀림없이 악몽일 거야."

릴라가 중얼거렸다.

"파리는 함락되고…… 프랑스는 무너지고…… 전쟁에 지겠지."

릴라는 희망도 자신감도 신념도 모두 무너져 폐허가 되어버린 한가운데에 서 있었다.

"오, 하느님…… 오, 하느님."

올리버 선생은 신음하고 손을 비틀듯이 꽉 움켜쥐며 방 안을 서성였다.

"오, 하느님!"

그 밖의 일은 아무것도, 그 밖의 말은 한 마디도 떠오르지 않았다. 마음속의 모든 버팀목이 사라져버린 경우, 극한의 고뇌와 호소가 담겨 아득한 옛날부터 터져 나온 이 외침 말고는 아무것도 입에 담을 수 없었다.

그때 몹시 놀란 듯한 귀여운 목소리가 거실 문턱에서 들려왔다.

"하느님이 죽었어?"

짐스가 잠에서 막 깨어 발그레한 얼굴로 큰 갈색 눈에는 무서워하는 표정을 담고 서 있었다.

"오, 윌라…… 오, 윌라, 하느님이 죽었어?"

올리버 선생은 걸음을 멈추고 소리를 지르며 짐스를 빤히 바라보았다. 겁에

질린 짐스의 눈에 눈물이 그렁그렁 고였다. 릴라가 짐스를 달래려 얼른 뛰어갔다. 의자에 풀썩 주저앉아 있던 수전이 벌떡 일어났다. 갑자기 침착함을 되찾고 또렷하게 말했다.

"아니, 하느님은 죽지 않았어…… 로이드 조지도 그렇고. 그 사실을 우리는 잊고 있었어요, 사모님. 울지 마라, 꼬마 키치너. 사태가 나쁘게 되어나간다고는 하지만 더 나쁠 수도 있었잖아요. 영국군 전선이 무너졌다고 해서 영국 해군이 진 건 아니에요. 그 사실을 마음속에 잘 새겨두기로 해요. 정신을 차려 간단한 요깃거리를 좀 만들게요. 힘을 길러둬야 하니까요."

모두들 수전이 만든 '간단한 요깃거리'를 먹는 체해 보였지만, 그저 시늉을 했을 뿐이었다. 잉글사이드에서는 어느 한 사람도 그 암울했던 오후를 잊어버린 이가 없었다. 거트루드 올리버는 방 안을 서성댔다. 모두가 서성거렸다—수전만 빼고. 그녀는 회색 전쟁 양말을 꺼내 들었다.

"사모님, 드디어 저도 일요일에 뜨개질을 해야만 하게 되었네요. 이렇게 되리라고는 이제까지 꿈에도 생각지 못했는데 말이에요. 어떤 이유든 간에 이런 일을 하면 십계명의 제3계명 어기는 셈이 된다고 생각했으니까요. 그렇지만 계율을 어기는 일이 되건 말건 오늘은 뜨개질을 안 할 수가 없어요. 안 그랬다가는 미쳐버리고 말 테니까요."

블라이드 부인은 초조하게 말했다.

"뜨개질을 할 수 있다면 해요, 수전. 나도 할 수만 있다면 뜨개질을 하고 싶지만…… 난 못 하겠어요…… 난 도저히 못 하겠어요."

릴라는 신음 소리를 냈다.

"좀 더 자세한 정보를 알 수 있으면 좋을 텐데. 모든 걸 다 알게 되면 뭔가 힘이 날 만한 정보가 있을지도 모르잖아요."

올리버 선생이 씁쓸한 목소리로 말했다.

"독일군이 파리를 포격하고 있다는 사실을 알잖아. 그렇게 된 이상 독일군은 가는 곳곳마다 모조리 쳐부수고 문마다 막아서 있을 거야. 그래, 우리는 진 거야…… 과거의 민족들이 그랬듯 우리도 사실을 그대로 받아들여야 해. 정의의 편에 있었던 다른 민족들도 가장 훌륭하고 가장 용감한 사람들을 바쳤고…… 그랬는데도 그 결과는 패배였어. 우리는 '이제까지 꺾인 수백만 명에 더 보태진 하나'[3]에 지나지 않아."

릴라의 파리했던 얼굴이 갑자기 빨갛게 물들더니 그녀가 소리쳤다.

"나는 그런 식으로 단념하지 않아요. 나는 희망을 버리지 않을 거예요. 우리는 정복당하지 않았어요. 그래요, 비록 독일이 프랑스 전체를 침략했다 해도 우리는 정복되지 않아요. 이렇게 절망했다는 사실이 부끄럽네요. 다시는 이렇게 낙담하지 않을 거예요. 당장 샬럿타운에 전화를 걸어서 자세한 정보를 물어봐야겠어요."

그러나 샬럿타운에 전화 연결을 할 수는 없었다. 장거리전화 교환수는 반쯤 정신이 나간 이 고장 곳곳의 사람들로부터 똑같은 문의 전화가 걸려오는 통에 정신없이 바빴다. 릴라는 결국 단념하고 살그머니 '무지개 골짜기'를 찾아갔다. 월터와 마지막으로 이야기했던 구석 자리의 잿빛으로 시든 풀 위에 무릎을 꿇고 앉아, 쓰러진 나무의 이끼 낀 밑동에 힘없이 머리를 떨구어 기댔다. 검은 구름 사이로 새어 나온 햇빛이 골짜기를 연한 황금빛으로 흠뻑 물들였다. '연인 나무'에 매달린 방울이 3월의 거센 바람에 흔들리며 간간이 환상적인 소리를 내고 있었다.

---

[3] 바이런의 시 〈오거스타에게 쓴 서한〉에서 따옴.

릴라는 속삭였다.

"오, 하느님, 제게 힘을 주옵소서. 부디 힘을…… 그리고 용기를 주옵소서."

그러고는 어린아이처럼 두 손을 맞잡고 짐스처럼 천진난만하게 빌었다.

"'부디' 내일은 좀 더 좋은 소식을 전해주옵소서."

릴라는 그곳에 한참을 무릎을 꿇고 있었다. 잉글사이드로 돌아왔을 때 릴라는 침착해지고 각오를 단단히 한 모습이었다.

블라이드 의사는 지쳤지만, 승리를 거두고 돌아와 있었다. 작은 더글러스 헤이그 마우드가 무사히 시간의 기슭에 상륙했던 것이다. 거트루드는 여전히 초조하게 서성거렸으나 블라이드 부인과 수전은 충격에서 벗어나 있었다. 수전은 벌써 해협에 잇닿은 항구들을 방어할 새로운 계획을 세우기 시작했다.

"그 항구들을 지키기만 하면 이 상황은 충분히 헤쳐나갈 수 있어요. 파리는 사실 군사적으로 중요하지 않으니까요."

올리버 선생은 마치 수전이 뭔가로 자신을 푹 찌른 것처럼 험악한 목소리로 말했다.

"제발 그만 좀 해요."

이제는 신물이 날 지경이 된, '군사적으로 중요하지 않다'는 그 말이 지금 상태에서는 올리버 선생에게 불쾌한 비웃음처럼만 느껴져 절망적인 말보다도 더 견디기 힘들었기 때문이었다.

블라이드 의사가 말했다.

"전선이 무너졌다는 소식은 마우드네 집에서 들었지만, 아무리 그래도 독일군이 파리를 포격하고 있다는 이야기는 도무지 믿어지지 않소. 비록 전선을 무너뜨렸다고는 하나 파리는 전선의 가장 가까운 지점에서도 50마일(약 80킬로미터)은 떨어져 있는데 그 잠깐 사이에 어떻게 포병대를 사정거리 가까이까지 접근시킬 수 있었겠소? 두고 봐요. 정보 가운데 이 부분만큼은 사실이 아닐 테니. 내가 직접 샬럿타운으로 장거리전화를 걸어보겠소."

블라이드 의사도 릴라와 마찬가지로 장거리전화를 연결시키지 못했지만, 그의 의견으로 모두들 얼마쯤 마음이 밝아져 그럭저럭 저녁을 지낼 수 있었다. 그리고 9시에 가까스로 장거리전화로 정보가 들어왔으므로 모두 그날 밤을 넘길 수가 있었다.

수화기를 내려놓고 블라이드 의사가 말했다.

"전선은 생캉탱[4] 앞의 한 군데가 뚫렸을 뿐이라고 하오. 그리고 영국군은 정연하게 퇴각하고 있다고 하고. 이 정도면 그리 나쁜 소식은 아니오. 파리에 떨어졌다는 포탄은 70마일(약 112킬로미터)이나 떨어진 곳에서 날아왔다고 하는군. 독일군이 발명한 놀랄 만한 장거리포인데, 이 공격을 시작함과 동시에 처음으로 발사되었다는구려. 뉴스는 이것뿐이오. 믿을 만한 소식이라고 홀랜드 선생이 말했소."

올리버 선생이 웃어 보이려고 애쓰며 말했다.

"어제 들었다면 견딜 수 없는 뉴스였겠지만, 오늘 아침에 들은 소식에 비하면 고맙다고 해도 될 만한 뉴스네요. 그렇지만 오늘 밤에 잠을 잘 수는 없을 것 같아요."

수전이 말했다.

"그래도 한 가지 고마운 일이 있어요, 올리버 선생님. 그건 바로 사촌 소피아가 오늘 여기 오지 않은 일이에요. 여기에 소피아까지 왔다면 나라도 견딜 수 없었을 테니까요."

---

4) 프랑스 파리에서 북동쪽으로 약 130킬로미터 떨어진 도시.

행방불명

'타격은 입었으나 격파되지 않았다'라고 쓴 월요일 신문 표제를 수전은 일을 계속 해나가는 동안에도 몇 번이나 혼자 되뇌고 있었다. 생캉탱 사태로 생긴 틈은 얼마 뒤 메워졌지만, 연합군 측은 1917년에 50만 명이나 되는 목숨의 대가로 얻었던 영토에서 무참히 퇴각하고 있었다. 수요일의 신문 표제에는 '영국군과 프랑스군이 독일군을 저지'라고 되어 있었다. 그러나 아직도 후퇴는 이어지고 있었다. 뒤로…… 뒤로…… 뒤로! 어디서 끝날 것인가? 전선은 다시 허물어지고…… 이번에야말로 끝장이 날 것인가?

토요일의 표제에는 '베를린도 공격 저지를 인정'이라고 나와 그 무시무시한 1주일이 지나는 동안 잉글사이드 사람들은 비로소 처음으로 안도의 한숨을 내쉬었다.

수전은 확고하게 말했다.

"이로써 이번 1주일을 넘겼네요…… 자, 다음 1주일도 잘 넘겨봐요."

부활절 아침 교회로 걸어가면서 올리버 선생은 릴라에게 말했다.

"나는 마치 고문대에 묶여 있는 죄수 같은 기분이 들어. 내 팔다리를 잡아당겨대는 굴림대를 잠깐 멈추기는 했어도 아직 고문대에서 풀려나지는 않았어. 그러니 언제 또 고문이 시작될지 모르지."

릴라가 말했다.

"지난 일요일에 나는 하느님을 의심했지만 오늘은 의심하지 않아요. 악이 이긴다는 것은 있을 수 없는 일이니까요. 우리 편에는 정신이 함께하고 정신이란 반드시 육체보다 더 오래 살아남으니까요."

그럼에도 불구하고 그 뒤로 어두운 봄날이 이어지는 동안 릴라의 신념은 몇 번이나 흔들렸다. 아마겟돈은 사람들이 바란 것처럼 며칠 내로 끝나지 않았고 몇 주일이 가고 몇 달이 이어졌다. 힌덴부르크는 거듭해서 무시무시한 습격을 하여 헛되지만 마음을 놓을 수 없는 성공을 거두었다. 군사전문가는 위태하기 그지없는 정세라고 되풀이하여 단언했다. 사촌 소피아도 거듭거듭 군사전문가들의 의견에 동의했다.

소피아는 한탄했다.

"연합군이 3마일(약 4.8킬로미터)만 더 후퇴하면 결국 전쟁에 지는 거야."

수전은 몹시 경멸하듯 말했다.

"그 3마일 안에 영국 해군이 정박해 있어?"

소피아는 정색을 하고 대꾸했다.

"내 말이 아니라, 이런 일에 대해 뭐든지 다 알고 있는 사람이 밝힌 의견이라고."

"그런 사람은 없어. 군사전문가니 뭐니 해 봐야 소피아나 나만큼이나 아무것도 몰라. 그 사람들이 틀린 말을 한 횟수가 대체 몇 번이야? 어째서 그토록 어두운 면만 보는 건데, 소피아 크로퍼드?"

"어째서라니, 밝은 면이 없으니까 그렇지, 수전 베이커."

"과연 그럴까? 오늘은 4월 20일인데 힌덴부르크는 아직도 파리에 못 들어갔잖아? 4월 1일까지는 들어간다고 했었는데. 그것만으로도 밝은 면이 아니야?"

"나는 독일군이 파리에 들어가는 날도 머지않았다고 생각해. 그뿐만이 아니지. 캐나다에도 올 거야, 수전 베이커."

"여기만은 안 될걸. 내 손에 갈퀴를 쥘 힘이 남아 있는 한 독일군 따위가 프린스에드워드섬에 발을 들이는 일은 결코 없을 테니까."

굳게 선언한 수전은 그 태도로 보나 마음가짐으로 보나 혼자 힘으로 온 독일군을 막아내기에 충분해 보였다.

"소피아 크로퍼드, 솔직히 말해서 나는 너의 그 음울한 예상이 정말 지긋지긋해. 실수가 없었다는 말을 하는 게 아니야. 만일 캐나다군이 남아 있었다면 독일군은 도저히 파스샹달을 탈환하지 못했을 것이고, 리스강[1]을 포르투갈 사람들에게 맡긴 건 잘못이었어. 그렇다고 소피아든 누구든 전쟁에 졌다고 선언하며 돌아다닐 이유는 되지 않아.

나는 소피아와 싸우고 싶은 생각 없어, 특히 이런 때는. 그렇지만 우리의 사기를 유지해야만 하니까 내 생각을 분명히 말하는데, 그렇게 불길한 말만 하면서 툴툴댈 거면 여기 오지 말고 자기 방에서 실컷 하는 게 좋겠어."

소피아는 크게 화를 내며 나가서는 그날의 모욕을 곱씹으며 몇 주일 동안이나 수전의 부엌에 나타나지 않았다. 차라리 그편이 나았다. 왜냐하면 그 몇 주일 동안은 독일군이 이번에는 여기를, 다음 번에는 저기를 공격하여 그때마다 중요한 지점을 손아귀에 넣는 것처럼 보이는, 몹시 괴로운 시기였기 때문이다.

5월 첫 무렵의 어느 날이었다. 바람과 햇빛이 '무지개 골짜기'에서 장난치고 단풍나무숲은 연두색 잎사귀로 덮이고 윤슬이 반짝이는 새파란 항구에 흰 물

---

1) 프랑스와 벨기에를 흐르는 스헬더강의 지류. 제1차 세계대전 마지막 싸움터의 하나였던 곳.

결이 와서 부딪치던 어느 날, 젬에 대한 소식이 왔다.

캐나다군 진지에서 참호전이 있었다. 아주 소규모 전투로, 외신 전보에도 언급되지 않을 정도였다. 그런데 전투가 끝난 뒤 제임스 블라이드 중위가 '부상 후 행방불명'이라는 보고가 들어왔다.

그날 저녁 릴라는 핏기 없는 얼굴로 신음했다.

"죽었다는 소식보다 더 나쁘잖아."

올리버 선생이 주장했다.

"아냐……그렇지 않아…… '행방불명'에는 희망이 남아 있어, 릴라."

"그래요. 고문이나 다름없는 고통스러운 희망 말이죠. 그 덕분에 체념하고 최악의 경우를 받아들일 수조차 없어요.

아, 올리버 선생님…… 젬이 살았는지 죽었는지 모르는 채 몇 주일이고 몇 달이고…… 지내야만 하는 걸까요? 어쩌면 영원히 모르는 채 끝날지도 몰라요. 나는…… 나는 견딜 수 없어요…… 정말로 견딜 자신이 없어요. 처음에는 월터가…… 이번에는 젬. 이것 때문에 어머니는 돌아가시고 말 거예요…… 선생님, 어머니의 얼굴을 보세요. 보면 아실 거예요. 게다가 페이스…… 가엾은 페이스 언니는…… 견딜 수 있을까요?"

올리버 선생은 괴로운 나머지 몸을 바르르 떨었다. 릴라의 책상 위에 걸려 있는 모나리자의 가시지 않는 미소가 갑자기 밉살스러워졌다.

'이런 일이 있어도 네 얼굴에서 그 미소는 가시지 않는 걸까?'

올리버 선생은 미칠 것 같은 마음에 사로잡혔다.

그러나 상냥하게 릴라를 위로했다.

"아니, 이 일로 릴라의 어머니는 돌아가시거나 하지 않아. 그렇게 나약한 분이 아니신걸. 게다가 젬이 죽었을 거라고 믿으려 하지도 않으시잖아. 어머니는 희망을 버리지 않을 테고, 우리도 그래야 해. 페이스도 틀림없이 그럴 거야."

릴라는 신음했다.

"나는 못 하겠어요. 젬은 부상당했어요…… 어떻게 살아남을 수 있겠어요? 만일 독일군에게 발견되었다 해도…… 독일군이 부상한 포로를 어떻게 다루는지 아시잖아요. 나도 희망을 가지고 싶어요, 올리버 선생님…… 그러면 이 시간을 견디는 데 도움이 될 테니까요. 하지만 내 안의 희망이 죽어버린 것 같아요. 뭔가 '타당한 이유' 없이는 희망을 가질 수가 없어요…… 그런데 지금 희망을 가질 만한 이유가 없는걸요."

올리버 선생이 자기 방으로 돌아가고, 릴라가 맥없이 침대에 누워 달빛을 받으며 조금이라도 힘을 주옵소서 하고 필사적으로 기도하고 있을 때 수전이 여윈 그림자처럼 들어와 릴라 곁에 앉았다.

"릴라, 걱정하지 마. 젬은 죽지 않았으니까."

"어머나, 어떻게 그렇게 믿을 수 있어요, 수전?"

"그저 믿는 게 아니라 알고 있기 때문이야. 내가 하는 말을 잘 들어봐. 오늘 아침 그 소식이 왔을 때, 맨 먼저 머리에 떠오른 것이 먼데이였어. 그래서 오늘 저녁 설거지를 마치고 빵 반죽을 발효시켜 놓고는 곧장 역으로 가보았어. 그랬더니 먼데이는 여느 때와 다름없이 참을성 있게 밤 기차를 내내 기다리고 있잖겠어? 릴라, 그 참호가 습격을 받은 것은 나흘 전…… 지난 월요일이었지? 그래서 나는 역장에게 지난 월요일 밤에 먼데이가 울거나 짖어대지 않았느냐고 물어봤어.

역장은 잠깐 생각한 뒤 말했어.

'아니, 그런 일은 없었소.'

그래서 나는 다짐받듯 또 물었지.

'틀림없나요? 이 일은 역장님이 생각하는 것보다 훨씬 중요한 게 걸려 있어요.'

그러자 역장이 대답했어.

'틀림없어요. 지난 월요일에는 우리 집 암말이 병이 나서 밤새도록 자지 않고 있었는데, 먼데이는 아무 소리도 안 냈어요. 만일 소리를 냈다면 들렸을 겁니다. 마구간 문을 밤새 열어놓았고 개집은 마구간 맞은편에 있으니까요.'

자, 릴라, 역장이 한 말을 그대로 옮긴 거야. 쿠르슬레트 전투가 있은 뒤에 그 개가 밤새도록 울었었잖아? 더구나 먼데이는 월터를 젬만큼 사랑하지도 않았는데 말이야. 월터가 죽은 것을 그토록 슬퍼 밤새도록 울부짖었는데, 젬이 죽은 날 밤 자기 집에서 곤히 잤을 것 같아?

아니야, 릴라, 젬은 죽지 않았어. 그것만은 틀림없이 믿어도 돼. 죽었다면 지난번처럼 먼데이가 알았을 테니 기차를 아직도 계속 기다리고 있을 리 없지."

그것은 터무니없는 이야기였고…… 사리에도 맞지 않았으며…… 있을 수 없는 일이었다. 그런데도 릴라는 수전의 말을 믿었다. 블라이드 부인도 믿었다. 블라이드 의사도 겉으로는 우습게 여기는 척 희미하게 웃었지만 묘한 확신이 절망의 자리를 대신하는 것을 느꼈다.

그리하여, 어리석고 터무니없는 일일지도 모르지만, 글렌역에서 충실한 작은 개가 확고한 신념으로 지금도 주인이 돌아오기를 기다리고 있다는 이유 하나만으로 모두 살아갈 기력과 용기를 되찾았다. 상식은 비웃을지도 모른다. 회의적인 마음은 '미신에 지나지 않는다'고 중얼거릴지 모른다. 그러나 잉글사이드 집안은 먼데이만은 알고 있다는 신념을 굳게 간직하고 있었다.

조류의 흐름

 봄이 되어 아름다운 잉글사이드 잔디밭을 갈아엎어 감자를 심은 것을 보고 수전은 몹시 슬퍼했다. 하지만 자기가 손수 기른 작약꽃 화단이 희생되었어도 군소리 한 마디 하지 않았다. 그러나 정부가 일광 절약 법안을 통과시켰을 때는 주저했다. 연립당 정부보다 높은 힘을 지닌 하느님께 충성을 맹세하고 있기 때문이었다.
 "하느님이 하시는 일에 참견하는 게 옳은 일이라고 생각하세요?"
 수전은 화가 머리끝까지 나서 블라이드 의사에게 항의했다. 블라이드 의사는 법은 지켜져야만 한다고 태연하게 대답하고 잉글사이드 시계를 한 시간 빨리 맞추었다. 그러나 수전의 작은 자명종 시계만은 블라이드 의사의 힘이 미치지 못했다.
 수전은 단호히 말했다.
 "저 시계는 내 돈으로 산 것이니까요, 사모님. 저 시계는 하느님의 시간에 따라서 가지, 보든[1]의 시간에 따라서 가지는 않을 거예요."
 수전은 잠자고 일어나는 일도 '하느님의 시간'에 따랐고, 나가고 들어오는 것

---

1) "기다림" 각주2번(380쪽) 참조.

도 그 시간에 따라 행했다. 식사는 마지못해 보든의 시간을 따랐으나, 무엇보다도 불만인 것은 교회에 갈 때도 그 시간에 따라야 하는 일이었다. 그러나 기도하는 일도 닭에게 모이 주는 일도 자기 시계에 맞춰 해나갔으므로 블라이드 선생을 바라보는 수전의 눈에서 언제나 의기양양한 빛을 슬쩍 엿볼 수 있었다. 적어도 그런 데서만이라도 선생을 이긴 게 된다.

어느 날 밤에 수전이 말했다.

"이 일광 절약 시간은 '구레나룻 달통이 영감'까지도 매우 좋아라 하고 있다나 봐요. 당연히 그럴 테죠. 그걸 발명한 게 독일 사람이라니까요. 요전에 '구레나룻 달통이 영감'은 밀 농사를 망칠 뻔했어요. 워런 미드 씨네 소들이 지난주에 그 집 밀밭에 들어가서—우연이었는지 뭔지는 모르지만, 마침 독일군이 슈망드담(슈맹데담)을 점령한 날이었어요—마구 짓밟고 돌아다니는 것을 딕 클로 부인이 다락방 창문으로 우연히 발견한 거예요. 처음에는 프라이어 씨에게 알려줄 생각이 없었고, 소들이 프라이어 씨네 밀을 뜯어먹는 것을 보면서 고소하다고 생각했다고 내게 말하더군요.

그러다 곧 밀은 소중한 것이며 '절약과 봉사'의 방침으로 본다면 어떻게든 저 소들을 쫓아내야겠다고 생각을 고쳐먹고 아래층으로 내려가 '구레나룻 달통이 영감'에게 그 사실을 전화로 알렸다는군요. 그런데도 그 답례로 '구레나룻 달통이 영감'이 클로 부인에게 했다는 말이 뭔가 묘했다나 봐요. 클로 부인은 욕이라고 하지는 않았지만요. 전화로 들은 말이 늘 확실하다고는 할 수 없으니까요. 그렇지만 그녀는 나름대로 판단하고 있고, 그건 나도 마찬가지예요. 입 밖에 내어 말하지는 않지만요. '구레나룻 달통이 영감'은 메러디스 목사님의 장로 가운데 한 사람이니 저도 말조심해야죠."

메러디스 목사는 올리버 선생과 릴라가 있는 쪽으로 다가와 물었다.

"그 신성(新星)²⁾을 찾는 건가요?"

둘은 꽃이 핀 감자밭 가운데 서서 하늘을 바라보고 있었다.

"네…… 찾았어요…… 보세요, 저기 오래되고 키가 제일 큰 소나무 우듬지 바로 위에 있어요."

릴라는 낮은 목소리로 덧붙였다.

"3천 년이나 전에 일어난 일을 보고 있다니 얼마나 멋있어요? 그때의 충돌로 이 새로운 별이 생긴 거라고 천문학자가 말했어요. 그런 일을 생각하면 나 같은 사람은 정말 하찮은 존재로 여겨져요."

올리버 선생은 불안스러운 얼굴로 말했다.

"태양계에서는 그런 사고방식이 통하겠지만, 신성의 폭발이라는 이 사건도 독일군이 폴짝 한번 뛰면 파리에 닿을 곳에 다시 와 있다는 사실을 한갓 왜성으로 만들지는 못해."

메러디스 목사는 꿈꾸듯 아득히 먼 별을 바라보며 말했다.

"나는 천문학자가 되었다면 좋았을 것 같아요."

올리버 선생이 동의했다.

"그랬다면 뭔가 묘한 짜릿함을 맛볼 수 있었을 거예요. 여러 가지 의미로 이 세상과는 동떨어진 기쁨 말이에요. 나도 천문학자 친구가 몇 명쯤 있었다면 좋았을 것 같네요."

릴라가 웃으며 말했다.

"일월성신(日月星辰)의 이런저런 뒷이야기도 같이 하고요."

블라이드 의사는 말했다.

---

2) 독수리자리 V603. 1918년 6월 독수리자리에서 발견된 신성으로, 망원경이 제작된 이후 관측된 가장 밝은 신성이었음.

"천문학자들도 이 세상 일에 깊은 관심을 가질지 궁금해요. 아마도 화성의 운하 같은 걸 연구하는 사람은 서부전선에서 진지를 몇 야드 더 빼앗았느니 빼앗겼느니 하는 일에 대해서는 그다지 안 중요하게 느끼지 않을까요?"

메러디스 목사가 말했다.

"어디선가 읽었는데, 1870년 파리가 한창 포위되어 있을 때 에르네스트 르낭[3] 이 책을 썼는데 '무척 즐겁게 썼다'고 했다더군요. 이런 사람이라야 철학자가 될 수 있는 걸까요."

올리버 선생이 말했다.

"난 이런 것도 읽었어요. 르낭이 죽기 직전, 죽어서 단 한 가지 유감스러운 일은 '대단히 흥미로운 젊은 독일 황제'가 살아서 어떤 일을 하는가를 끝까지 확인하지 못하고 죽어야만 하는 거라고요. 만일 오늘날 에르네스트 르낭이 '되살아나서' 그 흥미로운 젊은이가, 온 세계뿐만 아니라 그가 사랑한 프랑스에 무슨 짓을 했는지를 본다면 과연 1870년 그때처럼 정신적 거리를 유지할 수 있었을지 궁금하네요."

'젬은 오늘 밤 어디 있을까?'

릴라는 갑자기 이 생각이 떠올라 괴로워졌다.

젬의 소식이 전해진 지 한 달이 넘게 지났다. 모든 노력을 다해보았지만 젬에 대해서는 아무것도 알아낼 수 없었다. 진지가 습격되기 전에 젬이 쓴 편지가 두세 통 왔을 뿐 그 뒤로는 소식이 끊어지고 말았다. 바야흐로 독일군은 시시각각으로 파리에 육박하여 다시금 마른강에 이르렀으며, 피아베강 전선에서는 또다시 오스트리아군이 공격에 나섰다는 소문이 돌고 있었다.

---

[3] 프랑스 역사가·사상가. 1823~1892.

릴라는 마음이 아파 신성에서 얼굴을 돌렸다. 이런 때에는 희망도 용기도 송두리째 사라져버리고, 단 하루도 더 살아갈 수 없을 것 같은 기분이 든다. 젬에게 무슨 일이 생겼는지 알 수만 있다면 좋으련만…… 무슨 일이 일어났는지 알기라도 한다면 그래도 제대로 마주할 수 있을 테니까. 그러나 두려움과 의심과 불안에 시달리면 사기가 떨어져버린다. 젬이 살아 있다면 뭔가 소식이 왔을 것이다. 그러니 죽은 것이 분명하다. 다만…… 그들은 영영 알 길이 없다…… 언제까지나 확인할 수 없을 것이다. 먼데이는 늙어 죽을 때까지 기차를 기다릴 테지. 가엾고 충실한 먼데이는 류머티즘에 걸린 늙은 개에 지나지 않는다. 주인의 운명에 대해 그들만큼이나 아무것도 모른다.

릴라는 그날 밤 정신이 말똥말똥해 늦게까지 잠을 이룰 수 없었다. 잠이 깨어 보니 거트루드 올리버가 창가에 앉아 몸을 내밀고 새벽녘의 신비로운 은빛을 바라보고 있었다. 탐스러운 검은 머리가 흘러내리는 총명하고 아름다운 옆얼굴이 흐릿한 금빛을 띤 동쪽 하늘을 배경으로 도드라져 있었다. 릴라는 올리버 선생의 이마와 턱선에 젬이 감탄하던 일이 문득 떠올라 몸을 떨었다. 젬의 일을 떠오르게 하는 것은 하나같이 릴라에게 견딜 수 없는 괴로움을 주었다. 월터의 죽음으로 릴라의 마음은 깊은 상처를 입었다. 그러나 그것은 깨끗한 상처였으므로—비록 그 상흔이야 영원히 남겠지만—그러한 상처가 으레 그러하듯 서서히 아물었다.

하지만 젬의 행방불명이 가져다준 괴로움은 그런 상처와는 다른 것이었다. 독을 머금고 있어 상처가 아물지 않았다. 번갈아 가며 찾아오는 희망과 절망, 아무리 기다려도 오지 않는—어쩌면 영원히 오지 않을지도 모르는—편지를 끝없이 애타게 기다리는 심정, 신문에 보도되는 포로 학대의 이야기, 젬의 상처에 대한 괴로운 불안…… 이러한 것들 하나하나가 점점 더 견딜 수 없게 되어갈 뿐이었다.

거트루드 올리버가 고개를 돌려 릴라 쪽을 보았다. 그 눈은 이상한 빛을 띠고 있었다.

"릴라, 나는 또 꿈을 꿨어."

릴라는 움츠러들며 소리쳤다.

"어머나, 안 돼요…… 싫어요."

그녀의 꿈은 언제나 불길한 일을 알려주기 때문이었다.

"릴라, 이번에는 좋은 꿈이었어. 잘 들어봐…… 4년 전과 똑같은 꿈이야. 나는 베란다 층계에 서서 글렌 마을을 내려다보고 있었어. 마을은 아직도 내 발치께까지 넘실거리는 파도에 잠겨 있었지.

그런데 내려다보고 있는 동안 파도가 썰물처럼 빠져나가기 시작했어…… 4년 전에 밀려왔을 때 못지않은 속도로. 계속 빠져나가 만 있는 곳까지 가버렸어. 그리고 내 앞에는 푸르른 글렌 마을이 아름답게 나타나고 마을에서부터 '무지개 골짜기'까지 무지개가 걸려 있는 거야…… 눈부시도록 멋진 빛깔의 무지개였어…… 그때 눈이 번쩍 뜨였지. 릴라…… 릴라 블라이드…… 조류의 흐름이 바뀐 거야."

"저도 그 말을 믿고 싶네요."

거트루드는 들뜬 듯 시구절을 인용했다.

"'내 공포의 예언이 진실이거늘

길조의 예언 또한 믿을지니라.'[4]

릴라, 내 마음속엔 지금 한 치의 의심도 없어."

---

4) 월터 스콧의 이야기시 《호수의 여인》에서 따옴.

그러나 그로부터 며칠 뒤 피아베강에서 이탈리아군이 대승을 거두었음에도 그 뒤로 이어진 힘겨운 한 달 동안 거트루드 올리버는 몇 번이나 자신의 꿈을 의심했는지 모른다. 7월 중순 무렵 독일군이 또다시 마른강을 건넜을 때에는 걷잡을 수 없는 절망감에 사로잡혔다. 마른강의 기적이 또 한번 일어나주기를 바라는 것은 헛된 일이라고 모두들 생각했다.

그런데 기적은 되풀이되었다. 1914년 때와 마찬가지로 마른강에서 전세가 완전히 역전되었다. 프랑스군과 미군이 적의 방비가 허술한 측면을 급습하면서 눈 깜짝할 사이에 싸움의 판세가 뒤집힌 것이다.

블라이드 의사가 7월 20일에 말했다.

"연합군이 엄청난 대승리를 두 번이나 거두었어."

블라이드 부인이 말했다.

"거의 끝날 때가 되었다는 예감이 들어…… 어쩐지 그래…… 그렇게 느껴져."

"아, 하느님 감사합니다."

수전은 떨리는 늙은 손을 맞잡으며 낮은 목소리로 덧붙였다.

"하지만 목숨을 잃은 우리의 젊은이들이 살아 돌아오지는 않겠죠."

그러면서도 수전은 밖에 나가 국기를 걸었다. 예루살렘이 무너진 뒤 처음이었다. 산들바람을 받아 국기가 수전의 머리 위에서 힘차게 펄럭였을 때, 셜리가 했던 동작을 기억하며 수전은 한 손을 들어 국기에 경례했다.

"당신이 펄럭이게 하기 위해 우리는 모두 뭔가를 바쳤어요. 40만 명에 이르는 남자아이들이 바다 건너로 갔고…… 그 가운데 5만 명이 목숨을 잃었죠. 그래도…… 당신한테는 그만한 가치가 있습니다!"

바람에 수전의 잿빛 머리가 얼굴 언저리에 어지러이 날리고 그녀의 온몸을 감싼 깅엄 체크무늬의 무명 앞치마도 펄럭였다. 그 앞치마는 아름다움의 견지에서가 아니라 전적으로 절약이라는 뜻에 따라 만들어진 것이었다. 그럼에도 이 순간 수전의 모습은 위엄이 넘쳤다. 수전은 바로 승리를 가능케 한 여성들―용감하고 꺾이지 않으며 참을성 있고 굳센 여성들―가운데 한 사람이었다. 수전의 모습에서, 그런 여성들이 가장 사랑한 사람들이 지키기 위해 싸워온 상징이 나타났다. 이 같은 생각이 현관문 앞에서 수전을 지켜보는 블라이드 의사의 가슴속에 떠올랐다.

  수전이 집으로 들어가려 하자 블라이드 의사는 말했다.

  "수전, 이 일이 벌어지는 처음부터 끝까지 수전은 한결같이 참으로 든든하오!"

마틸다 피트먼 부인

릴라와 짐스가 탄 열차는 밀워드의 작은 대피역(待避驛)에 멈춰 섰다. 두 사람은 열차 맨 뒤쪽 승강구에 서 있었다. 몹시 무더운 8월의 저녁 무렵인지라 만원 열차 안은 숨이 막힐 것 같았다. 열차가 어째서 늘 서는 곳도 아닌 밀워드의 대피역에 멈춰 섰는지 아무도 알지 못했다. 여기서 내리거나 타는 사람은 이제까지 전혀 없었기 때문이다. 여기서부터 4마일(약 9.6킬로미터) 내에 집이라곤 한 채뿐이었으며, 그 집은 몇 에이커의 블루베리나무밖에 없는 벌판과 보잘것없는 가문비나무숲에 둘러싸여 있었다.

릴라는 샬럿타운에 있는 친구 집에 묵으러 가는 길이었으며, 다음 날은 적십자단에 필요한 물건을 살 예정이었다. 짐스를 데려온 것은 수전이나 어머니에게 짐스를 돌보는 수고를 끼치고 싶지 않은 마음도 있었지만, 영원히 짐스를 떠나보내야 하기 전에 되도록 함께 있고 싶다는 간절한 바람 때문이었다. 바로 며칠 전 짐스의 아버지 제임스 앤더슨에게서 편지가 왔다. 부상당하여 입원 중이며 전선에는 돌아갈 수 없을 것으로 보이므로 여건이 허락하는 때가 오면 되도록 빨리 짐스를 데리러 돌아가겠다는 사연이 씌어 있었다.

이 편지를 읽고 릴라는 마음이 무거워졌고 걱정이 되기도 했다. 짐스를 끔찍이 사랑하기에 어떤 상황이라도 짐스와 헤어지게 되면 괴로울 게 불 보듯 뻔했다. 그럼에도 만일 짐 앤더슨이 아기를 위해 제대로 된 가정이 준비된 착실한 남자라면 그리 나쁘지 않을 것이다. 하지만 그가 아무리 친절하고 마음씨 좋은 사람이라 하더라도—그가 친절하고 마음씨가 좋다는 것은 릴라도 웬만큼 알고 있었다—방랑벽이 있는 데다 생활력 없는 무책임한 아버지에게 짐스를 내주어야 한다는 것을 생각하면 릴라는 암울해졌다.

게다가 앤더슨이 글렌 마을에 자리를 잡을 것 같지도 않았다. 지금은 마을에 연고가 하나도 없기 때문이다. 심지어 영국으로 돌아갈 수도 있었다. 그렇게 되면 릴라는 애지중지 키운 밝고 귀여운 짐스를 다시는 만날 수 없을지도 모른다. 그런 아버지 슬하에서 짐스가 어떤 운명에 처하게 될지는 모를 일이었다. 릴라는 짐스를 자기가 키우게 해달라고 짐 앤더슨에게 애걸이라도 해 볼 생각이지만, 편지 내용으로 보아 그것은 거의 이뤄질 수 없는 소망이었다.

릴라는 생각했다.

'만일 글렌에 머물러주기라도 한다면 내가 계속 짐스에게 관심을 기울일 수 있고 또 가끔 만날 수도 있으니 이토록 걱정되지 않으련만. 그렇지만 앤더슨 씨는 틀림없이 글렌을 떠날 거야…… 그렇게 된다면 짐스의 장래는 무언가를 이룰 만한 기회도 영영 없어지고 말겠지.

이처럼 영리한 아이인데…… 어디서 이어받았는지 몰라도 포부도 있고…… 게으르지도 않아. 하지만 이 아이의 아버지는 교육을 시킬 돈이며 세상에 내보내기 위한 돈이 한 푼도 없을 거야. 짐스, 전쟁이 데려다준 나의 소중한 아가야, 너는 앞으로 어떻게 될까?'

짐스는 자기가 앞으로 어떻게 될지에 대해서는 아무런 걱정도 하고 있지 않았다. 작은 대피역의 지붕 위를 뛰어다니는 얼룩다람쥐의 재주 부리는 모습을 보며 마냥 재미있어할 뿐이었다. 기차가 움직이기 시작하자 짐스는 다람쥐를 한 번 더 보려고 릴라의 손을 놓고 열심히 몸을 앞으로 내밀었다. 짐스가 앞으로 어떻게 될 것인가 하는 생각에 빠져 있던 릴라는 눈앞에 있는 짐스에게 지금 어떤 일이 일어나고 있는지 알아차리지 못했다. 어떤 일이 일어났는가 하면 짐스는 균형을 잃고 층계로 거꾸로 굴러떨어져 작은 대피역의 플랫폼에 한 번 부딪치고 나서 맞은편 고사리 덤불에 나동그라졌다.

알아차린 순간 릴라는 비명을 지르며 정신 나간 사람처럼 승강구를 달려 내려와 기차에서 훌쩍 뛰어내렸다.

다행히 기차는 비교적 느린 속도로 움직이고 있었으며, 또한 릴라에게는 기차가 나아가는 쪽으로 뛰어내릴 만한 분별력은 남아 있었다. 그래도 바닥에 떨어져 둑을 사정없이 굴러 미역취와 분홍바늘꽃이 무성히 자란 도랑 속에 고꾸라져버렸다. 이 사건을 알아차린 사람은 아무도 없었으며 기차는 벌판의 모퉁이를 돌아 힘차게 달려가버렸다.

릴라는 머리가 어질어질했지만 다친 데 없이 일어나 도랑에서 기어나오자 짐스가 죽었거나 형편없이 다쳤으리라 여기며 미친 듯이 플랫폼 맞은편으로 달렸다. 그러나 짐스는 몹시 겁을 먹기야 했으나 몇 군데 멍이 들었을 뿐 부상을 입은 데는 아무 데도 없었다. 너무 놀란 나머지 짐스는 울지조차 않았으나 릴라는 짐스가 무사한 모습을 보자 왈칵 눈물이 쏟아졌다.

짐스는 정나미가 떨어졌다는 듯 내뱉었다.

"띰뚤댕이(심술쟁이) 기차잖아? 하느님도 띰뚤댕이야."

그러면서 하늘에 대고 눈을 흘겼다.

릴라는 흐느끼다 말고 웃음이 터져 나와, 아버지가 보았다면 히스테리라고 했을 상태가 되었다. 그러나 릴라는 히스테리에 사로잡히기 전에 제정신으로 돌아왔다.

"릴라 블라이드, 부끄러운 줄 알아. 얼른 정신 차려. 짐스, 그런 말 하면 안 돼."

짐스는 화가 나서 항의했다.

"그렇지만 하느님이 나를 기차에서 떨어뜨렸잖아? 누가 나를 떨어뜨렸는데, 윌라는 아닌걸. 그러니까 하느님이지."

"아니야, 그렇지 않아. 짐스가 떨어진 건 릴라 손을 놓고 몸을 너무 앞으로 많이 내밀었기 때문이야. 그러면 안 된다고 말했었잖아. 그러니까 짐스가 잘못한 거야."

짐스는 릴라가 진심인지 확인했다.

그런 다음 다시 하늘을 올려다보며 선선히 사과했다.

"그럼, 미안해요, 하느님."

릴라도 하늘을 올려다보았다. 하늘은 찌뿌둥했다. 북서쪽에 검은 먹구름이 뭉게뭉게 일고 있었다. 어떻게 하면 좋을까? 오늘 밤 떠나는 기차는 이제 없었다. 9시 임시열차는 토요일에만 다녔다. 폭풍우가 닥치기 전에 2마일(약 3.2킬로미터) 떨어진 해나 브루스터네 집에 갈 수 있을까. 릴라 혼자라면 쉬운 일이지만 짐스를 데려가려면 쉽지 않을 것이다. 짐스의 작은 다리로 그 정도 거리를 걸을 수 있을까?

릴라는 절박한 심정으로 말했다.

"해 보는 수밖에. 소나기가 멎을 때까지는 이 역에 있어도 되겠지만 비가 밤새도록 내릴지도 모르고 아무튼 캄캄해질 거야. 해나네 집에 도착만 하면 하룻밤 신세 질 수 있으니까."

해나 브루스터는 해나 크로퍼드였던 무렵 글렌 마을에 살며 릴라와 함께 학교에 다녔다. 해나가 세 살 위였지만 학창 시절 둘은 아주 사이가 좋았다. 해

나는 퍽 어린 나이에 결혼하여 밀워드에 살았다. 심한 노동과 육아에 시달리며 날건달인 남편 때문에 먹고사는 일로도 벅차 해나는 좀처럼 친정에도 오지 못했다. 해나가 결혼한 지 얼마 안 되어 릴라가 신혼집에 찾아간 일이 있지만 그 뒤 여러 해 동안 만나지도, 편지를 주고받지도 못했다. 하지만 혈색 좋고 싹싹하고 인심 좋은 해나가 사는 집이라면 어디든 짐스와 릴라를 두 팔 벌려 환영하며 묵게 해줄 것이다.

처음 1마일은 둘 다 제법 기세 좋게 나아갔으나 2마일째에 접어들자 힘들어졌다. 인적이 드문 외딴길은 울퉁불퉁하고 마차 바큇자국이 깊이 패어 있었다. 짐스가 지칠 대로 지쳐버렸으므로 마지막 4분의 1마일은 릴라가 짐스를 업고 가야만 했다.

브루스터네 집에 다다랐을 때 릴라는 녹초가 되어 집 앞 오솔길에 짐스를 내려놓고 후유 안도의 숨을 내쉬었다. 하늘은 온통 검은 구름으로 덮이고 굵은 빗방울이 후두둑거리기 시작했다. 우르릉 쾅쾅거리는 천둥소리가 점점 크게 들려왔다.

이때 릴라는 난처하게 되었음을 깨달았다. 블라인드가 모두 내려지고 문에는 자물쇠가 단단히 걸려 있었다. 브루스터네 집에 아무도 없는 게 분명했다. 릴라는 작은 헛간으로 달려갔다. 그곳도 자물쇠로 잠겨 있었다. 몸을 피할 수 있는 곳은 아무 데도 보이지 않았다. 하얗게 회칠한 작은 집에는 베란다며 포치조차도 없었다.

이미 날이 거의 저물어서 이만저만 곤란한 상황이 아니었다.

릴라는 결심했다.

"창문을 부수고라도 안으로 들어가야지. 해나도 그렇게 해도 괜찮다고 생각할 테니까. 소나기를 만나 비를 피하러 해나네 집에 왔다가 안으로 들어가지도 못했다는 걸 알면 해나도 속상해할 거야."

운 좋게도 릴라는 가택침입죄를 저지르지 않아도 되었다. 부엌 창문이 쉽게 위로 올라갔기 때문이다. 짐스를 안아 올려 안으로 들여놓고 자기도 기어들어 간 순간 폭풍이 맹렬하게 날뛰기 시작했다.

두 사람 뒤로 후드득거리며 쏟아져 들어오는 우박을 보고 짐스는 신이 나서 외쳤다.

"우아! 작은 천둥 조각 좀 봐."

릴라는 창문을 닫고 가까스로 램프를 찾아 불을 켰다. 그곳은 쾌적하고 아담한 부엌이었다. 한쪽 문을 열어보니 가구며 가재도구가 깔끔하게 갖추어진 응접실이었고, 다른 쪽 문을 여니 식료품이 넉넉히 저장된 식료품 저장실이 있었다.

릴라는 말했다.

"자, 편히 쉬자. 틀림없이 해나는 그러라고 할 테니까. 짐스랑 둘이서 간단히 뭘 챙겨 먹은 다음, 그래도 비가 멎지 않고 아무도 돌아오지 않거든 2층 손님방에 가서 자야지. 위급한 때일수록 정신을 똑바로 차려야 해.

내가 멍청하게 허둥대지만 않았다면 짐스가 떨어진 것을 보고 곧바로 열차 칸으로 들어가 누군가에게 부탁해 기차를 세웠으면 됐는데. 그랬더라면 이런 궁지에 빠지지 않았을걸. 이렇게 된 이상 할 수 있는 일을 하는 수밖에."

릴라는 주위를 둘러보았다.

"이 집은 내가 지난번에 왔을 때보다 세간살이가 훨씬 훌륭해졌네. 물론 그 무렵은 해나와 테드가 살림을 갓 시작했던 때이긴 했지만, 테드는 어쩐지 돈벌이를 그리 잘해낼 것 같지 않다고 생각했었는데. 이런 가구를 들여놓을 형편이라면 내가 생각했던 것보다 테드가 잘해왔나 봐. 해나를 위해서 잘된 일이네."

천둥 번개는 멎었으나 비는 여전히 억수로 퍼붓고 있었다. 11시가 되어 릴라는 아무도 돌아오지 않겠거니 생각했다. 짐스는 소파에 깊이 잠들어 있었다. 릴라는 짐스를 2층 손님방으로 안고 올라가 침대에 뉘었다. 그리고 자기도 옷을 벗고 세면대 서랍에서 찾아낸 잠옷으로 갈아입은 다음 졸린 눈으로 라벤더 향기가 풍기는 아주 좋은 이불 속으로 쏙 들어갔다. 예기치 못한 모험과 분투 끝에 몹시 지쳐 있었으므로 릴라는 주위의 것들이 어딘지 이상하게 여겨져도 눈을 뜨고 있을 수 없어 채 몇 분이 지나지 않아 깊은 잠에 빠졌다.

릴라는 이튿날 아침 8시까지 자고 있다가 느닷없이 놀라 잠을 깼다.

누군가가 거칠고 불쾌한 목소리로 말하고 있었다.

"어이, 거기 둘 다 일어나. 이게 어찌 된 거야."

릴라는 순식간에 잠이 확 달아났다. 이렇듯 눈이 번쩍 뜨인 적은 태어나서 처음이었다. 방에는 세 사람이 서 있었다. 한 사람은 남자로 릴라가 난생처음 보는 사람이었다. 더부룩한 검은 턱수염이 난 덩치 큰 남자로 성난 얼굴을 찌푸리고 있었다. 옆에는 한 여자가 서 있었다. 키가 크고 앙상하게 여윈 몸매에다 불타는 듯한 빨강머리 위에는 무어라 형용할 수 없는 희한한 모자를 쓰고 있었다. 남자 이상으로 기분 나쁘고 어이없다는 표정이었다.

두 사람 뒤에 또 한 사람이 있었다. 몸집이 작은 노부인으로 적어도 80살은 되어 보였다. 이 노부인은 몸집이 자그마한 데도 불구하고 매우 범접하기 어려워 보이는 사람이었다. 온통 까만 옷차림을 했고 머리카락은 눈처럼 희었으며 핏기 없는 얼굴에 활기 있고 생생한 새까만 눈을 갖고 있었다. 다른 두 사람 못지않게 놀란 모습이었으나 언짢아 보이지는 않는다는 것을 릴라는 알아차렸다.

릴라는 뭔가가 잘못되었다는, 엄청나게 잘못되었다는 것을 깨달았다.

남자는 아까보다도 더 성난 목소리로 다그쳐 물었다.

"이보시오, 대체 당신은 누구요? 여기에는 어떻게 들어온 거요?"

릴라는 한쪽 팔꿈치를 짚고 주뼛주뼛 몸을 일으켰다. 당황하여 거북해하는 것이 태도에도 나타나 있었다. 뒤에 선 흑백의 노부인이 소리 죽여 쿡쿡 웃는 게 들렸다.

릴라는 생각했다.

'저 할머니는 살아 있는 사람이 맞나 보네. 내가 '저런' 사람 꿈을 꿀 리는 없을 테니까.'

릴라는 힘겹게 숨을 몰아쉬듯 간신히 물었다.

"저, 이 댁은 시어도어 브루스터 씨 댁이 아닌가요?"

키가 큰 여자가 처음으로 입을 열었다.

"아니에요, 여기는 우리 집이에요. 지난가을에 브루스터 씨한테서 샀어요. 그 집 사람들은 그린베일로 이사 갔어요. 우리는 채플리고요."

가엾은 릴라는 너무 놀라 힘없이 베개에 풀썩 기대앉았다.

"정말 죄송해요. 저는…… 저는…… 브루스터 부부의 집이라고 생각했어요. 브루스터 부인이 제 친구거든요. 저는 릴라 블라이드예요. 글렌세인트메리의 블라이드 의사의 딸입니다.

내…… 내…… 그러니까, 이 아이를 데리고 샬럿타운으로 가는 도중에 이 아이가 기차에서 떨어졌어요…… 그래서 나도 뒤따라 뛰어내렸는데…… 그 사실을 아무도 알아차리지 못한 거예요. 어젯밤에는 차편이 없어 집으로 돌아갈 수 없었던 데다 폭풍우마저 금방이라도 몰아칠 것 같아서…… 그래서 우리는 여기로 왔어요…… 막상 와보니 아무도 없길래…… 우리는…… 우리는…… 창문으로 들어왔고…… 그러고는 알아서 좀 쉬던 참이에요."

여자는 한껏 빈정거리며 말했다.

"그래 보이네요."

남자도 맞장구쳤다.

"이야기는 그럴싸하게 지어냈군."

여자가 덧붙였다.

"우리는 어제 태어난 물정 모르는 얼뜨기가 아니라고요."

흑백 노부인은 아무 말도 하지 않았으나 다른 두 사람이 이런 말을 하는 것을 듣자 소리도 내지 않고 웃으며 머리를 옆으로 흔들어대고 손을 허공에 내저었다.

채플리 부부의 불쾌한 태도에 벌컥 화가 난 릴라는 평정심을 잃고 발끈했다. 릴라는 침대에 벌떡 일어나 앉아 한껏 의연하게 말했다.

"여러분들이 언제 태어났는지, 또 어디서 태어났는지 전혀 모르지만, 거기서는 아주 색다른 예절을 가르쳤던 모양이네요. 내 방...... 아니...... 이 방에서 나가주실 만한 예의범절을 알고 계신다면 저는 일어나서 옷을 갈아입고 더 이상 폐를 끼치지 않고 가보겠습니다."

릴라는 날카롭게 빈정거리는 투로 덧붙였다.

"그리고 우리가 먹은 음식값하고 어젯밤 신세 진 숙박비는 충분히 드리죠."

흑백의 유령 같은 부인이 박수를 치는 동작은 했으나, 소리는 하나도 나지 않았다.

채플리 씨는 릴라의 말투에 좀 움찔했는지, 아니면 돈을 내겠다는 말에 기분이 좋아졌는지 아까보다 예의 바르게 말했다.

"어, 돈을 내기만 한다면야 괜찮지요."

그러자 흑백 부인이 놀라우리만큼 또렷하고 단호하며 위엄이 담긴 목소리로 나무랐다.

"이 아가씨에게 돈을 지불하게 하다니 당치도 않아. 자네가 부끄러움이라는 걸 모른다면, 자네 로버트 채플리한테는 자네를 대신해서 부끄러움이라는 걸 잘 아는 이 장모가 여기 버젓이 있어. 머틸더 피트먼이 있는 집에서는 어떤 손님한테도 식비나 숙박비를 받지 않아. 이걸 결코 잊어선 안 돼. 지금 내 형편이 전만 못하다곤 해도 예절까지 고스란히 잊어버린 건 아니니까. 어밀리아를 시집보냈을 때부터 자네가 인색하다는 거야 알고 있었지만 자네는 어밀리아까지 자네 못지않은 구두쇠로 만들어버렸어.

그렇지만 이 머틸더 피트먼이 오랜 세월 집안을 다스려왔으니 앞으로도 통솔하겠네. 자, 로버트, 자네는 이 아가씨가 옷을 갈아입도록 여기서 나가게. 어밀리아, 너는 아래층에 가서 이 아가씨가 먹을 아침을 차리고."

큰 어른이 둘씩이나 조그마한 노부인의 말에 비굴할 만큼 순순히 따르는 것을 릴라는 평생토록 한 번도 본 일이 없었다. 두 사람은 말이나 눈초리로조차 털끝만큼의 반항도 하지 않고 조용히 나갔다. 문이 닫히자 피트먼 부인은 소리 내지 않고 몸을 양쪽으로 흔들며 웃었다.

"우습지? 대개는 자기들이 하고 싶은 대로 풀어두지만 이따금 밧줄을 단단히 조여야 할 때도 있지. 그런 때에는 정신 차릴 틈 없이 확 하고 있는 힘껏 조이지.

저 둘은 나를 거스른다는 생각은 추호도 할 수 없거든. 내가 제법 많은 돈을 갖고 있는데 그 돈을 자기들에게 몽땅 물려주지 않으면 큰일이라고 생각하니까. 그런데 난 다 물려줄 생각은 없어. 얼마쯤은 주겠지만 얼마쯤은 주지 않을 거야. 저 두 사람을 약 올리기 위해서지. 누구에게 줄 것인지 아직 결정하지 않았지만 빨리 정해야 해. 여든이 넘으면 이미 남은 인생은 덤이나 다름없거든.

"자, 옷은 천천히 갈아입도록 해요, 아가씨. 나는 아래층에 가서 저 못된 인간들을 감독하고 있을 테니까. 아가씨가 데려온 아이는 아주 잘생겼네. 동생인가?"

릴라는 차분하게 말했다.

"아니에요. 어머니는 죽고 아버지는 외국에 나가 있어서 제가 돌봐주고 있는 전쟁고아예요."

"전쟁고아라고? 흠! 자, 나는 저 아이가 깨기 전에 얼른 나가는 편이 좋겠군. 그렇지 않으면 틀림없이 울음을 터뜨릴 테니까. 아이들은 나를 좋아하지 않아. 한 번도 좋아한 일이 없지. 아이가 자진해서 내 곁에 온 기억은 한 번도 없어. 나는 아이를 낳지 않았어. 사실 어밀리아는 내 수양딸이야. 뭐, 귀찮은 일을 덜었는지 모르지. 아이가 나를 안 좋아하면 나도 아이를 좋아하지 않으면 되니까 피장파장이야. 그나저나 정말 잘생긴 아이네."

이때를 기다리기라도 한 듯 짐스가 눈을 반짝 떴다. 큰 갈색 눈을 깜박이지도 않고 피트먼 부인을 빤히 바라보았다. 그러더니 이윽고 일어나 앉아서 예쁜 보조개를 지으면서 피트먼 부인을 가리키며 진지한 얼굴로 릴라에게 말했다.

"예쁜 할머니다, 윌라. 예쁜 할머니야."

피트먼 부인은 미소 지었다. 80살이 넘었어도 사람이란 여전히 칭찬에는 약한 법이다.

"어린아이와 바보는 사실을 말한다던데. 젊었을 때는 나도 칭찬을 들어왔지만 이런 나이가 되면서 줄어들게 마련이지. 여러 해 동안 통 못 들었는데, 기분 좋군. 자, 아가야, 내게 뽀뽀는 해주지 않겠지?"

그러자 짐스는 놀라운 일을 해버렸다. 짐스는 애정 표현을 적극적으로 하는 성격이 아니어서 잉글사이드 사람들에게도 뽀뽀를 잘 해주지 않았다. 그런데 한 마디도 하지 않고 침대에서 벌떡 일어나, 속옷 차림의 오동통한 몸으로 침대 발판 있는 데까지 달려가더니 피트먼 부인의 목에 팔을 둘러 덥석 끌어안고 진정 어린 뽀뽀를 주저 없이 세 번 네 번이나 쪽쪽 했다.

이 스스럼없는 모습에 깜짝 놀란 릴라가 말리려 했다.

"얘, 짐스."

피트먼 부인은 보닛을 똑바로 고쳐 쓰면서 말했다.

"그냥 내버려둬. 정말이지 나를 무서워하지 않는 사람을 보면 기뻐지거든. 모두 나를 보면 겁내니까. 아가씨도 마찬가지야. 감추려고 하지만. 어째서 그럴까?

물론 로버트와 어밀리아는 그럴 만하지. 내가 일부러 무서워하게 만들고 있으니까. 그렇지만 다른 사람들도 언제나 무서워해. 내가 아무리 친절하게 대해도 말이지. 아가씨는 이 아이를 앞으로도 죽 키울 생각인가?"

"그렇게 할 수 없을 것 같아요. 이 아이 아버지가 곧 돌아오거든요."

"좋은 사람인가? 그 아버지라는 사람은?"

릴라는 더듬더듬 말했다.

"글쎄요…… 친절하고 좋은 사람이에요…… 하지만 몹시 가난해요…… 그런데 언제까지나 가난하지 않을까 싶어요."

"그렇군…… 생활력이 없어서 가족을 먹여 살릴 힘도 없는 그런 사람인 모양이군. 어디 보자…… 좋아요. 나한테 생각이 있어요. 좋은 생각이 났어. 게다가 로버트와 어밀리아를 괴로움에 몸부림치게 할 거야. 나한테는 그게 무엇보다도 큰 목적이니까. 물론 나는 저 아이가 마음에 들어. 나를 무서워하지 않으니까. 저 아이는 귀찮음을 감수할 만한 가치가 있어. 자, 조금 전에도 말했듯이 옷 갈아입고 준비가 다 되거든 아래로 내려와요."

어젯밤 넘어지기도 하고 오래 걷기도 했으므로 릴라는 몸이 여기저기 쑤시며 아팠으나 자기와 짐스의 몸차림을 끝내는 데 오래 걸리지는 않았다. 부엌으로 내려가니 식탁 위에 김이 모락모락 나는 따끈한 아침 식사가 준비되어 있었다. 채플리 씨의 모습은 보이지 않고 채플리 부인이 뚱한 표정으로 거칠게 빵을 자르고 있었다. 피트먼 부인은 안락의자에 앉아 잿빛 군대양말을 뜨고 있었다. 보닛을 아직 쓰고 있었으며 의기양양한 표정도 그대로였다.

"둘 다 어서 앉아서 마음껏 들어요."

릴라는 열심히 말했다.

"저는 배가 안 고파요. 아무것도 들어갈 것 같지 않아요. 게다가 이제 역으로 나가봐야 할 시간이에요. 아침 열차가 곧 올 거라서요. 실례지만 이만 가볼게요. 짐스가 먹을 버터 바른 빵 한 조각은 가져갈게요."

피트먼 부인은 장난스럽게 릴라 쪽으로 뜨개바늘을 흔들어 보였다.

"어서 앉아서 아침 식사를 해요. 이건 피트먼 부인의 명령이야. 누구나 피트먼 부인의 말을 듣지. 로버트와 어밀리아조차도. 아가씨도 내가 하라는 대로 해야만 해요."

릴라는 시키는 대로 식탁에 앉았다. 그리고 부인이 눈빛으로 최면술이라도 쓴 것인지 릴라는 피트먼 부인의 말을 따라 식사를 제법 많이 했다. 순종하는 어밀리아는 한 마디도 하지 않았다. 피트먼 부인도 아무 말도 하지 않고 부지런히 뜨개질을 계속하며 소리 죽여 웃고 있었다. 릴라가 다 먹고 나자 피트먼 부인은 양말을 감아놓았다.

"자, 가고 싶거든 가도 돼요. 그렇지만 가지 않아도 돼. 여기에 좋을 만큼 있어도 되니까. 식사는 어밀리아에게 차려주라고 할 테니."

소녀 적십자단의 어떤 패거리로부터 제멋대로 쥐고 흔들고 '우두머리 행세'

하길 좋아한다는 비난을 받을 만큼 독립심 강한 미스 블라이드이건만 어쩐지 주눅이 들어 얌전하게 사양했다.

"말씀 고맙습니다. 하지만 정말로 가야겠어요."

피트먼 부인은 문을 홱 열었다.

"좋아, 그럼, 탈 것을 준비해 두었어요. 이미 로버트에게 마차를 준비하도록 시켜 아가씨를 역까지 바래다주라고 일러두었지. 나는 로버트에게 무슨 일이건 시키는 것이 재미있어. 그게 나에게 남은 단 한 가지 오락거리라니까. 여든 고개를 넘으니 로버트를 마음대로 부리는 일 정도 말고는 대부분 일이 시시해요."

문 앞에는 아담한 좌석이 두 줄로 자리하고 고무 바퀴가 달린 마차가 서 있었다. 앞자리에 로버트가 앉아 있었다. 장모의 말이 빠짐없이 들렸을 터인데 그런 기색을 조금도 보이지 않았다.

릴라는 아주 조금 남아 있던 용기를 내서 말했다.

"저…… 되도록이면…… 그러니까……."

여기까지 말하자 또다시 피트먼 부인의 눈이 뚫어지게 쏘아보았다. 릴라는 가까스로 말을 이었다.

"신세 진 값을…… 지불을……."

"아까도 말했는데—그 말은 어디까지나 진심이었고—이 피트먼 부인은 손님을 대접하고 그 값을 받거나 하지 않고, 나랑 한 지붕 아래 사는 사람들도 받게 할 생각이 없어요. 아무리 인색해서 돈을 받고 싶은 마음이 굴뚝 같은 사람들이라도요.

자, 어서 떠나도록 해요. 다음에 이쪽으로 또 올 일이 있거든 꼭 들러줘요. 무서워하지 말고요. 아가씨가 겁이 많다는 말은 아니에요. 오늘 아침 로버트를 야단치는 것으로 봐서는 말이야. 요즘 아가씨들은 대개 소심한 겁쟁이뿐이던

데, 내가 젊었을 때는 도무지 무서움을 몰랐었지.

그 아이를 잘 키워요. 보통 아이가 아니니까. 로버트한테다 물웅덩이는 모두 피해서 지나가라고 해요. 새 마차에 온통 흙탕물이 튀는 건 싫으니까."

마차가 움직이기 시작하자 피트먼 부인의 모습이 보이지 않게 될 때까지 짐스는 키스를 던졌고, 피트먼 부인은 그에 답하여 양말을 흔들었다. 역까지 가는 도중 로버트는 좋은 말이든 나쁜 말이든 한마디도 하지 않았지만 물웅덩이에 대한 것은 잊어버리지 않았다. 대피역에서 마차를 내리자 릴라는 정중하게 인사를 했다. 그에 대해 로버트는 뭔가 투덜대듯 꿍 소리를 내더니 말 머리를 돌려 가버렸다.

"후유."

릴라는 깊숙이 숨을 들이마셨다.

그리고 혼잣말을 했다.

"자, 이제 릴라 블라이드로 어서 돌아가자. 지난 몇 시간 동안 나도 모르는 다른 사람이 되어 있었어. 누구였는지는 모르지만, 저 별난 괴짜 할머니가 만들어낸 사람이야. 그 할머니가 나한테 최면이라도 걸었던 거야. 오빠들에게 보낼 편지에 쓰기에는 더없이 좋은 모험이었어."

그러자 릴라는 한숨이 나왔다. 지금은 편지를 쓴다 해도 제리와 켄과 칼과 셜리밖에 없다는 것이 씁쓸하게 떠올랐기 때문이다. 젬은, 이 피트먼 부인에 얽힌 이야기를 들으면 누구보다 재미있어했을 그는 대체 어디에 있을까?

소식

1918년 8월 4일

등대의 댄스파티가 있은 지 오늘 밤으로 꼭 4년째가 된다. 전쟁이 4년 동안이나 이어진 것이다. 그러나 실제로는 4년의 3배는 된 것처럼 느껴진다. 그때 나는 15살이었다. 지금은 19살이다. 이 4년 동안이 내 일생에서 가장 꽃답고 즐거운 시절이 되리라고 생각했었는데, 전쟁에 휘둘려온 세월―공포와 슬픔과 근심의 세월―이 되어버렸다. 그러나 내면의 힘과 인격 면에서 얼마쯤 성장했다고 겸허하게 희망해 본다.

오늘 복도를 지나가는데 어머니가 아버지에게 나에 관한 어떤 말씀을 하는 것이 들렸다. 엿들을 생각은 아니었다. 2층으로 가려고 복도를 걸어가는데 우연히 들렸다. 작정하고 듣는 사람에게는 듣고 싶어하는 말이 들리지 않는다더니, 과연 나에게는 듣고 싶은 말이 들려왔다. 바로 나를 칭찬하는 말이었다.

그 말을 한 사람이 어머니였기 때문에, 이 일기에 적어둘 생각이다. 앞으로 용기가 꺾이고 기운이 빠지는 일이 생겨, 나 스스로 허영심만 강하고 제멋대로인 겁쟁이라 아무 쓸모도 없다고 낙담에 빠질 때 위안거리로 삼으려 한다.

"지난 4년 동안 릴라는 참으로 훌륭한 아가씨가 되었어. 전에는 책임감 없는 철부지 아이였는데 말야. 지금은 아주 능력 있고 성숙한 아가씨가 다 되었어. 게다가 나한테 얼마나 위안이 되어주는데.

낸과 다이는 커가면서 내게서 좀 멀어졌어…… 집에 있는 일이 거의 없기도 하고. 하지만 릴라는 점점 더 가까워졌어. 우리는 이제 단짝이 다 됐다니까.

릴라가 없었더라면 내가 대체 이 괴로운 세월을 무슨 수로 견뎌냈을까 하는 생각이 들어, 길버트."

자, 이것이 어머니의 말 그대로이다. 나는 기쁘기도 하고…… 슬프기도 하고…… 자랑스럽기도 하고…… 부끄럽기도 하다! 어머니가 이렇게 생각해주신다는 것은 기쁜 일이다. 그러나 나는 그런 말을 들을 만한 자격이 없다. 나는 그만큼 좋은 사람도, 강한 사람도 아니다. 화가 나거나 초조해지거나 슬퍼지거나 절망스러운 적이 수없이 많았다. 이 집에서 줄곧 든든한 기둥이 되어준 것은 어머니와 수전이다. 그러나 나도 조금은 도움이 되어왔다고 생각하니 기쁘고 고맙기도 하다.

아직까지 전쟁 뉴스는 계속 좋다. 프랑스군과 미군은 독일군을 점점 더 뒤로 밀어내고 있다. 이따금 이토록 좋은 일이 언제까지 이어질 수 있을지 걱정될 때도 있다. 4년 가까이 호된 꼴을 겪어왔더니 잇따른 성공이 믿기지 않는 심정이 되기도 한다. 그러나 우리는 떠들썩하게 축하하지는 않는다. 수전은 여전히 국기를 달지만 모두들 차분히 지나간다. 크게 기뻐하기에는 너무 비싼 대가를 치러왔기 때문이다. 다만 그 대가가 헛되지 않은 것에 고마워할 따름이다.

젬으로부터는 아무 소식도 없다. 그러나 우리는 희망의 끈을 놓지 않는다. 그것 말고 다른 것을 할 마음이 감히 들지 않기 때문이다. 그러나 누구 하나

섣불리 입 밖에 내지는 않지만, 그런 희망은 어리석은 일이라고 모두들 마음속으로 생각할 때가 있다. 몇 주일이 지나감에 따라 그런 때가 점점 더 자주 왔다. 더구나 영원히 모를 수도 있다. 그 생각이 무엇보다도 괴롭다.

페이스는 어떻게 견디고 있을지 모르겠다. 페이스 언니가 보낸 편지를 봐선 언니는 한순간도 희망을 버리지 않고 있다. 그러나 우리 모두와 마찬가지로 어두운 절망 속으로 가라앉는 시간도 있을 테지.

1918년 8월 20일

캐나다군이 또 교전을 했으며 오늘 메러디스 목사님께 칼이 가벼운 부상을 입어 입원 중이라는 전보가 왔다. 어디를 다쳤는지는 씌어 있지 않았는데, 그런 경우는 드문 일이라 우리 모두 걱정하고 있다. 요즘은 날마다 새로운 승리의 뉴스가 들어온다.

1918년 8월 30일

오늘 메러디스 목사님 집으로 칼의 편지가 왔다. 부상은 '아주 가벼운 것'에 지나지 않았다. 그러나 부상당한 오른쪽 눈으로는 영원히 앞을 볼 수 없게 되었다!

칼은 명랑하게 썼다.

'눈은 하나만 있어도 충분히 벌레를 관찰할 수 있습니다.'

더 심한 일이 일어났을 수도 있으니 그의 말도 맞다. 양쪽 눈이었다면 어쩔 뻔했겠는가! 그러나 칼의 편지를 읽은 뒤 나는 오후 내내 울었다. 칼의 그 아름답고 두려움을 모르는 파란 눈이 그렇게 되다니!

그래도 한 가지 위안이 되는 소식이 있다. 칼은 전선으로 돌아가지 않아도 된다는 것이었다. 퇴원하는 대로 곧 집으로 돌아오기로 되어 있다. 우리와 가까운 사람들 가운데에서는 제1호 귀환자. 나머지 사람들은 도대체 언제 돌아온단 말인가?

게다가 영원히 돌아오지 못할 이도 한 사람 있다. 적어도 돌아온다 해도 우리에게는 보이지 않는다. 그러나 아, 틀림없이 돌아올 것이다. 우리 캐나다군 병사가 돌아올 때 그림자 부대도 함께 돌아오리라…… 전장에서 스러져 간 이들의 군대가. 우리 눈에는 보이지 않겠지…… 그러나 모두 거기에 와 있으리라!

1918년 9월 1일

어제 어머니와 함께 샬럿타운으로 영화 〈세계의 용사들〉[1]을 보러 갔다. 나는 어이없는 바보짓을 하고 말았다. 아버지는 그 일을 가지고 죽을 때까지 나를 놀려댈 것이다. 하지만 너무너무 '진짜' 같았는걸…… 그래서 나는 너무 몰입해서 눈앞에서 일어나는 장면 말고는 '모조리' 잊어버렸다. 그러다 영화가 끝나갈 무렵, 손에 땀을 쥐게 하는 아슬아슬한 장면이 나왔다. 여주인공이 자기를 끌고 가려는 무서운 독일군에게 몸부림치며 저항하고 있었다. 나는 그 아가씨에게 칼이 있는 걸 알고 있었다. 위급할 때 쓰려고 감추는 모습을 보았다. 그러다 보니 '어째서' 그 아가씨가 칼을 꺼내 그 지긋지긋한 녀석을 해치우지 않는지 이해가 안 갔다. 아마도 칼이 있다는 사실을 잊어버린 것이라고 생각한 나는 그 장면이 최고조에 이르자 완전히 흥분하고 말았다. 사람들로 가득 찬 극장 안에서 느닷없이 벌떡 일어나 목청껏 외쳤다.

---

[1] 미국의 영화감독 데이비드 와크 그리피스(1875~1948)가 각본을 쓰고 제작·연출한 멜로드라마이자 제1차 세계대전 프로파간다 무성영화.

"칼이 당신 스타킹 속에 있잖아요! 칼이 당신 스타킹 속에 있다니까요!"

사람들이 모두 화들짝 놀랐다! 우스운 것은 내가 그렇게 말한 순간 아가씨가 칼을 움켜쥐더니 병사를 푹 찔러 죽였다는 사실이다!

극장 안 사람들이 모두 폭소를 터뜨렸다. 나는 제정신으로 돌아와 너무 창피해서 자리에 털썩 앉고 말았다. 어머니는 배꼽을 잡고 정신없이 웃었다. 나는 어머니를 붙잡고 힘껏 흔들고 싶었다. 내가 그런 바보짓을 하기 전에 어째서 나를 끌어앉혀 입을 틀어막지 않았단 말인가. 어머니는 그럴 겨를이 없었다고 변명하신다.

다행히도 극장 안은 어두웠으며, 아마 나를 아는 사람은 아무도 없었던 듯하다. 이러면서 나는 지금까지 내가 분별력과 자제심이 있는 성숙한 여성이 되었다고 여겨왔던 것이다! 간절히 바라는 그런 상태가 되려면 아직도 갈 길이 멀다는 게 이로써 확실해졌다.

1918년 9월 20일

동쪽에서는 불가리아가 강화를 요청해오고, 서쪽에서는 영국군이 힌덴부르크 전선을 궤멸시켰다. 그리고 바로 이곳 글렌세인트메리 마을에서는 어린 브루스 메러디스가 나를 감동시킨 훌륭한 일을 했다. 그 마음의 이면에 있는 사랑 때문에 훌륭하다고 여겼다. 메러디스 부인이 오늘 밤 우리 집에 와서 그 이야기를 해주었다. 어머니와 나는 울었고, 수전은 일어서서 난로 주변에 놓인 물건들을 괜히 만지작거리며 덜그럭덜그럭 소리를 냈다.

예전부터 브루스는 젬을 일편단심으로 사랑해서 젬이 떠나고 여러 해가 지나는 동안에도 젬을 결코 잊지 않았다. 브루스는 브루스 나름대로 먼데이 못지않게 충실했다. 우리는 언제나 브루스에게 젬은 반드시 돌아온다고 말해줬었는데, 어젯밤 카터 플래그네 가게에 갔다가 브루스는 이모부인 노먼 더글러스가 젬 블라이드는 돌아오지 않을 게 뻔하니 잉글사이드 사람들도 단념하는 게 좋을 거라고 단호하게 말하는 것을 들었던 모양이다. 브루스는 집에 돌아오자 울면서 잠들었다고 한다.

오늘 아침 메러디스 부인은 브루스가 뭔가 크게 결심한 듯한 슬픈 얼굴로 자기의 소중한 아기 고양이를 안고 뒤뜰로 나가는 것을 보았다. 그 모습을 보고도 그리 대수롭게 생각하지 않았는데, 조금 시간이 흐른 뒤 브루스가 보기에 딱할 만큼 처참한 얼굴로 들어와 얼룩이를 물에 빠뜨려 죽였다면서 어깨를 들썩이고 엉엉 울었다.

놀란 메러디스 부인이 소리치며 물었다.

"왜 그런 짓을 했어?"

"젬 형이 돌아오게 하려고요. 나는 얼룩이를 바치면 하느님이 형을 돌아오게 해줄 거라고 생각했어요. 그래서 얼룩이를 물에 빠뜨려 죽였어요…… 아, 어머니, 가슴이 무척 아팠어요…… 하지만 이제 하느님은 틀림없이 젬 형을 돌아오게 해주시겠죠. 얼룩이는 나에게 가장 소중한 것이었으니까요. 나는 젬 형을 돌아오게 해주신다면 얼룩이를 드리겠다고 하느님께 분명히 말했어요. 그러니 꼭 돌아오게 해주실 거예요. 그렇죠, 어머니?"

메러디스 부인은 가엾은 브루스에게 뭐라고 말해야 좋을지 몰랐다고 했다. 가장 소중한 것을 희생해도 젬은 돌아오지 않을는지도 모른다, 하느님은 그런 식으로 일하시지 않는다는 말을 차마 할 수 없었다. 부인은 브루스에게 소망이 금방 이루어지길 바라면 안 된다, 젬이 돌아오는 데는 꽤 긴 시간이 걸릴지도 모른다고 타일렀다.

그러나 브루스는 이렇게 말했다.

"1주일보다 더 오래 걸릴 리는 없어요, 어머니. 아, 어머니, 얼룩이는 퍽 귀여운 고양이였어요. 가르랑거리는 목소리가 참 예뻤는데. 틀림없이 하느님이 마음에 쏙 들어 하셔서 젬을 돌아오게 해주실 거예요, 그렇죠?"

메러디스 목사님은 이 일이 브루스의 신앙에 미칠 영향을 걱정하고 있고, 메러디스 부인은 만일 이 소원이 이루어지지 않을 경우 브루스 자신에게 미칠 영향을 걱정하고 있다. 나는 이 일을 생각할 때마다 울지 않고는 견딜 수 없을 것 같다. 너무나도 훌륭하고…… 슬프고…… 아름답기 때문이다. 귀여운 일편단심의 브루스! 브루스가 그 아기 고양이를 얼마나 귀여워했었는데. 만일 이 희생이 헛되이 끝난다면—그 외에도 많은 희생이 헛되이 끝나고 있는 듯하므로—브루스의 가슴은 찢어지고 말 것이다. 왜냐하면 아직 나이가 어려 하느님이 우리가 바라는 대로 기도를 다 들어주시지는 않는다는 것…… 또 우리가 사랑하는 것을 바쳐도 하느님이 그런 거래에 응하지 않으신다는 걸 모르기 때문이다.

1918년 9월 24일

나는 조금 전까지 창가에 무릎을 꿇고 달빛 아래서 한참 동안 하느님께 몇 번이나 되풀이하여 오로지 감사를 드렸다. 어젯밤부터 오늘에 걸친 기쁨이 너무너무 벅차서 가슴이 아플 정도다. 마치 기쁨이 너무 커서 우리의 심장에 다 담기 어려울 만큼.

어젯밤 11시쯤 나는 방에서 셜리에게 편지를 쓰고 있었다. 외출한 아버지 말고는 모두들 잠자리에 들어 있었다. 갑자기 전화벨이 울리길래 어머니가 그 소리에 깨시기 전에 전화를 받으려고 나는 복도로 달려갔다. 장거리전화였다. 수화기를 들자 목소리가 들렸다.

"여기는 샬럿타운 전신국입니다. 블라이드 선생께 해외에서 전보가 와 있습니다."

셜리가 머리에 떠올랐다. 심장의 고동이 멈췄다. 그러자 상대방의 목소리가 들렸다.

"네덜란드에서 왔습니다."

전보문은 다음과 같았다.

지금 도착. 독일에서 탈출. 건강함. 편지 쓰겠음. 제임스 블라이드.

나는 기절하지도 쓰러지지도 소리 지르지도 않았다. 기쁘지도 놀라지도 않았다. 아무 느낌이 없었다. 월터가 입대한다는 말을 들었을 때와 마찬가지로 마비 상태가 되었다. 내가 수화기를 내려놓고 돌아서자 어머니가 어머니 방 문 앞에 서 있었다. 익숙한 장미꽃무늬 가운을 입고 머리를 굵게 하나로 땋아 뒤로 길게 늘어뜨리고 눈을 반짝이며 있었다. 마치 어린 소녀 같았다.

"젬 소식이 온 거지?"

어떻게 아셨을까? 나는 수화기에 대고 "네…… 네…… 네."라는 대답 말고 다른 말은 하지도 않았는데.

어머니는 자신도 어떻게 알았는지 모르지만 그냥 알 수 있었다고 했다. 깨어 있었는데 전화벨이 울리자 젬의 소식인 줄 알았다고 한다.

"젬이 살아 있대요…… 건강하고…… 지금 네덜란드에 있대요."

어머니는 복도로 나와 말했다.

"아버지께 전화로 알려야 해. 윗글렌에 가셨으니까."

어머니는 침착했다. 내가 예상했던 것과 전혀 달랐다. 하지만 나도 예상과는 전혀 다르게 행동했으니까. 나는 올리버 선생님과 수전을 깨워 알렸다.

수전은 먼저—

"하느님 감사합니다."

라고 한 다음에 잠시 뒤—

"먼데이가 알고 있다고 내가 말했었지?"

라고 하고 나서 마지막으로 이렇게 말했다.

"아래층으로 가서 차를 끓여야겠어."

수전은 잠옷 바람으로 아래층에 내려갔다. 그리고 차를 끓여 어머니와 올리버 선생님에게 갖다주고 마시게 했다. 그러나 나는 내 방으로 돌아와 문을 잠그고 창가에서 무릎을 꿇고 울었다. 기적적인 소식이 왔을 때의 올리버 선생님과 똑같이 했다.

부활의 날이 밝아오면 어떤 기분이 들지 드디어 나도 분명하게 알게 된 것 같다.

1918년 10월 4일

오늘 젬에게서 편지가 왔다. 편지가 집에 도착한 지 여섯 시간밖에 안 되었는데 이미 너덜너덜해질 만큼 돌려가며 읽었다. 이 편지가 온 것을 우체국장님이 온 글렌 마을 사람들에게 이야기해서 소식을 들으려고 모두들 우리 집에 몰려왔다.

젬은 허벅지에 중상을 입었다. 그 상태로 독일군에게 발견되어 포로가 되었지만 열이 심해 자기에게 어떤 일이 일어났는지, 또 어디에 있는지조차 알지 못했다. 몇 주일 뒤, 가까스로 의식을 되찾아 편지를 쓸 수 있게 되었다. 그래서 편지를 썼다고 했다. 그러나 그 편지는 오지 않았다.

포로수용소에서는 그리 심한 취급을 받지 않았다고 했다. 다만 먹을 것이 형편없을 뿐이었다. 검은 빵 조금과 삶은 순무에다 이따금씩 나오는 검정콩이 든 수프 말고는 아무것도 없었다. 그런데도 우리는 그동안 날마다 세 끼씩 꼬박꼬박 사치스러운 식사를 해온 것이다!

젬은 부지런히 집에 편지를 보냈으나 답장이 오지 않는 것으로 보아 우리가 받지 못한 게 아닌가 하는 걱정이 들었다. 몸이 회복되자 곧 탈주를 꾀했으나 붙잡혀 다시 끌려갔다. 한 달 뒤 전우 한 사람과 또다시 탈주를 시도한 것이 마침내 성공하여 네덜란드에 닿은 것이었다.

젬은 집으로 바로 돌아올 수는 없다. 전보로 알려온 것만큼 건강하지는 못했던 것이다. 상처가 완전히 낫지 않아 영국 병원에서 다시 치료를 받아야만 했다. 그러나 부상은 나을 것이며 안전한 곳에 있으므로 머지않아 돌아갈 수 있다고 씌어 있었다. 아, 이것만으로도 모든 것이 얼마나 달라졌는지 모른다!

오늘 짐 앤더슨으로부터도 편지가 왔다. 영국 아가씨와 결혼하고 제대 수속을 밟아 신부와 함께 캐나다로 돌아오고 있는 중이었다. 나는 기뻐해야 할지 슬퍼해야 할지 모르겠다. 신부가 어떤 사람이냐에 달렸다.

또 한 통의 편지를 받았는데 좀 알 수 없는 내용이었다. 샬럿타운의 어느 변호사로부터 온 것으로, '고(故) 머틸더 피트먼 부인'의 재산에 대한 일로 급히 만나러 와달라는 것이었다.

피트먼 부인의 사망—심장마비로 인한—기사는 몇 주 전 신문에서 읽었다. 이 호출은 짐스와 관계된 일이 아닌가싶다.

1918년 10월 5일

오늘 아침 샬럿타운에 가서 피트먼 부인의 변호사를 만나고 왔다. 작은 몸집에 머리숱이 얼마 없는 남자로, 세상을 떠난 의뢰인에 대한 말을 할 때 깊은 경의를 나타내는 것을 보니 그 또한 로버트나 어밀리아와 마찬가지로 피트먼 부인에게 절대복종해왔음이 분명하다. 변호사는 피트먼 부인이 돌아가시기 얼마 전에 새로운 유언장을 작성했다고 말했다.

피트먼 부인의 재산은 3만 달러였는데 대부분은 딸 어밀리아 채플리에게 남겼다. 그러나 5천 달러를 짐스 몫으로 내게 맡긴 것이다. 이자는 짐스의 교육비로 내가 알맞다고 판단하는 방법으로 쓰고 원금은 짐스가 만 20살이 되는 생일에 본인에게 주도록 되어 있다.

짐스는 정말 행운을 타고난 아이인가 보다. 코너버 부인 손에 맡겨져 하마터면 시들어 죽어갈 뻔한 것을 내가 구해주었다. 그리고 디프테리아성 크루프로 죽을 뻔한 것을 메리 밴스가 구해주었다. 기차에서 굴러떨어졌을 때는 운이 좋아서 살아났다. 더욱이 고사리 덤불 속에 굴러떨어졌을 뿐만 아니라, 바로 그때 이 기막힌 유산 속으로 떨어진 셈이다. 피트먼 부인도 말했고 나도 전부터 믿었듯이, 짐스는 분명 보통 아이가 아니므로 장래의 운명도 평범하지는 않을 것이다.

어쨌든 짐스에게 재산이 생겼다. 더구나 이 유산은 만일 짐 앤더슨 씨가 함부로 쓰고 싶어도 그렇게 할 수 없도록 되어 있다. 이제 새로 들어오는 영국인 새어머니가 좋은 사람이기만 하면 내 전쟁고아의 앞날에 대해서는 나도 완전히 마음을 놓아도 될 텐데.

이 일을 로버트와 어밀리아는 어떻게 생각할까? 다음에 집을 비울 때는 단단히 창문에 못질을 하겠지?

승리다!

어느 일요일 오후—정확히 말하면 10월 6일 오후—릴라가 찬송가의 한 구절을 인용해서 말했다.

"오늘은 '바람은 싸늘하고 하늘은 우울한 날'이구나."

너무 추워 거실 벽난로에 불을 피웠다. 활기찬 불꽃은 바깥의 찌뿌둥한 날씨에 맞서 크게 타올랐다.

"10월이 아니라 11월 같아요. 11월은 정말 싫은 달인데."

또다시 수전을 용서한 소피아가 와 있었고, 마틴 클로 부인도 마침 와 있었다. 클로 부인은 일요일에 남의 집을 방문한 게 아니라 수전의 류머티즘 약을 얻으러 온 것이었다. 그편이 블라이드 선생님에게서 구하는 것보다 싸게 먹히기 때문이다.

소피아가 한숨을 쉬면서 불길하게 예언했다.

"올해는 겨울이 일찍 오지 않을까 싶어. 연못 가장자리에 사향쥐가 엄청 큰 집을 지었으니 그것이 확실한 증거야. 어머나, 이 아이는 어쩜 이리도 많이 컸어!"

아이가 자라는 게 곤란한 일이기라도 한 듯 소피아는 또다시 한숨을 쉬고 말을 이었다.

"이 아이의 아버지는 언제쯤 돌아온다니?"

릴라가 대답했다.

"다음 주에 와요."

소피아는 나직하게 한숨을 쉬며 말했다.

"계모가 가엾은 이 아이를 구박하지 않아야 할 텐데. 하지만 어렵지…… 어려워. 아무튼 이 아이는 어딜 가든지 간에 여기 있을 때와는 대접이 다르다는 걸 틀림없이 느낄 거야. 릴라가 이제까지 이 애의 응석을 너무 받아주어서 버릇을 잘못 들여놓았으니까."

릴라는 미소 지으며 짐스의 곱슬머리에 뺨을 댔다. 명랑하고 착한 짐스는 절대로 버릇이 잘못 들지 않았다는 것을 릴라는 잘 알고 있었다. 그러나 미소 뒤에서 릴라도 내심 걱정이 되었다. 새로 오는 앤더슨 부인에 대해 릴라도 과연 어떤 사람일까 생각하며 걱정스러워하고 있었다.

릴라는 단호히 생각했다.

'사랑해주지 않는 사람에겐 짐스를 보낼 수 없어.'

"비가 올 모양이야. 올가을에는 벌써 비가 많이도 왔으니까. 농사짓는 사람들이 아주 힘들게 생겼지. 내가 젊었을 때는 이런 일이 없었는데. 10월이면 대체로 날씨가 정말 좋았거든. 그렇지만 이제는 계절마저 예전과 전혀 달라졌어."

소피아의 그 처량한 목소리를 가로막고 느닷없이 전화벨이 울렸다. 거트루드 올리버가 받았다.

"네. 뭐라고요? '뭐라고요'? 그게 정말인가요? 공식적인 건가요? 고맙습니다. 고맙습니다."

거트루드 올리버는 극적인 몸짓으로 방에 있는 사람들 쪽으로 돌아섰다. 검은 눈이 반짝이고 가무잡잡한 얼굴은 감정이 북받쳐 올라 상기되어 있었다.

갑자기 두꺼운 구름 사이에서 해가 얼굴을 내밀고 창밖의 새빨갛게 물든 단풍나무를 비추었다. 반사된 그 빛은 어떤 영적인 불꽃이 되어 거트루드를 감싸고 거트루드는 신비스러운 의식을 행하는 여사제처럼 보였다.

거트루드가 말했다.

"독일과 오스트리아가 강화를 제의했어요."

릴라는 잠시 정신이 이상해지고 말았다. 펄쩍 뛰어올라 손뼉을 치면서 울었다 웃었다 하며 빙글빙글 춤추고 방 안을 돌아다녔다. 클로 부인이 나무랐다.

"앉아라, 얘야."

클로 부인은 어떤 일에도 흥분한 적이 없으며 그 때문에 인생을 살아오면서 놓쳐버린 희로애락이 너무 컸다.

릴라가 외쳤다.

"아, 지난 4년 동안 절망과 걱정으로 이 집 안을 몇 시간이나 서성댔는걸요. 그러니 지금은 기뻐서 돌아다니게 해주세요. 그 길고 괴로운 세월도 지금 이 순간을 누리기 위해 견뎌온 보람이 있는걸요. 이제는 그 세월도 뒤돌아볼 수 있는 시절이 되었으니 다시 한번 살아낼 가치가 있어요. 수전, 국기를 달아요. 그리고 이 뉴스를 온 글렌 사람들에게 전화로 알려줘야겠어요."

짐스가 간절히 물었다.

"이제 설탕을 쓰고 싶은 만큼 얼마든지 써도 돼?"

그날은 평생 잊을 수 없는 오후였다. 그 뉴스가 퍼지자 흥분한 사람들이 온 마을을 뛰어다니다가 잉글사이드로 몰려왔다. 메러디스 집안사람들도 와서 저녁 식사를 다 함께 했다. 사람들은 저마다 이야기를 쏟아내느라, 남의 말은 듣지도 않았다. 소피아는 독일과 오스트리아가 하는 말은 조금도 믿을 수 없으며 이것도 계략의 일부라고 했으나, 아무도 귀담아듣지 않았다.

수전이 말했다.

"이번 일요일로 3월의 그 일요일을 메울 수 있겠군요."

거트루드 올리버는 릴라에게만 꿈꾸듯 말했다.

"정말 평화가 찾아온다면 혹시 모든 일이 따분하고 '김빠지게' 느껴지지 않을까. 4년 동안이나 공포와 불안, 끔찍한 패배와 놀라운 승리 속에 살아왔으니 말이야. 그 이하의 일은 어떤 것이라도 밋밋하고 재미없어지는 게 아닐까? 날마다 우편물 오는 걸 무서워하지 않아도 되다니 무척 묘하고…… 고마우면서도…… '따분해질' 것 같아."

릴라가 말했다.

"아직 한동안은 걱정해야 할 거예요. 평화는 앞으로 몇 주일 동안은 오지 않을 거고…… 올 수가 없을 테니까요. 그리고 그 사이에 뭔가 무서운 일이 일어나지 말라는 법도 없고요. 이제 나는 흥분이 가라앉았어요. 이기기는 했지만…… 아, 얼마나 비싼 대가를 치러야 했던가요!"

거트루드는 조용히 물었다.

"자유의 대가로 치면 결코 비싼 게 아니야. 너무 비쌌다고 생각해, 릴라?"

릴라는 작은 목소리로 대답했다.

"아니요."

릴라의 눈에 프랑스의 전장에 서 있는 작고 흰 십자가가 보였다.

"아니에요. 살아 있는 우리가 그 대가에 걸맞을 만한 삶을 살아가고…… '신의를 지킨다면' 말이에요."

"물론 신의를 지킬 거야."

거트루드는 이렇게 말하고 갑자기 일어섰다.

식탁을 둘러싼 모든 사람들이 일순간 조용해졌다. 침묵이 흐르는 가운데 거트루드는 월터의 유명한 시 〈피리 부는 사나이〉를 낭송했다. 낭송이 끝나자 메러디스 목사가 일어나서 잔을 높이 들었다.

"우리 건배합시다. 말없는 군대를 위하여…… 피리 부는 사나이의 부름에 따른 젊은이들을 위하여. '우리의 내일을 위해, 그들의 오늘을 바친 것입니다.'[1] 이 승리는 그들의 것입니다!"

---

1) 영국의 고전학자·시인·극작가인 존 맥스웰 에드먼즈(1875~1958)가 제1차 세계대전에서 희생된 이들의 죽음을 기리며 남겼다고 하는 비명의 문구로, 고대 그리스 시인 케오스의 시모니데스(기원전 556년~기원전 469년 경)의 경구에서 영감을 받았다고 알려져 있음.

하이드 씨의 가출과 수전의 신혼여행

11월 첫 무렵 짐스는 잉글사이드를 떠났다. 릴라는 많은 눈물을 흘리며 보내긴 했으나 마음속 불안감은 사라졌다. 짐 앤더슨의 두 번째 부인은 아주 인상이 좋아서 그런 사람을 어머니로 얻게 된 짐은 참으로 복도 많다고 놀랄 정도였다. 얼굴은 장밋빛이고 파란 눈은 제라늄 꽃잎처럼 동그랗고 깔끔하며 건전해 보였다. 한 번 보자 릴라는 곧 짐스를 믿고 맡겨도 될 만한 사람이라고 생각했다.

앤더슨 부인은 진심으로 기뻐하며 말했다.

"나는 아이들을 무척 좋아해요, 아가씨. 아이들에게 익숙하답니다. 고향에 남겨두고 온 동생들이 여섯이나 있으니까요. 짐스는 정말 귀여운 아이네요. 이토록 튼튼하고 의젓하게 키우다니, 아가씨도 대단하군요. 나는 이 애를 내 아이처럼 사랑할 거예요, 아가씨.

그리고 짐에게도 바른 생활을 하도록 할 거예요. 짐은 부지런하고 일도 제법 잘하는 사람이에요―다만 계속 일을 하도록 신경 쓰고 돈을 잘 관리해 줄 사람이 필요할 뿐이에요. 우리는 마을에서 좀 떨어진 곳에 작은 농장을 빌렸어요. 거기에 자리 잡을 생각이에요. 짐은 영국에 있고 싶어했지만 내가 싫다고 했어요. 나는 새로운 나라에서 살아보고 싶었는데, 전부터 내게 캐나다가 잘

맞겠다고 생각했었거든요."

"잉글사이드에서 가까운 곳에 살 거라니 기뻐요. 짐스가 가끔 여기에 놀러 오게 해주실 거죠? 나는 짐스를 정말정말 사랑하거든요."

"당연히 그렇겠죠, 아가씨. 이렇게 귀여운 아이는 저도 본 적이 없는걸요. 아가씨가 이 아이에게 어떻게 해주었는지 짐과 나는 잘 알고 있어요. 그러니 결코 은혜를 저버리는 짓은 하지 않을 거예요. 아가씨가 보고 싶을 때는 언제든 짐스를 여기로 보낼게요. 또 이 아이를 키우다가 조언이 필요할 때는 언제나 아가씨에게 조언을 구할게요. 짐스는 어느 누구보다도 아가씨의 아이예요. 그러니 이 아이가 커가면서 아가씨가 아이와 멀어지게 하는 일은 없을 거예요."

그렇게 짐스는 떠났다. 수프 그릇도 함께 가져갔지만 그 속에 들어앉아 가지는 않았다.

이윽고 휴전 소식이 들려와 글렌세인트메리 마을까지도 들끓었다. 그날 밤 마을에서는 모닥불을 크게 피우고 카이저상(像)을 만들어 불태웠다. 어촌 젊은이들은 모래 언덕 전체에 불을 질러 7마일에 걸친 장려한 큰불을 일으켜 보였다. 잉글사이드에서는 릴라가 웃으며 자기 방으로 뛰어 올라갔다.

"이제부터 나는 더없이 숙녀답지 못한, 숙녀라면 용납할 수 없는 일을 할 생각이에요."

릴라는 모자 상자에서 문제의 초록색 벨벳 모자를 꺼냈다.

"이 모자가 형체를 알아볼 수 없이 찌그러질 때까지 걷어차며 온 방 안을 돌아다니려 해요. 살아 있는 한 이런 초록색 모자는 두 번 다시 쓰지 않을 거예요."

올리버 선생이 웃으며 말했다.

"분명히 릴라는 맹세를 강단 있게 지켰어."

릴라는 기쁜 듯 모자를 힘껏 걷어차며 말했다.

"강단이 아니었어요, 순전히 고집이었지. 부끄럽게 여기고 있어요. 다만 어머니에게 보여주고 싶었을 뿐이에요. 자기 어머니에게 보여주겠다고 이런 고집을 세우다니…… 정말 불효죠! 하지만 어머니에게도 보여줬고, 나 자신에게도 떳떳하게 해 보였어요!

아, 올리버 선생님, 지금 다시 어려진 듯한 기분이 들어요…… 어리고 경솔하고 실없어진 기분이랄까요. 제가 11월이 싫은 달이라고 했던가요. 당치 않아요. 1년 중 제일 멋진 달이에요.

들어보세요, '무지개 골짜기'에서 방울 소리가 울려오고 있어요! 이토록 또렷이 들린 건 처음이에요. 저 방울은 평화와…… 새로운 행복과…… 이제 다시금 우리의 것이 된, 정겹고 달콤하고 온전하고 '소박한' 모든 것을 축하하여 울리고 있는 거예요, 선생님.

지금 내 정신이 온전하다는 건 아니에요…… 그런 체할 생각조차 없어요. 오늘은 온 세계가 미친 듯이 흥분했는걸요. 곧 차분해질 거예요…… 그러고는 '신의를 지켜'…… 새로운 세계 건설에 착수하겠죠. 하지만 오늘만은 제정신 차리지 말고 마냥 기뻐하기로 해요."

햇빛이 반짝이는 바깥에서 수전이 대단히 만족스러운 표정으로 들어와 보고했다.

"하이드 씨가 없어졌어요."

"없어졌다고요? 죽었다는 말인가요, 수전?"

"아니에요, 사모님. 죽지 않았어요. 하지만 다시는 그 고양이를 볼 수 없을 거예요. 나는 알 수 있어요."

"그런 수수께끼 같은 말 하지 말아요, 수전. 그 고양이가 어떻게 되었다는 거죠?"

"실은 사모님, 오늘 오후 그 고양이는 뒷문 층계에 앉아 있었어요. 마침 휴전 협상이 이루어졌다는 뉴스가 들어온 바로 뒤였는데, 그 고양이는 최고로 사나운 하이드 같은 모습으로 앉아 있었어요. 정말 무서운 모습이었어요.

그런데 브루스 메러디스가 죽마를 타고 부엌 모퉁이를 돌아왔어요. 요즘 죽마 타는 법을 배워서 얼마나 잘 타는지 내게 보여주려고 온 거예요. 그런데 하이드 씨가 그 모습을 언뜻 보자마자 단숨에 뒤뜰 울타리를 훌쩍 뛰어넘어 나갔어요. 그러더니 귀를 뒤로 젖히고 단풍나무숲을 쏜살같이 지나가버렸어요. 그렇게 겁먹은 짐승은 처음 봤어요, 사모님. 그 뒤로 돌아오지 않아요."

"어머나, 돌아올 거예요, 수전. 아마 겁을 먹은 덕분에 얌전해져서 돌아올 테죠."

"두고 보면 알겠죠, 사모님…… 곧 알게 될 거예요. '정전 협정이 이뤄진 걸' 잊으시면 안 돼요. 그래서 생각났는데, 어젯밤 '구레나룻 달통이 영감'이 중풍으로 쓰러졌다나 봐요. 천벌을 받았다고까지는 말하지 않을게요. 뭐, 제가 하느님의 계획을 알 수는 없으니까요. 하지만 저 나름대로의 생각을 할 수는 있겠죠. '구레나룻 달통이 영감'도 하이드 씨도 더 이상 글렌세인트메리 마을에서 소식을 들을 일은 없게 분명해요. 이 말씀은 믿으셔도 돼요."

과연 그 뒤로 하이드 씨의 소식은 없었다. 정말로 겁을 먹어서 돌아오지 않을 리는 없으므로 틀림없이 총에 맞았든가 독이 든 것을 실수로 먹었든가 하는 불운한 운명에 처했을 거라고 잉글사이드 사람들은 결론지었다. 수전만은 그렇게 생각지 않고 가출해서 원래 살던 곳으로 돌아갔을 뿐이라고 확신했다. 릴라는 슬펐다. 위엄 있는 그 황금빛 고양이를 매우 귀여워했기 때문이다. 좀 이상한 하이드 씨일 때도 얌전한 지킬일 때 못지않게 좋아했었다.

수전이 말했다.

"사모님, 가을 대청소도 끝났고 텃밭의 채소도 모두 지하실에 잘 저장했으니 평화조약을 기념하기 위해 저는 이제 신혼여행을 다녀왔으면 해요."

"신혼여행이라고요, 수전?"

수전은 또 한번 되풀이했다.

"네, 사모님, 신혼여행이요. 나는 남편을 맞을 일은 앞으로도 없겠지만, 그렇다고 해서 모든 걸 다 손해 봐야 한다는 법은 없잖아요? 그래서 신혼여행을 갈 생각이에요. 결혼해서 샬럿타운에 자리 잡고 살고 있는 남동생과 동생네 가족을 찾아가보려고 해요.

올케가 가을부터 줄곧 앓고 있는데, 죽을지 살지 아무도 모른답니다. 올케는 무엇을 하든 간에 다 끝낼 때까지는 절대로 남에게 이야기하지 않는 성격이거든요. 우리 집안에서 올케를 싫어한 주된 이유가 그거였지요. 그래도 혹시 모르니까 병문안을 꼭 가봐야겠다 싶네요.

샬럿타운에 가서 하루 이상 묵는 일은 20년 동안 없기도 했고, 또 모두들 떠들썩하게 이야기하는 그 영화라는 것도 한번 보면 좋을 것 같다는 생각이 들어서요. 시대에 아주 뒤떨어지면 곤란하니까요. 그렇다고 넋을 잃고 휩쓸리지는 않을 테니 걱정하지 않아도 돼요, 사모님. 제가 집을 좀 비워도 괜찮으시다면, 2주일 동안만 휴가를 주셨으면 해요."

"수전은 여유롭게 휴가를 누릴 만한 자격이 충분히 있어요. 아예 한 달로 하죠. 제대로 된 신혼여행은 한 달은 가니까요."

"아니에요, 사모님, 2주일이면 충분해요. 게다가 적어도 크리스마스 3주일 전에는 돌아와 이것저것 준비를 시작해야 하거든요. 올해는 크리스마스다운 크리스마스가 될 테니까요. 사모님, 그런데 우리 집 도련님들이 크리스마스 때까지 돌아올 수 있을까요?"

"아니에요, 못 돌아올 거예요, 수전. 젬도 셜리도 봄이 되기 전까지는 올 수 없을 것 같다는 편지를 보내왔어요…… 셜리는 한여름에나 돌아올지도 몰라요.

하지만 칼 메러디스는 돌아올 테고, 낸과 다이도 돌아올 테니 다시 한번 떠들썩하게 축하를 하기로 해요. 그리고 모두를 위한 자리를 마련하기로 해요, 수전. 전쟁이 시작된 뒤 처음 맞은 크리스마스에 수전이 했던 것처럼…… 그래요, 식구 모두의 자리를 마련하죠…… 영원히 비어 있을 내 소중한 아들의 의자도, 다른 아이들의 자리도 모두 마련하기로 해요, 수전."

"그 아이 자리를 제가 잊을 리 있겠어요, 사모님."

수전은 눈물을 훔치며 '신혼여행' 짐을 싸러 자기 방으로 갔다.

오, 릴라 마이 릴라!

크리스마스 직전에 칼 메러디스와 밀러 더글러스가 돌아왔다. 글렌세인트메리 마을 사람들은 로브리지에서 빌려온 관악대를 앞세우고 집에서 만든 환영 플래카드를 들고서 역으로 마중 나갔다.

밀러는 의족을 달고도 씩씩한 태도로 환하게 웃고 있었다. 어깨가 떡 벌어진 당당한 모습을 한 사나이가 되어 있었다. 가슴에 단 훈장을 보고 미스 코닐리아는 그 혈통의 부족함을 눈감아 주어, 메리와의 약혼을 암묵적으로 허락하기로 뜻을 꺾었다. 메리의 의기양양한 기세는 그야말로 하늘을 찌를 듯했다. 카터 플래그가 밀러를 점장으로 채용했을 때에는 특히 더했다. 그러나 그것을 나쁘게 생각하는 사람은 없었다.

메리는 릴라에게 말했다.

"물론 이렇게 되면 우리는 농사는 못 짓는 거지. 하지만 밀러는 다시 조용한 생활에 익숙해지면 가게 경영이 썩 마음에 드는 일이 되리라 여기고 있어. 그리고 플래그 씨 쪽이 키티 아주머니보다야 훨씬 마음 편한 상사이지 않겠니.

우리는 가을에 결혼식을 올리고 내닫이창이랑 망사르드 지붕이 있는 예전 미드 씨네 집에서 살기로 했어. 나는 전부터 그 집을 글렌 마을에서 가장 멋지다고 여겼었는데, 설마 내가 거기 살게 되리라고는 꿈에도 생각 못 했어. 물론 아직은 세 들어 사는 거지만, 모든 일이 우리 뜻대로 잘 풀려서 플래그 씨가 밀러를 동업자로까지 받아준다면 언젠가는 진짜 우리 집이 될 거야.

릴라, 나도 출세했지? 옛날의 나를 생각하면 말이야. 한 번도 점장 부인이 되겠다는 생각을 한 적이 없었는데, 밀러는 야망이 있는 남자고, 나는 아내로서 힘껏 밀러를 뒷바라지해줄 생각이야. 밀러가 그랬는데, 프랑스 아가씨들 중에 두 번 눈길 줄 만한 사람조차 하나 없었대. 거기 가 있는 동안 줄곧 내 생각만 했다지 뭐니?"

1월에는 제리 메러디스와 조 밀그레이브가 돌아왔다. 그 겨울 동안에 글렌 마을과 그 근방에서 출정했던 군인들이 둘씩 셋씩 돌아왔다. 떠날 때와 똑같은 모습으로 돌아온 사람은 하나도 없었다. 다행히 부상을 면한 사람들조차도 그러했다.

잉글사이드 잔디밭에 수선화가 바람에 한들거리고 '무지개 골짜기'의 시냇가 둑에 흰색과 보라색 제비꽃이 아름답게 핀 어느 봄날 오후, 완행열차 한 대가 한가로이 글렌역으로 들어왔다. 그 기차로 글렌 마을에 오는 승객은 좀처럼 없었으므로, 새로 부임한 역장과 검고 누런 작은 개 한 마리만이 마중을 나갔다. 부연 증기를 토해내며 글렌세인트메리로 들어오는 기차를 이 개는 4년 반 동안 한 번도 빠짐없이 마중해왔다. 오가는 기차를 몇 천 대나 마중했는데도 기차는 먼데이가 애타게 기다리는 소년은 데려다주지 않았다. 그래도 먼데이는 희망을 놓지 않고 애타는 눈으로 계속 지켜보았다. 비록 충직한 개였지만 때로는 마음이 꺾일 때도 있었으리라. 게다가 눈에 띄게 늙어버렸고 류머티즘에도 걸렸다. 기차가 가버린 뒤 자기 집으로 돌아가는 먼데이의 걸음걸이는 이제 아주 얌전해졌다. 결코 신나게 총총걸음으로 가는 법 없이 맥없이 고개를 떨구고 꼬리를 축 늘어뜨린 채 느릿느릿 걷는 모습에서는 지난날 빳빳이 꼬리를 세우고 팔팔하게 뛰어다니던 혈기왕성함은 온데간데없었다.

이 기차에서는 단 한 사람의 승객이 내렸다. 후리후리한 젊은이로, 빛바랜 중위 군복을 입고 눈여겨보아야 눈치챌 만큼 살짝 다리를 절었다. 얼굴은 구릿빛으로 그을리고 이마 언저리에 흩어진 붉은 곱슬머리에는 흰머리가 섞여 있었다.

새로 부임해온 역장은 신기한 듯 이 젊은이를 빤히 바라보았다. 군복 차림의 병사들이 기차에서 내리는 것은 자주 보아온 광경으로, 떠들썩하게 많은 사람들이 마중 오는 사람이 있는가 하면, 또 돌아오는 것을 알리지 않은 채 이 병사처럼 조용히 내리는 사람도 있었다. 그러나 이 병사의 태도와 이목구비에는 어떤 위엄이 깃들어 있어 거기에 눈이 간 역장은 대체 누구일까 싶어 평소보다 좀 더 관심이 생겼다.

이 역장의 곁을 검고 누런 바람 한 줄기가 휙 하고 지나갔다. 먼데이의 몸이 굳어졌다고? 먼데이한테 류머티즘이 있다고? 먼데이가 늙었다고? 그런 말은 믿지 마라. 먼데이는 가늠 수 없는 기쁨으로 완전히 회춘하여 어린 강아지가 되어 미칠 듯이 폴짝폴짝 뛰어오르고 있었다.

먼데이는 그 키 큰 병사에게 온몸을 던지며 컹컹 짖었는데, 너무 기쁜 나머지 그 소리는 도리어 목에 걸려버렸다. 먼데이는 들끓는 반가움을 어떻게든 표현하고 싶어 바닥에서 정신없이 뒹굴고 몸부림쳤다. 병사의 군복 다리에 기어오르려다가는 미끄러져서는 저러다 환희를 못 이겨 그 작은 몸이 산산조각 나지 않을까 여겨질 만큼 땅바닥에 몸을 비벼댔다. 그러고는 병사의 장화를 핥았다. 그러다 입으로는 웃고 눈에는 눈물이 글썽해진 중위가 가까스로 안아 올리자 먼데이는 군복 어깨에 고개를 얹고 짖는 건지 흐느끼는 건지 알 수 없는 기묘한 소리를 내며 햇볕에 그을린 중위의 목을 핥았다.

먼데이의 이야기는 새 역장도 들어 알고 있었다. 그제야 역장은 이 귀환병이 누구인지 알았다. 드디어 먼데이의 오랜 불침번은 끝났다. 젬블라이드가 집에 돌아온 것이다.

릴라는 1주일 뒤 일기에 이렇게 썼다.

우리는 모두 정말 행복하고…… 슬프고…… 고마워하고 있다. 다만 수전만은 아직도 회복되지 않았다. 하필이면 유난히 피로한 하루를 보내고, 남은 음식으로 '한 끼 대충 때우자'고 한 그날 저녁 젬이 돌아왔을 때 느꼈던 충격을 수전은 영원히 떨쳐내지 못할 듯하다. 나는 지금도 쟁여둔 음식을 찾느라 식료품 저장실부터 지하실까지 미친 듯이 뛰어다니며 헤집던 수전의 모습을 잊을 수가 없다. 식탁에 무엇이 놓여 있는지 신경 쓸 겨를이 있는 사람은 어차피 아무도 없었는데. 그때 우리는 아무도 음식을 먹을 수 없었다. 젬을 보고 있는 것만으로도 목마름이 가시고 배가 불렀다. 어머니는 행여 눈을 떼면 다시 사라져버리기라도 할까 봐 젬에게서 눈을 떼지 못하는 듯했다.

젬이 돌아와 정말 기쁘다. 그리고 먼데이도 마침내 집에 돌아와 다행이다. 먼데이는 한시도 젬에게서 떨어지려 하지 않았다. 젬의 침대 발치에서 자고 식사 시간에는 어김없이 옆에 웅크리고 앉았다. 일요일에는 교회에도 함께 와서 우리 가족석까지 따라오겠다고 고집을 피워 젬의 발치에서 잠들어버렸다. 한번은 설교 도중에 잠이 깬 먼데이가 젬의 귀환을 또 한바탕 환영해야 한다고 생각했던지 벌떡 일어나서 계속 짖어대 젬이 안아 올릴 때까지 조용해지지 않았다. 그러나 아무도 거슬려하지 않는 듯했다.

메러디스 목사님은 예배가 끝난 뒤 오셔서 먼데이의 머리를 쓰다듬어주며 말했다.

"신의와 애정과 충심은 어디에 있든 고귀하고 소중한 것이지. 이 작은 개의 애정은 보물이나 마찬가지구나, 젬."

어느 날 밤 젬과 '무지개 골짜기'에서 이야기하다가 나는 전선에서 무섭다고 생각한 적 있느냐고 물어보았다.

젬은 웃었다.

"무서웠냐고? 그런 생각은 수십 번도 더 했지. 너무 무서워서 메스꺼울 때도 있었어. 월터가 겁먹는 모습을 보고 언제나 비웃었던 바로 내가 말이야. 그거 알아? 월터는 전선에 나간 뒤부터는 '결코' 무서워하지 않았어. 월터는 '현실에는' 결코 겁먹지 않는 사람이었어. 월터를 겁먹게 하는 것은 자기 상상력뿐이었지. 월터의 연대장한테 들었는데 월터는 그 연대에서 가장 용감한 병사였대.

릴라, 나는 집에 돌아올 때까지 정말 월터가 죽었다고 깨닫지 못했어. 지금 월터가 얼마나 보고 싶은지 몰라…… 어찌 보면 집에 있던 사람들은 그가 세상을 떠났다는 사실에 조금은 익숙해졌을 수도 있어…… 하지만 나한테는 월터의 빈자리가 아직도 낯설어. 월터는 나와 함께 컸고…… 형제인 동시에 친구이기도 했지…… 그런데 지금 우리가 어렸을 때 그렇게 좋아했던 이 오래된 골짜기에 있노라니 이제 다시는 월터를 만날 수 없다는 사실이 뼈저리게 와닿아."

젬은 가을에 대학으로 다시 돌아간다. 제리와 칼도 마찬가지다. 셜리도 그러겠지 싶다. 셜리는 7월에 돌아올 예정이다. 낸과 다이는 선생님을 계속할 것이다. 페이스는 9월이나 되어야 돌아온다. 돌아오면 페이스도 선생님이 되지 않을까 싶다. 젬이 의대 과정을 마친 다음에야 두 사람은 결혼할 수 있기 때문이다. 우나는 킹스포트에서 가정과를 공부하기로 결정한 듯하다. 올리버 선생님은 사랑하는 소령님과 결혼하게 되어, 마음껏 기뻐하고 있다. '부끄러운 줄도 모르고 기뻐하고 있다'고 그녀 자신도 말한다. 그러나 나는 선생님의 태도가 참으로 아름답다고 생각한다. 모두들 장래 계획이며 희망을 이야기하고 있다. 그 말을 하는 태도는 오래전 그때만큼 들떠 있지 않고 차분하긴 하지만, 그래도 잃어버린 몇 해의 공백에 꺾이지 않고 힘껏 살아가려는 열의와 결심이 엿보인다.

젬이 말했다.

"우리는 지금 새로운 세계에 있어. 그걸 낡은 세계보다 더 나은 세계로 만들어야만 해. 그게 앞으로 우리가 할 일이야. 이미 끝났다고 여기는 사람도 있는 것 같지만, 사실은 끝나지 않았어. 아직 시작조차 하지 않았어. 옛 세계는 무너졌고 우리는 새로운 세계를 지어 올려야만 해. 물론, 긴 세월이 걸리는 일일 거야.

나는 전쟁이라는 것을 충분히 보고 겪으면서 전쟁이 일어날 수 없는 세계를 만들어야 한다는 것을 깨닫게 되었어. 우리는 비스마르크의 군국주의에 치명상을 입히기는 했지. 하지만 그것은 완전히 죽지도 않았고 독일에만 한정된 것도 아니야. 낡은 정신을 쫓아내는 것만으로는 부족해. 새로운 정신을 불러들여야 해."

내가 젬의 이 말을 일기에 써두는 것은 '신의를 지키는 일'이 어렵게 느껴질 때 때때로 다시 읽어보고 힘을 얻기 위해서다.

릴라는 후유 한숨을 내쉬며 일기장을 덮었다.

이때의 릴라는 신의를 지키는 것이 버겁게 느껴지는 상태에 있었다. 다른 사람들은 모두 삶에서 이룩할 특별한 목표며 계획을 가지고 있는 듯 보였다. 릴라에게는 아무것도 없었다. 릴라는 너무나 쓸쓸했다. 쓸쓸해 견딜 수 없었다. 젬은 돌아왔다. 그러나 1914년 출정할 무렵의 웃음 많은 어린아이 같은 오빠도 아니었거니와, 지금은 페이스의 젬이 되어 있었다. 월터는 영원히 돌아오지 않는다. 짐스마저 떠나고 없었다.

갑자기 그녀의 세계가 휑하니 텅 빈 것처럼 여겨졌다. 세상이 너무 휑뎅그렁하고 텅 빈 듯이 느껴지기 시작한 것은 어제 어느 몬트리올 신문에서 2주일 전에 돌아온 병사들의 명부를 쭉 훑어보다가 케네스 포드 대위의 이름을 발견한 뒤부터였다.

켄은 돌아와 있었다…… 그런데 돌아온다는 편지 한 통 보내지 않았다. 캐나다에 돌아온 지 2주나 되었는데 그녀에게 소식 한 줄 없었다. 켄은 까맣게 잊어버리고 만 것이다. 잊었다 한들 잊을 것이나 뭐 있을까…… 기껏해야 한 번의 악수…… 한 번의 키스…… 한 번의 눈길…… 그리고 스쳐 가는 감정에 취해서 한 보잘것없는 약속뿐. 다 우스꽝스러울 따름이다. 그저 그녀가 어리숙하고, 낭만에 빠진, 미숙한 바보였던 것이다. 좋다, 앞으로는 좀 더 현명해질 테다. 아주 영리하고…… 신중해질 것이다…… 그래서 남자들과 그들이 여자를 가지고 노는 태도 따위 마음껏 경멸해줄 테다.

'나도 우나하고 같이 대학에 가서 가정과 공부를 하는 편이 좋으려나.'

릴라는 자기 방 창가에 서서 이런 생각을 하며 연한 에메랄드빛 덩굴 사이로 '무지개 골짜기'를 내려다보고 있었다. 가정과에 그리 매력을 느끼지는 않았지만, 이룩되어야 할 새로운 세계를 앞두고 여자로서 무언가 해야만 했다.

초인종이 울렸다. 릴라는 내키지 않는 마음으로 층계로 향했다. 나가 보지 않을 수 없었다. 집에는 릴라 말고는 아무도 없었기 때문이다. 그러나 이 순간 릴라는 손님을 맞는 것이 영 달갑지 않았다. 계단을 느릿느릿 내려가 현관문을 열었다.
 층계에 군복 입은 남자가 서 있었다. 키가 크고 눈과 머리는 검었으며 가느다란 흰 흉터가 햇볕에 그을린 볼에 나 있었다. 릴라는 한순간 얼빠진 표정으로 그 남자의 얼굴을 뚫어져라 바라보았다. 도대체 누구지?
 알고 있을 텐데…… 어딘지 몹시 눈에 익은 느낌이 있는데……
 그 남자가 입을 열었다.
 "릴라 마이 릴라."
 "켄!"
 릴라는 숨이 멎을 것 같았다. 물론 켄이었다. 그러나 무척 나이 들어 보였고…… 정말 많이 달라져 있었다…… 그 흉터며…… 눈가와 입가의 주름도…… 릴라의 머리는 걷잡을 수 없이 혼란스러워졌다.
 켄은 릴라가 내미는 떨리는 손을 잡고 지그시 릴라를 바라보았다. 4년 전 가냘팠던 릴라는 이제 균형이 잡혀 있었다. 떠났을 때에는 여학생이었는데 이제는 어엿한 여인이 되어 있었다…… 멋진 눈과 윤곽이 또렷한 입술과 장밋빛 볼을 지닌 여인…… 아름답고 매력적인 여인…… 켄이 오랫동안 꿈에 그렸던 그런 여인이 되어 있었다.
 켄은 의미심장하게 물었다.
 "너 릴라 마이 릴라가 맞니?"
 북받치는 감정이 릴라를 머리끝부터 발끝까지 뒤흔들었다.
 기쁨…… 행복…… 슬픔…… 두려움…… 이 길었던 4년의 세월 동안 그녀의 심장을 쥐어짰던 온갖 감정이 영혼 밑바닥에서부터 차오르며 순간 릴라에게 왈칵 밀려오는 듯싶었다. 릴라는 말을 하려 했다. 그러나 목이 메어 처음에는 도무지 목소리가 나오지 않았다.

그러다 겨우 한 마디 뱉었다.
"마다요."